KB080185

니체가 눈물을 흘릴 때

When Nietzsche Wept

니체가
눈물을
흘릴 때

어빈 D. 얄롬 Irvin D. Yalom 지음 | 임옥희 옮김

WHEN NIETZSCHE WEPT

P 필로소픽

목차

1
루 살로메

산살바토레 성당의 종소리가 요제프 브로이어의 몽상을 깨뜨렸다. 브로이어는 조끼 주머니에서 묵직한 황금 회중시계를 꺼냈다. 9시였다. 그는 전날 받은 가장자리가 은테로 둘러싸인 작은 카드를 다시 한 번 읽어보았다.

브로이어 박사님!

긴급한 용건으로 박사님을 만났으면 합니다. 독일철학의 미래가 위태로운 상태거든요. 카페 소렌토에서 내일 아침 9시에 만나 뵙지요.

1882년 10월 21일

루 살로메

무례하군! 지난 몇 해 동안 이처럼 당돌하게 접근해 온 사람이 있었던가? 아무도 없었다. 그는 루 살로메가 누구인지도 몰랐다. 봉투에 발신 주소도 적혀 있지 않아 9시가 편한 시간이 아니라는 것을 알려줄 방법도 없었다. 브로이어 부인은 혼자 아침 먹는 걸 달가워하지 않는다. 게다가 브로이어는 휴가 중이었고, '긴급한 용건'은 그의 관심사가 아니었다. 사실 그런 급박한 일에서 벗어나려고 베네치아로 오지 않았던가.

그런데도 그는 아침 9시에 카페 소렌토에 나가 자리를 잡고 앉아 무례하기 짝이 없는 루 살로메가 누군지 궁금해하면서 주변 사람들의 얼굴을 훑어보았다.

"커피 더 드릴까요, 손님?"

브로이어는 웨이터에게 고개를 끄덕였다. 웨이터는 검은 머리카락을 단정하게 빗어 전부 뒤로 넘긴 열서너 살쯤 되어 보이는 소년이었다. 얼마나 오랫동안 몽상에 잠겨 있었던 걸까? 다시 한 번 시계를 들여다보았다. 인생에서 10분이 또다시 부질없이 낭비되고 있었다. 도대체 무엇을 낭비했다는 거지? 언제나 그랬던 것처럼 그는 베르타, 아름다운 베르타에 관한 백일몽에 빠져들었다. 그녀는 지난 2년 동안 그의 환자였다.

"브로이어 박사님, 저를 왜 그렇게 두려워하세요?" 그의 애간장을 녹이던 베르타의 목소리가 귓가에 맴돌았다. 더 이상 주치의를 맡을 수 없다고 했을 때 그녀가 했던 말도 떠올랐다. "기다릴게요. 당신은 영원히 제 인생에서 유일한 남자일 테니까요." 그는 자신을 꾸짖었다. '이런 맙소사! 그만하자, 그만 생각해! 눈을 뜨고, 세상을 좀 봐. 세상을 네 안으로 들여보내!'

10월 베네치아의 아침 공기는 쌀쌀했다. 브로이어는 심호흡을 한 뒤 커피 잔을 들어 진한 커피 향을 음미했다. 고개를 돌려 주위를 둘러보니 카페의 다른 테이블은 아침 식사를 하는 사람들로 가득 차 있었다. 나이가 지긋한 사람들로 대다수가 관광객이었다. 몇몇 사람은 한 손에 신문을, 다른 손에는 커피 잔을 들고 있었다. 테이블 너머에는 청회색 비둘기 떼가 날아와서 급강하했다. 대운하의 고요한 강물이 강둑에 줄지어 선 거대한 궁전에 반사되면서 아련하게 반짝였다. 강 기슭에 곤돌라 한 척이 가닿으면서, 물살 하나 없이 잔잔했던 강물이 가볍게 출렁였다. 아직 잠에서 깨어나지 않은 다른 곤돌라들은 운하에 비스듬하게 꽂힌 기둥에 묶여 있었다. 기둥들은 거인이 함부로 던져버린 창 같았다.

'그래, 맞아. 네 주변이나 둘러보란 말이야. 이 멍청아!' 브로이어는 혼잣말로 중얼거렸다. '이 베네치아를 보려고 세계 곳곳에서 사람들이 모여든다고. 이 아름다움의 축복을 누리지 않고서는 눈을 감을 수 없거든.'

주변을 둘러볼 여유가 없어서 인생의 얼마나 많은 부분들을 놓쳐버렸을까? 브로이어는 회한이 들었다. 아니면, 보기는 했지만 건성으로 봐서 놓쳐버린 것들은 또 얼마나 많을까? 어제 그는 한 시간쯤 무라노 섬 주변을 홀로 산책했다. 하지만 아무것도 보지 못했고, 아무것도 기억에 남지 않았다. 어떤 이미지도 그의 망막에서 대뇌피질로 전달되지 않았다. 그의 관심은 오로지 베르타에게 쏠려 있었다. 고혹적인 미소, 사랑스러운 눈빛, 그에게 몸을 내맡길 때의 따스한 느낌, 검진이나 마사지를 할 때 가빠지던 숨결. 잠시라도 긴장을 풀면 그런 이미지들이 사정없이 머릿속으로 파고들어 그의 상상력을 잠식해버렸다. 이것이 영원한 내 삶의 몫일까? 나는 베르타의 기억이 영원히 공연되는 무대에 불과한 운명일까?

옆 테이블에서 누군가 일어났다. 벽돌 바닥에 철제 의자가 긁히는 금속성 소리에 정신이 퍼뜩 들었다. 다시 한 번 루 살로메를 찾아보았다.

그녀가 오고 있었다! 카르본 거리를 걸어오던 한 여자가 카페 안으로 막 들어섰다. 그런 쪽지를 보낼 수 있는 여자는 저 여자뿐이다. 키가 크고 날씬한 미인인 그녀는 모피코트로 몸을 감싼 채 당당하고도 오만하게 성큼성큼 걸어왔다. 카페는 여전히 사람들로 붐볐다. 가까이 다가오는 모습을 보니 상당히 어리다는 걸 알 수 있었다. 심지어 베르타보다 더 어려서 마치 학생처럼 보였다. 하지만 위풍당당한 모습이었다. 놀라웠다, 주변까지 압도하는 모습이란!

루 살로메는 조금도 망설이지 않고 그를 향해 다가왔다. 내가 브로이어라는 것을 어떻게 저렇게 확신할 수 있을까? 그는 조금 전에 먹은 빵가루가 묻었을까 봐 급히 왼손을 들어 붉고 빳빳한 턱수염을 슬쩍 쓰다듬었다. 오른손으로는 목 뒷부분이 불룩 올라가 보이지 않도록 검은 양복저고리를 당겨 내렸다. 불과 몇 발자국 남겨놓고, 그녀는 잠시 멈춰 서서 대담하게 그를 똑바로 바라보았다.

어수선하던 브로이어의 마음이 일시에 숨을 죽였다. 이제 집중해서 주변을 살펴볼 필요가 없었다. 망막과 대뇌피질은 완벽하게 손발을 맞춰 루 살로메의 이미지가 그의 마음속에 자유롭게 흘러들어오도록 허용했다.

그녀는 보기 드문 미인이었다. 반듯한 이마, 강인하고 조각처럼 빚어놓은 턱, 밝게 빛나는 푸른 눈동자, 충만하고 관능적인 입술, 꾸밈없이 빗어 넘긴 은빛 섞인 금발, 아름다운 귀와 길고 우아한 목선을 드러낸 느슨한 올림머리. 그는 머리카락을 전부 쓸어 올린 올림머리에서 사방으로 아무렇게나 삐친 머리카락을 보는 것이 즐거웠다.

세 걸음 더 가까이 다가온 그녀는 그가 앉은 테이블을 마주하고 섰다.

"브로이어 박사님, 제가 루 살로메입니다. 앉아도 될까요?"

그녀는 의자에 앉아도 되겠냐는 몸짓을 했다. 하지만 브로이어가

10

예법에 맞춰 인사할 겨를도 없이 그녀는 재빨리 앉았다. 일어나서 정중하게 그녀의 손등에 키스한 뒤, 착석하도록 의자를 빼주는 수고를 할 틈이 없었다.

"웨이터! 웨이터! 이 숙녀분께 커피 한 잔 부탁해요. 카페라테로 하시겠소?"

브로이어는 손가락을 가볍게 퉁겨 웨이터를 부르더니 살로메 쪽으로 시선을 보냈다. 그녀는 고개를 끄덕이면서 쌀쌀한 아침 날씨인데도 모피코트를 벗었다.

"감사합니다, 카페라테로 할게요."

브로이어와 루 살로메는 잠시 말없이 앉아 있었다. 그러다가 루 살로메가 그의 눈을 똑바로 쳐다보며 입을 열었다.

"절망에 빠진 친구가 있어요. 머지않아 그 친구가 자살할까 봐 두려워요. 그렇게 되면 말할 수 없는 큰 상실감을 느낄 거예요. 그건 제 개인적인 비극입니다. 제 책임도 있으니까요. 하지만 개인적인 비극은 견딜 수 있고 극복할 수도 있어요. 하지만…"

그녀는 그에게로 몸을 기울이며 좀더 부드러운 목소리로 말했다.

"이 손실은 단지 저 개인 차원을 훨씬 넘어서는 거예요. 그 사람의 죽음은 박사님뿐만 아니라 유럽 문화와 우리 모두에게 중대한 영향을 줄 테니까요. 제 말을 믿어주세요."

브로이어는 '과장이 대단히 심하시군요, 아가씨'라고 말하고 싶은 걸 꾹 참았다. 다른 젊은 여성이었다면 청년 시절의 과장쯤으로 여겼을 텐데 그녀는 다르게 느껴졌다. 진지하게 받아들이지 않을 수 없었다. 그녀의 진지함과 넘치는 확신에는 거역할 수 없는 힘이 있었다.

"그 남자가 누굽니까? 아가씨 친구라는 분, 내가 아는 사람이오?"

"아뇨, 아직은요! 하지만 시간이 흐르면 알게 될 거예요. 그의 이름은 프리드리히 니체입니다. 아마도 리하르트 바그너가 니체 교수에게 보낸 이 편지가 그를 소개하는 데 도움이 될 거예요."

그녀는 가방에서 편지를 꺼낸 다음 펼쳐서 브로이어 박사 앞으로 내밀었다.

"무엇보다 우선 니체는 제가 여기 있다는 것도, 제가 이 편질 갖고 있다는 것도 모른다는 걸 박사님께 먼저 말씀드려야겠군요."

살로메의 마지막 말에 브로이어는 주춤했다. 그렇다면 내가 이 편지를 어떻게 읽을 수 있단 말인가? 니체라는 사람은 저 여자가 이 편지를 나에게 보여주고 있다는 사실을 모른다지 않는가? 심지어 저 여자가 이 편지를 가지고 있다는 사실조차 모른다는데. 그렇다면 살로메 양은 이 편지를 어떻게 손에 넣었지? 빌렸을까? 아니면 훔쳤을까?

브로이어는 자신의 인격에 자부심을 갖고 있었다. 그는 성실하고 관대했다. 그의 진단 실력은 빈에서는 가히 전설이었다. 그는 브람스, 브뤼케, 브렌타노와 같은 위대한 예술가, 과학자, 철학자들의 개인 주치의였다. 마흔 살인데도 이미 전 유럽에 명성이 자자해 저명인사들이 그에게 진찰을 받으러 불원천리하고 찾아왔다. 이러한 모든 것보다 그는 자기 인격의 고결함에 자부심이 있었다. 지금까지 살면서 단 한 번도 불명예스러운 행동을 하지 않았다. 마땅히 아내인 마틸데에게 향해야 할 육체적 갈망이 베르타에게로 향하는 것이 그의 책임이 아니라면.

그래서 그는 루 살로메가 내미는 편지를 받을 것인지 한순간 망설였다. 하지만 망설임은 잠시였다. 수정같이 푸른 그녀의 눈동자를 바라보는 순간, 그는 주저 없이 편지를 받아 쥐었다. 1882년 1월 10일자 편지는 '친애하는 친구 프리드리히에게'라는 인사말로 시작하고 있었다. 몇몇 단락에 동그라미가 둘러져 있었다.

자네는 어느 누구도 따라갈 수 없는 역작을 내놓았더군. 그 어디에도 비교할 수 없는 심오한 독창성이 있었네. 그렇지 않았다면, 아내와 내가 어떻게 인생에서 가장 열렬하게 바랐던 것을 이룰 수 있었겠나. 어느 날 갑자기 외부의 힘에 온 마음과 영혼이 사로잡히는 상황 말일세. 우리는 자네 책을 두 번씩이나 읽었네. 낮에는 각자 읽었고, 밤 시간에는 큰 소리로 낭독하면서 읽었지. 그야말로 서로 다투다시피 읽었다네. 약속했던 두 번째 책이 나오지 않아서 심히 유감스럽군.

그런데 자네가 많이 아프다는 소리가 들리던데, 무엇보다 낙담하고 있다고? 자네의 낙심을 쫓아낼 방법이 있다면 뭐든 기꺼이 하고 싶네. 먼저 무엇부터 시작해볼까? 자네에게 무한한 칭송을 보내는 것 말고는 달리 할 만한 일이 없군.

제발 이런 칭송을 친절하게 받아들이게. 비록 우리 칭송이 썩 만족스럽지 않다 해도 말일세.

진심 어린 인사를 담아

자네의 친구, 리하르트 바그너

리하르트 바그너! 자신도 빈이라는 세련된 도회적 감수성을 알고 있고 당대 저명인사들과 친밀하게 교류하고 있음에도 브로이어는 감탄하지 않을 수 없었다. 이런 편지를 받다니! 그것도 거장이 몸소 쓴 편지라니! 그러나 그는 재빨리 평상심을 되찾았다.

"정말 흥미롭군요. 아가씨! 그건 그렇고 내가 당신을 위해 할 수 있는 게 뭔지 정확히 말씀해주시겠소."

다시 한 번 몸을 앞으로 숙인 그녀는 장갑 낀 손을 브로이어의 손 위에 가볍게 얹었다.

"니체가 병이 났어요. 아주 심한 병이에요. 그래서 박사님의 도움이 필요해요."

"병명이 뭡니까? 증상은요?"

살로메의 손길에 당황한 브로이어는 익숙한 영역으로 돌아와 다행스러웠다.

"두통입니다. 무엇보다 두통이 고문처럼 격심하게 찾아와요. 계속해서 구토도 하고. 시력도 나빠져 얼마 안 가 실명할지도 몰라요. 위장병도 있어서 종종 며칠씩 아무것도 먹지 못하고요. 게다가 불면증인데 어떤 약도 듣지 않아 위험할 정도로 모르핀을 많이 복용해요. 이따금 평지에서도 뱃멀미를 느낄 만큼 어지럼증에 시달리고요."

길게 나열한 증상들이 브로이어에게는 신기할 것도 특이할 것도 없었다. 대체로 그는 하루에 스물다섯에서 서른 명에 이르는 환자를 진료했다. 베네치아로 온 이유도 다름 아닌 그런 환자들로부터 잠시나마 벗어나기 위해서였다. 그런데도 루 살로메의 태도가 너무나 단호해서 주의 깊게 듣지 않을 수 없었다.

"친애하는 아가씨, 아가씨의 부탁을 흔쾌히 받아들이겠습니다. 아가씨 친구분을 진료하지요. 두말할 필요조차 없이 나는 의사이니까요. 그런데 질문 하나 해도 될까요? 아가씨와 친구분이 왜 직접적인 방법을 택하지 않았는지 궁금하군요. 빈의 내 진료실로 편지를 보내 예약하면 그만인 일을."

그 말을 하면서 브로이어는 웨이터에게 계산서를 가져다 달라고 하려고 주위를 둘러보았다. 이렇게 빨리 호텔로 돌아가면 마틸데가 얼마나 기뻐할까. 하지만 이 대담한 여성은 전혀 단념할 기색이 아니었다.

"브로이어 박사님, 제발 몇 분만 시간을 더 내주세요. 니체의 상태가 얼마나 심각한지, 그 절망의 심연은 이루 말할 수 없어요."

"그 점을 의심하는 게 아닙니다. 내가 거듭 묻고자 하는 건 살로메

양, 니체 선생께서 직접 빈에 있는 내 진료실로 와서 진찰을 받으면 될 것 아니냐는 겁니다. 아니면 이탈리아 의사를 방문하는 건 어떻소? 그분 댁이 어딥니까? 그분이 사는 도시의 의사에게 소개장을 써드릴까요? 그런데 왜 하필이면 납니까? 그리고 아가씨는 내가 베네치아에 있다는 건 어떻게 아셨소? 게다가 내가 오페라 후원자이자 바그너 숭배자라는 건 어떻게 알아냈고?"

루 살로메는 브로이어가 질문을 쏟아내는데도 당황한 기색이라곤 눈곱만치도 없이 미소마저 지었다. 속사포처럼 쏘아대는 질문에 그를 마주 보며 지어 보이는 미소는 짓궂기까지 했다.

"아가씨, 마치 무슨 비밀이라도 있나 본데… 가만 보니 미스터리를 즐기는 젊은 숙녀 같군요!"

"한꺼번에 질문이 쏟아져서요, 브로이어 박사님. 놀랍기 그지없어요. 대화를 나눈 지 몇 분 지나지도 않았는데 그처럼 당혹스러운 질문들이 쏟아져 나오다니요. 앞으로 박사님과 대화가 정말 잘 풀릴 것 같은 예감이 드네요. 우리의 환자에 관해 좀더 말할 수 있게 해주세요."

우리의 환자라고? 브로이어는 루 살로메의 뻔뻔함에 경악했지만 그녀는 아랑곳하지 않고 자기 할 말을 계속했다.

"니체는 독일과 스위스, 이탈리아 등 진료를 받아볼 만한 곳은 다 찾아갔어요. 지난 24개월 동안 그는 유럽에서 내로라하는 의사 스물네 명에게 진료를 받았죠. 그는 고국을 등졌고, 대학교수직을 사임했고, 친구 곁에서도 떠났어요. 지금은 견딜 만한 기후를 찾아서 돌아다니는 방랑자죠. 하루 이틀이나마 고통을 덜기 위해서요."

젊은 여성은 잠시 말을 멈추고 커피를 홀짝이면서 브로이어에게서 시선을 떼지 않았다.

"아가씨, 나 역시 특이하거나 당혹스럽게 만드는 환자들을 가끔 치료하게 됩니다만, 솔직히 말해, 나한테 무슨 기적의 비법이 있는 건 아닙니다. 시력 상실, 두통, 현기증, 위궤양, 불면증과 같은 증상을 가지고 그처럼 탁월한 의사들이 무수히 진료를 했는데도 아무런 효과가 없었다면, 지난 24개월 동안 만났던 의사나 나나 마찬가지일 거요. 나 역시 25개월째에 만난 스물다섯 번째 의사 이상은 될 수 없을 거요." 브로이어는 의자에 기대면서 시가를 꺼내 불을 붙였다.

그는 푸르고 가는 연기를 뿜으면서 연기가 사라질 때까지 기다렸다가 다시 말을 이었다.

"어쨌거나 니체 교수를 내 진료실에서 검진해볼 수는 있습니다만, 그의 경우처럼 원인 규명과 치료가 힘든 난치병은 1882년 의료과학의 치료 범위를 벗어나 있는 것처럼 보이는군요. 아가씨 친구는 한 세대 앞서 태어났다고 해야겠소."

그녀가 웃었다.

"너무 앞서 태어났다고요? 선견지명이 있는 말씀이군요, 브로이어 박사님. 니체도 그 말을 굉장히 많이 했지요! 이제 보니 박사님이야말로 그에게 딱 맞는 의사라는 확신이 드는군요."

브로이어는 마틸데가 옷을 차려입고 초조하게 호텔 방을 서성이는 모습이 눈에 선해 자리에서 일어날 채비를 하면서도 흥미를 느꼈다.

"어째서 그렇지요?"

"니체는 자신을 종종 '사후 철학자', 즉 죽은 뒤에나 유명해질 철학자라고 부른답니다. 세계가 맞이할 준비가 되지 않은 철학자라는 뜻이죠. 사실상 그가 계획하고 있는 새 책은 바로 그런 주제로 시작하고 있어요. 예언자 차라투스트라는 지혜로 충만해 세상 사람들을 계몽하려 합니다. 하지만 아무도 그의 말을 이해하지 못해요. 세상 사람들은 아직 그의 말을 이해할 준비가 되어 있지 않으니까요. 그래서 예언자

16

는 자신이 너무 빨리 왔다는 걸 깨닫고 자기의 고독 속으로 되돌아가게 돼요."

"아가씨 얘긴 대단히 매혹적으로 들리는군요. 나도 철학에 관심이 많지만 오늘은 시간이 없습니다. 아직도 왜 당신 친구분이 내 진료실로 직접 찾아오지 않는지 대답을 듣지 못했군요."

루 살로메는 똑바로 그의 눈을 쳐다보았다.

"브로이어 박사님, 두서없이 말씀드린 것 용서하세요. 제가 변죽만 울렸나 봐요. 저는 언제나 위대한 정신을 가진 사람에게 사랑받는 걸 좋아하거든요. 아마 저 자신을 발전시키기 위한 모델이 필요하기 때문일 거예요. 어쩌면 그처럼 이상적인 모델을 수집하는 걸 좋아하는지도 모르고요. 어쨌거나 저는 박사님처럼 매우 지적인 분과 대화할 자격이 충분하다고 생각해요."

브로이어는 얼굴이 붉어지는 것을 느꼈다. 더 이상 그녀의 시선을 똑바로 볼 수가 없었다. 그는 자신을 뚫어지게 쳐다보는 그녀의 시선을 슬그머니 피했다.

"제 말은 우리가 여기서 함께할 시간을 좀더 늘려보려는 단순한 욕심에 빙빙 돌려서 얘기했음을 실토하는 거예요."

"커피 더 하시겠소, 아가씨?" 브로이어는 웨이터에게 손짓을 했다. "여기 아침 식사용 빵 좀 가져다줘요. 아가씬 독일식 빵과 이탈리아식 빵의 다른 점을 생각해본 적 있소? 빵과 국민성의 상관관계에 관한 내 이론 한번 들어보겠소?"

브로이어는 마틸데에게 서둘러 돌아가지 않았다. 루 살로메와 함께 느긋하게 아침을 즐기면서 그는 자기가 처한 아이러니한 상황을 곰곰이 짚어보았다. 베네치아에 온 것은 한 아름다운 여성한테 받은 상처를 지우기 위해서였다. 그런데 지금 그녀보다 더 멋지고 아름다운 또 다른 여성과 마주앉아 담소를 즐기고 있다니! 몇 달 만에 처음으로 그는 베르타의 강박에서 자유로워졌다는 사실을 깨달았다.

브로이어는 자신에게 한 가닥 희망이 있는지도 모른다고 생각했다. 마음 한가운데에 아로새겨진 베르타의 이미지를 몰아내는 데 이 여성을 이용할 수도 있겠구나. 대체약물요법에 해당하는 심리적 등가물을 발견할 수 있을까? 모르핀처럼 위험한 약물을 발레리안(쥐오줌풀 뿌리에서 채취한 진정제―옮긴이) 같은 약화된 약물로 대체하는 것처럼 말이다. 이런 과정과 마찬가지로 베르타를 루 살로메로 대체할 수도 있을 것이다. 잘만 된다면 행복한 대체 과정이겠지.

이 여성은 더 세련되고 더 구체적이었다. 베르타는 뭐랄까, 성적으로 성숙되지 않아 여성의 몸안에 어색하게 들어가 있는 어린애 같은 느낌이랄까. 하지만 브로이어는 자신이 다름 아닌 베르타의 성적으로 미숙한 순수함에 이끌렸다는 사실을 정확히 알고 있었다. 두 여성 모두 그를 흥분시켰다. 두 사람을 생각하는 것만으로도 아랫도리에 따스한 전류가 흘렀다.

동시에 두 여성 모두 그를 두렵게 만들었다. 방식은 각기 달랐지만 둘 다 위험했다. 루 살로메가 두려운 건 그녀의 힘, 그녀가 그에게 행사할 수 있는 그 강력한 힘 때문이었다. 한편 베르타가 두려운 것은 그녀의 순종 때문이었다. 그가 그녀에게 행사할지도 모르는 힘 때문이었다. 그는 베르타로 인해 처했던 위기를 떠올리며 몸을 떨었다. 가장 기본적인 의료윤리를 하마터면 거의 위반할 뻔했던 것이다. 자신과 가족과 인생 전부를 망칠 뻔했던 걸 생각하면 아찔했다.

브로이어는 아침을 함께하며 젊은 여성과 나누는 대화에 점점 빠져들다가 그녀에게 완전히 매료되고 말았다. 니체의 병과 특히 의학적인

18

기적에 관한 것으로 대화를 되돌린 것은 브로이어가 아니라 그녀였다.

"브로이어 박사님, 저는 스물한 살입니다만 기적 같은 건 믿지 않아요. 스물네 명이나 되는 최고의 의사들이 치료에 실패했다는 건 우리 당대의 의학적인 지식이 한계에 부딪혔다는 뜻일 수도 있지요. 하지만 오해하지 마세요! 저는 박사님께서 니체의 병을 치유할 수 있을 거라는 환상을 품고 있는 게 아니에요. 박사님께 도움을 청한 이유는 그게 아니거든요."

브로이어는 커피 잔을 내려놓고 턱수염과 콧수염을 냅킨으로 훔쳤다.

"아가씨, 용서를 구해야겠소, 정말 혼란스럽군요. 아가씨가 얘길 시작할 때는 내 도움이 필요하다고, 친구분의 증세가 심각하기 때문이라고 하지 않았소?"

"아뇨, 브로이어 박사님. 저는 절망에 빠진 친구가 있다고 말했어요. 그 친구는 자기 목숨을 끊을지도 모를 심각한 위기에 처해 있다고요. 제가 선생님께 치료를 부탁한 건 니체 교수의 절망이지, 그의 육체적 질병이 아니에요."

"이봐요, 아가씨. 친구분께서 자기 건강에 절망하고 있다면, 그를 치료할 의학적인 방법은 전혀 없다는 뜻 아니오? 내가 뭘 할 수 있겠소? 내가 마음의 병을 보살펴줄 순 없잖소."

브로이어는 루 살로메가 고개를 끄덕이는 것으로 보아서 자신의 말이 《맥베스》에 나오는 의사가 한 말임을 알고 있다는 인상을 받았다. 그래서 말을 계속했다.

"살로메 양, 절망의 병에는 약이 없고 영혼의 병에는 의사가 없어요. 오스트리아나 이탈리아에 있는 약효가 탁월한 온천을 소개하는 것 외에 달리 내가 할 수 있는 일이라고는 거의 없소. 아니면, 사제나 종교적인 조언자, 가족들이나 절친한 친구와 상담을 하는 것도 한 방법이겠지요.”

“브로이어 박사님, 저는 박사님이 그 이상으로 할 수 있다는 걸 알아요. 저에게 스파이가 있거든요. 제 오빠 예니아인데 의대생이고 올해 초 박사님의 진료실에서 실습을 했던 학생이랍니다.”

예니아 살로메! 브로이어는 그 이름을 기억해내려고 애썼다. 하지만 기억하기에는 의대생들이 너무 많았다.

“오빠를 통해서 박사님께서 바그너를 좋아하신다는 것뿐만 아니라 이번 주에 베네치아의 아말피 호텔에서 휴가를 보내실 거라는 정보를 얻었죠. 박사님을 알아볼 수 있는 방법도요. 그보다 더욱 중요한 건 박사님이야말로 절망을 치료하는 의사라는 걸 알게 되었다는 점이에요. 작년 여름에 오빠는 선생님의 비공식 발표회에 참석했답니다. 거기서 박사님은 안나 O라고 불리는 젊은 환자에 관한 치료 사례를 발표하셨다지요. 절망에 빠진 여성인 안나 O를 박사님께서 새로운 치료법인 ‘대화요법’을 통해 치료하셨다고 들었습니다. 그건 이성에 기초해 실타래처럼 뒤엉킨 연상들을 풀어나가는 치료법이라더군요. 오빠는 박사님이야말로 유럽에서 진정한 심리치료를 할 수 있는 유일한 의사라고 했어요.”

안나 O! 브로이어는 커피 잔을 입에 가져가다가 그 이름을 듣고 커피를 쏟았다. 그는 냅킨으로 손을 닦으면서 살로메 양이 눈치채지 않았으면 했다. 안나 O! 안나 O! 믿을 수가 없었다! 사방 어디를 둘러보아도 그는 어김없이 안나 O와 마주쳤다. 안나 O는 베르타 파펜하임의 가명이자 그가 암호화한 이름이었다.

대단히 까다롭고 신중한 브로이어는 학생들과 토론을 하면서 결코 환자의 실명을 사용하는 법이 없었다. 그 대신 그는 환자 이름의 첫 머리글자에서 알파벳 순서상으로 한 글자 앞당겨 사용했다. 베르타 파펜하임Bertha Pappenheim의 머리글자는 B와 P이니 브로이어는 그녀를 'A. O.' 혹은 '안나 O'라고 불렀다.

"오빠는 박사님에게 깊은 감명을 받았어요. 박사님의 강의와 안나 O의 치료에 관해 묘사하면서, 천재의 빛을 받으며 서 있는 건 축복이라고 말했죠. 오빠는 쉽게 감명을 받는 그런 유형이 아니에요. 오빠가 그렇게 칭찬하는 걸 한 번도 본 적이 없어요. 그래서 결심했지요. 언젠가 박사님을 뵙게 되면 박사님과 더불어 공부를 해야겠다고 말입니다. 그런데 그 '언젠가'가 앞당겨지게 되었네요. 니체의 상태가 지난 두 달 동안 악화되었기 때문이죠."

브로이어는 주위를 둘러보았다. 대다수 사람들은 아침을 끝내고 자리를 떴다. 베르타로부터 완전히 벗어났다고 생각한 이곳에서 베르타를 또다시 자기 인생으로 불러들이는 한 놀라운 여성과 얘기를 하면서, 그는 그 자리에 눌러앉아 있었다. 오한과 전율이 그의 몸을 훑고 지나갔다. 베르타로부터 벗어날 은신처는 어디에도 없단 말인가? 브로이어는 목청을 가다듬고 입을 열었다.

"아가씨, 아가씨 오빠가 말한 그 사례는 내가 실험적인 방법을 사용한 유일한 경우였소. 그렇기 때문에 그 방법이 아가씨 친구분에게도 도움이 될 거라고 믿을 만한 이유는 어디에도 없어요. 사실 믿지 못할 이유가 더 많은 편이지요."

"왜 그렇죠, 브로이어 박사님?"

"길게 대답할 시간이 없을 것 같군요. 지금으로서는 그냥 안나 O와 아가씨 친구분이 대단히 다른 병을 앓고 있다는 점만 설명해드리겠소. 안나 O는 히스테리로 고통을 받았어요. 그녀는 특정한 기능이 무력화되는 증상으로 고통을 받았죠. 내 접근법은 환자에게 회상의 도움, 말하자면 최면술의 도움을 받는 거였소. 증상의 원인이지만 잊혀진 정신적 외상을 상기시켜줌으로써 각각의 증상을 체계적으로 없애는 거죠. 일단 특별한 원인이 드러나게 되면 증상은 해소되니까."

"브로이어 박사님, 만일 절망이 증상이라고 가정한다면 그와 동일한 방식으로 접근할 수는 없을까요?"

"절망은 의학적 증상이 아닙니다, 아가씨. 그건 모호하고 부정확해요. 안나 O의 증상들은 몸의 각 부분들과 명백하게 연관되어 있었소. 각각의 증상은 신경통로를 통해 간뇌 자극이 배출됨으로써 야기된 겁니다. 아가씨가 묘사한 것만으로 짐작건대 친구분의 절망은 전적으로 관념적인 것이오. 그런 상태라면 어떤 치료법도 지금으로서는 존재하지 않아요."

처음으로 루 살로메는 망설였다. 그러다가 다시 한 번 그의 손을 잡았다.

"하지만 브로이어 박사님, 안나 O와 작업하시기 전에는 히스테리에 대한 심리치료법이라는 것 자체가 존재하지 않았잖아요. 제가 알고 있기로 의사들은 단지 목욕이나 끔찍한 전기치료법을 사용하는 게 고작이었거든요. 박사님, 오직 박사님만이 니체에게 적합한 새로운 치료법을 고안하실 수 있을 거란 확신이 드네요."

갑자기 브로이어는 시간을 의식했다. 마틸데에게 돌아가야 할 시간이었다.

"아가씨, 힘닿는 데까지 친구분을 돕겠소. 내 명함을 드리지요. 그럼 친구분을 빈에서 뵙게 되길 바랍니다."

그녀는 그의 명함을 지갑에 넣기 전에 잠시 훑어보았다.

"브로이어 박사님, 일이 그렇게 호락호락한 게 아니랍니다. 니체는 그러니까 뭐라고 해야 하나, 협조적인 환자가 아니거든요. 그는 제가 박사님과 이런 얘길 나누고 있다는 것조차 몰라요. 그는 대단히 개인적인 사람이고 자부심이 강하죠. 자신이 남의 도움을 필요로 한다는 걸 절대로 인정하지 못할 거예요."

"그렇지만 아가씨는 그가 공공연하게 자살에 대해 말한다고 하지 않았소?"

"모든 대화와 모든 편지마다요. 그렇다고 그가 도움을 요청한 적은 없어요. 우리가 이런 대화를 나눴다는 걸 아는 날이면, 그는 절대로 저를 용서하지 않을 거예요. 박사님에게 진찰받는 것조차 거부할 게 확실해요. 설령 제가 설득해 진찰을 받게 한다고 하더라도, 그는 자신의 육체적 고통을 치료하는 데만 한정할 거예요. 천 년이 지난다 해도 그는 결코 박사님께 절망에서 벗어나게 해달라고 부탁하진 않을 거라는 거죠. 그는 나약함과 권력에 대해 확고한 생각을 가지고 있거든요."

브로이어는 황당해서 짜증이 나기 시작했다.

"그래서 아가씨, 연극은 좀더 복잡하게 되는군요. 그러니까 당신이 보기에 우리 시대의 가장 위대한 철학자인 니체라는 교수를 만나서 인생은, 적어도 그의 인생만큼은 살 만한 가치가 있다고 설득해달라, 게다가 우리의 철학자가 이런 사실을 눈치채지 못하게 하면서 그 일을 해달라는 건가요?"

루 살로메는 고개를 끄덕이면서 심호흡을 한 뒤 의자에 몸을 깊숙이 묻었다.

"그게 어떻게 가능하겠소? 단순히 첫 번째 목표를 달성하는 것, 그러니까 절망을 치료하는 것만 해도 지금의 의료과학의 범위를 넘어서는 일인데, 환자 몰래 치료해야 한다는 두 번째 조건은 우리의 과제를 환상의 영역으로 돌리지 않는 바에야 불가능한 것 아니겠소? 아직도 내게 밝히지 않은 장애물들이 남아 있는 건 아니오? 니체 교수가 오직 산스크리트어로만 말한다든지, 혹은 티베트에 있는 자기 은신처에서 떠나려 하지 않는다든지 하는?"

브로이어는 짓궂게 말하다가 루 살로메의 곤혹스러운 표정을 눈치 채고 재빨리 자제력을 회복했다.

"살로메 양, 정말이지 내가 어떻게 하면 좋겠소?"

"이제 아시잖아요, 브로이어 박사님! 제가 왜 다른 조무래기가 아니라 박사님 같은 분을 찾아왔는지!"

산살바토레의 종소리가 시간을 알렸다. 10시였다. 마틸데는 지금쯤 불안해할 것이다. 아, 그녀만 없었다면…. 브로이어는 다시 웨이터에게 손짓했다. 계산서를 기다리는 동안 루 살로메는 뜻밖의 초대를 했다.

"브로이어 박사님, 내일 아침 저랑 식사하시겠어요? 앞서 말씀 드렸다시피 저는 니체 교수의 절망에 개인적으로 책임을 느끼고 있어요. 박사님께 말씀드려야 할 게 정말 많거든요."

"유감스럽게도 내일 아침은 안 되겠군요. 미인이 아침을 함께하자고 날마다 초대하지는 않겠지만, 아가씨의 초대에 응할 수가 없소. 아내와 함께 왔는데 아내를 또 홀로 남겨두는 건 좋은 일이 아닌 것 같소."

"그럼 다른 계획을 제안할게요. 이번 달에 빈에 있는 오빠를 방문하기로 했거든요. 사실 얼마 전까지만 해도 니체 교수와 함께 여행할 생각이었죠. 제가 빈에 있는 동안 박사님께 더 많은 정보를 드릴 수 있게 해주세요. 그 사이 저는 니체 교수에게 몸이 만신창이가 되었으니 박사님 같은 분에게 전문적인 진찰을 받아보는 게 좋겠다고 설득할 테니까요."

그들은 카페를 함께 걸어 나왔다. 몇 명의 단골손님만이 웨이터가 테이블을 치우는 동안 머물러 있었다. 브로이어가 작별 인사를 하려는데 루 살로메는 오히려 그의 팔짱을 꼈다.

"브로이어 박사님, 시간이 너무 짧았어요. 박사님과 시간을 좀더 갖고 싶었거든요. 호텔로 가시는 길에 함께 걸으면서 얘기해도 될까요?"

그녀의 말투는 대담하고 남성적이었다. 그런데 희한하게도 그녀의 입술에서 그런 말들이 흘러나오자 자연스럽고 당연하게 들렸다. 보통 사람들도 당연히 그런 식으로 말하고 생활하는 것처럼 말이다. 하긴 여자가 먼저 남자의 팔짱을 끼면서 산책하자고 청하지 말란 법은 없었다. 다만 그가 알고 있는 어떤 여성이 감히 그렇게 말을 할 수 있을까? 이 여자는 뭔가 달랐다. 자유분방한 여자였다!

"초대를 받아들이지 못해서 이렇게 유감스러운 적은 처음이오."

브로이어는 팔짱을 낀 그녀의 팔을 더 끌어당기면서 말했다.

"하지만 돌아가야 할 시간이오. 또 이제는 혼자 걸어야 해요. 사랑하면서도 걱정이 많은 아내가 창문 너머로 내다보면서 기다리고 있을 거요. 아내의 감정을 배려하는 게 내 도리가 아니겠소?"

"물론입니다만, 그래도."

그녀는 팔을 빼내면서 그를 정면으로 바라보았다. 그녀의 시선은 남자처럼 자신만만했고 강렬한 힘을 갖고 있었다.

"제겐 '도리'란 단어가 너무 무겁고 억압적으로 들리는군요. 저는 한 사람에게만 도리를 다하는 건 포기했어요. 제 영원한 자유를 위해서죠. 결혼과 결혼에 따르는 소유와 질투라는 한 쌍은 영혼을 노예로 만들거든요. 그런 것들이 저를 지배하는 일은 절대로 없을 거예요. 브로이어 박사님, 저는 남자든 여자든 서로의 나약함 때문에 억압받지 않는 그런 시대가 오기를 바란답니다."

그녀는 재회를 확실하게 다짐해두었다. "다시 만날 날을 기대하겠습니다. 그럼 빈에서 재회할 때까지 안녕히 계세요."

2
불경한 삼위일체

    4주 후 브로이어 박사는 베커슈트라세 7번가에 자리 잡은 자신의 진료실에 앉아 있었다. 오후 4시였다. 그는 루 살로메를 초조하게 기다리고 있었다.

    일과 중에 비는 시간이 생기는 경우는 드물었다. 하지만 그녀를 보고 싶다는 갈망이 너무 강해서 앞의 세 환자를 서둘러 진료하고 내보냈다. 사실 그다지 신경 쓰지 않아도 될 만큼 간단한 병이기도 했다.

    처음 60대 남자 환자 두 명은 거의 똑같은 증상으로 고통을 받았다. 호흡하기가 힘들어 가쁜 숨을 몰아쉬고 마른기침을 했다. 오랫동안 브로이어는 만성 폐기종을 치료해왔다. 차고 습한 날씨가 계속되면 만성 폐기종은 급성 기관지염과 겹쳐지면서 심각하게 기관지를 위협했다. 두 환자 모두에게 기침에는 모르핀(도버의 분말로 하루에 세 번 다섯 알씩 처방했다), 소량의 거담제(식물 뿌리로 조제), 증기 흡입, 흉곽에 바르는 겨자고약을 처방했다. 일부 의사들은 겨자고약에 코웃음을 쳤지만, 브로이어는 겨자고약의 약효를 신뢰해 종종 처방했다. 특히 올해는 빈 인구의 절반이 호흡기 질환으로 앓는 것 같았다. 3주일간 햇빛 한 번 볼 수 없었고 모질게도 차가운 가랑비만 내렸다.

세 번째 환자는 루돌프 황태자 저택에서 일하는 하인이었는데 열이 심했다. 마마자국이 있는 이 젊은 친구는 후두염을 앓고 있었다. 얼마나 수줍음을 타는지 검진하려고 옷 한번 벗기려면 목청을 높여 명령하지 않으면 안 될 정도였다. 진단명은 여포성 편도염이었다. 가위와 핀셋으로 편도선을 신속하게 절제하는 데는 이골이 난 브로이어지만 아직 편도선이 제거하기에 적당할 정도로 충분히 여물지 않았다고 판단했다. 그 대신 목에 냉찜질을 하라고 하고, 염소산칼륨 양치액과 흡입용 탄소 스프레이액을 처방했다. 이 환자는 벌써 올해 들어 세 번째로 후두염으로 고생하고 있었으므로, 날마다 냉수욕을 해서 피부를 튼튼히 하고 피부 저항력도 기르라고 조언했다.

루 살로메를 기다리면서 브로이어는 사흘 전에 살로메로부터 받은 편지를 집어 들었다. 전에 보낸 카드와 마찬가지로 무례했다. 그녀는 면담을 하러 오늘 오후 4시에 그의 진료실을 방문하겠노라고 일방적으로 통보했다. 화가 치밀었다.

"그녀는 자기 도착 시간을 내게 일방적으로 통보한다, 그녀는 칙령을 발표한다, 나에게 무슨 특권이라도 주는 양…."

하지만 그는 재빨리 자제했다.

"너무 심각하게 받아들이지 마라, 요제프. 그런다고 뭐가 달라지겠는가? 살로메 양은 알 도리가 없겠지만 수요일 오후가 적절한 시간 아니었는가? 결국 달라질 게 뭐가 있는가?"

브로이어는 "그녀는 자기 도착 시간을…" 하고 말하던 자기의 목소리 톤을 곰곰이 돌아보았다. 그 목소리는 거드름을 잔뜩 부려서 자기가 싫어하는 동료 의사 빌로스와 나이 든 슈니츨러의 목소리, 혹은 그의 환자 중 저명인사인 브람스와 비트겐슈타인의 목소리를 그대로 빼다 박았다. 좀더 친한 사람들 중에서, 물론 그들 대다수가 자기 환자였지만, 그가 좋아하는 성격은 가식 없는 태도였다. 그런 점에서 그는 안톤 브루크너에게 끌렸다. 안톤은 결코 브람스와 같은 대작곡가가 될 수 없을지 모르지만 적어도 자기 자신의 발판을 숭배하지는 않았다.

무엇보다 브로이어는 후고 울프, 구스타프 말러, 테디 헤르츨, 전혀 의대생 같지 않은 의대생 아르투어 슈니츨러 같은 젊은이들의 불경한 태도를 즐겼다. 그는 그들과 자신을 동일시하면서 나이 든 세대들이 없을 때는 지배계급의 통치에 신랄한 일격을 가하면서 젊은이들을 즐겁게 해주었다. 이를테면 지난주 폴리 종합병원 무도회에서 그는 젊은이들에게 둘러싸여 이렇게 연극적으로 읊조려 그들을 즐겁게 해주었다.

"그래, 그래, 그렇고말굽쇼. 빈 시민들, 종교적입죠. 그들의 신은 이름 하여 '예의범절'입죠!"

언제나 과학자인 브로이어는 불과 몇 분 만에 하나의 마음 상태에서 다른 마음 상태로, 오만에서 가식 없는 태도로 쉽게 전환했다는 것을 떠올렸다. 얼마나 흥미로운 현상인가! 또 해볼 수 있을까?

그러다가 그는 사고실험을 해보았다. 우선 자기가 싫어하는 빈 사람들의 거만한 모습을 택했다. 눈을 가늘게 뜨고 이마를 찌푸리며 오만하게 "어떻게 감히 그녀가!" 하고 뇌까리자 자기 자신을 너무 심각하게 여기는 사람들에게서 풍기는 분노와 짜증이 다시 느껴졌다. 그러다가 숨을 내쉬고 마음을 편안히 하면서 자기 자신, 그런 거만함을 비웃고 젠체하는 태도를 조롱하는 평상시의 모습으로 되돌아왔다.

그는 두 가지 심리 상태가 나름대로 정서적인 색채를 띠고 있다는 점에 주목했다. 젠체하는 심리 상태는 고매함과 고독함뿐 아니라 심술궂음과 성마름이라는 날카로운 구석을 가지고 있었다. 이와 대조적으로 겸손한 심리 상태는 원만하고 부드럽고 호의적이었다.

이런 감정들은 분명하고 쉽게 확인할 수 있고 또 온건한 감정들이었다. 하지만 좀더 강렬한 감정들은 어떨까? 그런 감정을 일으키는 심리 상태는? 그처럼 강렬한 감정들을 통제할 수 있는 방법이 있을까? 그럴 수 있다면 효과적인 심리치료법으로 이어질 수 있지 않을까?

그는 자신의 경험을 반추해보았다. 여자가 개입하면 가장 불안정한 심리 상태로 돌변했다. 오늘만 하더라도 그랬다. 자신의 진료실이라는 요새에 머물면서 평온한 마음을 유지할 수 있었다. 그럴 때 그는 자신이 강하고 안전하다고 느꼈다. 그런 경우에는 여자들이 있는 그대로 보였다. 일상생활의 온갖 시름에 시달리며 씨름하는 피조물로서의 여자가 있었다. 그리고 여자의 젖가슴도 현실적으로 다가왔다. 유방층 위에 떠 있는 유선세포의 뭉치가 젖가슴이었다. 여자들의 요실금, 월경불순, 좌골신경통 외에 방광하수증, 치질, 정맥류 같이 여러 가지 아름답지 못한 질병들도 눈에 선했다.

그러나 다른 순간도 있었다. 매혹의 순간, 실제보다 훨씬 부풀려진 여성의 이미지에 사로잡히는 주술적인 시간도 있었다. 여자의 젖가슴은 강력하고 마술적이었다. 그런 순간이면 여자의 몸과 합체되어 젖꼭지를 빨고 그들의 따스한 온기와 축축함 속으로 빠져들고 싶은 강렬한 욕망에 압도되었다. 이런 심리 상태는 너무나 강렬해서 인생 전체를 망칠 수도 있었다. 베르타와 작업하면서 그는 자신이 소중하게 여겼던 모든 것을 하마터면 잃을 뻔했다.

그것은 그야말로 관점의 문제였으며, 하나의 심리적 틀에서 다른 심리적 틀로 전환하는 것이었다. 만일 그가 환자들에게 심리적 틀을 자유자재로 전환할 수 있도록 가르쳐준다면, 살로메가 추구하는 '절망을 치료하는 의사'가 될 수도 있을 터였다.

브로이어는 바깥 출입문을 여닫는 소리에 몽상에서 깨어났다. 그는 초조해하며 기다린 티를 내지 않으려고 잠깐 뜸을 들인 다음 대기실로 가서 살로메 양과 인사를 나눴다. 그녀는 젖은 상태였다. 가랑비가 폭우로 변해 있었다. 그녀는 빗물이 뚝뚝 떨어지는 외투를 채 받아주기도 전에 혼자 외투를 벗은 다음, 간호사이자 접수원인 베커 부인에게 건네주었다.

그는 살로메 양을 진료실로 안내해 검고 육중한 가죽의자에 앉으라고 권한 뒤, 자신은 옆 의자에 앉았다. 그리고 입을 열었다.

"뭐든 혼자 하는 걸 좋아하시는 모양인데 남자들에게 봉사의 기쁨을 박탈하는 건 아닌지요?"

"남자들의 봉사가 여자들의 건강에 반드시 좋은 것만은 아니라는 걸 우리 둘 다 잘 알지 않나요!"

"아가씨의 장차 신랑감은 여러 면에서 재훈련이 필요하겠군요. 오랫동안 형성된 습관이란 게 호락호락 없어지는 법은 아니니까요."

"결혼이라고요? 저는 아니에요! 박사님께 말씀드렸잖아요. 아마 계약결혼은 가능할 수 있겠죠. 그게 저한테 맞아요. 더 이상의 구속은 원치 않으니까요."

대담하고 아름다운 손님을 바라보면서 브로이어는 계약결혼이라는 말에 매료되었다. 그녀가 자기 나이의 반밖에 되지 않는다는 사실을 상기하기가 힘들었다. 목까지 단추를 채운 단순한 검은 긴 드레스에 작은 여우 털 목도리로 어깨를 두르고 있었다. 쌀쌀한 베네치아에서는 모피코트를 벗더니 후끈한 진료실 안에서는 목도리를 벗지 않다니, 희한하다는 생각이 브로이어의 머리를 스치고 지나갔다. 이제 본론으로 들어갈 시간이었다.

"자, 아가씨, 친구분의 병세에 관한 문제로 들어가볼까요?"

"절망이요. 병이 아니라. 몇 가지 건의 사항이 있는데 같이 얘기해도 될까요?"

그녀의 오지랖은 한계가 없단 말인가? 그는 불쑥 화가 치밀었다. 자기가 동료 의사나 되는 것처럼 훈계조였다. 세상 경험이 없는 여학생의 말투가 아니었다. 그녀는 경력이 한 30년은 된 노련한 임상주치의처럼 굴었다.

진정해라, 요제프! 그는 자신을 타일렀다. 그녀는 어리고 예의범절이라는 빈의 신을 숭배하지 않는다. 게다가 그녀는 나보다 니체 교수라는 사람을 더 잘 알고 있다. 대단히 지적이니 뭔가 중요한 것을 말해줄지도 모른다. 절망의 치료에 관해 내가 아는 것이라곤 없다. 나 자신의 절망마저 치료할 수 없는 상태니까.

그는 차분하게 말했다.

"그렇군요, 아가씨. 계속 얘기해보세요."

"오늘 아침 오빠 예니아를 만났어요. 선생님께서 안나 O에게 최면술을 사용하셨다지요. 증상을 일으키는 심리적 근원을 기억해내도록 하기 위해서요. 베네치아에서 만나 뵈었을 때 선생님께서 이런 말씀을 하셨지요. 각 증상의 근원을 발견하면 증상이 어떻게든 해소된다고. 그 '어떻게든'의 방법이 상당히 매력적이더군요. 나중에 시간이 되면, 원인을 아는 것이 증상을 없애는 정확한 메커니즘에 관해 알려주세요."

브로이어는 머리를 절레절레 저으며 루 살로메를 향해 손을 흔들었다.

"그건 경험적인 관찰이오. 시간이 무한히 있다 하더라도 아가씨가 알고 싶어 하는 정확한 지식을 알려줄 수 없을 거요. 아가씨의 건의 사항은…."

"제가 무엇보다 우선 건의하고 싶은 건 이거예요. 니체에게는 최면술과 같은 방법을 시도하지 말라는 거죠. 그런 방법을 사용해도 절대로 성공할 수 없을 테니까요! 박사님께서 직접 보시면 알겠지만 그의 정신과 지성은 경이, 이 세계의 불가사의 중 하나예요. 그러나 그가 자주 사용하는 구절을 차용해서 말한다면, 그는 단지 인간적인 너무나 인간적인 사람일 뿐이지요. 자기는 깨닫지 못하는 약점도 있고요."

루 살로메는 목도리를 벗어 들고 천천히 일어서더니 진료실을 질러가서 브로이어의 소파 위에 놓았다. 그녀는 액자에 넣어 벽에 걸어둔 증서들을 잠시 쳐다보았다. 약간 비스듬하게 걸린 액자를 반듯하게 한 다음 자기 자리로 되돌아왔다. 그리고 다리를 꼬고 앉았다.

"니체는 권력 문제에 지나치게 예민해요. 자신의 권력을 타인에게 넘기는 것으로 간주되는 그 어떤 것도 거부할 거예요. 그는 소크라테스 이전의 그리스 철학자들에게 매료되어 있어요. 특히 아고니스 개념, 즉 인간은 투쟁을 통해서만 타고난 재능을 발전시킬 수 있다는 믿음에 빠져 있어요. 그래서 니체는 투쟁을 포기하고 이타주의를 내세우는 사람의 동기를 정말로 불신한답니다. 이런 문제에서 그의 스승은 바로 쇼펜하우어예요. 니체는 누구도 타인을 돕고자 하지 않으며 오히려 타인을 지배함으로써 자기 힘을 증대시키려고 한다고 믿어요. 니체는 남에게 굴복당한 경험이 여러 번 있었어요. 결국 분노와 곤혹감에 치를 떨면서 끝났지만요. 리하르트 바그너와의 만남이 그런 경우에 해당하죠. 지금은 저와의 관계에서 그런 일이 일어나고 있고요. 그게 제 생각이랍니다."

"아가씨와의 관계에서 그런 일이 일어나고 있다는 게 무슨 뜻이지요? 니체 교수의 엄청난 절망에 아가씨가 개인적으로 어느 정도 책임이 있다는 게 사실이란 말이오?"

"니체가 그렇게 생각한다는 거죠. 그런 이유로 두 번째 건의 사항을 말씀드릴게요. 박사님은 저와 한편이 되어서는 안 됩니다. 무슨 수수께끼 같은 소리냐는 표정이니 저와 니체와의 관계를 전부 말씀드려야겠군요. 하나도 빠뜨리지 않고, 또 질문을 하시면 뭐든 솔직하게 대답할게요. 그게 그렇게 쉬운 문제는 아니지만요. 박사님께 모든 걸 맡긴마당에 뭘 주저하겠어요. 하지만 제가 하는 말만큼은 절대 비밀로 해주셔야 합니다."

"그러지요. 그 문제라면 날 신뢰해도 됩니다, 아가씨."

브로이어는 그녀의 직설적인 화법에 감탄하면서 대답했다. 다른 사람과 이처럼 열린 마음으로 대화할 수 있다는 것이 정말 신선하게 느껴졌다.

"그게 그러니까… 니체를 처음 만난 건 대략 8개월 전이니까 4월쯤인 것 같군요."

베커 부인이 노크를 하고 커피를 가져왔다. 브로이어 박사가 평상시처럼 자기 책상에 앉지 않고 루 살로메 옆에 놓인 의자에 앉아 있는걸 보고 놀랐을 테지만, 내색은 하지 않았다. 베커 부인은 말없이 커피잔과 스푼, 빛나는 은 커피포트가 담긴 쟁반을 내려놓고는 얼른 나갔다. 루 살로메가 계속 이야기하는 동안 브로이어는 커피를 따랐다.

"저는 지난해에 건강 때문에 러시아를 떠났어요. 지금은 많이 호전되었지만 기관지 상태가 좋지 않았죠. 처음에는 취리히에 살면서 비더만과 신학을 공부했고, 시인인 고트프리트 킨켈을 사사했어요. 제가 시인이 되고 싶어 한다는 말을 안 한 것 같네요. 어머니와 제가 올해초 로마로 옮겼을 때, 킨켈은 말비다 폰 마이젠부르크에게 소개장을 써주었어요. 박사님도 아시죠? 《이상주의자의 회고록》을 썼잖아요."

브로이어는 고개를 끄덕였다. 그는 말비다 폰 마이젠부르크의 책을, 특히 여성의 권리와 급진적인 정치 개혁, 다양한 교육과정 개혁에 관한 내용을 잘 알고 있었다. 하지만 최근의 반유물론적인 글은 별로였다. 비과학적인 주장에 근거를 두고 있다고 생각하기 때문이다. 루 살로메는 계속 말을 이었다.

"그래서 말비다의 문학 살롱에 찾아갔죠. 그곳에서 매력적이고 탁월한 철학자 파울 레 씨를 만나게 된 거예요. 그와 저는 절친한 사이가되었죠. 레 씨는 몇 년 전 바젤에서 니체의 철학 강의에 참석한 적이 있었는데 그때부터 둘은 막역하게 지냈어요. 레 씨는 이 세상 어느 누구보다 니체를 존경했어요. 얼마 안 가 그는 이런 생각을 하게 되었답니다. 그와 자기가 친구라면, 니체와 저 역시 친구가 되어야 한다고요. 파울은…."

살로메는 레 씨가 아니라 파울이라고 말하고서는 얼굴을 붉혔다. 비록 순간이었지만 브로이어는 눈치를 챘다. 브로이어가 알아챘다는 것을 감지한 그녀는 이렇게 말했다.

"박사님, 그냥 파울이라고 부를게요. 평소 편하게 그렇게 불렀으니까요. 오늘 저는 사회적 체면을 다 차리면서 말할 시간이 없거든요. 저는 파울과 대단히 가깝게 지냈어요. 물론 그와 결혼해 저를 제물로 바치고 싶은 생각은 추호도 없지만요. 그가 아닌 다른 사람이라 해도 그건 마찬가지일 테고요! 아무튼 제 얼굴이 붉어진 걸 설명하느라 너무 많은 시간을 낭비했군요. 우린 얼굴을 붉힐 수 있는 유일한 동물 아닌가요?"

브로이어는 무슨 말을 해야 할지 몰라 고개만 한 번 끄덕였다. 자신의 의료 용품들로 둘러싸인 진료실에서 그는 얼마 동안은 지난번 대화때보다 더 자신감이 있었다. 그러나 이제 그녀의 매력과 마주하면서 자신의 힘이 소멸되는 것을 느꼈다. 얼굴을 붉힌 것에 대한 그녀의 발언은 놀라웠다. 여태껏 어떤 여자든 남자든 자신의 교제에 대해 그처럼 솔직하게 말하는 것을 들은 적이 없었다. 고작 스물한 살인데!

"파울은 니체와 제가 금방 친구가 될 거라고 확신했어요." 루 살로메는 말을 계속 이어나갔다. "니체와 저는 서로에게 완벽한 상대가 될 거라고 믿었죠. 파울은 제가 니체의 수제자이자 지적 단짝이 되기를 원했어요. 니체에게는 제 스승이자 세속적인 목자가 되기를 원했죠."

가벼운 노크 소리에 그녀의 이야기가 중단되었다. 브로이어는 일어나서 문을 열었다. 베커 부인이 새 환자가 왔다고 큰 소리로 말했다. 브로이어는 불쑥 찾아온 환자는 으레 오래 기다리는 줄로 알기 때문에 시간은 얼마든지 있다고 안심시키면서 말을 계속하라고 했다.

"파울은 산피에트로 대성당에서 만남을 주선했어요. 불경한 삼위일체가 만나는 장소로는 정말 어울리지 않는 곳이었지요. 불경한 삼위일체, 나중에 우리는 우리 관계를 그렇게 불렀어요. 니체는 우리 관계를 종종 '피타고라스적인 관계'라고 불렀지만요."

브로이어는 살로메의 얼굴보다 젖가슴에 사로잡혔다. 얼마 동안 그러고 있었을까? 그녀가 알아챘을까? 다른 여자들도 내 이런 행동을 눈치챘을까? 그는 상상 속에서 빗자루를 집어 들고 모든 성적 잡념들을 쓸어냈다. 그녀의 말과 시선에 좀더 집중했다.

"저는 즉시 니체에게 빠져들었어요. 그는 육체적으로 위압적인 남자는 아니에요. 중간 키에 부드러운 목소리였죠. 전혀 깜박이지 않는 눈은 바깥보다는 자기 내면을 응시하면서 마치 내면의 보물을 보호하려는 것처럼 보였죠. 그 당시 저는 니체가 시력의 4분의 3 정도를 상실했다는 걸 몰랐으니까요. 그런데도 그에게서는 사람을 압도하는 힘이 느껴졌어요. 그 사람이 저에게 한 첫마디는 '우리는 어느 별에서 떨어졌기에 이곳에서 만난 걸까요?'였답니다. 그렇게 우리 세 사람은 이야기를 나누었어요. 정말 멋진 대화였죠! 한동안 니체와 저 사이의 우정 혹은 사제 관계는 파울이 바란 대로 실현되는 것 같았어요. 지적으로 우리는 완벽한 짝이었거든요. 서로의 마음을 포개놓은 것만 같았어요. 쌍둥이 남매 같은 두뇌를 가졌다고 니체가 말할 정도로요. 아, 그는 가장 최근에 나온 자기 책을 펼쳐 주옥같은 구절을 큰 소리로 읽어주었고 내 시를 노래로 만들어줬어요. 앞으로 10년 동안 그가 세상에 내놓을 것들에 관해서도 들려줬고요. 그는 건강 때문에 10년 이상은 살 수 없을 거라고 믿고 있죠. 얼마 되지 않아 파울과 니체, 저는 셋이서 살기로 결정했어요. 삼인동거죠. 우리는 빈이나 가능하다면 파리에서 겨울을 함께 보낼 계획을 세우고 있었어요."

삼인동거라! 브로이어는 헛기침을 하며 의자에서 불편하게 몸을 뒤척였다. 그가 불편한 내색을 보이자 살로메는 미소 지으면서 그의 모습을 지켜보았다. 이 아가씨가 놓치는 것은 아무것도 없는 걸까? 이 아가씨가 진단의가 된다면 어떤 모습일까? 내 학생이 된다면? 수제자가 될까? 동료로서 진료실과 실험실에서 함께 일한다면? 그런 공상이 계속 떠올랐다. 하지만 살로메의 말이 브로이어를 그런 공상에서 깨어나게 만들었다.

"그래요. 세상이 두 남자와 한 여자가 함께 순결하게 산다는 걸 곱게 보지 않겠지요."

그녀는 '순결하게'라는 단어를 특히 멋지게 강조했다. 거리낄 게 없다는 걸 전달할 정도로 힘주어서, 그러면서도 비난을 피할 수 있을 정도로 부드럽게 발음했다.

"하지만 우리는 사회가 강제로 부과한 제약을 거부하면서 자유롭게 사고하는 이상주의자들이잖아요. 우리는 우리 자신의 도덕 체계를 창조할 능력이 있다고 믿어요."

브로이어가 반응을 보이지 않자 처음으로 살로메는 어떻게 이야기를 이어갈지 약간 망설였다.

"계속해도 될까요? 시간이 있나요? 제가 박사님을 불쾌하게 만들었나요?"

"계속하시지요, 자상한 아가씨. 첫째, 난 아가씨를 위해 시간을 비워두었소."

그는 책상으로 다가가서 달력을 보여주었다. 달력에는 1882년 11월 22일 수요일 칸에 큰 글자로 L.S.라고 적혀 있었다. 그 날짜에는 동그라미 표시가 되어 있었다.

"보다시피 오늘 오후에는 어떤 스케줄도 없어요. 둘째, 아가씨가 날 불쾌하게 만든 건 없소이다. 오히려 아가씨의 솔직함과 직설화법을 존경하오. 모든 친구들이 그처럼 정직하게 말한다면 오죽 좋겠소! 인생이 한결 풍부하고 진실해질 텐데."

말없이 그의 칭찬을 받아들인 루 살로메는 커피를 자기 잔에 따르고 이야기를 계속했다.

"우선 니체와 저의 관계는 강렬하기는 했지만 매우 짧았단 걸 분명히 해둬야겠군요. 우리는 고작 네 번 만났어요. 게다가 언제나 저의 어머니나 파울의 어머니, 아니면 니체의 여동생이 항상 보호자로 따라다녔죠. 사실상 니체와 제가 단둘이 산책하거나 대화할 기회는 거의 없었어요. 불경한 삼위일체로서 우리의 지적인 허니문 또한 짧았죠. 균열이 생겼고 그러자 낭만적이고 탐욕스러운 감정들이 고개를 쳐들었죠. 아마도 그런 감정들은 첫 만남부터 있었을 거예요. 그걸 간파하지 못한 것은 제 책임이지요."

살로메는 그런 책임감을 떨쳐내려는 것처럼 고개를 흔들고는 핵심

사건만을 들려주었다.

"우리의 첫 만남이 끝나갈 무렵 니체는 저의 순결한 삼인동거 계획을 염려했어요. 세상은 아직 그런 걸 받아들일 준비가 되지 않았으니 비밀로 하자더군요. 특히 자기 가족을 걱정했어요. 어떤 상황에서도 그의 어머니와 누이동생이 우리의 관계에 대해 알아서는 안 된다는 거예요. 그렇게 관습적이라니요! 저는 놀라기도 하고 적잖이 실망하기도 했죠. 심지어 그의 대담한 언어와 자유사상 선언에 현혹된 것은 아닐까 하는 의구심마저 들었다니까요. 얼마 지나지 않아 니체는 점점 더 강경해졌어요. 그런 관계는 저에게 사회적으로 위험하며 심지어 파괴적이니 저를 보호하기 위해 청혼하기로 했다는 말을 파울에게 한 거예요. 저에게 전해달라고 하면서요. 파울의 상황이 어땠을지 상상하실 수 있나요? 그러나 파울은 우정에 충실했어요. 비록 냉담하기는 했지만 성실하게 니체의 청혼을 전해주었어요."

"그게 아가씨를 놀라게 했나요?" 브로이어가 물었다.

"많이 놀랐지요. 더군다나 한 번 만나고서 그런 제안을 했으니까요. 그게 저를 불안하게 만들기도 했어요. 니체는 위대한 사람이에요. 신사적이고 재능 있고 예외적인 인품을 갖춘 사람이지요. 브로이어 박사님, 제가 니체에게 강렬하게 끌렸다는 건 부인하지 않아요. 하지만 낭만적으로 끌렸던 건 아니었어요. 아마도 니체는 제가 자기에게 매력을 느꼈다는 걸 알고는 로맨스나 결혼에 관심이 없다는 제 말을 믿지 않았던 모양이에요."

갑자기 돌풍이 불어 창문이 덜컹거리는 바람에 잠시 신경이 분산되었다. 브로이어는 목과 어깨가 뻐근한 것을 느꼈다. 집중해서 듣느라고 몇십 분 동안 근육을 전혀 움직이지 않은 탓이다. 종종 환자들이 사적인 문제를 그에게 털어놓긴 했지만 이런 경우는 처음이었다. 빤히 얼굴을 쳐다보면서 눈 한 번 깜박이지 않고 이야기를 나눈 적은 한 번도 없었다.

베르타는 많은 것을 털어놓았지만 언제나 정신이 딴 데 가 있었다. 그러나 루 살로메는 예전 일을 이야기할 때도 마음은 지금 여기에 있었다. 그 순간이 얼마나 친밀하게 다가오는지 브로이어는 연인과 함께 이야기를 나누는 것 같은 착각이 들었다. 니체가 왜 단 한 번 만나서 청혼을 했는지 충분히 이해할 수 있었다.

"그래서요, 아가씨?"

"다음에 만날 때는 좀더 솔직해져야겠다고 결심했지요. 그런데 그럴 필요가 없었어요. 제가 결혼을 혐오하는 것만큼이나 니체 자신도 얼마나 끔찍한지 깨닫게 된 거죠. 2주 후 오르타에서 두 번째로 만났는데 저를 보자마자 청혼을 없었던 일로 해달라고 말하더군요. 그 대신 이상적인 관계, 열정적이고 순결하며 지적이고 결혼과 무관한 관계를 추구하는 데 동참해달라고 부탁하면서요. 그래서 우리 세 사람은 화해했어요. 어느 날 오후 루체른에서 니체는 우리의 삼인동거에 흥이 나서는 우리 관계를 보여주는 포즈로 사진을 찍어야 한다고 고집했어요. 불경한 삼위일체의 유일한 사진이죠."

살로메는 브로이어에게 사진을 건넸다. 두 남자가 수레 앞에 서 있고, 그녀는 수레 안에 앉아서 작은 채찍을 휘두르고 있었다.

"앞쪽에 서 있는 콧수염을 기르고 하늘을 보고 있는 사람이 니체예요. 다른 사람이 파울이고요."

그녀가 따스한 목소리로 말했다.

브로이어는 사진을 유심히 보았다. 사슬에 묶인 불쌍한 거인 모습의 두 남자가 채찍을 든 아름답고 젊은 여성의 줄에 묶인 채 서 있었다.

"제 마구간을 어떻게 생각하세요, 브로이어 박사님?"

그녀의 발랄한 농담이 처음으로 과녁을 벗어났다. 브로이어는 그녀가 불과 스물한 살이라는 사실이 떠올라 불편했다. 세련된 이 아가씨에게서 결점을 보고 싶지 않았다. 그의 가슴은 줄에 묶인 두 남자, 그의 형제들에게로 향했다. 그 또한 그들 중 한 명이 될 수도 있었다.

브로이어는 살로메가 자기 실수를 간파했다는 생각이 들었다. 그녀는 서둘러 이야기를 이었다.

"우리는 두 번 더 만났어요. 한 번은 타우텐베르크에서 니체의 여동생과 3개월 전에, 또 한 번은 파울의 어머니와 라이프치히에서요. 하지만 니체는 계속 저에게 편지를 썼어요. 이 편지는 그의 책《아침놀》에 정말로 감동했다고 한 제 말에 대한 답장이에요."

브로이어는 그녀가 내민 짧은 편지를 제빨리 훑어보았다.

사랑하는 루!

나 역시 허식적인 아침놀이 아니라 진정한 나의 아침놀을 맞이했소! 궁극적인 행복과 고통을 함께할 친구를 찾는 것이 더는 불가능할 거라고 믿었는데, 이제 그게 가능한 것처럼 보이오. 내 미래의 삶이라는 지평선에 비치는 황금빛의 가능성 말이오. 친애하는 루의 대담하고 풍요로운 영혼을 생각할 때면 언제나 나는 감동을 느낀다오.

F. N.

브로이어는 침묵했다. 지금 그는 니체에게 강한 공감을 느끼고 있었다. 아침놀과 황금빛 가능성을 찾고 풍요롭고 대담한 영혼을 사랑하는 것, 그것은 모든 사람들이 적어도 일생 동안 한 번 쯤은 원하는 것이었다.

"바로 그 기간에 파울 역시 열렬한 편지를 보내기 시작했어요. 최선을 다해 중재하려고 노력했지만 우리 삼위일체에는 걱정스러울 정도로 긴장감이 커졌죠. 파울과 니체의 우정은 급속하게 깨져갔고요. 결국 두 사람은 서로를 비난하는 편지를 제게 보내기 시작했어요."

브로이어가 끼어들었다.

"어련했겠습니까! 아가씨에게도 그건 놀라운 일이 아니었을 텐데요. 절친한 두 친구가 한 여자에게 열렬한 사랑에 빠졌다면서요?"

"아마도 제가 너무 순진했나 봐요. 저는 우리 세 사람이 정신생활을 공유하면서 진지한 철학적 작업을 함께할 수 있을 거라고 믿었으니까요."

살로메는 브로이어의 말에 동요되어 일어나서 창문 쪽으로 걸어갔다가 되돌아오면서 책상 위에 놓인 물건들을 살펴보았다. 르네상스 시대의 청동 약절구와 공이, 작은 이집트 장례용 인물상, 나무로 만든 섬세한 내이內耳의 반고리관 모형이 놓여 있었다.

그녀는 창밖을 내다보면서 말했다.

"아마도 제가 고집이 센가 봐요. 아직까지도 우리의 삼인동거가 불가능하다는 생각이 들지 않거든요! 니체의 밉살스러운 여동생만 끼어들지 않았다면 가능했을 거예요. 니체는 튀링겐에 있는 작은 시골 마을인 타우텐베르크에서 여동생과 함께 여름을 보내자고 저를 초대했어요. 그녀와 저는 바이로이트에서 만났어요. 거기에서 바그너를 만나 〈파르치팔〉 공연을 본 뒤 함께 타우텐베르크로 여행을 했고요."

"왜 니체의 누이동생을 밉살스럽게 여깁니까, 아가씨?"

"엘리자베트는 분열을 조장하거든요. 야비하고 정직하지 못하고 반유대주의자지요. 파울이 유대인이라는 걸 말해준 게 실수였어요. 그녀는 파울이 바이로이트에 두 번 다시 발을 붙이지 못하도록 바그너 주변 사람들에게 그 사실을 극성스럽게 떠벌리고 다녔죠."

브로이어는 커피 잔을 내려놓았다. 루 살로메는 그를 사랑과 예술, 철학이라는 달콤한 안전지대로 기분 좋게 이끄는가 싶더니 어느새 반유대주의라는 추악한 현실세계로 되돌려놓았다. 바로 그날 아침에 그는 《자유신보》에서 한 기사를 읽었다. 대학생 서클 회원들이 대학 구내를 몰려다니면서 강의실로 쳐들어가 "유대인은 꺼져!"라고 외치면서 유대인들을 강의실 밖으로 몰아냈다는 기사였다. 저항하는 학생은 강제로 끌어냈다고 한다.

"아가씨, 나 역시 유대인이오. 니체 교수도 자기 여동생과 마찬가지로 반유대주의 견해를 갖고 있는지 알아야겠군요."

"알아요, 박사님이 유대인이라는 것. 예니아가 말해줬어요. 니체는 진리 이외에는 어떤 것에도 관심이 없다는 걸 기억해주세요. 그는 모든 편견과 거짓을 싫어해요. 그는 여동생이 반유대주의인 걸 싫어해요. 그래서 독일에서 가장 거리낌 없고 악의에 찬 반유대주의자 베르나르트 푀르스터가 자기 여동생을 가끔씩 방문하는 걸 끔찍하게 혐오하죠. 엘리자베트는…."

이제 그녀의 말은 점점 빨라지고 목소리는 한 옥타브 높아졌다. 그녀가 준비한 이야기에서 벗어나고 있는 것을 알면서도 스스로 주체하지 못하고 있다는 것 같았다.

"브로이어 박사님, 엘리자베트는 끔찍해요. 저를 창녀라고 불렀어요. 니체에게 거짓말을 했고요. 제가 사람들에게 그 사진을 보여주면서 니체가 채찍 맛을 얼마나 즐겼는지 나불거리고 다녔다는 거예요. 그녀는 입만 열었다 하면 거짓말이에요! 정말 위험한 여자라니까요. 두고 보면 알겠지만, 언젠가 니체에게 엄청난 해악을 끼칠 거예요!"

루 살로메는 의자 등받침을 꽉 붙잡고 서 있었다. 그러다가 자리에 앉아서 좀더 차분하게 계속 말을 이었다.

"이미 짐작하셨겠지만 니체와 엘리자베트와 함께 타우텐베르크에서 보낸 3주는 복잡했어요. 그와 단둘이 보낸 시간은 황홀했죠. 멋진 산책과 깊이 있는 대화. 우리는 니체의 건강이 허락할 때면 하루에 열 시간씩 이야기를 나눴어요! 두 사람 사이에 그처럼 철학적으로 열린 대화가 이전에도 과연 있었을까 싶을 정도였죠. 우리는 선악의 상대성, 윤리적으로 살기 위해 공적인 윤리로부터 자유로워져야 할 필요성, 자유사상가의 종교 등에 관한 이야기를 나눴어요. 우리가 쌍둥이 두뇌를 갖고 있다는 니체의 말은 정말이었어요. 우리는 절반만 말해도, 한 문장의 절반만 말해도, 그냥 몸짓만으로도 서로 무슨 말을 하려는지 이해할 수 있었으니까요. 하지만 이런 파라다이스는 망가져버렸죠. 우리는 언제나 뱀 같은 누이동생의 감시 아래 있었거든요. 그녀는 들으면서도 말귀를 오해하거나 아니면 흉계를 꾸미고 다녔어요."

"엘리자베트가 아가씨를 비방하는 이유를 좀 말해주겠소?"

"왜냐하면 그녀의 인생이 걸린 문제였거든요. 그녀는 편협할 뿐만 아니라 정신적으로도 빈곤해요. 그래서 자기 오빠를 다른 여자한테 빼앗기는 걸 견딜 수 없어 하죠. 그녀에게 니체는 자기 인생의 의미이자 전부거든요."

그녀는 시계를 흘깃 보고는 닫힌 문을 쳐다보았다.

"시간에 신경이 쓰이는군요. 나머지는 빨리 얘기할게요. 지난달 일이에요. 엘리자베트의 반대에도 파울과 니체, 그리고 저는 파울의 어머니와 함께 라이프치히에서 3주를 보냈어요. 그곳에서 우리는 다시 한 번 진지한 토론을 했죠. 특히 종교적인 신앙의 발전 과정에 관해서요. 우리가 헤어진 지는 2주밖에 안 됐어요. 그때까지만 해도 니체는 우리 세 사람이 파리에서 봄을 함께 보냈으면 했지요. 그런데 이제 영원히 그럴 수가 없게 되었어요. 니체의 여동생이 그의 마음에 독약을 풀어 넣어 절 미워하게 하는 데 성공했거든요. 최근에 니체는 파울과 저에 대한 절망과 증오로 가득 찬 편지를 보내기 시작했어요."

"그럼 살로메 양, 지금은 사태가 어떻게 돌아가고 있습니까?"

"모든 게 엉망이 되었죠. 파울과 니체는 원수가 되었어요. 파울은 니체가 저에게 보낸 편지를 읽으면서 점점 분노하고 있어요. 혹은 제가 니체에게 다정한 마음이라도 표현하는 걸 들을 때면 더욱 격분하죠."

"파울이 아가씨 편지를 읽는단 말인가요?"

"물론이죠. 그러지 못하란 법이 어디 있겠어요? 우리의 우정은 깊어지고 있거든요. 그 사람과 저는 늘 가깝게 지내왔어요. 우리는 서로에게 비밀이 없죠. 서로의 일기장도 보는걸요. 파울은 저더러 니체와 절교하라고 간청했어요. 저는 그 말에 따르기로 하고, 마침내 보물처럼 소중히 여겼던 우정과 우리의 삼인동거는 불가능하다는 편지를 보냈죠. 그의 여동생과 어머니, 그와 파울의 불화가 너무 고통스럽고 너무 파괴적인 영향을 미친다고요."

"니체의 반응은 어땠나요?"

"사나웠어요! 두려울 정도로요! 미친 사람처럼 편지를 보냈어요. 때로는 모욕적이고, 때로는 협박하고, 때로는 깊은 절망에 사로잡힌 편지를 보냈어요. 여기 지난주에 그가 보낸 편지 몇 구절을 보여드릴게요!"

그녀는 얼핏 보기만 해도 마음의 동요가 그대로 드러나 보이는 두 통의 편지를 펼쳤다. 고르지 못한 글씨체, 생략된 단어들, 여러 번 밑줄 친 단어들. 브로이어는 눈을 찡그리고 그녀가 동그라미로 표시해 놓은 구절들을 보았지만 한두 단어 이상 알아볼 수가 없어서 편지를 되돌려주었다.

"그의 글씨를 알아본다는 게 얼마나 힘든지 깜빡했네요. 파울과 저에게 보낸 구절들을 읽어드릴게요. '나의 과대망상증과 상처 입은 허영심 때문에 두 사람이 당황할 건 없소. 어느 날 내가 격한 감정을 못이겨 자살한다 하더라도 지나치게 걱정할 것 없소. 그대들에게 품었던 내 환상의 부질없음이여! … 절망으로 엄청난 양의 아편을 삼킨 뒤에야 비로소 나는 이 상황에 대한 이성적인 판단에 이르렀소….'"

그녀는 읽기를 중단했다.

"박사님께 그의 절망에 관한 힌트만 주면 되니까요. 지금 저는 바바리아에 있는 파울네 저택에 머물고 있어요. 그래서 모든 편지가 그곳으로 배달된답니다. 파울은 제가 고통받지 않도록 너무 지독한 편지들은 없애버렸는데 어쩌다 이 편지는 빠뜨렸어요. '내게서 당신을 몰아낸다면 그것은 당신의 전 존재에 대한 끔찍한 비난이오. … 당신은 손해를 입혔고 해를 끼쳤소. 나뿐만 아니라 나를 사랑한 모든 사람들에게. 내 말은 비수가 되어 당신 주변을 맴돌 것이오.'"

그녀는 브로이어를 올려다보았다.

"박사님, 이제 왜 제가 어떤 면에서도 저와 같은 편이 되어서는 안 된다고 그처럼 강력하게 건의했는지 이해하시겠죠?"

브로이어는 시가를 깊게 빨아들였다. 루 살로메에게 매료되어 그녀가 펼쳐 보여준 멜로드라마에 끌려 들어가기는 했지만, 성가셨다. 과연 이런 상황에 말려드는 것이 현명한가? 그야말로 정글이었다! 원초적이고 강력한 관계들, 불경한 삼위일체, 니체와 파울의 금이 간 우정, 니체와 여동생의 뗄 수 없는 관계, 루 살로메와 니체 여동생의 악연. 그런 천둥과 벼락을 맞지 않으려면 조심해야 한다고 브로이어는 마음속으로 중얼거렸다.

그중에서 가장 폭발력이 강한 것은 살로메에 대한 니체의 필사적인 사랑이었다. 그런데 그 사랑은 이제 증오로 돌변했다. 브로이어는 되돌리기에는 너무 늦었다는 것을 깨달았다. 베네치아에서부터 자진해서 이 지뢰밭으로 걸어 들어간 것이다. 경솔하게도 그는 그때 자신이 환자의 치료를 거부한 적이 없다고 그녀에게 말해버렸다. 그는 루 살로메에게로 몸을 돌렸다.

"이 편지들이 아가씨의 경고를 이해하는 데 도움이 되었소, 살로메양. 아가씨가 친구분을 걱정하는 것 또한 이해합니다. 심리적으로 매우 불안한 상태이고 자살의 가능성도 실제로 있군요. 하지만 아가씨가 니체 교수에게 영향력을 미칠 수 있는 상태가 아니라면, 어떻게 그를 설득해서 날 찾아오도록 하겠단 말이오?"

"네, 그게 문제이긴 해요. 오랫동안 제가 고민해온 문제랍니다. 지금으로서는 제 이름마저 그에게는 독약인 상황이거든요. 그러니까 간접적으로 작업을 해야죠. 제 말은 박사님과의 만남을 제가 주선했다는 걸 니체가 알게 되는 일은 절대로, 절대로 없어야 한다는 거예요. 그에게 절대로 말해서는 안 됩니다! 박사님께서 기꺼이 그를 맡아주시겠다는 사실을 알았으니 하는 말인데…."

그녀가 커피 잔을 내려놓고 뚫어지게 쳐다보는 바람에 브로이어는 황급히 대답했다.

"물론이지요, 아가씨. 베네치아에서 말했다시피 난 환자를 거부한 적이 없소."

이 말에 루 살로메가 활짝 미소를 지었다. 아, 이 여자는 내가 생각했던 것보다 훨씬 더 긴장했던 모양이군.

"브로이어 박사님, 제가 개입했다는 걸 전혀 모르는 상태에서 니체가 박사님 진료실에 찾아오도록 확실하게 주선할 거예요. 지금 그의 행동이 너무 심각해서 주변 친구들이 하나같이 불안해하고 있을 게 분명해요. 그러니까 니체에게 도움이 되는 계획이라면 뭐든 기꺼이 받아들일 거예요. 저는 내일 베를린으로 돌아가는 길에 바젤에 들러서 우리의 계획을 프란츠 오버베크에게 말할 거예요. 오버베크 교수는 니체의 평생지기예요. 진단의로서 박사님의 명성이 크게 도움이 될 거고요. 오버베크 교수가 니체를 설득해 건강 상태에 관해서 박사님께 진찰을 받아보도록 할 수 있을 거예요. 제 계획이 성공하면 박사님께 편지로 소식을 전할게요.”

그녀는 지체 없이 니체의 편지를 가방에 넣고 자리에서 일어서면서 구겨진 치마를 매만졌다. 그리고 의자에 놓인 여우 목도리를 집어 들고 브로이어의 손을 잡았다.

“이제 박사님….”

살로메가 브로이어의 손을 잡자 그는 맥박이 빨라지는 걸 느꼈다. 주접스러운 늙은이 같으니라고! 이 손의 따스함에 무너져서는 안 돼! 하지만 자신이 그녀의 손길을 얼마나 좋아하는지 말해주고 싶었다. 이미 그녀는 알았으리라. 그녀는 말하는 내내 그의 손을 잡고 있었다.

“이 문제에 대해 계속 만나서 얘기를 나누고 싶어요. 그건 니체에 대한 깊은 애정과 그의 비탄에 제가 책임이 있다는 것 때문만은 아니에요. 다른 것도 있어요. 저는 박사님과 좋은 친구가 되길 바라거든요. 박사님께서 보시다시피 저는 결함이 많아요. 이미 눈치채고 놀라셨겠지만, 충동적이고 인습에 구애받지도 않아요. 그렇지만 장점 또한 많답니다. 남자의 고매한 정신을 알아보는 탁월한 눈을 가지고 있거든요. 그런 남자를 발견하면 잃고 싶지 않지요. 그러니까 우린 서신 왕래를 할 수 있겠죠?”

그녀는 그의 손을 놓고 문으로 성큼성큼 걸어갔다. 그러다가 문득 멈춰 서더니 가방에서 작은 책 두 권을 꺼냈다.

“아 참! 하마터면 잊을 뻔했군요. 최근에 나온 니체의 책인데 박사님께서 읽어보셔야 할 것 같아서요. 이 책들이 니체의 정신세계에 관한 통찰을 제공해줄 거예요. 그런데 박사님께서 이 책들을 보았단 사실 또한 그에게는 비밀이에요. 그렇잖으면 그의 의심을 사게 될 테니까요. 이 책들은 전혀 팔리지 않았거든요."

다시 한 번 그녀의 손이 브로이어의 팔에 와 닿았다.

"하지만 한 가지 말해둘 점은요. 비록 지금은 독자가 거의 없다 하더라도 니체는 자신이 유명해질 것을 확신하고 있다는 거지요. 저에게 그렇게 말한 적이 있어요. 미래가 자기의 것이라고요. 부탁하건대 박사님께서 그를 돕고 있다는 사실을 누구에게도 말하지 않았으면 해요. 그의 본명을 누구에게도 사용하지 말았으면 하고요. 만약 그렇게 되는 날이면 그도 알게 될 테고, 그러면 그걸 엄청난 배신으로 간주할 거예요. 박사님의 환자인 안나 O는 실명이 아니잖아요. 가명을 사용하신 거죠?"

그는 고개를 끄덕였다.

"니체의 경우에도 그렇게 해주셨으면 해요. 다시 또 뵙길 바랄게요, 브로이어 박사님."

그녀는 손을 내밀었다.

"다시 봅시다, 살로메 양."

브로이어는 인사를 하면서 그녀의 손등에 키스를 했다. 그녀의 등 뒤로 문이 닫혔다. 브로이어는 얇은 두 권의 책을 쳐다보면서 낯선 제목에 눈길을 주었다. 《즐거운 학문》과 《인간적인 너무나 인간적인》. 책을 책상에 올려놓기 전에 그는 창가로 다가가서 루 살로메의 모습을 마지막으로 지켜보았다. 그녀는 우산을 펼쳐들고 재빨리 계단을 내려와서는 한 번도 뒤돌아보지 않은 채 기다리고 있던 소형 이륜마차에 올랐다.

3

꿈

창문에서 돌아선 브로이어는 마음속에서 루 살로메를 떨쳐내려는 듯이 머리를 흔들었다. 그러고는 책상 위에 매달린 줄을 잡아당겨 베커 부인에게 대기실에서 기다리는 환자를 들여보내라고 신호했다. 페를로트 씨가 쭈뼛거리며 문간에 나타났다. 그는 길게 수염을 기르고 허리가 구부정한 정통 유대인이었다.

브로이어는 곧 페를로트가 50년 전에 편도선 절제술로 심리적 외상을 입었으며 아직도 극복하지 못한 상태라는 걸 알게 되었다. 그는 당시 기억이 너무 끔찍해서 지금까지 의사에게 진찰받기를 거부해왔다. 오늘도 진찰 날짜를 미루고 미루다 나타났는데 그의 표현대로라면 '건강이 절망적으로 악화되어' 더 이상 선택의 여지가 없었기 때문이다.

브로이어는 의사의 권위적인 태도를 버리고 책상 앞으로 걸어 나왔다. 방금 전 루 살로메와 그랬던 것처럼 환자 옆에 놓인 의자에 앉아서 새 환자와 허물없이 세상 돌아가는 이야기부터 했다. 그들은 날씨와 갈리치아에서 들어오는 유대인 이민의 새로운 물결, 오스트리아 개혁협회의 지나친 반유대주의 등 그들에게 공통된 유대인 혈통에 관해서 이야기를 나눴다.

페를로트는 유대 지역사회의 다른 사람들과 마찬가지로 레오폴트, 즉 브로이어의 아버지를 잘 알고 있을 뿐만 아니라 존경했다. 몇 분 지나지 않아서 그런 신뢰감은 아버지에게서 아들에게로 옮겨갔다.

"그러니까 페를로트 씨, 제가 어떻게 도와드릴까요?"

"박사님, 저는 도통 오줌을 눌 수가 없습니다. 하루 종일, 아니 밤까지 그래요. 당장 소변을 봐야 할 것 같아서 화장실로 달려가지만 막상 누려면 아무것도 나오지 않아요. 서서 기다리면 겨우 몇 방울 찔끔거려요. 20분 후면 다시 그 짓을 되풀이하고요. 방광이 가득 찬 것 같은데도…."

몇 가지 더 물어본 브로이어는 페를로트에게 나타나는 증세의 원인을 확신할 수 있었다. 전립선이 요도를 압박하고 있었다. 이제 한 가지 중요한 문제만 남았다. 페를로트의 전립선 부종이 양성인지, 아니면 암과 같은 악성인지 판단하는 일이었다. 직장을 검사하려고 촉진해보니 바위처럼 단단한 혹이 아니라 스펀지 같은 양성 부종이었다.

암이라고 할 만한 증거가 없다는 말을 듣고 페를로트는 안도하면서 브로이어의 손을 덥석 잡더니 손등에 키스를 했다. 하지만 브로이어가 되도록 안심하게끔 이야기했는데도 치료 방법이 썩 내키지 않았기 때문에 그의 기분은 다시 어두워졌다. 눈금이 매겨진 긴 금속 막대기나 외과용 '탐침'을 페니스에 삽입하여 요도관의 통로를 확장하는 치료법이었다. 브로이어는 직접 시술한 적은 없었으므로 처남이자 비뇨기과 의사인 막스에게 페를로트를 의뢰했다.

페를로트의 진료가 끝났을 때는 이미 6시가 넘어 있었다. 왕진을 나갈 시간이었다. 그는 커다란 검정 가죽 왕진 가방에 필요한 것들을 챙

50

겨 넣고 모피로 안을 댄 방한외투를 입고 중산모를 썼다. 그러고는 마부 피슈만과 두 마리 말이 끄는 마차가 대기하고 있는 바깥으로 나갔다. (그가 페를로트를 진료하는 동안 베커 부인이 마부를 대기시켜놓았던 것이다. 베커 부인은 진료실 근처 교차로에 대기 중이던 심부름꾼을 불렀다. 심부름꾼은 충혈된 눈과 벌건 코를 한 젊은이였는데, 심부름꾼임을 표시하는 커다란 공식 배지를 달고 뾰족한 모자에 견장이 달린 지나치게 큰 카키색 군복 외투를 입고 나타났다. 베커 부인은 그에게 10크로이처를 주면서 달려가서 피슈만을 불러달라고 시켰다. 빈의 대다수 의사들보다 훨씬 잘살았던 브로이어는 필요할 때마다 마차를 부르지 않고 1년 단위로 임대했다.)

언제나 그랬듯이 브로이어는 피슈만에게 왕진할 환자의 목록을 건네주었다. 그는 하루에 두 번 왕진을 했다. 커피와 바삭바삭한 삼각형 카이저제멜(반죽을 접어 모양을 낸 롤빵―옮긴이)로 간단하게 아침을 든 뒤 이른 아침에 한 번, 그리고 오늘처럼 오후 진료가 끝나고 한 번. 빈의 다른 일반 개업의들과 마찬가지로 브로이어는 도무지 다른 방도가 없을 때만 환자를 병원으로 보냈다. 집에서 간호를 더 잘 받을 수 있을 뿐만 아니라, 공립병원을 휩쓸면서 무자비하게 전파되는 전염성 질병으로부터 환자를 보호할 수 있기 때문이다.

이러한 이유로 브로이어는 이륜마차를 빈번히 이용했다. 마차는 최신 의학저널과 참고서적 등을 비치해두고 있어서 마치 이동서재 같았다. 몇 주 전에 그는 젊은 의사인 지그문트 프로이트를 초대해 하루 종일 동행한 적이 있었다. 아마 실수였는지도 모른다! 그 친구는 전공을 선택하려는 참이었는데 그날 일반 개업의의 일상에 질렸을지도 모를 일이다. 프로이트가 계산한 바에 따르면 브로이어는 하루에 여섯 시간을 마차에서 보내고 있었다.

저녁에 왕진한 환자는 일곱 명이었는데 그중 세 명은 병세가 심각했다. 브로이어는 하루 일과를 마쳤다. 피슈만은 그린슈타이들 카페 방향으로 마차를 돌렸다. 대체로 그곳에서 그는 동료 의사들이나 과학자들과 함께 커피를 마셨다. 그들은 지난 15년 동안 단골손님용 테이블에서 저녁마다 만났다. 카페의 가장 좋은 구석 자리에 놓인 커다란 테이블은 그들을 위해 늘 예약되어 있었다.

하지만 오늘 저녁 브로이어는 마음을 바꿨다.

"집으로 곧장 가게나, 피슈만. 땀을 너무 많이 흘렸고 카페로 가기에는 몹시 피곤하군."

그는 검정 가죽의자에 머리를 기대고 눈을 감았다. 오늘은 시작부터 고단했다. 새벽 4시에 악몽 때문에 깬 뒤 다시 잠들 수가 없었다. 아침 스케줄은 매우 빡빡했다. 아침부터 열 명의 환자를 왕진하고 진료실에서 아홉 명의 환자를 보았다. 오후에는 오전보다 더 많은 환자를 진료했고 자극이 되기는 했지만 심신을 고갈시키는 루 살로메와의 면담도 있었다.

지금도 그의 마음은 자기 것이 아니었다. 베르타에 대한 은밀한 환상이 슬금슬금 파고들고 있었다. 따스한 햇살을 받으며 그녀와 손잡고 산책하던 기억들이 스멀스멀 피어올랐다. 빈의 차가운 회색 진창길과는 거리가 멀었다. 그러나 이내 불협화음이나 다름없는 이미지들이 침범했다. 결혼 생활은 산산조각이 나고 그는 아이들을 남겨둔 채 미국에서 새로운 삶을 시작하기 위해 영원한 항해를 떠난다. 이런 생각들이 뇌리를 떠나지 않았다. 그는 마음의 평화를 앗아가는 이런 이미지들을 혐오했다. 이 낯선 이미지들, 가능하지도 바람직하지도 않은 이미지들. 그런데도 그는 이런 환상을 맞아들였다. 유일한 대안인 베르타를 마음속에서 추방하는 것은 상상조차 할 수 없는 일처럼 보였다.

마차는 빈강의 나무다리를 덜커덩거리면서 지나갔다. 브로이어는 사람들이 일터에서 서둘러 귀가하는 모습을 내다보았다. 대부분 남자들이었다. 검정 우산을 들고 비슷한 옷차림—털로 안을 댄 검은 방한 외투, 흰 장갑, 검은 중산모—을 하고 있었다. 익숙한 얼굴 하나가 그의 시선을 사로잡았다. 키가 작고 수염을 다듬었지만 모자는 쓰지 않은 한 남자가 마치 경기에서 우승이라도 하려는 것처럼 행인들을 제치고 쏜살같이 지나갔다. 저 힘찬 걸음걸이! 어디서든 알아볼 수 있는 걸음걸이였다. 빈의 숲속에서 얼마나 여러 번 저 걸음을 따라잡으려고 했던가. 하지만 그 걸음은 헤렌필츠를 찾을 때를 제외하고는 속도를 늦추는 법이 없었다. 헤렌필츠는 매운맛이 도는 커다란 식용버섯인데 검은 전나무 발치에서 자랐다.

브로이어는 피슈만에게 마차를 연석에 대라고 지시한 뒤 창문을 열고 소리쳐 불렀다.

"지그, 어디로 가고 있나?"

올이 성긴 소박한 푸른색 외투를 걸친 젊은이가 마차로 몸을 돌리면서 우산을 접었다. 그리고 브로이어를 알아보고는 씩 웃으면서 대답했다.

"베커슈트라세 7번가로 가는 중입니다. 가장 아름다운 부인이 저녁 식사에 초대했거든요."

브로이어는 웃으면서 대답했다.

"저런! 실망스러운 소식을 전해야겠는데! 부인의 가장 매력적인 남편이 지금 집으로 가는 중이라네. 올라타게, 지그. 함께 가지. 하루 일과가 모두 끝났거든. 그린슈타이들 카페에 들르기에는 너무 피곤해서. 식사하기 전까지 얘기 나눌 시간이 있겠군."

프로이트는 우산을 털어 물기를 뺀 뒤 연석에 발을 굴러 빗물을 털고서는 마차에 올랐다. 마차 안은 어두웠다. 마차에 켜놓은 촛불은 빛보다는 그림자를 더 많이 만들어냈다. 잠시 침묵이 흐른 뒤 젊은 친구가 브로이어의 얼굴을 유심히 살펴보았다.

"많이 피곤해 보여요, 요제프. 고단한 하루였나 봐요."

"정말 힘든 하루였다네. 아돌프 피퍼를 왕진하는 것으로 시작해서 그걸로 끝났다네. 자네도 그 사람 알지?"

"모릅니다만《자유신보》에 기고한 글은 읽었습니다. 좋은 작가지요."

"우린 어린 시절부터 죽마고우였지. 학교도 함께 다녔고. 내가 개업한 바로 그날부터 줄곧 내 환자였다네. 그런데 한 3개월 전에 간암 진단을 받은 거야. 암세포가 들불처럼 번져서 이제는 폐색성 황달까지 갔어. 다음 단계가 어떤지 자네도 알지?"

"만약 쓸개관이 막히면 담즙이 혈관으로 역류해 간 독성으로 죽음에 이르게 되겠죠. 그러기 전에 이미 환자는 혼수상태에 빠지겠지만요. 안 그런가요?"

"정확하군. 지금 당장이라도 그런 증세가 나타날 수 있으니까. 그런데 그 말을 할 수가 없더군. 정직하게 작별을 고하고 싶으면서도 희망적인 말을 하며 거짓 미소를 짓고 있지. 환자가 죽어가는 것에 결코 익숙해지지가 않는군."

프로이트가 한숨을 쉬었다.

"우리들 중 누구도 그러지 않기를 바라야겠지요. 희망은 중요한 거니까요. 우리 아니면 누가 그런 희망을 줄 수 있겠어요? 그 부분이 의사로서 가장 힘든 일 같습니다. 그런 일을 맡을 자격이 있는지 의심스러울 때가 있어요. 죽음은 막강한데 우리 치료법은 정말 보잘것없죠. 신경학은 아예 말할 필요도 없어요. 신경과 로테이션이 끝나가는 게 감사할 따름입니다. 위치를 정하려는 신경과 의사들의 강박은 추잡하기까지 해요. 베스트팔과 마이어가 회진 때 환자를 바로 코앞에 두고 암을 유발하는 정확한 두뇌의 위치에 관해 말다툼하던 꼴을 보셨어야 하는데….”

프로이트는 잠시 입을 다물고 생각에 잠겼다.

“하지만 이렇게 말하는 저는 어떻고요? 불과 6개월 전만 해도 신경병리학 실험실에서 연구하고 있었잖아요. 아기의 두뇌가 도착했을 때 드디어 병인의 정확한 위치를 확인할 수 있겠다 싶어 기뻐서 날뛰었지요. 모르죠, 제가 점점 냉소적이 되어가고 있는지도. 어쨌거나 병변의 위치에 관한 논쟁들이 점점 진실을 몰아내고 있다는 확신이 듭니다. 환자는 죽고 의사들은 무기력해지고요.”

“지그, 베스트팔 같은 수련의들이 죽어가는 사람들에게 어떻게 위안을 줘야 할지 배우지 못한다는 건 정말 유감일세.”

마차가 세찬 바람에 흔들리면서 가는 동안 두 사람은 말없이 앉아 있었다. 빗줄기가 굵어지면서 마차 지붕을 요란하게 두드렸다. 브로이어는 이 젊은 친구에게 충고를 하고 싶었지만, 그의 예민한 성격을 아는 터라 말을 고르는 데 시간이 걸렸다.

“지그, 내 말 좀 들어보게. 개업을 한다는 게 자네에게 너무나 실망스러운 일이라는 사실을 잘 알아. 초라한 운명에 안주하는 것처럼 패배했다는 느낌이 틀림없이 들 걸세. 어제 카페에서, 승진도 시켜주지 않으면서 대학에서 경력을 쌓겠다는 야심을 버리라고 했다고 자네가 브뤼케 교수를 비판하는 소릴 어쩌다 들었다네. 하지만 그 친구를 비난하지 말게. 그는 자네를 높이 평가하고 있어. 본인의 입으로 자네야말로 자기가 본 가장 탁월한 학생이라고 말했지!”

“그런데 왜 저를 승진시켜주지 않는답니까?”

“뭐라고, 지그? 엑스너나 플라이슐의 자리를 두고 하는 말인가? 그들이 퇴직하면 1년에 100굴덴 받는 그런 자리에 가고 싶다고? 돈 문제만큼은 브뤼케가 옳았어. 연구 같은 건 돈 많은 사람이나 하는 걸세. 그 수당으로는 생활할 수가 없네. 부모님도 부양할 수 없지. 10년이 지나도 결혼할 수 없을 테고. 브뤼케가 섬세하지 못한 점은 인정하네만, 자네가 연구소에 남을 수 있는 유일한 기회는 지참금을 가져올 여자와 결혼하는 것이라는 지적은 옳았어. 지참금이 한 푼도 없다는 걸 알면서도 자네는 6개월 전 마르타에게 청혼하지 않았나. 브뤼케가 아니라 바로 자네가 자네 미래를 결정한 셈이지."

프로이트는 곧장 대답을 하지 않고 잠시 눈을 감았다.

"선생님 말씀이 저를 아프게 하는군요. 저는 항상 선생님이 마르타를 인정하지 않는다는 느낌을 받았어요."

브로이어는 프로이트가 자신에게 이 문제를 솔직하게 털어놓기가 얼마나 힘든 일인지 잘 알고 있었다. 열여섯 살이나 손위인 브로이어는 프로이트에게 스승이자 아버지이며 만형 같은 존재였다. 그는 손을 내밀어 프로이트의 손을 잡았다.

"그건 사실이 아닐세, 지그! 전혀 그렇지 않아! 우린 시기에 관해서만 동의하지 않았을 뿐이야. 앞으로 힘든 수련 과정이 많이 남아 있는 자네에게 약혼녀는 부담이 될 거라고 생각했으니까. 그렇지만 우린 마르타에 관해선 완전히 의견일치를 보지 않았나? 그녀의 가족이 함부르크로 떠나기 전 파티에서 딱 한 번 보았을 뿐이지만, 난 그녀가 마음에 들었다네. 그녀는 그 나이 때의 마틸데를 떠올리게 해주었지."

프로이트의 목소리가 조금 부드러워졌다.

"그건 놀랄 일이 아니군요. 사모님은 제 이상형이거든요. 사모님을 만난 후로 사모님과 같은 여자를 찾고 있었으니까요. 요제프, 제게 진실을 말해보세요, 진실을요. 사모님이 가난했다면 결혼하지 않았을 겁

56

니까?"

"지그, 진실을 말하자면, 난 아버지가 요구하는 대로 따랐을 걸세. 이렇게 대답한다고 해서 날 미워하진 말게. 14년 전 그때만 해도 지금 과는 시대가 많이 달랐으니까."

프로이트는 말없이 싸구려 시가를 꺼내 브로이어에게 권했다. 언제나처럼 그는 사양했다. 프로이트가 불을 붙이자 브로이어가 말을 계속 이었다.

"지그, 자네가 느끼는 걸 나도 느낀다네. 자네가 바로 나니까. 자네는 10년 전, 11년 전의 나니까. 의대 주임교수였던 오폴처 교수가 장티푸스로 갑자기 세상을 떠나면서 대학에서 내 경력은 졸지에 끝장나 버렸다네. 자네처럼 참으로 잔인하게. 나 역시 내 장래가 유망할 거라고 생각했으니까. 나는 내가 스승의 뒤를 이을 줄 알았다네. 반드시 그래야 한다고 생각했고 모든 사람이 그렇게 알고 있었지. 그런데 엉뚱한 친구가 뽑혔어. 자네처럼 한순간에 인생이 초라해지고 말았네."

"그럼 요제프, 제가 느끼는 패배감을 잘 아시겠군요. 그건 부당해요. 의대 학과장 좀 보세요. 노르트나겔, 그 무자비한 인간을요! 정신과 학과장은 어떻고요. 마이네르트잖아요. 제가 그들보다 못한 게 뭔가요? 저도 위대한 발견을 할 수 있다고요!"

"그래, 자넨 할 수 있어, 지그. 10년 전인가 11년 전에 나는 실험실에서 나오면서 비둘기를 집으로 가져와서 연구를 계속했다네. 할 수 있고말고. 자네도 길을 찾을 걸세. 그렇지만 대학은 결코 자네의 길이 아니야. 우리 둘 다 알고 있잖은가. 그게 돈만의 문제가 아니라는 걸. 갈수록 반유대주의가 기승이라네. 오늘 아침 《자유신보》 기사 읽었나? 기독교 서클 학생들이 강의실로 쳐들어가서 유대인 학생들을 강의실 바깥으로 끌어냈다는 기사 말일세. 유대인 교수가 가르치는 모든 강의를 그냥 두지 않겠다고 협박하고 있어. 어제 기사는 보았나? 기독교인의 아이를 살해했다는 죄목으로 기소된 갈리치아의 한 유대인 재판에 관한 기사 말일세. 그 유대인이 무교병(유대인들이 유월절에 먹는 누룩을 넣지 않고 구운 빵—옮긴이)을 만드는 데 기독교인의 피가 필요했던 거라고 주장하고들 있다니까. 믿을 수 있겠나? 1882년에 여전히 그런 일이 벌어지고 있다니! 그들은 동굴에 사는 원시인들이야. 기독교라는 얇은 껍질을 한 겹 두른 야만인들일세. 바로 그 때문에 대학에서 자네의 미래가 전혀 보장되지 않는 거네! 브뤼케는 자기는 그런 편견과 관련이 없다고 하지만, 그가 정말로 무슨 생각을 하는지 누가 알겠나? 그는 반유대주의 정서가 결국 자네의 대학 경력을 망칠 거라고 귀띔해줬다네."

"그렇지만 저는 연구자가 되려는 겁니다, 요제프. 선생님처럼 개업하기에 적당한 인물도 못 되고요. 빈 사람들이라면 모두 선생님의 진단의로서의 통찰력을 익히 알고 있습니다만, 제겐 그런 재능이 없어요. 그러니 평생 동안 고용 의사로 살아야겠군요. 멍에를 쓰고 쟁기를 멘 소처럼요!"

"지그, 자네에게 못 가르쳐줄 기술은 없다네."

프로이트는 의자에 깊숙이 앉았다. 촛불에서 벗어나자 절로 어둠에 감사하는 마음이 일었다. 요제프에게 그처럼 벌거벗은 모습을 보인 적이 없었다. 마르타를 제외하고는 누구에게도 그런 적이 없었다. 프로이트는 마르타에게 가장 내밀한 생각과 감정을 날마다 편지로 써서 보냈다.

"하지만 지그, 의학 분야에 분풀이하지 말게. 자넨 너무 냉소적이야. 불과 지난 20년 동안 이룩한 발전을 한번 보게. 심지어 신경학 분야의 발전도 엄청나지. 납중독 마비와 브롬화물 정신병, 대뇌 선모충병을 생각해보게. 그런 질병들은 20년 전만 하더라도 완전히 미스터리였어. 의학은 천천히 발전하지만 우리는 10년마다 질병을 하나씩 정복했다네."

브로이어가 다시 말문을 열기까지 긴 침묵이 흘렀다.

"주제를 바꾸지. 물어볼 말이 있네. 자넨 지금 의대생들을 많이 가르치고 있으니까. 살로메, 그러니까 예니아 살로메라는 러시아 출신 의대생을 아는가?"

"예니아 살로메라? 모르겠군요. 왜 그러시죠?"

"그 친구 여동생이란 여자가 오늘 날 만나러 왔다네. 참 이상한 만남이었지."

마차는 베커슈트라세 7번가의 작은 입구를 통과해 휘청하며 갑자기 멈췄다. 잠시 동안 마차는 육중한 스프링 위에서 출렁거렸다.

"다 왔군. 그 얘긴 안에 들어가서 하지."

그들은 아이비가 무성한 벽으로 둘러싸인, 자갈이 깔린 16세기풍의 앞마당으로 걸어갔다. 장중한 벽기둥이 떠받치고 있는 1층 높이의 아치 위로 아치형의 커다란 창들이 다섯 줄로 나 있었다. 각 창에는 나무틀로 짠 열두 개의 창유리가 들어 있었다. 두 사람이 현관 정문으로 다가가자 관리인이 문의 칸막이 유리창을 통해 내다보고서는 황급히 달려 나와 문을 열어주면서 인사를 했다.

두 사람은 2층에 있는 브로이어의 진료실을 지나 가족 공간인 넓찍한 3층으로 올라갔다. 마틸데가 맞아주었다. 서른여섯 살인 그녀는 미모가 빼어났다. 매끄럽고 광택이 나는 피부와 조각처럼 깎아놓은 듯한 코, 청회색 눈동자. 그녀는 숱 많은 갈색 머리카락을 길게 땋아서 돌돌 말아 올려붙인 머리를 하고 있었다. 흰 블라우스에 긴 회색 스커트로 허리를 잘록하게 죄어주었다. 불과 몇 달 전에 다섯째 아이를 낳

3. 꿈   59

앉는데도 우아한 자태는 여전했다.

마틸데는 요제프의 모자를 받아 들면서 헝클어진 머리카락을 손으로 쓸어 뒤로 넘겨주었다. 그런 다음 그가 벗은 외투를 집안 하녀인 알로이시아에게 건네주었다. 알로이시아는 열네 살 때 하녀로 들어왔는데 식구들은 모두 '루이스'라고 불렀다. 마틸데는 프로이트에게로 돌아섰다.

"이런 지그, 완전히 젖어서 꽁꽁 얼었네. 목욕해요! 물을 데워 놓았거든요. 선반에서 요제프의 새 내의를 꺼내줄게요. 두 분은 체격이 비슷해서 얼마나 편리한지 몰라요! 막스에게는 이런 친절을 절대로 베풀 수 없거든요."

막스는 마틸데의 여동생인 라헬의 남편으로 몸무게가 무려 120킬로그램이나 나가는 거구였다.

"막스 걱정일랑 말아요, 환자를 의뢰했으니까."

브로이어는 프로이트에게 돌아서면서 덧붙였다.

"막스에게 오늘 전립선 비대증 환자를 보냈다네. 이번 주만도 벌써 네 명이야. 맞아, 그 분야가 자네에게 맞을 것 같군!"

"안 돼요."

마틸데가 불쑥 끼어들며 프로이트의 팔을 붙잡고 욕실 쪽으로 향했다.

"지그에게 비뇨기과는 맞지 않아요. 하루 종일 방광과 요도관을 청소하고 있다니! 일주일도 못 가서 미쳐버릴 거예요."

그녀가 문에서 멈춰 섰다.

"요제프, 아이들이 식사 중이거든요. 잠깐 봐주세요. 그냥 몇 분만요. 저녁 식사 전에 눈 좀 붙여두는 게 좋겠어요. 지난밤에 밤새 뒤척이는 소릴 들었어요. 거의 못 주무셨잖아요."

아무 말 없이 침실로 향하던 브로이어는 프로이트가 욕조에 물을 채우는 거나 도와줘야겠다고 마음을 바꾸고 몸을 돌리다가 마틸데가 프로이트 쪽으로 몸을 기울이고 속삭이는 걸 보았다.

"내 말 알겠죠, 지그. 저 사람 나하고는 거의 말을 안 해요!"

욕실에 들어간 브로이어는 루이스와 프로이트가 부엌에서 퍼온 뜨거운 물이 든 물통에 펌프 주둥이를 연결시켰다. 크고 하얀 욕조는 고양이 발톱처럼 가는 우아한 철제 다리로 기적처럼 지탱되고 있었다. 욕조에 물이 빠르게 차올랐다. 브로이어는 욕실을 나와 걸으면서 프로이트가 김이 무럭무럭 나는 물속에 몸을 담그고 기분 좋게 뱉어내는 소리를 들었다.

브로이어는 침대에 누워 잠을 청했다. 마틸데가 프로이트에게 허물없이 털어놓는 말들이 떠올라 잠이 오지 않았다. 프로이트는 점점 더 가족이 되어가고 있었다. 요즘 들어 일주일에 몇 번씩 저녁 식사도 함께 했다. 처음 프로이트를 안 것은 브로이어였다. 프로이트는 몇 년 전에 죽은 남동생 아돌프의 자리를 대신했다. 그러나 지난 몇 년 동안 마틸데와 프로이트가 오히려 더 가까워졌다. 나이 차가 10년 정도 되는 마틸데는 프로이트에게 어머니와 같은 애정을 베풀었다. 마틸데는 프로이트를 보면 그 나이 무렵에 만난 젊은 브로이어의 모습이 떠오른다는 말을 자주 했다.

마틸데가 프로이트에게 애정 없는 관계를 털어놓았다고 한들 어쩌겠는가? 그렇다고 달라지는 게 뭔가? 사실 프로이트는 알고 있었을 것이다. 프로이트는 브로이어의 가정사를 다 꿰뚫고 있었다. 그는 빈틈없는 진단의는 아니었지만 인간관계에 관해서라면 어느 것 하나 놓치는 법이 없었다. 그는 틀림없이 아이들이 아버지의 사랑에 얼마나 굶주려 있는지도 간파했을 것이다.

브로이어의 아이들인 로베르트와 베르타, 마르가레트, 요하네스는 프로이트를 둘러싸고 '지기 삼촌'이라고 소리쳐 부르며 좋아서 어쩔 줄 몰랐다. 심지어 어린 도라마저 그가 나타나면 까르륵거리며 좋아했다. 프로이트가 브로이어의 가정에 얼마나 유익한 존재인지는 의심할 여지가 없었다. 브로이어는 가족들에게 필요한 존재가 되기에는 자기의 정신이 너무 산란하다는 점을 잘 알고 있었다. 그랬다. 프로이트는 그가 해야 할 일을 대신 해주고 있었다. 젊은 친구에게 수치스러워하기보다는 고마워해야 할 판이었다.

브로이어는 마틸데가 결혼 생활의 불만을 토로하는 것에 뭐라고 할 수 없다는 것도 알았다. 불평할 만한 충분한 이유가 있었다. 그는 날이면 날마다 실험실에서 밤늦도록 일했다. 일요일 아침에는 의대생들에게 하는 일요일 오후 강의를 준비하느라 진료실에서 시간을 보냈다. 또한 거의 날마다 저녁 8시, 9시가 될 때까지 카페에서 시간을 보냈다. 요즘은 일주일에 한 번이 아니라 두 번 카드놀이를 했다. 심지어 신성불가침한 가족만의 시간이었던 정오의 정찬마저 어느새 슬금슬금 침해당하고 있었다. 적어도 일주일에 한 번 정도는 스케줄이 넘쳐서 정찬 시간에마저 일을 해야 했던 것이다. 그리고 막스가 올 때마다 두 사람은 서재에 들어가서 문을 잠그고 몇 시간씩 체스를 두었다.

결국 브로이어는 잠시 눈 붙이는 것을 포기하고 부엌으로 들어가서 저녁을 달라고 부탁했다. 그는 프로이트가 뜨거운 물에 몸을 오래 담그고 싶어 한다는 것을 알았지만, 식사를 빨리 하면 실험실에서 더 일할 수 있다는 생각에 갑자기 초조해졌다. 그는 욕실 문을 두드렸다.

"지그, 끝났으면 내 서재로 오게. 마틸데가 식사를 서재로 가져다주면 셔츠 바람으로 식사하기로 하세."

프로이트는 재빨리 욕조에서 나와 요제프의 내의를 입었다. 그는 속옷을 빨래 바구니에 넣은 다음 브로이어와 마틸데가 저녁 식사를 차리는 것을 도우러 갔다(브로이어가는 대부분의 빈 사람들처럼 정오에 정찬을 들고 저녁 식사는 검소하게 남은 음식으로 때웠다). 부엌에 딸린 칸막이 유리문에 서린 김이 방울져 떨어져 내렸다. 프로이트가 칸막이 문을 열자 당근과 샐러리, 보리를 넣은 수프의 따스하고 맛좋은 냄새가 훅 풍겼다. 국자를 손에 쥔 마틸데가 반갑게 말을 건넸다.

"바깥 날씨가 너무 추워서 뜨거운 수프 좀 만들었어요. 두 분에게 필요할 것 같아서요."

프로이트는 쟁반을 받아 들었다.

"왜 두 그릇뿐인가요? 사모님은 안 드세요?"

"요제프가 서재에서 저녁을 들겠다면, 그건 대체로 두 분만 할 이야기가 있다는 뜻이거든요."

브로이어가 항변했다.

"여보, 난 그렇게 말하지 않았소. 당신이 우리와 함께 저녁을 들지 않으면 아마 지그는 다시 오지 않을 거요."

"아녜요. 피곤해서요. 그리고 이번 주에는 두 분만 따로 대화할 시간도 없었잖아요."

긴 복도를 지나가면서 프로이트는 아이들 침실을 들여다보고 잘 자라고 키스를 해주었다. 이야기를 해달라고 조르는 아이들의 간청을 거절하며 대신 다음번에는 두 개를 해주겠다고 약속했다. 그는 서재에서 브로이어와 합류했다.

서재는 어두운 나무 벽으로 되어 있었고 벽 한가운데 낸 커다란 창문에는 짙은 밤색 벨벳이 드리워져 있었다. 창문의 아랫부분, 이중창의 바깥 창과 안쪽 창틀 사이에는 여러 개의 쿠션을 채워놓아 단열재역할을 하도록 했다. 튼튼한 호두나무로 만든 검은색 책상은 창 쪽을 향해 있었고 책상 위에는 책들이 펼쳐진 채 쌓여 있었다. 마루에는 푸른색과 상아색 꽃무늬 문양의 두꺼운 카샨 양탄자가 깔려 있었다. 또 마루에서부터 천장까지 늘어선 삼면의 서가에는 육중한 검은색 가죽으로 장정된 책이 빼곡히 들어차 있었다. 방의 한쪽 구석에는 아랫부분으로 내려갈수록 점점 가늘어지는 황금색 나선형 다리의 검은색 카드 테이블이 놓여 있었다.

루이스는 이미 로스트 치킨, 양배추 샐러드, 캐러웨이 열매, 사워크림, 젤트슈탕게를(소금과 캐러웨이 씨를 얹은 막대형 빵), 미네랄워터를 차려놓았다. 마틸데는 프로이트가 들고 온 쟁반에서 수프 두 그릇을 받아서 테이블 위에 올려놓고 나갈 채비를 했다. 프로이트를 의식한 브로이어가 그녀의 팔을 잡고 말했다.

"잠시 있다 가구려. 지그와 내가 당신에게 말 못 할 비밀이 뭐가 있겠소."

"저는 애들과 이미 먹었어요. 두 분은 제가 없어도 괜찮잖아요."

브로이어는 분위기를 가볍게 하려고 애썼다.

"마틸데, 나와 함께 있을 시간이 없다고 불평이더니, 지금은 당신이 날 외면하는구려."

그녀는 고개를 가로저었다.

"슈트루델(달콤한 재료로 안을 채운 페이스트리 — 옮긴이) 좀 가지고 올게요."

브로이어는 프로이트에게 간곡한 눈길을 보냈다. 마치 '이러니 내가 뭘 어떡하겠어?' 하는 표정이었다. 잠시 후 마틸데가 문을 닫고 나가면서 프로이트에게 '우리 부부 생활이 어떤지 봤죠?'라는 의미심장한 시선을 보내는 걸 브로이어는 보았다. 처음으로 브로이어는 젊은 친구가 처해 있는 어색하고 미묘한 상황을 인식했다. 애정 없는 부부의 흉허물을 양쪽에서 받아주어야 한다니!

두 남자는 말없이 먹었다. 브로이어는 프로이트의 시선이 서가를 쭉 훑고 있는 것을 지켜보았다.

"장차 자네 책들을 꽂아놓을 서가도 마련해둘까, 지그?"

"그럴 수만 있다면요! 하지만 앞으로 10년 이내에는 안 될 겁니다, 요제프. 글은커녕 생각할 시간조차 없는걸요. 빈 종합병원 수련의가 할 수 있는 거라고는 엽서나 쓰는 게 고작이죠. 글을 쓰지는 못하더라도 이 책들을 읽는 것 정도는 생각하고 있습니다. 아, 끝이 없는 지적인 노동. 이 모든 지식을 홍채의 3밀리미터 틈을 통해 뇌에 쏟아부으면 좋겠어요."

브로이어는 미소를 지었다.

"멋진 표현이야! 쇼펜하우어와 스피노자가 눈동자를 통해 들어와 시신경을 지나면서 증류되고 압축되어 후두엽으로 바로 들어간다니. 나도 눈으로 지식을 먹을 수 있으면 좋겠군. 진지한 독서를 하기엔 요즘 너무 피곤하거든."

"잠깐 눈 좀 붙이셨어요? 무슨 일 있었습니까? 저녁 식사 전에 잠깐 누우셨잖아요."

"낮잠을 잘 수가 없다네. 너무 피곤해서 잠도 오지 않아. 되풀이되는 악몽 때문에 한밤중에 깨어나거든. 추락하는 꿈 말일세."

"다시 한 번 말해보세요, 요제프. 내용이 정확히 어떤 거예요?"

"매번 똑같은 꿈일세."

그는 탄산수 한 잔을 전부 마시고는 포크를 내려놓았다. 그리고 음식이 소화되도록 의자에 편안한 자세로 앉았다.

"대단히 생생한 꿈일세. 같은 꿈을 작년에만 열 번은 꾸었으니까. 우선 땅이 심하게 흔들려. 놀라서 바깥으로 나가는데…."

전에는 그 꿈을 어떻게 묘사했더라? 그는 기억해내려고 잠시 뜸을 들였다. 꿈속에서 그는 언제나 베르타를 찾고 있었다. 프로이트에게 모든 것을 털어놓기에는 분명 한계가 있었다. 베르타에게 그처럼 넋이 빠져 있다는 사실은 프로이트를 당혹스럽게 만들 것이다. 그리고 무엇보다도 마틸데에게 그런 사실을 감추려고 신경 써야 하는 곤혹스러운 상황에 그를 밀어 넣을 이유가 전혀 없었다.

"누군가를 찾으려고 하는데… 발밑의 땅이 물렁물렁해지면서 마치 모든 것을 빨아들이는 모래 늪처럼 변하기 시작해. 나는 서서히 땅으로 가라앉지. 정확히 40피트 가라앉는다네. 그러다가 커다란 석판에 발이 닿아. 석판에는 글씨가 적혀 있는데 글씨를 읽으려고 해도 도무지 읽을 수가 없어."

"대단히 흥미진진한 꿈인데요, 요제프. 한 가지는 확신할 수 있어요. 이 꿈의 열쇠는 석판에 적힌 해독할 수 없는 글씨입니다."

"이 꿈에 무슨 의미가 있다면 그렇겠지."

"분명히 그렇다니까요, 요제프. 똑같은 꿈을 열 번이나 꿨다는 거죠? 사소한 것 때문에 잠에서 깨어날 리 만무하거든요. 이 꿈에서 제 흥미를 끄는 또 다른 부분은 40피트입니다. 그게 정확히 40피트란 걸 어떻게 아셨죠?"

"그 숫자는 정확해. 그걸 어떻게 알았는지는 모르겠지만."

언제나 그렇듯이 프로이트는 자기 접시를 재빠르게 비우면서 마지막 한 숟가락을 잽싸게 삼키고 말했다.

"저도 그 숫자가 정확하다고 확신해요. 결국 선생님이 그 꿈을 꾼 거니까요! 아시다시피 요제프, 저는 아직도 꿈을 수집하고 있어요. 꿈에 나타난 정확한 수치는 현실적인 의미를 가진다는 걸 점점 더 확신하게 돼요. 선생님께 얘기하지 않았던 새로운 사례가 있어요. 지난주

66

에 이삭 쇤베르크와 함께 저녁을 먹었어요. 제 아버지 친구분 아시죠?”

“아다마다. 그 사람 아들이 이그나츠 아닌가? 그 친구 자네 처제 될 사람에게 관심이 많지?”

“네, 바로 그 친구요. 그 친군 갈수록 더 민나에게 관심을 보이고 있어요. 그건 그렇고, 이삭의 예순 번째 생일이었어요. 그분이 전날 꾼 꿈 이야기를 해줬습니다. 길고 어두운 길을 걸어 내려가고 있는데, 호주머니에는 금화가 예순 개 들어 있었답니다. 선생님과 마찬가지로 그분도 금화의 숫자를 정확히 기억하시더군요. 동전을 간직하려고 하는데도 호주머니에 난 구멍으로 동전이 계속 빠져나갔대요. 동전을 찾기에는 주변이 너무 어두웠고요. 예순 번째 생일날에 예순 개의 동전 꿈을 꾼다는 건 단순히 우연의 일치는 아니에요. 아니, 저는 확신해요. 달리 해석할 수가 없거든요. 예순 개의 동전은 60년의 세월을 뜻합니다.”

브로이어는 치킨을 두 조각째 집어 들면서 물었다.

“그럼 호주머니의 구멍은?”

프로이트는 치킨 한쪽을 집어 들며 대답했다.

“지난 세월을 잃어버림으로써 좀더 젊어지고 싶은 욕망이지요.”

“혹은 두려움이 드러난 꿈이거나. 자신의 시간이 고갈되어 조만간 아무것도 남지 않을 거라는 두려움의 표현은 아니었을까? 생각해보게나. 그 사람은 길고 어두운 길을 걸어가면서 잃어버린 걸 만회하려고 하지 않았나!”

“그럴 수도 있겠군요. 아마도 꿈은 소망이나 아니면 불안을 표현할 수 있겠죠. 혹은 둘 다일 수도 있고요. 그건 그렇고 요제프, 이 꿈을 처음으로 꾼 게 언제였죠?”

“그러니까 어디 보자….”

브로이어는 회상해내려고 애썼다. 처음으로 그 꿈을 꾼 것은 자신의 치료법이 과연 베르타에게 도움이 될지 회의가 들었던 직후였다. 파펜하임 부인을 면담하면서 그는 베르타를 스위스에 있는 벨뷰 요양원으로 이송할 수도 있다고 말했다. 그때가 1882년 초였으니까 거의 1년 전 일이었다.

"그럼 지난 1월 아닌가요? 저도 선생님 마흔 번째 생일에 초대받고 왔잖아요. 그때 알트만 가족이 전부 모였고요. 그런데 그 이후 그 꿈을 계속 꾸었다면 40피트는 마흔 살을 의미하는 게 아닐까요?"

"글쎄, 두 달만 지나면 나는 마흔한 살일세. 자네 말이 맞다면, 내년 1월에는 꿈속에서 41피트 아래로 떨어져야겠군."

프로이트는 팔을 치켜들었다.

"여기서부터는 자문이 필요합니다. 제 꿈 이론의 한계에 봉착했으니까요. 한때 꾸었던 꿈은 그 사람의 생활이 바뀌면 따라서 바뀌어야 하는가? 그것 참 매력적인 질문이군요! 하여튼 왜 꿈속에서는 세월을 피트로 변형시켜야 할까요? 어째서 우리 마음속에 꿈 제조자가 들어 있어서 진실을 변형시키는 그 모든 수고를 하고 있을까요? 제 추측으로는 41피트로 변하지 않을 겁니다. 꿈 제조자는 한 살 더 먹었다고 1피트를 더하면 너무 속이 빤히 들여다보이지 않을까 걱정하는 거지요. 그렇게 되면 꿈의 코드를 포기해야 할 테니까요."

브로이어는 냅킨으로 입가와 콧수염을 훔치면서 낄낄 웃었다.

"지그, 여기서부터 우리 의견이 갈라지는구먼. 우리 내부에 또 다른 분리된 마음, 지각 있는 요정이 있어서 세련된 꿈을 고안해 내고 우리의 의식적인 마음한테 들키지 않도록 위장한다니, 정말 웃기는 소리 아닌가?"

"우스꽝스럽게 들린다는 말에 동의합니다. 그런데 증거를 한번 보십시오. 과학자들과 수학자들이 꿈속에서 중요한 문제를 풀었다는 보고가 있어요, 요제프! 이걸 반론할 만한 설명이 없어요. 그게 아무리 웃기는 소리처럼 들린다 할지라도 분리되고 무의식적인 지성이 분명 존재할 겁니다. 전 확신해요."

마틸데가 커피 주전자와 생크림을 듬뿍 입힌 사과-건포도 슈트루델 두 조각을 들고 들어왔다.

"뭘 그렇게 확신하는데요, 지기?"

"제가 유일하게 확신하는 건 우리 두 사람 모두 사모님이랑 잠시 얘기 나누고 싶어 한단 사실입니다. 요제프가 오늘 본 환자에 관해 얘기하려던 참이었거든요."

"지기, 그럴 수가 없어요. 요하네스가 울어서 지금 달래지 않으면 다른 아이들까지 전부 깨워놓을 거예요."

그녀가 다시 나가자 프로이트는 브로이어에게로 몸을 돌렸다.

"자, 요제프, 이제 의대생 여동생과의 이상한 만남에 관해 말씀해보세요."

브로이어는 생각을 수습하면서 잠시 망설였다. 그는 루 살로메의 제안을 프로이트와 함께 얘기하고 싶었지만 그러다가 베르타에 관해 깊게 말하게 될까 걱정이었다.

"그녀의 오빠가 베르타 파펜하임에 관한 내 치료법을 말해줬다는 군. 그 치료법을 정서적으로 고통받고 있는 자기 친구에게 적용해보면 어떠냐는 거지."

"예니아 살로메라는 그 의대생이 베르타 파펜하임에 관해 어떻게 알았지요? 그 사례에 관해서는 심지어 저한테도 말하길 꺼려하셨잖아요. 최면술을 사용한다는 것 정도를 제외하면 저조차 아는 게 아무것도 없는데."

브로이어는 프로이트의 목소리에 질투하는 기미가 있는지 긴가민가했다.

"그랬지. 베르타에 관해서는 그다지 말을 하지 않았으니까. 그녀의 가족이 이 지역사회에서는 너무 유명한 데다 베르타가 자네 약혼녀와 절친한 친구라는 걸 알고 난 뒤로 자네에게 말하지 않으려 했지. 하지만 몇 달 전 의대생들을 위한 사례 발표회에서 안나 O라는 가명으로 그녀에 관한 치료법을 간략하게 소개한 적이 있었네."

프로이트는 열의에 차서 브로이어 쪽으로 몸을 기울였다.

"그 새로운 치료법의 세부적인 내용에 제가 얼마나 관심을 갖고 있는지 모르시죠? 의대생들에게 발표하신 내용만이라도 말해주면 안 될까요? 직업적인 비밀은 마르티에게도 지킨다는 건 신생님도 아시잖아요."

브로이어는 고개를 저었다. 얼마만큼 말해야 하나? 프로이트는 이미 많은 부분을 알고 있었다. 마틸데는 자기 남편이 베르타와 너무 많은 시간을 함께 보내 언짢아했고 그런 기분을 몇 개월씩 비밀로 하지는 않았다. 마틸데의 분노가 폭발하던 날도 프로이트가 옆에 있었다. 그날 마틸데는 브로이어에게 자기 앞에서 그 젊은 여자의 이름을 더 이상 언급하지 말라고 퍼부어댔다.

그나마 다행인 것은 프로이트가 베르타 치료법이 마침내 파국을 맞이하던 그 장면을 목격하지는 않았다는 거였다! 브로이어는 끔찍했던 그날을 결코 잊을 수 없었다. 그가 베르타의 집에 들어서는 순간 상상임신을 한 베르타가 산고로 몸부림을 치면서 모든 사람에게 들리게 소리를 쳤다.

"브로이어 박사의 아기가 나오고 있다!"

그 소식은 유대인 부인들 사이에 바람처럼 퍼져나갔다. 소문을 듣자

마자 마틸데는 브로이어에게 즉시 베르타 치료를 다른 의사에게 넘기라고 요구했다.

마틸데가 이 모든 경위를 프로이트에게 말했다면? 지금으로서는 알고 싶지 않았다. 나중에 모든 것이 잠잠해진 뒤라면 또 모를 일이었다. 그래서 그는 말을 조심스럽게 골랐다.

"글쎄, 자네도 알다시피 지그, 베르타는 전형적인 히스테리 증상을 전부 갖췄잖은가. 지각장애, 운동장애, 근수축증, 청력 상실, 환각, 기억상실, 실성증, 공포증 등. 게다가 독특한 징후까지 있었지. 일례로 그녀는 괴상한 언어장애가 있었다네. 때로는 몇 주일 동안 유별나게도 특히 아침이면 독일어를 말하지 못해서 영어로 대화하곤 했지. 그보다 더 희한한 건 이중적인 정신생활이었네. 그녀의 일부는 현실에 살고 있고, 다른 부분은 정확히 1년 전에 일어났던 사건에 정서적으로 감응하고 있었으니까. 그녀 어머니의 지난해 일기를 보고 이런 사실을 알게 되었다네. 그녀는 또한 심각한 안면신경통이 있었는데 모르핀이 아니면 전혀 약효가 없었지. 그러다 보니 모르핀에 중독이 됐고."

"선생님은 베르타를 최면술로 치료했던가요?"

"그게 내 원래 의도였네. 최면 상태에서 증상을 제거하는 리바울트의 방법을 따를 작정이었으니까. 하지만 뛰어나게 창조적인 베르타 덕분에 완전히 새로운 치료법을 발견했지. 처음 몇 주일 동안 날마다 그녀를 방문했는데 언제나 너무 흥분한 상태여서 어떤 작업도 효과가 없다는 걸 알았다네. 그러다가 그녀가 그날 있었던 모든 짜증스러운 일들을 상세하게 묘사함으로써 자신의 흥분을 배출할 수 있다는 걸 알게 되었지."

브로이어는 말을 멈추고 생각을 모으기 위해 눈을 감았다. 그는 이 사실을 대단히 중요하게 여겼고 프로이트에게 전부 다 들려주고 싶었다.

"그 과정은 시간이 걸렸네. 베르타는 아침마다 한 시간 동안 자신의 꿈과 불쾌한 환상으로부터 마음을 깨끗이 비우는 이 작업을 '굴뚝청소'라고 불렀지. 그러다가 내가 오후에 들르면 새로운 흥분과 자극으로 더 많은 청소거리를 쌓아놓았다네. 베르타의 마음에서 이 매일매일의 잔해들이 깨끗이 제거되었을 때 비로소 우리는 그녀에게 지속된 증상들을 완화시키는 작업에 착수할 수 있었다네. 그런데 지그, 바로 그 시점에 우연히 엄청난 발견을 하게 된 거야."

브로이어의 진중한 어조에 프로이트는 시가에 불을 붙이는 다음 말을 들으려 꼼짝도 않고 앉아 있었다. 그러다 성냥개비가 다 타들어가서 손가락을 데고 나서야 소리쳤다. "앗, 뜨거! 내 정신 좀 봐!" 프로이트는 깜짝 놀라 성냥개비를 흔들어 불을 끈 다음 손가락을 빨았다. "계속하세요, 요제프. 그 놀라운 발견은요?"

"음, 베르타가 자기 증상의 원천으로 거슬러 올라가 모든 걸 내게 말하자 증상 자체가 사라지는 거였네. 최면 암시가 더 이상 필요 없었단 말이지."

"원천이라니요?"

프로이트는 브로이어의 말에 완전히 빠져들어서 재떨이에 놓아둔 시가에서 연기가 솔솔 피어오르는 것도 의식하지 못했다.

"증상의 원천이라니 그건 무슨 뜻입니까, 요제프?"

"최초의 자극, 그러니까 증상을 일으킨 경험이지."

"제발, 예를 들자면요!"

프로이트는 사정했다.

"베르타의 공수병에 관해 말해주겠네. 베르타는 몇 주 동안 물 마시기를 꺼려하거나 아예 마실 수조차 없었거든. 엄청 갈증을 느꼈지만 물 컵을 쥐고 입으로 가져가도 마실 수가 없었다네. 그 대신 목을 축이려고 멜론이나 다른 과일을 먹었지. 그녀는 자기최면술사이기도 해서 상담할 때마다 자동적으로 최면에 빠져들고는 했다네. 그러다가 어느 날 최면 상태에서 몇 주 전에 유모 방에 들어갔다가 유모의 개가 자기 물컵을 핥고 있는 것을 보았다는 걸 떠올렸지. 상당한 분노와 역겨움을 배출하면서 이 일을 말하더니 바로 물컵을 달래서는 아무런 문제 없이 물을 마셨다네. 그 후 그런 증상은 사라졌지."

"놀랍군요, 놀라워! 그런 다음에는요?"

프로이트가 감탄했다.

"그다음부터 우리는 이런 방식으로 다른 증상들에 접근했어. 여러 가지 다양한 증상들, 예를 들어 팔근육 마비, 해골과 뱀이 보이는 환영 등은 아버지의 죽음으로 인한 충격에 그 뿌리가 있었지. 베르타가 아버지의 임종 장면과 그때 느낀 감정에 대해 세부적으로 묘사할 때 나는 그녀의 회상을 자극하기 위해 그때와 동일하게 가구를 재배치하라고까지 주문했네. 그러자 모든 증상이 일시에 사라졌다네."

"정말 놀랍군요!"

잔뜩 흥분한 프로이트는 벌떡 일어나 서성거리기 시작했다.

"그 이론적 함의들이 기가 막힙니다. 헬름홀츠 이론과도 완전히 맞아떨어지고요! 일단 증상을 일으키는 뇌의 과도한 전하가 정서적인 카타르시스를 통해 방전되면 증상이 즉시 사라진다는 것 아닙니까! 그런데 선생님은 너무 차분하시네요. 이게 얼마나 엄청난 발견인데요. 이 사례를 출판하셔야죠."

브로이어는 깊은 한숨을 내쉬었다.

"아마도 언젠가는 그럴 테지만 지금은 때가 아니네. 개인적인 문제가 복잡하게 얽혀 있기도 하고, 마틸데의 심정도 고려해야 하거든. 이제 치료 과정을 말해주었으니까 베르타를 치료하는 데 내가 얼마나 많은 시간과 공을 들였는지 자네도 이해할 수 있을 걸세. 마틸데는 그래서 더더욱 이 사례의 과학적인 중요성을 인정할 수 없는 거고, 인정하고 싶어 하지도 않는다네. 자네도 알다시피 내가 베르타와 보낸 시간들 때문에 분개하고 있으니까. 사실 아직도 분이 풀리지 않아서 그 건에 관해서라면 나와 말도 하지 않으려고 하거든. 게다가 그처럼 나쁘게 종결된 사례를 출판할 순 없지. 마틸데가 우겨서 어쩔 수 없이 이 사례에서 손을 떼고 베르타를 지난 7월 크로이츨링겐에 있는 빈스방거 요양원으로 보냈거든. 아직까지 그곳에서 치료를 받고 있다네. 그녀는 모르핀 중독에서 벗어나기 힘들 걸세. 독일어를 못하는 것과 같은 일부 증상도 재발했고.”

프로이트는 마틸데의 분노와 같은 주제를 조심스럽게 피하면서 말했다.

“그렇다 해도… 이 사례는 새로운 분야를 개척한 겁니다, 요제프. 완전히 새로운 치료법을 열 수 있다고요. 시간이 나면 그 사례에 관해 좀더 자세히 말씀해주실 수 있겠죠? 상세한 걸 전부 들어야겠습니다.”

“기꺼이 그렇게 하지, 지그. 내 진료실에 빈스방거에 보낸 요약본을 복사한 것이 있거든. 약 30쪽 정도라네. 그걸 읽어보고 시작하는 게 좋겠구먼.”

프로이트는 시계를 꺼냈다.

“이크! 시간이 꽤 흘렀군요. 아직 의대생의 여동생 이야긴 시작도 못했는데. 그녀의 친구, 선생님의 새로운 대화요법으로 치료해주기를 원하는 그 환자도 히스테리입니까? 베르타의 증상과 흡사한가요?”

“아닐세, 지그. 그게 얘기가 재밌어지는 부분일세. 히스테리가 아닐세. 그리고 그녀의 친구는 남자라네. 지금 현재 혹은 한때 그녀와 사랑에 빠진 남자인데, 그녀가 자기를 버리고 자기 친구를 선택하자 자살하고 싶을 정도로 치명적인 상사병에 걸렸다네. 그녀는 분명히 죄의식을 느끼고 있고, 그래서 어떤 일이 있어도 그의 피를 보고 싶지 않다고 하더군."

"하지만 선생님, 상사병이라니요! 그건 의학적인 사례가 아니잖습니까!"

프로이트는 충격을 받은 모양이었다.

"처음엔 나도 자네처럼 반응했지. 내가 그녀에게 지적한 것도 정확히 그 점이었고. 그렇지만 얘길 마저 들어보게. 점점 재미있어지니까. 그런데 그녀의 친구는 상당한 수준의 철학자라네. 리하르트 바그너와 개인적으로 친한 사이이기도 하고. 그는 도움을 원하지 않는다는구면. 도움을 청하기에는 자부심이 너무 강하단 거지. 그녀는 내가 마법사가 되길 바라더군. 몸을 진료하는 걸로 가장해서 그 친구의 심리적 고통을 은밀하게 치료해달라고 부탁하더라니까."

"그건 불가능해요! 정말 불가능해요, 요제프. 그걸 수락하실 작정입니까?"

"이미 하기로 했네."

"왜요?"

프로이트는 시가를 다시 집어 들고 몸을 앞으로 숙이면서 염려하는 마음에 인상을 찌푸렸다.

"그건 나도 잘 모르겠네, 지그. 파펜하임 사례가 끝장이 난 뒤로 불안하고 침체된 느낌이었거든. 기분전환이 필요했는지도 모르지. 도전 말일세. 그런데 이 사례를 맡은 다른 이유가 있다네. 진짜 이유! 그 의대생의 여동생은 기묘할 정도로 사람을 설득하는 힘이 있어. 거절하지 못하게 만드는 힘 말일세. 선교사로 나서도 그처럼 대단한 선교사가 없을 걸세. 닭을 말이라고 해도 믿게 만들 것처럼 보였으니까. 뭐라고 꼬집어 설명할 수는 없는데 탁월한 아가씨야. 아마 언젠가는 자네도 보게 될 걸세. 그럼 알게 될 테지."

프로이트는 일어나 기지개를 켜면서 창가로 걸어가 벨벳 커튼을 활짝 열어젖혔다. 유리창에 김이 서려 바깥을 내다볼 수 없자 손수건으로 물기를 조금 닦았다.

"아직도 비가 오나, 지그? 피슈만을 부를까?"

"아닙니다. 거의 멈췄어요. 걸어갈게요. 새 환자에 관해 좀더 물어볼 말이 있습니다. 언제 그 사람을 만나실 건가요?"

"아직 소식이 없다네. 그것 또한 문제일세. 살로메 양과 그는 사이가 틀어졌거든. 그가 분노에 차 보낸 편지를 그 아가씨가 내게 보여줬다네. 그런데도 그녀는 그를 위해 이 문제를 '주선'하겠다더군. 진찰을 받으러 내게 보내겠다는 거야. 그 말을 믿어 의심치 않네. 이 문제뿐만 아니라 모든 문제에서 그녀는 자신이 의도한 대로 해나갈 수 있는 여자니까."

"그 남자의 건강이 의학적인 진찰이 필요한 상태인가요?"

"틀림없이 그렇다네. 그 사람은 심하게 앓고 있거든. 이미 스물네 명이나 되는 의사들을 찾아다녔는데 모두 유명한 의사들이었다네. 그가 앓고 있는 증상에 관해 그 아가씨가 상세하게 열거해줬다네. 격심한 두통, 부분적인 시력 상실, 구토, 불면증, 심각한 소화불량, 평형감각 이상, 쇠약 등등."

프로이트가 질렸다는 듯이 머리를 절레절레 흔드는 것을 보면서 브로이어는 덧붙였다.

"자네도 전문의가 되길 원한다면, 이런 당혹스러운 임상 풍경에 익숙해져야 한다네. 다중적인 증상에 메뚜기처럼 이 의사 저 의사를 찾아다니는 환자들을 날마다 만나게 될 테니까. 그러니까 지그, 자네에

76

게는 이 사례가 좋은 경험이 될 것 같네. 앞으로 진행 사항을 틈틈이 알려주겠네."

브로이어는 잠시 생각에 잠겼다.

"1분 퀴즈를 한번 해보세. 여기까지 들은 증상을 바탕으로 자네라면 어떤 진단을 내리겠는가?"

"모르겠군요, 요제프. 증상들이 따로 놀고 있으니까요."

"그렇게 소심하게 굴지 말고 그냥 추측해서 말해보게."

프로이트가 얼굴을 붉혔다. 지식에 대한 갈증이 아무리 강렬하다 해도, 자신의 무지가 드러나는 것은 싫었다.

"다발성경화증이나 후두엽 종양인 것 같습니다. 납중독일까요? 전혀 모르겠는데요."

브로이어는 덧붙였다.

"편두통을 잊지 말게. 망상적인 건강염려증은 어떤가?"

"문제는 이런 진단이 그 모든 증상들을 설명해줄 수 없다는 거지요."

프로이트가 주저하며 대답했다.

그러자 브로이어가 은밀한 어조로 말하면서 자리에서 일어났다.

"지그, 사업상 비밀을 알려주겠네. 그게 언젠가 전문의로서 자네 밥벌이에 도움이 될 걸세. 나는 그걸 오폴처에게서 배웠다네. 한번은 그가 내게 이렇게 말하더군. 개에게는 빈대와 벼룩이 함께 있다고 말이지."

"그 말은 환자가…."

"그렇다네."

브로이어는 프로이트의 어깨에 손을 얹었다. 두 사람은 긴 복도를 걸어가기 시작했다.

"환자는 두 가지 질병을 동시에 가질 수 있거든. 사실 의사에게 도움을 청하는 환자들이 대체로 그렇지만."

"하지만 심리적인 문제로 되돌아가볼게요. 그 아가씨 말대로라면 그 남자는 자신의 심리적인 고통을 결코 인정하지 않을 겁니다. 심지어 자살 충동마저 결코 인정하지 않는다면 어떻게 치료할 수 있을까요?"

브로이어는 자신 있게 말했다.

"그건 문제가 아닐세. 병력을 살펴보면서 언제든 심리적 영역으로 들어갈 기회를 찾아낼 수 있거든. 예를 들어 불면증에 관해 물으면서 어떤 생각을 할 때 잠들지 못하는지 물어보는 거지. 혹은 환자가 장황하게 증상을 나열하고 나면 공감과 동정을 표시하면서 무심하게 물어본다네. 자기 병 때문에 낙심하는지, 혹은 인생을 포기하고 더 이상 살고 싶지 않은지를 말일세. 그럴 경우, 모든 것을 털어놓지 않는 환자는 드물었다네."

현관 앞에서 브로이어는 프로이트가 외투 입는 것을 거들어주며 계속해서 말했다.

"그러니까 그건 문제가 아닐세, 지그. 철학자의 신뢰를 확보하는 건 그다지 어렵지 않을뿐더러 모든 고백을 받아낼 수도 있을 걸세. 진짜 문제는 내가 알아낸다 한들 뭘 어떻게 할 수 있느냐는 걸세."

"그래요. 만일 그가 자살하길 원하면 어쩌시겠어요?"

"만일 '이 사람이 정말로 자살할 수도 있겠구나'라는 확신이 들면 즉시 가둬야지. 브륀펠트에 있는 정신병원이나 인처도르프에 있는 브레슬라우어 같은 사설 요양원에 말이야. 그런데 지그, 그건 문제가 되지 않을 걸세. 생각해보게나, 정말로 자살하고 싶다면 성가시게 진찰은 왜 받으러 오겠는가?"

"하긴, 그렇군요!"

프로이트는 얼굴을 붉히면서 자신의 아둔함을 탓하는 것처럼 머리를 톡톡 쳤다.

브로이어는 계속 말을 이었다.

"정말 문제는 그가 자살하지는 않을 테지만 그야말로 엄청난 고통을 겪고 있다면 어떻게 대처할 것인가 하는 걸세."

"그렇군요. 그럴 경우엔 어쩌죠?"

"그 경우엔 사제를 만나보라고 설득해야지. 아니면 마리엔바트에서 장기간 치료를 해야겠지. 이도저도 아니라면, 정말로 그에게 적합한 치료법을 고안해내는 수밖에."

"그에게 적합한 치료법을 고안한다고요? 그게 무슨 뜻이죠, 요제프? 어떤 방식으로요?"

"나중에 말하지, 지그. 이러다 너무 늦겠어. 이제 작별을 해야겠군. 이 더운 실내에서 그렇게 두꺼운 외투를 입고 오래 있으면 안 되니까."

프로이트는 문간에서 걸음을 멈추고 고개를 돌렸다.

"그 철학자 이름이 뭡니까? 제가 들어본 사람인가요?"

브로이어는 망설였다. 루 살로메가 비밀로 해달라고 당부했던 것을 떠올리고는, 베르타 파펜하임에게 안나 O라고 가명을 붙인 방식으로 프리드리히 니체의 가명을 순간적으로 만들어냈다.

"아닐세, 무명인사라네. 이름은 뮐러, 에카르트 뮐러일세."

4
니체 교수의 방문

2주가 지났다. 흰 의사 가운을 걸친 브로이어는 진료실에 앉아서 루 살로메에게서 온 편지를 읽고 있었다.

친애하는 브로이어 박사님,

우리의 계획이 성공하고 있습니다. 오버베크 교수는 우리의 입장에 전적으로 공감했어요. 상황이 정말 심각하니까요. 니체의 상태가 지금보다 악화된 적은 일찍이 없었답니다. 그분은 니체가 선생님께 진찰을 받도록 모든 노력을 다해 설득하기로 하셨습니다. 니체와 저는 이 절박한 시기에 선생님께서 보여주신 친절을 결코 잊지 않을 거예요.

1882년 11월 23일

루 살로메

"우리의 계획, 우리의 입장, 우리의 절박함. 우리의, 우리의, 우리의."

브로이어는 편지를 내려놓았다. 일주일 전에 그 편지를 받고 적어

80

도 열 번은 더 읽었다. 그는 책상에 놓인 거울을 집어 들고 '우리'라고 발음하는 자신의 모습을 쳐다보았다. 다갈색의 털 사이로 조그맣게 뚫린 검은 입을 둘러싼 얇은 분홍색 입술을 보았다. 입을 더 크게 벌렸다. 입술을 양옆으로 당기자, 누런 이들이 반쯤 땅속에 묻힌 비석들처럼 잇몸에 박혀 있는 게 보였다. 털과 구멍, 목젖, 이─고슴도치, 해마, 원숭이, 요제프 브로이어.

그는 자기 턱수염이 보기 싫었다. 요즘 들어 깨끗하게 면도한 남자들이 자주 눈에 띄었다. 그는 언제쯤 이 털북숭이 얼굴을 면도할 용기를 갖게 될까? 콧수염에도 엉큼하게 나타난 희끗희끗한 털을 보는 것도 싫었다. 뻣뻣한 회색 털이 무자비하고도 쓸쓸하게 점점 침범해 들어왔다. 한 시간 두 시간, 하루 이틀, 한 해 두 해… 세월의 흐름을 멈출 수 있는 것은 어디에도 없었다.

브로이어는 거울에 비친 자기 모습이 하나같이 마음에 들지 않았다. 허옇게 세기 시작한 머리카락과 수염, 짐승 같은 이와 털, 매부리코, 터무니없이 큰 귀, 엄청나게 넓은 이마. 벌써 벗겨지기 시작한 머리는 헐벗은 두개골을 무참하게 드러내고 있었다.

그러나 눈이 있었다! 브로이어는 눈을 부드럽게 들여다보았다. 눈에서만큼은 언제나 젊음을 발견할 수 있었다. 그는 자신에게 윙크를 하면서 눈짓했다. 눈에는 그의 진정한 자아인 열여섯 살짜리 소년이 들어 있었다. 하지만 오늘따라 어린 요제프가 반갑게 나타나지 않았다! 대신 자기 아버지의 눈이 그를 빤히 쳐다보고 있었다. 주름지고 벌건 눈꺼풀에 둘러싸인 늙고 지친 눈만이 들어왔다. 브로이어는 자기 아버지의 입이 커다란 구멍을 만들면서 '우리의, 우리의, 우리의'라고 말하는 모습을 넋이 빠진 것처럼 지켜보았다. 그는 점점 더 자주 아버지를 생각하게 되었다. 레오폴트 브로이어는 10년 전에 세상을 떠났다. 지금의 요제프보다 마흔두 해를 더 산 여든두 살이었다.

브로이어는 거울을 내려놓았다. 무려 마흔두 해나 남았다! 앞으로 마흔두 해를 어떻게 견뎌야 할까? 늙어가는 눈을 들여다보면서 보내야 할 세월이 마흔두 해나 남았다니. 시간의 감옥에서 탈출할 수 있을까? 아, 다시 한 번 시작할 수만 있다면! 하지만 어떻게? 어디서? 누구와 함께? 루 살로메는 아니다. 그녀는 자유로운 여자다. 그녀가 어쩌다 그를 선택했다 해도 그의 감옥을 마음대로 들락거릴 것이다. 그녀와는 결코 '우리'가 될 수 없다. '우리의' 인생, '우리의' 새로운 인생을 꿈꿀 수 없다.

그럼 베르타와? 베르타와도 '우리의' 인생을 결코 다시 시작할 수 없다. 살에서 나는 아몬드 향기, 가운 아래 힘차게 솟아 있는 젖가슴, 무아지경에 들어가기 직전 그에게 몸을 기대고 있을 때 전해지는 온기… 베르타에 대한 반복되는 오래된 회상으로부터 도망칠 때마다, 한 걸음 물러나 균형감을 찾을 때마다, 베르타는 환상일 뿐이라는 것을 깨달았다.

가엾고 미숙하고 무분별한 베르타. 그녀를 완벽하게 채워주고 성숙한 모습으로 만들어주겠다고 생각하다니, 얼마나 어리석은 꿈인가! 그러면 그녀는 내게 무엇을 줄 수 있을까? 그게 문제였다. 내가 그녀에게 구한 것은 무엇인가? 나에게 없는 것은 무엇인가? 나는 훌륭한 생활을 누리지 않았던가? 내 인생이 계속 좁아지는 물길을 따라가다 결국 폭포에 이르게 될 거라고 누구에게 불평할 수 있는가? 나의 고뇌, 잠 못 이루는 밤들, 자살하고픈 유혹을 누가 이해할 수 있겠는가? 무엇보다도 나는 소망했던 모든 것들을 다 갖지 않았던가! 돈과 친구, 가족, 아름답고 매력적인 아내, 명성, 사회적인 지위. 누가 나를 위로해줄 것인가? "뭘 더 바라는가?"라고 묻지 않을 사람이 있겠는가?

프리드리히 니체가 도착했다는 베커 부인의 목소리가 들렸다. 올 거라는 걸 알고 있었는데도 브로이어는 깜짝 놀랐다.

작고 딱 벌어진 체격, 희끗희끗한 머리카락에 원기왕성하고 안경을 걸친 베커 부인은 놀랄 만큼 정확하게 브로이어의 진료실을 운영하고 있었다. 사실 그녀는 자기 역할을 얼마나 완벽하게 수행하는지 사적인 부분은 전혀 보이지 않았다. 그녀를 채용한 지 6개월이 지났건만 아직까지 사적인 이야기를 나눈 적이 없었다. 무던히 노력했는데도 그녀의 이름조차 기억하지 못했으며, 간호사라는 직업 이외의 사생활을 상상하기란 도무지 힘들었다.

베커 부인도 산책을 할까? 아침에는《자유신보》를 읽을까? 욕조에 앉아 있을까? 땅딸막한 베커 부인이 벌거벗기도 할까? 성교도 할까? 열정으로 숨가빠할까? 상상조차 할 수 없었다!

전혀 여자로 보이지는 않았지만 베커 부인은 빈틈없는 관찰자였다. 브로이어는 그녀의 사람 보는 안목을 높이 평가했다.

"니체 교수의 인상은 어땠어요?"

"박사님, 가꾼 신사가 아니라 타고난 신사던데요. 수줍어하는 것 같았고요. 겸손하다고 해야겠죠. 온화한 태도가 여기 드나드는 높으신 분들과는 상당히 달랐어요. 예를 들어 2주 전에 들렀던 러시아 숙녀하고는 완전히 다르더군요."

브로이어 자신도 니체의 편지에서 온화함을 느꼈다. 니체는 브로이어 박사에게 편한 시간이 언젠지 물으면서 가능하다면 다음 2주 안에 진찰을 받으면 좋겠다고 했다. 편지에 설명한 대로라면 니체는 오로지 진찰을 받기 위해 빈으로 오는 것이었다. 답을 줄 때까지 오버베크 교수와 함께 바젤에 머물러 있겠노라고 했다. 니체의 편지와 명령하는 투인 살로메의 편지를 비교하면서 브로이어는 슬며시 웃었다.

베커 부인이 니체를 안으로 들여보내기를 기다리면서 책상을 살피다가 2주 전에 살로메가 준 책 두 권을 발견하고 브로이어는 소스라치게 놀랐다. 어제 한 30분 정도 여유가 있어서 훑어보다가 아무 생각 없이 빤히 보이는 곳에 놓아둔 것이다. 만일 니체가 그 책을 보면 치료는 시작하기도 전에 끝장날 것이 뻔했다. 루 살로메에 대해 말하지 않고서는 그 책이 이곳에 있는 이유를 설명하기란 불가능했기 때문이다. 내가 왜 이렇게 평소답지 않게 부주의한 거지? 이 일을 맡기 싫어서 일부러 이러는 건가?

브로이어는 재빨리 책을 책상서랍에 밀어 넣고서 니체를 맞으려고 자리에서 일어섰다. 니체는 살로메의 얘기를 듣고 추측했던 모습과는 완전히 달랐다. 태도는 온화했고 대략 175센티미터의 키에 68에서 72킬로그램 정도로 체격도 단단해 보였다. 하지만 그의 몸은 어쩐지 기이하리만큼 실체가 없어서 마치 손을 대면 그대로 관통할 것만 같았다. 그는 거의 군복처럼 무거워 보이는 검은 양복 차림이었다. 재킷 안에 입은 두껍고 촌스러운 갈색 스웨터는 셔츠와 자주색 넥타이를 거의 다 덮고 있었다.

악수를 하면서 브로이어는 니체의 손이 차고 축축하다는 것을 알아차렸다.

"안녕하십니까, 교수님. 여행하기에 좋은 날씨는 아니었을 것 같습니다."

"그랬지요. 여행하기에도 그렇고 제 몸 상태를 봐도 좋지 않은 날씨죠. 이런 날씨는 피해야 한다고 알고 있습니다만, 오로지 박사님의 명성만 믿고 이 겨울 날씨에 먼 북쪽까지 왔습니다."

브로이어가 가리키는 의자에 앉기 전에 니체는 낡고 불룩한 서류 가방을 의자 오른쪽에 놓았다가 다른 곳으로 옮겼다. 마치 서류 가방이 편하게 쉴 자리를 찾는 것처럼 보였다.

브로이어는 조용히 앉아서 자기 환자가 편안하게 자리 잡을 때까지 살펴보았다. 니체는 태없어 보이면서도 강한 존재감을 풍겼다. 타인의 시선을 붙잡는 것은 다름 아닌 강렬한 얼굴이었다. 특히 눈, 부드러운 갈색 눈동자이지만 극도로 진지한 눈이 돌출된 안와 아래 깊숙이 자리 잡고 있었다. 루 살로메는 저 눈을 뭐라고 표현했더라? 감춰진 보석을 바라보듯이 내면으로 향하고 있는 눈이라 했지, 아마.

브로이어 역시 그렇게 느꼈다. 환자는 빛나는 갈색 머리카락을 단정히 빗어 넘겼다. 입술 위에서 턱으로 눈사태처럼 흘러내린 긴 콧수염을 제외하고는 깔끔하게 면도되어 있었다. 브로이어는 니체의 콧수염을 보면서 털북숭이 동족을 만난 것처럼 느꼈다. 그는 공공장소에서 비엔나 페이스트리, 특히 생크림을 듬뿍 올린 페이스트리는 먹지 말라고 충고하고 싶은 터무니없는 충동을 느꼈다. 콧수염에 빵가루와 생크림이 엉켜 달라붙기라도 하는 날이면, 그걸 털어내려고 무수히 빗질을 해야 할 것 아닌가.

니체의 목소리는 놀랄 정도로 부드러웠다. 책에서 느껴지던 그의 목소리는 힘차고 대담하고 권위적이어서 귀에 거슬릴 정도였는데. 브로이어는 피와 살을 가진 니체와 종이와 펜을 가진 니체 사이에서 앞으로도 여러 번 간극을 느끼게 되리라는 걸 예감했다.

프로이트와 잠깐 얘기를 나눈 뒤로 브로이어는 이 흔치 않은 진찰에 관해 거의 생각조차 않고 있었다. 이 일에 연루된 것이 과연 잘한 짓인가 하는 의문이 처음으로 진지하게 들었다. 공모자 루 살로메는 이미 오래전에 가고 없지만 여전히 이곳에서 아무런 의심도 하지 않는 니체 교수를 속이고 있었다. 두 남자는 한 여자가 꾸며놓은 거짓 구실로 만나서 작전을 수행 중이었다. 그녀는 틀림없이 새로운 술책을 꾸미기 시작했을 것이다. 그는 이 모험을 할 마음이 없었다.

이제 이런 생각들을 뒤로 밀쳐두어야 할 시간이다. 자신의 목숨을 위협하는 한 남자가 지금 앞에 앉아 있다. 나는 그에게 완전히 집중해야 한다.

"여행은 어땠습니까, 니체 교수님? 바젤에서 방금 오신 걸로 압니다만."

니체는 경직된 자세로 앉아서 대답했다.

"그곳 또한 마지막으로 머문 정류장에 불과했지요. 하긴 제 인생 전체가 여정이었습니다. 내 유일한 집이자 언제나 돌아갈 수 있는 유일하게 편안한 곳이 내 병이라고 느끼기 시작했거든요."

사사로운 이야기를 좋아하지 않는 남자라는 생각이 들었다.

"그럼 교수님, 바로 교수님의 병을 보도록 하지요."

"이 서류부터 우선 검토해보시는 게 좀더 효율적이지 않을까요?"

니체는 서류로 가득 찬 두꺼운 서류철을 서류 가방에서 꺼냈다.

"저는 평생 동안 아팠습니다. 최근 10년은 가장 심각하게 앓았어요. 이건 이전의 진찰 소견서입니다. 드릴까요?"

브로이어는 고개를 끄덕였다. 니체는 서류철을 열어서 책상 쪽으로 밀었다. 편지, 병원 차트들, 실험실 소견이 적힌 서류들이 브로이어 앞에 펼쳐졌다.

브로이어는 첫 장을 훑어보았다. 스물네 명의 의사 명단과 진찰 날짜가 적혀 있었다. 스위스, 독일, 이탈리아의 저명한 의사들의 이름이 눈에 들어왔다.

"전부 뛰어난 의사들이군요! 저도 익히 아는 분들이 있네요. 케슬러와 투린, 쾨니히는 빈에서 함께 수련을 했습니다. 교수님, 이처럼 탁월한 분들의 관찰과 소견을 무시하는 건 현명하지 못한 처사겠지요. 하지만 이런 소견을 참고해 치료를 시작하면 대단히 불리할 때도 있답니다. 권위 있고 저명한 의견들에 압도되어 자기만의 상상력 있는 종합적인 판단을 하기가 어려워질 수 있거든요. 희곡 작품을 읽기 전에 전문가들의 연극 평이나 공연을 먼저 보고 싶지 않은 것과 비슷한 이유일 겁니다. 교수님은 작업하시면서 그런 경험을 하신 적 없나요?"

니체는 놀라는 것처럼 보였다. 좋아! 브로이어는 만족했다. 내가 여타 의사들과 다르다는 것을 알겠지. 그는 자기 작업에 관해 지적으로 질문하거나 심리적인 요소에 관해 대화하는 의사는 만나지 못했을 것이다.

"그렇습니다. 제 작업에서는 그 점을 대단히 중요하게 여깁니다. 제 전공 분야가 원래 문헌학이거든요. 처음이자 마지막으로 교수로 채용된 적이 있었는데 바젤 대학 문헌학 교수였죠. 저는 특히 소크라테스 이전의 철학자들에게 지대한 관심이 있습니다. 원전으로 되돌아가는 것이 핵심이라는 것을 깨달았거든요. 주석가들은 언제나 부정직해요. 물론 의도적인 것은 아니지만, 주석가들은 자신의 자전적 틀에서 벗어날 수가 없으니까요."

"주석가들을 존경하지 않는 태도는 학계에서 그다지 환영받지 못할 텐데요?"

브로이어는 자신감을 느꼈다. 상담은 의도했던 방향으로 가고 있었다. 그는 니체를 설득하는 일에 착수했고 아직까지는 성공적이었다. 니체는 이 새로운 의사가 자기와 유사한 관심사와 유사한 영혼을 가진 사람이라는 것을 알게 되었을 것이다. 이제 니체를 유혹하는 것은 그다지 힘들지 않을 것이다. 브로이어는 이 과정을 유혹이라고 보았다. 요청하지도 않은 도움을 주기 위해 원하지 않았던 관계로 환자를 끌어들이는 것이야말로 유혹이 아닌가.

"환영받지 못한다는 건 말할 것도 없지요. 저는 병 때문에 3년 전에 교수직을 그만두었습니다. 병명도 모르는 병 때문에 오늘 이 자리까지 찾아온 겁니다. 제 건강이 완벽한 상태였다 할지라도 주석가에 대한 불신 때문에 궁극적으로는 학계에서 환영받지 못하는 불청객이 되었을 테지만요."

"그러나 니체 교수님, 모든 주석가가 자신의 자전적인 틀에 제약받는다면, 교수님은 어떻게 그런 한계로부터 벗어날 수 있을까요?"

"첫째, 한계를 인정해야지요. 그다음, 거리를 두고 자신을 보는 법을 배워야 합니다. 아, 때로 제 병이 극심할 때는 그런 관점이 훼손되지만요."

얘기의 초점을 계속 병에 두는 사람이 브로이어가 아니라 니체라는 것은 분명했다. 그것이 이 만남의 목적이었다. 니체의 말에 미묘한 비난의 기색이 있었던가? '너무 무리하지 마라, 요제프.' 브로이어는 평상심을 찾으려고 했다. '환자에게 신뢰를 드러내놓고 요구해서는 안 된다. 실력 있게 진찰하면 자연스럽게 우러나올 테니까.' 브로이어는 매사에 자기비판적이었지만 의사로서 자신에 대한 신뢰만큼은 확고했다. 그의 본능이 충고했다. '환자에게 아첨하지도, 선심을 베푸는 척하지도, 술책을 부리지도, 전략을 짜지도 마. 평소처럼 직업적인 태도로 진행해.'

"그럼 우리의 과제로 되돌아가볼까요, 니체 교수님. 제가 말씀드리고 싶었던 건 교수님의 의료 기록을 보기에 앞서 저 스스로 병력을 살펴보고 검사를 하고 싶다는 거였습니다. 그래야 다음에 오실 때 포괄적이고 종합적인 진단을 알려드릴 수 있으니까요."

브로이어는 책상 위에 백지를 올려놓았다.

"교수님은 편지에 몸 상태에 관해 몇 가지를 언급하셨더군요. 적어도 지난 10년 동안 두통과 시각의 이상 증세가 있었다고요. 병이 없었던 적이 거의 없었고, 말씀대로라면 병이 언제나 교수님을 기다리고 있었고요. 오늘 말씀으로 추론한다면, 적어도 스물네 명이나 되는 의사들도 전혀 도움이 되지 못했습니다. 그게 제가 아는 전부입니다. 이제 시작해볼까요? 우선 교수님의 병에 대해 교수님의 언어로 말씀해주시겠습니까?"

5

혼란스러운 환자

두 사람은 90분 동안 이야기를 나눴다. 등이 높은 가죽의자에 앉아서 브로이어는 빠르게 기록을 했다. 니체는 때때로 브로이어가 적을 수 있도록 잠시 말을 멈추었다. 니체가 앉은 의자는 편안하기는 했지만 브로이어의 의자보다는 낮았다. 다른 의사들과 마찬가지로 브로이어도 환자가 의사를 아래서 위로 쳐다보는 것을 좋아했다.

브로이어의 검진은 철저하고 꼼꼼했다. 우선 환자가 자기의 병에 관해 자유롭게 말하는 것을 주의 깊게 들은 다음 체계적으로 각각의 증상을 조사했다. 증상의 처음 양상, 시간의 경과에 따른 변화, 치료에 대한 반응을 기록했다.

다음 단계는 몸에 있는 모든 기관계를 체크하는 것이었다. 머리끝에서 시작해 점점 내려와 발끝까지 샅샅이 살폈다. 우선 뇌와 신경계를 검사했다. 열두 가지 뇌신경이 잘 기능하는지 각각 조사하기 시작했다. 후각, 시각, 안구 운동, 청각, 안면 운동과 혀 운동, 감각, 삼키기, 균형, 언어 기능을 모두 살펴보았다.

몸통으로 내려가면서 브로이어는 몸의 모든 기능계를 하나씩 하나씩 검사했다. 호흡계, 심장혈관계, 위장계, 비뇨생식계를 전부 검사했다. 이처럼 철저한 기능검사는 환자의 기억과 일일이 대조를 거쳐 아무것도 놓치는 일이 없게 했다. 브로이어는 심지어 이미 진단을 확신하는 경우에도 그 어떤 것도 빼먹지 않았다.

다음으로 환자의 병력을 주의 깊게 살폈다. 환자의 어린 시절 건강 상태, 부모와 형제들의 건강 상태, 직업 선택, 사회생활, 군 복무, 지리적 이동, 식습관과 여가 시간 선호도 등 생활의 다른 측면들을 샅샅이 살폈다. 마지막 단계는 통찰력을 최대한 발휘하여 지금까지의 자료를 토대로 다른 모든 것들에 대해 질문하는 것이었다. 이렇게 하여 며칠 전 그는 이상한 호흡기 장애 증상을 보이는 환자가 소금 친 훈제 돼지고기를 먹었다는 사실에 근거해 횡경막 선모충병이라는 정확한 진단을 내렸다.

니체는 내내 주의 깊게 경청했다. 사실 그는 브로이어의 질문 하나하나에 고맙다는 듯이 고개를 끄덕이기도 했다. 브로이어에게 이것은 전혀 놀라운 일이 아니었다. 자기 삶에 대해 상세하게 물어보는 것을 은밀하게 즐기지 않는 환자를 본 적이 없기 때문이다. 세밀하게 들여다볼수록 환자는 더 좋아한다. 누구에게나 타인의 관심을 누리고 싶은 마음이 있다. 그래서 브로이어는 나이 든다는 것, 배우자와 사별하거나 친구를 먼저 앞세우는 것의 진정한 고통은 시선의 부재, 누구도 주목하지 않는 삶에 대한 공포라고 믿었다.

하지만 브로이어는 니체의 병이 만성적이고 복합적이라는 것뿐만 아니라 그가 자기 병을 그토록 철저하게 관찰하고 꿰뚫고 있다는 사실에 놀랐다. 브로이어는 한 장 한 장 넘기면서 병력을 기록했다. 니체가 묘사하는 끔찍한 증상들을 따라 적는 것만으로도 손이 저릴 지경이었다. 마비를 일으킬 만큼 극심한 두통, 땅에서 느끼는 뱃멀미(현기증, 균형 감각 상실, 메스꺼움, 구토, 식욕감퇴, 음식에 대한 혐오), 고열, 하룻밤에 잠옷과 시트를 두세 번씩 갈아야 할 정도로 심한 땀, 온몸의 근육이 마비될 것 같은 참담할 정도로 심한 피로, 위통, 토혈, 위장 경련, 심각한 변비, 치질, 시각상의 장애(눈의 피로, 계속되는 시력감퇴, 잦은 눈물과 통증, 침침함, 특히 아침에 심한 눈부심 등).

브로이어의 질문으로 니체가 무시했거나 언급하기 꺼려했던 몇 가지 증상이 더 추가되었다. 두통에 앞서 나타나는 시야의 섬광과 암점 현상, 불치의 불면증, 밤에 일어나는 심각한 근육경련, 전신의 긴장, 설명할 수 없는 기분의 급변이 덧붙여졌다.

기분의 급변이라! 기다리던 단어였다! 프로이트에게 말했다시피 그는 환자의 심리 상태로 들어가는 순조로운 입구를 언제든 탐지해낼 수 있었다. 이 '기분 급변'은 니체의 절망과 자살 충동으로 이끌어줄 단서가 될 수도 있었다! 브로이어는 기민하게 진행했다. 니체에게 기분 변화에 대해 말해보라고 했다.

"교수님의 발병과 관련해서 감정이 변화하는 것에 주목해보셨나요?"

니체의 태도에는 변화가 없었다. 이 질문이 좀더 내밀한 영역으로 파고들지도 모른다는 것을 전혀 개의치 않는 태도처럼 보였다.

"발병 바로 전날에는 기분이 좋을 때가 종종 있습니다. 불안할 정도로 기분이 좋을 때가 있지요."

"그럼 발병 후에는요?"

"전형적인 발병은 12시간에서 48시간 정도 지속됩니다. 발병 후에는 대체로 피곤하고 몸이 납처럼 무겁게 느껴집니다. 심지어 하루 이틀 동안은 생각조차 둔해지지요. 때때로 유별나게 며칠 동안 발병이 지속되고 나면 전혀 다른 기분이 됩니다. 신선하고 정화된 느낌이 들어요. 에너지로 충만해지지요. 나에게는 매우 소중한 시간이지요. 내 마음속에 참신한 생각들이 들끓게 되니까요."

브로이어는 집요했다. 일단 자취를 발견하면 좀처럼 추적을 단념하지 않았다.

"피곤함과 납처럼 무거운 느낌이라고요? 그런 상태가 얼마나 지속됩니까?"

"그렇게 오래가지는 않습니다. 일단 발작이 좀 가라앉으면 내 몸으로 되돌아오고 통제력을 회복합니다. 그러면 스스로 무거움을 극복할 수 있습니다."

처음 생각만큼 호락호락하지 않을지도 모른다. 정면 돌파가 오히려 나을 것 같았다. 니체는 절망에 관해 아무것도 자발적으로 말하지 않을 것이 분명했다.

"우울증은 어떻습니까? 발병 후 수반됩니까?"

"우울한 기간이 있지요. 누군들 그렇지 않겠어요? 그렇지만 우울함이 날 삼키지는 못합니다. 그건 병이 아니라 내 존재에 대한 것이니까. 우울함을 버틸 용기가 있다고도 말할 수 있겠지요."

브로이어는 니체의 스쳐 지나가는 미소와 대담한 어조를 알아차렸다. 처음으로 그는 책상서랍에 넣어둔 두 권의 책에서 니체가 보여주었던 무례하고 수수께끼 같은 목소리를 느낄 수 있었다. 잠시 그는 병의 영역과 존재의 영역에 대한 니체의 선언적인 구분에 정면으로 도전할까 생각을 해보았다. 우울한 기간을 견딜 만한 용기가 있다니, 그 말이 의미하는 바는 뭘까? 하지만 면담을 제대로 하기 위해서는 참아야 했다. 다른 입구가 또 있을 테니까. 브로이어는 신중하게 이어갔다.

"발병에 관해 상세한 일지를 적고 있었습니까? 빈도나 강도, 지속 시간 등에 관해서요."

"올해는 아닙니다. 신변에 중대한 사건과 변화가 생겨 거기에 몰두했거든요. 그러나 작년에는 병 때문에 아무것도 하지 못한 날이 정확히 117일이었고, 200일은 경미한 두통, 눈의 통증, 위통과 메스꺼움 등으로 아팠지만 어느 정도 일을 할 수 있었지요."

여기서 두 가지 가망성이 있는 입구가 열렸다. 하지만 어느 길을 따라야 할까? 중대한 사건과 변화가 뭔지 물어봐야 할까? 틀림없이 니체는 루 살로메에 대해 말하고 있었다. 아니면 동감하면서 의사와 환자 사이의 신뢰감을 강화해야 할까? 의사와 환자 사이의 신뢰감은 아무리 지나쳐도 결코 지나침이 없다는 것을 알기 때문에 브로이어는 후자를 선택했다.

"어디 한번 볼까요. 1년 중 아프지 않았던 날은 불과 48일이군요. '괜찮은' 시간은 정말 짧았군요, 교수님."

"지난 몇 년을 돌이켜보면 2주 이상 계속 몸 상태가 양호했던 적이 거의 없어요. 건강이 좋았던 기간을 전부 다 기억해낼 수 있을 정도랍니다!"

니체의 목소리에서 아쉬움과 쓸쓸함을 감지하고 브로이어는 도박을 해보기로 했다. 여기는 곧장 환자의 절망으로 들어가는 진입로였다. 그는 펜을 내려놓고 가장 진지하고 가장 전문가답게 우려하는 목소리로 말했다.

"1년 중 건강한 날은 며칠 되지 않고 대부분의 시간을 고통에 시달리면서 인생을 소모하고 계시니, 자연히 인생의 의미에 관한 비관과 절망이 싹텄을 것 같군요."

니체가 잠시 멈칫했다. 대답이 곧장 나오지 않기는 이번이 처음이었다. 위로를 받아들일 것인지 말 것인지 숙고하는 사람처럼 고개를 이쪽저쪽으로 흔들었다. 그런데 그의 입에서 나온 말은 뜻밖이었다.

"의심할 바 없이 사실입니다, 브로이어 박사님. 적어도 대다수 사람들, 아니 절대 다수의 사람들에게는 사실일 테지요. 박사님의 경험을 존중해야겠지만, 그러나 제 경우엔 사실이 아닙니다. 절망이라고요? 한때는 사실이었을지 모르지만 지금은 아닙니다. 내 병은 내 육체에 속한 것이지 내게 속한 것이 아니에요. 내가 내 병이고 내 육체지만, 육체와 병이 나인 건 아닙니다. 그 두 가지 모두 극복해야 하는 거죠. 설령 육체적으로는 아니라 해도 형이상학적으로는 극복해야 합니다. 박사님의 말에서 내 '인생의 의미'는 안쓰러운 몸뚱아리와는 전혀 다른 것입니다." 이 말을 하면서 니체는 자기 배를 두드렸다.

"나는 왜 사는지 알기 때문에 어떠한 고통도 견뎌낼 수 있습니다. 또한 향후 10년 동안의 인생의 목적과 사명도 있습니다. 나는 여기에 잉태하고 있거든요." 이번에는 자기의 관자놀이를 톡톡 쳤다.

"책들, 거의 마무리 단계에 있는 책들, 나만이 낳을 수 있는 책들 말입니다. 때때로 난 두통을 두뇌의 산고라고 생각합니다."

니체는 절망에 대해 논의할 생각도 심지어 절망을 인정할 생각도 전혀 없는 게 분명했다. 브로이어는 그를 올가미에 걸려들게 하려는 시도가 수포로 돌아갔음을 인정해야만 했다. 갑자기 빈의 유대인 공동체에서 최고의 체스 선수였던 아버지와 체스를 두다가 허를 찔렸던 일이 떠올랐다.

아니면 정말로 인정할 것이 없었는지도 모른다! 살로메가 잘못 생각했을 수도 있다. 니체는 자신의 영혼이 끔찍한 병을 극복할 수 있는 것처럼 소리치고 있었다. 자살에 관해서라면, 절대로 오류가 없는 자살 위험 테스트를 해왔다. 환자가 자신의 미래를 그려보고 있는가? 니체는 바로 그 테스트를 통과했다! 그는 자살 충동에 사로잡히지 않았다. 그는 10년에 걸친 소명, 아직 그의 머릿속에서 추출해내지 못한 책들에 대해서 말했다.

하지만 니체가 자살을 언급한 편지를 두 눈으로 직접 보지 않았는가. 시치미를 떼고 있는 걸까? 아니면 이미 자살을 결심했기 때문에 지금은 절망을 느끼지 않는 걸까? 브로이어는 그런 환자를 여럿 보아왔다. 그들은 위험했다. 그들은 상태가 호전된 것 같아 보였고 사실 어떤 의미에서는 호전된 것이다. 우울증도 가벼워지고 웃고 먹고 잠도 잘 잔다. 하지만 그것은 절망으로부터 탈출구를 발견했다는 의미다. 죽음으로 도피하는 것. 니체의 계획은 무엇이었을까? 자살을 결심했을까? 그럴 리가 없다. 브로이어는 자신이 프로이트에게 했던 말을 떠올렸다. 자살할 의도가 있다면 왜 여기까지 오겠는가? 라팔로에서 바젤까지, 다시 빈까지 여행하면서 또 다른 의사를 찾아보는 수고를 왜 하겠는가?

브로이어는 원하던 정보를 얻지 못해 실망했지만 환자가 협조하지 않아서 그렇다고 비난할 수는 없었다. 니체는 모든 질문에 성실하게 대답해주었다. 오히려 지나치다 싶을 만큼 성실했다. 두통을 앓는 많은 환자들이 식사와 기후에 민감하다고 호소했기 때문에 니체도 그렇다는 점에는 전혀 놀라지 않았다. 하지만 그는 환자의 보고가 매우 정교하고 상세해서 놀랐다. 니체는 20분 동안 한 번도 쉬지 않고 기후 상태에 따른 신체 반응을 말했다.

니체의 신체는 기압계 같아서 기압, 기온, 고도 등이 조금만 변해도 그 미세한 모든 변동에 반응한다고 했다. 잿빛 하늘은 그를 우울하게 만들었다. 납덩이처럼 무거운 구름이나 비는 그를 쇠약하게 만들었다. 가뭄은 그를 처지게 만들었다. 겨울은 정신적인 '파상풍'이나 다름없었다. 태양은 그의 원기를 회복시켰다. 완벽한 기후를 찾아다니는 게 그의 일이었다. 여름은 견딜 만했다. 구름 한 점 없고 바람이 잔잔한 엥가딘 고원이 그에게 적합했다. 해마다 4개월 동안 그는 스위스에 있는 작은 마을인 실스 마리아의 게스트하우스에서 머물렀다. 하지만 겨울은 그에게 저주나 다름없었다. 그는 겨울을 보내기에 적당한 곳을 결코 발견하지 못했다. 추운 겨울 동안 건강에 좋은 날씨를 찾아 남부 이탈리아의 이 도시 저 도시를 옮겨 다녔다. 빈의 바람과 음습한 날씨는 그에게는 독약이었다. 그의 신경계가 태양과 건조하고 잔잔한 바람을 공급해달라고 아우성쳤다.

식사에 관해 묻자 니체는 음식, 위통, 두통, 발병의 상관관계에 대해 장황하게 늘어놓았다. 혀를 내두를 정도로 정확했다! 모든 질문에 이처럼 포괄적으로 대답하는 환자를 일찍이 만나본 적이 없었다. 그렇다면 이런 정확성이 의미하는 바는 뭘까?

니체는 강박적인 건강염려증 환자일까? 브로이어는 따분하고 자기연민에 가득 차 있는 건강염려증 환자들을 많이 보았다. 그들은 자기 몸속에 대해 묘사하는 걸 즐겼다. 하지만 그들은 '세계관 협착증', 곧 협소한 세계관을 가진 환자들이었다. 그들과의 면담은 지루하기 짝이 없었다. 그들은 자기 몸 말고는 어떠한 것에 대해서도 생각하지 않았다. 자신의 건강 이외에는 무엇에도 관심을 갖거나 가치를 두지 않았다.

니체는 분명 그런 사람이 아니었다. 그는 실로 다양한 분야에 관심이 많고 매혹적인 인격을 지녔다. 틀림없이 루 살로메가 그에게서 발견한, 파울 레와 친밀하게 지내면서도 여전히 끈을 놓지 못하도록 만드는 그런 매력이 있었다. 게다가 니체는 자기 증상을 묘사하며 동정을 사거나 심지어 도움을 받으려고 하지도 않았다. 이는 면담 초기부터 알고 있던 사실이다.

그렇다면 자기 몸의 기능에 관해 이처럼 정밀하게 묘사하는 이유는 뭘까? 어쩌면 단순히 니체가 마음이 좋고 기억력도 좋아서 완전히 이성적인 태도로 전문의에게 포괄적인 자료를 제공하려는 것인지도 모른다. 혹은 예외적일 만큼 내향적인 성격일 수도 있다. 검진이 끝나기 전에 브로이어는 또 다른 결론에 도달했다. 니체는 주변 사람들과 교류가 거의 없었으므로 자기 신경계와 대화하는 데 굉장히 많은 시간을 투자했을 거라는.

브로이어는 니체의 병력을 다 들은 다음 신체검사를 하려고 환자를 검사실로 데리고 갔다. 검사실은 소독이 된 작은 방으로, 가구라고는 탈의실 칸막이와 의자, 풀을 먹여 빳빳하게 다림질된 흰색 시트가 덮인 검진 테이블, 세면대, 체중계, 기구를 보관하는 철제 캐비닛이 전부였다. 브로이어는 니체가 옷을 갈아입도록 잠시 나가 있었다. 몇 분 뒤에 돌아오니 니체는 등이 트인 검진용 가운 차림에 양말대님으로 동인 목이 긴 검정 양말을 그대로 신은 채로 옷을 정성스럽게 개고 있었다. 니체는 시간이 많이 걸려 미안해하며 말했다.

"제가 떠돌이 생활을 하다 보니 양복이 한 벌밖에 없습니다. 그래서 양복을 놓아둘 때 제대로 됐는지 확인해야 마음이 편하답니다."

신체검사는 병력검사와 마찬가지로 꼼꼼했다. 머리부터 시작해 몸 아래로 내려갔다. 청진하고 촉진하고 만져보고 맡아보고 느껴보고 육안으로 보는 방법을 전부 동원했다. 그 많은 증상에도 불구하고 흉곽 부위에 나 있는 커다란 흉터를 제외하면 이렇다 할 이상을 찾을 수 없었다. 가슴에 난 흉터는 군대에서 난 낙마 사고로 생겼다고 했다. 콧등에는 결투의 작은 흉터가 비스듬하게 남아 있었다. 빈혈 증세와 창백한 입술, 결막염, 손바닥의 갈라짐 등이 보였다.

빈혈의 원인은? 아마도 영양부족일 듯싶었다. 니체는 때로 몇 주일씩 육식을 피한다고 했다. 하지만 니체가 종종 피를 토했다는 말이 기억났다. 그렇다면 위출혈로 혈액 손실이 많았을지도 모른다. 적혈구 수치를 알아보려고 혈액을 채취했다. 직장검사를 한 뒤 잠혈검사를 하려고 장갑을 끼고 대변 샘플을 채취했다.

눈의 통증은? 브로이어는 먼저 한쪽 눈의 결막염에 주목했다. 결막염은 안약으로 쉽게 치료할 수 있는 정도였다. 그러나 브로이어가 상당히 노력했는데도 니체의 망막에 검안경으로 초점을 맞출 수가 없었다. 뭔가가 그의 눈을 가리고 있었다. 각막혼탁이거나 각막부종으로 인한 것일 수도 있었다.

브로이어는 특히 니체의 신경계에 초점을 맞췄다. 두통 때문만은 아니었다. 니체의 아버지는 니체가 네 살 때 '말랑해진 두뇌' 때문에 죽었다고 했다. 민간에서 말하는 말랑해진 두뇌는 발작, 뇌종양, 유전적인 대뇌변성 등을 통칭해 일컫는 말이었다. 뇌와 신경기능, 이를테면 균형, 조정, 감각, 힘, 자기 자극 감응도, 청각, 후각, 삼킴 기능 등을 전부 다 검사했지만 구조적인 신경계 질환이라고 할 만한 어떤 증거도 찾을 수 없었다.

니체가 옷을 입는 동안 브로이어는 검사 결과를 차트에 적으려고 진료실로 되돌아갔다. 잠시 후 베커 부인이 니체를 진료실로 안내했다. 브로이어는 진료시간이 거의 끝나가는데도 니체에게서 우울이나 자살과 같은 말을 이끌어내지 못했다는 것을 깨달았다. 그는 원하는 결과를 얻는 데 거의 실패하지 않는 다른 접근법을 시도해보기로 했다.

"니체 교수님, 교수님께서 하루를 어떻게 보내시는지 상세하게 묘사해주셨으면 합니다."

"모르겠군요, 박사님! 지금까지의 질문 중 가장 난해하네요. 저는 너무 많이 옮겨 다녔고 그래서 주변 환경은 늘 일정치 않았어요. 발병이 제 생활을 좌우하죠."

"그냥 평범한 하루를 선택해보세요. 지난 몇 주 동안 발병이 없었던 일상적인 하루를 묘사하면 됩니다."

"글쎄, 일찍 잠에서 깹니다. 조금이라도 잘 수 있었던 날이라면 말이죠…."

브로이어는 이거다 싶었다. 입구를 찾은 셈이었다.

"중간에 죄송합니다만 니체 교수님, 잠을 '잘 수 있었던 날이라면'이라고 하셨나요?"

"잠자는 시간은 끔찍합니다. 근육경련이 일어날 때도 있고, 때로는 위통, 때로는 온몸이 긴장에 휩싸이기도 하지요. 때로는 밤에만 떠오르는 악질적인 생각에 사로잡히곤 해요. 그래서 한숨도 자지 못하고 깨어 있거나, 약을 먹고 한두 시간 눈을 붙이기도 합니다."

"어떤 약입니까? 어떤 약을 얼마나 드십니까?"

브로이어는 급히 물었다. 니체가 어떻게 스스로 처방하는지 알아두는 것이 필수적이기는 했지만, 브로이어는 자신이 적절치 못한 질문을 했다는 걸 즉각 깨달았다. 그보다 악질적인 밤중의 생각에 관해 물어보았어야 했다! 그게 백 번, 천 번 더 나았을 텐데.

"클로랄을 거의 매일 밤 적어도 1그램은 먹습니다. 내 몸이 절실하게 잠을 원할 때면 모르핀이나 베로날을 첨가하기도 하고요. 그런 다음 날이면 거의 인사불성이 됩니다. 가끔 해시시를 택하기도 하는데, 이것 또한 그다음 날 사고를 무디게 하더군요. 그래서 클로랄을 선호하는 편입니다. 하루에 대해서 계속 얘기할까요? 이미 엉망으로 시작된 하루를요?"

"계속하시지요."

"방에서 아침을 먹습니다. 이것도 상세히 말해야 합니까?"

"네, 정확히요. 모든 걸 말씀해주십시오."

"아침은 간단히 합니다. 게스트하우스 주인이 뜨거운 물을 가져다줍니다. 그게 전부지요. 어쩌다가 상태가 좋은 날이면 연한 차와 아무것도 바르지 않은 빵을 달라고 합니다. 그런 다음 냉수욕을 합니다. 활기차게 일하려면 그래야 해요. 나머지 시간은 작업을 하면서 보냅니다. 글을 쓰고 사색하고 때로 눈이 괜찮을 때는 독서를 조금 합니다. 상태가 좋으면 산책을 하면서 몇 시간씩 보내기도 하고요. 산책하면서 갈겨쓴 것들이 최고의 작품이 되기도 하고 가장 뛰어난 생각일 때도 있으니까요. 산책하면서…."

"네, 저도 그렇습니다. 8킬로미터 정도 산책을 하고 나면 매우 혼란스러웠던 문제들이 명료해졌다는 걸 알게 되죠."

브로이어가 얼른 맞장구를 쳤다. 니체는 말을 멈췄다. 브로이어가 맞장구를 치자 리듬이 깨진 것 같았다. 그는 브로이어의 맞장구에 동의할 것처럼 더듬거리다가 결국 무시한 채 자기 말을 계속해나갔다.

"저는 호텔에서 늘 같은 자리에 앉아서 식사를 합니다. 식습관에 관해서는 이미 말씀드렸지요. 양념이 들어가지 않은 음식과 끓인 음식을 선호합니다. 술이나 커피는 마시지 않아요. 어떤 때는 소금간이 되지 않은 삶은 야채만으로 몇 주일씩 버티기도 하고요. 담배 역시 피우지 않습니다. 테이블에 앉은 손님들과 몇 마디를 나누기도 하지만 긴 대화를 하지는 않습니다. 운이 좋으면, 책을 읽어주거나 내 말을 받아 적어주겠다는 사려 깊은 손님을 만나기도 하죠. 돈이 많지 않아서 그런 서비스에 돈을 지불할 수가 없거든요. 오후는 오전과 마찬가지입니다. 산책하고 사색하고 글을 쓰고. 저녁에는 방에서 식사를 합니다. 다시 뜨거운 물이나 연한 차와 비스킷으로 저녁을 먹습니다. 그런 다음 클로랄이 '그만, 이제 쉬어야지'라고 말해줄 때까지 작업을 해요. 그게 내 육신의 생활입니다."

"오직 호텔에 관해서만 말씀하시는군요. 집에서는 생활이 어떻습니까?"

"트렁크가 내 집입니다. 저는 거북이, 집을 등에 지고 다니는 거북이입니다. 트렁크를 호텔 방 구석에 부려놓았다가 날씨가 힘들어지면, 트렁크를 들고 좀더 건조하고 높은 곳을 찾아 떠납니다."

브로이어는 니체의 '악질적인 밤중의 생각'으로 되돌아가려다가 그보다 훨씬 나은 질문을 발견했다. 실패하지 않고 살로메 이야기로 곧장 들어갈 수 있는 질문이었다.

"니체 교수님, 교수님이 하루를 묘사하는 걸 들으니 다른 사람에 대한 언급은 전혀 없군요. 이런 질문을 드리는 걸 양해해주십시오. 전형적인 의학적인 질문이 아니라는 건 압니다만 저는 유기적인 총체성에 대한 믿음이 확고한 편이라서요. 신체적 건강은 사회적, 심리적 건강과 결코 분리될 수 없다고 믿으니까요."

니체는 얼굴을 붉혔다. 그는 거북이 등껍질로 만든 작은 빗을 꺼내 숱 많은 콧수염을 초조하게 빗질했다. 그러다가 마음을 정했는지 자세를 바로잡고 목청을 가다듬더니 단호한 어조로 말했다.

"이런 식의 진찰을 했던 의사가 박사님이 처음은 아닙니다. 섹스에 관해 언급하시는 모양인데, 몇 년 전에 이탈리아 의사 란초니 박사는 내 상태가 고립과 금욕 때문에 악화되었다면서 정기적으로 성생활을 해야 한다고 하더군요. 그 충고에 따라 저는 라팔로 근처에 있는 농촌의 젊은 여자와 계약을 했습니다. 하지만 3주가 지날 무렵 저는 두통으로 빈사 상태가 되었지요. 이탈리아 치료법을 조금만 더 따랐다면 그야말로 나는 죽었을 겁니다!"

"그 처방이 왜 그렇게 좋지 않았습니까?"

"자기혐오의 시간이 시간이 뒤따르고 발정이 끝난 뒤의 원형질 냄새를 깨끗이 지워야 하는 한순간의 동물적인 쾌락이 내가 생각하기에는, 뭐라고 표현하셨지요, '유기적인 총체성'에 도달하는 길은 아닌 것 같더군요."

"저도 그렇게 생각하는 건 아닙니다."

브로이어는 재빨리 동의했다.

"하지만 우리 모두 사회적 맥락 안에 있다는 것, 그것이 역사적으로 생존을 용이하게 하고 사람과 사람 사이의 연결에서 기쁨을 느끼게 해준다는 걸 부정할 수 있나요?"

니체는 고개를 가로저으면서 말했다.

"무리 짓기의 즐거움을 모든 사람이 다 누리는 건 아닙니다. 나는 딱 세 번 타인과 나 사이에 다리를 놓으려는 시도를 해보았지요. 그러나 세 번 모두 배신당했습니다."

이거다! 브로이어는 속으로 흥분을 주체할 수가 없었다. 니체가 언급한 세 번의 배신에서 한 번은 루 살로메인 게 틀림없다. 파울 레가 또 다른 배신이었다면, 또 한 사람은 누구였을까? 마침내, 마침내, 니체가 문을 열었다. 의심할 나위 없이 배신에 관한 얘기가 나올 것이며 배신이 초래한 절망으로 이야기가 전개될 것이다.

브로이어는 매우 공감적인 목소리를 동원했다.

"세 번의 시도와 세 번의 끔찍한 배신, 그 이후로 고통스러운 고립 속으로 들어가셨군요. 교수님께서는 고통을 겪으셨어요. 아마도 그 고통이 병과 어떤 식으로든 연관이 있을 것입니다. 그 세 번의 배신을 저에게 말씀해주실 수 있겠습니까?"

다시 한 번 니체는 고개를 저었다. 그는 자기 안으로 침잠하는 것처럼 보였다.

"브로이어 박사님, 저는 박사님을 정말 신뢰했습니다. 그래서 제 삶의 내밀한 부분을 오랜 세월 동안 어느 누구에게 한 것보다도 많이 말씀드렸습니다. 그러니 제 말을 믿으셔도 됩니다. 내 병은 이런 개인적인 낙담보다 훨씬 오래전에 시작된 것입니다. 제 가족 병력을 한번 기억해보시죠. 아버지는 뇌질환으로 돌아가셨습니다. 아마 유전적 질환이었겠죠. 그리고 두통과 안 좋은 건강은 이런 배신 훨씬 전 학창 시절부터 나를 괴롭혔습니다. 잠시 동안 친밀한 우정을 누렸던 동안에도 내 병은 결코 수그러들지 않았습니다. 그건 사람을 믿지 못해서가 아닙니다. 오히려 사람을 너무 많이 믿은 게 실수였지요. 다시 신뢰할 준비도 되어 있지 않고 그럴 수도 없습니다.”

브로이어는 아연해졌다. 어떻게 이처럼 오판할 수 있었을까? 몇 분 전만 해도 기꺼이 자신을 열어놓을 것처럼 보였는데 이제는 완전히 퇴짜를 놓고 있다! 도대체 무슨 일이 있었던 것일까? 차근차근 되짚어보았다. 니체는 타인과 자기 사이에 다리를 놓으려다가 배신당했다고 말했다. 그 지점에서 브로이어는 동정적으로 접근했다. 그리고… 그때 다리라는 단어가 뭔가를 생각나게 했다. 니체의 책! 그렇다. 다리에 관해 생생하게 묘사한 구절이 있었다. 어쩌면 책에 니체의 신뢰를 얻을 수 있는 열쇠가 있을 것이다.

브로이어는 심리적 자기반성의 중요성에 대해 주장한 또 다른 구절을 희미하게 떠올렸다. 다음 면담 전에 책을 좀더 주의 깊게 읽어야겠다고 마음먹었다. 어쩌면 니체의 주장들로 니체를 움직일 수 있을지도 모른다.

하지만 니체의 책에서 발견한 내용으로 과연 뭘 어쩌겠다는 건가? 어떻게 그 책들을 갖게 되었는지 묻는다면 뭐라고 설명할 것인가? 니체의 책에 대해 문의한 빈의 서점 세 곳 중 저자의 이름이라도 아는 곳은 한 군데도 없었다. 브로이어는 표리부동한 걸 싫어했다. 한순간 니체에게 모든 걸, 루 살로메가 찾아왔던 일과 니체의 절망에 관해 이미 알고 있다는 사실, 살로메와의 약속, 그녀가 니체의 책을 주고 간 것들을 전부 털어놓으면 어떨까 생각했다.

안 된다. 그럼 모든 것이 수포로 돌아갈 뿐이다. 의심할 여지 없이 니체는 조종당하고 배신당했다고 느낄 것이다. 브로이어는 그의 절망이 루 살로메와 파울 레, 그와의 — 니체의 탁월한 표현을 쓰자면 — 피타고라스적인 관계가 뒤얽힌 데서 비롯된 것이라고 확신했다. 만약 루 살로메가 방문했다는 걸 알게 된다면 니체는 브로이어와 그녀를 또 다른 삼각형의 두 변으로 간주할 것이다. 인생의 딜레마를 푸는 그의 원래 방식인 정직성과 솔직함은 이번 경우에는 사태를 악화시킬 뿐이었다. 어떻게든 니체의 책을 손에 넣게 된 정당한 사유를 꾸며내야 했다.

시간이 늦었다. 우중충했던 하루가 어두워지고 있었다. 침묵이 흐르는 가운데 니체가 거북하게 몸을 뒤척였다. 브로이어는 피곤했다. 사냥감은 포위망에서 멀리 달아났고 아이디어는 고갈되었다. 그는 관망하기로 했다.

"니체 교수님, 오늘은 더 이상 진행할 수가 없군요. 과거 병력을 살펴보고, 실험실에서 몇 가지 검사를 하려면 시간이 필요합니다."

니체는 가볍게 한숨을 쉬었다. 실망의 표시인가? 좀더 이어지기를 바란 건가? 브로이어는 그런 생각이 들었지만 니체의 반응에 대한 자신의 판단을 더 이상 신뢰할 수가 없었다. 그래서 주중에 다시 상담하자고 제안했다.

"금요일 오후는 어떤가요? 같은 시간에요."

"물론 좋습니다. 전적으로 박사님께 맞추겠습니다. 이 일이 아니라면 빈에 있을 이유가 전혀 없거든요."

상담이 끝났다. 브로이어는 자리에서 일어섰다. 하지만 니체는 주저주저하다가 갑자기 다시 자리에 앉았다.

"브로이어 박사님, 시간을 너무 많이 빼앗았군요. 박사님의 노고에 제가 감사드리는 바가 적다고 오해하지 말아주셨으면 합니다만 시간을 조금만 더 내주십시오. 제 자신을 위해 세 가지 질문을 하도록 말입니다."

세 가지 질문

브로이어는 다시 의자에 자리 잡고 앉으면서 말했다.

"물어보십시오, 니체 교수님. 제가 교수님을 향해 쏟아낸 질문의 포화를 감안한다면, 세 가지 질문은 아무것도 아니지요. 제가 아는 범위 안에 있는 질문이라면 마땅히 대답해드리겠습니다."

그는 피곤했다. 고단하고 긴 하루였다. 6시에는 수업에 관한 미팅이 있고, 저녁 왕진도 기다리고 있었다. 그런데도 그는 니체의 요청이 싫지 않았다. 오히려 묘한 흥분을 느꼈다. 그가 찾으려 했던 입구가 다가온 건지도 모른다.

"제 질문을 들으시면 동료 의사 선생님들과 마찬가지로 약속하신 걸 후회하실 수도 있습니다. 질문의 삼위일체, 세 가지 질문이지만 실상은 하나인 질문입니다. 우선, 이건 부가적인 질문이기도 하고 간청이기도 합니다만, 저에게 진실을 말해줄 수 있느냐는 겁니다."

"그리고 그 세 가지 질문은 뭐지요?" 브로이어가 물었다.

"첫 번째 질문은 내가 실명하게 되느냐는 것입니다. 두 번째는 이런 발병이 영원히 계속되느냐 하는 것입니다. 마지막으로 가장 어려운 질문인데, 저에게 아버지 같은 진행성 뇌질환이 있습니까? 요절이나 마비, 그보다 심한 경우에 광기나 치매를 앓을 가능성이 있나요?"

브로이어는 할 말을 잃었다. 그는 말없이 앉아 니체의 진료기록부만 이리저리 넘겼다. 개업한 지 15년이 되었지만 이처럼 잔인하리만치 직설적으로 묻는 환자는 본 적이 없었다.

니체는 브로이어가 곤혹스러워하는 모습을 보고 말을 이었다.

"당혹스럽게 만들어서 죄송합니다. 저는 너무 오랜 세월 동안 의사들, 특히 진리의 일꾼으로 스스로에게 성유를 부으면서도 지식을 나눠주지 않는 독일 의사들이 에둘러 하는 말을 들어왔습니다. 어떤 의사도 환자가 당연히 알아야 할 진실을 말해주지 않을 권리는 없습니다."

브로이어는 독일 의사에 대한 니체의 묘사에 웃음이 나왔다. 동시에 환자의 권리 선언에 대해서는 신경이 곤두섰다. 작은 체구에 비해 유난히 콧수염이 무성한 이 철학자가 그의 마음을 자극했다.

"저는 의학적인 문제를 기꺼이 논의하는 사람입니다, 니체 교수님. 그런데 단도직입적인 질문을 하시는군요. 저 역시 질문만큼 직설적인 대답을 할 겁니다. 환자의 권리에 관한 교수님의 입장에 동의합니다. 그러나 선생님은 권리만큼이나 중요한 환자의 의무는 놓치셨군요. 저는 환자와 진정으로 정직한 관계를 맺기를 바랍니다. 그런데 정직하다는 상호적이어야 합니다. 환자 역시 저에게 정직해야 한다는 것이지요. 정직한 질문, 정직한 대답은 최선의 약입니다. 이런 조건 아래서만 약속드리지요. 제 모든 지식과 의견을 교수님과 공유하겠다고요. 하지만 니체 교수님, 저는 언제나 반드시 그래야 한다는 데는 동의하지 않습니다. 좋은 의사라면 환자 본인을 위해서 진실을 말할 수 없는 상황도 있고, 환자도 원하지 않는 경우가 있으니까요."

"물론이지요, 브로이어 박사님. 많은 의사들이 그렇게 말하는 것을 들었습니다. 그런데 타인을 위해 그런 결정을 내릴 권리를 누가 가질 수 있느냐는 겁니다. 그런 태도는 환자의 자율성을 침해할 따름이지요."

"환자를 편안하게 해주는 것이 제 의무입니다. 결코 가볍게 여길 수 없는 의무지요. 때로는 보답 없는 의무이기도 하고요. 환자에게 말할 수 없는 나쁜 소식이 생기기도 하는데 어떤 경우엔 환자와 환자 가족을 위해 침묵하면서 저 혼자 고통을 견디는 게 제 의무니까요."

"브로이어 박사님, 그런 유형의 의무는 좀더 근원적인 의무를 망각한 겁니다. 진실을 알아야 할 각 개인들의 의무 말입니다."

잠시 대화에 열중하는 바람에 브로이어는 니체가 자기 환자라는 사실을 잊어버렸다. 이것은 정말로 흥미로운 질문이었다. 그는 논쟁에 완전히 몰입되어 자리에서 일어나 의자 뒤로 왔다 갔다 하면서 말을 이었다.

"알고 싶어 하지 않는 사람들에게 진실을 강요하는 것이 제 의무란 말인가요?"

"알고 싶어 하지 않는다는 걸 누가 결정할 수 있습니까?"

니체의 물음에 브로이어가 단호하게 대답했다.

"그게 소위 말하는 의학적인 기술인 셈이지요. 그건 교과서에서 배우는 게 아니라 병상 옆에서 배우는 기술입니다. 예를 하나 들어볼까요. 오늘 저녁 종합병원으로 한 환자를 보러 갈 겁니다. 환자의 신분을 밝힐 수는 없으니까, 그 부분만 제외하고는 모든 부분을 솔직히 말씀드리지요. 이 남자는 치명적인 질병을 앓고 있어요. 간암이 많이 진행된 상태지요. 간이 제대로 기능하지 않으니 당연히 황달이 왔고 담즙이 역류해 혈관으로 유입되고 있습니다. 예후는 절망적입니다. 2~3주 이상 살지 못할 거라고 봅니다. 오늘 아침 환자에게 왜 피부가 노래지는

지 설명해주었을 때, 그는 평온하게 듣고 있었어요. 그러다가 제 부담을 덜어주려는 것처럼, 혹은 제 말문을 막으려는 것처럼 제 손을 잡았습니다. 그러고는 화제를 돌리더군요. 제 가족의 안부를 물었습니다. 그 친구와 전 30년 지기거든요. 그러면서 자기가 퇴원해 집으로 돌아가서 해야 할 일들에 관해 얘기하더군요.”

브로이어는 심호흡을 한 뒤 계속 말을 이었다.

“그런데 저는 그가 결코 집으로 돌아가지 못할 걸 압니다. 환자에게 그 사실을 말해야 합니까, 니체 교수님? 그게 쉽지 않다는 건 교수님도 아시겠지요. 대체로 묻지 않은 질문이 더욱 중요한 법입니다! 알고 싶었다면 그는 간기능부전의 원인을 물어보거나 아니면 언제 퇴원시켜줄 계획이냐고 물어보았을 테지요. 그런 문제에 관해서 그는 입을 다물었어요. 그런데도 가혹하게 말해줘야 합니까?”

“때로 스승은 가혹해야 합니다. 사람들에게 가혹한 메시지를 전달해야 합니다. 인생은 가혹하고 죽음도 가혹한 것이니까요.”

“환자가 자신의 죽음과 어떻게 대면할 것인지 선택할 자유를 박탈해야 한다는 말인가요? 대체 무슨 권리로, 무슨 권한으로 제가 그런 역할을 맡습니까? 스승은 때로는 가혹해야 한다고 말씀하시는데, 그럴 수도 있겠지요. 허나 의사의 과제는 환자의 스트레스를 줄여주고 병을 치유해주는 겁니다.”

빗줄기가 유리창을 세차게 내리치자 유리창이 덜컹거렸다. 브로이어는 창가로 걸어가서 바깥을 내다보았다. 잠시 후 그는 돌아서며 입을 열었다.

“아무리 생각해봐도 스승이 가혹해야 한다는 생각에는 동의할 수가 없군요. 특별한 스승만이 그렇겠지요. 이를테면 예언자 같은.”

“그렇습니다, 그래요.”

니체의 목소리가 흥분으로 한 옥타브 높아졌다.

"쓰라린 진실을 말하는 스승, 인기 없는 예언자, 그게 바로 나라고 생각합니다."

그는 손가락으로 자신의 가슴을 가리키면서 이 문장의 각각의 낱말을 강조했다.

"그렇습니다. 박사님이 삶을 편안하게 해주는 데 헌신하고 있다면. 저는 반대로 삶을 힘들게 만드는 데 헌신하고 있는 거지요. 아직 보이지 않는 미래의 학생들을 위해서 말입니다."

"그렇다면 삶을 힘들게 하는 인기 없는 진실의 미덕이 뭡니까? 오늘 아침 제 환자가 이런 말을 하더군요. '신의 손에 날 맡기겠네'라고요. 이것 또한 진실의 한 형태가 아니라고 누가 감히 말할 수 있을까요?"

"누구냐고요?"

니체도 자리에서 벌떡 일어서더니 서성거렸다. 책상 맞은편에서는 브로이어가 서성거리고 있었다.

"누가 감히 말할 수 있냐고요?"

니체는 자기가 앉았던 의자 등받이를 지그시 잡고 자신을 가리키며 말했다.

"내가 감히 그렇게 말합니다!"

브로이어는 니체가 연단에서 회중에게 설교를 해왔을지도 모른다고 생각했다. 니체의 아버지는 목사였다. 니체가 말을 이었다.

"진실은 의심과 회의를 통해 도달하는 것이지 그렇게 되기를 바라는 어린애 같은 소망을 통해 도달되는 게 아닙니다! 신의 손에 모든 걸 맡기겠다는 환자의 소망은 진실이 아닙니다. 그건 단지 유치한 소망에 불과할 뿐, 그 이상은 아닙니다. 죽지 않으려는 소망이자, 우리가 '신'이라는 이름으로 부르는 영원히 부풀어 있는 젖꼭지일 따름입니다. 진화론은 과학적으로 신의 불필요성을 입증했습니다. 비록 다윈 자신은 자기가 내놓은 증거에 따라 진실한 결론을 내릴 용기가 없었다 해도 말입니다. 확실히, 우리가 신을 창조했고 지금은 우리 모두 함께 신을 죽였다는 사실을 인정해야 합니다.”

너무 격해지는 것 같아 브로이어는 이 논쟁을 그만뒀다. 그도 유신론을 옹호할 수는 없었다. 사춘기 이후로 자유사상가였던 그는 아버지나 종교교사들과 토론할 때 보통 니체와 동일한 입장을 취했다. 그는 자리에 앉으며 더 타협적이고 부드러운 목소리로 말했고 니체 역시 다시 자기 자리에 앉았다.

“진실에 대한 열정이 대단하시군요, 니체 교수님! 제 말이 도전적으로 들리더라도 용서하십시오. 어쨌거나 우리 둘 다 진실하게 말하자는 데 동의했으니까요. 그런데 교수님은 거룩한 어조로 진실에 관해 말하면서 마치 하나의 종교를 다른 종교로 대체하는 것 같군요. 그럼 제가 한 번 반대 입장에 서볼까요. 왜 그토록 진실에 열정을 갖고 그토록 숭배하는 거지요? 오늘 아침 제 환자에게 그게 무슨 이득이 됩니까?”

“거룩한 것은 진실 자체가 아니라, 진실을 추구하는 과정입니다! 자기를 탐구하는 것보다 더욱 신성한 행위가 있습니까? 누군가는 제 철학적인 작업이 모래 위에 성을 쌓는 것이라고 반박하겠지요. 제 입장은 계속해서 바뀌니까요. 그렇지만 화강암처럼 단단한 문장이 하나 있어요. 바로 ‘너 자신이 돼라’는 겁니다. 그런데 진실 없이 자신이 누구이며 무엇인지 어떻게 알 수 있겠습니까?”

“그런데 진실을 말할 것 같으면 제 환자는 생이 얼마 남지 않았다는 겁니다. 그에게 제가 그 자기이해를 알려줘야 할까요?”

“진실한 선택, 완전한 선택은 오로지 진실의 태양 아래서 꽃을 피울 수 있어요. 달리 무슨 방법이 있겠습니까?"

진실과 선택이라는 추상적인 영역에서 니체가 대단히 설득력 있게 그리고 끝없이 계속해서 말할 수 있다는 걸 깨닫고 브로이어는 좀더 구체적인 대화를 이끌어내야겠다고 생각했다.

"그렇다면 오늘 아침 제 환자의 경우는요? 그의 선택의 범위는 뭡니까? 신을 믿는 것 또한 그의 선택이 아닌가요?"

"그건 인간을 위한 선택이 아닙니다. 그건 인간의 선택이 아니라, 자기 바깥에 있는 환상을 움켜쥐는 것이지요. 그런 선택은 타자를 위한 선택이며, 초자연적인 선택이어서 언제나 인간을 나약하게 만듭니다. 그건 언제나 인간을 실제보다 작게 만들지요. 난 우리가 실제 이상으로 커지기를 바랍니다!"

브로이어는 물러서지 않았다.

"인간에 관한 추상적인 논의는 그만두고 살과 피를 가진 구체적 인간에 관해 논해보시지요. 제 환자의 경우처럼요. 그의 상황을 한번 고려해봅시다. 그에게 남은 생은 불과 2~3주예요! 그에게 선택을 말하는 것이 무슨 의미가 있을까요?"

조금도 움찔하는 기색 없이 니체는 즉각 대답했다.

"자기가 곧 죽는다는 것을 모른다면, 박사님의 환자가 죽는 방식을 어떻게 결정할 수 있겠습니까?"

"죽는 방식이라니요, 니체 교수님?"

"그 사람은 죽음과 어떻게 직면할 것인지 결정해야 합니다. 다른 사람들과 대화를 할지, 충고를 해줄지, 죽기 전에 말하려고 생각해두었던 것들을 이야기할지, 사람들에게 작별인사를 할지, 아니면 혼자 있을지, 울지, 죽음에 저항할지, 저주할지, 감사할지를요."

"교수님은 여전히 이상적이고 추상적으로 말씀하시는군요. 그렇지만 저에게 맡겨진 것은 피와 살을 가진 그 한 사람을 보살피는 일입니다. 그가 머잖아 죽을 것이라는 걸 압니다. 그것도 격심한 고통을 느끼면서요. 그런 진실을 곤봉처럼 잔인하게 휘둘러야 할 이유가 있을까요? 무엇보다도, 희망을 잃어서는 안 됩니다. 의사가 아니라면 누가 그런 희망을 지속시킬 수 있겠습니까?"

"희망이라고 하셨나요? 희망이야말로 최후의 악입니다."

니체는 이제 거의 소리를 지르고 있었다.

"저의 책《인간적인 너무나 인간적인》에서 저는 판도라의 상자가 열려 제우스가 넣어둔 악들이 인간 세상으로 달아났을 때 누구도 모르게 계속 남아 있던 최후의 악이 바로 희망이라고 했습니다. 그때 이후로 인간은 판도라의 상자와 그 안에 담긴 희망을 행운이 담긴 금고쯤으로 오해하게 되었지요. 그러나 우리는 제우스가 인간이 스스로를 끝없이 괴롭히기를 원했다는 것을 잊고 있습니다. 희망은 악 중에서도 최악입니다. 왜냐하면 고통을 끝없이 연장하니까요."

"그러니까 교수님 말은 원한다면 자기 죽음을 앞당겨야 한다는 뜻이군요."

"그것도 가능한 선택 중 하나지요. 오로지 완전한 이해에 비추어 선택해야겠지만요."

브로이어는 속으로 쾌재를 불렀다. 그렇지만 참아야 했다. 자연스럽게 풀려나가도록 내버려두어야 했다. 그는 이제 자기 전략의 결실을 보게 될 것이다! 논의는 그가 원했던 궤도로 접어들고 있었다.

"자살을 말하는 건가요, 니체 교수님? 자살이 하나의 선택이 되어야 한다는 건가요?"

다시 한 번 니체는 단호하고 분명하게 말했다.

"죽음은 각 개인에게 고유한 것이지요. 각자 자기 나름의 방식으로 죽음을 실현해야 합니다. 어쩌면, 정말 어쩌면, 우리는 인간의 생명을 앗아갈 권리는 있는지도 모릅니다. 하지만 죽음을 앗아갈 수 있는 권리는 없습니다. 그것은 위안이 아닙니다. 그건 잔인한 겁니다!"

브로이어는 집요했다.

"자살이 교수님의 선택이었던 적이 있습니까?"

"죽는다는 건 가혹하지요. 죽은 자의 최후의 보상은 더 이상 죽지 않는다는 겁니다!"

"죽은 자의 최후의 보상은 더 이상 죽지 않는 것이라!"

브로이어는 맞는 말이라는 듯이 고개를 주억거리면서 책상으로 되돌아가 의자에 앉아 연필을 꺼냈다.

"이 말을 적어두어도 될까요?"

"물론입니다. 하지만 내가 날 표절하지는 말아야겠지요. 방금 지어 낸 말이 아니거든요. 저의 책《즐거운 학문》에 나와 있는 구절입니다."

브로이어는 이러한 행운을 믿을 수 없었다. 불과 몇 분 사이에 니체는 루 살로메가 준 책 두 권을 모두 언급했다. 그는 흥미진진하게 이어지는 논의를 중간에 끊고 싶지 않았지만, 한편으로는 책에 대한 고민을 해결할 기회도 놓치고 싶지 않았다.

"교수님이 언급했던 두 권의 책에 대해 말씀하신 내용이 무척 흥미롭군요. 책들을 어떻게 구할 수 있을까요? 빈에 있는 서점에서 구할 수 있겠지요?"

니체는 브로이어의 말에 기쁨을 감추지 않았다.

"켐니츠에 있는 출판업자 슈마이츠너는 직업을 잘못 골랐어요. 출판업보다는 국제 외교나 스파이 업무를 했더라면 훨씬 나았을 사람이지요. 음모를 꾸미는 데 천재적인 소질이 있어서 내 책은 일급비밀 문서가 되었죠. 지난 8년 동안 그는 이 책을 홍보하는 데 단 한 푼도 쓰지 않았어요. 서평을 써달라고 책 한 권 보낸 적도 없고, 서점에 책을 비치한 적도 없죠. 그러니 빈의 서점에서는 이 책을 구할 수가 없을 겁니다. 빈의 가정집에서도요. 책이 거의 팔리지 않아서 구입한 사람의 이름을 내가 다 기억할 정도니까요. 독자들 가운데 빈에 사는 사람은 한 명도 없었던 것으로 기억합니다. 출판업자와 직접 접촉해야 할 겁니다. 여기 주소가 있어요."

니체는 서류 가방을 열고 종이 위에 몇 자 쓴 다음 건네주었다.

"박사님을 위해 몇 자 적을 수도 있지만, 박사님이 개의치 않으신다면 직접 출판사에 편지를 보내는 게 좋을 것 같군요. 저명한 의학자로부터 주문을 받으면 제 책을 좀 광고해야겠구나 하고 출판업자가 자극받을 수도 있으니까요."

브로이어는 쪽지를 조끼 주머니에 넣으면서 대답했다.

"오늘 저녁에 당장 책을 주문하도록 하겠습니다. 좀더 빨리 책을 구입하거나 빌릴 수조차 없다는 게 유감이군요. 저는 환자의 일이나 신앙 같은 생활 전반에 관심이 많습니다. 교수님의 책들은 교수님의 상태를 진단하는 데 도움이 될 겁니다. 책을 읽고 나서 토론하는 즐거움은 두말할 필요도 없지만요!"

"아, 그런 거라면 제가 도울 수 있습니다. 그 책을 가지고 있거든요. 여행 가방에 있으니 빌려드리도록 하지요. 오늘 중이라도 진료실로 가져다드리겠습니다."

브로이어는 작전이 성공한 것에 만족해 니체에게 뭔가 되돌려주고 싶었다.

"저술에 평생을 바쳤고 인생을 그 책에 쏟아부었는데 그렇게 독자가 없다는 건 정말 끔찍하지요! 제가 알고 있는 몇몇 빈의 저술가들에게 그건 죽음보다 더한 일이었지요. 교수님은 그걸 어떻게 견디셨습니까? 지금은 어떻게 견뎌내고 계십니까?"

니체는 브로이어의 연민이 담긴 말에 미소로든 어조로든 반응을 보이지 않았다. 그는 똑바로 정면을 쳐다보면서 말했다.

"빈의 링슈트라세 바깥에도 시간과 공간이 있다는 것을 기억하는 사람이 이 도시에 한 명이라도 있을까요? 인내해야지요. 2000년이 되어서야 사람들은 내 책을 감히 읽어볼 용기를 낼 겁니다."

그러더니 갑자기 벌떡 일어서며 말했다.

"그럼 금요일에 뵙지요."

브로이어는 무안하게 퇴짜당한 것처럼 느꼈다. 니체가 그처럼 냉담한 태도로 돌변한 이유가 무엇일까? 오늘만 해도 벌써 두 번째였다. 첫 번째는 다리 사건이었다. 그제야 브로이어는 자신이 동정적인 손길을 내밀 때마다 퇴짜당했다는 것에 생각이 미쳤다. 이것이 의미하는 바가 무엇일까? 그는 곰곰이 생각했다. 타인이 가까이 다가오거나 도움을 주는 것을 견딜 수 없어 한다는 뜻인가? 그때 브로이어는 권력에 대한 니체의 강렬한 감정과 관련해서, 니체에게 최면을 걸려고 하지 말라던 루 살로메의 경고를 떠올렸다.

브로이어는 잠시 동안 루 살로메라면 니체의 반응에 어떻게 대처했을까 상상해보았다. 그녀였다면 그냥 넘기지 않고 곧장 대놓고 말했을 것이다. 아마도 이렇게 말했을지도 모른다. "왜죠, 프리드리히? 누군가가 당신에게 친절한 말을 할 때마다 왜 그들의 손을 물어뜯는 거죠?"

루 살로메의 무례한 태도에 분개했으면서도 지금은 자기를 가르치도록 그녀의 이미지를 떠올리다니, 얼마나 아이러니한가. 브로이어는 즉시 그런 생각들을 떨쳐냈다. 그녀라서 그렇게 말할 수 있는 것이다. 하지만 그는 그럴 수 없었다. 특히 니체 교수가 싸늘한 분위기를 풍기면서 문으로 향하고 있을 때는.

"그럼, 금요일 2시에 뵙지요, 니체 교수님."

니체는 가볍게 목례를 하고 진료실을 성큼성큼 걸어 나갔다. 브로이어는 창밖으로 지켜보았다. 니체는 계단을 내려가서 성마르게 이륜마차를 물리치고 어두워진 하늘을 올려다보았다. 그리고 귀까지 목도리를 둘러 감고서는 거리를 터벅터벅 걸어 내려갔다.

7
두 질의 사본

다음 날 새벽 3시, 브로이어는 또 발아래 땅이 물렁물렁해지는 것을 느꼈다. 그리고 다시 한 번, 베르타를 찾으려다가 40피트 아래 신비한 상징으로 장식된 대리석 석판 위로 떨어졌다. 브로이어는 소스라치게 놀라 깨어났다. 심장이 뛰고 잠옷과 베개는 땀으로 축축했다. 그는 마틸데가 깨지 않도록 조심조심 침대에서 내려와 발끝으로 살금살금 걸어 화장실로 들어가 소변을 보고 잠옷을 갈아입었다. 그리고 축축하게 젖은 베개를 뒤집어 마른 쪽으로 돌려놓고 다시 잠을 청했다.

하지만 더 이상 잠이 오지 않았다. 그는 마틸데의 깊고 고른 숨소리를 들으면서 말짱한 정신으로 누워 있었다. 모든 사람들이 잠들어 있었다. 하녀 루이스, 요리사 마르타, 유모 그레첸, 다섯 아이 모두. 그를 제외한 모든 사람들이 잠들어 있었다. 그는 집 안 전체를 지키려는 사람처럼 홀로 깨어 있었다. 가장 열심히 일하고 그래서 가장 휴식이 필요한 그가 말똥말똥 눈을 뜬 채 모든 사람들을 걱정하고 있었다.

불안이 그를 엄습해왔다. 한 가지 불안을 밀쳐내면 다른 불안이 밀고 들어왔다. 밸브 요양소의 빈스방거 박사는 베르타의 증상이 악화되고 있다는 편지를 보내왔다. 그러나 그의 마음을 더욱 뒤숭숭하게 뒤흔들어놓은 것은 엑스너 박사라는 젊은 정신과 의사가 베르타와 사랑에 빠져 청혼을 했다가 그녀의 치료를 다른 의사에게 넘겼다는 소식이었다. 베르타는 그의 사랑에 화답했던 것일까? 틀림없이 그녀가 젊은 의사에게 무슨 암시를 보냈을 터였다. 적어도 엑스너 박사는 재빨리 그 사례를 포기하고 그녀와 결혼하지 않을 정도의 분별력은 있었던 모양이다. 브로이어는 베르타가 자기에게 보여주었던 바로 그 유혹적인 미소를 젊은 의사에게 짓는 상상만 해도 가슴이 바싹바싹 타들어갔다.

더 나빠졌다니! 베르타의 어머니에게 새로운 최면술에 관해 자랑까지 했는데, 얼마나 어리석었던가! 지금은 나를 어떻게 생각하고 있을까? 내 등 뒤에서 다른 의사들은 뭐라고 수군거리고 있을까? 루 살로메의 오빠가 참석했던 그 사례 발표회에서 그녀에 관한 치료법을 자랑하지 않았다면 어땠을까? 왜 입을 다물고 있지 못했을까? 그는 모멸감과 자책으로 몸을 떨었다.

혹시 그가 베르타와 사랑에 빠진 거라고 누군가 추측했다면? 분명 모두가 왜 의사가 몇 달 동안 날마다 두 시간씩 환자와 시간을 보내는지 궁금해했다. 그는 베르타가 비정상적으로 아버지에게 집착했다는 것을 알고 있었다. 의사로서 그는 그런 집착을 자기 이익을 위해 이용한 것은 아니었을까? 그렇지 않다면 그녀가 그같이 나이 들고 평범한 남자를 사랑할 이유가 어디 있겠는가?

브로이어는 베르타가 최면 상태에 빠져들 때마다 자신이 발기했다는 사실을 떠올리고는 움찔했다. 감사하게도 그는 결코 감정에 굴복하지 않았고, 사랑을 선언한 적도 없고, 그녀의 가슴을 애무한 적도 없다. 이어서 브로이어는 그녀에게 마사지 치료를 해주는 걸 상상했다. 갑자기 그녀의 손목을 단단히 움켜잡고 팔을 머리 위로 들어 올린 뒤 잠옷을 끌어 올린다. 그리고 무릎으로 그녀의 다리를 벌리며 엉덩이를 움켜쥐고 자기 쪽으로 끌어당긴다. 벨트를 풀고 바지를 내리려는 순간, 갑자기 한 무리의 사람들과 간호사, 동료들, 파펜하임 부인이 방으로 우르르 몰려온다.

그는 참혹함과 열패감으로 침대에 더욱 깊숙이 몸을 파묻었다. 왜 자신을 그처럼 고문하는가? 그는 걱정이 자기를 잠식하도록 내버려 두었다. 유대인으로서 걱정할 거리도 많았다. 자신의 대학교수직을 막았던 반유대주의가 부상했다. 쇠네러가 이끄는 신당인 독일국가연맹의 대두와 오스트리아 개혁협회의 악의적인 반유대주의적 연설들이 걱정이었다. 이 연설들은 금융, 신문, 철도, 극장 등에 종사하는 유대인들을 공격하라고 공예조합들을 부추겼다. 이번 주만 해도 쇠네러는 유대인 생활제약법이라는 오래된 법적 규제를 부활시키라고 요구하면서 도시 전체에 폭동을 선동했다. 사태는 점점 악화되고 있었다. 이미 이런 조짐이 대학에도 스며들고 있었다. 최근 들어 학생단체는 유대인은 '비천하게' 태어난 자들이므로 모욕을 받는다 해도 결투를 신청할 권리를 허용하지 말아야 한다고 선언했다. 유대인 의사에 대한 욕설은 아직까지 들리지 않았지만 그것도 시간문제일 따름이었다.

그는 마틸데가 가볍게 코고는 소리를 들었다. 그의 진정한 걱정거리는 바로 자기 곁에 누워 있었다! 그녀는 자기 인생을 그의 인생에 완전히 포갰다. 그녀는 사랑스러운 아내였고 아이들에게는 좋은 엄마였다. 알트만 가족의 지참금은 그를 부유하게 만들어주었다. 비록 그녀가 베르타에게 모질게 굴긴 했지만, 누가 그녀를 비난할 수 있겠는가? 그녀는 모질게 굴 만한 충분한 이유가 있었다.

브로이어는 그녀를 다시 한 번 쳐다보았다. 결혼했을 당시 그녀는 자신이 본 모든 여자들 중에서 가장 아름다웠다. 지금도 그랬다. 그녀는 황후보다도 더 아름다웠다. 베르타나 심지어 루 살로메보다도 아름다웠다. 그러니 빈의 남자들이 자기를 왜 부러워하지 않겠는가? 그런데도 그는 왜 그녀를 만지기는커녕 키스조차 하지 않는가? 그녀의 살짝 벌어진 입이 왜 그를 질리게 만드는가? 그녀의 손아귀에서 벗어나야 한다는 무서운 생각이 왜 드는가? 그녀가 자기 고뇌의 원천이었던가?

그는 어둠속에서 그녀를 지켜보았다. 부드러운 입술과 우아한 곡선을 그리는 광대뼈, 비단결 같은 피부. 그 얼굴이 나이 들어 주름이 자글자글해지고, 피부는 가죽처럼 질겨지고, 죽어서 그 아래 상아빛 두개골이 드러나는 모습을 상상했다. 그녀의 부풀어 오른 가슴을 쳐다보았다. 흉곽 아래 늑골 위에서 휴식하고 있는 젖가슴을. 언젠가 태풍이 휘몰아치고 지나간 해변에서 거대한 물고기 시체를 보았던 기억이 떠올랐다. 드문드문 부패한 옆구리, 그를 보고 씩 웃던 허옇게 드러난 등뼈와 가시.

브로이어는 마음에서 죽음을 몰아내려고 애썼다. 그래서 평소 좋아하는 주문을 흥얼거렸다. 루크레티우스의 "죽음이 있는 곳에는 내가 없고 내가 있는 곳에는 죽음이 없다. 뭘 두려워하겠는가?" 하지만 도움이 되지 않았다.

그는 고개를 흔들면서 소름끼치는 생각들을 떨쳐버리려고 애썼다. 이런 생각들은 어디에서 온 걸까? 니체와 죽음에 관한 이야기를 나눴기 때문일까? 아니다. 니체는 이런 생각들을 그의 마음속에 끼워 넣었다기보다 오히려 풀어놓은 것이다. 죽음에 대한 생각들은 늘 그곳에 있었다. 그는 전부터 이 모든 것을 생각하고 있었다. 그러나 죽음을 생각하지 않을 때 죽음은 마음속 어디에 자리 잡고 있었을까? 프로이트가 옳았다. 뇌에는 의식적인 생각의 무대로 진군해 들어오려고 의식 너머에서 경계 태세로 준비하고 있는, 복잡한 생각을 저장해놓은 곳이 있는 게 틀림없다.

무의식적인 수원지에 있는 것은 단지 생각만이 아니었다. 느낌도 그곳에 있었다! 며칠 전 마차를 타고 가다가 브로이어는 옆으로 지나가는 마차를 흘깃 쳐다보았다. 승객은 음침한 얼굴을 한 나이 든 부부였고 두 마리의 말이 마차를 총총히 끌고 있었다. 그런데 마부가 없었다. 유령 마차였다. 갑자기 공포가 확 느껴졌다. 몇 초 사이에 그의 옷은 땀으로 흠뻑 젖었다. 그때 마부가 시야에 들어왔다. 마부는 신발 끈을 고쳐 매려고 허리를 굽혔을 뿐이었다.

처음에 브로이어는 자신의 어리석은 반응을 비웃었다. 하지만 그 사건을 생각하면 할수록 아무리 합리적이고 자유사상가라고는 하지만 그의 마음속에 한 무더기의 초자연적인 공포가 숨어 있다는 사실을 인정하지 않을 수 없었다. 심지어 마음 깊숙한 곳에 숨어 있는 것도 아니었다. 그런 생각들은 마음 표면으로부터 그다지 멀리 떨어지지 않은 곳에서 언제나 '대기 중'이었다. 이런 생각의 덩어리들을 뿌리까지 전부 도려낼 수 있는 편도선 핀셋 같은 것이 있다면 얼마나 좋을까!

계속 잠이 오지 않을 조짐이었다. 브로이어는 일어나 구겨진 잠옷을 매만지고 베개를 툭툭 쳐서 공기를 집어넣었다. 다시 니체 생각에 빠져들었다. 얼마나 이상한 남자인가! 두 사람이 나눈 이야기는 얼마나 마음을 뒤흔들어놓는 것이었던가! 그는 그런 대화를 좋아했고 마음 깊이 편안함을 느꼈다.

니체가 말한 '화강암 같은 문장'이 뭐였더라? '너 자신이 돼라.' 그렇다면 나는 누구인가? 브로이어는 자문했다. 나는 무엇이 되고자 했던가? 그의 아버지는 탈무드 학자였다. 철학적인 논쟁을 즐기는 것은 유전이었다. 대학에서 철학 강의를 몇 과목 수강한 것이 기뻤다. 대다수 의사들보다는 많이 수강한 편이었다. 아버지가 강경하게 주장해서 그는 의과 공부를 하기 전에 첫 1년 동안 철학 과목을 수강했다. 철학과 교수였던 브렌타노와 요들과 관계를 이어온 것이 기뻤다. 종종 찾아뵈었더라면. 순수한 관념의 영역에는 사람을 정화시켜주는 무언가가 있었다. 그가 베르타와 육욕으로 더럽혀지지 않는 것은 오로지 그곳에서만이었다. 니체처럼 언제나 그런 영역에만 머물러 있으면 어떻게 될까?

니체가 대담하게 말하는 방식들! 상상해보라! 희망이 악 중에 최악이라고 말하는 모습을! 신은 죽었다! 진실은 그것이 없으면 살 수 없는 오류! 진실의 적은 거짓이 아니라 신념이다! 죽음의 최후의 보상은 더 이상 죽지 않는 것이다! 의사는 죽음의 권리를 박탈할 자격이 없다! 사악한 생각들이다. 그는 니체의 말 하나하나를 가지고 논쟁을 했다. 그러나 그것은 가짜 논쟁이었다. 마음속 깊은 곳에서는 니체가 옳다는 것을 알고 있었다.

니체의 자유! 그처럼 생활하면 어떤 느낌이 들까? 집도 없고 의무도 없고 월급도 없고 양육할 자녀도 없고 스케줄도 없고 역할도 없고 사회적인 지위도 없이 산다는 게 어떤 것일까? 그와 같은 자유에는 유혹적인 부분이 있었다. 프리드리히 니체는 왜 그처럼 많은 자유를 가졌고, 요제프 브로이어는 왜 그처럼 적은 자유밖에 가지지 못했는가? 니체는 그저 자유를 붙잡았을 따름이다. 왜 나는 그럴 수 없는가? 브로이어는 신음했다. 자명종이 6시를 알릴 때까지 그런 생각으로 현기증을 느끼며 침대에 누워 있었다.

"좋은 아침이에요, 브로이어 박사님."

아침 왕진을 마치고 10시 30분에 진료실에 도착하자 베커 부인이 인사를 했다.

"제가 아침에 도착해서 문을 열려고 하는데, 니체 교수가 현관에서 기다리고 있더라고요. 선생님께 이 책을 드리려고 왔다면서 이 말을 꼭 전해달랬어요. 여백에다 미래의 작업에 대한 아이디어를 포함해 이런저런 메모들을 적은 책이라고요. 대단히 사적인 책이니 아무에게도 보여주지 말라고 했어요. 그런데 그분 정말 끔찍해 보였어요. 행동도 몹시 이상했고요."

"어떻게 이상했는데요, 베커 부인?"

"아무것도 볼 수 없는 사람처럼 계속해서 눈을 깜빡거렸어요. 아니면 보는 걸 싫어하는 사람처럼요. 얼굴이 얼마나 창백한지 곧 기절할 것 같았죠. 그래서 제가 '뭘 도와드릴까요? 차 한잔 드릴까요? 선생님 진료실에 좀 누워 계실래요?'라고 물어보았죠. 저는 친절했던 것 같은데 그분은 오히려 불쾌해하더라고요. 거의 화가 난 사람처럼 확 돌아서서 말없이 계단을 비틀거리며 내려가버렸어요."

브로이어는 베커 부인에게 니체가 전해준 꾸러미를 받아 들었다. 책 두 권을 어제 날짜 《자유신보》로 단정하게 싸고 끈으로 묶어놓았다. 그는 포장을 풀고 루 살로메가 주었던 책 옆에다 니체가 빌려준 책들을 올려놓았다. 니체는 과장 섞인 말로 브로이어가 빈에서 유일하게 자기 책을 가진 사람이 될 것이라고 했다. 그런데 이제 그는 정말로 빈에서 유일하게 그 책들을 두 권씩 가진 사람이 되었다.

"아, 브로이어 박사님, 이건 러시아 숙녀가 두고 간 책이랑 같은 거 아녜요?" 베커 부인이 물었다. 아침에 우편물들을 가지고 들어왔다가 책상에 풀어놓았던 포장지와 끈을 가지고 나가면서 책 제목을 읽은 모양이었다.

거짓말이 거짓말을 낳으면서 얼마나 새끼가 불어나는지 모르겠다는 생각이 들었다. 거짓말쟁이는 얼마나 신경을 곤두세우고 살아야 할까. 베커 부인은 환자와 '잡담'하기를 좋아했다. 니체에게 '그 러시아 숙녀'와 그녀가 주고 간 책들에 대해 말했을까? 브로이어는 그녀에게 주의를 주었다.

"베커 부인, 명심하셔야 할 게 있어요. 러시아 숙녀는 살로메 양이라고 니체 교수의 절친한 친구예요. 아니 절친한 친구였죠. 그녀는 니체 교수의 건강을 걱정해서 친구를 통해 그를 나에게 보낸 장본인이기도 해요. 그 사실을 모르고 있는 사람은 그 교수뿐이에요. 그런데 지금 그와 살로메 양의 관계는 최악이오. 그래서 내가 조금이라도 그를 도와주려면, 내가 살로메 양과 만났다는 사실을 그가 알아서는 절대로 안 됩니다."

베커 부인은 평상시의 신중한 태도로 고개를 끄덕였다. 그리고 창문 너머로 두 명의 환자가 온 것을 보고 물었다.

"하우프트만 씨와 클라인 부인이 왔는데, 누구 먼저 보실래요?"

니체와 특별히 약속 시간을 정한 것은 드문 경우였다. 평상시 브로이어는 다른 의사들과 마찬가지로 날짜만 지정해주고 오는 순서대로 진료를 했다.

"하우프트만 씨를 먼저 들여보내세요. 그 사람은 일터로 돌아가야 하니까."

아침 환자 중 마지막 사람을 진찰한 뒤, 브로이어는 내일 니체를 만나기 전에 그의 책을 읽어보기로 했다. 그래서 정찬이 다 차려지면 위층으로 올라가겠다고 아내에게 말해달라고 베커 부인을 보냈다. 그런 다음 싸구려로 장정된 두 권의 책을 집어 들었다. 두 권 모두 300쪽이 안 되는 분량이었다. 읽으면서 마음 편하게 밑줄도 치고 여백에 뭔가

적을 수도 있도록 루 살로메가 준 책으로 읽는 게 더 나을 듯싶었다. 그런데도 자신의 기만을 조금이라도 줄여보려는 양 니체에게서 받은 책을 읽어야 한다는 생각이 강하게 들었다.

니체의 개인적인 표시들은 산만했다. 곳곳에 밑줄이 그어져 있었고, 여백에는 감탄사들이 적혀 있었다. '그래, 그거야!'라는 외침도 있었고, 때로는 '아니지!' 혹은 '이런 멍청한 것!'이라고 적혀 있었다. 그 이외에 휘갈겨 쓴 것들은 브로이어로서는 이해할 수가 없었다.

이상한 책이었다. 그가 읽었던 다른 책들과는 달랐다. 책은 서로 거의 관계가 없는 수백 개의 절들로 구성되어 있었다. 절들은 짧았고 대부분 문단 두세 개 정도, 더러는 문장 몇 줄로 구성되어 있었다. 때로는 그냥 경구에 불과했다. '사유는 우리 느낌의 그림자다. 언제나 더 어둡고 더 공허하며 더 단순하다', '오늘날 치명적인 진실로 인해 죽는 사람은 더 이상 없다. 해독제가 너무 많다', '모든 책을 능가하지 못하는 책이 무슨 소용이 있는가?'

분명히 니체 교수는 음악과 예술, 자연, 정치학, 해석학, 역사, 심리학 등 모든 주제에 관해 말할 자격이 있다고 느끼고 있었다. 루 살로메는 그를 위대한 철학자라고 표현했다. 그럴지도 모른다. 브로이어는 책 내용에 관해 판단을 내릴 준비가 아직 되지 않았다. 하지만 니체가 시적인 작가, 진정한 시인이라는 것은 분명해 보였다.

니체의 선언 중 어떤 것은 우스꽝스러웠다. 예를 들어 아버지와 아들이 어머니와 딸보다 언제나 공통점이 많다는 주장 같은 것들. 하지만 많은 경구들은 자기반성을 촉구했다. '자유의 봉인은 무엇인가? 자기 자신 앞에서 더 이상 부끄러워하지 않는 것이다!' 그는 특히 눈을 사로잡는 구절에서 멈추었다.

뼈와 살, 내장과 혈관은 살갗 아래 감춰져 있기 때문에 인간의 모습을 견딜 수 있도록 만들어준다. 그와 마찬가지로 영혼의 불안과 열정은 허영에 둘러싸여 있어 견딜 수 있다. 허영은 영혼의 살갗이므로.

이런 글들이 의도하는 게 뭘까? 고의적으로 도발하는 것 같다는 것 말고는 어떤 평가도 불가능했다. 모든 관습에 도전했으며 관습적인 미덕을 심문했고 심지어 모욕했으며 무정부주의를 조장했다.

브로이어는 시계를 힐끗 쳐다보았다. 1시 15분이었다. 느긋하고 한가하게 여기저기 읽으며 앉아 있을 시간이 없었다. 금방 정찬이 준비되었다는 전갈이 올 터였다. 그는 내일 니체와 만날 때 도움이 될 만한 구절을 찾기 시작했다.

프로이트는 병원 스케줄 때문에 목요일 정찬에는 대체로 오지 못했다. 하지만 오늘 브로이어는 특별히 그를 초대해서 니체의 진단에 관해 대화를 나눴다. 맛있는 캐비지, 건포도 수프, 커틀릿, 슈페틀러, 브뤼셀 스프라우트, 빵가루를 입혀 구운 토마토, 마르타가 집에서 만든 호밀 빵, 계피와 슐라그를 넣어 구운 사과, 미네랄워터 등으로 빈식 정찬을 마치고, 브로이어와 프로이트는 서재로 물러났다.

브로이어는 에카르트 밀러 씨라고 부르는 환자의 증상과 병력을 기술하다가 프로이트의 눈꺼풀이 천천히 감기는 것을 보았다. 프로이트의 정찬 후 식곤증은 이전에도 본 적이 있어 대처하는 법을 알고 있었다.

"자, 지그, 의사자격시험을 준비하도록 해보세. 내가 노르트나겔 교수 역할을 할 테니까. 어젯밤에 한숨도 못 잤거든. 소화불량도 있고, 마틸데는 정찬에 늦은 걸 갖고 추궁하니, 그 인간을 모방할 정도로 화가 났지."

브로이어는 심한 북독일 억양에 경직되고 권위적인 프러시아 사람 행세를 했다.

"좋아, 프로이트 박사. 에카르트 뮐러 씨의 병력을 자네에게 알려주었네. 이제 신체검사를 준비해보게. 말해보게, 자네라면 무엇부터 살펴볼 텐가?"

프로이트의 눈이 번쩍 떠졌다. 그는 목깃 부분에 손을 넣어 느슨하게 풀었다. 그가 모의시험을 브로이어만큼 즐길 턱이 없었다. 모의시험이 교육상 효과적이라는 점은 인정했지만 언제나 그를 초조하게 만들었다.

"틀림없이 환자는 중추신경계에 손상이 있을 겁니다. 두통과 시각장애, 아버지의 신경계 병력, 평형감각 장애, 이 모든 증상을 종합해볼 때 그렇습니다. 뇌종양을 의심해볼 수도 있겠습니다. 다발성경화증도 가능합니다. 신경 검사를 철저하게 할 것입니다. 뇌신경, 특히 1번, 2번, 5번, 11번 신경을 정밀하게 살펴보겠습니다. 시각적인 것도 살펴보면서 종양이 시신경을 압박하고 있는 건 아닌지 봐야겠지요."

"다른 시각 현상은 어떤가, 프로이트 박사? 섬광 현상이 있고, 아침에 흐릿했던 시각이 오후가 되면 개선된다는 건 무슨 의미인가? 암이 이런 현상을 유발할 수 있다는 걸 알고 있나?"

"망막을 잘 살펴볼 것입니다. 시력감퇴일지도 모릅니다."

"오후에는 개선되는 시력감퇴? 놀랍군, 놀라워! 출판해야 할 사례로군! 주기적인 피로와 류머티즘과 유사한 증상, 각혈하는 것 등은 어떻게 설명하겠나? 그것 또한 암으로 야기된 증상들인가?"

"노르트나겔 교수님, 환자에게는 두 가지 질병이 같이 있을 수 있습니다. 오폴처 교수님이 말씀하시곤 했던 빈대와 벼룩처럼요. 빈혈이 있을 수도 있습니다."

"빈혈 검사는 어떻게 하겠나?"

"헤모글로빈 수치와 대변을 검사하겠습니다."

"아니, 아니, 맙소사! 빈 의대에서는 자네에게 뭘 가르친 게야? 오감으로 검사하라고 하지 않았던가, 프로이트 박사? 실험실 테스트는 잊어버리게. 그건 유대인 의학이야. 실험실 결과는 자네가 이미 오감으로 검사한 걸 확인해주는 것뿐일세. 전쟁터라고 생각해 보게, 프로이트 박사. 전쟁터에서도 자넨 대변 검사를 요구할 텐가?"

"환자의 혈색, 특히 손바닥 갈라짐, 잇몸과 혀, 결막 등을 체크할 겁니다."

"좋아, 가장 중요한 걸 잊었군. 손톱을 체크해야지." 브로이어는 목청을 가다듬고 계속 노르트나겔처럼 말했다.

"자, 젊은 수련의에게 신체검사 결과를 알려주지. 첫째, 신경 검사는 완벽하고 절대적으로 정상이네. 단 하나의 부정적 소견도 없었네. 프로이트 박사, 뇌종양이나 다발성경화증은 가능성이 전혀 없단 말일세. 그런 증상들이 주기적으로 24시간이나 48시간 동안 발병하다가 신경병리학적인 결함을 전혀 남기지 않고 완전히 사라진 선례가 없는 한 그런 가능성은 전혀 없다는 거지. 아니, 아니, 아니야! 이건 구조적인 질병이 아니라 일시적이고 생리적인 혼란 상태거든."

브로이어는 프러시아 악센트를 과장되게 발음하면서 선언했다.

"오직 하나의 진단만 가능하다네, 프로이트 박사."

프로이트의 얼굴이 시뻘개졌다.

"모르겠습니다."

프로이트가 좌절하는 것 같아 브로이어는 노르트나겔 역을 내던지고 다시 부드러운 그의 어조로 되돌아왔다.

"물론 알 수 있어, 지그. 지난번에 그 문제를 논의하지 않았던가. 헤

미크라니아, 즉 편두통일 수 있겠지. 그걸 생각해내지 못했다고 부끄럽게 생각할 필요는 없어. 편두통은 왕진 질환이니까. 수련의로서는 좀처럼 만날 수 없는 질병이란 말일세. 편두통으로 입원하는 사람은 거의 없을 테니까. 의심할 여지 없이 뮐러 씨는 악성 편두통일세. 전형적인 증상을 전부 다 가지고 있거든. 증상을 한번 살펴보세. 머리 한쪽만 망치로 두드리는 듯한 두통이 간헐적으로 발병하는데 이건 종종 가족성 질환이지. 식욕부진, 구역질과 구토, 섬광 현상이나 반맹증 같은 시각 이상을 동반하네."

프로이트는 외투 안주머니에서 작은 노트를 꺼내 적었다.

"편두통에 관해 읽었던 기억이 나요, 요제프. 뒤 부아레몽의 이론인데, 편두통이 혈관질환이라는 거였어요. 뇌소동맥의 경련으로 인한 통증이라는 거죠."

"편두통이 혈관질환이라는 점에서는 뒤 부아레몽이 옳지만, 모든 환자들이 뇌소동맥 경련 증상을 보이는 건 아니거든. 혈관팽창을 보이는 환자들도 많았으니까. 그래서 묄렌도르프처럼 고통의 원인이 뇌소동맥 경련이 아니라 오히려 이완된 혈관의 팽창이라고 보기도 하지."

"그럼 시력 문제는 어떻게 되나요?"

"바로 그곳에 벼룩과 빈대 이론이 있다네. 편두통이 아니라 다른 어떤 것의 결과라는 것일세. 나는 그의 망막에 점안경의 초점을 맞출 수가 없었네. 무엇인가가 시야를 막고 있었지! 수정체 때문도 아니고 백내장도 아니고, 각막 때문이라는 거지. 이런 각막 불투명은 전에도 본 적이 있지만 원인은 모르겠네. 어쩌면 각막부종이 그의 시력이 아침에 악화된다는 걸 설명할 수 있을 걸세. 각막부종은 밤새 눈을 감고 있다가 아침에 눈을 떴을 때 가장 심하거든. 그러다가 낮 동안에 눈을 뜨고 있으면 부종을 야기했던 물기가 증발하면서 점차 나아지지."

"그럼 허약한 상태는요?"

"그는 약간 빈혈기가 있어. 아마도 위출혈, 아니면 영양부족 때문이겠지. 소화불량증이 심해서 몇 주씩 고기를 전혀 먹을 수 없으니까."

프로이트는 계속해서 메모를 했다.

"예후는 어떤가요? 그 사람 아버지도 동일한 질환으로 죽었습니까?"

"사실은 그도 똑같은 질문을 했다네, 지그. 정말로 그처럼 단도직입적으로 사실을 말해달라고 고집하는 환자는 내 평생 처음이었다네. 자기에게 진실만을 말해줄 것을 약속하라더군. 그러면서 세 가지 질문을 했다네. 자기 병이 진행성인가, 실명하게 될 것인가, 그 병으로 인해 죽을 것인가. 그렇게 말하는 환자 보았나, 자네? 내일 상담에서 대답해주겠다고 약속했다네."

"뭐라고 말씀하실 건가요?"

"영국인 의사 라이블링의 탁월한 연구대로 위로를 할 생각이네. 내가 본 것 중에서 영국에서 나온 가장 탁월한 의학 연구였지. 그 사람 논문을 한번 읽어보게."

브로이어는 두꺼운 책 한 권을 프로이트에게 내밀었다. 프로이트는 몇 장을 천천히 넘겼다.

"아직 번역되지 않았는데, 자네 영어 실력이라면 충분히 읽을 수 있을 걸세. 라이블링은 광범위한 편두통 환자 사례를 보고하는데, 그는 편두통은 환자가 나이가 들면서 약화된다고 결론을 내리더군. 또한 다른 뇌질환과도 관련이 없다고 하네. 그래서 비록 그 질환이 유전적이라고 해도 자기 아버지와 똑같은 질병으로 죽을 확률은 거의 없다는 걸세. 물론 라이블링의 연구 방법이 엉성한 점은 있어. 그는 논문에서 자기가 도출한 결과가 종적 데이터에 근거한 것인지 횡적 데이터에 근거한 것인지 분명히 밝히지 않았네. 내 말이 무슨 뜻인지 알겠나, 지

그?"

프로이트는 즉각 대답했다. 그에게는 임상보다는 연구 방법이 훨씬 더 편하고 익숙한 것처럼 보였다.

"종적인 방법을 썼다는 건 같은 환자를 몇 년에 걸쳐 관찰해 편두통이 나이가 들면서 점점 약화되는 걸 발견했다는 의미 아닌가요?"

"정확히 그런 뜻일세. 횡적 방법이란…."

프로이트는 맨 앞줄에 앉아 있는 열성적인 모범생처럼 브로이어의 말을 가로챘다.

"횡적인 방법이란 일정 기간 동안 특정한 시점에서 한 번의 관찰을 하는 거지요. 이런 경우 나이 든 환자가 젊은 환자들보다 편두통 발병 횟수가 적은 것으로 표본조사에서 나타났다는 의미일 테죠."

브로이어는 자기보다 어린 친구가 즐거워하는 모습을 보면서 그 친구의 얼굴이 더욱 환하게 빛날 수 있는 질문을 던졌다.

"어떤 방법이 더 정확할 것 같나?"

"횡적인 방법은 정확할 수가 없죠. 나이 든 환자의 경우 편두통이 호전되어서가 아니라, 심하게 앓거나 혹은 의욕을 상실해서 의사의 연구에 협력하지 않기 때문에 표본 자체에 심한 편두통에 시달리는 나이 든 환자가 거의 포함되지 않을 테니까요."

"맞았어, 탁월한 대답이야. 라이블링이 그런 점을 놓친 것 같군. 우리 축하하는 뜻으로 시가 한 대 할까?"

프로이트는 브로이어의 품질 좋은 터키산 시가를 받아 들었다. 두 사람은 시가를 피우면서 향기를 즐겼다.

"이제 이 사례의 나머지 부분을 말씀해주시지요? 재밌는 부분으로요."

프로이트가 큰 소리로 말하자 브로이어가 웃었다.

"이런 식으로 말해서는 안 되지만, 노르트나겔도 여기 없으니까 고백하건대 개인적으로 이 사례의 심리학적 측면이 의학적인 소견보다 훨씬 더 구미가 당기거든요."

브로이어는 젊은 친구가 이제 훨씬 더 생기가 도는 것을 느꼈다. 프로이트의 눈동자는 호기심으로 빛나고 있었다.

"이 환자는 어느 정도로 자살 충동을 느끼고 있습니까? 상담을 받도록 그를 설득할 수 있었나요?"

이제는 브로이어가 당황할 차례였다. 그는 지난번에 면담에 자신이 있다고 했던 말이 기억나 얼굴을 붉혔다.

"정말 이상한 사람이야, 지그. 그처럼 완강한 저항과 부딪히기는 처음이었네. 벽돌로 된 단단한 벽 같았으니까. 아주 영리한. 그는 잘 풀려나갈 수 있는 입구를 많이 줬다네. 작년 한 해 동안 건강 상태가 괜찮았던 날은 불과 50여일 정도였다는 것, 우울과 배신과 완전히 고립된 생활, 독자가 없는 저자, 악질적인 밤중의 생각에 시달리는 심각한 불면증 등에 관해 말했네."

"그렇다면, 요제프, 그건 정말 바라던 입구잖아요!"

"그렇지. 그런데 그런 입구를 파고들려고 할 때마다 그 노력은 수포로 돌아가고 말았네. 그래, 그는 자신이 아프다는 사실을 여러 번 인정했지만 아픈 건 자기 몸이지 자기 자신, 그러니까 자기 본질이 아니라는 걸세. 우울에 관해서도, 그런 암담한 우울을 경험할 수 있는 용기를 가진 자기 자신이 자랑스럽다는 거야. 우울할 수 있는 용기를 자랑스러워하다니, 믿을 수 있겠나? 무슨 미친 소린지, 원! 배신에 대해선 뭐라고 한 줄 아나? 배신을 언급하기에 난 당연히 그 의대생의 여동생 얘기가 나오나 싶었지. 그런데 그는 배신을 극복했다고 하면서 그 문제는 거론하고 싶지 않다고 하더군. 자살에 관해서도 그랬어. 자기는 자살하지 않을 거라고 하면서도 죽음을 선택할 환자의 권리를 옹호했다네. 그는 죽음을 환영하는 것 같네. 죽은 자의 최후의 보상은 더 이상 죽지 않는 것이라고 말하더군. 그렇지만 아직 해야 할 일이 너무 많고 써야 할 책도 너무 많은 거지. 사실, 자기 머리는 책을 잉태하고 있고 자기 두통은 두뇌의 산고라고 하더군."

프로이트는 브로이어가 얼마나 곤혹스러웠을지 충분히 공감한다는 표시로 고개를 절레절레 저었다.

"두뇌의 산고라, 정말 멋진 은유군요! 아테나는 제우스의 머리에서 태어났지요. 두뇌의 산고, 자기 죽음의 선택, 우울과 대면할 수 있는 용기라니 정말 이상한 생각들이네요. 정말 재치가 넘치는군요, 요제프. 그걸 미친 재치라고 해야 할까요, 아니면 현명한 광기라고 해야 할까요?"

브로이어는 고개를 흔들었다. 프로이트는 의자에 깊숙이 몸을 묻으며 푸른 연기가 향기와 함께 길게 자취를 남기면서 사라지는 모습을 지켜보았다.

"이 사례는 갈수록 흥미를 더해가는군요. 그렇다면 그 아가씨가 말한 자살할 것 같은 절망은 어떻게 된 건가요? 밀러 씨가 그녀에게 거짓을 말하고 있는 겁니까? 아니면 선생님께? 혹은 자기 자신에게?"

"자기 자신에게 거짓말을 하다니, 지그? 어떻게 자신에게 거짓을 말할 수 있다는 건가? 그럼 누가 거짓말쟁이인가? 거짓말에 속는 사람은 누구고?"

"아마도 그 사람의 어떤 부분은 자살하고 싶어 하지만, 의식적인 부분이 그걸 모를 수도 있지요."

브로이어는 젊은 친구를 유심히 쳐다보았다. 친구의 얼굴에 미소가 떠오르기를 기대했지만 프로이트는 진지했다.

7. 두 질의 사본 135

"지그, 자네는 자기 주인과는 별개의 삶을 사는 이 무의식이라는 호문쿨루스(중세 의학 등에서 정액 속에 들어 있다고 믿었던 완전한 형태의 극소 인간—옮긴이)에 대해 자꾸 자꾸 말하는구먼. 지그, 제발 정신을 차리고 내 충고를 받아들이게. 그런 이론은 나에게만 말하게나. 아니, 아니, 아니지! 그건 무슨 이론이라고 할 수조차 없어. 무의식이든 뭐든 간에 아무런 증거가 없잖은가. 일단 환상적인 개념이라고 부르지. 그런 개념을 브뤼케에게는 언급하지 말게. 유대인에게 승진 기회를 주지 않았다는 죄책감에서 얼씨구나 하고 벗어날 테니 말일세."

프로이트는 평소답지 않게 단호하게 대답했다.

"충분한 증거로 입증이 될 때까지만 우리들 사이의 비밀로 할 겁니다. 그다음에는 공표하는 걸 자제하지 않을 겁니다."

그제야 브로이어는 이 젊은 친구에게서 소년다움이 많이 가셨다는 것을 깨달았다. 브로이어 자신이 그토록 바랐던 자질, 자기의 신념을 옹호하는 대담함과 적극성이 싹트고 있었다.

"지그, 자넨 마치 그게 과학적인 탐구 주제라도 되는 것처럼 증거 운운하는군. 그런데 이 호문쿨루스는 실체가 있는 게 아니잖은가. 플라톤의 이데아처럼 단지 구성개념일 뿐인데 무슨 수로 증거를 마련하겠다는 건가? 본보기 하나라도 내게 제시할 수 있겠나? 꿈은 예로 들지 말게. 꿈을 증거로 받아들일 순 없으니까. 그것 역시 너무 비실체적인 구성개념이거든."

"선생님 스스로 제게 증거를 제공하셨잖습니까? 베르타 파펜하임의 정서적인 생활이 정확히 12개월 전에 발생했던 사건에 지배되고 있다는 걸 말씀해주셨거든요. 의식적으로 전혀 알지 못하는 과거의 사건 말입니다. 그녀 어머니의 1년 전 일기에 그 사건들이 정확히 기록되어 있다고 하셨고요. 제 생각에 그건 실험실에서 도출한 증거에 충분히 버금간다고 보입니다."

"그러나 그건 베르타가 신뢰할 만한 증인이라는, 그녀가 정말로 과거의 사건을 기억하지 못한다는 가정이 있어야 하네."

그러나, 그러나, 그러나, 그러나. 또 그러나였다. 브로이가 '그러나악마'라고 생각하는. 그는 자기 가슴을 치고 싶었다. 평생 동안 그는 우유부단한 '그러나' 입장을 취해왔다. 이제 그는 니체뿐만 아니라 프로이트와의 관계에서도 '그러나'를 반복하고 있었다. 가슴 깊숙한 곳에서 그는 니체와 프로이트, 두 사람의 말이 맞지 않을까 생각하고 있었다. 프로이트는 자기 노트에 몇 문장을 더 적어 넣었다.

"요제프, 파펜하임 부인의 일기를 좀 볼 수 있을까요?"

"돌려줬는데, 다시 빌려올 순 있을 걸세."

프로이트는 시계를 꺼냈다.

"곧 노르트나겔의 회진 시간에 맞춰 병원으로 돌아가야 해요. 가기 전에 그 환자를 어떻게 하실 참인지 말씀해주세요."

"어떻게 하고 싶은지를 묻는 건가? 세 단계로 할까 하네. 우선 의사와 환자간의 좋은 신뢰 관계를 만들고 싶네. 그런 다음 입원을 시켜서 몇 주 동안 편두통을 관찰하고, 규칙적인 투약 결과를 지켜보고 싶네. 그리고 자주 만나서 그의 절망에 관해 깊이 있는 대화를 나눠보고 싶다네." 브로이어는 한숨을 쉬었다. "그러나 그의 태도로 보건대 이런 접근에 협조할 가능성은 거의 없어 보인다네. 무슨 좋은 생각이라도 있나?"

라이블링의 논문을 건성건성 보고 있던 프로이트가 브로이어에게 한 단락을 읽어주었다.

"한번 들어보세요. 〈병인학〉 장에서 라이블링이 이렇게 말하고 있어요. '편두통은 소화불량, 눈의 피로감, 스트레스로 초래된다. 장기

요양이 좋다. 편두통으로 고통받는 어린 환자들은 학교에서 받는 스트레스에서 벗어나 평화로운 집에서 가정학습을 하는 것이 좋다. 일부 의사는 좀더 스트레스가 적은 직업으로 바꾸기를 권하기도 한다.'"

브로이어는 의아한 표정을 지었다.

"그래서?"

"그게 우리의 대답이라고 봅니다. 스트레스요! 스트레스를 치료 계획의 열쇠로 하면 어떨까요? 편두통을 극복하려면 스트레스를 줄여야 한다는 입장을 취하세요. 스트레스는 억압된 감정이고, 베르타 치료에서처럼 감정의 배출구를 제공하면 스트레스가 감소될 수 있을 거라고 제안해보세요. 굴뚝청소 방법을 쓰는 거예요. 라이블링의 글을 보여주면서 의학적인 권위의 힘을 빌릴 수도 있겠죠."

브로이어가 웃었다.

"너무 멍청한 계획처럼 들립니까?"

"전혀 아닐세, 지그. 사실 탁월한 조언이라 생각하네. 주의를 기울여 그렇게 할 걸세. 내가 웃었던 건 자네의 마지막 말 때문이라네. 의학적인 권위의 힘을 빌려오라는 조언 말일세. 자네가 몰라서 하는 말인데, 이 환자에게 의학적인 권위는 농담에 불과하거든. 의학적 권위든 어떤 형태의 권위든 간에 권위 앞에서 그가 굽실거리기를 기대하는 건 나에게는 코미디로 들리는구먼."

브로이어는 니체의 책《즐거운 학문》을 펼쳐서 자기가 표시해놓은 몇 구절을 큰 소리로 읽어 내려갔다.

"뮐러 씨는 모든 권위와 인습에 도전한다네. 예를 들어, 그는 미덕을 거꾸로 세워놓고 그걸 악덕이라고 부른다네. 충실함에 대해 말한 걸 들어보게. '자기가 익히 잘 알고 있는 것에 완강하게 매달리면서 그것을 충실함이라고 부른다.' 예의 바름에 관해서는 이렇게 말한다네.

'그는 너무 예의 바르다. 그렇다. 그는 언제나 사나운 개에게 던져줄 고기를 옆구리에 차고 다닌다. 그는 너무 소심해서 모든 사람을 사나운 개라고 생각한다. 심지어 당신과 나마저도. 그게 그의 예의 바름이다.' 시각장애와 좌절에 관한 매혹적인 은유를 한번 들어보게. '모든 것에서 심오함을 발견한다는 것, 그것은 대단히 불편한 자질이다. 그건 사람의 눈을 언제나 긴장하게 만들고 결국에 가서는 자신이 원했던 것 이상을 보도록 만들기 때문이다.' 자, 어떤가?"

프로이트는 흥미진진하게 들었다. "자신이 원하는 것 이상을 보도록 만든다!" 그는 신음하듯 중얼거렸다. "그가 뭘 보았는지 궁금하군요. 그 책을 좀 볼 수 있을까요?"

브로이어는 이미 대답을 준비해놓고 있었다.

"지그, 그는 이 책을 누구에게도 보여주지 말라고 당부했다네. 개인적인 주석을 달아놓았거든. 아직 그와 관계가 돈독하지 못해서 그의 요구를 존중하는 게 상책이라고 생각하네. 후일을 기약하지. 그런데 뮐러 씨와 면담을 하는 동안 정말 이상했던 건….'

표시가 되어 있는 마지막 문장을 읽다가 멈추고 말했다.

"내가 공감을 표현하려 할 때마다 그가 불쾌해했다는 걸세. 그래서 우리 사이의 신뢰가 깨졌다네. 아! 맞아, '다리!' 여기군. 내가 찾던 구절이 바로 이거야."

브로이어는 그 구절을 읽어 내려갔고 프로이트는 집중하려고 눈을 감았다.

"너무 가까워져서 우리의 우정과 우애에 장애라고는 전혀 없는 것처럼 보이는 때가 우리 인생에도 있었다. 우리를 갈라놓는 것은 작은 다리 하나밖에 없었다. 당신이 그 다리 위에 막 올라서려고 하는 찰나, 내가 당신에게 물었다. 다리를 건너 내게로 오고 싶은가? 그 순간 당신은 더 이상 다리를 건너고 싶지 않게 된다. 내가 다시 한 번 묻자 당신은 침묵을 지켰다. 그때 이후로 산과 세차게 흐르는 강물이 우리 두 사람을 가로막고 서로 떨어뜨려놓았다. 심지어 우리는 함께 있고 싶은데도 그럴 수 없었다. 지금 그 작은 다리를 생각하면 감정이 북받쳐 할 말을 잃고 눈물 흘리면서 경탄한다."

브로이어는 책을 내려놓았다.

"무슨 의미라고 생각하나, 지그?"

"글쎄요." 프로이트는 자리에서 일어나 서가로 다가갔다. "정말 기이한 얘기군요. 어디 한번 추론해보죠. 한 사람이 다리를 건너려는 그 순간, 말하자면 타자에게 가까이 다가가려는 순간, 상대방이 자신의 계획대로 따라오도록 유도한다 이거죠. 그러면 이 사람은 그 다리를 건널 수 없게 된다는 거죠. 왜냐하면 상대방에게 굴복하는 것처럼 보이기 때문에요. 권력이 두 사람이 가까워지는 걸 방해하는 것처럼 보인다 이거죠."

"그래, 그래. 자네 말이 맞아, 지그. 정말 놀랍군! 나는 이제야 이해되는구먼. 그 말은 뮐러 씨가 긍정적인 모든 진술을 권력을 획득하려는 것으로 해석한다는 뜻이지. 참 특이한 견해일세. 그렇다면 그와 가까워지는 건 거의 불가능하겠군. 이 책의 다른 절에서 그는 이렇게 말하고 있다네. '우리는 우리의 비밀을 아는 사람에게 증오를 느끼게 된다. 그들이 따스한 감정으로 우리를 사로잡으려 들기 때문이다. 그 순간 우리가 필요로 하는 것은 동정이 아니라 우리 자신의 감정에 대한 권력을 다시 획득하는 것이다'라고 말일세."

"요제프." 프로이트가 다시 자리에 앉으면서 재떨이에 재를 톡톡 쳐서 떨었다. "지난주 빌로스가 위암 환자의 위를 잘라내면서 독창적이고 새로운 시술법을 사용하는 걸 봤습니다. 지금 선생님 얘길 듣다 보니,

선생님 역시 빌로스와 마찬가지로 정교하고 복잡한 심리적 수술을 하고 있는 것처럼 보이네요. 살로메 양이 알려줘서 선생님은 그가 자살 충동을 느끼고 있다는 걸 알고 있지만 선생님이 알고 있다는 걸 말할 수 없지요. 그가 절망을 스스로 드러내도록 설득해야 합니다. 하지만 선생님이 성공하면, 그는 자기에게 수치를 안긴 선생님을 증오하겠죠. 또 선생님은 그의 신뢰를 얻어야 하지만 동정심을 가지고 접근하면 그는 자기에게 권력을 행사하려 한다고 선생님을 비난할 테지요."

"심리적 수술이라? 그런 식으로 말하니까 정말 그럴듯하군." 브로이어는 감탄했다. "아마 우리가 의학의 하위 분야를 개발하고 있는지도 모르겠군. 잠깐, 자네에게 그와 관련 있어 보이는 구절을 하나 더 읽어줌세."

그는 잠시《인간적인 너무나 인간적인》의 책장을 넘겼다.

"막상 찾으려니 그 구절이 안 보이는군. 요지는 진실을 추구하는 자는 개인적인 심리 분석을 해야 한다는 거였지. 그 사람 용어로는 '윤리적인 해부'를 해야 한다는 걸세. 심지어 그는 가장 위대한 철학자들의 오류가 자기 자신의 동기에 대한 무지에서 비롯된다고 말할 정도라네. 그는 진리를 발견하려면 우선 자기 자신을 충분히 알아야 한다고 주장하네. 그러기 위해서는 관습적인 관점을 벗어 던져야 한다고 하지. 심지어 자기 시대와 자기 나라까지도. 그리고 나서 거리를 두고 스스로를 세밀히 성찰해야 한다고 했네!"

프로이트가 자리에서 일어나며 말했다.

"자신의 정신을 분석한다! 쉬운 일은 아니죠. 하지만 객관적이고 정통한 안내자가 있으면 가능한 일이라고 봅니다."

브로이어는 프로이트를 배웅하면서 대답했다.

"내 생각도 바로 그걸세! 그런데 가장 힘든 부분은 그렇게 하도록 그를 설득하는 걸세!"

"그렇게 어려울 것 같지는 않습니다. 선생님에게는 심리적 해부라는 환자 자신의 주장과 스트레스와 편두통에 관한 의학적인 이론이 있으니까요. 물론 그걸 잘 끄집어내야겠지만요. 선생님이라면 철학자를 지혜로 설득하는 데 결코 실패하지 않을 거라고 봅니다. 그럼 안녕히 계세요, 요제프!"

"고맙네, 지그. 정말 유익한 대화였네. 청출어람이군."

브로이어는 프로이트의 어깨를 잠시 잡았다 놓았다.

1882년 11월 26일, 엘리자베트가 니체에게 보낸 편지

사랑하는 프리츠!

어머니와 내가 오빠 소식을 듣지 못한 지 벌써 몇 주일이 넘었군요. 지금 종적을 감추고 있을 시간이 없어요! 그 러시아 원숭이가 오빠에 대해 계속 거짓말을 퍼뜨리고 다녀요. 오빠와 그 유대인 레가 자기 줄에 묶여 있는 그 치욕스러운 사진을 모든 사람들에게 보여주면서 오빠가 자기 채찍 맛을 얼마나 즐겼는지 모른다고 떠들고 다닌다고요. 내가 그 사진을 회수하라고 그토록 경고했건만. 그 여자는 평생 동안 우리에게 공갈을 칠 거라고요! 그 여자는 가는 곳마다 오빠를 조롱해요. 정부인 레도 가세하고 있고요. 그 여자는 탈세속적인 철학자 니체가 관심을 갖는 것은 오직 하나밖에 없다면서, 그것은 그녀의… 몸의 한 부분인데 내 입으로는 차마 그 음탕한 말을 올릴 수조차 없어요. 그건 오빠의 상상에 맡길게요. 지금 그 여자는 오빠 친구인 레와 살고 있어요. 자기 어머니가 보는 눈앞에서요. 정말 웃기지도 않는 인간들이에요. 이 모든 게 예상하지 못한 바는 아니잖아요. 적어도 나로서는 예상 못 한 것도 아니었죠(오빠가 타우텐베르크에서 내 경고를 무시한 것이 아직도 화

142

가 나요). 문제는 갈수록 더 위험한 상황이 되고 있다는 거예요. 그 여자는 바젤에 거짓말을 퍼뜨리고 다녀요. 캠프와 빌헬름 두 사람 모두에게 편지를 썼다는 것을 알게 되었어요! 프리츠, 제발 내 말 좀 들어요. 오빠의 연금이 끊길 때까지 그러고 돌아다닐 거예요. 오빠는 침묵을 택할지 모르지만 난 그러지 않을 거예요. 난 공식적으로 경찰 조사를 요구할 테니까. 레와 더불어 그 여자가 저지른 짓에 대해서요! 만약 내가 성공하면 몇 달 안에 그 여자는 풍기문란으로 본국으로 송환될걸요! 그러려면 오빠의 도움이 꼭 필요해요. 프리츠, 내게 주소를 보내줘요.

오빠의 하나뿐인 동생,

엘리자베트로부터

8
스트레스 논쟁

브로이어 집안의 이른 아침은 변함이 없었다. 6시면 브로이어의 환자이기도 한 길모퉁이 빵가게 주인이 오븐에서 갓 구워낸 빵을 배달해 주었다. 남편이 옷을 입는 동안 마틸데는 식탁을 차리고 시나몬 커피를 끓였다. 그리고 껍질이 바삭바삭한 롤빵 세 개에 달콤한 버터와 검붉은 딸기 잼을 발라서 내놓았다. 결혼 생활에 갈등은 있었지만, 마틸데는 루이스와 그레첸에게 아이들을 맡기고 브로이어의 아침만은 언제나 손수 챙겼다.

오늘 아침, 몇 시간 후에 니체와 만날 생각으로 머릿속이 꽉 찬 브로이어는《인간적인 너무나 인간적인》을 훑어보느라 마틸데가 커피를 따라주는데도 눈길조차 주지 않았다. 그는 말없이 아침을 먹은 뒤 새 환자와 면담이 길어져서 저녁 식사 때까지 이어질지 모른다고 중얼거렸다. 마틸데는 언짢아했다.

"그 철학자에 관해서 너무 많은 이야길 듣다 보니 이제 걱정이 되네요. 당신과 지기는 만났다 하면 몇 시간씩 그 철학자 얘기뿐이잖아요!

144

수요일에도 정찬 때까지 일하고 어제는 음식이 식탁에 차려질 때까지 진료실에서 그 사람의 책을 읽더니 오늘은 아침부터 그 책을 읽고 있군요. 그러면서 또 저녁 식사 때 같이 자리할 수 없다고 하다니! 아이들에게 아버지의 얼굴을 보여주는 것도 필요해요. 제발, 요제프, 그 사람에게 너무 많은 걸 할애하지 마세요. 다른 경우들처럼요."

브로이어는 마틸데가 베르타를 언급하고 있다는 것을 알았다. 하긴 꼭 베르타만을 가리키는 것은 아니었다. 그녀는 브로이어가 환자와 보내는 시간을 적절히 제한하지 못하는 것에 자주 불만을 표현했다. 환자에게 헌신하는 것은 그로서는 거역할 수 없는 일이었다. 일단 환자를 담당하게 되면, 필요하다 싶은 모든 시간과 에너지를 제공하는 데 전혀 망설임이 없었다. 보수가 너무 낮고 경제적으로 힘든 환자들에게는 아무것도 받지 않았다. 그래서 마틸데는 때로 자신이 브로이어를 보호해야겠다는 생각이 든다고 말하곤 했다. 말하자면 그의 시간과 관심을 좀 관리해야겠다는 뜻이었다.

"다른 경우라 했소, 마틸데?"

"제가 무슨 말을 하는지 잘 아시잖아요, 요제프."

그녀는 베르타의 이름을 거론하려 하지 않았다.

"어떤 건 아내인 저도 이해할 수 있어요. 카페의 단골용 테이블 같은 건요. 당신이 친구를 만날 공간이 필요하다는 것쯤은 저도 이해해요. 카드놀이도, 실험실 비둘기도, 체스도요. 하지만 그 이외의 경우에는 왜 그렇게 필요 이상으로 헌신하는지 모르겠어요."

"내가 언제 그랬소? 도대체 무슨 말을 하고 있는 거요?"

브로이어는 자기가 일이 꼬이도록 몰아붙여 결국에는 불쾌한 상황까지 가게 될 걸 알았다.

"베르거 양에게 얼마나 많은 시간을 할애했는지를 한번 생각해보세요."

마틸데가 드는 사례들 중에서 베르타 건을 제외하고는 이 베르거 이야기야말로 그를 가장 분노하게 만드는 것이었다. 에바 베르거는 10년 동안 그를 위해 일했던 간호사였다. 두 사람은 일반적인 의사와 간호사 사이 이상으로 유별나게 가까운 관계였다. 그래서 마틸데는 베르타와의 관계 이상으로 두 사람의 관계를 곤혹스러워했다. 함께 일하는 동안 브로이어와 베르거는 직업적인 관계를 넘어서는 우정을 나누게 되었다. 종종 두 사람은 매우 사적인 것들을 서로 털어놓았다. 단 둘만 남게 되면 그들은 편하게 서로 이름을 불렀다. 의사와 간호사가 서로 이름을 부르는 것은 빈의 의료계에서는 있을 수 없는 일이었다. 하지만 그게 바로 브로이어식이었다.

브로이어는 차갑게 말했다.

"당신은 언제나 나와 베르거 양의 관계를 오해했소. 지금도 난 당신 말대로 한 걸 후회하고 있소. 그녀를 해고한 건 내 인생에 두고두고 오점을 남긴 것이니까."

6개월 전 망상에 빠진 베르타가 브로이어의 아이가 나오고 있다고 공언한 바로 그 치명적인 날, 마틸데는 더 이상 베르타 건을 맡지 말고 에바 베르거 또한 해고하라고 요구했다. 분노에 찬 마틸데는 그녀의 인생에서 베르타의 흔적을 깨끗이 지워내려고 했다. 마틸데가 보기에 에바 역시 이 끔찍한 베르타 사건의 공모자였다. 남편이 베르타에 관한 모든 것들을 그녀에게 미주알고주알 털어놓았기 때문이다.

그때 브로이어는 심한 양심의 가책과 모멸감, 자학에 가득 차 마틸데의 모든 요구에 순순히 응했다. 에바는 그야말로 희생양이라는 것을 뻔히 알면서도 그녀를 옹호해줄 용기가 없었다. 바로 그다음 날 그는 베르타 건을 동료에게 넘겼을 뿐만 아니라, 무고한 에바 베르거 또한 해고해버렸다.

"그 얘기를 꺼내서 미안해요, 요제프. 당신이 나와 아이들로부터 점점 더 멀어지는 걸 지켜보면서 내가 뭘 어떻게 할 수 있겠어요? 내가 당신에게 뭘 요구했다 해도 당신을 괴롭히려고 그런 건 아니에요. 왜냐하면 난, 우리는 당신이라는 존재가 필요하기 때문이에요. 그걸 칭찬이나 권유로 보면 안 되나요?"

마틸데가 그에게 미소를 지었다.

"권유는 좋소만 명령은 싫소!"

브로이어는 입에서 그 말이 나오는 순간 후회했지만, 주워 담을 수는 없었다.

니체는 약속 시간보다 15분 일찍 도착했다. 브로이어는 대기실 한쪽에 조용하게 앉아 있는 니체를 보았다. 챙이 넓은 초록색 펠트 모자를 쓰고 외투는 목까지 단추를 전부 채운 채 눈을 감고 있었다. 함께 진료실로 들어온 브로이어는 그를 편하게 해주려고 했다.

"개인 소장본을 보여줄 정도로 저를 믿어준 것에 감사드립니다. 여백에 적힌 메모에 은밀한 내용이 포함되어 있어도 걱정하실 거 없습니다. 교수님 글씨체를 해독할 순 없었으니까요. 의사들의 글씨체처럼 거의 알아볼 수가 없었지요! 의사가 될 생각을 해보신 적은 없나요?"

니체는 브로이어가 생각하기에도 빈약한 농담에 약간 고개를 올렸을 뿐 여전히 무표정했다.

"교수님의 탁월한 책에 관해 말씀 좀 드려도 될까요? 그 책을 다 읽지는 못했지만, 많은 구절들이 마음에 와 닿았습니다. 매혹적이더군요. 정말 탁월한 저술이었습니다. 교수님 출판업자는 게으를 뿐만 아니라 바보더군요. 출판사가 목숨을 바쳐 지켜야 할 책이 있는 법이지요."

니체는 말없이 칭찬에 감사한다는 뜻으로 가볍게 목례를 했다. 조심해야지. 브로이어는 속으로 생각했다. 칭찬도 불쾌하게 받아들일지 모르니까!

"그럼 우리의 본업으로 되돌아가볼까요? 말이 너무 많았다면 용서하십시오. 의학적인 상태를 논의해보도록 하지요. 이전 의사들의 보고서와 저의 진찰 및 검사 결과를 보면 교수님의 주된 병은 편두통이 확실합니다. 아마 이전에도 이런 병명을 들어보신 적이 있을 것으로 압니다. 진단 소견서에 이런 의견을 언급한 의사들이 두 명 있더군요."

"그렇습니다. 다른 의사들도 같은 소릴 했어요. 편두통성 두통이라고요. 엄청난 통증인데 보통 한쪽 머리에만 통증을 느낀다, 두통 전에 섬광과 같은 불빛이 번쩍거리는 현상이 있고 구토가 따른다, 그런 증상들은 분명히 있어요. 박사님이 말씀하신 용어가 그 이상의 뜻을 지니는 건가요?"

"아마도 그럴 겁니다. 편두통 이해에 많은 발전이 있었으니까요. 다음 세대쯤이면 편두통은 완전히 정복될 겁니다. 교수님이 제기한 질문에 대한 최근 연구가 나와 있더군요. 첫째, 평생 끔찍한 두통으로 고통받으면서 살아야 할 운명인가라는 질문과 관련해 말씀드리자면, 편두통은 나이가 들수록 통증의 강도가 점점 약화된다고 학계에서는 강력히 주장하고 있습니다. 이런 통계는 단지 확률일 뿐이므로 개별 사례에 적합하다는 증거는 어디에도 없다는 건 이해하셔야 합니다. 교수님이 스스로 '어려운 질문'이라고 표현한 그 문제로 넘어가볼까요? 부친과 마찬가지로 죽음, 광기, 치매와 같은 상태로 발전할 것인가라는 질문이었지요. 죽음, 광기, 치매의 순으로 나열했다고 기억하는데요?"

니체의 눈이 휘둥그레졌다. 자기의 질문이 그렇게 직접적으로 다뤄지는 것에 놀란 게 분명했다. 좋아, 좋아. 계속 방심하게 만드는 거야. 나만큼 단호하게 말하는 의사는 아마 본 적이 없을 테지.

브로이어는 힘주어 강조했다.

"그에 관한 어떤 증거도 없습니다. 편두통이 진행성이라거나 다른 뇌질환과 연관되어 있다는 연구가 출판된 적이 없고, 저의 방대한 임상 경험으로 보더라도 그렇습니다. 부친의 병이 정확히 무엇이었는지 알 길은 없지만, 암이나 뇌출혈로 추정할 수는 있겠지요. 그러나 편두통이 그런 질병으로 진행되거나 그 밖의 합병증으로 이행될 수도 있다는 증거는 어디에도 없습니다."

그가 잠시 말을 멈췄다.

"그런데 제가 교수님의 질문에 솔직하게 대답하고 있나요?"

"세 가지 중 두 가지는 그렇습니다, 브로이어 박사님. 나머지 하나가 남았네요. 제가 눈이 멀게 될까요?"

"그건 제가 대답할 수가 없군요. 하지만 힘닿는 데까지 대답해보자면, 우선 교수님의 시력감퇴와 편두통이 관련되어 있다는 증거는 어디에도 없어요. 모든 증상들을 한 가지 원인에서 비롯된 것으로 보는 건 대단히 유혹적이기는 합니다만, 여기서는 그럴 가능성이 전혀 없습니다. 눈의 피로가 편두통을 악화시키거나 재촉할 수는 있겠지요. 그 문제는 나중에 다시 살펴보도록 하지요. 그러나 교수님의 시력 문제는 전적으로 다른 종류입니다. 각막, 그러니까 홍채를 싸고 있는 얇은 막이…. 어디 그림을 한번 그려볼까요…."

처방전 위에다 브로이어는 눈의 해부도를 대충 그려놓고 니체에게 보여주면서 그의 각막이 비정상적으로 불투명하다고 설명했다. 각막의 수분량이 증가한 각막부종 때문일 확률이 가장 높다고 말해주었다.

"이 병의 정확한 원인은 모릅니다만, 진행 과정이 대단히 느리고 점진적이어서 교수님의 시력이 점점 나빠질 수는 있어도 아예 멀 것 같지는 않습니다. 각막이 불투명해 검안경으로 망막을 검사할 수가 없어서 저도 확실히 장담할 수는 없지만요. 더 완벽한 대답을 드려야 하는데 그러지 못한 점 이해하시겠습니까?"

몇 분 전에 외투를 벗어서 모자와 함께 무릎 위에 올려놓고 있던 니체가 그제야 일어나 진료실 문 옆에 놓인 옷걸이에 걸었다. 다시 자리에 앉으면서 니체는 크게 숨을 내쉬었다. 안도하는 것처럼 보였다.

"감사합니다, 브로이어 박사님. 정말 약속을 잘 지키시는군요. 저에게 감추는 것은 전혀 없겠지요?"

브로이어는 좀더 자신을 드러내라고 니체를 자극할 좋은 기회라고 생각했다. 그러나 눈치채지 못하도록 교묘하게 해야만 했다.

"감춘다고요? 사실 많은 걸 감추지요! 교수님에 대한 내 생각, 내 느낌, 반응들을 말입니다. 종종 저는 다른 사회적 관습을 가진 사람들끼리 아무것도 감추지 않고 대화하면 어떻게 될지 궁금합니다! 어쨌거나 병에 관해서는 어떤 것도 감추지 않겠다는 제 약속은 지켰습니다. 그럼 교수님은요? 서로 정직해지기로 한 것 아닌가요? 제게 감춘 게 있습니까? 말씀해보시지요."

니체가 대답했다.

"물론 제 병에 관해서는 아무것도 감춘 게 없습니다. 그러나 공유될 수 없다고 생각하는 것들에 대해서는 가능한 한 감추지요! 아무것도 감추지 않는 대화가 어떨지 궁금해하셨지요? 그게 바로 지옥입니다. 자기 자신을 타인에게 내보이는 건 배신의 전주곡이 되니까요. 배신은 사람을 병들게 합니다, 안 그런가요?"

"도발적인 입장이군요, 니체 교수님. 솔직함에 대해 얘기를 나누는 중이니 한 가지 사적인 생각을 말해도 될까요? 수요일에 나누었던 대화는 저에게 엄청난 자극이었습니다. 앞으로도 교수님과 얘기할 기회가 있으면 정말 좋겠더군요. 철학에 열정은 있었지만 대학에서 배운 게 거의 없어요. 날마다 의사로서 일하다 보면 철학적인 열정을 충족시킬 기회가 거의 없지요. 저에게는 열정을 연소시킬 자극이 필요합니다."

니체는 미소만 지을 뿐 아무 대꾸를 하지 않았다. 브로이어는 자신감을 얻었다. 그는 잘 준비되어 있었다. 신뢰가 생겼고 상담은 순조롭게 진행되었다. 이제 치료법을 논의할 것이다. 우선 약물을 쓰고 그다음에는 '대화요법'을 해보자고 말할 생각이었다.

"우선 편두통 치료 문제로 되돌아가볼까요? 편두통 환자에게 효과가 탁월한 것으로 보고된 새로운 투약법이 있습니다. 브롬화물, 카페인, 발레리안, 벨라도나, 아질산아밀, 니트로글리세린, 콜히친, 맥각 등이 있죠. 리스트에 있는 것 중 몇 개만 읊은 겁니다. 진료기록부를 보면 이 약물 중 몇 가지를 복용하셨네요. 이런 약물 중 어떤 것은 이유는 모르지만 어쨌거나 효과가 있는 것으로 검증되었지요. 어떤 건 진통이나 진정 작용이 있어서 그런 모양이고, 다른 것들은 편두통의 근본적인 메커니즘에 작용하기 때문인 것으로 보입니다."

"그게 뭡니까?"

"혈관이지요. 모든 관찰자들이 혈관, 그중에서도 특히 측두동맥이 편두통과 연관되어 있다고 보고 있거든요. 측두동맥이 격렬하게 수축되면서 피를 흘려보내지 않는 것 같습니다. 통증은 수축되거나 팽창된 혈관벽 자체나 정상적인 혈액 공급을 요구하는 장기에서 발생할 수도 있습니다. 특히 두뇌를 감싸고 있는 경막(뇌와 척수의 외막—옮긴이)과 유막(뇌와 척수를 덮는 얇은 막 — 옮긴이)이 그렇지요."

"혈관들이 무질서한 원인은 뭐지요?"

"아직까지 모릅니다. 하지만 조만간 해결책이 나올 걸로 봅니다. 어쨌거나 그때까진 추측하는 수밖에요. 많은 의사들이, 거기에는 저도 포함됩니다만, 편두통 이면의 리듬의 병리학에 강한 인상을 받고 있습니다. 혹자는 리듬의 무질서가 두통보다 더 근본적인 것으로 보기도 합니다."

"이해할 수가 없군요, 브로이어 박사님."

"리듬의 무질서가 다른 장기를 통해서 나타날 수도 있다는 겁니다. 따라서 두통 자체는 편두통이 발병할 때 나타나지 않을 수도 있다는 거지요. 두통은 없지만 날카로운 복부 통증을 일으키는 복부 편두통과 같은 것이 있을 수 있다는 겁니다. 어떤 환자들은 기분이 고양되었다가 갑자기 낙심해서 침울해지기도 한다고 보고합니다. 또 일부 환자들은 현재의 경험을 이미 경험했던 것 같은 느낌을 주기적으로 받기도 하고요. 프랑스어로 데자뷔, 즉 기시감이라는 현상이죠. 그것 역시 편두통의 변이 형태일 수 있을 겁니다."

"이면에 있는 리듬의 무질서? 그게 원인들의 원인이라는 겁니까? 마침내 우리는 신에게 도달했군요. 궁극적인 진리를 향한 잘못된 추구가 결국에 이르게 되는 최후의 오류 말입니다."

"아닙니다. 우린 의학적 신비주의에 도달할 수 있을진 몰라도 그게 신은 아니지요. 적어도 이 진료실에서는 아닙니다."

니체는 안도하면서 말했다.

"다행이군요. 자유롭게 말하다 보니 제가 어쩌면 박사님의 종교적 정서를 무시하고 있었는지 모른다는 생각이 퍼뜩 들었습니다."

"그런 위험은 없을 겁니다, 니체 교수님. 교수님이 독실한 기독교 자유사상가라는 것에 회의하는 것만큼 저도 유대교에 대해 그러하니까요."

니체는 어느 때보다 좀더 크게 웃으면서 편안하게 자세를 잡았다.

"제가 담배를 끊지 않았다면, 이럴 때 박사님께 한 대 권했으면 좋았을 것 같군요."

브로이어는 상당히 고무되었다. 프로이트의 제안대로 편두통의 발작 이면에 있는 스트레스를 강조한 것은 탁월한 전략이었다고 생각하면서 그는 성공을 예감했다. 이제 적당한 때에 무대에 올리는 일만 남았다. 공연할 시간이 다가왔다! 그는 의자에서 몸을 앞으로 숙이면서 자신 있게 말했다.

"무질서한 생물학적 리듬의 원인을 물으셨는데요. 흥미로운 질문입니다. 편두통에 관한 많은 권위자들과 마찬가지로 저 역시 편두통의 근본 원인은 스트레스에서 비롯된다는 입장입니다. 스트레스는 무수히 많은 심리적 요인에 의해 발생하거든요. 예를 들어 직장과 가족, 개인적인 인간관계, 성생활 등에서 경험하는 불화 같은 것들요. 일부 의사들은 이런 관점을 정통 의학이 아니라고 간주해버리지만, 저는 앞으로 의학이 이런 방향으로 나아갈 거라고 믿습니다."

침묵. 브로이어는 니체의 반응을 확신할 수 없었다. 한편으로 그는 동의한다는 듯이 고개를 주억거렸지만, 발을 위로 당기는 것은 긴장의 표시이기도 했다.

"어떻게 생각하십니까, 니체 교수님?"

"박사님은 환자가 자기 병을 선택할 수도 있다는 건가요?"

조심해야 한다, 요제프. 저런 질문에 조심해야 해!

"아니지요. 제 말은 전혀 그런 게 아닙니다, 교수님. 교묘하게 병으로 이익을 보는 환자를 알고는 있지만요."

"예를 들면, 자해를 해서 징집에서 면제되려고 하는 젊은이들 말입니까?"

　방심할 수 없는 질문이었다. 브로이어는 더 조심하고 긴장하지 않을 수 없었다. 니체는 잠시 동안 프러시아 포병부대에서 복무하다가 비전투 시에 입은 상처 때문에 제대한 것으로 알려져 있었다.

　"아니지요. 그보다는 훨씬 더 미묘한 겁니다."

　멍청한 실수였다. 브로이어는 즉시 깨달았다. 니체는 이 말에 모욕을 느꼈을 것이다. 그러나 그 말을 정정하거나 주워 담을 도리가 없었으므로 말을 계속 이어나갔다.

　"군대에 갈 나이가 된 젊은이들이 정말로 병이 나서 군대를 면제받는 걸 말합니다. 예를 들면, 결핵이나 피부 감염으로 쇠약해지는 그런 증상으로요."

　브로이어는 니체의 경험과는 전혀 다른 예를 들었다.

　"그런 사례를 본 적이 있습니까?"

　"의사치고 그런 희한한 '우연의 일치'를 목격하지 않은 사람은 없을 겁니다. 하지만 우리의 질문으로 돌아가면, 교수님이 병을 선택했다는 의미가 아닙니다. 편두통으로 이익을 보지 않는 한 말입니다. 편두통으로 이익을 보신 게 있나요?"

　니체는 침묵했다. 깊은 자기 성찰에 빠져든 것처럼 보였다. 브로이어는 긴장을 풀면서 스스로 평가했다. 이건 좋은 반응이군! 그를 다루는 방식이 이거구면. 직접적이고도 도전적인 방식을 좋아한다, 이거지. 그의 지성에 호소하는 질문으로!

　니체가 마침내 대답했다.

　"이런 비참함으로부터 어떤 이익을 얻었냐는 거지요? 여러 해 동안 바로 그 문제를 곰곰이 생각해보았어요. 이익을 얻은 게 있지요. 두 가지 면에서요. 발병이 스트레스로 야기된다고 하셨지요? 그런데 그 반대의 경우도 사실입니다. 발병이 스트레스를 쫓아버리기도 하니까요. 제 작업은 스트레스가 많아요. 실존의 어두운 측면을 들여다보기를 요구하기 때문이죠. 그런데 끔찍하기는 하지만 편두통이 오히려 작업을 계속하도록 해주는 힘이 되기도 합니다. 경련을 깨끗이 제거해주는 느낌이랄까요."

강렬한 대답이었다! 브로이어는 예상하지 못한 대답에 마음의 평정을 회복하려고 허둥거렸다.

"두 가지 면에서 병으로부터 이익을 얻었다고 하셨는데, 그럼 두 번째는 뭔가요?"

"나쁜 시력으로부터 이익을 얻은 셈이지요. 지금까지 몇 년 동안 다른 사상가들의 책들을 읽을 수가 없었어요. 그래서 다른 사상가들과는 분리되어 나름대로 독창적인 생각을 하게 된 겁니다. 지적으로는 자기 스스로를 갉아먹으면서 살았던 셈이지요! 그게 좋은 점도 있었어요. 그 때문에 정직한 철학자가 될 수 있었으니까요. 나는 오로지 내 경험에 의거해 글을 씁니다. 잉크가 아니라 피로 글을 씁니다. 최고의 진리는 무시무시한 법입니다!"

"동료 관계에서 철저히 고립되어 있었군요?"

또 실수다! 브로이어는 즉시 중지하려고 했다. 그 질문은 표적을 벗어난 것이다. 동료들로부터 인정받고 싶었던 자신의 열망이 투영된 것이었다.

"그건 문제가 아닙니다, 브로이어 박사님. 오늘날 독일철학의 치욕스러운 상태를 생각한다면 말이지요. 오래전에 난 강단을 내 발로 걸어 나왔습니다. 등 뒤로 문을 닫는 것도 잊지 않았지요. 그건 내 편두통이 준 또 다른 혜택이라고 봅니다."

"어떻게요, 니체 교수님?"

"내 병이 날 해방시켜주었으니까요. 병 때문에 바젤에서 교수직을 사임했거든요. 그곳에 아직도 있었다면 동료들로부터 나 자신을 방어하느라 정신이 없었을 겁니다. 제 첫 책인 《비극의 탄생》은 비교적 관행에 따른 저술입니다. 그런데도 전공자들 사이에서 비난과 논쟁이 너무나 심해 바젤의 교수진은 학생들에게 내 과목을 듣지 못하도록 했어요. 그곳에 있었던 마지막 2년 동안에 저는 겨우 한두 명의 학생을 앉혀놓고 강의를 했지요. 어쩌면 제가 바젤 대학 역사상 최고의 강사였을 텐데 말이죠. 헤겔은 임종의 침상에서 이렇게 통탄했다더군요. 자신을 이해한 학생은 오로지 한 명이었다고, 심지어 그 한 명마저 자신을 오해했다고! 저에게는 오해할 한 명의 학생마저도 없었지요."

원래의 브로이어라면 격려해줬을 대목이다. 그러나 니체를 다시 불쾌하게 만들지 않으려고, 이해한다는 표시로 고개만 끄덕이면서 동정으로 비치지 않도록 조심했다.

"브로이어 박사님, 병으로 또 다른 혜택을 본 것은 군대에서 제대한 일이지요. 결투로 상처를 입을 정도로 어리석었던 시절도 있었습니다."

니체는 자기 콧등에 난 작은 상처를 가리켰다.

"맥주를 얼마나 마실 수 있는지 과시하기도 했습니다. 내가 얼마나 대단한 인물인가를 자랑하고 싶었던 거지요. 군대를 직업으로 택하려고 생각했을 정도니 얼마나 어리석었는지 모릅니다. 어린 시절을 회상해본다면, 나는 아버지의 가르침을 받지 못했어요. 어쨌거나 병이 이 모든 것으로부터 날 구해준 셈이지요. 지금도 병이 나를 도와주었다는 긍정적인 면이 계속 떠오릅니다…."

니체의 말에 흥미를 느끼기는 했지만, 브로이어는 초조해지기 시작했다. 그의 목적은 환자를 설득해 대화치료에 참여하도록 하는 것이었다. 병으로부터 이익을 본 것이 없냐고 무심하게 던진 질문은 치료를 제안하기 위해 서두로 꺼낸 것에 불과했다. 니체의 사상이 얼마나 풍부한지를 전혀 고려하지 못한 것이 실책이었다. 어떤 질문이라도 던져주면, 니체는 가장 작은 질문의 씨앗에서도 비옥하고 무성한 사상의 싹을 틔워냈다.

니체는 거침없이 말들을 쏟아냈다. 이 주제에 관해 몇 시간짜리 강연을 준비한 사람처럼 보였다.

"내 병은 또한 죽음의 현실성과 대면하도록 해주었지요. 한동안 불치병으로 어린 나이에 죽을 거라고 믿었거든요. 갑자기 눈앞에 다가온 죽음의 유령은 오히려 대단한 은혜가 되었죠. 쉬지 않고 일했으니까요. 왜냐하면 내가 쓰고 싶은 것을 마무리하기도 전에 죽을까 두려웠거든요. 파국적인 결말이 좀더 위대한 예술 작품은 아닐까요? 입안에서 느끼는 죽음의 맛은 나에게 절실한 관점과 용기를 부여해주었어요. 나 자신이 된다는 것, 그건 가장 용기를 필요로 하는 것이기도 합니다. 나는 교수인가? 문헌학자인가? 철학자인가? 누가 상관하랴?"

니체의 말이 빨라졌다. 사고의 흐름에 몸을 맡긴 것처럼 보였다.

"감사하군요, 브로이어 박사님. 박사님과 얘길 나누니 이런 생각들을 확실히 하는 데 도움이 되는군요. 맞습니다. 내게 병은 축복이었지요. 심리학자들에게 개인적인 고통이 축복이듯이 말입니다. 그들에게 개인적인 고통은 실존의 고통과 대면하는 훈련장이지요."

니체는 내면에 시선을 고정시킨 것처럼 보였다. 더 이상 대화가 이어지지 않을 것 같았다. 니체는 지금 당장이라도 펜과 종이를 꺼내 글을 쓰기 시작할 것처럼 보였다. 그러나 니체는 그를 똑바로 올려다보았다.

"수요일에 제가 말했던 문장, 화강암 같은 문장을 기억하십니까? '너 자신이 돼라'는 문장 말입니다. 오늘은 두 번째 화강암 문장을 말해드리지요. '나를 죽이지 못한 것은 무엇이든지 결국 나를 강하게 만든다.' 그러니까 '내 병은 축복이다'라고 고쳐 말할 수 있겠군요."

브로이어의 확신과 자신감이 증발해버리고 말았다. 그는 니체가 다시 한 번 모든 것을 뒤집는 것에 지적인 현기증을 느꼈다. 그에게 흰 것은 검은 것이고, 좋은 것은 나쁜 것이었다. 비참한 편두통은 축복이었다. 브로이어는 상담이 손가락 사이로 빠져나가는 것을 느꼈다. 그는 다시 통제력을 회복하려고 애썼다.

"정말 매혹적인 관점이군요, 니체 교수님. 이전에 한 번도 들어본 적이 없어요. 아무튼 우리는 교수님이 이미 병으로부터 큰 혜택을 받았다는 것에는 의견이 일치했습니다. 그렇지요? 교수님은 병 덕분에 지혜와 식견이 생겼습니다. 인생의 중반에 접어든 이제 병의 방해가 없다면 더 능률적으로 일할 수 있을 거라는 확신이 듭니다. 병이 제 기능을 해줬으니까요, 안 그런가요?"

생각을 추스르고 할 말을 고르면서 브로이어는 책상 위에 놓인 것들을 재배치했다. 나무로 만든 내이의 모형, 베네치아산 푸른색과 황금색 유리 문진, 장식품, 청동 약절구와 공이, 처방전, 부피가 두툼한 처방집을 다시 제자리에 놓았다.

"게다가 제가 이해한 바로는, 교수님은 병으로부터 혜택을 보았고 병을 극복하는 것을 얘기했지만 병을 스스로 선택했다고는 말하지 않았습니다. 제가 맞나요?"

니체가 대답했다.

"병을 정복하거나 극복해야 한다고 말한 겁니다. 병을 선택하는 것인지 아닌지는 확신할 수가 없군요. 어떤 사람은 병을 선택할 수도 있겠죠. 다만 그 사람이 누구냐에 달린 문제겠지요. 정신은 하나의 실체

158

로 기능하지 않습니다. 내 마음의 일부는 다른 부분과 완전히 독자적으로 작동할 수도 있거든요. 아마도 나와 내 몸은 내 마음 한구석에서 서로 공모하고 있는지도 모르지요. 아시다시피 마음은 뒷골목과 쪽문을 좋아하니까요."

브로이어는 니체의 말과 그 전날 프로이트가 했던 말이 너무나 비슷해서 깜짝 놀랐다.

"우리의 마음속에 벽으로 둘러싸인 마음의 왕국이 독자적으로 존재한다는 의미인가요?"

"그런 결론을 외면하기란 사실 불가능합니다. 사실 우리는 많은 부분에서 본능에 따라 살아가거든요. 아마도 의식적인 마음에 떠오르는 것은 사후에 가공된 것들일 겁니다. 우리에게 권력과 통제라는 환상을 심어준 행위 이후에 뒤따라오는 생각들이라는 거지요. 브로이어 박사님, 다시 한 번 감사드립니다. 우리의 대화가 이 겨울 동안 고려해볼 중대한 주제를 제공해주는군요."

니체는 서류 가방을 열고 몽당연필과 노트를 꺼내서 메모하기 시작했다. 브로이어는 고개를 길게 뽑아 니체의 메모들을 읽어보려는 부질없는 짓을 했다.

니체의 복잡한 사고체계는 브로이어가 의도했던 작은 목표 지점을 훨씬 넘어서고 말았다. 브로이어는 자신이 멍청이처럼 느껴졌지만, 그렇다고 뒤로 물러설 곳도 없었으므로 앞으로 계속 나아갔다.

"교수님이 그처럼 명료하게 말씀해준 것처럼 병 때문에 얻는 혜택이 있다는 사실은 충분히 인정한다 하더라도, 담당 의사로서 저는 이제 병과의 전쟁을 선포해야 할 시간이라고 봅니다. 병의 비밀을 알아내고 약점을 발견하고 근절할 수 있는 방법을 찾아야지요. 저랑 보조를 맞추고 이 관점을 유지해주시겠습니까?"

니체는 메모를 하다가 고개를 들어 알았다는 듯 끄덕였다.

"저는 스트레스를 일으키는 생활방식을 선택함으로써 부지불식간에 병을 선택할 수도 있다고 봅니다. 이런 스트레스가 넘치거나 만성적이 되면, 스트레스는 예민한 장기를 겨냥하게 됩니다. 편두통의 경우, 혈관을 침범하게 되지요. 스트레스가 우회적으로 병을 선택한다는 의미입니다. 엄밀히 말하자면, 우리가 병을 선택하거나 선별하지는 않습니다. 다만 우리는 스트레스를 선택할 뿐이고 스트레스가 질병을 선택하는 거지요!"

니체는 이해한다는 듯 고개를 끄덕였다. 브로이어는 계속해서 말을 이었다.

"따라서 스트레스는 우리의 적입니다. 교수님, 의사로서 제 과제는 교수님 인생에서 스트레스를 줄일 수 있도록 돕는 겁니다."

브로이어는 이야기를 다시 본궤도에 올려놓아 안도했다. 이제 다음이자 마지막 단계로 나아갈 준비가 되었다. 몇 걸음 남지 않았다. 다음단계는 니체에게 스트레스의 심리적인 근원을 줄이는 데 도움을 주겠다고 제안하는 것이었다.

니체는 연필과 노트를 서류 가방에 도로 넣었다.

"브로이어 박사님, 몇 년 동안 저는 내 인생의 스트레스에 대해 생각했어요. 박사님께서 스트레스를 줄이라고 말씀하셨지요. 바로 그 이유 때문에 1879년 바젤 대학을 떠난 겁니다. 저는 스트레스 없는 삶을 살고 있어요. 학생들을 가르치는 것도 포기했고, 관리해야 할 땅도 없고, 돌볼 집도 없고, 감독해야 할 하인도 없고, 말다툼할 아내도 없고, 훈육해야 할 아이들도 없습니다. 그야말로 적은 연금으로 검소하게 살아가고 있습니다. 어느 누구에게 의무감으로 매여 있는 것도 아닙니다. 내 인생에서 스트레스란 스트레스는 전부 벗겨내서 거의 최소한으로 남겨두었습니다. 더 이상 줄일 수 없는 정도로까지요. 이런 마당에 스트레스를 어떻게 더 줄이라는 겁니까?"

"더 이상 줄이는 것이 불가능하다는 말에 동의하지 않습니다, 니체 교수님. 바로 이 문제를 함께 논의해보고자 합니다. 아시다시피⋯."

니체가 중간에 끼어들었다.

"명심하세요. 제가 너무나 예민한 신경계를 물려받았다는 걸 말입니다. 그 때문에 예술과 음악에 내가 민감하게 반응한다고 봅니다. 처음 〈카르멘〉을 들었을 때, 내 두뇌의 모든 신경세포가 일시에 폭발하는 느낌이었습니다. 온 신경계가 활활 불타오르는 것 같았지요. 똑같은 이유로 내 몸은 미세한 기후와 기압 변화에도 내 몸은 격렬하게 반응하지요."

브로이어가 역공을 취했다.

"하지만 그런 신경계의 과민 반응은 타고난 것이 아닐 수 있습니다. 그것 자체가 다른 원인으로부터 나오는 스트레스의 부수적인 작용일 수도 있어요."

"아니, 아니, 아니지요!"

니체가 안타깝다는 듯이 고개를 흔들면서 브로이어가 요점을 놓친 것처럼 강력하게 반박했다.

"내 말의 요지는 이겁니다. 박사님 말씀대로라면 신경의 과민 반응은 바람직하지 않은 것이지만, 내 작업에는 그게 필수적이라는 겁니다. 저는 신경이 곤두서 있기를 원합니다. 내적인 경험 중 어느 것 하나도 놓치고 싶지 않습니다! 극도의 긴장이 통찰의 대가라면 당연히 대가를 치러야겠지요! 그런 대가를 치를 정도로 난 부자입니다."

브로이어는 대답할 수가 없었다. 그처럼 격렬하면서도 즉각적인 저항은 예상하지 못했다. 그는 아직 치료에 대해 말도 꺼내지 못한 상태였다. 그런데도 그가 준비했던 생각들은 이미 수가 읽혀 쓸모없게 되어버렸다. 전열을 재정비하고 다른 전략을 찾아야 했다.

니체는 계속했다.

"제 책을 읽어보셨으니 아시겠지만, 내 글이 훌륭한 것은 제가 똑똑하고 학구적이라서 그런 게 아닙니다. 절대 아니죠. 그건 무리 짓는 것에서 얻는 안락과 거리를 유지하면서 스스로를 고립시켜 강력하고 사악한 성향을 직면하려는 의지와 용기가 있기 때문입니다. 탐구와 학문은 회의와 더불어 시작합니다. 그러나 회의는 본래 스트레스가 많은 것입니다. 오직 강자만이 그것을 견딜 수 있지요. 사상가에게 진정한 질문이 뭔지 아십니까? 스트레스를 제거하려는 박사님 환자들의 열망, 즉 평온한 삶을 살아가고 싶어 하는 열망과는 전혀 다른 겁니다."

브로이어는 대꾸할 말이 없었다. 스트레스를 제거하는 접근법을 쓰라던 프로이트의 전략은 산산조각 났다. 자기 필생의 작업, 살아가는 힘인 작업의 원천이 다름 아닌 스트레스라고 우기는 환자 앞에서는 속수무책이었다. 브로이어는 자신을 다시 추스르면서 의학적인 권위에 의존하기로 했다.

"교수님의 딜레마를 정확히 이해합니다. 하지만 제 말을 좀 들어보세요. 교수님의 철학 연구를 계속하면서도 고통을 덜 수 있는 방법이 있다는 겁니다. 교수님 사례에 관해 많은 생각을 했습니다. 편두통에 관한 다년간의 임상 경험으로 저는 많은 환자들을 도왔습니다. 교수님도 도울 수 있을 거라고 생각합니다. 그러니 제 치료 계획 좀 들어보시겠습니까?"

니체는 고개를 끄덕이면서 의자에 깊숙이 앉았다. 바리케이드를 세워놓고 그 뒤에서 안도하고 있다고 브로이어는 짐작했다.

"관찰과 치료를 위해 빈에 있는 로종 병원에 한 달 동안 입원하라고 제안하고 싶군요. 그만한 장점이 있기 때문입니다. 새로운 편두통 약들을 다양하고도 체계적으로 시험할 수 있게 될 겁니다. 차트를 보니 교수님은 한 번도 에르고타민을 복용한 적이 없더군요. 상당히 가망성 있는 새로운 편두통 약인데 주의할 점이 있지요. 발병 즉시 복용해야 하고 게다가 잘못 사용하면 심각한 부작용을 일으킬 수도 있어서 환자가 병원에 있는 동안 철저한 감독 아래 적절한 용량으로 투약해야 합니다. 또 그런 관찰은 편두통을 치료하는 데 귀중한 정보를 줄 수도 있습니다. 교수님이 자기 상태에 관한 예리한 관찰자이기도 하지만 훈련된 전문가의 관찰도 큰 도움이 될 수 있다는 거지요."

브로이어는 니체가 중간에 끼어드는 것을 막으려고 숨 돌릴 틈도 없이 말을 이었다.

"저는 환자들에게 로종을 이용하도록 권해왔습니다. 편안하고 훌륭하게 운영되고 있는 곳입니다. 새로 부임한 원장은 혁신적인 치료법들을 도입했어요. 바덴바덴에서 온천수를 끌어오는 것을 포함해서요. 게다가 제 진료실과 가까워 일요일을 제외하고는 날마다 방문할 수 있습니다. 그럼 우리가 같이 교수님의 삶에서 스트레스의 원인을 탐구할 수 있을 겁니다."

니체는 고개를 흔들면서 가볍지만 단호하게 거절했다. 그러자 브로이어는 말을 이어나갔다.

"교수님의 반대를 예상 못 한 것은 아닙니다. 스트레스가 교수님의 작업과 사명에 본질적인 것이므로 설혹 스트레스를 근절할 수 있다 하더라도 그런 절차에 동의하고 싶지 않다는 것이겠지요. 맞습니까?"

니체가 고개를 끄덕였다. 브로이어는 그의 눈에 호기심이 반짝이는 것을 보고는 흡족해했다. 좋아, 좋아! 자기가 스트레스에 관해 내게 결정타를 날렸다고 믿었을 텐데 죽은 시체가 다시 일어나는 걸 보고 놀라는 것도 무리는 아니지!

"제 임상 경험으로 보자면 긴장을 유발하는 원천은 다양합니다. 스트레스를 받는 개인은 알지 못하는 원인일 수도 있어요. 그 경우 명확한 원인을 알아내기 위해 객관적인 안내자가 필요할 수 있습니다."

"긴장의 원천이라고요, 브로이어 박사님?"

"상담 중에, 편두통 발병과 관련해 병상일지를 적느냐고 물었을 때였던 것으로 기억합니다만, 일지를 계속 적지 못할 정도로 교수님 인생에서 중대하고 심란한 사건이 있었다고 말씀하신 걸 기억하십니까? 그 사건에 관해 명확하게 얘기하신 적은 없지만, 저는 그런 사건이야말로 상담을 통해 증상이 완화될 수도 있는 스트레스의 원천이라고 봅니다."

"그 심란한 사건은 이미 해결되었습니다, 브로이어 박사님."

니체가 딱 잘라 단호하게 말했다. 그러나 브로이어는 집요했다.

"틀림없이 다른 스트레스도 있을 겁니다. 예를 들어, 수요일에 교수님은 최근에 배신을 당했다고 암시하셨지요. 그런 배신이 스트레스를 유발시켰을 게 분명합니다. 불안으로부터 자유로운 사람은 아무도 없어요. 우정이 송두리째 사라졌을 때는 누구나 그 고통에서 벗어나기 힘들지요. 고독의 고통도 벗어나기 힘들기는 마찬가지고요. 니체 교수님, 솔직히 말해서 의사로서 저는 교수님이 기술한 일상을 듣고 걱정되더군요. 그런 고독을 견딜 수 있는 사람이 있을까요? 교수님은 아내도 없고 자녀도 없고 동료도 없다는 걸 스트레스를 없애고 최소화하는 증거로 드셨지만, 저는 그걸 다르게 봅니다. 극단적인 고립은 스트레스를 제거하는 것이 아니라 그 자체가 스트레스 요인이지요. 고독은 병을 키우는 토양입니다."

164

니체는 세차게 고개를 흔들었다.

"브로이어 박사님, 반박할 틈을 주셔야지요. 위대한 사상가는 언제나 그들 나름의 벗들을 선택합니다. 독자적으로 사고하면서 무리에 방해받지 않습니다. 소로, 스피노자, 성 제롬, 성 프란시스, 부처와 같은 종교적인 금욕주의자들을 한번 생각해보세요."

"소로의 경우는 잘 모르겠습니다만, 나머지 사람들은 정신건강의 귀감들이지요."

브로이어는 크게 웃으며 얘기가 좀 가벼워지기를 기대하면서 덧붙였다.

"종교적인 현자들에게서 지지를 구한다면, 교수님의 주장은 심각한 위험에 처할 텐데요."

니체는 전혀 재밌는 기색이 아니었다.

"브로이어 박사님, 저를 위해서 모든 노력을 해주신 건 정말로 감사합니다. 이 상담 진료에서 저는 이미 많은 혜택을 받았습니다. 편두통에 관해 박사님이 알려주신 정보는 정말 소중한 것입니다. 그렇지만 병원에 입원하는 건 전혀 바람직하지 않습니다. 온천을 떠돌면서 오래 머무는 것, 말하자면 장크트모리츠, 헥스, 슈타이나바트에서 몇 주일씩 머무는 건 전혀 도움이 되지 않았답니다."

브로이어는 집요하게 물고 늘어졌다.

"니체 교수님, 우선 로종 병원에서 실시하는 치료법은 유럽의 유명 온천에서 머무는 것과는 전혀 다르다는 걸 이해하셔야 합니다. 바덴바덴의 온천수를 언급한 게 후회스럽군요. 로종 병원이 저의 관리 감독 아래 실시하는 방법 중 사소한 예를 든 것뿐입니다."

"브로이어 박사님, 박사님과 로종 병원이 유럽의 다른 곳에 있다면, 박사님의 계획을 진지하게 검토해볼 의향도 있습니다. 튀니지, 시칠리아, 혹은 라팔로에 위치해 있다면 그럴 수도 있겠지요. 그러나 빈의 겨울은 제 신경계에 끔찍한 고문입니다. 여기서도 올 겨울에 살아남을 수 있을 것 같지 않거든요."

브로이어는 루 살로메로부터 들은 정보가 있었다. 루 살로메가 니체와 파울 레에게 겨울을 빈에서 함께 보내자고 제안했을 때 니체가 전혀 반대하지 않았다는. 하지만 그 정보를 내밀 수는 없었다. 그에게는 섬세하게 반응해야 했다.

"하지만 니체 교수님, 그 점은 반드시 짚고 넘어가야겠습니다. 교수님이 사르데냐나 튀니지에 입원해 한 달 동안 편두통이 없었다면, 우리가 얻을 건 아무것도 없습니다. 의학적인 탐구도 철학적인 탐구와 전혀 다르지 않아요. 모험을 감수해야 한다는 겁니다! 로종에서 우리의 감독 아래 있다면 편두통 발병은 고통이 아니라 축복입니다. 교수님 상태의 원인과 치료법에 관한 정보를 수집할 기회가 되니까요. 여기 계시면 제가 언제나 달려갈 수 있어요. 에르고타민이나 니트로글리세린과 같은 것으로 발병을 재빨리 치료할 수 있단 걸 확실히 해둘 수 있거든요."

여기서 브로이어는 말을 멈췄다. 그는 자기 반응이 대단히 강력했다는 것을 알았다. 그래서 오히려 얼굴이 환해지는 것을 들키지 않으려고 애썼다. 니체는 대답하기 전에 침을 삼켰다.

"취지는 충분히 알겠습니다만, 박사님의 권고를 받아들이는 건 거의 불가능합니다. 박사님의 계획과 체계적인 치료법을 반대하는 이유는 가장 깊고 가장 근본적인 차원에서 비롯된 겁니다. 바로 돈 때문입니다! 최고의 환경에서 한 달간 집중적으로 치료를 받는다는 건, 나로서는 거의 불가능하거든요."

"아, 니체 교수님! 교수님의 몸과 생활에 대해 그처럼 많이 물어보면서도 대다수 의사들과 마찬가지로 경제적인 사생활은 침범하지 않으려 들었군요."

"불필요하게 신중했군요, 브로이어 박사님. 돈 문제를 거론하는 데 저는 아무런 거리낌이 없습니다. 돈은 내게 그다지 중요하지 않으니까요. 저술 활동을 계속할 수 있을 정도만 있으면 그것으로 충분합니다. 나는 정말로 소박하게 생활합니다. 책 몇 권만 빼고는 그야말로 생존에 필요한 것만으로 살아가니까요. 그 외에는 소비하는 게 없습니다. 3년 전 바젤 대학은 퇴직하는 저에게 얼마 안 되는 연금을 주었습니다. 그게 내 돈의 전부지요! 다른 재원이나 수입은 전혀 없어요. 아버지로부터 물려받은 재산도 없고, 후원자로부터 받는 지원금도 없습니다. 앞서 간단히 암시했지만 내 책은 한 푼도 가져다주지 못합니다. 2년 전 바젤 대학은 내 연금을 소폭 인상하는 걸 두고 투표를 했어요. 처음에 연금을 준 건 대학에서 떠나는 대가였고, 다음에 연금을 소폭 인상하기로 한 건 대학으로 돌아오지 말고 바깥에서 머물라는 뜻인 것 같습니다."

니체는 호주머니에 손을 넣어서 편지를 꺼냈다.

"연금이 평생 동안 지급되겠거니 하고 막연히 생각하고 있었는데 오늘 아침 오버베크가 여동생의 편지를 보내왔더군요. 동생 말대로면 연금이 끊길 위험에 처해 있답니다."

"이유가 뭐랍니까, 니체 교수님?"

"제 여동생이 싫어하는 어떤 사람이 나를 중상모략하고 있다는군요. 현재로서는 그게 사실인지 아닌지도 모르겠고, 동생이 과장하는 것인지도 알 길이 없지만요. 여동생은 종종 지나치게 과장하는 버릇이 있으니까요. 어쨌거나 제 요점은 지금 상태로선 그렇게 큰 금전적 부담을 떠안을 수 없다는 겁니다."

브로이어는 니체가 반대하는 이유를 알고서 오히려 안도했다. 이런 장애물이라면 쉽게 극복할 수 있었다.

"니체 교수님, 돈에 대해서 우리는 유사한 관점을 가지고 있군요. 교수님처럼 저도 돈을 그다지 중요하게 생각하지 않습니다. 하지만 우연한 기회로 제 상황은 교수님과 많이 다릅니다. 교수님의 아버지가 재산을 물려주었더라면 교수님도 돈이 많았겠지요. 저의 아버지는 저명한 히브리어 선생님이셨는데, 재산은 얼마 안 물려주셨지만, 그 대신 빈에서 가장 부유한 유대인 가정의 딸과 결혼하도록 주선해주셨답니다. 양가 모두 만족했어요. 전도유망한 의학자와 상당한 지참금을 교환하는 조건으로 말입니다. 니체 교수님, 이런 얘길 꺼내는 이유는 교수님의 경제적 상황이 전혀 장애가 아니란 걸 밀씀드리고 싶어서입니다. 제 아내의 가족인 알트만가는 제가 사용할 수 있는 병실 두 개를 로종에 기증했어요. 그 병실은 입원비나 그 밖의 모든 의료 서비스가 무료입니다. 저는 이 모든 토론으로 더욱 부유해지고 있습니다! 그럼 좋습니다, 좋아요. 모든 게 해결됐군요! 제가 로종 쪽에 통지해놓겠습니다. 오늘 입원 수속을 밟을까요?"

9

망가진 심리치료

하지만 해결된 것은 아무것도 없었다. 니체는 한동안 눈을 감고 가만히 앉아 있었다. 그러다가 갑자기 말문을 열어 단호하게 말했다.

"브로이어 박사님, 박사님은 귀중한 시간을 충분히 할애해주셨습니다. 그리고 박사님의 제의는 관대한 것입니다. 오랫동안 기억하겠습니다만, 저는 그 제안을 받아들일 수 없거니와 받아들이지도 않을 겁니다. 이성적인 걸 넘어서는 이유가 있는 법이지요."

니체는 단호하게 잘라 말하면서 더 이상 설명하지 않겠다는 의지를 확실히 했다. 그리고 서류의 걸쇠를 채우며 떠날 준비를 했다. 브로이어는 깜짝 놀랐다. 이 면담은 전문적인 진료 상담이라기보다 오히려 체스 게임 같았다. 그가 한 수를 움직이면, 니체는 즉각 반격을 가했다. 한 가지 반격에 응수하고 나면, 니체는 또 다른 반격을 했다. 이 게임은 끝이 없는 것일까? 궁지에 몰린 치료 상황을 다루는 데 노련한 브로이어는 거의 실패가 없는 전략으로 들어갔다.

"니체 교수님, 잠시 동안 제 상담을 좀 해주시지요! 어떤 흥미로운 상황을 이해하는 데 교수님의 도움이 필요하거든요. 한번 상상해보시 겠습니까? 한동안 대단히 아팠던 환자가 있습니다. 그 환자는 사흘에 하루 정도만 그나마 견딜 만한 건강 상태를 유지합니다. 그러다가 그 는 전문의에게 진료를 받으려고 멀고 힘든 여정에 오릅니다. 의사는 능력껏 자기 역할을 다합니다. 환자를 검사하고 적절한 진단을 내립 니다. 환자와 의사는 분명히 서로 신뢰하는 관계로 발전하고 의사는 포괄적인 치료 계획을 제안합니다. 그 치료법을 확신하니까요. 그러 나 환자는 관심이 없습니다. 호기심조차 보이지 않습니다. 호기심은 커녕 즉각 그 제안을 거절하면서 장애물을 하나씩 하나씩 설치합니다. 이 미스터리를 이해하도록 교수님이 도움을 주실 수 있는지요?"

니체의 눈이 커졌다. 비록 브로이어의 우스꽝스러운 작전에 말려들 었다는 표정이었지만, 아무런 반응이 없었다.

브로이어는 집요했다.

"우리는 이 수수께끼의 출발점에서부터 다시 시작해야 할지 모릅니 다. 우선 이 환자는 치료를 원하지 않으면서 왜 상담 진료는 받은 걸까 요?"

"친구들의 심한 압력 때문에 왔습니다."

브로이어는 실망했다. 환자는 자신이 만든 작은 드라마 속으로 들 어올 의향이 전혀 없었다. 자기가 쓴 글에서 니체는 재치 있고 웃음을 칭송하지만, 현실의 니체 교수는 연극을 좋아하지 않았다.

"바젤에 있는 친구분들 말인가요?"

"그래요. 오버베크 교수와 그의 아내 모두 나와는 절친한 친구들입 니다. 제노바에 있는 친구도 그렇고. 난 친구가 거의 없어요. 떠돌아다 니는 생활 탓도 있겠죠. 사실 모두가 진찰을 받아보라고 성화였지요! 그들의 입술에 하나같이 브로이어 박사의 이름이 매달려 있는 것처럼 보이더군요."

브로이어는 루 살로메의 빈틈없는 솜씨에 감탄했다.

"친구분들이 그렇게 걱정하는 건 교수님의 건강 상태가 심각하기 때문이겠지요."

"아니면 내가 편지에다 건강 상태를 너무 자주 언급했기 때문이겠지요."

"편지에 그렇게 언급한다는 건 스스로도 건강을 걱정한다는 뜻이 아닐까요? 그렇지 않다면 그런 편지를 쓸 까닭이 없지요. 혹시 관심을 받으려는 건 아닐까요? 아니면 연민이라도?"

이건 묘수다! 체크! 브로이어는 스스로 만족했다. 니체는 한 수 후퇴하지 않을 수 없었다.

"친구가 너무 없어서 그들마저 잃고 싶지 않았습니다. 진찰을 받으러 온 건 순전히 우정의 표시였어요. 친구들의 걱정을 덜어주자, 그래서 여기로 온 겁니다."

브로이어는 유리한 지점에서 계속 밀어붙이기로 마음먹었다. 그래서 좀더 과감하게 움직였다.

"자기 자신에겐 관심이 없다? 그건 불가능합니다. 1년 중 200일 이상 고통을 받으면서! 저는 편두통 발작으로 고통받는 수많은 환자들을 치료했지요. 통증이 덮쳤을 때, 그들은 고통을 줄여주는 것이라면 물불 가리지 않고 뭐든 하려 듭니다."

잘했어! 체스판에서 한 줄을 봉쇄했다. 어디 보자, 상대방은 지금 어디로 움직이고 있나? 니체는 이제 다른 말로 진격해야 한다는 것을 깨달은 모양이었다. 그는 체스판의 한가운데로 관심을 되돌렸다.

"저는 여러 이름으로 불립니다. 철학자, 심리학자, 이교도, 선동가, 적그리스도 등. 물론 이보다 더 거북한 이름으로 불리기도 했습니다만, 나 스스로는 과학자라고 부르고 싶습니다. 제 철학적 방법의 주춧돌은 과학적 방법론인 회의니까요. 저는 가장 엄격한 회의주의를 언제나 견지하고 있습니다. 그리고 지금도 회의적이고요. 의학적 권위에 기초해 권하는 정신 탐구는 받아들일 수가 없지요."

"그렇지만 니체 교수님, 우리가 허용한 유일한 권위는 이성이라는 데 전적으로 동의합니다. 제가 권하는 건 바로 이 이성에 근거한 것이지요. 저는 오직 두 가지를 주장합니다. 첫째, 스트레스가 사람을 병들게 한다는 겁니다. 많은 과학적인 관찰이 런 주장을 뒷받침해주지요. 둘째, 교수님 삶에는 상당한 스트레스가 존재한다는 겁니다. 이때 스트레스는 교수님의 철학적 탐구에 필수적인 스트레스와는 다른 겁니다. 근거를 한 번 들어볼까요?"

브로이어가 계속 설득했다.

"여동생의 편지를 한번 생각해볼까요. 중상모략은 분명 스트레스를 주는 겁니다. 말이 나온 김에 하는 얘기지만, 교수님은 서로 정직하기로 한 우리의 계약을 위반했어요. 이 중상모략가에 대해 저에게 미리 말해주지 않았으니까요."

브로이어는 더 대담하게 움직였다. 달리 도리가 없었다. 게다가 그는 더 이상 잃을 것이 없었다.

"교수님에게 유일한 재원인 연금이 끊길지도 모르는 상황은 스트레스를 줄 게 분명합니다. 그게 여동생의 안달에 불과한 것이라 할지라도 말이죠. 또 교수님을 그처럼 달달 볶는 여동생이 있다는 사실 자체가 스트레스일 테고요!"

너무 멀리 나갔나? 니체의 손이 의자 옆으로 미끄러지며 천천히 서류 가방의 손잡이에 다가가고 있었다. 아직은 반격이 없었다. 브로이어는 결정적인 수를 두려는 참이었다.

172

"제 입장을 강력하게 뒷받침해주는 게 있지요. 최근에 나온 탁월한 책입니다." 브로이어는 손을 뻗어 《인간적인 너무나 인간적인》의 표지를 톡톡 쳤다. "이 세상에 정의라는 게 조금이라도 남아 있다면, 조만간 저명한 철학자가 될 사람이 쓴 책입니다."

브로이어는 책을 펴고 프로이트에게 말했던 그 구절을 찾아냈다.

"자, 한번 들어보십시오! '심리적 관찰은 우리 삶의 부담을 줄여주는 편리한 수단 중 하나다.' 한두 쪽 더 넘어가면 저자는 심리적 관찰은 필수적이라고 주장합니다. '인류는 도덕적 해부대의 비참한 광경을 피할 수 없을 것이다'라고 하죠. 다시 몇 쪽 더 넘어가서 저자는 가장 위대한 철학자의 오류는 대체로 인간 행위와 감각에 대한 그릇된 설명에서 비롯된다고 지적합니다. 그로 인해 '잘못된 윤리학과 종교적, 신화적 괴물을 창조'하는 결과를 초래한다는 것이지요. 계속 찾을 수도 있지만…."

브로이어는 책장을 휘리릭 넘겼다.

"이 탁월한 책이 말하려는 요점은 이겁니다. 인간의 믿음과 행위가 이해되려면, 우선 인습과 신화, 종교와 같은 것을 쓸어내야 한다는 것이지요. 그런 이후라야 그게 무엇이든지 선입견 없이 인간이라는 주제를 탐구할 수 있다고 생각합니다."

"그 책이라면 저도 잘 알고 있습니다."

니체가 정색을 하고 말했다.

"그러면 이 책의 처방을 따르시지 않겠습니까?"

"저는 제 인생을 그 처방에 바쳤습니다. 그런데 박사님은 철저히 읽지 않으셨나 보군요. 지금까지 몇 년 동안 저는 혼자서 심리 해부를 해왔습니다. 나 자신이 내 연구의 주제였으니까요. 그러나 박사님의 주제가 되고 싶은 생각은 없습니다. 입장을 바꿔서 박사님이라면 기꺼이 타인의 연구 주제가 되고 싶을까요? 단도직입적으로 물어보겠습니다, 브로이어 박사님. 이 치료를 하려는 박사님의 동기는 무엇입니까?"

"교수님은 제게 도움을 청하러 오셨고 저는 도움을 주려는 겁니다. 전 의사이고 그게 제 일이니까요."

"너무 단순하군요! 우리 두 사람 모두 인간의 동기가 그보다 훨씬 복잡하면서도 원초적이라는 걸 아주 잘 알고 있어요. 다시 묻겠습니다. 박사님의 동기는 뭡니까?"

"간단한 문제라니까요, 니체 교수님. 자기 직업을 실천하는 거지요. 구두장이는 구두를 만들고, 빵 장수는 빵을 만들고, 의사는 환자를 돌보지요. 그걸로 생계를 꾸리고, 자기 소명을 실천하면서요. 저의 소명은 고통을 덜어주는 데 헌신하는 것이지요."

브로이어는 확신을 전달하려 했지만 불안해지기 시작했다. 니체가 마지막으로 둔 수가 쉽지 않았다.

"만족스러운 대답이 아닙니다, 브로이어 박사님. 의사는 환자를 돌보고 빵 장수는 빵을 만들면서 사람들은 각자의 소명을 실천한다고 하셨는데, 그건 동기가 아니라 습관입니다. 박사님은 자신의 의식과 선택, 관심사 같은 걸 빠뜨리셨어요. 생계수단이라고 말한 건 좋습니다. 적어도 이해할 수는 있으니까요. 누구든지 뱃속에 음식을 채우면서 살아가기야 하니까요. 그렇지만 박사님은 제게 돈을 요구하지도 않았어요."

"저도 교수님께 같은 질문을 던질 수 있을 것 같군요. 교수님의 작업에서는 전혀 수입이 생기지 않는다고 하셨지요. 그렇다면 왜 교수님은 철학을 하시는 거지요?"

브로이어는 공세를 펴려고 했지만 기세가 꺾이고 있다는 걸 느꼈다.

"아, 그리고 박사님과 저 사이에는 가장 중요한 차이가 있죠. 저는 박사님을 위해 철학한다고 말하지 않습니다. 그에 반해 박사님은 박사님의 동기가 나에게 봉사하는 것이며 나의 고통을 덜어주는 거라고 주장하신다는 거지요. 그건 노예근성입니다. 성직자들의 선전 선동에 의해 인위적으로 조장된 노예근성 말입니다. 박사님의 동기를 철저하게 해부해보십시오! 어느 누구도 전적으로 타인을 위해서 행동하는 법은 없습니다. 모든 행동은 이기적이고, 모든 봉사는 자기를 위한 봉사이며, 모든 사랑은 자기애입니다."

니체는 말이 점점 빨라지면서 질주하듯 말했다.

"제 말에 놀라신 것 같군요. 박사님이 사랑하는 대상을 생각해보십시오. 깊이 파고들어가 보십시오. 그러면 박사님은 그들을 사랑하지 않는다는 걸 알게 될 겁니다. 박사님이 사랑한 것은 그런 사랑이 당신 안에서 만들어내는 즐거운 감각이니까요! 박사님은 욕망을 사랑하는 것이지 욕망을 불러일으키는 대상을 사랑하는 게 아닙니다. 다시 한 번 묻겠습니다. 왜 나에게 봉사하고 싶은 겁니까?"

니체의 목소리가 준엄해졌다. "브로이어 박사님, 박사님의 동기는 뭡니까?"

브로이어는 어지러웠다. 니체의 진술이 얼마나 추악하고 터무니없는지 말해서 이 짜증나는 일에 종지부를 찍고 싶은 충동을 억제했다. 분노로 씩씩거리면서 진료실을 박차고 나가는 니체의 뒷모습을 잠시 상상해보았다. 휴, 상상만 해도 안도감이 느껴졌다! 마침내 이 유감천만한 괴로운 일에서 풀려날 수 있다니! 그런데 이상하게도 니체를 다시 보지 못할 거라고 생각하자 마음이 착잡했다. 그는 이 사람에게 끌리고 있었다. 그런데 왜일까? 정말로 자신의 동기는 무엇이었을까?

브로이어는 아버지와 체스를 두던 때를 떠올렸다. 그는 언제나 똑같은 실수를 범했다. 오로지 공격하는 데 골몰해 방어에 소홀한 채 무리하게 압박하며 공격하다가, 결국에는 아버지의 여왕이 번개처럼 그의 후방을 치면서 '메이트' 하고 외치도록 만들었다. 그는 공상을 부랴부랴 접었지만 그 의미만큼은 유념해두었다. 니체 교수를 두 번 다시 과소평가해서는 안 될 것이었다.

"다시 한 번 브로이어 박사님, 박사님의 동기는 뭡니까?"

브로이어는 애써 대답하려고 했다. 나의 동기는 뭘까? 그는 니체의 물음에 자기 마음이 격렬하게 저항하는 것을 보고 놀랐다. 브로이어는 집중하지 않을 수 없었다. 니체를 돕겠다는 그의 욕망은 어디에서부터 시작되었을까? 물론 베네치아에서였다. 살로메가 너무나 매력적이어서 앞뒤 재지 않고 그녀의 친구를 돕겠다고 해버린 것이 아닌가. 니체를 맡아 치료하면 앞으로 계속 친분을 유지할 수 있을 뿐만 아니라, 그녀 앞에서 우쭐해할 수도 있었다. 또 바그너도 있었다. 물론 바그너는 좀 복잡한 문제였다. 브로이어는 바그너의 음악은 사랑했지만, 바그너의 반유대주의는 혐오했다.

또 뭐가 있을까? 몇 주가 지나자 루 살로메는 그의 뇌리에서 흐릿해졌다. 더 이상 니체와의 관계에 끌려 들어온 중요한 이유가 되지 못했다. 그는 니체를 앞에 두고 펼치는 지적인 도전에 매혹을 느꼈다. 그 전날 베커 부인마저 빈에 있는 어떤 의사도 저런 환자를 맡으려 들지 않을 것이라고 말하지 않았던가.

또 프로이트가 있었다. 프로이트에게 좋은 공부 사례로서 니체를 제시해주려고 했다. 그런데 그가 내민 도움의 손길을 니체가 발로 걷어찼다고 한다면, 한심해 보일 것이다. 아니면 위대한 존재 곁에 가까이 다가가고 싶었을까? 니체가 독일철학의 미래를 대표한다는 루 살로메의 말은 옳았다. 니체가 쓴 책들, 그 책들은 천재의 냄새를 풍겼다.

이런 동기들 중 어느 것도 피와 살을 가진, 지금 자기 눈앞에 있는 니체와는 아무런 상관이 없었다. 그는 루 살로메와 접촉했다는 것, 다른 의사들이 꺼리는 사례를 맡았다는 기쁨, 위대함과 접촉하고 싶은 갈망에 대해서 침묵해야 했다.

브로이어는 마지못해 동기에 대한 니체의 심술궂은 이론이 일리가 있다는 점을 인정했다! 그렇다 할지라도 환자에게 봉사해야 한다는 주장이 다름 아닌 환자로부터 격렬하게 도전받을 문제라고는 생각하지 않았다. 성가시고 불편한 니체의 질문에 어떻게 대답해야 하는가?

"제 동기요? 그런 질문에 누가 한마디로 대답할 수 있을까요? 동기는 겹겹의 층으로 존재하니까요. 제일 처음의 동물적인 층만이 가장 중요한 동기라고 선언할 수 있는 사람이 누굽니까? 그건 아니지요, 정말 아니지요. 보아하니 교수님은 이 질문을 또다시 반복하실 모양인데, 그렇다면 이 질문의 본질에 관해 어디 한번 대답해볼까요? 저는 10년에 걸쳐 의사 훈련을 받았습니다. 그런데 더 이상 돈이 필요하지 않다고 해서 그 오랜 시간을 쓸모없는 것으로 만들어야 할까요? 의사 일을 계속하는 건 제가 보낸 세월들을 정당화하는 노력의 한 방식이지요. 내 인생에 일관성과 가치를 부여해주는 것입니다. 내 인생에 의미를 주는 것이기도 하고요. 제가 하루 종일 앉아서 돈이나 세고 있어야 할까요? 교수님이라면 그럴 수 있겠어요? 절대 그러지 못할 것입니다. 그리고 또 다른 동기가 있지요. 교수님과 만나면서 받는 지적 자극을 즐기는 것 말입니다."

"그런 동기들은 최소한 정직하기는 하군요."

니체가 마지못해 인정했다.

"막 한 가지 생각이 떠올랐는데, 저는 화강암처럼 단단하다고 하셨던 그 문장을 좋아한답니다. '너 자신이 돼라'는 그 구절 말입니다. 그래요. 제 본업과 저에게 주어진 운명이, 남에게 봉사하고 타인을 돕고 의학에 헌신하며 고통을 없애는 것이라면 어쩌시겠습니까?"

브로이어는 한결 기분이 나아졌다. 점차 평정을 되찾고 있었다. 너무 논쟁적이었군. 타협적인 태도가 필요했다.

"그리고 또 다른 동기가 있지요. 이를테면, 저는 교수님의 운명이 위대한 철학자가 되는 것이라고 믿고 있어요. 따라서 제 치료는 교수님의 육체뿐만 아니라 교수님 자신이 되는 그 과업을 돕는 것이기도 한 거죠."

"박사님 말씀대로 제가 위대해진다면, 그럼 박사님은 내 조력자이자 구세주로서 더욱 위대해지시겠군요!"

니체는 자기가 방금 명중탄을 날렸다는 것을 안다는 듯이 소리쳤다.

"아니지요, 그런 말이!"

브로이어는 일을 하는 동안에는 결코 마를 줄 몰랐던 인내심이 바닥을 드러내는 걸 느꼈다.

"저는 빈에서 과학, 예술, 음악 등 자기 분야에서 저명한 인사들의 의사입니다. 그게 나를 그들보다 더 위대하게 만듭니까? 내가 그들을 치료했다는 사실조차 아는 사람이 없는 마당에요."

"방금 저에게 말씀하셨지요. 지금도 저에게 박사님의 권위를 높이려고 그들의 명성을 이용하고 있고요!"

"니체 교수님, 내 귀를 의심하지 않을 수 없군요. 교수님의 운명이 실현되면 나, 요제프 브로이어가 당신을 창조했다고 떠들고 다닐 거라고 정말로 믿는다는 건가요?"

"박사님은 그런 일이 일어나지 않을 거라고 정말로 믿으십니까?"

브로이어는 진정하려고 애썼다. 조심해, 요제프! 화를 참고 니체의 입장에서 생각해봐. 불신의 원천을 이해해야지.

"니체 교수님, 과거에 배신당한 경험이 있고, 그래서 앞으로도 배신당할 거라고 생각하는 건 충분히 이해가 갑니다. 그러나 여기서는 그런 일이 일어나지 않을 겁니다. 그건 약속드리지요. 내 입에서 교수님 이름이 거론되는 일은 결코 없으리라는 것을요. 진료기록부에도요. 그럼 가명을 하나 만들면 어떨까요?"

"다른 사람들에게 말하지 않는다는 약속은 받아들일 수 있습니다. 하지만 중요한 것은 박사님은 자신에게 뭐라고 말할 것이며 나는 나 자신에게 뭐라고 말할 것인가 하는 것입니다. 박사님은 계속 봉사와 고통의 완화를 주장하고 있지만 동기에 관한 박사님의 그 모든 말에 정작 저를 위한 것은 아무것도 없습니다. 원래 그런 법이지요. 박사님은 저를 자기만의 계획에 이용할 겁니다. 이 역시 예상한 일입니다. 그게 자연의 섭리니까요. 하지만 제가 박사님께 소모되고 말 것이라는 건 모르고 계시는군요. 나에 대한 동정, 자선, 공감, 나를 돕고 다루는 기술, 이 모든 것들이 뭘 의미하는지 아십니까? 나의 힘을 대가로 박사님을 강하게 만든다는 것입니다. 나는 그런 도움을 베풀 수 있을 만큼 부자가 아닙니다."

이 남자는 구제불능이었다. 그는 모든 것에서 가장 야비하고 가장 악질적인 동기를 들춰냈다. 얼마 남아 있지 않았던 브로이어의 직업적 인내심과 객관성이 산산조각 나고 말았다. 그는 감정을 더 이상 자제할 수 없었다.

"니체 교수님, 솔직하게 말하지요. 오늘 교수님의 주장에는 일리있는 내용이 많았습니다만, 이 마지막 주장, 내가 교수님을 무력화시키고 싶어 한다는, 그러니까 나의 힘이 당신의 힘을 빼앗고 갉아먹는다는 망상은 그야말로 말도 안 되는 소립니다!"

브로이어는 니체의 손이 서류 가방의 손잡이를 향해 점점 더 내려가는 것을 보았지만 화를 참을 수가 없었다.

"교수님이 왜 자기 정신을 해부할 수 없는지, 그 완벽한 예가 바로 이겁니다. 통찰력이 흐려졌기 때문이지요!"

니체가 서류 가방을 움켜쥐고 벌떡 일어섰다. 그러나 브로이어는 계속 말했다.

"불행하게 끝난 우정 때문에 교수님은 터무니없는 실수를 저지르고 있는 겁니다!"

니체가 외투의 단추를 채우고 있었지만 브로이어는 도무지 입을 다물 수가 없었다.

"교수님은 자기의 태도가 보편적이라고 가정하고는, 자신에 대해서 파악하지 못한 것을 온 인류에게서 파아하려고 하고 있습니다."

니체는 손으로 문손잡이를 잡고 말했다.

"말씀 도중에 미안합니다만 바젤로 가는 오늘 오후 기차를 예약하러 가야겠군요. 두 시간 뒤에 돌아와서 치료비를 내고 제 책을 가져가도 되겠습니까? 박사님이 진료기록부를 보낼 주소를 남겨놓겠습니다."

그는 뻣뻣하게 목례를 하고 돌아섰다. 브로이어는 진료실을 걸어나가는 니체의 뒷모습을 보면서 열패감에 사로잡혔다.

10

성적 상상과 죄의식

브로이어는 문이 닫힐 때까지 움직이지 않았다. 베커 부인이 황급히 들어왔는데도 그는 얼어붙은 것처럼 꼼짝도 하지 않았다.

"무슨 일이시죠, 브로이어 박사님? 방금 니체 교수가 진료실을 뛰쳐나와서, 잠시 후 다시 들러 치료비를 계산하고 책을 가져가겠다고 중얼거리더군요."

"오늘 오후에 모든 걸 망쳐버렸군요." 브로이어는 간략하게 마지막에 있었던 일을 이야기해주었다. "끝내 그가 서류 가방을 집어 들고 나갈 때는 등 뒤에다 대고 거의 소리를 지르고 있었다니까요."

"그 교수님이 박사님의 성질을 폭발시킨 거군요. 치료를 받으러 온 환자에게 박사님은 최선을 다하셨는데 그 사람이 박사님 말씀에 하나하나 토를 달면서 시비를 걸었잖아요. 제가 전에 일했던 병원의 울리히 박사님이었다면 벌써 내쫓고도 남았을 거예요. 암, 그렇고말고요."

"도움이 절실히 필요한 사람인데…."

브로이어는 자리에서 일어나 창가로 다가가서 혼잣말처럼 나직하게 중얼거렸다.

"그런데도 도움을 받아들이기에는 자존심이 너무 강해요. 병든 신체 장기나 마찬가지로 지나친 자존심도 하나의 병이지요. 그런 사람에게 목청을 높이다니, 그렇게 어리석다니요! 그 사람에게 다가가서 자존심을 치유할 수 있는 치료 계획이 분명 있을 텐데…."

"자존심이 너무 강해서 도무지 도움을 받아들이지 않는다면, 어떻게 그런 사람을 치료하죠? 그분이 잠들었을 때라면 몰라도요."

브로이어는 말없이 창밖을 내다보며 자책감에 사로잡혀 가볍게 몸을 앞뒤로 흔들었다. 베커 부인이 다시 위로를 했다.

"몇 달 전에 박사님께서 도우려 했던 노부인 기억나세요? 콜 부인요. 무서워서 자기 방에서 꼼짝도 못했던 부인 있잖아요?"

브로이어가 고개를 끄덕이며 베커 부인 쪽으로 돌아섰다.

"기억하지요."

"박사님이 손을 잡아드리면 다른 방으로 걸어 나갈 정도로 호전되었는데 그 부인이 갑작스럽게 치료를 중단해버렸잖아요. 그때 제가 박사님께 완치가 코앞인데 그렇게 중단되어 좌절감을 느끼실 것 같다고 말했지요."

브로이어는 초조하게 고개를 끄덕였다. 베커 부인의 요점은 분명치 않았다.

"그래서요?"

"그런데 박사님께서 좋은 말씀을 하셨어요. 인생은 길고 종종 환자들은 긴 치료 이력이 있다고요. 그런 환자들은 종종 한 의사에게서 뭔가를 배우고 그걸 머릿속에 기억하고 있다가 언젠가는 뭔가를 더 할 준비가 된다고요. 그리고 그 부인은 박사님이 진료를 하는 동안 준비가 되었던 거라고 하셨지요."

"흠, 그래서요?"

브로이어는 다시 물었다.

"그러니까 그게 니체 교수에게도 적용될 수 있다는 거죠. 그 교수도 준비가 되면 박사님의 말씀대로 따를 거예요. 장차 그럴 거예요."

브로이어는 베커 부인을 돌아보았다. 그녀의 말에 감동을 받았다. 내용에 감동한 것은 아니었다. 진료실에서 있었던 일 중에서 니체의 마음을 돌릴 만큼 유용한 것이 있었는지 의심스러웠기 때문이다. 하지만 그녀가 위로하려 했던 마음만은 충분히 알 수 있었다. 그가 니체와 다른 점이 있다면, 고통에 처해 있으면 기꺼이 도움을 받아들인다는 점이었다.

"부인의 말이 옳기를 바랄 뿐이오. 위로가 되는 말을 해줘서 고맙소. 그게 부인의 새로운 역할이군요. 니체와 같은 환자들이 더 많아지면, 아마 부인은 그 분야 전문가가 될 것 같구려. 오늘 오후에 우리가 볼 환자는요? 좀 단순한 사례를 보면 좋겠군요. 결핵이나 울혈성 심부전 같은 걸로."

몇 시간 뒤 브로이어는 저녁 식사를 주최하고 있었다. 금요일 저녁의 이 가족 모임에 참석한 사람은 브로이어의 세 자녀(루이스가 요하네스와 도라에게는 이미 저녁을 먹였다) ─ 로베르트, 베르타, 마르가레테를 포함해 모두 열다섯 명이었다. 마틸데의 세 여동생 중에서 아직 미혼인 한나와 민나, 그리고 라헬과 남편 막스, 그들의 세 자녀, 마틸데의 부모님, 나이 든 과부인 고모까지. 오길 바랐던 프로이트는 오지 못했다. 그는 저녁을 혼자 빵과 물 한 잔으로 때우겠다는 전갈을 보내왔다. 늦게 입원한 여섯 명의 환자를 돌봐야 한다는 것이었다. 브로이어는 실망했다. 니체가 그렇게 떠난 뒤로 마음이 심란해서 젊은 친구와 이 문제를 상의하고 싶었던 것이다.

브로이어와 마틸데, 처제 세 명은 모두 유대인의 명절 중에서 가장 큰 명절 세 가지만 지키는 '3일만 유대인'이었다. 하지만 그들은 이 가족 중에서 유일하게 유대교의 가르침을 실천하는 마틸데의 부친 아론과 막스가 포도주와 빵을 놓고 기도와 찬송을 할 동안, 경건하게 침묵하면서 앉아 있었다. 아론을 위해서 브로이어 부부는 음식 금기를 지켰다. 그날 저녁 마틸데는 돼지고기를 내놓지 않았다. 평상시엔 브로이어가 돼지고기를 좋아해서 돼지고기 구이가 단골로 식탁에 올랐다. 브로이어뿐만 아니라 프로이트 또한 프라터 가게에서 파는 바삭하면서도 즙이 많은 돼지고기 비엔나소시지를 매우 좋아했다. 두 사람은 거리를 걷다가 소시지 스낵바를 만나면 그냥 지나치는 법이 없었다.

마틸데가 마련하는 모든 식사가 그러하듯 오늘 식사도 뜨거운 수프로 시작했다. 오늘 저녁은 보리와 리마콩을 넣은 걸쭉한 수프였다. 양파와 당근을 곁들인 잉어 구이가 뒤따랐다. 메인 코스는 브뤼셀 스프라우트로 속을 채운 즙 많은 거위 요리였다.

디저트로 오븐에서 갓 구워낸 따끈따끈하고 바삭바삭한 계피-체리 슈트루델 과자가 나왔을 때, 브로이어와 막스는 접시를 들고 브로이어의 서재로 들어갔다. 지난 15년 동안 금요일 저녁 식사가 끝나면 두 사람은 디저트를 들면서 서재에서 체스를 뒀다.

요제프는 알트만가의 자매들과 결혼해 동서지간이 되기 훨씬 전부터 막스를 알고 있었다. 동서지간이 아니었다면, 두 사람은 결코 친구가 될 수 없었을 것이다. 브로이어는 막스의 영리함과 외과 기술, 체스 실력을 존중했지만, 그의 편협한 빈민 근성과 천박한 물질주의를 싫어했다. 때로는 막스를 쳐다보는 것조차 싫었다. 그는 추하게 생겼을 뿐만 아니라 나이보다 훨씬 늙어 보였다. 대머리에다 반점투성이 피부에 병적으로 뚱뚱했다. 브로이어는 자신과 막스가 동갑이라는 사실을 애써 무시하려고 했다.

오늘 저녁에는 체스를 두지 않을 것이다. 마음이 심란하니 이야기나 좀 나누고 싶다고 막스에게 말했다. 그와 막스가 서로 속내를 털어놓은 적은 거의 없었다. 프로이트를 제외하면 브로이어에게는 속내를 털어놓을 만한 친구가 없었다. 이전의 간호사였던 에바 베르거가 떠나고 난 뒤 사실상 터놓고 지내는 사람은 아무도 없었다. 막스의 감수성이 못미더웠지만, 어쨌거나 아쉬운 사람이 샘 판다고 20분 동안 숨쉴 틈도 없이 니체, 그러니까 뮐러 씨 이야기를 쏟아냈다. 그는 마음의 부담을 털어내려는 것처럼 베네치아에서 루 살로메와 만났던 것까지도 전부 이야기했다. 막스가 짜증스럽고 도무지 못 참겠다는 듯이 말을 잘랐다.

"그런데 요제프, 왜 자책해? 누가 그런 위인을 치료할 수 있겠어? 그 친군 미쳤어. 그게 다야! 머리가 좀 망가지면, 자네한테 살려달라고 달려올걸."

"이해를 못하는군, 막스. 그 질병의 증상이 도움을 받아들이지 못한다는 거야. 거의 편집증적이니까. 그는 모든 사람에게서 최악의 것만을 생각해내거든."

"요제프, 빈에는 환자들이 넘쳐나고 있어. 자네와 난 주당 150시간을 일하면서도 환자들을 날마다 다른 곳으로 이송하고 있지 않나. 안 그런가?"

브로이어는 대답하지 않았다.

"안 그래?" 막스가 다시 물었다.

"문제의 핵심은 그게 아니잖은가."

"아니, 핵심은 바로 그거라니까, 요제프. 환자들이 자네 진료실로 들어오려고 문을 두드리고 있어. 그런데 자넨 그를 도와주겠다고 애걸하고 있잖은가. 그건 말도 안 돼! 왜 자네가 애걸을 해?"

막스는 병으로 손을 뻗었다.

"슬리보비츠, 한잔 어떤가?"

브로이어가 고개를 끄덕였다. 막스가 슬리보비츠를 유리잔에 따랐다. 알트만 가문의 부가 포도주 판매로 벌어들인 것인데도 두 사람이 마시는 술이라고는 체스를 두면서 슬리보비츠 한잔 하는 것이 고작이었다.

"막스, 내 말 좀 들어봐. 자네에게 이런 환자가 있다면 어떡하겠나? 막스, 내 말 안 듣고 있잖아. 고개를 돌리고 있구먼."

"듣고 있네, 듣고 있어."

막스가 우겼다.

"전립선 비대증 환자가 있다고 쳐보게. 요도가 완전히 망가졌어. 오줌이 역류해서 요도압은 점점 올라가고, 요독증에 이를 지경인데도 한사코 도움을 마다해. 왜냐고? 노인성 치매 때문일 수도 있고, 혹은 자네가 이용하는 의료기구들, 카테터, 요도 확장 기구가 놓인 쟁반이 요독증보다 더 공포스러울 수도 있지. 정신병이 있어서 자네가 자기를 거세하려 한다고 생각할 수도 있고. 어쨌거나 그런다면 어쩌겠나? 자네라면 어떻게 하겠나?"

"개업한 지 20년이 되었지만, 그런 일은 없었어."

"그럴 수도 있잖아. 이해하기 쉽게 든 예지만, 만약에 그런 일이 발생하면 자넨 어떡할 건가?"

"그건 환자 가족이 결정할 일이지, 내 소관이 아니잖아."

"자, 자, 막스, 내 질문에 자꾸 꽁지 빼지 말게. 그럼 가족이 전혀 없다고 가정해본다면?"

"그걸 내가 어떻게 알겠어? 요양원에서 하는 것처럼 구속복을 입히고 마취시킨 다음, 요도를 확대하고 카테터를 삽입해서 오줌을 빼내야지."

"구속복을 입히고 카테터로 오줌을 빼낸다고? 날마다 그 짓을 해? 자, 막스, 헛소리는 그만하게. 그러다가는 일주일 안에 그 환자를 죽이고 말 테니까. 자네가 할 일은 환자가 태도를 바꿔서 자네와 자네 치료를 거부하지 않도록 만드는 것이지. 어린아이들을 치료할 때나 마찬가지야. 아이들치고 치료에 순순히 응하는 거 봤어?"

막스는 브로이어의 지적을 무시했다.

"그럼 그 환자를 입원시키고 날마다 대화를 하고 싶다는 말인가? 요제프, 거기 들어갈 시간을 생각해봐! 그 사람이 그만한 재정이 있는 사람인가?"

브로이어가 환자가 가난하다면서 무료로 치료해주기 위해 집안용 병실을 사용하겠다는 계획을 말하자, 막스는 점점 더 염려하는 얼굴이 되었다.

"자네가 정말 걱정스럽군, 요제프! 솔직하게 말하겠는데, 자네가 정말 걱정돼. 잘 알지도 못하는 미모의 러시아 아가씨가 간청했다는 이유만으로, 본인은 치료를 원하지도 않는 데다 아예 그런 증상이 없다고 부인하는 미친 작자를 치료하겠다고 덤벼들다니! 한술 더 떠 이젠 무료로 치료하겠다고? 어디 말해보게."

그는 손가락을 흔들어대면서 말했다. "누가 더 미친 거지? 자넨가, 아님 그 친군가?"

"누가 미친 건지 내가 말해주지, 막스. 돈에 혈안인 자네야말로 미쳤어. 마틸데가 가져온 지참금의 이자만으로도 은행에 돈이 쌓이고 있네. 나중에 알트만 가문의 유산으로 우리 몫을 받으면, 우리 두 사람은 돈다발 속에서 헤엄쳐도 될 걸세. 지금부터 들어오는 돈은 다 쓰지도 못할 거라고. 게다가 자네는 나보다 훨씬 더 많은 돈을 벌지. 그런데 왜 그렇게 돈에 매달리나? 이런저런 환자가 내게 돈을 지불할 수 있을까 없을까가 왜 그렇게 중요한가, 막스? 자네는 돈보다 더 중요한 걸 보지 않는군."

"좋아, 그럼 돈 문제는 잊기로 하지. 자네가 맞는지도 모르지. 나도 때로는 내가 왜 일하나, 환자에게 치료비는 받아서 뭘 하나 하는 생각이 드니까. 그런데 맙소사, 아무도 우리 얘길 듣지 않겠지. 우리 둘 다 미쳤다고 할 테니까! 자네 남은 슈트루델 안 먹을 건가?"

브로이어는 고개를 저었다. 막스는 브로이어의 접시에 남은 페이스트리를 밀어서 자기 접시에 담았다.

"요제프, 이건 의학이 아니야! 자네가 치료하는 환자들, 그 교수의 병명은 대체 뭔가? 진단명이 뭔데? 자부심이라는 암세포인가? 물 마시는 걸 두려워했던 파펜하임가의 그 처녀 말일세. 느닷없이 독일어를 못하게 되면 영어로만 얘기했던 그 아가씨의 병명은 뭔가? 날마다 새로운 곳이 마비되었다지? 자기가 황제의 아들이라고 생각하던 젊은 친구도 있었고. 자기 방 바깥으로 나가길 두려워하는 노부인도 있었어. 그 사람들은 미친 거야! 자넨 정신병을 치료하려고 빈에서 최고의 훈련을 받은 게 아니잖나!"

막스는 브로이어의 슈트루델을 한 입 크게 베어 물더니 슬리보비츠를 한 잔 더 마셨다. 그러고는 다시 말을 이었다.

"자넨 빈에서 가장 탁월한 전문의야. 이 도시에서 자네만큼 호흡기 질환과 평형에 관해 잘 아는 사람은 없어. 모든 사람이 자네 연구를 알고 있지! 맹세컨대 장차 자넨 국립아카데미 회원으로 초대받을 걸세. 유대인만 아니었어도 자넨 벌써 교수가 되었을 거네. 그건 모두

다 아는 사실이지. 그런데 정신병만 계속 치료하고 있어봐, 자네 명성이 어떻게 되겠나?"

막스는 손가락으로 허공을 가리키며 말했다. "반유대주의자들은 '그럴 줄 알았다니까. 봤지, 봤지! 바로 저거라니까! 바로 저거야. 그가 의대 교수가 못 된 건 바로 저 때문이라니까. 저 친군 적당하지 않아. 정상이 아니라니까!' 이렇게 말할 걸세."

"막스, 그만하고 체스나 두지."

화가 난 브로이어는 체스 상자를 홱 열고서는 말들을 체스판 위에 거칠게 뿌렸다.

"오늘 너무 기분이 상해서 얘길 좀 하자고 했더니, 이게 날 돕는 건가? 나도 미쳤고 내 환자들도 미쳤다, 그러니 환자들을 문 밖으로 내쫓아야 한다, 내 명성에 먹칠하고 있다, 환자들에게서 내겐 필요하지도 않은 돈이나 짜내야 한다고?"

"아니, 아니! 돈 얘기는 취소하지 않았나!"

"이게 날 돕는 거야? 자네는 내가 뭘 묻는지 제대로 듣지도 않았지."

"그게 뭐였나? 다시 말해주게. 이번엔 잘 들을 테니까."

막스의 크고 변덕스러운 얼굴이 갑자기 진지해졌다.

"오늘 내 진료실에 도움이 필요한 남자가 왔었네. 심한 고통에 시달리는 사람이었는데 내가 너무 잘못 다뤘어. 이 상황을 어떻게 바로잡을지 나로서는 알 수가 없어, 막스. 그 환자와는 끝장난 셈이지. 난 신경증 환자들을 점점 많이 접하게 될 테고, 그러려면 환자들과 함께하는 요령을 어떻게든 터득해야만 하네. 이건 완전히 새로운 장이라네. 교과서도 없지. 도움을 원하는 사람이 수천 명인데 아무도 어떻게 도와야 할지도 모르니, 답답할 노릇이지!"

"그런 문제에 난 문외한이야, 요제프. 자네는 사고와 두뇌를 요구하는 작업을 하고 있고, 난 완전히 그 반대편에 있으니까." 키득거리며 웃는 막스를 보며 브로이어는 분이 일었다. "내가 다루는 구멍은 말대꾸를 하진 않으니까. 자네에게 한 가지 말해주고 싶은 게 있어. 그 교수와 자네가 경쟁하고 있다는 느낌이 들어. 왜 있잖아, 브렌타노 교수수업 시간에서처럼 말일세. 그때 자네는 언제나 그런 식이었거든. 어느 날 브렌타노 교수가 자네에게 화를 내면서 일침을 놓았잖아. '브로이어 군, 내가 뭘 모르는지 증명하는 것보다 내가 가르치려고 하는 걸 배우는 게 어떻겠나?' 기억하는가?"

브로이어는 고개를 끄덕였다.

"자네 환자와의 상담이 내 눈에는 그렇게 보이네. 뮐러 씨 본인의 책에 나오는 구절을 인용해서 그를 함정에 빠뜨리려고 하지 않았나. 그건 영리한 작전이 못 되지. 자네가 어떻게 이기겠나? 함정을 피하면 그가 이길 테고, 함정에 걸려들면 그는 화가 나서 더 이상 치료에 협조하지 않을 텐데."

브로이어는 체스 말을 만지작거리며 막스가 한 말들을 곰곰이 생각해보았다.

"자네 말이 옳아. 그 사람 책을 인용하지 말았어야 했다는 느낌이 그 순간 들었어. 지그 말을 듣지 말았어야 했다는 생각도. 그의 말을 인용해서 그를 치는 게 현명한 방법이 아닐지도 모른단 예감이 들었지. 그런데 그는 내 질문에 어물쩍 둘러대면서 경쟁심이 일어나도록 묘하게 날 자극했단 말일세. 근데 참 재밌지 않나. 그와 얘기하는 내내 체스를 두는 것 같다는 생각이 들었거든. 내가 그에게 덤벼들어 올가미를 던지면 그는 올가미에서 빠져나오면서 내게 올가미를 다시 던지지. 내 책임이겠지. 학교 다닐 때 내가 늘 그렇게 굴었으니까. 그런데 환자에게는 그런 짓을 하지 않았거든. 내 생각에 그 사람의 어떤 점이 그런 걸 들쑤셔 내는 것 같네. 나뿐만 아니라 모든 사람에게서 말일세. 그러고는 그걸 인간 본성이라고 우긴다니까. 그는 정말로 그걸 인간 본성이라고 믿고 있거든! 그의 철학 전체가 잘못된 게 바로 그 부분이야."

"거봐, 요제프. 자네, 또 그러고 있잖아. 그의 철학에 흠집을 내려고 하는 것 말일세. 자네 입으로 그 사람이 천재라고 하지 않았나. 그 친구가 그렇게 천재라면 그를 이기려고 할 것이 아니라, 그로부터 한 수 배워야지!"

"좋아, 막스. 좋은 지적이군! 맘에 들진 않지만 맞는 말 같군. 도움이 되네."

브로이어는 숨을 깊게 들이마시고서는 요란스럽게 내뿜었다.

"자, 그럼 게임이나 한판 하지. 자네 퀸 작전에 새로운 묘수를 찾고 있던 중이거든."

막스는 퀸 작전으로 나갔고, 브로이어는 대담하게 중앙공격 작전으로 응했다. 겨우 여덟 행마에 브로이어는 자신이 옴짝달싹 못하는 처지에 빠졌음을 알았다. 막스는 잔인하게 브로이어의 비숍과 나이트를 졸 하나로 위협하고는 체스판에서 눈을 떼지 않은 채 말했다.

"요제프, 오늘 밤 많은 얘길 했으니 내친김에 한마디 더 하지. 물론 내가 관여할 일은 아니지만, 내 귀까지 막을 순 없으니까. 마틸데가 라헬에게 하소연하기로는, 자네 몇 달 동안 마틸데를 멀리 한다면서?"

브로이어는 몇 분 동안 체스판을 들여다보면서 궁리했지만 겸장에서 벗어날 수 없다는 것을 깨달았다. 막스에게 대답하기 전에 막스의 폰을 가져왔다.

"그래, 유감이야. 정말 유감이지. 그런데 막스, 거기에 관해 내가 자네에게 무슨 말을 할 수 있겠나? 자네 아내에게 미주알고주알 다 말할 텐데. 그럼 처제는 자기 언니에게 전부 일러바칠 테고. 차라리 마틸데의 귀에다 대고 직접 말하는 게 낫지."

"아니라니까. 날 믿어. 라헬에게는 비밀로 할 테니까. 나도 자네에게 비밀을 하나 털어놓지. 나와 새로 온 간호사 비트너 사이에 무슨 일이 있었는지 라헬이 알면 엉덩이를 차이고 쫓겨날 테니까. 지난주였어! 자네하고 에바 베르거 양과 흡사한 관계지. 간호사와 놀아나는 게 무슨 집안 내력인 모양이야."

브로이어는 체스판을 열심히 들여다보았다. 그는 막스의 말에 기분이 상했다. 이 지역사회에서 에바와 자신의 관계가 그런 식으로 여겨지고 있다니! 그 비난이 사실이 아닌 건 분명하지만, 그런데도 성적인 유혹을 느낀 순간이 있었다는 점에서 일말의 가책을 느꼈다. 몇 개월 전 진지한 대화를 나누다가, 에바는 베르타와 그가 파멸적인 관계에 이를까 봐 걱정된다고 말했다. 그러면서 그가 어린 환자에게 사로잡혀 있는 상태에서 풀려날 수만 있다면, '뭐든 하겠다'고 제안했다. 자기 성을 제공하겠다는 말이 아니었을까? 브로이어는 그렇게 확신했지만 이번에도 다른 많은 경우들처럼 그놈의 '하지만'이 끼어들어서 행동으로 옮길 수가 없었다. 가끔 그는 에바의 제안을 생각하면서 놓쳐버린 기회를 너무나 후회했다.

이제 에바는 떠났다. 그녀와의 관계에서도 사태를 바로잡을 수 있는 기회는 영영 사라지고 말았다. 해고하고 난 뒤 에바는 두 번 다시 그와 말을 섞지 않았으며, 돈을 주겠다거나 새로운 일자리를 얻는 것을 도와주겠다는 제안도 일언지하에 거절했다. 마틸데에게는 그녀의 무고함을 옹호하지 못했지만 적어도 막스의 비난에서만큼은 그녀를 보호해주고 싶었다.

"그게 아니라니까, 막스. 잘못 알았어. 물론 난 천사가 아니지만, 그

192

렇다고 에바에게 손댄 적은 없네. 우린 그냥 친구였어. 좋은 친구."

"미안하네, 요제프. 내가 멋대로 자네와 에바가…"

"자네가 어떻게 생각할지는 이해가 되네. 그러나 우린 정말 막역한 친구 같은 사이였네. 내 흉허물마저 털어놓을 수 있었으니까. 우린 서로에게 모든 걸 얘기했거든. 그런데 날 위해 오랜 세월 동안 일해준 결과가 뭐냐고? 그런 끔찍한 대가를 치렀을 뿐이야. 마틸데의 분노에 결코 굴복하지 말았어야 했어. 아내에게 맞서야 했는데."

"자네가 처형하고 소원해진 게 바로 그 때문이란 말이지?"

"마틸데에 맞서야 했지만, 그게 우리 결혼 생활에서 진짜 문제는 아닐세. 그보다 훨씬 더 복잡한 문제가 있어, 막스. 그런데 구체적으로 그게 뭔지 모르겠네. 마틸데는 좋은 아내거든. 베르타와 에바에 대해 보인 행동은 싫었지만, 어떤 면에서 보면 이해 못할 것도 없지. 아내보다 그들에게 더 많은 관심을 보여주었으니까. 근데 참 이상한 일이야. 아내를 쳐다보면 아직도 아름다운데…"

"그런데?"

"그런데도 만지고 싶은 감정이 일지 않아. 가까이 오는 것도 싫거든."

"그게 그렇게 드문 일은 아니야. 라헬이 마틸데만큼은 아니지만, 그래도 미모가 빼어나잖아. 그런데도 난 비트너 양에게 더 끌려. 나도 인정하는데 그녀는 외모라고 해봐야 개구리처럼 생겼잖아. 어느 날엔가는 키르슈텐슈트라세로 걸어 내려가다가 이삼십 명쯤 되는 창녀들이 줄지어 서 있는 걸 봤어. 말할 수 없는 유혹을 느꼈지. 그중에 라헬보다 예쁜 여자는 없었어. 임질이나 매독 같은 성병이 득실거리는 여자들이잖아. 그런데도 유혹을 느꼈다니까. 아무도 날 알아보는 사람이 없었다면, 내가 무슨 짓을 했을지 어떻게 알겠어? 분명 그랬을 거야! 똑같은 식사는 질리게 마련이거든. 알다시피, 요제프, 아름다운 여자가 있는 곳마다 그녀에게 싫증난 불쌍한 남자가 한 명씩 있지 않을까 싶어!"

브로이어는 막스의 상스러운 방식을 결코 부추기고 싶지 않았지만 마지막 말에는 저절로 웃음이 나왔다. 조악하지만 나름대로 진실이었다.

"아니네, 막스. 권태가 아니야. 나는 그런 문제가 아니야."

"아니면 자네, 검사를 한번 해보든지. 성 기능에 관해서 여러 비뇨기과 의사들이 논문을 쓰고 있으니까. 성 불능을 야기하는 당뇨에 대한 키르슈의 논문 읽어봤나? 성에 관해 말하는 것이 금기인 시대는 아니잖아. 우리가 생각하는 것 이상으로 성 불능이 흔한 질병이라는 게 분명해지고 있어."

브로이어가 항의했다.

"성 불능? 무슨 소릴, 난 아닐세. 섹스와는 거리가 먼 생활을 하고는 있지만 정력은 넘쳐. 예를 들어, 그 러시아 아가씨에 대한 감정도 그래. 키르슈텐슈트라세에서 창녀와 마주쳤을 때 자네가 느꼈던 것과 같은 감정일 수도 있지. 사실 다른 여자들에 대해 너무 많은 성적 상상을 하니까 죄의식 때문에 오히려 마틸데에게 손대지 못하는 측면도 있어."

브로이어는 막스가 비밀을 털어놓으니 자기도 말하기가 훨씬 편해졌다는 것을 알았다. 아마도 막스라면 자기 나름의 조잡한 방식으로 니체를 훨씬 더 잘 다룰지도 모른다.

"그런데 문제의 핵심은 그게 아냐."

브로이어는 혼자 중얼거리고 있는 자신을 발견했다.

"문제는 다른 데 있어! 내 안에 악마적인 게 있다니까. 항상 떠나고 싶거든. 물론 결코 떠나지 못하겠지만, 그냥 짐을 꾸려서 떠나는 걸

194

계속 생각하게 돼. 마틸데와 아이들, 빈, 그 밖의 모든 것으로부터, 모든 것으로부터 떠나고 싶을 따름이야. 이 미친 생각에서 벗어날 수가 없어. 나도 아네, 그게 미친 생각이란 걸. 미쳤다고 말해줄 필요도 없어, 막스. 마틸데로부터 벗어날 수 있는 방법을 찾는다면, 내 모든 문제가 풀릴 것만 같아."

막스는 고개를 절레절레 흔들면서 한숨을 쉬었다. 브로이어의 비숍을 낚아챈 다음 퀸을 측면에서 공격하는 중이었다. 브로이어는 의자에 몸을 깊숙이 파묻었다. 막스의 프랑스식 방어와 지옥 같은 퀸 작전에 패하면서 앞으로 10년, 20년, 30년을 어떻게 살아가야 할까?

발작

그날 밤 브로이어는 퀸 작전과 아름다운 여자와 싫증난 남자에 대한 막스의 말을 곰곰이 생각하면서 누워 있었다. 니체 때문에 괴로웠던 마음이 가라앉고 있었다. 막스와 이야기를 나눈 게 어느 정도 도움이 되었다. 그동안 막스를 과소평가했는지도 모른다. 마틸데가 아이들을 재우고 돌아와서 그에게로 바짝 다가와 누우면서 속삭였다.

"잘 자요, 요제프."

그러나 그는 잠든 척했다.

땅! 땅! 땅! 정문을 두드리는 소리가 들렸다. 시계를 보니 새벽 4시 45분이었다. 깊이 잠드는 체질이 아니었던 그는 재빨리 자리에서 일어나 옷을 주섬주섬 챙겨 입고 현관으로 내려갔다. 루이스가 방에서 나왔지만, 그냥 들어가라고 손짓을 했다. 이왕 깼으니 자신이 나가볼 참이었다.

관리인이 잠을 깨워 송구스러워하면서, 지금 응급사태로 브로이어를 찾는 사람이 문 밖에서 기다리고 있다고 말했다. 아래층으로 내려

간 브로이어는 나이 지긋한 남자가 현관에 서 있는 것을 보았다. 모자
도 쓰지 않은 채, 먼 길을 걸어왔는지 아직도 가쁜 숨을 몰아쉬고 있었
다. 머리카락은 눈으로 덮여 있었고, 콧물이 흘러내렸는지 숱 많은 콧
수염에 고드름이 매달려 번들거렸다.

"브로이어 박사님이신가요?"

흥분으로 목소리가 떨려 나왔다. 브로이어가 고개를 끄덕이자, 그
는 자신을 슐레겔이라고 소개하면서 머리를 가볍게 숙이고는 오른손
손가락을 이마에 갖다붙였다. 좋았던 시절이라면 멋지게 보였을 경례
지만, 이제는 격세지감이 드는 과거의 유물이었다.

"제 여관에 묵고 있는 선생님 환자가 아픕니다. 몹시 많이 아파요.
그 양반은 말도 할 수 없는 지경이지만, 제가 호주머니에서 이 명함을
찾아냈습니다."

슐레겔이 내민 명함을 살펴보던 브로이어는 명함 귀퉁이에 적힌 자
기 이름과 예약 날짜가 적힌 주소를 발견했다.

프리드리히 니체 교수
문헌학 교수, 바젤 대학

그는 망설일 것도 없이 당장 결정을 내렸다. 슐레겔에게 피슈만과
이륜마차를 불러달라고 지시했다.

"그동안 난 옷을 챙겨 입고 준비하고 있을게요. 그리고 나와 함께
여관으로 가면서 환자의 상태를 좀 말해주시지요."

20분 후 슐레겔과 브로이어는 담요로 몸을 감싼 채 춥고 눈 내리는
거리로 나섰다. 여관 주인 슐레겔은 니체 교수가 지난주 초부터 머물
렀다고 설명했다.

"아주 좋은 손님이었지요, 전혀 말썽을 부리지 않는."

"환자의 병세에 관해서 말해주시겠소?"

"일주일 내내 종일 방 안에서 시간을 보내더군요. 방 안에서 뭘 하고 지내는지는 몰랐지요. 아침에 차를 날라다 주면서 살펴보면 책상에 앉아서 뭔가 열심히 휘갈겨 쓰고 있더군요. 그게 참 신기했어요. 아, 글쎄, 그 사람은 잘 읽을 수도 없을 정도라는 것을 알게 되었으니까요. 한 2, 3일 지났을 무렵이었는데, 바젤 소인이 찍힌 편지가 한 통 날아들었지요. 그래서 편지를 가져다주었죠. 몇 분 후에 그가 아래층으로 내려왔는데, 보니 눈을 가늘게 뜬 채 끔벅이고 있더군요. 눈에 문제가 생겼으니 나더러 편지를 좀 읽어달라면서요. 여동생이 보낸 편지라더군요. 그래서 읽기 시작했죠. 몇 줄 읽지 않았는데 러시아인의 추문에 관한 내용이 나오자 기분이 나빠져서는 편지를 돌려달라고 하더군요. 편지를 넘겨주기 전에 나머지 내용을 얼핏 훑어보았더니 '경찰', '송환' 같은 단어가 눈에 들어오더구면요. 식사는 바깥에서 했어요. 집사람이 요리를 해주겠다고 했는데도 말입니다. 어디서 식사하는지 모르겠어요. 식사할 만한 곳을 추천해달라는 부탁도 하지 않았거든요. 거의 말이 없었어요. 어느 날 저녁에 무료 음악회에 갈 거라고 얘기한 것 말고는요. 그렇다고 수줍음을 탄다는 얘기가 아닙니다. 말수가 적은 게 수줍음 탓은 아닐 테니까요. 왜 그렇게 조용한지를 여러 가지로 관찰한 결과…."

여관 주인은 예전에 10년 동안 군 정보요원으로 일했는데, 그 시절을 그리워하고 있었다. 그는 손님을 미스터리로 간주한 뒤 작은 여관을 운영하는 사람으로서 추론할 수 있는 정보를 가지고 손님의 이력을 추리하고 짜 맞췄다. 브로이어의 집으로 걸어오는 도중에 니체 교수에 관한 미스터리의 온갖 실마리를 조합해본 그는 브로이어에게 신이 나서 읊어대기 시작했다. 그로서는 모처럼의 기회였다. 평상시에는 그의 말을 들어줄 사람이 거의 없었다. 자기 아내와 다른 여관 주인들은 그의 추론을 이해하기에는 너무나 멍청했다.

하지만 브로이어가 그의 말문을 막았다.

"환자의 병세는요, 슐레겔 씨?"

"네, 네, 알고 있습니다, 의사 선생님."

슐레겔은 실망을 목구멍으로 삼키면서, 어제 아침 9시 무렵에 니체가 계산을 하고 나가면서, 오후에 떠날 것이며 정오가 되기 전에 가방을 가지러 돌아오겠다고 했다는 사실을 말했다.

"제가 잠시 자리를 비웠나 봅니다. 그렇지 않으면 그분이 돌아온 걸 못 봤을 리가 없을 테니까요. 대단히 조용히 다니기 때문에 마치 미행을 따돌리려는 사람처럼 보였어요. 우산도 사용하지 않았지요. 그래서 그가 방 안에 있는지 없는지 우산꽂이만 보고는 알 수가 없었죠. 자기 소재를 알리기 싫어하는 사람 같더군요. 언제 나가고 언제 들어오는지 누가 아는 걸 좋아하지 않았어요. 정말 좋은 사람이긴 했지만요. 수상쩍을 정도로 말입니다. 드나드는 것조차 눈치채지 못할 정도로 움직였다니까요."

그는 쉴 새 없이 말을 늘어놓았다.

"병세는요?"

"네, 네, 알아요, 의사 선생님. 이런 것들이 진단에 중요할 것이라는 생각에 말씀드렸습니다요. 그러니까 어제 오후 3시 무렵에 집사람이 언제나처럼 청소를 하려고 그분 방에 들어갔더니 그분이 방에 있었다더군요. 떠나겠다던 사람이 기차를 타지 않았던 것이지요! 침대에 완전히 뻗어서 머리를 움켜쥔 채 신음하고 있었답니다. 집사람이 저를 불렀어요. 내가 올라갈 테니 집사람더러 프런트를 보라고 했지요. 전

프런트를 비우는 법이 없습니다. 그러니까 말이지만 어떻게 내 눈을 피해 그분이 방으로 되돌아갔는지 정말 이상했다니까요."

"그래서요?"

브로이어는 이제 참기 힘들었다. 이 사람은 삼류 추리소설을 너무 많이 읽은 모양이었다. 그러나 알고 있는 모든 것을 말해주고 싶어 하는 길동무의 명백한 소망을 들어줄 시간은 여전히 많이 남아 있었다. 여관이 있는 란트슈트라세 구역은 앞으로도 족히 1.5킬로미터는 더 가야 했다. 시계가 흐릴 정도로 폭설이 쏟아지고 있었다. 피슈만은 아예 마차에서 내려 얼어붙은 거리로 말을 천천히 몰면서 걸어갔다.

"방으로 들어가서 어디가 아프냐고 물어보았지요. 그냥 몸이 좋지 않다, 두통이 약간 있다, 하면서 하루를 더 미물다 내일 떠나겠다고 하더군요. 자기는 종종 두통이 오는데, 그럴 때면 움직이거나 말을 하지 않는 게 상책이다, 아무것도 해줄 것은 없다, 그냥 두통이 사라질 때까지 기다리는 수밖에 없다고 말했어요. 그 양반 태도는 얼음장 같았어요. 언제나 그랬지요. 그런데 어제따라 더욱 찬바람이 쌩쌩 불더군요. 그냥 혼자 내버려두기를 바라는 게 분명했어요."

"그다음은요?"

브로이어가 몸을 떨었다. 냉기가 척수를 타고 흘러내렸다. 슐레겔이 짜증스럽기는 했지만 어쨌거나 다른 사람의 입에서 니체가 얼마나 까다로운 인물인지를 듣는 게 싫지는 않았다.

"의사를 불러주겠다고 했지요. 그러자 벌컥 화를 내더군요! 선생님도 그 꼴을 한번 봤어야 했는데 말입니다. '안 돼요! 안 돼! 안 돼! 의사는 안 돼요! 의사들은 일을 악화시키기만 해요! 의사는 절대 안 돼요!' 전에는 그런 적이 없었거든요. 딱히 무례한 것은 아니었지만요. 잘 아시겠지만 그분은 무례한 분이 아니잖습니까? 다만 얼음장처럼 차가

울 따름이지요! 언제나 매우 예의 바르게 행동했거든요. 고귀한 집안 출신 같더군요. 좋은 사립학교에 다녔을 게 분명해요. 고상하신 분들과 교제했을 테고. 처음에 저는 그분이 왜 값비싼 호텔에 머물지 않는지 이해하기 힘들었지요. 그러다 그분 옷을 살펴보았습니다. 옷을 보면 많은 걸 알 수 있는 법이니까요. 일류 라벨에 잘 재단된 좋은 옷들이더군요. 신발은 이탈리아제 가죽 제품이었고. 그런데 모든 게, 심지어 속옷까지도 너무 낡아 수선한 곳이 더러 있더군요. 그 정도 길이의 재킷이라면 아마 10년은 족히 입었을 겝니다. 어제 집사람에게 말했지요. 그 양반은 세상을 살아가는 방법을 전혀 모르는 가난한 귀족 출신이 틀림없을 거라고요. 이번 주 초에 니체가의 족보에 관해 감히 물어보았더니 오래된 폴란드 귀족이라던가, 뭐 그렇게 웅얼거리더군요."

"그다음엔요. 그러니까 의사를 거절한 다음에는요?"

"그냥 혼자 내버려두면 괜찮을 거라고 계속 우겼어요. 언제나처럼 그 예의 바른 태도로요. 제발 참견 말고 당신 일이나 신경 쓰라는 뜻이었죠. 혼자서 조용히 고통을 참고 견디는 타입이더군요. 아니면 뭔가 숨길 게 있는 사람이거나. 어찌나 고집이 센지! 그렇게 고집만 부리지 않았더라도 눈이 오기 전인 어제 선생님을 모시러 왔을 테고, 그러면 꼭두새벽부터 이런 난리를 피우지도 않았을 겝니다."

"그 밖에 눈에 띄는 건요?"

슐레겔은 이 질문에 눈빛을 반짝였다.

"음, 우선, 나중에 우편물이 올 경우 부칠 주소를 한사코 알려주지 않으려고 했어요. 이전 주소도 수상쩍더군요. 이탈리아의 라팔로라는 곳의 사서함 우편이었거든요. 저는 라팔로라는 지명은 금시초문이었습니다. 그게 어디에 있느냐고 물었더니, '해변가'라고만 대답하더군요. 아무래도 경찰에 알려야 할 것 같았습니다. 우산도 없이 슬쩍 나갔다 들어왔다 하고, 주소는 없고, 비밀은 많고. 저번 편지에 러시아 문제, 송환, 경찰 같은 말들이 적혀 있었거든요. 그래서 그 방을 청소하면서 편지를 샅샅이 뒤졌는데, 아무것도 발견할 수가 없었어요. 태워버렸거나 감춰뒀거나 했겠지요."

"경찰을 부른 건 아니지요?"

브로이어가 걱정스럽게 물었다.

"아직은요. 날이 밝을 때까지 기다려야지요. 좋은 일도 아닌데. 경찰들이 한밤중에 다른 손님을 성가시게 하는 건 원치 않거든요. 무엇보다도 그가 갑자기 아픈 바람에요! 무슨 생각이 떠올랐는지 아십니까? 음독이에요!"

브로이어는 하마터면 소리칠 뻔했다.

"그럴 리가요! 아니, 확신할 수는 없지만, 어쨌거나 슐레겔 씨, 경찰에 통보하는 일은 하지 말아주십시오! 내가 보증하건대 걱정할 일은 전혀 없을 겁니다. 내가 그 사람을 잘 압니다. 내가 보증하지요. 그 사람은 스파이가 아닙니다. 명함에 적힌 그대로예요. 대학교수요. 그의 말대로 종종 두통을 심하게 앓습니다. 그래서 날 찾아온 것이니까, 의심은 푸셔도 됩니다."

이륜마차의 깜빡거리는 촛불 아래서 전혀 의심을 풀지 못하는 슐레겔의 모습이 보였다. 그래서 덧붙였다.

"예리한 관찰자라면 충분히 그런 결론에 도달할 수 있다는 점은 이해합니다만, 그 문제에 관해선 날 믿으셔도 됩니다. 책임은 내가 질 테니까요. 오후에 그를 보고 난 뒤로 또 무슨 일이 있었습니까?"

브로이어는 여관 주인이 니체의 병세에 관한 주제로 되돌아오도록 애썼다.

"뭐 필요한 게 있나 하고 두 번 들여다봤지요. 차나 먹을 게 필요한

가 해서요. 두 번 다 고맙다면서도 정중하게 거절했어요. 고개조차 돌리지 않더라니까요. 기력이 없어 보였고 얼굴은 백짓장 같았습니다.”

슐레겔은 잠시 멈췄다. 그러다가 이 말을 덧붙이지 않으면 도무지 성이 차지 않는 듯 덧붙였다.

“자기를 보살펴주는데도 고마워하는 기색이 전혀 없었답니다. 선생님도 아시겠지만 따뜻한 사람은 아니더군요. 우리의 친절을 귀찮게 여겼어요. 자기를 도우려 하는데 오히려 화를 내다니! 그러니 제 집사람이랑 어떻게 잘 지낼 수가 있겠습니까? 집사람은 내일 당장 그를 내보내자고 성화였답니다.”

브로이어는 그의 불평을 무시한 채 물었다.

“그다음엔 무슨 일이 있었습니까?”

“그다음에 봤을 때가 새벽 3시였지요. 그의 옆방에 든 손님인 슈피츠 씨가 저를 깨웠어요. 가구가 넘어지는 소리가 들리고, 신음소리에다 비명소리까지 들린다고요. 노크하고 살펴보려 했는데, 방문이 안으로 잠겨 있다고요. 그 사람은 소심한지 저를 깨운 걸 미안해하더군요. 그래서 저는 잘 깨웠다고 즉시 말해주었지요. 교수는 방문을 안으로 잠가두었더군요. 자물쇠를 부쉈지요. 새 자물쇠 값을 쳐서 받을 겁니다. 방 안으로 들어갔을 때, 그는 의식이 없었어요. 속옷 차림으로 이불을 몽땅 차버린 채 시트가 다 벗겨진 매트리스 위에서 신음하면서 누워 있더군요. 옷과 침대 시트와 모든 걸 내던져버렸더군요. 제 추측으로는 침대에 누운 채로 바닥에 던져버린 것 같습니다. 전부 침대에서 불과 한두 발자국 떨어진 곳에 내던져져 있었거든요. 도무지 그분 성격과 어울리지 않았어요. 평소의 그답지 않았다는 거지요. 평상시에는 정말 깔끔한 사람이었거든요. 제 집사람은 엉망이 된 방을 보고 경악했어요. 온 사방에 토를 해놓아서 그 방을 다시 빌려주려면 적어도 일주일은 걸릴 겁니다. 냄새가 완전히 가시려면요. 당연히 일주일분 숙박비를 받아야겠지요. 시트에는 핏자국이 있었어요. 몸을 굴려서 여기저기 살펴보았지만 상처는 없더군요. 모르긴 해도 피는 분명히 토사물에 섞여 나왔을 테죠."

슐레겔은 고개를 저었다.

"그래서 그분 호주머니를 뒤져서 선생님 주소를 발견하고 이리로 달려온 겁니다. 집사람은 날이 밝을 때까지 기다리자고 했지만, 그때까지 기다리면 죽을지도 모른다는 생각이 들었지요. 그러면 어떻게 되는지 굳이 말씀드리지 않아도 잘 아실 테지만, 장의사가 오고 공식 수사를 한다고 하루 종일 경찰이 들락거리겠죠. 그런 경우를 여러 번 봤거든요. 다른 손님들에게 스물네 시간 동안 방을 비우라고 해야 하고요. 슈바르츠발트에 제 처형이 여관을 운영하는데, 일주일 사이에 손님 두 명이 죽어 나간 적이 있었거든요. 그런데 10년이 지난 지금도 손님이 죽어 나간 방에는 들려는 사람이 없다는 겁니다. 그 방을 완전히 새로 꾸몄지요. 커튼, 페인트칠, 벽지 도배까지 전부요. 그런데도 여전히 그 방을 기피해요. 소문은 돌게 마련 아닙니까. 마을 사람들 입에서 말이 나와 돌아다니니 그 사건이 사람들 머릿속에서 사라지지 않는 거지요."

슐레겔은 마차 창문 바깥으로 주변을 둘러보다가 피슈만에게 소리쳤다.

"오른쪽으로 돌아요. 위로 올라가다 다음 블록요!"

그는 다시 브로이어에게로 얼굴을 돌렸다.

"다 왔습니다! 다음 집입니다, 박사님!"

피슈만에게 대기하라고 해놓고서, 브로이어는 슐레겔을 따라 여관으로 들어갔다. 좁은 계단을 따라 네 개 층을 올라갔다. 황량한 계단

풍경은 순전히 생존에 필요한 것만으로 살아간다는 니체의 말이 사실임을 보여주었다. 스파르타식으로 검소하고 깨끗했다. 각 층마다 무늬와 색깔을 달리한 빛바랜 양탄자가 낡고 초라하게 깔려 있었다. 계단에는 난간도 없었다. 또한 층계참에는 장식용 가구 하나 놓여 있지 않았다. 최근에 새로 칠한 회벽은 그림 한 점, 장식 하나 붙어 있지 않아서 휑뎅그렁하기까지 했다. 게다가 공식적인 검사증 하나 붙어 있지 않았다.

계단을 올라오느라 숨을 헐떡이면서 브로이어는 슐레겔을 따라 니체의 방으로 들어갔다. 시큼한 토사물 냄새가 순간적으로 훅 끼쳤다. 방 안을 둘러보았다. 슐레겔이 묘사한 그대로였다. 여관 주인은 정확한 관찰자였을 뿐만 아니라, 단서를 훼손하지 않으려고 전혀 손대지 않은 채 방을 그대로 두었다.

방의 한쪽 구석에 놓인 작은 침대에 속옷 차림의 니체가 누워 있었다. 혼수상태와도 같은 깊은 잠에 빠져 있었다. 사람이 방 안으로 들어오는데도 그는 아무런 반응을 하지 않았다. 브로이어는 슐레겔에게 니체의 옷을 치우고 토사물과 핏자국으로 얼룩진 침대보를 가져가라고 했다.

그런 것들이 치워지자 살풍경한 방 안이 확연하게 드러났다. 감옥이나 다를 바가 없었다. 한쪽 벽에 초라한 나무 책상이 놓여 있었고, 그 위에는 전등 하나와 반쯤 물이 차 있는 물 주전자가 놓여 있었다. 책상 앞에는 각진 나무 의자가 있었고, 책상 아래에는 니체의 서류 가방과 여행 가방이 놓여 있었다. 두 개의 가방은 모두 가벼운 체인에 맹꽁이자물쇠가 채워져 있었다. 침대 너머로 작고 우중충한 창문이 있었고, 그 위에 초라하고 빛바랜 노란 줄무늬 커튼이 매달려 있었다. 그것이 이 방 안에서 유일한 장식이라면 장식이었다.

브로이어는 환자와 단둘이 있고 싶다고 했다. 피로보다는 호기심이 더 많은 슐레겔이 남아 있겠다고 우겼지만, 브로이어가 다른 손님들에 대한 의무, 그러니까 좋은 여관 주인 노릇을 하려면 잠을 푹 자두어야 되지 않겠냐고 하자 마지못해 물러갔다.

다시 혼자가 되자 브로이어는 가스등을 켜고 자세히 방 안을 살펴보았다. 에나멜 대야가 침대 옆 마루에 놓여 있었는데, 피가 섞인 연한 초록색 토사물로 반쯤 차 있었다. 매트리스와 니체의 얼굴과 가슴은 토사물이 말라붙어 번들거렸다. 너무 아팠거나 혼미한 상태여서 대야에 다가갈 수조차 없었던 게 분명했다. 대야 옆에는 물이 반쯤 찬 유리컵이 있었고, 그 옆에는 타원형의 알약이 4분의 3 정도 들어 있는 작은 병이 뒹굴고 있었다. 브로이어는 알약을 살펴보다가 맛을 보았다. 클로랄이 분명했다.

클로랄은 그가 무감각한 혼수상태임을 설명해주는 단서가 되었다. 그런데 니체가 그 알약을 먹었는지는 알 수 없었으므로 확신하기가 어려웠다. 위 내용물을 전부 토해내기 전에 혈관 속으로 그것이 충분히 흡수될 만한 시간이 있었을까? 병에서 없어진 알약의 숫자를 계산해보았다. 니체가 없어진 만큼의 알약을 그날 저녁에 전부 삼켰고, 그게 전부 흡수되었다 하더라도 위험하기는 하지만 치사량은 아니라는 결론에 이르렀다. 브로이어는 할 수 있는 게 별로 없다는 걸 알았다. 지금 니체의 위는 텅 비어 있으니 위세척은 부질없는 짓이었다. 혼수상태이고 아마도 메스꺼울 것이니 각성제를 주더라도 소화시키지 못할 것이었다.

니체는 빈사 상태처럼 보였다. 얼굴은 잿빛이고 눈은 움푹 꺼졌으며 몸은 차고 헬쑥했다. 소름이 마마 자국처럼 돋아 있었다. 호흡은 힘들었고, 맥박은 약하면서도 1분에 156회나 뛰었다. 그때 니체가 몸을 떨었다. 브로이어가 슐레겔 부인이 남겨두고 간 담요로 덮어주려고 하자 신음하면서 차냈다. 아마도 극도의 감각과민증 때문일 거라고 브로이어는 추정했다. 지금 상태로는 모든 것이 그에게 고통을 줄 것이다. 담요가 조금 닿는 것조차 견딜 수 없을 정도로.

"니체 교수님, 니체 교수님!"

브로이어가 불렀지만 아무런 반응도 없었다. 조금 더 크게 불렀는데도 미동도 하지 않았다. '프리드리히, 프리드리히'라고 부르다가 '프리츠, 프리츠'라고 불렀다. 그 소리에 니체가 움찔했다. 브로이어가 눈꺼풀을 열자 다시 한 번 움찔했다. 빛에도 감각과민증을 보인다는 걸 알고서, 브로이어는 자리에서 일어나 불빛을 약하게 하고 히터를 올렸다.

세밀히 살펴보고 브로이어는 좌우양측 경련성 편두통이라고 진단을 내렸다. 니체의 얼굴에서도 특히 이마와 귀가 차고 창백했다. 동공은 확대되었다. 측두동맥이 너무 수축되어 관자놀이 부근에서 두 개의 가느다란 끈이 얼어붙은 것처럼 보였다.

브로이어는 편두통이 아니라 목숨을 위협하는 빈맥頻脈에 가장 먼저 관심을 두었다. 니체의 격렬한 몸부림에도 브로이어는 좌측 경동맥을 엄지손가락으로 눌렀다. 채 1분이 지나지 않아 맥박이 80회 정도로 떨어졌다. 약 15분 동안 심장 상태를 면밀하게 관찰하고 나서야 브로이어는 안도하면서 편두통으로 관심을 돌렸다.

왕진 가방에서 니트로글리세린 정제를 꺼냈다. 니체에게 입을 벌리라고 했지만, 전혀 반응이 없었다. 입을 억지로 열려고 하자 니체가 이를 악물어서 브로이어는 포기하지 않을 수 없었다. 질산아밀이 효과가 있을지도 몰랐다. 천에다 질산아밀 네 방울을 떨어뜨려 니체의 코밑에 댔다. 니체는 숨을 쉬다가 움찔하면서 고개를 돌렸다. 심지어 무의식 상태에서도 끝까지 저항한다고 브로이어는 생각했다.

그는 니체의 관자놀이에 양손을 얹고 처음에는 가볍게, 그러다가 점점 손에 힘을 주면서 머리 전체와 목을 마사지했다. 니체의 반응을 살피면서 가장 예민하게 반응하는 부분에 집중했다. 마사지를 하자 니체는 비명을 지르면서 미친 듯이 고개를 휘저었다. 그래도 브로이어는 집요하고 침착하게 계속 마사지를 하면서 니체의 귀에다 대고 부드럽게 속삭였다.

"고통을 받아들여요, 프리츠. 고통을 받아들여, 그럼 도움이 될 테니까."

니체의 격렬한 몸부림이 서서히 잦아들었지만 신음은 여전했다. 목구멍 깊숙이에서 고뇌와 고통에 친 '우우우우우' 소리가 울려나왔다.

10분, 15분이 지나갔다. 브로이어는 계속 마사지를 했다. 20분이 지나자 신음소리가 가벼워지면서 거의 들리지 않게 되었다. 그러나 니체는 입술을 계속 달싹이면서 알아들을 수 없는 소리를 중얼거렸다. 브로이어는 니체의 입에 귀를 바싹 가져다 댔지만 여전히 무슨 소리인지 알아들을 수 없었다.

'놔둬. 놔둬, 놔둬'라고 하는지 '나를, 나를, 나를'이라고 하는지 분간이 가지 않았다. 30분, 35분이 흘러갔다. 브로이어는 계속 마사지를 했다. 니체의 얼굴에 온기가 느껴지고 혈색이 돌아왔다. 경직 상태가 풀리는 모양이었다. 아직 혼미한 상태이기는 했지만, 그래도 많이 편해진 것 같았다. 중얼거리는 소리가 조금 더 크고 조금 더 선명하게 들렸다. 다시 한 번 브로이어는 니체의 입술에 귀를 가져다 댔다. 이제 니체가 하는 말을 알아들을 수 있었다. 브로이어는 자기 귀를 의심하지 않을 수 없었다. 니체가 간청하고 있었던 것이다.

"날 도와줘, 날 도와줘, 날 도와줘!"

울컥 연민이 일었다.

'날 도와줘!'라니. 니체가 내게 원했던 것이 이거였구나! 루 살로메는 자기 친구를 잘못 알고 있었다. 그녀의 친구는 도움을 청할 수 있는 능력이 있었다. 하지만 그 모습은 또 다른 니체였다. 그가 처음으로 대면하는 니체였다.

브로이어는 마사지하던 손을 멈추고 잠시 니체가 머무는 작은 감옥을 이리저리 서성거렸다. 주전자의 물을 따라 수건을 적셔서 잠들어 있는 니체의 이마에 올려놓았다.

"내가 도와줄 테니까, 프리츠, 날 믿고 기대요."

니체는 움찔했다. 몸에 무엇이 닿는 게 고통스러운 모양이라고 짐작하면서도 브로이어는 물수건을 이마에 계속 얹어두었다. 니체는 눈을 약간 뜨고서 브로이어를 바라보다가 이마로 손을 가져갔다. 물수건을 치우려고 그랬는지는 몰라도 니체의 손이 브로이어의 손에 닿았다. 잠시 동안, 정말로 잠시 동안 서로의 손이 닿았다.

다시 한 시간이 흘렀다. 날이 밝아오고 있었다. 거의 7시 30분이 되어갔다. 니체는 안정된 상태로 돌아온 것 같았다. 지금은 더 이상 해줄 수 있는 게 없었다. 다른 환자들을 돌보다가 니체가 잠에서 깨어날 때쯤 되돌아오는 것이 좋을 듯했다.

환자를 가벼운 담요로 덮어준 다음, 브로이어는 정오가 되기 전에 다시 오겠다는 쪽지를 눈에 잘 띄는 곳에 놓아두었다. 그리고 계단을 내려와 슐레겔에게 30분마다 니체를 확인하라고 지시했다. 슐레겔은 자기 자리인 프런트에 앉아 있었다. 브로이어는 현관 의자에 앉아서 졸고 있는 피슈만을 깨웠다. 두 사람은 함께 눈 내리는 날 아침 왕진을 나섰다.

몇 시간 뒤 여관으로 돌아왔을 때, 프런트에 앉아 있던 슐레겔이 반갑게 인사를 했다. 별 다른 일이 없었다며 니체는 계속 잠들어 있었고 이제 훨씬 편안해 보인다고 말했다. 가끔씩 신음을 했지만, 비명을 지르거나 몸부림치거나 토하지는 않았다는 것이다.

브로이어가 방 안으로 들어서자 니체의 눈꺼풀이 파르르 떨렸다. 그러나 깊은 잠에 빠졌는지 브로이어가 말을 건네도 반응이 없었다.

"니체 교수님, 내 말이 들립니까?"

아무런 반응이 없었다. 그래서 '프리츠'라고 불렀다. 환자의 정식 이름을 불러야 마땅하다는 것을 알았지만, 혼미한 상태의 환자들은 흔히 어린 시절의 애칭에 반응을 보인다는 걸 알고 있었다. 그래서 죄의식을 느끼면서도 프리츠라는 애칭으로 불렀다.

"프리츠! 브로이어가 여기 있네. 내 말 들리나? 눈을 뜰 수 있겠나?"

거의 즉각적으로 니체가 눈을 떴다. 니체의 눈길에 비난이 담겨 있던가? 브로이어는 즉시 공식적인 호칭으로 되돌아갔다.

"니체 교수님, 살아 있는 자들 가운데로 되돌아오셨군요. 다시 보게 돼서 기쁩니다. 그래 기분이 좀 어떠신가요?"

"즐겁진 않군요, 산다는 게. 즐겁지가 않아. 어둠이 전혀 두렵지 않거든요. 끔찍해, 끔찍해, 정말 끔찍하군."

니체의 목소리는 부드러웠지만 발음은 어눌했다.

브로이어는 니체의 이마에 손을 얹고, 한편으로 그의 체온을 재고 다른 한편으로 위안을 주려고 했다. 니체는 몸을 움츠리면서 고개를 홱 뒤로 제쳤다. 아직도 감각과민증 상태인 모양이었다. 시간이 조금 흐른 뒤 물수건을 니체의 이마에 올려놓자, 그는 들릴까 말까 한 목소리로 "제가 하겠습니다" 하고는 물수건으로 손을 가져다댔다.

브로이어가 한 나머지 검사는 고무적이었다. 맥박은 이제 76회였고, 안색은 훨씬 붉어졌다. 측두동맥은 더 이상 경직되거나 수축되지 않았다.

"머리가 깨질 것만 같군요. 통증이 바뀌었어요. 이제 날카롭지는 않은데, 뇌에 멍이 든 것처럼 깊고 욱신거립니다."

니체가 약을 삼키기에는 아직도 너무 메스꺼워했기 때문에 브로이어는 니트로글리세린정을 혀 밑에 넣어주었다. 그리고 한 시간여 동안 옆에 앉아서 대화를 나눴다. 니체는 점차 반응을 보였다.

"정말 걱정했습니다. 하마터면 죽을 뻔했어요. 클로랄을 그 정도 양을 먹으면 약이 아니라 독이 되죠. 교수님에게 필요한 건 두통을 없애주고 통증을 멎게 할 약입니다. 그런데 클로랄은 둘 다 아니에요. 클로랄은 진정제라서 통증이 가라앉을 때까지 먹으면 혼수상태가 되거나 치명적인 상태가 되지요. 실제로 거의 죽을 뻔했습니다. 맥박이 얼마나 불규칙한지 정말 위험했다고요."

니체가 고개를 저었다.

"박사님처럼 그렇게 걱정스럽지는 않은데요."

"그게 무슨 뜻인지…?"

"결과에 관해서요."

니체가 희미하게 말했다.

"치명적인 결과 말입니까?"

"아니, 모든 것에 관해서요. 그게 뭐든지 간에요."

니체의 목소리가 얼마나 애처롭게 들리는지 브로이어는 부드러운 목소리로 대꾸했다.

"죽고 싶던가요?"

"내가 살아 있는 건가요? 죽은 건가요? 죽든 살든 누가 상관이나 하겠어요? 이 세상에는 틈이 없어요, 틈이."

"그게 무슨 뜻입니까? 틈이 없다니, 교수님을 위한 자리가 없단 뜻인가요? 아무도 교수님을 보고 싶어 하지 않을 거란 뜻인가요? 누구도 상관하지 않을 거란 말인가요?"

긴 침묵. 두 사람은 말을 잃은 채 침묵했다. 이윽고 니체가 다시 잠으로 빠져들어 깊은 숨을 내쉬었다. 브로이어는 몇 분 동안 그를 지켜보다가 오후나 저녁 무렵에 다시 오겠다는 쪽지를 의자 위에 남겨놓았다. 다시 한 번 슐레겔에게 환자 상태를 자주 들여다보라고 일러두었다. 음식을 주려고 수고할 필요는 없다고, 따끈한 물 정도는 모르지만 아직 단단한 음식을 삼키려면 하루 정도 더 있어야 한다고 말해주었다.

7시 무렵, 브로이어는 니체의 방으로 들어서는 순간 가슴이 철렁 내려앉았다. 애처로운 촛불 하나가 가물거리며 어둠 속에 누워 있는 환자의 모습을 비춰주었다. 눈은 감겨 있었고, 손은 가슴에 포개져 있었다. 검은색 양복에 검은색 구두까지 완전히 차려입은 상태였다. 이 장면은 애도하는 사람 한 명 없이 쓸쓸하게 죽어갈 니체의 장례식 풍경을 예견하는 것일까? 브로이어는 혼자 생각에 잠겼다.

니체는 죽은 것도 잠든 것도 아니었다. 그는 브로이어의 목소리에 재빨리 반응을 보이면서 분명히 아플 텐데도 억지로 일어나 앉았다. 손으로 머리를 감싸 쥐면서 다리를 침대 아래로 내렸다. 브로이어에게도 앉으라는 신호를 보냈다.

"지금 기분이 어떠십니까?"

"머리를 압착기로 쥐어짜는 것 같군요. 위는 더 이상 음식 꼴도 보고 싶지 않은 모양 같고. 목과 등 여기 부분은…" 니체는 목의 뒷부분과 어깨뼈 위쪽 주변을 가리키며 말했다. "몹시 따끔거리는군요. 이 부분을 제외하면 정말 끔찍한 느낌밖에 없습니다."

브로이어가 미소 짓는 데 족히 1분은 걸렸다. 니체가 씩 웃는 모습을 보고 나서야 니체의 아이러니한 농담을 이해했다.

212

"적어도 친숙한 바다 속에 있는 셈이군요. 이런 통증은 이전에도 여러 번 나를 방문했으니까요."

"그럼 전형적인 발병인가요?"

"전형적이라? 전형적? 어디 보자. 순전히 강도로 따지자면, 이번 발병은 강한 것이라고 해야겠지요. 지난 백 번의 발병 가운데 단지 열다섯 번 내지 스무 번 정도만 이보다 심각했어요. 더 심할 적도 많았지만요."

"어떻게요?"

"이보다 더 오래 지속돼서 통증이 종종 이틀 동안이나 계속될 때도 있었거든요. 다른 의사들이 지적했다시피 희귀한 경우지만요."

"이번 경우, 발병 시간이 짧아진 걸 어떻게 설명할 수 있을까요?"

브로이어는 니체가 지난 열여섯 시간을 어느 정도 기억하는지 알고 싶어 질문을 던졌다.

"이 질문에 대해 우리 두 사람 다 답을 알고 있잖습니까, 브로이어 박사님. 정말 감사드립니다. 박사님이 아니었다면 아직도 침대 위에서 몸부림치고 있었을 겁니다. 정말로 의미 있는 보상을 해드렸으면 하는데, 그럴 수 없으니 돈으로 환산해야겠죠. 부채감과 보상에 대한 제 생각은 변함이 없습니다. 박사님이 저에게 소비한 시간에 값할 만한 청구서였으면 합니다. 슐레겔 씨의 계산에 따르면, 비용이 상당할 거라더군요. 그의 계산이라면 정확하지 않을까 봐 걱정할 필요는 없겠지요."

니체가 사무적이고 거리를 유지하는 평소 목소리로 되돌아왔다. 브로이어는 당혹스러움을 느끼면서도 월요일에 베커 부인에게 계산을 해놓도록 일러두겠다고 했다.

그러자 니체가 고개를 저었다.

"일요일에 진료실 문을 열지 않는다는 걸 깜박했군요. 내일은 바젤행 기차를 탈 작정입니다. 그러니 지금 이 자리에서 계산할 순 없을까요?"

"바젤이라고요? 그것도 내일요! 그건 안 됩니다, 니체 교수님. 이 위기 상태가 완전히 지나갈 때까지는요. 지난 며칠 동안 우리가 서로 동의하지 않은 점들이 있었지만, 지금부터라도 교수님의 의사 노릇을 제대로 할 수 있도록 허락해주시죠. 불과 몇 시간 전만 해도 교수님은 완전히 혼수 상태였고 위독한 심장부정맥이었어요. 내일 여행을 한다는 건 어리석은 정도가 아니라 무모한 짓입니다. 게다가 다른 요인도 있어요. 충분한 휴식을 취하지 않으면 편두통이 즉시 재발할 겁니다. 틀림없이 그런 경험이 있을 텐데요."

니체는 잠시 말이 없었다. 브로이어의 말을 곰곰이 생각하는 눈치였다. 그러다 고개를 끄덕였다.

"박사님 충고를 명심하지요. 하루 더 머물렀다가 월요일에 떠나기로 하죠. 그럼 월요일 아침에 뵐 수 있을까요?"

브로이어가 그러자고 하며 물었다.

"청구서 때문인가요?"

"청구서도 청구서지만, 진찰 소견서, 발병을 피할 수 있는 임상적 처치 방법들에 대해 상세하게 알려주시면 정말 고맙겠군요. 박사님 방법은 후임자들에게 유용할 겁니다. 주로 이탈리아 의사들이겠지만요. 다음 몇 달은 남쪽 지방에서 보낼 작정입니다. 발병의 위력이 이 정도라면, 중부 유럽에서 겨울을 날 수는 없을 테니까요."

"지금은 평정과 휴식을 취할 때지요, 니체 교수님. 논쟁을 하자는 게 아닙니다. 다만 2~3주 더 관찰할 기회를 달라는 겁니다. 월요일에 다시 만날 때까지 그 점을 한 번 더 심사숙고해보시지요."

"오늘까지 박사님이 제게 베푼 걸 고려한다면. 박사님의 말씀에 귀를 기울여야겠죠."

브로이어는 그 말의 무게를 재고 있었다. 이것이 마지막 기회라는 것을 알았다. 지금 실패하면 니체는 월요일 오후에 바젤행 기차를 탈 것이다. 그는 니체와의 관계에서 이전에 저질렀던 실수를 더 이상 되풀이해서는 안 된다는 점을 스스로에게 상기시켰다. 진정해라, 브로이어. 그는 자신을 타일렀다. 그를 무찌르겠다거나 의표를 찌르겠다는 생각은 버려라. 그러기에는 너무 영리하니까. 논쟁하지 마라. 그러면 백전백패다. 설사 이긴다 해도 이기는 게 지는 것이다. 또 다른 니체, 죽고 싶어 하면서도 도움을 청하던 니체, 네가 도와주겠다고 약속했던 그 니체는 따로 있다. 지금 눈앞에 있는 니체는 그가 아니다. 그에게 말하려고 하지 마라.

"니체 교수님, 지난밤 교수님이 얼마나 치명적으로 아팠는지를 강조하는 걸로 시작해볼까 합니다. 심장박동은 위험하리만큼 불규칙적이어서 어느 순간에라도 멈출 수 있는 지경이었답니다. 원인을 모르니 분석할 시간이 필요해요. 편두통 때문이 아니었어요. 클로랄 남용 탓도 아닌 것 같습니다. 클로랄이 그렇게 작용하는 걸 본 적이 없으니까요. 그게 첫 번째 요점입니다. 두 번째는 클로랄입니다. 교수님께서 삼킨 양은 치명적일 수도 있었습니다. 편두통으로 토해내서 그나마 목숨을 구할 수 있었어요. 의사로서 저는 교수님의 자기 파괴적인 행동을 걱정하지 않을 수 없답니다."

"브로이어 박사님, 용서해주시죠."

니체는 턱을 괴고 눈을 감았다.

"말씀 도중에 끼어들지 않으려고 결심했습니다만, 지금 제 정신 상태가 생각한 걸 품고 있기에는 너무 느리고 둔해져 있는 것 같습니다.

11. 발작 215

이런 경우엔 생각이 떠올랐을 때 바로 말하는 게 상책입니다. 클로랄 문제는 현명하지 못했어요. 과거에도 비슷한 경험이 있었거든요. 그런 경험에서 잘 배웠어야 하는데. 클로랄 한 알을 먹으려고 했어요. 그게 통증의 칼날을 무디게 하니까요. 보통은 한 알을 꺼내고 병을 여행 가방에 도로 넣는데 지난밤에 일어났던 일을 생각해본다면, 의심할 여지 없이 약을 한 알 꺼낸 다음 병을 치운다는 걸 잊어버렸던 거죠. 그러다가 클로랄의 약효가 나타나자 혼란스러워졌을 테고, 이미 한 알을 먹었다는 걸 잊어버리고 또다시 삼켰을 겁니다. 이걸 여러 번 되풀이한 게 분명해요. 이런 일이 예전에도 있었거든요. 멍청한 행동이긴 한데 자살하려고 한 건 아닙니다. 박사님이 암시하는 바가 그것이라면 말입니다."

브로이어는 그럴듯한 가설이라고 생각했다. 나이가 많고 기억력이 떨어진 환자에게서 그런 일이 종종 일어났다. 그래서 그는 환자 보호자들에게 약병을 치워놓으라고 당부했다. 그러나 니체의 행동을 그렇게 설명하기에는 왠지 미심쩍었다. 우선 아무리 고통스럽다 해도 클로랄 병을 넣는 걸 왜 잊어버렸을까? 자신의 망각에 대해서도 책임져야 하는 것은 아닐까? 아니야. 니체의 행동은 본인이 주장하는 것보다 훨씬 악의적이고 자기 파괴적이야. 증거도 있었다. 부드러운 그의 목소리가 이렇게 말하지 않았던가. '죽든 살든 누가 상관이나 하겠어요?' 그러나 이것은 사용할 수 없는 증거였다. 그는 니체의 주장을 반박하지 않고 넘어가기로 했다.

"니체 교수님, 그게 충분한 설명이 되었다 한들 위험이 덜해지는 건 아니거든요. 약물 요법 전체를 철저히 점검하고 평가해야 합니다. 또 다른 건 발병이 어떻게 시작되었는지에 관한 것인데, 교수님은 그걸 기후 탓으로 돌립니다. 기후가 한몫을 하는 건 의심할 바가 없죠. 편두통에 미치는 기후 조건을 예민하게 관찰하시는 분이니까요. 이번 편두통이 발병하는 데는 여러 가지 요인들이 복합적으로 작용한 것 같습니다. 이번 발병에는 저도 책임이 있다고 봅니다. 무례하고 공격적으로 교수님과 맞서고 난 직후에 두통이 시작되었으니까요."

"브로이어 박사님, 또다시 끼어들어야겠군요. 훌륭한 의사로서 하지 말아야 할 말을 한 건 전혀 없습니다. 다른 의사들이라면 하지 않았을 법한 소리를 한 것도 없었고요. 다른 의사는 박사님보다 더 먼저 더 요령 없이 그런 말을 했을 테니까요. 박사님이 이번 발병에 책임질 일은 전혀 없습니다. 우리의 마지막 대화가 있기 훨씬 전부터 이미 전조를 감지하고 있었거든요. 사실 빈으로 오는 도중에도 그런 조짐을 느꼈으니까요."

브로이어는 그런 지적에 굴복하고 싶지 않았다. 그러나 지금은 논쟁할 때가 아니었다.

"더 이상 부담 드릴 생각은 없습니다, 니체 교수님. 다만 이 말만은 하고 싶군요. 지금 교수님의 전반적인 건강 상태를 보면, 과거 어느 때보다 철저하고 깊게 관찰하고 치료해야 할 때라는 겁니다. 발병하고 몇 시간 뒤에 도착하긴 했지만, 분명 발병의 지속 시간을 단축하는 데 성공했어요. 병원에 입원해 면밀하게 관찰한다면 발병에서 벗어날 수 있는 더 완벽한 요법을 개발할 수 있을 겁니다. 로종 병원에 입원하셨으면 하는 제 권고를 꼭 좀 받아들이시기 바랍니다."

브로이어는 말을 멈췄다. 그는 절제되고 명료하고 임상적인 어투로 가능한 모든 것을 말했다. 더 이상 할 것이 없었다. 긴 침묵이 흘렀다. 그 작은 방에서 나는 소리에 귀를 기울이면서 긴 침묵이 깨지기를 기다렸다. 니체의 숨결과 자신의 숨결, 윙윙거리는 바람 소리, 발걸음 소리, 윗방에서 마루가 삐걱거리는 소리가 들렸다.

니체는 부드럽고 거의 유혹적인 목소리로 대답했다.

"박사님 같은 의사를 만난 적이 없었어요. 이처럼 유능하고 환자를 배려하는 인간적인 의사를요. 아마도 박사님께 많은 걸 배울 수도 있겠지요. 사람들과 어울려 사는 법을 배우려면 처음부터 시작해야 할 겁니다. 박사님께 정말 신세를 졌어요. 얼마나 큰 빚인지 알고 있다는 걸 믿어주십시오. 너무 피곤해서 누워야겠군요."

니체는 등을 대고 몸을 뻗은 채 두 손을 가슴에 포갰다. 눈은 천장을 향했다.

"너무 많은 빚을 져서 박사님의 권고를 거절하는 것 자체가 힘들군요. 어제, 그러고 보니 그게 불과 어제였군요. 몇 개월 동안 함께 이야기를 나눈 것 같은 느낌인데 말입니다. 하여튼 이제 말했던 그 이유는 변덕이나, 박사님에게 반박하기 위해 그 자리에서 즉흥적으로 꾸민 게 아닙니다. 제 책을 더 읽어보면 아시겠지만, 바로 그런 이유들이 내 사고의 토대이자 존재의 근거에 뿌리를 두고 있으니까요. 그리고 그런 이유들이 이제 점점 더 강렬하게 느껴집니다. 어제보다는 오늘 더욱 강렬하게 느껴지니까요. 왜 그러는지는 모르지만요. 오늘은 나 스스로를 이해하기가 힘들군요. 정말 박사님 말씀이 옳아요. 클로랄이 나에게 좋지 않다는 것 말이에요. 내 대뇌에는 각성제도 틀림없이 좋지 않은 모양입니다. 지금까지도 명료하게 생각하는 게 힘드니까요. 그렇더라도 내가 제시했던 이유들이 이제 열 배, 백 배로 강렬하게 다가옵니다."

니체는 고개를 브로이어에게로 돌리면서 말했다.

"이제 박사님께 강하게 말씀드립니다. 저를 위한 노력을 그만두십시오! 지금 박사님의 충고와 제안을 거절하고, 계속해서 거절하고 또 거절하면, 박사님께 점점 더 많은 부채를 졌다는 모멸감만 커질 따름이니까요. 제발!"

니체는 고개를 돌려버렸다.

"지금 내게 정말로 필요한 건 휴식입니다. 박사님은 집으로 돌아가시는 게 좋겠네요. 가족이 있지 않으셨던가요? 가족들이 날 원망할까 두렵군요. 원망할 만한 타당한 이유도 있고요. 가족들과 함께 보낸 시간보다 나와 보낸 시간이 더 많았으니까요. 월요일까지 가족과 함께 보내세요, 브로이어 박사님."

니체는 눈을 감아버렸다.

브로이어는 할 수 없이 니체에게 말했다. 슐레겔에게 메시지를 보내면 한 시간 이내에 달려올 것이다, 일요일도 상관없으니 무슨 일이 있으면 부르라고. 니체는 고맙다는 말을 할 뿐 눈을 뜨지는 않았다.

브로이어는 여관 계단을 내려오면서 니체의 자제력과 고집스러움에 감탄했다. 불과 몇 시간 전의 격렬한 고통의 냄새가 아직도 남아 있는 싸구려 방에서, 대다수 편두통 환자들이라면 구석 자리에 기대 앉아서 겨우 숨 쉴 수 있는 것에 감지덕지했을 시간에, 니체는 사고하면서 자기 할 일을 다하고 있었다. 절망을 감춘 채 떠날 계획을 세우고, 자신의 원칙을 고수하고, 의사더러 가족에게 돌아가라고 고집하면서, 의사가 들인 노력과 시간에 합당한 청구서와 진찰 소견서를 요구했다.

브로이어는 기다리고 있던 이륜마차에 올라타려다가 한 시간쯤 걸으면 머리가 맑아질 것 같아 그렇게 해야겠다고 마음먹었다. 그는 피슈만을 보내면서 뜨거운 저녁이나 한 그릇 먹으라고 금화 한 닢을 주었다. 이 추위에 기다리는 게 보통 고역이 아니기 때문이다. 피슈만을 보내고 그는 눈 덮인 거리를 걷기 시작했다.

니체는 분명 월요일에 바젤로 떠날 것이다. 그가 떠난다는 게 왜 그렇게 문제가 되는가? 이 문제를 아무리 곰곰이 따져봐도 이해하기 힘

11. 발작   219

들었다. 니체가 자신에게 정말 중요한 사람이라는 사실만을 알 수 있을 뿐이었다. 불가항력으로 그에게 이끌렸다. 니체에게서 나 자신을 보기 때문일까? 브로이어는 스스로 의아해했다. 그에게서 무엇을? 우리는 모든 점에서 달랐다. 성장배경과 문화, 인생 설계, 어느 하나도 닮은 게 없었다. 그를 부러워하는가? 그처럼 냉담하고 고독한 실존에서 부러워할 것이 무엇이란 말인가?

니체에 대한 자신의 감정이 죄책감과는 아무런 관련이 없다고 브로이어는 확신했다. 의사로서 최선을 다했다. 그 점에서 잘못한 것은 없었다. 베커 부인과 막스가 옳았다. 다른 의사들이었다면 그처럼 오만하고 상처를 주며 분노하는 환자를 한시라도 견딜 수 없었을 것이다.

그 자긍심! 니체는 얼마나 당당하게 말했던가? 그것은 헛된 자만이 아니라 확신에서 우러나오는 목소리였다. 그는 자신이 바젤 대학 역사상 최고의 강사라고 단언했다. 사람들은 2000년이나 되어야 감히 그의 저술을 읽을 만한 용기를 가질 것이라고 선언했다! 브로이어는 이런 선언으로 기분이 상했던 적은 전혀 없었다. 니체가 옳을 것이다! 분명히 그의 발언과 산문은 강력한 흡인력이 있었다. 심지어 잘못된 사상마저 힘차고 눈부셨다.

이유야 뭐든 간에, 브로이어는 니체가 중요한 인물이라는 점에 반대할 수가 없었다. 공격적이고 약탈적인 베르타에 대한 환상과 비교해본다면, 니체에 대한 그의 몰입은 양호하고 심지어 호의적이기까지 했다. 사실 브로이어는 이 기이한 남자와의 만남으로 자신이 구원받을 수 있을지도 모른다는 예감이 들었다.

브로이어는 계속 걸었다. 니체 안에 숨어서 잠복하고 있는 또 다른 니체는 그에게 도움을 청하지 않았는가! 그는 지금 어디에 있을까?

'내 손을 잡았던 그 남자, 그 남자에게 어떻게 닿을 수 있을까? 방법이 있을 것이다! 그는 월요일이면 빈을 떠날 것이다. 그를 막을 수 있는 방법은 뭘까? 방법은 있게 마련이다!'

브로이어는 포기했다. 생각을 멈췄다. 그의 발걸음은 집을 향하고 있었다. 따스하게 불 밝혀진 집으로, 자녀들이 있는 곳으로, 사랑하지만 사랑받지 못하는 마틸데가 있는 곳으로. 그는 차가운 공기를 흠뻑 들이마셨다. 차가운 공기가 허파를 돌아 나오면서 따뜻해져 하얀 증기를 대기 중에 뿜어냈다. 그는 바람 소리와 자기 발걸음 소리, 자기 발밑에서 얇은 막처럼 얼어붙은 눈이 부서지는 소리에 귀를 기울였다. 갑자기 한순간에 그는 방법을 알아냈다. 유일한 방법을!

발걸음이 빨라졌다. 브로이어는 눈을 사각사각 밟으면서 한 발짝 한 발짝 옮길 때마다 찬탄하듯 외쳤다.

"그래, 방법을 찾았어! 방법을!"

이상한 거래

월요일 아침, 니체는 두 사람이 함께했던 일들을 최종적으로 마무리하려고 브로이어의 진료실로 찾아왔다. 그는 브로이어가 작성한 청구서를 혹시 빠뜨린 게 없는지 꼼꼼하게 확인한 뒤, 수표를 브로이어에게 내밀었다. 이에 브로이어는 니체에게 자신의 진료기록부를 주면서 물어볼 말이나 의문 사항이 있으면 지금 물어보라고 말했다. 니체는 그것을 자세히 검토한 뒤 서류 가방을 열고 의료 서류 폴더에 끼워넣었다.

"훌륭한 진료기록이군요, 브로이어 박사님. 포괄적이면서도 이해하기 쉽게 쓰였네요. 다른 여느 기록부와는 달리 같은 직업인끼리만 통하는 전문용어도 없고. 그런 것들은 겉으로는 박식해 보이지만 실제로는 무지의 언어거든요. 그럼 이제 바젤로 갈 시간입니다. 박사님 시간을 너무 많이 빼앗았군요."

니체는 서류 가방을 닫았다.

"가보겠습니다, 박사님. 전에 만난 그 누구보다 박사님께 큰 신세를

진 느낌입니다. 보통 작별에는 작별이라는 사건의 영구성을 부인하는 행위가 뒤따르죠. 그래서 사람들은 흔히 이렇게 말하죠. 다시 만날 때까지 '안녕'이라고요. 헤어지면서 재회할 계획을 세우지만 그보다 더 빨리 그 결심을 망각합니다. 난 그런 사람이 아닙니다. 난 진실을 좋아하니까요. 지금 내가 말하는 진실이란 우리가 두 번 다시 만날 일이 없을 거라는 겁니다. 내가 빈으로 되돌아올 일도 거의 없을 테고, 박사님이 나 같은 환자를 위해서 이탈리아로 쫓아올 확률도 없다는 거지요."

니체는 서류 가방의 손잡이를 꽉 쥔 채 자리에서 일어섰다. 브로이어가 치밀하게 준비해온 순간이었다.

"니체 교수님, 잠깐만요. 교수님과 함께 의논하고 싶은 또 다른 문제가 있습니다."

니체가 긴장했다. '아무렴 긴장이 될 테지'라고 브로이어는 생각했다. '니체는 아마도 로종 병원에 입원하라고 간청할까, 그것을 두려워하겠지!'

"긴장 푸세요, 교수님이 생각하는 그런 문제는 아닙니다. 곧 말씀드릴 이 문제를 이런저런 이유로 질질 끌면서 얘기하지 않았거든요."

브로이어는 잠시 말을 멈추고 심호흡을 했다.

"제안할 게 한 가지 있어요. 아주 보기 드문 제안이라서요. 아마 의사가 환자에게 이런 제안을 한 경우는 없었을 겁니다. 그래서 질질 끌고 있었는지도 모르겠군요, 말하기가 힘들어서. 평상시라면 쩔쩔매지 않고 말하기 힘든 문제니까요. 한마디로 간단하게 말씀드리죠. 교환을 하자는 겁니다. 다음 한 달 동안 저는 교수님의 신체를 치료하는 의사 역할을 하는 겁니다. 오로지 신체 증상과 투약에만 집중할 겁니다. 대신 교수님은 내 마음과 영혼의 의사 역할을 해주십시오."

니체는 서류 가방을 쥔 채 난처한 표정을 짓다가 주도면밀한 질문을 던졌다.

"뭔 뜻입니까? 마음과 영혼의 의사라니요? 어떻게 내가 의사 역할을 할 수 있겠습니까? 이건 지난주 우리가 논의했던 걸 말만 바꾼 건 아닌가요? 박사님이 내게 의사를 하고, 내가 박사님께 철학을 가르친다는 걸 달리 표현한 건 아닙니까?"

"아니지요. 이번 요구는 그것과는 전혀 다릅니다. 저를 가르쳐달라고 요구하는 게 아니라 치유해달라는 겁니다."

"뭐에 관해서요? 그걸 물어봐도 될까요?"

"힘든 질문이군요. 환자들에겐 언제나 제가 물었던 질문이거든요. 지금은 제가 교수님에게 요구하고 있으니 세가 대답하는 게 순서겠지요. 제 절망을 치유해달라는 겁니다."

"절망? 어떤 종류의 절망인데요? 박사님한테선 어떤 절망도 보이지 않는데요."

니체는 서류 가방을 꼭 쥔 손에서 힘을 풀며 몸을 앞으로 숙였다.

"표면적으론 그렇죠. 표면상으로는 만족스러운 생활을 하는 것처럼 보이니까요. 하지만 그 표면 아래로는 절망이 지배합니다. 어떤 절망이냐고 물었던가요? 글쎄, 제 마음이 제 마음이 아닙니다. 낯설고 야비한 생각에 제 마음은 끊임없이 시달리고 괴롭힘을 당하고 있습니다. 결과적으로 자조하게 되고, 제 인격의 성실성을 의심하게 됩니다. 아내와 자식을 보살피기는 하지만 사랑하지는 않아요! 오히려 그들에게 발목이 잡혀 있다는 원망이 들거든요. 저는 용기도 없어요. 제 인생을 바꿀 용기도 없고, 그렇다고 지금처럼 살기도 그렇고. 왜 살아야 하는지도 모르겠어요. 나이가 들어간다는 것에 집착할 뿐이지요. 날마다 우리는 죽음에 더 가까이 다가가고 있으면서도 막상 죽음을 두려워합니다. 그러다 보니 때로는 마음속에서 자살을 생각하기도 합니다."

일요일, 브로이어는 이미 이러한 말을 예행연습했다. 이 계획의 이면에 놓인 이중성을 고려해본다면, 기이하게도 오늘 그의 대답은 너무 진지했다. 브로이어는 자신이 거짓말에 서투르다는 것을 잘 알고 있었다. 니체를 치료에 끌어들이기 위한 작전으로 이런 제안을 하고 있다는, 이면의 더 큰 거짓말을 제외하고는, 모든 점에서 진실을 말하기로 했다. 조금 과장된 형태이긴 하지만 그의 일장 연설은 분명 진실이기도 했다. 그는 언어 선택에서도 니체 자신의 말 못 할 관심사와 겹치도록 고려했다.

일단 니체는 정말로 놀란 것처럼 보였다. 그는 고개를 가볍게 저었다. 이 제안에서 자기가 할 역할이 전혀 없다는 것을 말하고 싶어 했다. 그런데도 마땅히 반대 이론을 제시하기가 궁색한 모양이었다.

"안 돼요, 안 돼, 브로이어 박사님, 그건 불가능합니다. 이걸 맡을 수 없어요. 난 훈련받은 것도 없고, 사태가 전보다 더 악화될 수 있는 위험도 고려해봐야지요."

"그러나 교수님, 그건 훈련이 필요 없는 겁니다. 누가 누구를 훈련시킨답니까? 누구한테 그걸 의존할 수 있죠? 의사에게? 그런 치유는 의학 분야가 아니거든요. 그럼 종교적인 지도자? 종교적인 동화로 비약하란 말인가요? 교수님과 마찬가지로 저 역시 종교적으로 비약하는 요령을 잃어버린 지 오래되었거든요. 인생 철학자로서 교수님은 제 인생을 혼란스럽게 만드는 그 모든 문제들에 관해 명상하는 데 인생을 보내셨잖습니까? 이 마당에 교수님이 아니라면 누구에게 기댈 수 있을까요?"

"박사님 자신, 아내, 자녀들에 관해 회의한다? 그들에 관해 대체 내가 뭘 안다고?"

브로이어는 즉시 대답했다.

"노화, 죽음, 자유, 자살, 목적 추구, 이런 문제에 교수님은 그 누구보다 잘 알고 있잖습니까! 교수님의 철학적 관심사가 바로 그런 문제들 아닌가요? 교수님 책은 절망에 관한 논문으로 가득 채워진 것이 아니었던가요?"

"난 절망을 치유할 수 없어요, 브로이어 박사님. 그걸 연구할 따름이지. 절망은 자기 인식에 이르는 대가로 지불하는 것일 뿐이죠. 자기 인생을 깊이 들여다보라, 그러면 절망을 발견할 것이다."

"저도 압니다, 교수님. 치유를 기대하는 게 아니라 그냥 그로부터 해방을 원해요. 교수님이 제게 조언해주길 바랍니다. 절망하는 인생을 어떻게 견딜 수 있는지를 보여달라는 겁니다."

"나는 그런 것들을 보여주는 법을 모릅니다. 한 인간에게 절망에서 벗어나 위안을 주는 법은 몰라요. 그건 인류, 전체 인류를 위해 쓴 것이거든요."

"그런데 교수님, 과학적인 방법을 믿으시죠. 인류든 마을이든 가축 무리든 고통이 있다면, 과학자는 하나의 전형적인 표본을 추출하고 그로부터 전체를 추론해 일반화하는 과정을 거칩니다. 저는 비둘기의 그 작은 내이 구조를 해부하는 데 10년 세월을 보낸 다음 비둘기가 어떻게 균형을 유지하는지 알아냈거든요! 비둘기 전체와 더불어 연구한 게 아니었죠. 개별 비둘기와 더불어 작업했으니까요. 나중에 이르러서야 제 결과물을 가지고 전체를 일반화했을 따름입니다. 그걸 새 종류, 포유류 종류, 그리고 인간에게도 적용했다는 거지요. 그게 과학적인 과정이 실행되는 방법입니다. 교수님이 인류 전체를 대상으로 실험을 할 순 없지 않겠어요."

브로이어는 말을 멈추고 니체의 반박을 기다렸다. 하지만 그는 아무런 반박도 하지 않았다. 오로지 자기 생각에 빠져 있었다.

브로이어는 계속 말했다.

"요 전날 허무주의라는 유령이 유럽을 휩쓸고 있다는 교수님의 믿음을 말해준 적이 있었죠. 우리가 신을 창조한 것과 마찬가지로 다윈은 신을 폐기 처분했다, 우리 모두 합심해 신을 죽였다, 우리는 이제 종교적인 신화 없이 살아가는 법을 더 이상 알지 못한다고 주장했잖습니까. 지금부터는 직접 말한 것은 아니니까 제가 잘못 이해했다면 고쳐주시죠. 교수님은 자신의 임무가 무신앙으로부터 인간의 행동 지침을 창조하고, 새로운 윤리와 새로운 계몽이 미신과 초자연적인 것에 대한 욕망에서 비롯된 윤리를 대체해야 한다는 것을 보여주는 것으로 간주하셨지요."

여기서 그는 동의를 구하듯 말문을 멈췄다. 니체는 계속하라는 뜻으로 고개를 끄덕였다.

"제 어휘 선택에 동의하지 않으실지 모르지만, 교수님 임무는 허무주의와 환영으로부터 인류를 구원하는 거라고 믿습니다."

니체가 다시 고개를 끄덕였다.

"자, 그럼 절 구해주시지요! 저와 함께 실험을 해보자는 겁니다! 저야말로 완벽한 실험 대상자이지요. 난 신을 죽였어요. 초자연적인 믿음이라고는 없고, 허무주의에 빠져서 익사할 지경이거든요. 왜 살아야 하는지 그 이유도 몰라요! 어떻게 살아야 하는지도 모르고!"

니체는 여전히 반응이 없었다.

"인류를 위한 계획을 개발시키고자 한다면, 소수라도 선택하고 싶어 한다면, 저를 실험 대상으로 삼아보시지요. 저를 연습용으로 삼아서 어떤 건 작동하고 어떤 건 작동하지 않는지를 살펴보는 겁니다. 그러면 교수님 사고가 예리해지고 깊어질 게 분명합니다."

"박사님 자신을 실험용 희생 제물로 바치겠다는 건가요? 그게 박사님에게 진 빚을 갚는 방법인가요?"

니체가 물었다.

"위험에 관해서는 고려하지 않습니다. 저는 대화가 치유 가치가 있다는 믿음을 가지고 있거든요. 교수님처럼 박식한 분이 제 인생을 한번 검토해보라는 거죠. 그게 제가 원하는 전부입니다. 그 방법이 제게 도움이 될 거라 생각합니다."

니체는 당황해서 고개를 저었다.

"혹시 특별한 절차 같은 걸 염두에 두고 있나요?"

"아니, 그게 전부입니다. 이전에도 제안했다시피 가명으로 병원에 입원하면, 저는 교수님의 편두통 발작을 치료하고 관찰할 겁니다. 날마다 방문해서 교수님을 보살펴드리지요. 교수님의 신체 상태를 점검하고 필요한 약물을 처방할 겁니다. 그 나머지 방문 시간은 교수님이 의사를 해야지요. 제 인생의 걱정거리들에 관해 이야기하도록 도와주는 겁니다. 그저 제 말을 듣고 원하는 대로 중간에 개입해도 됩니다. 그게 전부지요. 그 밖의 것은 저도 모릅니다. 이런 과정을 거치면서 우리의 절차를 발명해야 합니다."

니체가 완강하게 고개를 저었다.

"안 돼요. 그건 불가능합니다, 브로이어 박사님. 박사님의 계획이 흥미롭다는 건 인정합니다만, 시작부터 실패하게 될 것입니다. 난 작가이지 재담가가 아닙니다. 소수를 위해 글을 쓰지 다수를 위해 글을 쓰는 것도 아니고요."

브로이어가 즉각 반박했다.

"그러나 교수님, 책은 소수를 위한 게 아닙니다. 사실 자기네끼리만 이해할 수 있는 책을 쓰는 철학자들에게 교수님은 경멸을 드러냈어요.

그들의 저술은 삶과 괴리되어 있으니까요. 그들은 자기 철학을 생활화하지 않거든요."

"난 다른 철학자들을 위해 글을 쓰진 않습니다. 그러나 미래를 대표할 소수를 위해 글을 씁니다. 무리 가운데서 뒤섞여 살아가는 걸 의미하지 않아요. 사회적 교류와 신뢰, 타자에 대한 배려에 관한 내 기술은 오래전에 퇴화되었거든요. 설사 그런 기술이 있었다 할지라도 난 언제나 혼자였을 테고, 앞으로도 혼자일 테지요. 그걸 운명으로 받아들이고 있으니까요."

"니체 교수님, 당신은 그 이상을 원해요. 2000년이 될 때까지 교수님 책을 읽을 사람이 없을 것이라고 할 때, 당신의 눈에 어린 슬픔을 봤습니다. 분명 당신의 책이 읽히길 원해요. 교수님의 어떤 부분은 분명히 타인들과 함께 있기를 갈망하고 있습니다."

니체는 완전히 굳은 채 미동도 없이 자리에 앉아 있었다.

"임종의 침상에서 헤겔이 했던 말을 제게 들려준 것 기억하시죠? 그를 이해한 유일한 학생마저 자기를 오해했다는 것 말입니다. 그 말을 마무리하면서 교수님 임종 침상에는 그나마 오해했다고 할 만한 학생마저 하나 없을 거라고 했어요. 글쎄, 왜 2000년까지 기다려야 합니까? 제가 있습니다! 적합한 학생이 바로 이 자리에 있다니까요. 당신 말에 귀 기울일 학생입니다, 저는. 왜냐고요? 제 인생이 당신을 이해하는 데 달려 있으니까요!"

브로이어는 숨을 멈췄다. 대단히 만족스러웠다. 전날 준비하면서, 니체가 어떻게 반박하리라는 것을 예측한 뒤 거기에 맞춰 답안까지 작성했다. 함정은 우아했다. 그는 프로이트에게 말해주고 싶어서 기다릴 수가 없을 지경이었다.

그는 이 지점에서 멈춰야 한다는 것을 알았다. 최우선 목표는 니체가 오늘 바젤행 기차를 타지 못하게 하는 것이니까. 그럼에도 한 가지 덧붙이지 않을 수 없었다.

"니체 교수님, 지난번, 평등하게 지불할 수 있는 가능성이 없으면서 빚지는 것보다 당신을 불편하게 하는 것은 없다고 말했지요."

니체의 반응은 신속하고 날카로웠다.

"이게 다 날 위해 하는 일이란 말인가요?"

"아뇨. 다만 이걸 지적하려고 한 거죠. 제 계획이 교수님께 봉사하는 부분이 있다 하더라도 그게 제 의도는 아니라는 걸요. 저의 동기는 전적으로 저에게 봉사하는 데 있습니다. 도움이 필요해요! 교수님은 저를 도와줄 정도로 강한 분이지 않습니까?"

니체가 의자에서 일어서자 브로이어는 숨을 죽였다. 니체는 브로이어의 앞으로 다가와서 손을 내밀었다.

"박사님의 계획을 받아들이지요."

이렇게 하여 프리드리히 니체와 요제프 브로이어 사이에 희한한 거래가 성사되었다.

1882년 12월 4일, 프리드리히 니체가 페터 가스트에게 보낸 편지

친애하는 페터 가스트(본명은 하인리히 쾨젤리츠로 니체의 평생지기이자 제자였으며, 니체와 많은 편지를 주고받았다. 니체 사후에도 니체 도서관에서 니체의 원고 해독작업을 하고 출판하는 일을 했다 — 옮긴이)에게.

계획이 변경되었다네. 한 달 동안 빈에 머물 작정이라네. 그래서 라팔로를 방문하겠다는 우리 계획이 늦춰져 심히 유감일세. 내 계획이 좀더 분명해지면 편지를 쓰겠네. 정말 흥미진진한 일이 생겼거든, 정말로 흥미 있는. 가벼운 발병이 있었네(자네가 소개해준 브로이어 박사가 아니었다면 아마도 난

2주간 그 괴물에게 시달렸을 거야). 몸이 너무 쇠약해져서 그간 드러난 일들을 개략적으로 적겠네. 좀더 많은 이야기들은 다음으로 미루고. 브로이어 박사를 소개해준 걸 고맙게 생각하네. 그 사람은 호기심 그 자체라네. 생각하는 과학적 의사라니. 놀랍지 않은가? 내 병에 관해서 자신이 알고 있는 것뿐만 아니라 심지어 더욱 놀라운 건 뭘 모르면 뭘 모르는지, 그것까지 말해준다는 거지!

그는 대단히 모험을 원하는 사람일세. 아마 내가 주장한 감히 모험할 수 있는 용기에 많이 매료당한 것 같네. 대단히 비상식적인 제안을 감히 제시했거든. 그 제안을 내가 수락했고. 그래서 다음 한 달 동안 로종 병원에 나더러 입원하라고 제안했다네. 그곳에서 그는 나의 신체 질병을 치료하고 연구하기로 했다네(이 모든 걸 자기 돈 들여서 한다고 생각해보게나! 친애하는 친구, 그 말은 이 겨울 동안 자넨 내 생계 걱정을 하지 않아도 된다는 거지).

그럼 나는? 그 대신 난 뭘 제공해줄 거냐고? 믿어지지 않겠지만 대단히 유리하게 고용되었다네. 브로이어 박사의 개인교수 철학자로 한 달간 지내면서 개인적인 철학 상담을 해주기로 했다네. 그의 인생은 고문이고, 자살을 생각하고 있다네. 절망의 가시덤불에서 벗어날 수 있도록 자신을 인도해달라고 했네. 참으로 아이러니하다고 자넨 생각하겠지. 죽음의 사이렌이 부르는 소리에 싸여서 죽음의 문턱을 오가는 친구가 같은 죽음의 곡조에 유혹된 친구, 총구가 그다지 낯선 풍경은 아니라는 편지를 지난번에 보낸 바로 그 친구에게 도움을 청하다니!

친애하는 친구, 이 모든 걸 브로이어 박사와 전적으로 비밀리에 거래하게 되었다는 점을 알려주는 바네. 이 일은 아무에게도 말하지 않았거든. 오버베크조차 모르는 일이니까. 이 이야기를 털어놓는 사람은 자네가 유일하다네. 전적인 비밀은 그 의사 덕분일세. 우리의 이상한 거래는 현재로서는 복잡한 형태로 전개되고 있다네. 첫째 의학적인 치료의 문제에서는 그가 내게 상담

을 해주기로 했네! 얼마나 말도 안 되는 멍청한 핑계인가! 그의 모든 관심사
는 나의 안녕이며, 그의 유일한 소망이자 유일한 보상은 날 건강하고 완전하
게 만드는 것인 양 군다네. 그러나 우리는 사제와 같은 치유사가 자신들의
약점을 타인들에게 투사해 타인들에게 봉사한다는 미명 아래 자신의 힘을
강화시켜나가는 걸 잘 알고 있지 않은가. 우린 '기독교 자선'에 관해 알고 있
으니까.

당연히 난 그것을 간파하고서 그런 행동의 진정한 의미를 따졌네. 잠시 동
안 그는 진실에 충격을 받았던 모양이야. 날 맹목적이고 야비하다고 소리치
더군. 그는 고양된 동기라는 것도 있다고 맹세했다네. 그러면서 가짜 동정심
과 웃기지도 않는 이타주의를 설교하더구먼. 마침내 그는 자신의 이익을 위
해 나로부터 얻어낼 수 있는 힘을 발견했다고 실토했다네.

자네 친구, 니체는 저잣거리에 있다네! 생각만 해도 소름끼치지 않은가?
《인간적인 너무나 인간적인》과 《즐거운 학문》을 쓴 내가 울타리에 갇혀 길들
여지고 사회에서 받아들여진다는 걸 상상해보게! 내 경구들이 알파벳 순서
로 철해지고 실습용 교재가 되어 일상생활과 일을 위한 훈계용으로 배포된다
는 걸 상상해보게.

처음엔 나 역시 정말 끔찍했다네! 하지만 더 이상 끔찍하지는 않네. 이 프
로젝트가 내 사상을 위한 장이 되고, 내 사상이 익어서 흘러넘칠 때 그것을
채우는 그릇이 될 테니까. 개인 차원의 견본을 가지고 내 아이디어를 테스트
하는 일종의 실험실이라고 할까. 종種 전체를 위한 일반화를 가정하기 전에
미리 실험(브로이어 박사의 개념이지만)하는 장이라고 해두지.

우연하게도 브로이어 박사는 우수한 견본처럼 보인다네. 비상하려는 욕망
과 지각력을 갖추고 있다는 점에서. 그래, 그는 욕망을 가지고 있거든. 머리
도 갖추고 있고. 그런데 볼 수 있는 눈과 심장을 가지고 있을까? 이제 곧 알게
되겠지!

오늘 난 병세가 많이 호전되어서 철학의 실제 응용에 대해 조용히 생각하고 있다네. 새로운 모험이지. 아마도 나의 유일한 임무가 진실 추구라는 내 생각이 잘못되었는지도 모르지. 다음 한 달이 지나면 내 지혜가 어떤 사람에게 절망에서 벗어나도록 해주고 살아갈 힘을 줄 수 있을지 어떨지 알게 될 걸세. 그는 왜 내게 의지할까? 그의 말대로라면 나와 대화를 해보고《인간적인 너무나 인간적인》을 조금 맛보고 난 뒤 철학에 대한 식욕이 생겼다는구먼. 내 육체적 질병의 엄청난 무게를 보고서 내가 생존의 전문가라고 짐작한 모양일세.

그는 내 고뇌의 절반에 대해 모르고 있지. 그 러시아 마녀 말이야. 그 가짜 가슴을 한 원숭이는 배신의 행로를 계속하고 있더군. 엘리자베트 말에 따르면, 루는 레와 함께 살고 있다는데, 비윤리적이라는 죄목으로 그녀를 송환시킬 계획을 추진 중이라는구먼.

엘리자베트는 내 친구인 루가 혐오와 거짓말 캠페인을 바젤에서 계속하고 있다는 말도 적어 보냈다네. 그녀는 내 연금마저 위협하고 있다는군. 처음 그녀를 보았던 로마에서의 그날을 저주한다네. 모든 역경은, 심지어 순수한 악과 부딪친다 하더라도 날 더욱 강하게 만든다고 자네에게 종종 말한 적이 있었지. 하지만 이 똥을 황금으로 바꿀 수만 있다면, 난… 난 아마… 이제 곧 알게 되겠지.

여보게, 이 편지의 사본을 만들 기운이 없다네. 그러니 이 편질 읽고 내게 되돌려주게나.

F. N.

13
올가미 전략 짜기

그날 느지막이 이륜마차를 타고 로종 병원으로 가는 도중, 브로이어는 니체에게 일을 비밀리에 진행해야 하므로 가명으로 입원하는 것이 훨씬 더 편할 것이라고 제안했다. 에카르트 뮐러라는 이름이 어떠냐고 했다. 프로이트와 자기 환자를 논의하면서 그가 사용했던 이름이었다.

"에카르트 뮐러, 에카카카르트 뮈이이이이일러, 에카르트 뮈이이이이이이이일러."

니체는 매우 기분이 좋은 모양이었다. 그 이름이 주는 운율을 파악하려는 것처럼 부드럽게 천천히 속삭이듯 음미했다.

"아주 좋은 이름인 것 같은데, 이 이름에 특별한 의미라도 있나요? 고집 세기로 악명 높았던 환자의 이름이라든지?"

그가 짓궂게 넘겨짚었다.

"그저 기억하기 쉽게 만든 것뿐이에요. 환자의 가명과 환자명을 바꿔치기할 때, 환자의 실명 바로 앞의 알파벳 글자를 따와서 이름을 짓거든요. 따라서 교수님 이름에서 E와 M을 따오고 E와 M에서 그냥 떠오르는 대로 에카르트 뮐러를 연상해낸 거지요."

니체는 미소 지었다.

"아마 후세의 의학사가가 어느 날 빈의 유명한 의사에 관한 책을 저술하다가, 요제프 브로이어라는 고명한 의사가 에카르트 뮐러라는 과거도 미래도 없는 미스터리의 인물을 왜 그렇게 자주 방문했을까 하고 궁금해하겠군요."

니체가 장난스럽게 굴기는 처음이었다. 그것은 앞으로 좋은 전조로 보였다. 브로이어도 맞장구를 쳤다.

"1882년 12월 한 달 동안 니체 교수의 행방이 묘연해져서 그것을 추적하느라 생고생할 미래의 철학자 전기 작가가 불쌍해지는군요."

몇 분이 지나 그 문제를 곰곰이 따져보게 되자 브로이어는 가명을 제시한 것이 후회되었다. 병원의 직원들 앞에서 니체를 가명으로 부르는 것은 이미 이중적인 상황에다 불필요한 핑계를 계속 만드는 꼴이 되었다. 왜 자꾸 부담을 키워나가고 있을까? 편두통을 치료하는 데 가명을 쓸 필요는 없었다. 편두통은 명백한 의학적 질환이니까. 현재의 거래가 모험이라면, 비밀의 성역이 필요한 사람은 니체가 아니라 바로 자신이었다.

이륜마차는 요제프슈타트로 알려진 8구역으로 들어서서 로종 병원 앞에서 멈췄다. 정문 수위가 피슈만을 알아보고는 마차 안을 들여다보지도 않은 채 황급히 달려와 철제 대문을 활짝 열어주었다. 마차는 100미터가량 자갈로 포장된 길과 본관의 흰색 원주형 주랑을 덜컹거리며 지나갔다. 로종 병원은 4층짜리 멋진 흰색 구조물로 신경과와 정신과 환자 마흔 명을 수용할 수 있는 건물이었다.

이 병원은 300년 전 프리드리히 로종 남작의 저택으로 빈의 시 경계를 둘러싼 성벽 바로 바깥에 지어졌다. 자체 성벽으로 둘러싸인 이 건물은 그 안에 마구간과 마차고, 하인들의 주거지, 8헥타르에 달하는 정원과 과수원이 딸려 있었다.

이곳에서 로종 가문의 자손들은 야생 멧돼지 사냥을 하러 울타리 바깥으로 나갔다. 1858년 마지막 로종 남작과 그의 가족이 장티푸스 전염병으로 전부 죽자, 이곳 로종 장원은 먼 사촌뻘인 베르트하임 남작에게 넘어갔다. 그는 바바리아에 있는 자신의 시골 영지를 벗어난 적이 거의 없었고, 안목이 있는 인물도 아니었다.

이 건물을 관리해야 하는 것이 꽤 부담스러웠던 베르트하임 남작은 재산관리인의 조언을 받아들여 공공기관으로 변경하기로 했다. 그는 이 건물을 회복기 환자를 위한 병원으로 기증하면서 단서를 붙였다. 자기 가족은 영구 무상의료 혜택을 받는다는 조건이었다. 그 후 자선위원회가 구성되었고, 자금이 모아졌다. 자선위원회 이사에 지도적인 여러 가톨릭 가문이 포함되었을 뿐만 아니라, 흔치 않게 유대인 박애주의 가문인 곰페르체와 알트만 가문이 포함되었다. 1860년 드디어 문을 연 병원은 주로 부유한 사람들을 대상으로 했다. 단, 마흔 개 병실 중 여섯 개는 가난하지만 전염성이 없는 환자들에게 할당되었다.

병원이사회에서 알트만 가문을 대표하는 브로이어가 니체를 위해 요구한 것이 바로 이 여섯 병실 중 하나였다. 로종 병원에서 브로이어의 영향력은 단지 병원이사회 이사라는 직함을 훨씬 넘어서는 것이었다. 그는 병원장의 주치의일 뿐만 아니라 병원 경영을 담당하는 다른 이사들의 주치의이기도 했다.

브로이어와 그의 환자가 병원에 도착했을 때 엄청난 대접을 받은 것도 이 때문이었다. 모든 공식적인 입원 절차와 등록 절차는 생략되었다. 병원장과 수간호사가 몸소 병실로 안내해주었다. 브로이어는 첫 번째 병실을 본 뒤 말했다.

"너무 어둡군요. 뮐러 씨는 독서하고 편지도 써야 하니까 밝은 빛이 필요합니다. 남쪽으로 나 있는 병실을 한번 봅시다."

두 번째 방은 작고 밝았다. 니체가 말했다.

"이 방이 좋겠군요. 빛이 훨씬 많이 들어오는군요."

그러나 브로이어는 니체의 의견을 묵살해버렸다.

"방이 너무 작아서 환기가 나빠요. 비어 있는 다른 방은요?"

니체는 세 번째 방 또한 좋아했다.

"이거면 전적으로 만족입니다."

그러나 브로이어는 여기에도 만족하지 않았다.

"너무 트여 있고 시끄럽군요. 간호사들 데스크에서 좀더 떨어진 병실은 없나요?"

그다음 방으로 들어갔을 때, 니체는 브로이어가 의견을 말하기도 전에 즉시 자기 서류 가방을 벽장에 넣고 신발을 벗고는 침대에 드러누워버렸다. 더 이상 가타부타하지 않았다. 브로이어 또한 그 방이 마음에 들었다. 밝고 넓은 데다가 3층 구석에 자리하고 있었다. 커다란 벽난로와 정원 풍경이 한눈에 들어왔다.

두 사람은 약간 낡았지만 크고 여전히 위엄 있는 연어색과 푸른색이 배합된 이스파한 양탄자에 감탄했다. 한때 영광스럽고 건강했던 로종 영지의 유물이었다. 니체는 브로이어가 필기 테이블, 책상용 가스등, 편안한 의자를 가져다달라고 요청하는 것을 감사히 받아들였다.

두 사람만 남게 되자, 니체는 마지막 발병으로부터 정말 빨리 회복되었다는 점을 인정했다. 그러나 지금은 피곤하고 두통이 되돌아오고 있다고 했다. 그래서 둘은 스물네 시간을 침대에 누워 휴식하기로 합의했다. 브로이어는 그곳에서 나와 간호사 데스크에서 투약 처방을 내렸다. 통증에는 콜히친, 수면에는 클로랄을 처방했다. 니체가 클로랄에 너무 중독되어 있어서, 금단증상에서 벗어나려면 몇 주가 걸려야 했다.

그곳을 떠나기 전에 브로이어가 병실을 들여다보았을 때, 니체는 베개에서 가까스로 머리를 들고 침대 옆에 놓여 있던 작은 물잔을 내밀면서 건배를 제안했다.

"내일부터 시작되는 우리의 공식 프로젝트를 위해, 건배! 잠깐 휴식을 취한 뒤 우리의 철학 상담을 위한 전략 수립에 온종일 바칠 생각입니다. 다시 뵙죠, 브로이어 박사님."

전략이라! 시간이라! 집으로 돌아오는 도중에 브로이어 역시 전략을 숙고할 시간이 필요하다고 생각했다. 오로지 니체를 붙잡아두는 데만 골몰했던 터라, 로종 병원 13호 병실에 갇혀 있는 사냥감을 어떻게 길들여야 할지에 관해서는 생각을 하지 못했다. 이륜마차가 이리저리 흔들리고 덜컹거릴 때마다 브로이어는 자신의 전략에 집중하려고 애썼다.

모든 것이 뒤죽박죽이었다. 사실 그는 어떠한 지침도 절차도 없었다. 완전히 새로운 치료 절차를 고안해내야 할 것이다. 프로이트와 이 문제를 상의하는 게 최선책이었다. 이런 전략은 프로이트가 대단히 선호하는 도전의 한 형태였다. 브로이어는 피슈만에게 프로이트 박사가 일하는 병원에서 멈추라고 한 뒤 그를 불러달라고 부탁했다.

빈의 종합병원인 알게마이네 크랑켄하우스에서 수련의로 일하는 프로이트는 임상의로서 커리어를 시작하려는 중이었다. 이 종합병원은 그 자체가 작은 도시였다. 2천 명의 환자를 수용할 수 있는 열두 개 동의 네모형 건물로 구성되어 있었다. 각각의 건물은 안뜰과 벽으로 둘러싸인 데다 다른 네모형 건물과는 지하 터널로 미로처럼 연결되어 있었다. 4미터 높이의 돌담벽이 외부 세계와 이곳을 격리시켰다.

미로의 비밀에 오래전부터 익숙했던 피슈만은 프로이트가 일하는 병동으로 향했다. 그러나 몇 분 뒤에 그는 혼자 되돌아왔다.

"프로이트 박사님은 계시지 않았습니다. 한 시간 전에 슈탐로칼로 가셨다고 하우저 박사님이 말씀하시더군요."

프로이트의 커피하우스인 카페 란트만은 프란첸스링가에 있었다. 병원에서 불과 몇 블록 떨어진 거리였다. 그곳에서 브로이어는 혼자 앉아 커피를 마시면서 프랑스 문학잡지를 읽고 있는 프로이트를 발견했다. 카페 란트만은 의사들과 임상 수련의, 의대생들이 빈번히 드나드는 곳이었다. 브로이어가 다니는 그린슈타이들 카페보다는 훨씬 유행에 못 미치는 곳이었지만, 그래도 80여 개의 의학저널을 정기 구독하는, 빈의 어떤 커피하우스보다 많은 수의 의학저널이 비치된 곳이었다.

"지그, 페이스트리 먹으러 데멜 제과점으로 가세. 편두통을 앓고 있는 교수에 관해 흥미 있는 소식을 가지고 왔거든."

프로이트는 번개처럼 외투를 입었다. 아무리 페이스트리를 좋아한다 해도 손님의 초대를 받지 못하는 한 프로이트는 빈에서 으뜸가는 페이스트리 가게에 갈 형편이 되지 못했다. 그들은 10분 뒤 구석 테이블에 자리를 잡았다. 브로이어는 커피 두 잔과 초콜릿 토르테, 프로이트를 위해 생크림을 첨가한 레몬 토르테를 주문했다. 프로이트가 게 눈 감추듯이 먹어치우자 브로이어는 3단으로 된 실버 페이스트리 카트에서 하나를 더 시켰다. 프로이트는 초콜릿 커스터드 밀푀유(파이에 크림을 넣은 케이크―옮긴이)와 커피를 두 잔째 마셨다. 그러고 나서 두 사람은 시가를 피웠다.

이윽고 브로이어는 지난주 마지막 대화를 한 뒤부터 뮐러 씨와 있었던 일을 빠짐없이 말해주었다. 심리치료를 받지 않겠다면서 교수가 거절했던 일, 화가 나서 떠났던 일, 한밤중의 편두통, 이상한 왕진 치료, 약물 과다 복용, 기이한 의식 상태, 작고 애원하는 목소리로 도움을 청하던 일, 마지막으로 그날 아침 브로이어의 진료실에서 맺었던 놀라운 거래 등.

이야기를 듣고 있는 프로이트의 눈빛이 형형하게 빛났다. 그 눈빛을 브로이어는 익히 알고 있었다. 모든 것을 완전하게 기억하는 능력의 눈빛이었다. 프로이트는 지난 6개월 동안 둘 사이에 있었던 모든 대화 하나하나를 컴퓨터처럼 정확히 기억했다. 브로이어가 마지막 제안에 관해 말을 하자 갑자기 돌변했다.

"요제프, 뭘 제안했다고요? 뮐러 씨의 편두통을 치료하는 대신, 그가 박사님의 절망을 치료한다니요? 설마 진담은 아니겠죠? 진심인가요?"

"지그, 내 말을 믿게나, 그게 유일한 방법이었다니까. 모든 수단을 동원했는데도, 거참, 그는 바젤로 기어코 출발하려 했거든. 우리가 계획했던 그 탁월한 전략을 자네는 기억하지? 그의 인생에서 스트레스를 줄여주겠다고 설득해보려 했던 전략 말일세. 이야기를 시작한 지 불과 몇 분 지나지 않아 그는 스트레스를 찬미하는 쪽으로 사태를 뒤집어버렸네. 스트레스를 찬미하는 광상곡을 불렀다니까. 그게 뭐든지 간에 자기를 죽이지 않는 한 오히려 그 때문에 자신이 강해진다는 거야. 그의 책을 읽으면 읽을수록 그가 자신을 의사로 간주한다는 확신이 들어. 개인적인 의사가 아니라 우리 서구 문명 전체를 구원할 의사 말일세."

"그래서 서구 문명을 치유하기 위해 하나의 표본과 더불어 출발하자고 제안하면서 그에게 올가미를 씌워보려는 건가요? 그 하나의 표본

이 선생님이고요?"

"바로 그렇다네, 지그. 우선은 그가 내게 올가미를 씌우겠지! 자네가 주장한 호문클루스가 우리 안에서 작동해서 내게 올가미를 씌웠다네. 애절한 목소리로 그가 '날 도와줘. 날 도와줘' 하던 그 목소리에 홀려서. 그러니까 지그, 난 마음속에 무의식이 있다는 자네 아이디어의 숭배자가 된 셈이네."

프로이트가 브로이어를 보고 웃으면서 시가를 한 모금 깊숙이 빨아들였다.

"자 그럼, 일단 그에게 올가미를 씌웠다면, 그다음 단계는요?"

"첫 번째로 우리가 할 일은 '올가미'라는 그 단어를 없애는 걸세, 지그. 에카르트 뮐러에게 올가미를 씌운단 생각은 영 어울리지 않거든. 뭐랄까, 독수리를 나비 채로 잡으려 한다고나 할까."

프로이트는 빙그레 웃었다.

"그래요. '올가미'라는 단어는 버리고 그냥 그를 병원에 입원시키고 날마다 면회 가시는 걸로 하죠. 그럼 선생님 전략은 뭐죠? 선생님 절망을 치료하려는 데 도움이 되는 전략을 열심히 짜느라 그는 한창 바쁠 텐데요. 내일부터 시작하려고요?"

"그렇다네. 바로 그 말을 내게 했어. 지금 이 순간에도 작업하고 있을 걸세. 그러니 나도 작전을 세워야 할 시간이지. 자네가 날 좀 도와주게나. 계획을 철저히 세운 적은 없었지만 전략은 분명해. 그가 나를 돕고 있다는 것을 설득해야만 하네. 그러면서 서서히 알지 못하는 사이에 그와 내가 역할을 바꾸는 것일세. 그가 환자가 되고, 내가 다시 의사로서의 위치를 되찾을 때까지."

프로이트가 동의했다.

"바로 그겁니다. 바로 그렇게 해야겠죠."

브로이어는 프로이트의 자기 확신에 찬 목소리를 들으면서 놀라움을 감추지 못했다. 심지어 아무것도 확신할 것이 없는 상황에서도 그처럼 자신만만한 것이 놀라웠다.

"그는 선생님의 절망을 치유하는 의사로 자신을 간주할 겁니다. 그 기대는 충족시켜줘야 합니다. 어디 한 번에 하나씩 계획을 세워볼까요? 첫 단계는 그에게 선생님이 절망하고 있다는 걸 설득시켜 야겠죠. 이 단계의 계획을 짜봅시다. 무슨 얘길 하실 참인가요?"

"사실 아무런 생각이 없다네, 지그. 많은 것들을 이야기해볼까 한다네."

"요제프, 어떤 식으로 그럴듯하게 꾸며낼 작정인데요?"

브로이어는 망설였다. 자신을 얼마만큼 드러내 보여야 할까?

"쉽다네, 지그. 내가 할 일은 그야말로 진실을 말하는 것이지!"

프로이트가 놀라서 브로이어를 쳐다보았다.

"진실이라뇨? 그게 무슨 뜻이죠, 요제프? 선생님에게 절망이 있다니요? 모든 걸 다 가지셨는데. 선생님은 빈에 있는 모든 의사들의 부러움의 대상인 데다, 전 유럽이 선생님의 의술에 박수갈채를 보내고 있어요. 전도양양한 젊은 의사인 나 프로이트와 같은 탁월한 학생들이 선생님의 말씀 하나하나를 소중히 새기고 있고요. 선생님의 연구는 정말 놀랍고, 부인께서는 이 나라를 통틀어 가장 아름답고 예민한 감수성을 지닌 분이죠. 그런데 절망이라니요? 요제프, 선생님은 인생의 절정기에 있잖아요!"

브로이어는 프로이트의 손을 잡았다.

"인생의 절정기라! 정말 적절한 표현을 했구먼, 지그. 절정이라, 인생이라는 등정에서 정상에 올랐다! 그러나 절정의 문제는 앞으로 내리막길밖에 없다는 걸세. 정상에서 보면 내 앞에 펼쳐진 남은 생이 전부 보인다네. 그러니 앞으로 펼쳐진 인생이 즐겁지 않지. 나이 들고, 아버지가 되고, 할아버지가 되면서 쇠약해질 일밖에 남아 있지 않거든."

놀란 나머지 프로이트의 눈이 휘둥그레졌다.

"그런데 요제프, 어떻게 그런 말씀을 하실 수 있죠? 내 눈에는 내리막길이 아니라 성공이 보이는데요! 안정된 삶과 박수갈채, 두 가지 주요한 생리학적 발견에는 영원히 선생님의 이름이 따라다닐 텐데요!"

브로이어는 움찔했다. 자기 인생 전부를 걸었던 우승 상금이 자기가 전혀 좋아하지 않는 것이라는 것을 어떻게 설명할 수 있을까? 아냐! 이런 것들은 혼자만의 비밀로 묻어두어야 해. 젊은 친구에게는 말할 수 없는 게 있는 법이다.

"그냥 뭐라고 해야 할까, 지그. 인생의 마흔에 느끼는 것을 스물다섯에는 알 수 없다고나 할까?"

"스물여섯입니다. 그것도 스물일곱에 가까운."

브로이어는 웃었다.

"미안하네, 지그. 보호자인 척하려던 것은 아니었다네. 뮐러 씨와 논의할 사적인 것들이 많이 있다는 것으로 내 말을 받아들여주면 고맙겠네. 예를 들어 내 결혼 생활은 문제가 많아. 자네와 그 문제를 얘기하고 싶지는 않다네. 자네가 마틸데에게 비밀로 해야 할 얘기가 있게 되면 공연히 두 사람 관계가 서먹해질 수도 있으니까. 내 말 믿게나. 뮐러 씨에게 말할 거리는 얼마든지 찾을 수 있을 거야. 되도록 진실대로 말함으로써 그에게 확신을 심어주겠네. 내가 걱정하는 건 그다음 단계일세!"

"그가 자신의 절망에 관해 도움을 청하면서 선생님께 의지할 땐 어떡하느냐는 뜻인가요? 그의 짐을 어떻게 줄여줄 수 있느냐?"

브로이어가 고개를 끄덕였다.

"말해보세요, 요제프. 선생님이 원하시는 다음 단계가 어떤 방식인지, 그걸 한번 가정해보시죠. 무슨 일이 일어날 것으로 보십니까? 한 사람이 다른 사람에게 무엇을 제공할 수 있을까요?"

"좋아! 좋아! 자네가 내 사고를 자극하는군. 그 문제에서 자넨 언제나 탁월하지, 지그!"

브로이어는 몇 분 동안 곰곰이 생각했다.

"내 환자는 남자이고, 물론 히스테리는 아니지만, 그래도 베르타에게 했던 바로 그 방식으로 접근해보고 싶다네."

"굴뚝청소요?"

"그래. 모든 걸 내게 털어놓을 수 있도록 말일세. 굴뚝청소로 짐을 내려놓는 게 치유 효과가 있다는 걸 확신하니까. 가톨릭 신자들을 보게. 신부들은 수 세기 동안 고해성사로 신자들에게 위안을 제공해왔거든."

프로이트가 문제를 제기했다.

"가톨릭의 경우 마음의 짐을 덜어냄으로써 얻게 된 위안인지, 아니면 신의 절대성에 대한 믿음이 가져다준 위안인지는 분명하지 않은 것 같은데요."

"내 환자 중에 불가지론적인 가톨릭 신자가 있거든. 그 환자는 그래도 고해성사로부터 혜택을 보고 있다네. 나 역시 몇 년 전에 친구에게 모든 걸 털어놓고 나니 마음이 후련해지면서 위안을 경험한 적이 있네. 자넨 어떤가, 지그? 고백으로 위안을 얻은 경험이 없었나? 누군가에게 자신을 완전히 털어놓음으로써 말일세!"

"물론 있지요. 제 약혼자에게요. 저는 마르타에게 날마다 편지를 씁니다."

브로이어는 빙그레 웃으면서 프로이트의 어깨에 다정하게 손을 올려놓았다.

"자, 그럼, 지그, 마르타에게 결코 말하지 않는 게 있다는 걸 자넨 알고 있지? 특히 마르타에게."

"아뇨, 요제프. 저는 모든 걸 말합니다. 그녀에게 말하지 못할 게 뭐가 있어요?"

"여자와 사랑에 빠졌을 때, 자네는 상대방이 모든 면에서 자네를 좋게 생각해주기를 원하지. 자연스럽게 자네는 자신에 관한 걸 감추게 될 걸세. 자네를 나쁘게 받아들일 수도 있는 측면 말이야. 예를 들자면 자네의 성욕 같은 것이 될 수도 있고."

브로이어는 프로이트가 얼굴을 심하게 붉히는 것을 보았다. 프로이트와 이런 대화를 나눈 적은 전혀 없었다. 프로이트는 이런 대화를 아무하고도 한 적이 결코 없었을 것이다.

"제 성적인 욕망은 오로지 마르타하고만 관련되어 있어요. 다른 여자에게 끌린 적이 없으니까요."

"그럼 마르타 이전을 한번 말해보게."

"'마르타 이전'은 없었어요. 그녀는 제가 사모했던 유일한 여자입니다."

"하지만 지그, 다른 여자가 있었을 걸세. 빈의 모든 의대생들에게는 정부가 있거든. 슈니츨러는 주마다 새로운 정부로 갈아치우는 것처럼 보이던데."

"제가 마르타를 보호해주고 싶은 게 바로 세상의 그런 부분들입니다. 모두가 알다시피 슈니츨러는 방탕한 놈이거든요. 저는 그런 식의 방탕한 생활에는 전혀 관심 없습니다. 그럴 시간도, 돈도 없어요. 돈은 모두 책 사는 데 들어가니까요."

브로이어는 그 주제에서 재빨리 벗어나는 게 상책이라고 생각했다. 그렇지만 중요한 것을 하나 배웠다. 프로이트와 공유할 수 있는 이야기의 범위와 한계를 안 것이다.

"지그, 이야기의 주제에서 빗나갔구먼. 5분 전 주제로 되돌아가봄세. 자네는 내게 무슨 일이 일어나길 바라느냐고 물었지? 밀러 씨가자기 절망에 관해 말해주기를 바란다네. 나를 고해신부로 이용하길바라지. 그 자체로 치유가 될 테니까. 그를 세상이란 우리 속으로 데려다놓고 싶은 걸세. 내가 만났던 사람 중 가장 고독한 사람이었으니까. 그는 누구에게도 자신을 드러낸 적이 없었을 걸로 보니까 말이야."

"그런데 그 사람, 누군가로부터 배신당했다는 얘기는 하지 않던가요? 그 사람에게는 자신을 드러내고 신뢰를 보냈던 건 분명합니다. 그렇지 않았다면 배신도 없었을 테니까요!"

"그래, 자네가 옳아. 배신이 그에게 커다란 화두이기도 하니까. 사실 기본적인 원칙이 있어야 한다네. 내 절차를 위한 가장 기본 원칙일터인데, 그건 아무에게도 해가 되지 않을 것, 그가 배신으로 간주할 만한 어떤 것도 하지 않는다는 것일세."

브로이어는 잠시 자기 말을 음미하다가 덧붙였다.

"지그, 자네도 알다시피, 난 모든 환자를 이런 방식으로 치료해왔다네. 그래서 밀러 씨와 장차 이렇게 하는 데에도 아무런 문제가 없겠지만, 과거에 속인 적은 있었거든. 그걸 배신으로 치부할 수 있을 테지. 그렇다고 그걸 되돌릴 수는 없고. 그와 모든 걸 함께 나눔으로써 내마음을 깨끗이 하고 싶은데…. 살로메 양과 만났던 사실, 친구들이 공모해 빈으로 가라고 성화를 부린 것, 무엇보다 나 자신을 환자인 척 꾸며낸 것 등 전부 말일세."

프로이트는 고개를 세차게 저었다. "그건 절대 안 됩니다! 고백을 해서 마음을 깨끗이 하는 건 그를 위해서가 아니라 선생님 자신의 부담을 덜려는 것이니까요. 안 돼요. 환자를 정말로 돕고 싶다면, 그 거짓말과 더불어 평생을 살아야 할 겁니다."

브로이어가 고개를 끄덕이며 프로이트가 옳다는 것을 인정했다. "좋아, 그럼 전체적으로 한번 복습해볼까?"

프로이드의 응답은 즉각적이었다. 그는 이런 형태의 지적 연습을 좋아했다. "우린 여러 단계를 설정했어요. 첫째, 선생님이 자신을 스스로 드러냄으로써 그를 끌어들인다. 둘째, 역할을 바꾼다. 셋째, 그가 자신을 충분히 드러낼 수 있도록 돕는다. 그리고 여기서 기본 원칙은 그의 신뢰를 확보하면서도 배신의 외양은 피한다는 거죠. 그럼 다음 단계는요? 만약 그가 자신의 절망을 진정 나누게 된다면, 그럼 뭘 어떻게 할 건가요?"

"아마도, 다음 단계가 있을 필요가 있을까? 그냥 스스로를 드러내는 것 자체가 주요한 목표가 되지 않을까 싶네. 자신의 생활방식을 변화시키는 것, 그것만으로도 충분하지 않을까?"

"그냥 고백하는 것으로는 힘을 발휘할 순 없을 겁니다, 요제프. 만약 그랬더라면 가톨릭 환자들 중에는 신경증 환자가 없어야 마땅하겠요!"

"맞아, 자네가 옳아. 아마 그럴지도 모르지. 지금 우리 계획은 이 정도 선에서 만족해야겠네."

브로이어는 시계를 꺼내본 뒤, 웨이터에게 계산서를 가져오라고 신호를 보냈다.

"요제프, 대화 정말 즐거웠습니다. 함께 논의해주셔서 감사하고요. 선생님이 저의 제안을 진지하게 받아들여주신 걸 영광으로 생각합니다."

"사실 말인데, 지그. 자네야말로 이 분야에 능통하잖은가. 우리 두 사람은 좋은 팀일세. 우리의 새로운 방식에 엄청난 박수갈채를 상상할 순 없지만. 이처럼 복잡미묘한 치료 계획을 요구하는 환자들이 얼마나 자주 찾아올까? 사실 오늘 이걸 느꼈다네. 우리가 의학적인 치료법을 고안해냈다기보다 음모를 계획했다는 생각이 든단 말일세. 내가 어떤 환자를 더 선호하는지 자넨 아는가? 또 다른 니체일세, 그러니까 도움을 요청하던 바로 그 환자 말이야!"

"환자 속에 갇혀 있는 무의식적인 의식을 뜻하겠지요?"

"그렇다네."

브로이어는 계산서를 정확히 보지도 않고 웨이터에게 플로린 지폐를 건넸다. 사실 그는 계산서를 따져본 적이 없었다.

"무의식적 의식에 갇힌 환자와 작업하는 게 훨씬 더 수월할거야. 그런데 지그, 그게 치료의 목표가 되어야 한다는 생각이 든다네. 감춰진 의식을 해방시켜서, 대낮에도 도움을 요청하도록 해주는 것 말일세."

"그래요, 그겁니다, 요제프. 그걸 '해방'이라는 용어로 부르긴 좀 그렇네요. 음, 그는 분리된 존재가 아니라, 결국 뮐러 씨 무의식의 한 부분이거든요. 우리가 추구하는 게 결국은 이 양자의 통합이 아닐까요?"

프로이트는 자신의 생각에 무척 강한 인상을 받은 것처럼 보였다. 그는 대리석 테이블을 치면서 그 말을 되풀이했다. '무의식의 통합'이라고.

그 생각은 브로이어를 흥분시켰다.

"맞아, 바로 그거야, 지그! 중대한 통찰일세!"

웨이터에게 팁으로 동전 몇 푼을 남기고서, 그와 프로이트는 미카엘 광장으로 걸어갔다.

"그래, 내 환자가 자기 자신의 다른 부분과 자신을 통합시킬 수 있다면, 그야말로 진정한 성공일세. 다른 사람으로부터 위안을 갈망하는 것이 얼마나 자연스러운 것인지 배울 수 있다면, 그것만으로 충분해!"

콜마르크트를 걸어 내려가서, 두 사람은 그라벤의 분주한 통행로에 이르러 헤어졌다. 프로이트는 병원이 있는 나글러가세를 향해 방향을 돌렸고, 브로이어는 베커슈트라세 7번가를 향해 슈테판 광장을 가로질러 계속 걸어갔다. 베커슈트라세는 슈테판 대성당의 로마네스크 종탑이 어렴풋이 보이는 곳 너머에 있었다. 지그와의 대화가 내일 있을 니체와의 만남에 자신감을 불어넣어주었다.

그런데도 그는 '이처럼 공들여 철저히 준비한 모든 것들이 결국 착각에 불과해지면 어떡하나?', '그가 준비한 것이 아니라 니체가 준비한 것이 그들의 만남을 압도해버린다면 어떡하나?' 하는 불안감에 시달렸다.

14
먼저 발가벗기 전략

니체는 정말로 준비되어 있었다. 다음 날 아침, 브로이어가 신체 검진을 끝내자마자 니체는 상황을 주도했다.

"자, 내가 얼마나 치밀한지 모르시죠! 어제 병원 심부름꾼인 카우프만 씨에게 부탁을 했더니 친절하게 이걸 사다가 주더군요."

니체는 커다란 노트를 보여주면서 자랑스럽게 말했다. 그러고는 침대에서 일어났다.

"방에 의자 하나를 더 가져다달라고 주문했습니다. 의자 쪽으로 가서 시작해보실까요?"

브로이어는 자기 환자가 권위를 가장하는 걸 당혹스럽지만 말없이 지켜보면서, 시키는 대로 의자에 가서 앉았다. 의자 두 개가 모두 벽난로 방향으로 놓여 있었다. 벽난로에서는 오렌지색 불꽃이 타닥거리는 소리를 내면서 타올랐다. 잠시 몸을 데운 후에 브로이어는 니체를 좀 더 편하게 바라볼 수 있도록 의자를 돌리면서 니체에게도 그렇게 하기를 권했다.

니체가 말했다.

"시작해볼까요? 분석을 위해 주요한 범주를 설정해보았지요. 어제 박사님이 도움을 요청하면서 거론했던 문제들을 열거해보았습니다."

그는 노트를 펼치면서 브로이어가 불평한 것마다 페이지별로 분리해 적어놓은 것을 보여주면서 큰 소리로 읽어 내려갔다.

"1번 전반적인 불행, 2번 낯선 생각에 사로잡힘, 3번 자기혐오, 4번 나이 들어가는 것에 대한 두려움, 5번 죽음의 공포, 6번 자살 충동, 이게 전부입니까?"

니체의 사무적인 어투에 브로이어는 적이 당황했다. 자신의 가장 내밀한 걱정거리들이 임상적으로 기술되고 응축되어 목록으로 열거되는 것이 내키지 않았다. 하지만 당분간은 협조하는 태도를 보였다.

"그게 전부는 아닙니다. 아내와의 관계가 심각하거든요. 뭐라 설명하기 힘들 만큼 아내와 거리를 느낍니다. 내가 스스로 선택한 것이 아니라 결혼과 인생의 함정에 빠진 것처럼요."

"문제 하나를 더 추가하고 싶은 건가요? 아님 두 개를?"

"그건 교수님이 항목 단위를 어떻게 설정하느냐에 달렸지요."

"그렇군요. 항목이 동일한 논리적 차원에 있는 게 아니다 보니 문제가 되는군요. 일부 항목은 다른 항목의 결과나 원인일 수 있으니까요."

니체는 노트를 넘겼다.

"예를 들자면, '불행'은 '낯선 생각'의 결과일 수 있지요. '자살 충동'은 죽음에 대한 공포의 결과이거나 혹은 원인일 수 있고."

브로이어는 점점 심기가 불편해졌다. 이런 식으로 대화가 오가는 걸 좋아하지 않았다.

"그런 목록을 작성해야 하는 이유가 뭐죠? 목록을 만든다는 생각이 나를 불편하게 만듭니다."

니체는 당혹스러운 표정을 지었다. 자신감을 풍겼던 그의 태도는 허세였음이 드러났다. 브로이어가 단 한 번 이의를 제기했는데도 태도가 완전히 바뀌었다. 니체는 타협하는 어조로 대답했다.

"불평의 우선순위를 정하면 체계적으로 진행할 수 있을 거라고 생각했거든요. 죽음의 공포처럼 가장 근본적인 문제로 시작해야 할지, 혹은 낯선 생각에 사로잡히는 것과 같이 가장 덜 근본적인 혹은 가장 부수적인 문제로 시작해야 할지 솔직히 확신이 없거든요. 아니면 임상적으로 가장 절박하거나 혹은 생명을 위협하는, 말하자면 자살 충동과 같은 문제로 시작해야 할지도 자신이 없고요. 아니면 가장 고통스러운 문제, 일상생활에서 박사님을 가장 괴롭히는 문제, 말하자면 자기혐오 같은 걸로 시작해야 할지도 모르겠어요."

브로이어는 점점 더 불편해졌다.

"그게 좋은 방법인지 영 확신이 서지 않습니다."

"하지만 이건 바로 박사님의 치료 방법에 기초한 겁니다. 돌이켜보건대 박사님은 내 건강 상태 전반에 관해 말해보라고 내게 요구했잖습니까? 내 문제점의 목록을 쭉 살펴본 다음 체계적으로 진행했으니까요. 내가 기억하기로는 대단히 체계적으로요. 증상 하나하나를 차례로 살피시더군요. 그러지 않았나요?"

"그랬지요. 그게 의료 검진을 할 때 제가 사용하는 방법입니다."

"그렇다면 브로이어 박사님, 왜 지금은 그런 접근법에 저항하는 거죠? 대안을 제시할 수 있나요?"

브로이어는 고개를 가로저었다.

"교수님이 그런 방식으로 접근하시겠다면 따르겠습니다. 그러나 그건 제 인생의 가장 내밀한 관심사를 깔끔하게 범주화해 작위적이자 강제적으로 말하게 하는 방식처럼 보이는군요. 제 생각에 그 모든 문

252

제들은 서로 긴밀하게 뒤섞여 있습니다. 게다가 교수님의 목록은 너무 냉정해 보여요. 이런 것들은 좀더 섬세하고, 부드러운 것인데도요. 그래서 허리 통증이나 피부 발진에 관한 것처럼 쉽게 말할 수 있는 게 아니란 겁니다."

"당혹해하는 걸 냉정한 것으로 오해하진 말아주십시오, 브로이어 박사님. 기억하세요, 나는 고독한 사람입니다. 박사님이 경고한 대로 말입니다. 편하고 따스한 사회적 교류에 익숙하지 않거든요."

니체는 노트를 덮으면서 잠시 창밖을 응시했다.

"다른 접근 방식을 택하도록 하지요. 어제 둘이 함께 우리의 절차를 발견해야 한다고 했던 박사님의 말씀을 기억하고 있습니다. 그럼 말씀해보실까요, 브로이어 박사님? 지금 우리가 진행하고자 하는 그런 방식과 비슷한 경험을 박사님 인생에서 겪었던 적이 있습니까?"

"비슷한 경험요? 흠… 교수님과 제가 하고자 하는 것에 대한 의학 분야에서의 실제 선례는 없습니다. 그걸 마땅히 뭐라 불러야 할지도 모를 정도니까요. 절망 치료학? 혹은 철학적인 치유법? 아직 마땅한 용어조차 만들어진 바 없지만, 그와 유사한 이름이 되겠지요. 하긴 의사들에게 특정한 유형의 심리적 장애를 치료해달라는 요청이 있는 건 사실입니다. 예를 들자면, 뇌열로 인한 정신 착란, 두뇌 매독으로 인한 편집증, 납중독으로 인한 정신병 등은 신체 증상에 기반한 것이지요. 우리 또한 환자에 대한 책임은 있습니다. 환자의 정신질환이 건강을 해치거나 생명을 위협한다면 말이죠. 예를 들어 심각한 퇴행성 울증이나 조증이 그런 경우에 해당하겠지요."

"생명을 위협하다니요? 어떤 방식으로?"

"울증은 자기 스스로 굶거나 자살을 시도할 수도 있습니다. 조증은 에너지를 고갈시킨 나머지 지쳐서 죽는 겁니다."

니체는 아무 반응도 보이지 않은 채 그저 불길을 지켜보았다.

"그런데 분명한 건 이런 것들이 저의 개인적인 상태와는 너무 거리가 멀다는 겁니다. 이런 질환에 대한 각각의 치료법은 철학적이거나 심리적인 것이라기보다 육체적인 것입니다. 전기 자극, 목욕, 약물 투여, 강제 휴식 등. 종종 터무니없는 공포를 경험하는 환자도 있어요. 그들의 공포를 진정시킬 심리적인 처방이 고안되어야 합니다. 최근에 저는 바깥으로 나가기를 두려워하는 노부인을 치료해달라는 부탁을 받았지요. 몇 달 동안 그녀는 자기 방에 틀어박혀 바깥으로 나가려 하지 않았어요. 제가 썼던 방법은 그녀가 저를 신뢰할 때까지 다정하게 이야기를 하는 것이었지요. 볼 때마다 매번 손을 잡아주면서 안전하다는 느낌을 심어주고, 방 바깥으로 나오도록 옆에서 동행해주었거든요. 그건 상식적이고 즉흥적인 접근이지요. 마치 아이를 훈련하는 것처럼요. 사실 의사까지 필요한 일이 아니기도 하고요."

"이 모든 것들은 우리의 과제와는 동떨어진 것처럼 보이는군요. 좀 더 관련이 있는 건 없나요?"

니체가 물었다.

"흠, 최근 들어, 마비, 언어장애, 일종의 시력 상실이나 청력 상실 같은 신체 증상으로 의사를 찾아오는 환자들이 늘었는데, 이런 환자들의 증상의 원인이 전적으로 심리적 갈등에서부터 비롯된 것이거든요. 우리는 이런 질환을 '히스테리'라고 부릅니다. 그리스어로 자궁을 뜻하는 '히스테루스'에서 연유한 단어지요."

니체는 잽싸게 고개를 끄덕였다. 그리스어를 번역해줄 필요는 없다는 표시였다. 그가 문헌학 교수였다는 사실을 기억하고서 브로이어는 재빨리 넘어갔다.

"우리는 이런 증상이 신체 내에서 떠도는 자궁에서 비롯된 것으로 간주해왔거든요. 물론 해부학적으로는 터무니없는 생각이지만."

"그렇다면 남성들에게는 이 질병을 어떻게 설명합니까?"

"여러 가지 이유로 아직까지는 여성의 질병으로 이해되고 있지요. 남자들에게서 히스테리 사례가 보고된 적은 아직 없습니다. 저는 히스테리는 철학자들의 특별한 관심사가 되어야 할 질병으로 언제나 간주해왔습니다. 의사가 아니라 철학자들이야말로 왜 히스테리가 해부학적인 경로와 일치하지 않는지를 해명해줄 것으로 믿고 있으니까요."

"그게 무슨 뜻이죠?"

브로이어는 좀더 느슨해졌다. 의학적인 문제를 주의력 깊은 학생에게 설명하는 것은 그에게는 익숙하고도 편안한 역할이었다.

"자, 예를 하나 들어보겠습니다. 손이 마비된 환자들을 보면 해부학적인 신경장애로는 도저히 불가능한 방식으로 마비된다는 겁니다. 그들이 소위 '장갑' 마비 환자들이죠. 장갑 마비는 손목 이하로 감각이 없는 걸 뜻합니다. 마치 밴드가 손목 주변에 묶여 있었던 것처럼요."

"그럼 신경체계와 일치하지 않는단 말인가요?"

니체가 물었다.

"그렇지요. 손에 공급되는 신경은 그런 식으로 전달되는 게 아니거든요. 손에는 세 가지 다른 신경이 공급되고 있어요. 요골신경, 척골신경, 정중신경이 그겁니다. 사실 손가락의 절반은 하나의 신경에 의해 전달되고, 다른 절반은 다른 신경에 의해 공급되지요. 그러나 환자는 그 사실을 모릅니다. 환자는 단일한 신경, 즉 '손 신경'이라고 하는 하나의 신경에 의해 손 전체에 신경이 전달되는 것으로 상상하지요. 그래서 자신의 상상력과 일치하는 방식으로 장애가 진행하게 됩니다."

"정말 신기하군요!"

니체가 노트를 펴서 몇 단어를 적어 넣었다.

"만약 해부학에 박식한 여성이 히스테리 증상을 보인다면, 해부학적으로 타당한 증상이 나타날까요?"

"아마 그럴 것입니다. 히스테리는 해부학적인 장애가 아니라 관념적인 장애니까요. 신경에 진짜 해부학적인 손상이 초래되었다는 증거가 그다지 많지 않거든요. 실제로 어떤 환자는 최면에 걸릴 수도 있어요. 그러면 몇 분 안에 증상이 사라집니다."

"그래서 현재 치료에 최면술을 도입하겠다는 건가요?"

"그럴 리가요! 불행하게도 최면술은 의학적으로 인기가 없습니다. 제 생각입니다만, 주로 초기 최면술사들 중에 의학적 훈련도 받지 않은 사기꾼들이 많았던 탓이지요. 게다가 최면 치료는 언제나 일시적입니다. 그렇다 할지라도 잠시나마 최면술이 효과가 있었다는 사실은 병의 정신적 원인이 그곳에 있다는 증거를 제공하는 것이기는 합니다만…."

"박사님은 그런 환자를 치료한 경험이 있습니까?"

니체가 물었다.

"몇 명 있었습니다. 한 환자를 집중 치료한 적도 있지요. 그 사례를 말씀드리지요. 그 치료법을 저에게 적용하라고 권장하기 위해서가 아니라, 교수님 목록에, 그러니까 두 번째 항목으로 적어두었던 것과 관련해서 시작해볼 수 있지 않을까 하는 뜻에서요."

니체는 노트를 펼치더니 큰 소리로 읽었다.

"낯선 생각에 사로잡힘? 이해가 안 되는데. 왜 낯설다는 거죠? 그게 히스테리와 무슨 상관이 있나요?"

"명확하게 설명해드리지요. 첫째, 제가 이 생각들을 '낯설다'고 하는 이유는 외부로부터 나를 침범해 들어오기 때문입니다. 생각하지 않으려고 애쓰면서 물러가라고 명령하지만, 잠시 달아났다가 어느새 슬그머니 제 마음속에 스며들어와 있곤 하지요. 어떤 형태의 생각이 냐? 글쎄, 아름다운 여자에 관한 생각입니다. 히스테리를 치료했던 제 환자니까요. 이것을 출발점으로 삼기 위해 전체 이야기를 교수님께 말 해드릴까요?"

니체는 호기심은커녕 브로이어의 물음에 불편한 기색을 보였다.

"그 문제의 개요를 이해할 정도로만 얘기해주세요. 박사님 자신을 난처하게 하거나 부끄럽게 만들지 말았으면 합니다. 다 털어놓아서 좋 을 건 없을 테니까요."

니체는 비밀을 감추는 사람이었다. 그 사실을 브로이어는 알고는 있었다. 그러나 니체가 자신에게도 비밀을 덮어두라고 말할 줄은 예 상하지 못했다. 브로이어는 이 문제를 끝까지 밀고 나가야 한다는 것 을 깨달았다. 가능한 한 자신을 충분히 드러내는 것이 상책이었다. 그 래야만 니체 또한 사람들과 개방적이고도 정직한 관계가 공포스러운 일이 아니라는 점을 배우게 될 것이었다.

"교수님이 옳을 수 있습니다만, 내면의 감정을 드러낼수록 저는 안 도감을 느끼니까요."

니체의 몸이 굳어졌지만, 그래도 브로이어에게 계속하라는 뜻으로 고개를 끄덕였다.

"이야기는 2년 전으로 거슬러 올라갑니다. 제 환자 중 한 사람이 자 기 딸을 치료해달라고 부탁했어요. 저는 그 환자를 안나 O라고 지칭했 는데, 그녀의 신분을 밝히지 않기 위해서였지요."

"가명을 짓는 원칙을 말해주셨죠. 그렇다면 그녀의 진짜 이름은 B와 P로 시작하겠군요."

브로이어는 미소 지으며 생각했다. '이 사람은 지그와 똑같군. 뭐 하 나 잊어버리는 게 없으니.' 그는 베르타의 병에 관해 상세히 설명해나갔다.

"안나 O는 스물한 살이고, 지능이 뛰어난 데다 교육을 잘 받았고, 빼어난 미모의 여성이었다는 점을 알아두시는 것 또한 중요합니다. 그 숨결, 아니, 그 회오리바람은 급격하게 늙어가고 있는 마흔 살의 남자에게는 신선한 공기 같은 것이었지요! 내가 기술하는 것과 같은 그런 여자를 혹 알고 계신가요?"

니체는 질문을 무시했다.

"그래서 그녀의 담당의사가 되었다?"

"그래요. 그녀의 의사가 되기로 했지요. 의사로서 신뢰를 저버린 적은 없었습니다. 내가 지금 얘기하려는 모든 위반은 구체적인 행동이라기보다 생각과 환상 속에서 일어난 것입니다. 먼저, 심리치료에만 집중해서 얘기하겠습니다. 날마다 만나 그녀와 이야기를 하는 동안 그녀는 자동적으로 가벼운 최면 상태에 빠져들고는 했어요. 그녀의 표현대로라면 '청소하는' 상태가 되었다는 거죠. 그건 지난 스물네 시간 동안 있었던 모든 불쾌한 사건들과 생각들을 청소한다는 뜻이었지요. 그녀가 '굴뚝청소'라고 불렀던 그 과정은 스물네 시간 동안 기분을 호전시키는 데에는 효과가 있었지만. 히스테리 증상에는 아무 도움이 되지 않았어요. 그러던 어느 날 우연히 효과적인 치료법을 발견하게 되었죠."

브로이어는 '베르타의 최초의 원인을 추적해 들어갔다. 그러자 베르타의 모든 증상들이 사라졌다. 뿐만 아니라 마침내 근본 원인인 아버지의 죽음으로 인한 공포를 발견했다. 그것을 재경험하도록 하자 그녀의 모든 질병이 일소되었다'는 이야기를 했다.

열심히 받아 적던 니체는 환호성을 질렀다.

"이 환자에 대한 치료법은 정말 놀랍군요! 심리치료에서 기념비적인 발견을 하셨군요. 박사님 자신의 문제에도 한번 적용할 수 있겠는데요. 자기 자신의 방법으로 자신을 도울 수 있는 가능성을 발견하고 싶군요. 사람들은 타인으로부터는 진정한 도움을 결코 받을 수 없거든요. 스스로 도울 수 있는 힘을 찾아내야 하는 법입니다. 안나 O와 마찬가지로 박사님은 자신의 심리 문제에 대한 최초의 원인을 발견해야 합니다. 그런데도 이 치료법을 자신에게는 권할 만한 것이 못 된다고 했는데, 그 이유가 뭐죠?"

"많은 이유들이 있습니다."

브로이어는 의학적인 권위를 가지고 자신 있게 대답했다.

"제 상태는 안나의 경우와는 대단히 다릅니다. 우선 무엇보다 최면술 같은 게 듣지 않는다는 겁니다. 평소와 다른 유별난 의식 상태를 경험한 적이 없거든요. 이건 중요합니다. 어떤 개인이 상궤를 벗어난 의식 상태일 동안 일어난 외상적인 경험에 의해 초래된 것이 히스테리라고 보기 때문이지요. 히스테리는 외상적인 기억과 증폭된 대뇌피질의 흥분이 엇갈리는 의식 상태일 때 존재하는 것이므로, 일상의 경험 동안에는 '통제되거나', '통합되거나', '닳아서 사라질 수 있다'는 겁니다."

자기 설명을 방해하지 않으면서, 브로이어는 자리에서 일어나 불을 지핀 다음 장작 하나를 더 넣었다.

"또한 이보다 더 중요한 건 제 증상은 히스테리컬하지 않다는 점입니다. 신경체계에 영향을 미치는 것도 아니고, 몸의 일부에 손상을 가하는 것도 아니고요. 히스테리는 여자의 질병이란 걸 잊지 마세요. 제 상태는 질적으로는 정상적인 인간의 불안과 훨씬 더 가깝지요. 양적으로 보자면 물론 엄청나게 증대된 것이지만요! 또 다른 이유로는 제 증상은 급성이 아니란 겁니다. 오랜 세월에 걸쳐 서서히 진행되어온 거예요. 교수님 목록을 한번 보세요. 어떤 문제도 정확히 출발점이 어디인지 알 수 없을 테니까요. 내 환자에게 실시한 치료법이 저에게 맞지 않는 또 다른 이유가 있습니다. 다소 곤혹스러운 이유인데, 베르타의 증상은….”

“베르타? 그녀의 이름 첫 글자가 B라고 추측했던 게 맞았군요.”

브로이어는 고통스럽게 눈을 감았다.“실수를 한 것 같군요. 환자의 프라이버시를 지켜줄 권리를 위반하지 않아야 한다는 건 제게 대단히 중요한 문제거든요. 특히 이 환자는 더 그렇습니다. 그녀의 가족은 이 지역사회의 유력 가문인 데다, 제가 그녀의 담당 의사였다는 것 또한 널리 알려져 있으니까요. 고로 다른 의사들에게 제가 그녀를 담당하고 있다는 걸 말하지 않으려고 조심해왔어요. 그런데 이 자리에서 교수님에게까지 가명을 사용하는 게 불편하군요.”

“자유롭게 말함으로써 부담을 줄이려 하면서도 다른 한편으로 가명을 사용하면서까지 말조심을 해야 한다는 게 힘들다는 건가요?”

“바로 그겁니다. 이제 그녀의 진짜 이름인 베르타로 말하는 도리밖에 별 수 없군요. 그렇지만 아무에게도 그 이름을 발설하지 마시기 바랍니다.”

니체가 즉각적으로 물론이라고 대답했다. 그러자 브로이어는 재킷 호주머니에서 가죽 케이스를 꺼내 시가를 하나 뽑아 들었다. 니체가 거절하자 그는 혼자 불을 붙이며 물었다.

“어디까지 했던가요?”

“새로운 치료법이 박사님 자신에게는 왜 적용될 수 없는지, 그 이유를 말하는 중이었어요. 그러니까 좀 ‘곤혹스러운’ 이유를요.”

“네, 곤혹스러운 이유로군요.”

브로이어는 이야기를 잇기 전에 푸른 연기를 길게 뿜어냈다.

"중요한 발견을 했다면서 자랑을 했으니, 얼마나 어리석었던지! 몇몇 동료들과 의대생들 앞에서 그녀의 사례를 발표하기까지 했지요. 그로부터 불과 몇 주 뒤에, 그녀의 치료를 다른 동료 의사에게 넘겨주었는데, 그녀의 모든 증상이 재발했다는 얘길 듣게 되었습니다. 제 입장이 얼마나 난처해졌을지 이해가 되시죠?"

"난처하다? 실제로는 치유되지 않았는데 치유되었다고 발표했기 때문에요?"

"그 발표회에 참석했던 사람들을 찾아다니면서 제 결론이 잘못 되었다고 하는 꿈을 꾸기도 합니다. 그런 걱정은 유별난 것도 아닙니다. 동료들의 의견에 신경을 많이 쓰는 편이고, 그래서 동료들의 의견이 저를 고통스럽게 만드니까요. 그들의 존경을 받고 있다 할지라도, 사기꾼 같은 느낌을 지울 수 없으니까요. 그게 저를 괴롭히는 또 다른 문젭니다. 그것도 목록에 추가해두시지요."

니체는 성실하게 브로이어의 주문을 적어 넣었다.

"베르타와 함께 있었다 해도 그녀의 재발 원인을 전적으로 밝히지는 못했을 겁니다. 최면 치료와 마찬가지로 제 치료도 일시적인 성공일 수 있었거든요. 그렇다손 치더라도 파국적인 결말로 끝장나지 않았다면 효과가 있었을지도 모르지요."

니체는 다시 연필을 집어 들고 물었다.

"파국적인 결말이라니, 무슨 뜻인가요?"

"이해를 돕기 위해, 먼저 저와 베르타 사이에 무슨 일이 있었나를 말씀드려야겠군요. 그런 일을 우아하게 말하는 건 무의미한 짓이니까, 직설적으로 말하지요. 이 늙은 바보가 사랑에 빠졌어요! 그녀에게 사로잡히게 되었다는 겁니다. 그녀가 제 마음에서 떠난 적이 없어요."

브로이어는 자신이 그처럼 많은 것들을 그렇게 쉽게 털어놓다니, 놀랍기도 하고 사실 흥분되기도 했다.

"제 일과는 두 부분으로 나눠졌어요. 베르타와 함께 있는 나, 그녀와 다시 만날 것을 기다리고 있는 나로 말입니다! 일주일 동안 하루 한 시간씩 그녀와 만났어요. 그러다가 급기야는 하루에 두 번씩 방문하기 시작했어요. 그녀를 볼 때마다 격렬한 열정을 느꼈지요. 그녀가 저와 접촉할 때마다 성적으로 자극되었으니까요."

"그녀가 왜 당신과 접촉하는데요?"

"그녀는 걷는 데 장애가 있어서 산책을 할 때 제 팔을 잡고 걸었어요. 그러다가 갑자기 격심한 대퇴부 근육수축이 일어나 그녀의 허벅지 깊은 곳까지 마사지를 해야 할 때도 종종 있었고, 때로는 너무 애처롭게 울어서 위로하기 위해 안아주기도 했고요. 때로는 제 옆에 앉아 있으면서 제 어깨에 머리를 기대고, 자동적인 최면 상태로 빠져들어 한 시간 동안 '굴뚝청소'를 했거든요. 혹은 제 무릎을 베고 아기처럼 잠들거나. 제 성욕을 간신히 억제해두어야 할 때가 너무너무 많았지요."

"진정한 남자가 될 때라야만 남자는 여자에게 내재된 여성다움을 해방시킬 수 있는지도 모르죠."

니체가 말했다.

브로이어가 갑자기 고개를 번쩍 들었다.

"제가 교수님을 뭔가 잘못 이해한 것 같군요. 아시다시피 환자와 성행위는 잘못된 겁니다. 의사로서 한 히포크라테스 선서에 대한 저주니까요."

"그럼 여자는? 여자의 책임은 뭡니까?"

"이건 여자 문제가 아닙니다. 그녀는 제 환자라고요! 교수님의 지적은 없었던 걸로 넘어가겠습니다."

"그 점에 관해서는 나중에 되돌아가기로 하죠. 아직 파국적인 결말에 관해서 듣지 못했거든요."

니체가 흥분하지 않고 담담하게 지적했다.

"흠, 내가 보기에 베르타는 많이 나아지고 있는 것처럼 보였지요. 증상들이 차례차례 사라지고 있었으니까요. 그런데 그녀의 의사가 너무 잘해서 탈이었죠. 아내인 마틸데는 이해심이 많고 평상심을 잃지 않는 편인데, 그런 그녀마저 원망을 드러냈어요. 우선 제가 베르타와 함께 보내는 시간이 너무 많다는 것, 함께 보내는 시간 이상으로 그녀 얘기만 한다는 것을 지적하더군요. 다행히 마틸데에게 제 감정의 본질을 곧이곧대로 말할 만큼 바보는 아니었나 봅니다. 아내가 제 감정을 의심하고 있었던 건 분명했지만요. 어느 날 아내는 화를 내면서 더 이상 베르타 이야기를 자기 앞에서 꺼내지 말라더군요. 나는 아내를 원망하기 시작했고 심지어 그녀가 제 인생의 장애물이라는 터무니없는 생각까지 하게 되었지요. 그녀가 아니었다면 베르타와 새로운 생활을 시작했을 텐데 하면서요."

브로이어는 니체가 눈을 감고 있는 것을 보면서 말을 멈췄다.

"괜찮아요? 하루에 이 정도면 충분하지 않을까요?"

"듣고 있어요. 때로는 눈을 감으면 더 잘 보이기도 하니까요."

"그런데 복잡한 문제가 또 있었어요. 간호사 에바 베르거입니다. 그녀는 베커 부인의 전임 간호사였지요. 우린 10년 세월을 함께하면서 친한 친구가 되었고, 비밀을 털어놓는 사이가 되었지요. 에바는 정말 걱정해줬어요. 제가 베르타에게 넋이 빠져서 결국 파국으로 치닫게 될 걸 우려했던 거지요. 제가 충동을 억제하지 못하고 어리석은 짓을 저지르면 어떡하나 하고요. 진심에서 우러난 우정으로 그녀는 자신을 희생물로 제공하겠다고 하더군요."

니체의 눈이 갑자기 열렸다. 흰자위가 번뜩거렸다.

"희생이라니, 무슨 소리죠?"

"제가 파국으로 치닫는 걸 막기 위해서라면, 그녀는 무슨 짓이라도 하겠다는 것이지요. 마틸데와 저 사이에 성관계가 없다는 걸 에바가 알고 있었거든요. 제가 베르타에게 집착하는 이유도 바로 그 때문이라고 본 것이지요. 저의 성적 긴장을 풀어주려고 자신의 몸을 제공하겠다는 소리로 믿고 있습니다만."

"그녀의 제안이 당신을 위해 그랬다고 믿는 건가요?"

"그건 확신해요. 에바는 대단히 매력적인 여자이고 많은 남자들을 얼마든지 선택할 수 있는 여자거든요. 이 훌륭한 외모를 보고 그런 제안을 했다고는 생각지 않아요. 대머리에다 덤불숲 같은 수염, 이 '손잡이'를 좀 보세요."

손잡이라는 말을 하면서 그는 자신의 튀어나온 커다란 귀를 어루만졌다.

"제 친구들은 언제나 이걸 손잡이라고 부른답니다. 몇 년 전에 그녀는 자기를 고용한 의사와 절친한 사이가 되었지만 재앙으로 끝났던 관계를 털어놓은 적이 있었습니다. 결국 그 직장에서 쫓겨나는 것으로 끝장이 났고, 그래서 '두 번 다시!'는 그러지 않겠다고 맹세했다더군요."

"그래서 에바의 희생이 도움이 되었던가요?"

'희생'을 발음할 때 그 속에 실린 회의주의적인 어조, 혹은 경멸이라고 불러도 될 것 같은 어조를 무시하고, 브로이어는 무심하고 사실적인 어조로 대답했다.

"그녀의 제안을 결코 받아들이지 않았죠. 에바와 함께 누워 있는 게 베르타를 배신하는 것이라고 생각할 정도로 어리석었으니까요. 그랬던 게 종종 후회가 됩니다."

"이해를 못 하겠군요. 뭘 후회한다는 거죠?"

니체의 눈이 흥미로 점점 더 커지면서도 너무 많은 것을 보고 들은 것처럼 피로의 조짐이 드러났다.

"에바의 제안을 받아들이지 않은 걸 말이죠. 잃어버린 기회를 종종 생각해보곤 합니다만. 그 또한 저를 괴롭히는, 반갑지 않은 생각들 중 하나지요. 그것도 목록에 첨가해야겠군요."

브로이어는 니체의 노트를 가리키면서 말했다. 니체는 연필을 꺼냈다. 브로이어의 문제점 목록의 항목은 점점 더 늘어갔다.

"후회한다는 말, 여전히 이해가 안 되는데. 음, 에바의 제안을 받아들였다고 해서 박사님 인생이 달라졌을까요?"

"달라진다? 달라지는 게 무슨 상관인가요? 그건 일생에 두 번 다시 돌아오지 않을 유일한 기회였어요."

"그것은 또한 '아니오'라고 말할 수 있는 유일한 기회이기도 했지요. 약탈자에게 신성한 '아니오'라고 말할 기회 말입니다. 그 기회를 포착한 것이지요."

브로이어는 니체의 말에 어안이 벙벙해졌다. 니체가 성적 갈망이 얼마나 강렬한 것인지에 관해 아는 바가 없는 것은 분명했다. 이 문제를 가지고 논쟁한다는 것은 부질없는 짓이었다. 혹은 브로이어 자신이 요구만 했다면 에바가 자기 품에 들어올 수도 있었다는 사실을 분명히 해두지 않았는지도 모른다. 사람들이 자신을 선물로 제시할 때, 그 기회를 포착해야 한다는 것을 니체가 이해할 수 있을까? 그런데도 '신성한 거절'이라는 구절에 관해서는 상당히 끌리는 점이 있었다. 그는 기이한 혼합물, 엄청난 맹목과 통찰력과 독창성이 뒤섞인 혼합물 같다고 브로이어는 생각했다. 다시 한 번 그는 이 이상한 남자가 자신에게 소중한 것을 줄지도 모른다는 친밀함을 느꼈다.

"우리가 어디까지 했죠? 아, 거기까지군. 파국적인 결말! 여기까지 얘기한 베르타와의 성관계는 전적으로 자폐적인 겁니다. 말하자면 마음속에서만 일어난 갈망이라는 거지요. 그녀에게는 내 마음을 완전히 감추고 있었으니까요. 그러니 상상해보십시오. 어느 날 그녀의 어머니로부터 베르타가 나의 아이를 임신했다고 공공연히 말했다는 소릴 들었을 때, 그 충격을 말입니다!"

브로이어는 베르타의 상상임신 소문을 듣고 마틸데가 얼마나 분노했으며, 베르타를 다른 의사에게 넘기고, 에바 또한 즉시 해고하라고 요구했던 상황을 전부 이야기했다.

"그래서 박사님은 어떻게 하셨나요?"

"내가 할 수 있는 게 뭐겠어요? 내 커리어와 가족, 인생이 바살 날 위기에 처한 마당에. 내 인생 최악의 날이었지요. 에바에게 떠나라고 했어요. 물론 다른 일자리를 찾을 때까지 나와 함께 계속 일을 하자는 제안은 했지만요. 그녀는 말은 알았다고 했으면서 다음 날 나오지 않았어요. 그 후로 한 번도 그녀를 보지 못했지요. 여러 번 편지를 보냈지만 답장도 전혀 없었고. 베르타의 경우, 사태는 더욱 악화되었습니다. 다음 날 그녀를 방문했는데, 정신착란 증세는 말끔히 사라지고 없더군요. 내가 그녀에게 임신을 시킨 건 순전히 그녀의 망상 속에서였지요. 실제로 그녀는 그 건에 대해 전혀 기억하지 못하더군요. 그래서 내가 그녀의 주치의를 그만두겠다는 말에 억장이 무너지는 듯한 반응을 보이더군요. 내 마음을 바꾸려고 애원하면서 울고불고 매달렸어요. 자기가 뭘 잘못했는지 말해달라면서요. 따지고 보면, 그녀가 잘못한 것은 아무것도 없었지요. '브로이어 박사의 아이를 임신했다'는 외침은 히스테리 증상의 일부였으니까요. 그것은 그녀의 말이 아니라 그녀의 정신착란이 말했던 것이니까요."

"그럼 정신착란은 누구의 것인가요?"

니체가 물었다.

"물론 그녀의 정신착란이지만, 그녀의 책임이 아니라는 겁니다. 무작위적이고 기이한 꿈의 해프닝까지 책임질 수 없는 노릇 아닙니까? 그런 상태라면 누구나 이상하고 일관성 없이 굴지요."

"그녀의 말이 일관성이 없거나 무작위적으로 들리지는 않는군요. 브로이어 박사님, 생각이 떠오르는 대로 말씀 중간에 끼어들겠습니다. 내가 관찰한 것을 어디 말해볼까요? 박사님은 자신의 모든 생각과 모든 행동에 전적으로 책임져야 하는 것과 달리, 그녀는—여기서 니체의 목소리는 엄격해졌다. 그는 브로이어에게 손가락을 흔들면서 말했다—병이라는 이유만으로 모든 것으로부터 면제가 되는군요."

"니체 교수님, 교수님이 말씀하시다시피, 권력은 중요한 문제거든요. 제 지위를 통해 권력을 행사했으니까요. 그녀는 제게 도움을 청했어요. 그녀의 취약성을 잘 알고 있었고, 그녀가 아버지를 무척이나 혹은 도가 지나치다 싶을 만큼 좋아했다는 것도 알았고요. 그녀의 병이 아버지의 죽음으로 가속화되었다는 것도 알았으니까요. 아버지에게 느꼈던 감정을 저에게 투사하고 있다는 것도 알고 있었습니다. 제가 그걸 이용했던 거죠. 그녀가 저를 사랑해주길 원했으니까요. 그녀가 제게 한 마지막 말이 뭔지 아십니까? '당신은 제 인생에서 유일한 남자일 테니까요. 제 인생에서 또 다른 남자는 결코 없을 거예요!' 끔찍한 말이었지요! 제가 그녀에게 입힌 상처를 보여주는 증거였으니까요. 그런데 그보다 더욱 끔찍한 건, 제가 그 말을 즐겼다는 사실입니다. 그녀에게 미친 제 힘을 인정하는 소리를 들으면서 그걸 즐겼다고요. 아시다시피 저는 그녀를 불구 상태로 무력화한 채 떠났어요. 제가 그녀의 발을 묶고 불구로 만든 거나 다름없어요!"

"박사님이 마지막으로 본 이후 이 불구자의 운명은 어떻게 되었나요?"

"크로이츨링겐에 있는 다른 요양소에 입원했지요. 원래의 증상들이 거의 그대로 재발했어요. 격심한 기분 변화, 아침마다 모국어를 말하지 못하는 증상, 통증들. 이런 통증은 모르핀으로만 진정되기 때문에 모르핀에 중독된 상태이기도 하고요. 한 가지 재밌는 사실은 그녀의 담당의사가 그녀와 사랑에 빠져서, 그 자리에서 물러난 이후에 그녀에게 청혼을 했다더군요."

"다음번 의사와도 똑같은 패턴이 되풀이되겠군요, 아시겠죠?"

"베르타가 다른 사람과 함께 있다는 생각만으로도 넋이 빠져버릴 정도란 것은 압니다. 교수님 목록에 '질투'라는 항목도 첨가해야겠군요. 그게 심각한 문제 중 하나거든요. 두 사람이 함께 있으면서 이야기하고 만지고 사랑을 나누는 환상으로 머릿속이 가득 차니까요. 그런 환상이 저를 무지막지하게 괴롭히는데도, 그런 환상을 떠올리면서 스스로 저를 고문하고 있어요. 그걸 이해하겠어요? 그런 질투심을 경험한 적 있으신가요?"

이 질문은 이번 상담의 전환점이었다. 처음에 브로이어는 니체에게 모델을 제공하기 위해 자신을 의도적으로 노출시켰다. 두 사람이 서로를 드러낼 수 있기를 기대했다. 그런데 그는 자신의 고백 과정에 완전히 몰입하게 되었다. 그렇다고 어떤 위험이 있는 건 아니었다. 스스로를 브로이어의 상담자라고 믿고 있는 니체는 모든 비밀을 지키기로 약속했기 때문이었다.

이것은 새로운 경험이었다. 이전에는 한 번도 이처럼 자신을 적나라하게 드러내 보인 적이 없었다. 막스가 있기는 했다. 하지만 막스와는 자기 이미지를 고려해서 말을 신중하게 고르고 선별했다. 더불어 에바 베르거에게도 속내를 털어놓았다지만, 늙어가는 자기 모습이 드러나지 않도록 조심했고, 우유부단과 회의를 감추었다. 이런 것들은 자신을 더 늙고 무기력하게 보이도록 만들어서, 젊고 매력적인 여성에게 나약하고 구질구질하게 보일 수도 있었기 때문 이다.

베르타와 그녀의 신임 의사에게 느끼는 질투를 말하는 순간부터 브로이어는 니체의 의사 역할로 되돌아왔다. 그는 거짓말을 하지 않았다. 베르타와 의사 사이에 소문이 돌고 있었고 그가 질투심으로 고통을 받은 것도 사실이었다. 하지만 그런 감정들을 상당히 과장함으로써 니체 또한 자기 자신을 드러내도록 유도했다. 니체 또한 루 살로메와 파울, 그 자신이라는 '피타고라스적 관계'에서 분명 질투를 느꼈을 터였기 때문이었다.

하지만 이 전략은 별 효과가 없었다. 적어도 니체는 이 주제에 각별한 관심을 갖고 있다는 증거를 전혀 보여주지 않았다. 그는 단지 약간 고개를 끄덕이고 노트를 넘기면서 쭉 훑어보았을 따름이다. 두 사람은 침묵으로 가라앉았다. 그들은 꺼져가고 있는 불씨를 응시했다.

그러다가 브로이어는 호주머니에 손을 넣어 묵직한 황금 회중시계를 꺼냈다. 아버지에게서 받은 선물이었다. 시계 뒤에는 이렇게 적혀 있었다.

"내 아들, 요제프에게. 내 영혼의 영혼을 미래에 간직하길."

브로이어는 니체를 바라보았다. 지친 그의 눈동자는 이 상담이 끝났으면 하는 눈길이 아니었을까? 가야 할 시간이었다.

"니체 교수님, 이야기를 나누니 좋군요. 교수님에게 저 또한 책임이 있지요. 휴식을 취해야만 편두통의 고통으로부터 벗어날 수 있다고 처방해놓고서는 너무 장시간 동안 제 말에 귀 기울이게 했군요. 또 한 가지 생각이 드는 건, 언젠가 보통 하루 일과를 설명해준 적이 있었지요? 다른 이들과 친밀한 접촉이 거의 없는 날들 말입니다. 오늘 갑자기

한 번에 너무 많은 접촉을 가진 건 아닌지 모르겠군요. 시간과 대화만 길었던 게 아니라 지나치게 사생활 이야기도 많았던 건 아닌지요?"

"브로이어 박사님, 우리는 서로에게 정직하기로 동의했지요. 박사님께 동의하지 않는다면, 정직하지 않은 것이 되겠죠. 오늘은 많이 했습니다. 그저 피곤할 뿐 박사님의 사생활을 너무 많이 들었다고는 생각지 않습니다. 들으면서 나 역시 배우니까요. 다른 사람과 어떻게 관계를 맺어야 하는지를 배우려면 결점부터 시작해야 한다고 늘 말해왔으니까요!"

니체는 의자에 등을 기댔다. 브로이어가 일어서서 외투를 찾자, 니체가 덧붙였다.

"마지막 논평입니다. 우리의 목록 중에서 두 번째 항목에만 엄청 많은 이야기를 했어요. '낯선 생각에 사로잡힘'이라는 항목에만요. 오늘 그 항목은 철저히 얘기한 것 같군요. 이처럼 무가치한 생각들이 어떻게 박사님의 마음을 침해하고 사로잡는지를 잘 이해하게 되었어요. 아무리 낯설다 해도 그건 박사님의 생각이고, 박사님의 마음속에 있는 겁니다. 그런 생각들이 떠오르도록 허용해서 어떤 이익을 얻을 수 있는지 궁금하군요. 좀더 강하게 표현하자면, 그런 생각이 떠오르도록 만들어서 뭘 얻겠다는 것인지 궁금해요."

외투에 한쪽 팔을 집어넣다가 브로이어는 얼어붙은 듯이 동작을 멈췄다.

"그걸 떠오르도록 만들다니요? 모르겠어요. 교수님은 그걸 저의 내부로부터라고 했는데, 제게는 전혀 그런 식으로 느껴지진 않는다고 말하고 싶군요. 어쩌다 제게 일어난 것처럼 느껴지니까요. 그게 일어나도록 제가 만들고 있다는 교수님 주장은, 뭐라고 표현해야 할까, 하여튼 제게는 심정적으로 다가오지 않는군요."

270

"우리가 그것에 의미를 부여할 방법을 찾아야겠지요. 사고실험을 하도록 해봅시다. 내일 토론 주제는 이 문제를 고려해보는 겁니다. 이 낯선 생각들을 생각하고 있지 않았다면, 무엇을 생각하고 있었을까 하는 문제 말입니다."

니체는 일어서서 브로이어와 함께 문께로 걸어갔다.

1882년 12월 5일, 에카르트 뮐러에 대한 브로이어 박사의 사례 연구 노트 중에서
탁월한 시작! 많은 것을 얻었음. 그는 내 문제점을 목록으로 작성해 한 번에 하나씩 초점을 맞추겠다는 계획이다. 좋아, 바로 그것이 우리가 하려는 작업이라고 믿도록 내버려두자. 그가 고백하도록 부추기기 위해 나 자신을 드러내 보였다. 그가 이에 화답하진 않았지만 시간이 지나면 그렇게 될 것이다. 확실히 그는 내 열린 태도에 놀라고 큰 인상을 받았다.

흥미로운 계책이 있다! 그가 처한 상황을 마치 나 자신의 경우인 것처럼 묘사할 것이다. 그러면서 그가 나를 상담하도록 하면, 그는 자신도 모르는 사이에 자기를 상담하게 되는 것이다. 예를 들어 베르타와 그녀의 새 의사, 그리고 나 사이의 삼각관계에 대해 그에게 조언을 구함으로써 니체 자신의 삼각관계—루 살로메와 파울 레와의—를 풀도록 도울 수 있을 것이다. 그는 지나치게 비밀스러워서 이것만이 그를 도울 수 있는 유일한 방법일지도 모른다. 그는 결코 직접 도움을 요청할 정도로 정직해지지는 않을 테니까.

그는 독창적 정신의 소유자다. 그의 반응은 예견할 수가 없다. 루 살로메의 말이 맞는 것 같다. 그는 위대한 철학자가 될 운명인지도 모른다. 인간 존재라는 주제를 다루지 않는 한 말이다. 인간관계에 대해서는 거의 모든 면에서 무지하다. 그는 여성에 관해서는 야만적이고 거의 비인간적이다. 어떤 여성이든 어떤 상황이든 그의 반응은 예측 가능하다. 여자는 교활한 포식자다.

여성에 대한 그의 충고 역시 예측 가능하다. 여성을 비난하고, 그들을 처벌하라! 아, 또 다른 방식도 있다. 여자를 피하라!

성적인 감정에 대해: 그는 성적인 감정을 가지고나 있을까? 여성을 지나치게 위험한 존재로 보는 건 아닐까? 그 역시 성욕을 가지고 있음이 분명하다. 그런데 무슨 일이 일어난 걸까? 성욕이 말라버렸을까? 아니면 다른 곳에서 분출하도록 압력을 행사한 것인가? 그게 편두통의 원천은 아닐까?

1882년 12월 5일, 브로이어 박사에 대한 프리드리히 니체의 노트 중에서
목록이 점점 늘어난다. 내가 작성한 6개에 브로이어 박사가 5개를 추가했다.

  7. 결혼 생활과 삶 속에 갇혀버린 느낌
  8. 아내에게서 멀어진 느낌
  9. 에바의 성적인 '희생'을 거절한 것에 대한 후회
  10. 다른 의사들이 자신을 어떻게 볼까 하는 문제에 지나치게 예민함
  11. 베르타와 다른 남자에 대한 질투

이 목록이 끝나기나 할까? 날마다 새로운 문제점이 늘어나지는 않을까? 관심을 가져달라고 아우성치는 그의 문제들이 실제로는 자신이 보고 싶지 않은 것을 은폐하기 위한 것이라는 점을 어떻게 그에게 보여줄 수 있을까? 사소한 생각들이 곰팡이처럼 그의 마음속에 스며든다. 그것들이 마침내 그의 몸을 썩게 만들 것이다. 오늘 그가 떠날 때 물어보았다. 사소한 것에 맹목적이지 않았다면 진정 뭘 보고 싶으냐고? 그런 식으로 요점을 짚었다. 그가 그걸 받아들일까?

그는 기묘하고 복잡한 사람이다. 지적이면서도 맹목적이고, 진지하면서

기만적이다. 그가 자신의 위선을 알고 있을까? 내가 자기를 돕고 있다고 말한다. 그러면서 나를 칭찬한다. 내가 선물을 얼마나 싫어하는지 알고 있을까? 선물이 내 살갗을 할퀴고 나를 잠 못 이루게 한다는 걸 알고 있을까? 그 역시 선물을 얻어내기 위해 단지 주려고 하는 척하는 부류가 아닐까? 난 그에게 주지 않을 것이다. 그는 경의를 숭배하는 자일까? 그는 자기 자신보다 나를 더 알고자 하는 걸까? 그에게 아무것도 주지 말아야 한다! 친구가 안식처를 요구하면, 딱딱한 침상을 제공하는 것이 최선이다!

그는 매력적이고 동정심이 많다. 주의하라! 어떤 면에서 그는 상승하기 위해 자신을 설득하지만, 그의 내면은 설득되지 않고 있다. 여자에 관한 한 그는 거의 인간적이지 않다. 비극이다. 수렁에서 뒹굴고 있다! 나는 그런 진창을 잘 안다. 내가 과연 무엇을 극복했는지, 위에서 내려다보면서 관찰하는 건 즐겁다.

가장 큰 나무는 가장 높은 곳에 도달할 수 있고, 가장 깊은 어둠 속에 뿌리를 내린다. 심지어 악에 이르기까지. 하지만 그는 높이 치솟으려고도, 깊이 내려가려고도 하지 않는다. 동물적 탐욕이 그의 힘과 이성을 고갈시킨다. 여자 셋이 그를 쥐어뜯는다. 그런데도 그는 그 여자들에게 고마워한다. 그는 유혈이 낭자한 어금니들을 핥고 있다.

그들 중 하나는 그에게 사향을 뿌려 유혹하고는 희생하는 척한다. 그녀는 그의 노예가 되겠다는 '선물'을 제안하는 것이다.

다른 여자는 그를 고문한다. 연약함을 핑계로 걷는 동안 그에게 매달린다. 남성에게 자기 머리를 기대려고 잠든 척한다. 이처럼 사소한 고문에 싫증이 난 그녀는 그를 공개적으로 모욕한다. 게임이 끝나자 그녀는 상대를 옮겨 다음 희생자에게 속임수를 계속한다. 이 모든 것을 그는 보지 못한다. 어떤 일이 일어나도 그는 그녀를 사랑한다. 무슨 짓을 해도 그녀의 병을 가엾게 여기고 그녀를 사랑한다.

세 번째 여자는 그를 영원한 포로로 잡아두고자 한다. 차라리 그 여자가 낫다. 적어도 자기 발톱을 감추진 않으니까!

1882년 12월, 프리드리히 니체가 루 살로메에게 보낸 편지

사랑하는 루!

… 내 안에는 당신에 대한 최고의 변론가와 가장 가혹한 심판관이 동시에 있소! 나는 당신이 스스로 재판해서 자기에게 형벌을 내리도록 요구하는 바이오. … 그때 오르타에서 나는 당신에게 내 철학 전부를 보여주기로 혼자 결정했었는데, 그게 얼마나 엄청난 결정인지 그대는 모를 거요. 어느 누구에게도 그보다 더 좋은 선물을 한 적이 없다고 믿었소. …

그 당시 나는 당신을 내 현세적 이상을 구현한 존재로 만들려고 했었는데. 내 시력이 몹시 나쁘다는 걸 잘 알 거요!

나보다 그대를 더 소중히 생각할 사람도, 또 더 나쁘게 생각할 사람도 없을 테지.

내가 당신의 창조주였다면, 당신에게 더 나은 건강과 말할 수 없이 소중한 어떤 것을 주었을 거요…. 아마도 나를 향한 좀더 많은 사랑도 주고 말이오 (그게 눈곱만치도 중요하지 않다 하더라도). 친구인 레에게도 똑같이 했을 거고. 내 가슴속에 있는 단 한 마디도 당신이나 그에게 말할 수가 없소. 내가 원하는 게 무엇인지 당신네들은 모를 거요. 하지만 이 강요된 침묵이 나를 질식하게 만드는군. 내가 당신네들을 좋아하기 때문이지.

F. N.

첫 번째 상담 이후에, 브로이어가 니체에게 투자한 공식 진료시간
은 단지 몇 분 더 늘어난 것에 불과했다. 그는 에카르트 뮐러의 진료기
록부에 소견을 기록하고, 간호사에게 뮐러 씨의 편두통 상태에 관해
간략히 설명해주었다. 그런 다음 자신의 진료실에 돌아와 니체가 사
용하는 것과 같은 노트에 개인적인 기록을 따로 상세히 작성했다.

하지만 그다음 24시간 내내 브로이어는 니체에게 비공식적인 시간
을 너무 많이 할애했다. 다른 환자들, 마틸데, 자녀들을 돌볼 시간을
도둑맞았을 뿐만 아니라 무엇보다 그의 잠도 도둑맞았다. 잠자리에
들어 겨우 처음 몇 시간만 자다 깨다 하면서, 그는 마음을 어지럽히는
생생한 꿈을 꾸었다.

니체와 함께 벽이 없는 방에서 이야기를 나누는 꿈을 꾸었다. 극
장 무대와 같은 배경이었다. 일꾼들이 가구를 운반하고 지나가면서
두 사람이 나누는 대화를 들었다. 방은 임시로 만든 것이라 착착 접어
실어 나를 수 있을 것만 같았다.

두 번째 꿈에서 그는 욕조에 앉아 수도꼭지를 틀었다. 수도꼭지에서 벌레들과 작은 기계 부품들이 쏟아져나왔다. 수도꼭지 주둥이에는 길고 끈적거리는 커다란 오물 덩어리가 매달려 있었다. 기계 부품들은 그를 당혹스럽게 했고, 점액질과 벌레들은 혐오스러웠다.

새벽 3시, 브로이어는 반복되는 악몽으로 잠에서 깨어났다. 땅이 흔들리고, 베르타를 애타게 찾고 있었다. 발을 딛고 있는 땅이 물렁물렁해졌다. 그는 땅속으로 빨려 들어가 40피트 아래로 떨어지다가, 해독할 수 없는 메시지가 적혀 있는 흰 석판 위에 멈춰 설 수 있었다.

브로이어는 가슴이 쿵쾅거리는 소리를 들으며 말짱한 정신으로 누워 있었다. 이성적으로 생각해보면서 뛰는 가슴을 진정시키려고 애썼다. 첫째, 한낮에는 그처럼 눈부시고 온화하게 보이던 모든 깃들이 새벽 3시면 왜 그렇게 두려움으로 방울방울 떨어져 내릴까? 이성적인 생각으로 아무런 위안도 얻지 못하자, 정신을 딴 데로 돌려 전날 니체에게 털어놓았던 모든 것들을 기억해내려고 했다. 너무 많은 말을 했던가? 속내를 고백한 것이 니체를 움츠러들게 만들었을까? 귀신에 홀리지 않고서야 어떻게 자기 비밀을 전부 털어놓을 수 있었을까? 베르타와 에바에 관한 치욕스러운 부분까지도? 그때는 그게 옳아 보였다. 모든 것을 공유하는 것이 심지어 속죄하는 것처럼 느껴지기도 했다. 그런데 지금 니체가 자신을 어떻게 볼까를 생각하면 몸이 움츠러들었다. 섹스에 관해 니체가 청교도적인 감정을 가지고 있다는 걸 알았지만, 그럼에도 그는 성적인 이야기로 니체를 자극했다. 아마 의도적이었을 것이다. 철학 상담을 받는다는 명분으로 니체로 하여금 경악하고 분노하도록 만들려고 했다. 왜 그랬을까?

그러다가 그의 마음을 송두리째 사로잡는 여왕인 베르타 생각으로 슬며시 빠져들었다. 그러자 다른 모든 상념들이 깨어져 흩어지면서 오로지 그녀의 생각에 골몰할 수 있었다. 그녀의 성적 유혹은 그날 밤 특히 강렬했다. 베르타는 천천히 수줍게 환자복 단추를 풀었다. 알몸이 된 베르타는 최면에 들어가 있었다. 베르타가 자기 유방을 받쳐 올린 채 그를 쳐다보았다. 그는 튀어나온 젖꼭지를 한입 가득 물었다. 베르타는 다리를 벌리고 '날 가져요'라고 속삭이면서 그를 끌어당겼다. 브로이어는 욕망으로 가슴이 고동쳤다. 그는 욕정을 해소하기 위해 마틸데에게 손을 뻗칠까 하다가, 베르타를 상상하면서 마틸데의 몸을 끌어안는 이중성에 대해 죄의식을 느꼈다. 그는 강박에서 벗어나려고 일찌감치 잠자리에서 일어났다.

"뮐러 씨가 브로이어 박사보다 훨씬 더 단잠을 잔 것처럼 보이는군요."

브로이어는 아침에 니체의 진료 차트를 살펴보면서 말했다. 그는 밤에 있었던 사건들을 이야기해주었다. 깊게 잠들지 못하는 단속적인 잠, 두려움, 꿈, 강박, 너무 많이 고백했다는 후회 등.

니체는 브로이어가 이야기하는 내내 알겠다는 식으로 고개를 끄덕이면서 노트에 꿈을 적어 넣었다.

"흠, 나 역시 그런 밤들을 알고 있습니다. 지난밤에는 단지 1그램의 클로랄만으로도 다섯 시간을 내리 잤어요. 그런 밤은 정말 드물죠. 박사님처럼 나도 밤이면 꿈을 꾸고 두려움에 숨이 막혀요. 그리고 왜 공포가 밤을 지배하는가라는 의문을 갖게 되죠. 20년 동안 그런 의문에 시달린 결과 이제야 믿게 되었지만요. 두려움은 어둠에서 잉태하는 게 아닙니다. 두려움은 별과 같은 겁니다. 언제나 그곳에 있지만, 낮의 눈부신 태양에 가려져 있을 따름이지요."

니체는 침대에서 일어나 벽난로 옆에 놓인 의자로 다가갔다.

"흠, 꿈이라. 꿈은 해석을 기다리는 수수께끼죠. 난 박사님 꿈들이 부럽군요. 난 꿈을 거의 기억할 수 없거든요. 꿈에 관해 생각하느라 시간을 헛되이 보내지 마라, 꿈이란 제멋대로 꾸며내는 쓰레기에 불과하다, 꿈이란 마음이 분출하는 밤의 배설물이다, 라고 충고했던 스위스 의사의 입장에 동의하지 않아요! 그의 주장대로라면 낮 시간 동안 넘쳐났던 생각들을 정화해 스물네 시간마다 두뇌 청소를 하는 것이 꿈인 셈이거든요."

니체는 브로이어의 꿈에 관해 적어두었던 메모를 읽어 내려가다 멈췄다.

"박사님 악몽은 정말 당혹스럽군요. 그렇지만 다른 두 가지 꿈은 어제 우리가 논의한 것에서부터 나온 겁니다. 너무 많은 걸 고백하지 않았나 하는 걱정, 그게 바로 꿈속에서 벽이 없는 공개적인 방으로 나타나게 된 거죠. 수도꼭지 주둥이와 점액질, 그리고 벌레들은 박사님 자신의 어둡고 불쾌한 부분을 너무 많이 뿜어냈다는 두려움을 확인해주는 건 아닐까요?"

"그래요. 밤이 깊어갈수록 그런 상념이 점점 더 커지는 게 정말 이상합니다. '내가 당신을 불쾌하거나 혐오스럽거나 충격적으로 만든 건 아닌지' 하는 걱정이 점점 커진다는 겁니다. 당신이 날 어떻게 생각할까? 생각해보면 두렵기도 합니다."

"그래서 내가 예측하지 않았던가요?"

니체가 브로이어의 맞은편 의자에 다리를 꼬고 앉아서, 노트에 연필을 톡톡 치면서 그 점을 강조했다.

"내 감정에 관해 이처럼 걱정할까 봐, 바로 그 점을 내가 두려워했던 겁니다. 그 때문에 내 이해를 도우려고 너무 많은 걸 드러내지 말라고 강조했던 것이고요. 박사님이 자신의 잘못을 자백함으로써 스스로를

278

위축시키는 것이 아니라, 자신을 펼쳐나가고 키워나가는 방식으로 돕고 싶거든요."

"니체 교수님, 바로 이곳이 우리가 서로 동의하지 못하는 지점입니다. 사실 지난주에도 이 문제로 말다툼을 하지 않았던가요? 이번에는 좀더 우호적인 결론을 도출해보도록 합시다. 교수님이 이렇게 주장하신 걸로 기억하는데요. 책에서 읽은 겁니다. '모든 관계는 권력에 기초해서 이해되어야 한다.' 그러나 그건 내게 사실이 아닙니다. 난 경쟁적이지도 않고, 당신을 이기겠다는 생각도 없어요. 그냥 내 인생을 다시 찾는 데 당신의 도움이 필요할 따름입니다. 우리 두 사람 사이에 누가 이기고 누가 지는가라는 권력 균형은 사소하고 쓸데없는 것처럼 보이거든요."

"브로이어 박사님, 그렇다면 박사님 약점을 내게 보여준 걸 왜 그렇게 수치스러워하는 거죠?"

"그건 경쟁하다 패배했기 때문이 아닙니다! 그걸 누가 상관이나 하겠어요? 오직 한 가지 이유 때문에 기분이 나쁜 겁니다. 나에 대한 교수님의 의견이 소중하기 때문이지요. 어제의 추잡한 고백으로 날 실제보다 훨씬 못한 인간으로 간주할까 봐 두려운 것이라니까요! 목록을 한번 참조해보시죠."

브로이어는 니체의 노트를 가리켰다.

"자기혐오라는 항목을 기억하시죠? 3번 항목으로 알고 있는데, 난 언제나 진정한 자아를 감춰왔어요. 내 안에 비열한 점들이 너무 많았기 때문에요. 그런 나 자신을 싫어하게 되고, 그래서 다른 사람들과 단절하게 되고. 이 악순환의 고리를 깨고 나오려면, 타인들에게 나 자신을 드러낼 수 있어야 합니다!"

"자, 이걸 보십시오."

니체가 노트에 적힌 10번 항목을 가리켰다.

"박사님은 동료들의 의견에 지나치게 신경 쓰는 것으로 되어 있군요. 자기를 혐오하는 많은 사람들은 먼저 타인들이 자기를 좋아하도록 설득하는 것으로 이를 시정하려 합니다. 일단 남들이 자기를 좋게 봐주면, 자기 자신을 좋게 생각하게 되거든요. 그러나 이건 잘못된 해결책이죠, 타인의 권위에 굴복하는 것이니까요. 박사님의 과제는 나의 인정을 얻을 방법을 찾는 게 아니라 당신 자신을 받아들이는 겁니다."

브로이어는 머리가 어지러웠다. 그는 순발력 있고 예리한 두뇌의 소유자였기 때문에 다른 사람에게 논리적으로 밀리는 일이 드물었다. 그러나 니체와 논리적으로 쟁론하는 것은 어리석은 짓이었다. 니체를 논쟁으로 이길 수도 없었고, 그를 설득해 상반된 입장을 택하도록 만들 수도 없었다. 그래서 브로이어는 충동적이고 비합리적인 접근법을 사용하는 것이 낫겠다는 결론을 내렸다.

"아니, 아니, 아닙니다! 내 말을 믿으십시오, 니체 교수님. 그게 타당한 줄은 분명히 알지만, 나에게는 영 효과가 없다는 겁니다! 당신의 인정이 필요하다는 것만 알고 있습니다. 당신이 옳아요. 궁극적인 목표는 타인의 의견으로부터 자유로워지는 것입니다만, 목표에 이르는 길, 그러니까 당신에게가 아니라 나 스스로에게 이르는 길에 체면의 울타리를 넘어서지 못하는 나 자신을 알고 있다는 거지요. 내 모든 걸 타인에게 드러내는 게 필요해요. 나 역시 그냥… 하나의 인간에 불과하다는 걸 아는 게 중요하거든요."

한 번 더 생각한 뒤, 그는 덧붙였다.

"나 역시 인간적인 너무나 인간적인 사람일 뿐이라는 걸 말이죠!"

자기 책 제목을 듣자 니체는 빙그레 웃었다.

"그래요, 브로이어 박사님! 그 교묘한 구절에 누가 시비를 걸 수 있 겠습니까? 이제 당신의 감정을 이해합니다만, 그런데도 우리의 절차 에 그게 암시하는 바가 뭔지 여전히 뚜렷하지 않군요."

브로이어는 이 미묘한 지점에서 말을 조심스럽게 골랐다.

"나 역시 뚜렷한 건 없습니다. 다만 내 경계심을 풀어야 한다는 것만 알고 있을 따름이죠. 당신에게 날 드러내는 걸 조심해야 한다고 느낀 다면 경계심이 풀어질 수 없을 테니까요. 아마도 상관이 있을 듯해서 최근에 일어난 사건을 말하지요. 동서인 막스와 이야기를 나눴어요. 최근에 이르기까지 막스와 친하게 지낸 적이 없었지요. 심리적으로 무딘 사람이라고 간주했으니까요 그런데 내 결혼 생활이 엉망이라서 누군가와 논의했으면 하고 절실히 바랄 정도가 되었거든요. 막스와 대화를 나누면서 그 이야길 끄집어내고 싶었지만 너무 수치스러워서 차마 입이 떨어지지 않았죠. 내가 전혀 기대하지도 않았는데, 막스가 자기 인생에서 부딪친 비슷한 어려움을 실토했어요. 그의 고백이 어 느 정도 날 자유롭게 해주더군요. 처음으로 그와 난 사적인 이야기를 주고받았지요. 그게 참 많은 도움이 되었어요."

니체가 틈을 주지 않고 물었다.

"도움이 되었다고 말했나요? 당신의 절망이 줄어들었다는 건가요? 아내와의 관계가 나아졌다는 뜻인가요? 아님 그런 이야기로 인해 순 간적으로 속죄하는 기분이 들었다는 건가요?"

이크! 브로이어는 덫에 걸렸다는 것을 깨달았다. 막스와 이야기를 나눈 것이 진정으로 도움이 되었다고 주장한다면, 니체는 자기의 도 움, 즉 자기와의 상담이 왜 필요하냐고 물을 것이다. 조심해라. 조심해, 브로이어.

"내가 의미한 것이 정확히 뭔지는 모르겠습니다. 다만 기분이 나아졌다는 것만은 분명해요. 그날 밤 수치심으로 온몸이 졸아들어서 잠을 못 이루진 않았거든요. 나 자신을 열어 보인 이후로 그걸 탐구하는 게 쉬워지는 느낌이었으니까요."

이건 좋은 방식이 아니라는 생각이 들었다. 단순하고 직접적으로 호소하는 것이 좀더 나을 것이다.

"니체 교수님, 당신이 날 인정한다는 확신이 있으면 좀더 정직하게 표현할 수 있다는 것만은 분명합니다. 강박적인 사랑이나 질투에 관한 말을 하고 난 뒤, 당신 역시 그와 유사한 경험이 있다는 걸 알게 되면 내게 도움이 될 겁니다. 예를 들어, 교수님에게는 섹스가 불쾌한 것이고, 따라서 나의 성적인 집착을 대단히 비난하는 건 아닐까라는 의구심이 듭니다. 이런 의구심이 들면, 당신에게 그런 걸 드러내는 게 쉽지 않겠지요. 그게 당연하지 않겠어요?"

잠시 침묵이 흘렀다. 니체는 깊은 상념에 사로잡힌 채 천장을 응시했다. 브로이어는 잔뜩 기대에 부풀었다. 압력을 가하는 기술이 점점 향상되었기 때문이다. 그는 니체가 마침내 자기 자신을 내보였으면 하고 바랐다. 이윽고 니체가 대답했다.

"내 입장을 분명히 밝히지 않았던 점이 있었나 봅니다. 박사님이 주문한 책이 도착했나요?"

"아직요. 그건 왜 물으시죠? 오늘 우리의 논의와 관련 있는 구절이 있습니까?"

"그래요. 특히 《즐거운 학문》에요. 성관계 역시 다른 관계와 다를 바 없으며, 권력 투쟁을 포함하고 있다고 진술했죠. 성욕의 근본 바탕은 타인의 몸과 마음 전부를 지배하려는 육욕에 기초하고 있으니까요."

"그건 사실이 아닌 것 같군요. 내 육욕은 그것과는 달라요!"

"아니요, 사실입니다! 좀더 깊이 들여다보세요. 육욕은 모든 타인을 지배하려는 탐욕이라는 사실을 알게 될 겁니다. '사랑에 빠진 사람'은 진실로 사랑하는 사람이 아닙니다. 그는 사랑하는 대신 사랑하는 대상을 독점하는 걸 목적으로 하고 있어요. 자신의 여의주를 지키려는 용이나 다를 바 없는 야비한 영혼의 소유자에 불과해요! 그런 사람은 세계를 사랑하지 않아요. 그와 반대로 살아 있는 다른 모든 것에 완전히 무관심하지요. 당신 스스로 이 점을 고백하지 않았던가요? 바로 그 때문에 누구더라, 이름을 잊어버렸는데, 그 불구자에게 탐닉하고 있는 것이고요."

"베르타요. 그녀는 불구자가 아니라⋯."

"알아요, 알아. 베르타가 그녀의 인생에서 당신이 언제나 유일한 남자라고 말했을 때 만족했다는 거지요!"

"교수님은 섹스가 아닌 것에서 섹스를 유추해내는군요! 난 성욕을 성기에서 느끼지, 정신적이고 추상적인 권력의 경기장에서 느끼는 게 아닙니다!"

니체가 고집스럽게 말했다.

"아니지요. 성욕의 본질을 정확히 언급해준 겁니다! 필요할 때 섹스하는 걸 반대하는 게 아니라니까요. 섹스를 애걸하는 남자를 싫어하는 거죠. 자기 권력을 여자에게 양도해버리는 남자들을 싫어한단 겁니다. 능란한 여자, 남자의 힘을 빼앗아가서 자기 약점을 장점으로 만들어내는 여자에게 굴복하는 남자들이니까요."

"맙소사, 어떻게 진정한 에로스를 부정할 수 있겠어요? 우리를 구성하고 있는 충동과 생물학적인 갈망을 무시하자는 건가요? 생물학적인 충동으로 인한 생식과 성욕은 인생의 일부이자, 자연의 일부입니다!"

"일부죠. 고차원적인 일부가 아니라서 탈이지만! 진실로 고귀한 부분에 치명적인 적들이지요. 오늘 아침 일찍이 적어놓았던 구절을 읽어 드리지요."

니체는 책상 위에 놓인 두꺼운 안경을 코에 걸치고 낡은 노트를 집어 들었다. 그는 휘갈겨 써서 알아볼 수조차 없는 글씨가 빼곡히 적혀 있는 노트를 획획 넘겼다. 노트를 넘기는 그의 손길이 마지막 장에서 멈췄다. 그러고는 노트에 거의 닿을 지경으로 눈을 가까이 대고 그 구절을 읽었다.

"관능은 우리의 발뒤꿈치를 핥는 암캐다! 고깃덩어리가 주어지지 않으면 영혼의 한 조각을 애걸하는 방법을 너무나 잘 알고 있는 암캐다."

그는 노트를 덮었다.

"결국 문제는 섹스가 아니라, 섹스로 인해 그 밖의 것이 전부 사라져 버린다는 것이지요. 좀더 소중한 어떤 것, 그야말로 무한히 귀중한 게 사라진다는 거죠! 탐욕, 성욕, 관능은 사람을 노예로 만듭니다. 어중이떠중이들은 육욕의 여물통에서 꿀꿀거리는 돼지처럼 자기 인생을 낭비합니다."

"육욕의 여물통이라! 그 문제에 관해서 정말 강렬하게 반응하는군요. 그 어느 때보다 당신의 목소리에서 열정이 느껴지니까요."

브로이어는 니체의 격렬한 반응에 놀라며 중얼거렸다.

"열정을 이기려면 그보다 더 위대한 열정이 요구되는 법이거든요! 너무 많은 사람들이 하찮은 열정의 수레바퀴에 깔려 산산조각이 나지요."

"그게 당신의 경험인가요? 이런 결론을 도출하도록 한 불행한 경험을 한 적이 있으신가요?"

브로이어가 미끼를 던졌다. 니체는 허공에 대고 세 번이나 손가락을 흔들었다.

"당신이 앞서 주장했던 요점, 즉 생식이라는 이 원초적인 목표에 관해 한번 물어보죠. 우리는 생식하기에 앞서 창조해야 하는 것 아닌가요? 생식하기 전에 뭔가가 되어야 하는 건 아닌가요? 인생에 대한 우리의 책임은 비천한 것을 재생산하는 것이 아니라 고귀한 것들을 창조하는 겁니다. 당신 안에 있는 영웅을 발전시키는 데 어떤 것도 방해하도록 해서는 안 됩니다. 육욕이 방해가 된다면, 그 역시 극복되어야 합니다."

지금 사태를 직시해라! 브로이어는 혼자 중얼거렸다. 너는 지금 이 논의를 전혀 통제하지 못하고 있다, 요제프. 니체는 대답하고 싶지 않은 질문은 그냥 무시해버린다.

"니체 교수님, 당신 주장에 많은 부분 동의합니다. 그러나 우리의 의견 교환은 너무 추상적입니다. 내게 도움이 될 정도로 개인적이지 못합니다. 내가 너무 실제적인 걸 고집하는지도 모르지만요. 내 직업적인 생애 전체가 불평을 없애는 데 오로지 초점을 맞춰 진단을 내리고, 그런 불평을 해소할 수 있는 특별한 치료법을 말해주는 것이니까요."

그는 몸을 앞으로 숙이며 니체를 똑바로 쳐다보았다.

"나와 같은 전형적인 질환은 그처럼 실제적으로 말해질 수 없다는 걸 압니다. 그러나 그 점을 감안하다 하더라도 우리의 논의 방향은 극단으로 치닫고 있습니다. 당신의 말만으로는 난 어떤 것도 할 수 없거든요. 당신은 내 탐욕, 하찮은 열정을 극복하라고 말합니다. 내 안에 있는 더 고차원적인 부분을 숙성시키라고 합니다. 그러나 어떻게 극복하고, 어떻게 내 안에 있는 영웅을 숙성시켜야 하는지 말해주지 않았습니다. 시로서는 탁월하지만, 지금 당장 나에게는 공허하기 짝이 없습니다."

브로이어의 항변에 전혀 구애받지 않은 채, 니체는 느긋한 선생이 초조한 학생을 다루듯이 반응했다.

"때가 되면, 당신에게 극복하는 방법을 가르쳐드리지요. 날고 싶어 하는군요. 하지만 날고 싶다고 당장 날 수는 없지요. 내가 먼저 걷는 법부터 가르쳐야겠군요. 걸음마를 배우는 첫 번째 단계는 자기 내면의 목소리에 귀를 기울이지 않는 자는 타인들에게 지배당할 수밖에 없다는 걸 깨닫는 겁니다. 스스로를 다스리는 것보다 남의 말을 듣는 것이 훨씬, 훨씬 더 쉬우니까요."

그러더니 니체는 작은 빗을 꺼내 콧수염을 다듬기 시작했다.

"자신을 다스리는 깃보다 남의 말에 복종하는 게 훨씬 더 쉽다니요? 니체 교수님, 왜 나에게 좀더 개인적으로 말하지 않는 거죠? 당신 말뜻은 압니다. 근데 그 말을 나 개인에게 하는 말입니까? 그 말로 내가 뭘 할 수 있다는 거죠? 너무 세속적이라면 용서하기 바랍니다. 지금 현재 내 욕망은 세속적인 겁니다. 그야말로 단순한 걸 원한다는 겁니다. 새벽 3시가 지나서 악몽에 시달리지 않고 푹 잠을 자는 것, 흉곽의 긴장이 이완되는 것, 여기에 둥지를 틀고 있는 불안을 해소하는 걸 원한다는 겁니다."

그는 자기 가슴팍을 가리켰다.

"지금 내게 필요한 건 추상적이고 시적인 진술이 아니라, 인간적이고 직접적인 겁니다. 개인적인 교감이 필요해요. 당신에겐 그게 어땠는지 그 경험을 나랑 함께 나눌 수 있습니까? 당신도 나와 비슷하게 사랑이나 강박증을 느낀 적이 있습니까? 당신은 그걸 어떻게 견뎌왔습니까? 그걸 극복했나요? 극복하기까지 시간은 얼마나 걸렸죠?"

"오늘 당신과 한 가지 더 이야기하고 싶은 게 있어요. 시간이 있습니까?"

니체는 빗을 치우면서 다시 브로이어의 말을 묵살했다. 브로이어는 낙담해 의자에 몸을 묻었다. 니체는 아예 그의 질문을 무시하기로 작정한 것이 분명했다. 그는 인내하라고 자신을 타일렀다. 그는 시계를 들여다보면서 15분 정도 시간이 있다고 대답했다.

"난 날마다 10시에 와서 여기서 30분에서 40분 정도 보낼 수 있습니다. 물론 응급상황이 발생하면 그보다 일찍 떠날 수도 있을 테지만요."

"좋아요! 중요한 걸 당신께 말씀드리고 싶군요. 나는 당신에게서 불행하다는 소리를 여러 번 들었어요."

니체는 노트를 펼쳐서 브로이어의 문제점을 적은 목록을 읽었다.

"우선 '전반적인 불행'은 당신 목록에서 1번 항목입니다. 또한 오늘은 불안을 말했지요. 당신 심장의 긴장…."

"심장 바로 위 부분인 흉곽요. 심장의 꼭대기인 이 부분요."

"그래요, 감사합니다. 우린 서로를 가르치는군요. 당신 흉곽의 긴장, 밤에 느끼는 공포, 불면증, 절망에 관한 많은 불평을 했지요. 그런 불편함으로부터 즉각적인 위안을 촉구하면서 그걸 '세속적'인 욕망이라고 표현했어요. 나와의 논의가 막스와의 이야기에서처럼 위안을 제공해주지 않는다고 비통해했지요."

"맞아요, 그랬어요."

"나더러 당신의 긴장에 관해 직접적으로 말해달라고 했죠. 나에게 위안을 제공해달라고 했거든요."

"정확히 바로 그겁니다."

브로이어는 의자에서 몸을 앞으로 빼면서 대답했다. 그는 니체에게 빨리 말해보라는 듯이 고개를 끄덕였다.

"난 이틀 전 당신의 제안을 거절했어요. 우리가 그걸 뭐라고 불러야 할까, 당신의 상담가? 하여튼 당신의 상담가가 되어서 절망을 치료해달라는 부탁을 말입니다. 당신은 나더러 세상에 관한 전문가다, 왜냐하면 수년 동안 그 문제를 천착해왔기 때문이라고 했지요. 곰곰이 그걸 반추해본 결과 당신 말이 옳았다는 걸 깨닫게 되었어요. 그래요, 난 전문가입니다. 그래서 당신에게 많은 걸 정말로 가르칠 수 있겠더군요. 절망을 연구하는 데 오랜 세월 내 인생을 바쳤으니까요. 그것에 얼마나 많은 세월을 보냈는지 보여주는 건 쉬워요. 몇 달 전 여동생인 엘리자베트가 1865년에 내가 그녀에게 보낸 편지를 보여줬어요. 엘리자베트는 내 편지를 절대 되돌려주지 않아요. 모든 걸 보관해둡니다. 장차 내 박물관을 지어서 내 물건들을 전시하고 입장료를 받겠다고 하더군요. 난 엘리자베트를 잘 알지요. 틀림없이 날 박제로 만들어 최대의 구경거리로 전시할 겁니다. 그 편지에서, 세상에는 두 부류의 사람이 있다고 내가 말했더군요. '영혼의 평화와 행복을 소망하는 사람들은 신앙을 받아들이고 포용해야 한다. 반면 진리를 추구하는 사람들은 마음의 평화를 버리고 자기 인생을 탐구하는 데 바쳐야 한다.' 그 점을 난 스물한 살에 깨달았어요. 지금 내 나이의 거의 절반에요. 당신도 그걸 알아야 할 시간입니다. 그게 당신의 기본적인 출발점이 되어야만 해요. 위안과 진정한 탐구 사이에서 선택해야 합니다! 과학을 선택한다면, 그래서 초자연적인 힘이 주는 위로의 쇠사슬로부터 해방되고 싶다면, 당신 주장대로 믿음을 회피하고 무신론을 받아들이면서도 그와 동시에 신자로서 누리는 하찮은 위안을 갈망할 수는 없다는 겁니다! 당신이 신을 죽였으면, 사원이란 피신처로부터도 떠나야 합니다."

브로이어는 말없이 창밖으로 요양원 정원을 바라보았다. 눈을 감은 노인이 탄 휠체어를 젊은 간호사가 원형으로 된 길을 따라 밀고 있었다. 니체의 의견은 강력해서 그것을 단지 공허한 철학이라고 치부하기 힘들었다. 그래도 브로이어는 한 번 더 찔러보았다.

"무신론이 마치 적극적 선택의 문제인 것처럼 실제보다 과장해서 말씀하시는군요. 나의 선택은 그처럼 의도적이거나 심오한 게 아닙니다. 내가 무신론을 선택한 건 적극적인 선택이라기보다 종교에서 말하는 동화를 믿을 수 없었기 때문입니다. 난 그냥 과학을 택했지요. 인체의 비밀을 정복할 수 있는 유일한 방법이었으니까요."

"그럼 당신은 자기 의지를 자신에게 감추고 있군요. 이제 당신은 자기 인생을 인정하고 그걸 말할 수 있는 용기를 가져야 합니다. '그리하여 난 그것을 선택했노라!'라고 말이죠. 인간의 영혼은 자신의 선택으로 구성되니까요!"

브로이어는 의자에 앉아 어색하게 몸을 꼬았다. 니체의 설교조가 그를 불편하게 만들었다. 어디서 설교하는 법을 배웠을까? 목사였던 아버지에게 배우지는 않았을 것이다. 그의 아버지는 니체가 다섯 살 때 죽었다. 설교 기술과 설교적인 성향도 유전적으로 전달될 수 있을까? 니체는 설교를 계속했다.

"신 없는 자유로부터 성장과 흥분을 만끽하는 데 가담한 소수가 되기로 선택했다면, 최대의 고통을 맛볼 준비를 해야 합니다. 신 없는 자유와 최대의 고통은 서로 묶여 있는 것이지 분리된 경험이 아닙니다! 고통을 덜 받고 싶다면 견인주의자들처럼 최고의 쾌락을 포기하고 줄여야 합니다."

"그처럼 병적인 세계관을 받아들여야 할지 의문이군요, 니체 교수님. 쇼펜하우어와 비슷한 것처럼 들리지만, 다른 철학자들, 좀 덜 비관적인 관점을 지닌 철학자들도 있지 않은가요?"

"비관적이라고요? 자신에게 물어보시죠, 브로이어 박사님. '왜 이 모든 철학자들은 비관적인가?' 또 '누가 안정되고 평안하고 영원히 즐거운 자들인가?'라고 질문해보라고요. 내가 답을 말씀드리지요. 바로 우둔한 생각을 가진 사람들만이 그렇습니다. 평범한 사람들과 어린 아이들만이 그렇지요!"

"니체 교수님, 그럼 고통의 보상이…."

니체가 말을 가로챘다.

"아뇨, 단지 성장만을 뜻하지 않습니다. 힘 또한 있습니다. 자랑스러운 높이에 도달하려는 나무는 폭풍우를 견뎌야 합니다. 확실성과 발견은 고통 속에서 얻어집니다. 바로 며칠 전에 내가 적어놓은 메모를 여기서 한번 인용해보지요."

다시 니체는 노트를 넘기더니 한 구절을 읽었다.

"춤추는 별을 잉태하려면 자기 안에 혼돈과 광기를 지녀야 한다."

브로이어는 그들 사이에 장벽이 점점 더 높아지고 있다는 느낌을 받았다. 니체의 시적 언어는 두 사람 사이에 바리케이드처럼 느껴졌다. 모든 걸 고려해 결국 브로이어는 니체를 별나라로부터 이 지상으로 끌어내리는 것이 상책이라는 결론에 이르렀다.

"다시 말하건대, 너무 추상적이군요. 제발 날 오해하지는 말아주십시오, 니체 교수님. 당신 말은 아름답고 강력합니다만, 당신이 시적인 구절들을 읽어주었을 때, 더 이상 우리가 개인적인 관계를 맺고 있다는 느낌은 전해지지 않습니다. 당신 말의 의미를 지적으로는 충분히 이해하죠. 그래, 고통에는 보상이 있다, 성장, 힘, 창조성은 고통의 보답이다, 그걸 여기서는 이해하지요, 분명."

브로이어는 자기 머리를 가리켰다. 그러고는 다시 가슴을 가리켰다.

"그러나 여기서는 받아들일 수가 없어요. 그게 내게 도움이 되려면

290

내 경험이 뿌리를 내린 바로 여기에 와 닿아야 합니다. 여기, 내 가슴에요. 난 성장을 경험한 적이 없어요. 춤추는 별을 잉태한 적도 없고요! 오로지 광기와 혼돈뿐이니까요!"

니체는 환하게 웃으면서 손가락을 들어 공중에서 흔들었다.

"바로 그거죠! 지금 말했잖습니까! 바로 그 문제라니까요! 왜 아무런 성장이 없는가? 왜 더 가치 있는 생각을 못 하는가? 그게 바로 내가 어제 제기했던 마지막 질문이었거든요. 당신이 이 낯선 생각들에 사로잡혀 있지 않았다면 무엇을 생각했을 것 같으냐고 물었지요. 제발, 자리 잡고 앉아서 눈을 감고 나와 더불어 사고실험을 해보시는 게 어떻겠습니까? 우리 저 높은 곳에 올라 앉아봅시다. 산꼭대기라면 좋겠지요. 함께 관찰해보죠. 저기, 저 멀리 있는 한 남자를 우리는 봅니다. 지적이면서도 예민한 정신을 가진 남자를요. 그를 지켜봅시다. 한때 그는 자기 실존의 공포 속을 깊이 들여다보았을지도 모릅니다. 아마 너무 많은 것을 보았을 겁니다! 모든 것을 삼켜버리는 시간의 아가리를 보았을지도 모르고, 자기 자신의 무가치를 보았을지도 모릅니다. 자신이 한 점에 불과한 미미한 존재라는 것도 보았을 겁니다. 아니면, 인생의 무상함과 우연성을 보았을 수도 있겠지요. 육욕이 공포를 진정시켜주던 그날에 이르기까지 그의 두려움은 너무 생생하고 끔찍합니다. 따라서 그는 육욕을 자기 마음속에 기꺼이 받아들입니다. 허나 육욕이라는 잔혹한 경쟁자는 다른 모든 생각들을 몽땅 집어삼켜버리지요. 육욕은 생각할 줄 모릅니다. 오로지 갈망하고 회상할 줄밖에는요. 그래서 이 남자는 탐욕스럽게 베르타, 그 불구자를 회상하기 시작합니다. 더 이상 세상을 들여다볼 수도 없게 되죠. 베르타가 손가락과 입술을 움직이던 모습, 어떻게 옷을 벗고, 어떻게 걸었고, 어떻게 이야기했으며, 어떻게 절뚝거리고, 더듬거렸던가. 이런 경이적인 모습을 회상하는 데 온 시간을 송두리째 빼앗깁니다. 그래서 그의 전 존재가 그처럼 사소한 것들로 소모되어버립니다. 고매한 사상을 위해 건설했던 위대한 대로들이 쓰레기로 막히게 됩니다. 한때는 위대한 상을 생각할 수 있었던 남자의 회상은 이제 점점 흐릿해지고 조만간 사라지게 됩니다. 그리고 그의 공포 또한 사라집니다. 오로지 마음을 갉아먹는, 뭔가가 잘못됐다는 불안만 남게 됩니다. 당황한 그는 마음의 쓰레기 더미 가운데서 불안의 원천을 찾고자 합니다. 쓰레기 더미를 샅샅이 뒤지는 것, 마치 쓰레기 더미 가운데서 해답을 찾을 수 있는 것처럼 뒤지는 것이 오늘 그가 발견한 방법입니다. 심지어 그는 나더러 자기와 함께 쓰레기 더미를 뒤지자는 제안을 하기까지 합니다!"

니체는 말을 멈추고 브로이어의 대답을 기다렸다. 브로이어는 침묵했다.

"말해보세요, 우리가 관찰한 이 남자를 어떻게 생각하시는지?"

브로이어는 니체의 말에 최면이 걸린 사람처럼 눈을 감은 채 침묵했다.

"요제프! 요제프, 뭘 생각해요?"

브로이어는 서서히 눈을 뜨면서 니체를 쳐다보았다. 여전히 그는 아무 말도 하지 않았다.

"문제는 당신이 불편을 느낀다는 데 있는 게 아니란 걸 깨닫지 못했나요? 당신 가슴에 있는 긴장과 압력이 뭐 그렇게 중요합니까? 누가 당신에게 위안을 주겠다고 약속했던가요? 그래서 잠을 제대로 못 잔다! 그래서요? 누가 충분한 잠을 당신에게 약속했던가요? 아뇨, 문제는 불편이 아니에요. 문제는 잘못된 대상에 관해 불편을 느낀다는 거지요!"

니체는 자기 시계를 들여다보았다.

"박사님을 너무 오래 붙잡아두었군요. 내가 어제 제시했던 똑같은 제안을 하는 것으로 마무리를 하죠. 베르타가 당신 마음을 틀어막지 않았다면, 당신은 무슨 생각을 하고 있었을지 한번 생각해보세요. 동의합니까?"

브로이어는 고개를 끄덕이고는 자리에서 일어섰다.

1882년 12월 6일, 에카르트 뮐러에 관한 브로이어 박사의 사례 연구 노트 중에서
오늘 대화를 할 때 이상한 일들이 일어났다. 그 가운데 사전에 계획했던 건 하나도 없었다. 그는 내가 묻는 말에는 전혀 대답하지 않았다. 자신에 관해서 조금도 내비치지 않았다. 그는 상담가로서의 자기 역할만 했다. 너무나 경건해서 때때로 코믹할 지경이었다. 그런데 그의 관점에서 검토해본다면, 그가 전적으로 옳았다. 그는 계약을 준수하고 최선을 다해 노력했다. 그 점에서 그를 존경한다.

한 개인, 피와 살을 가진 창조물을 어떻게 도와야 할까라는 문제를 가지고 지적으로 씨름하는 그를 관찰하는 것은 나에게는 매혹적이다. 하지만 여태까지 그는 이상하게도 상상력에 의지하지 않은 채 전적으로 수사학에 의존하고 있다. 합리적인 설명이나 순전한 훈계가 문제를 치유할 수 있을 것으로 진정 믿고 있을까? 자기 책에서 그는 철학자의 개인적인 윤리구조가 그가 창조한 철학의 유형을 지배한다고 주장한다. 동일한 원리가 상담의 유형에서도 통한다고 믿는다. 상담가의 개성이 상담 접근 방식을 지배한다. 그러므로 사회적 공포와 인간 혐오로 인해, 그는 비개인적이고 거리를 유지하는 스타일을 선택한다. 물론 그는 상담 접근법을 합리화하고 합법화하는 이론을 발전시키는 방향으로 맹목적으로 밀고 나간다.

따라서 그는 어떤 인간적인 격려도 제공하지 않으며, 위로의 손길도 절대

내밀지 않는다. 오로지 고매한 연단에서 나를 내려다보면서 설교한다. 자신의 개인적인 문제를 받아들이길 거부하고, 인간적으로 나와 교류하는 걸 거부한다. 단 한 순간을 제외하고! 오늘 대화의 마지막에 이르러, 우리가 무엇을 토론하던 중이었는지는 잊어버렸지만, 그는 갑자기 나를 '요제프'로 지칭했다. 관계를 설정하는 데 내가 생각한 것 이상으로 성공적인지도 모른다. 우리는 이상한 투쟁 관계다. 누가 서로에게 더 도움이 되는가를 보여주려는 희한한 투쟁. 이런 투쟁이 곤혹스럽다. 사회관계에서 공허한 그의 권력 이론을 그에게 확신시켜주게 될까 봐 두렵다. 아니면, 막스가 말한 대로 해야 할지도 모르겠다. 투쟁을 멈추고 그로부터 배울 수 있는 것을 배워야 한다. 그가 조종하고 있다는 게 문제다.

그가 승리감을 갖는 조짐을 여기저기서 본다. 그는 나에게 가르칠 것이 대단히 많다고 말한다. 자기 메모를 나에게 읽어준다. 시간을 보고 다음번 만날 때까지 생각해 올 숙제를 내주고 쾌활하게 끝낸다. 이 모든 게 짜증난다! 그러나 난 의사라는 사실로 스스로를 타이른다. 내 개인적인 즐거움을 위해 그를 만나는 것이 아니다. 결국 환자의 편도선을 제거하거나 막힌 똥을 배설하도록 뚫어주는 데서 얻는 개인적인 즐거움이 과연 무엇이겠는가? 오늘 한순간 기이하게도 넋이 나간 상태를 경험했다. 거의 최면 상태에 들어간 것 같은 느낌이 들었다. 결국 나도 최면술에 감응한다는 것인가.

1882년 12월 6일, 브로이어 박사에 대한 프리드리히 니체의 노트 중에서
때로 철학자는 오해받는 것보다 이해받는 것이 더 나쁜 경우가 있다. 그는 나를 너무 잘 이해하려고 애쓴다. 나를 특정한 방향으로 몰고 가려고 감언이설을 다한다. 그는 내 방법을 발견하고 그것을 자기 방식으로 이용하길 원한다. 아직까지 그는 그의 방식이 있고 나는 나의 방식이 있을지는 모르지만 양자를 포괄하는 '고유한' 방식은 없다는 걸 이해하지 못한다. 그는 직접적으로 방향을 요구하는 것이 아니라, 자신의 감언이설을 마치 감언이설이 아닌 것처럼 가장한다.

그는 내가 비밀을 드러내는 것이 우리 작업 과정에 본질적인 것처럼 날 설득하고자 한다. 그게 자기가 말하는 데 도움을 주고, 우리가 함께 더 '인간적'이 될 것이라고 주장한다. 마치 수렁에서 뒹구는 것이 인간적인 것이라는 듯이! 진리를 사랑하는 자는 폭풍우든 구정물이든 두려워하지 말아야 한다는 점을 가르치려고 애쓴다. 우리가 두려워해야 할 것은 얕은 물이다! 의학적인 실천이 이런 노력에 도움이 된다면, 내가 '진단'에 이르지 못할 이유가 있겠는가? 여기 새로운 과학이 있다. 절망을 진단하는 새로운 과학! 나는 그가 자유로운 영혼이기를 갈망하나 신앙의 족쇄를 떨치고 나올 수 없는 자라고 진단한다. 그는 오로지 예스만을 원한다. 인정과 선택만을 원하면서 어떤 거부나 포기도 원하지 않는다.

그는 자기 기만적이다. 그는 선택하면서도 선택하는 자이기를 거부한다. 그는 자신이 비참하다는 것을 알지만, 잘못된 대상에 관해 비참해한다는 것을 알지 못한다! 그는 나에게서 위안과 평안, 행복을 기대한다. 그러나 나는 더 많은 비참함을 그에게 안겨주어야 한다. 그의 하찮은 비참함을 원래의 고귀한 비참함으로 변화시켜놓아야 한다.

하찮은 비참함이 둥지를 틀고 있는 횃대에서 어떻게 끌어내릴 것인가? 다시 정직하게 고통을 경험하도록 해야 할까? 나는 그 자신의 기법을 이용해보았다. 지난번 그가 나에게 적용했던 3인칭 기법을. 나를 자기 보살핌의 대상으로 끌어들이려는 어설픈 시도로 끝났던 바로 그 방법을 썼다. 자신을 위에서 내려다보라고 그에게 가르쳤다. 그런데 그게 지나치게 강한 요법이었다. 그는 거의 기절할 뻔했다. 어린아이를 대하듯이 '요제프'라고 불러서 정신이 돌아오도록 했다.

내 짐이 너무 무겁다. 난 그의 해방을 위해 일한다. 동시에 나의 해방을 위해서도. 그러나 난 브로이어가 아니다. 나는 나 자신의 비참함을 알고 그것을 환영한다. 그리고 루 살로메는 불구자가 아니다. 하지만 사랑하면서도 동시에 혐오하는 사람의 포로가 된다는 것이 어떤 것인지는 나 역시 알고 있다!

16

무한한 가능성을 가진 소년

의학적인 기교가 뛰어난 브로이어는 자연스럽게 의학적인 질문으로 나가기 전에 병상 옆에서 사소한 이야깃거리를 나누면서 통상적인 병원 일과를 시작했다.

그러나 다음 날 아침, 로종 병원 13호 병실에 들어서었을 때 그런 사소한 잡담은 전혀 없었다. 니체는 브로이어가 들어서자마자 자신은 평소 때와 달리 드물게 건강한 것 같으니까 존재하지도 않는 증상들에 관해 이야기하느라 소중한 시간을 낭비하고 싶지 않다고 선언했다. 그는 곧장 작업에 착수하자고 제의했다.

"내 진료 차례가 다시 올 겁니다. 브로이어 박사님, 내 병은 나로부터 멀리 떨어져서 오랫동안 배회한 적이 결코 없었거든요. 지금 내 병이 휴가 중이니, 당신의 문제만 가지고 작업해봅시다. 내가 어제 제안했던 사고실험에 어떤 진척이 있었던가요? 베르타의 환상에 사로잡히지 않는다면 무슨 생각을 했을 것 같습니까?

"니체 교수님, 먼저 다른 것부터 얘기하도록 해주시지요. 어제 당신이 브로이어 박사란 직업명을 버리고 날 요제프라고 불렀던 순간이 있었지요. 난 그게 좋습니다. 우리가 직업적인 관계로 만나긴 하지만, 의견 교환의 성격상 서로 친밀하게 대하는 것이 좋거든요. 그러니까 서로의 이름을 부르면 어떨까요?"

개인적인 상호 접촉을 기피하는 방식으로 자기 삶을 꾸려가는 니체로서는 대단히 난처하지 않을 수 없었다. 그는 어색해서 어쩔 줄 모르면서도 거절할 만한 적절한 이유를 찾지 못하자 마지못해 허락했다. 더구나 브로이어가 그를 프리드리히로 부를까, 아니면 프리츠라고 부를까 하고 한 걸음 더 나아간 질문을 하자, 니체는 화들짝 놀라서 거의 외치듯 대답했다.

"제발 프리드리히로 불러주세요. 그럼 곧장 본론으로 돌아갑시다!"

"그러지요, 본론으로! 교수님 질문으로 되돌아가죠. 베르타 이면에 뭐가 있느냐? 깊고 어두운 근심이 흐르고 있다는 걸 압니다. 내 나이 마흔이 넘어갔던 몇 개월 전 근심의 흐름이 깊어졌던 게 분명합니다. 아시다시피 프리드리히, 마흔을 둘러싸고 초래되는 위기는 특수한 경우는 아니지요. 조심하십시오. 당신도 준비해야 될 기간이 불과 2년밖에 남지 않았잖습니까?"

브로이어는 허물없이 대하는 자신의 태도가 니체를 불편하게 만들고 있지만, 그의 또 다른 일부는 인간적인 접촉을 갈망한다는 것을 알았다.

니체가 조심스럽게 말했다.

"그다지 걱정하지는 않습니다. 난 이미 스무 살 때부터 마흔이라고 생각했거든요!"

그게 뭐였더라? 아, 접근 방법. 질문 없이 접근하는 것! 브로이어는 아들 로베르트가 길거리에서 최근에 주워온 새끼 고양이를 생각했다.

"우유를 주고 뒤로 물러나있으렴!"

그가 로베르트에게 말해주었다. 안심하고 먹고 나면 네가 옆에 있어도 익숙해질 거다. 나중에 새끼 고양이가 안전하다고 느끼게 되면, 네가 쓰다듬을 수 있을 테니까. 그래서 브로이어는 뒤로 물러났다.

"어떻게 하면 내 생각을 가장 잘 묘사할 수 있을까요? 병적이고 암울한 생각들이니까요. 때로는 내 인생이 절정에 오른 것 같은 생각이 들지요."

브로이어는 프로이트에게 자신이 뭐라고 말했던가를 기억해내느라 잠시 말을 멈췄다.

"정상에 올랐어요. 정상의 가장자리에서 저 멀리 앞에 놓여 있는 걸 내려다보았지요. 황량한 풍경만 보이더군요. 나이 들고 늙어가면서 할아버지가 되고, 머리는 세고."

그는 정수리 중앙에 벗겨진 대머리 부분을 톡톡 쳤다.

"머리카락 하나 없고. 아니, 꼭 그것 때문은 아닌데. 날 괴롭히는 건 내리막길 때문만은 아니에요. 오르막길이 없다는 데 있지요."

"오르막길이 없다고요, 브로이어 박사님? 왜 계속해서 올라가지 못한다는 거죠?"

"프리드리히, 습관을 깨는 게 힘든 줄은 압니다만, 날 그냥 요제프라고 불러주시지요."

"요제프. 말해보세요, 요제프. 올라가지 못하다니요?"

"모든 사람에게는 비밀스러운 단계가 있다는 상상을 종종 해봅니다, 프리드리히. 자기 인생에서 핵심적인 신화가 되는 깊은 동기가 있다는 겁니다. 내가 어린아이였을 때, 누군가가 날 '무한한 가능성을 가진 소년'이라고 불러주었거든요. 그 구절을 참 좋아했지요. 수천 번도 더 그 구절을 흥얼거렸으니까. 때로는 내가 마치 테너 가수여서 '무-

한-한 가-능-성을 가진 소오오오오오오년'이라고 고음으로 노래하는 모습을 상상하곤 했지요. 그 구절을 천천히 극적으로 발음하길 즐기면서 각각의 음절을 강조해보기도 하면서요. 지금도 그 구절이 내 심금을 울립니다!"

"그런데 그 무한한 가능성을 지닌 소년에게 무슨 일이 있어났나요?"

"아, 그게 문젭니다! 그 질문을 나 스스로도 종종 해보니까요. 그는 어떻게 되었던 걸까? 더 이상 가능성은 없다는 걸 압니다. 다 고갈되고 없으니까요!"

"말해보세요, '가능성'이란 게 정확히 무슨 뜻인지!"

"저도 잘 모릅니다. 다만 안다고 생각하는 데 익숙했던 것뿐이지요. 상승할 잠재력이나 나선형으로 상승하는 걸 의미했겠지요. 그때 가능성이란 성공과 박수갈채, 과학적 발견을 뜻하기도 하고. 어쨌거나 나는 그런 가능성의 열매를 맛보았습니다. 존경받는 의사이자, 존경할 만한 시민이고, 중요한 과학적 발견도 했습니다. 역사적 기록이 존재하는 한 내 이름은 몸의 평형을 조절하는 내이의 기능을 발견한 사람으로 남아 있을 테니까요. 호흡기를 관장하는 과정으로 알려진 헤링-브로이어 반사라는 중요한 발견에 참여하기도 했고요."

"그럼 요제프, 당신은 행운아 아닌가요? 당신의 가능성을 실현하지 않았던가요?"

니체의 어조는 수수께끼처럼 들렸다. 그는 정말 정보를 원했던 것일까? 아니면 브로이어라는 알키비아데스(아테네의 정치가. 페리클레스에 의해 양육되었으며, 소크라테스의 가르침을 받았다—옮긴이)에게 소크라테스의 역할을 자처하고 있는 것일까? 브로이어는 액면 그대로 받아들이기로 하고 대답했다.

"목표의 실현이라! 그래요. 실현됐어요. 하지만 만족은 없었습니다,

프리드리히. 처음 몇 달간은 새로운 성공으로 인한 흥분과 의기양양함이 지속되더군요. 그러다가 점점 그런 환희의 순간은 덧없이 짧아졌어요. 일주일, 하루, 한 시간으로 말입니다. 이제 그런 느낌은 너무 빨리 증발해서 더 이상 내 살갗 아래로 스며들지도 않을 지경이에요. 이제 내 목표가 사기였던 것으로 느껴집니다. 그것이 무한한 가능성의 소년에게 진정한 운명은 결코 아니었다는 것이죠. 종종 나는 방향 감각을 상실하고 맙니다. 내 인생의 흐름을 생각해보면 속았다, 배신당했다는 느낌이 들거든요. 마치 천상의 신이 나를 두고 농담하고 있는 것처럼요. 잘못된 곡조에 놀아나면서 춤춘 것처럼요."

"잘못된 곡조라니요?"

"무한한 가능성의 소년이라는 곡조에 놀아난 것, 평생 동안 중얼거렸던 그 곡조요."

"그건 올바른 곡조였어요, 요제프. 다만 잘못된 춤을 췄을 뿐이죠."

"올바른 곡조지만 잘못된 춤이라니, 그게 무슨 뜻입니까?"

니체는 입을 다물고 조용히 앉아 있었다.

"가능성이란 말을 제대로 해석하지 못했다는 뜻인가요?"

"'무한한'이라는 말도 마찬가지죠, 요제프."

"이해가 되지 않는데, 좀더 분명히 말씀해주세요."

"당신 자신에게 좀더 분명하게 말해야 하는 법을 배워야겠소. 지난 며칠 동안 철학적 치유는 자기 내면의 목소리를 듣는 법을 배우는 것이라는 점을 깨닫게 되었지요. 당신 환자인 베르타가 자기 생각의 모든 측면에 관해 말하는 것을 통해 치유되었다고 하지 않았던가요? 그걸 뭐라고 묘사했죠?"

"굴뚝청소요. 실제로 그 단어는 그녀가 만든 것이지요. 자기 굴뚝을 청소한다는 건, 자기의 머리를 막고 있는 마개를 뽑아줌으로써 환기

시키는 걸 의미했지요. 마음을 괴롭히는 심란한 생각들을 정화한다는 뜻이거든요."

"훌륭한 은유군요. 우리 대화에서 그 방법을 사용하도록 해보죠. 지금 당장에요. 예를 들어 무한한 가능성의 소년에 관한 굴뚝청소부터 시작해볼까요, 그럼?"

브로이어는 자기 머리를 의자에 기댔다.

"전부 다 이야기했다고 생각하는데. 나이가 들어가면서 그 소년은 더 이상 아무것도 보지 못하는 인생의 지점에 이르렀다는 겁니다. 삶을 위한 그의 목적—내 목적, 내 목표, 인생을 통해 나를 충동질했던 보상들, 그 모든 것들이 더없이 부조리한 것처럼 보입니다. 단 한 번뿐인 내 인생을 어떻게 낭비했던가를 따져볼 때면, 끔찍한 절망감에 사로잡히게 되니까요."

"그 대신 마땅히 뭘 추구해야 했을까요, 그럼?"

브로이어는 니체의 어조에 가슴이 먹먹해졌다. 그의 목소리는 더 따스하고 더 위안을 주는 것이어서 마치 이 분야에 익숙한 사람처럼 보였다.

"그게 최악의 부분입니다! 인생은 정답이 없는 시험과 같아서요. 인생을 다시 살라고 한다면, 똑같은 짓을 하고 똑같은 실수를 저지를 것이란 생각이 듭니다. 요 전날 훌륭한 단편 플롯을 생각해봤거든요. 글을 쓸 수 있었다면 참 좋았을 텐데! 이걸 한번 상상해보시죠. 삶이 만족스럽지 못한 중년의 남자에게 지니가 다가옵니다. 지니는 남자에게 전생의 기억을 빠짐없이 그대로 가지고 있으면서도, 인생을 다시 살아볼 수 있는 기회를 주겠다고 합니다. 물론 그는 뛸 듯이 기뻤지요. 그런데 기이하고 끔찍하게도 그는 이전과 똑같은 인생을 살고 있는 자신을 발견하게 됩니다. 똑같은 선택을 하고, 똑같은 실수를 저지르고, 똑같이 잘못된 목표와 신을 포용하면서요."

"당신이 살아간 목표들이 어디로부터 나온다고 생각하는지요? 그걸 어떻게 선택했던가요?"

"내 목표를 내가 어떻게 선택했냐고요? 선택, 선택. 당신이 정말 선호하는 단어군요! 다섯 살, 열 살 혹은 스무 살의 소년이 자기 인생을 선택하지는 않아요. 당신 질문을 어떻게 받아들여야 할지 모르겠군요."

"생각하지 마세요. 그냥 굴뚝 청소나 계속하시지요!"

"목표라… 목표는 문화 속에, 대기 중에 있습니다. 목표라는 건 그냥 호흡하는 것과 마찬가집니다. 내 어린 시절 또래의 소년들은 동일한 목표를 가지고 숨을 쉬었어요. 우리 모두 유대인 빈민가에서 벗어나서 출세하길 원했으니까요. 이 세상에서 출세하고 성공해 부와 존경을 거머쥐는 것, 그거야말로 모든 사람이 원하는 것이잖습니까? 우리들 중 어느 누구도 의도적으로 목표를 선택하진 않습니다. 인생 목표는 그렇게 그곳에 주어져 있었거든요. 나의 시대, 나의 민족, 나의 가족이 부여해준 자연스러운 결과로 말입니다."

"그런데 그런 목표들이 당신을 위한 것이 아니었다는 거군요, 요제프? 인생을 뒷받침할 정도로 단단한 것이 아니었다는 거죠. 그런 것들이 일부 사람들에게는 충분히 단단한 것일 수도 있지만요. 가령 시력이 나쁜 사람들에게는 그럴 수 있겠지요. 물질적인 대상에만 매달리는 느린 주자들에게는요. 성공을 쟁취하지만, 성공에 도달하는 순간 곧장 그곳에서 빠져나오면서 다른 목표를 계속해서 설정하는 요령을 가진 사람에게는 그럴 수 있겠죠. 그러나 당신이나 나 같은 사람은 시력이 좋은 사람이거든요. 당신은 인생을 깊숙이 들여다보았더군요. 잘못된 목표에 도달하는 것은 부질없으며, 잘못된 목적을 새롭게 설정한다고 해서 달라질 게 없다는 걸 깨달았으니까요. 영에다 영을 곱해 봤자 영이니까요!"

브로이어는 오로지 이 말에 완전히 빠져들었다. 그 밖의 모든 것들, 벽들, 창문들, 벽난로, 심지어 니체의 육신과 같은 모든 것들은 사라져 버렸다. 평생 동안 이런 대화를 기대했는지 모른다.

"맞아요, 당신이 말한 모든 게 진실입니다, 프리드리히. 허나 사람들이 자기 인생 계획을 의도적으로 선택한다고 고집하는 점만은 제외하고요. 개인들은 의식적으로 자기 인생을 선택하지 않아요. 그들이야말로 역사의 우연적 산물이니까요. 그렇지 않은가요?"

"자기 인생 계획을 장악하지 못한다는 게 바로 자기 실존을 우연에 맡기는 거지요."

브로이어가 이의를 제기했다.

"그러나 누구도 그 같은 자유를 누리지는 못해요. 자기 시대, 자기 문화, 자기 가족의 관점 바깥에 설 수는 없는 법이니까요."

"한때 현명한 유대인 스승이 있어서 자기를 따르는 무리들에게 자기 어머니와 아버지를 버리고 완성을 추구하라고 충고했다지요. 그것이야말로 무한한 가능성의 소년에게 가치 있는 길이었을지 모릅니다! 그것이야말로 올바른 곡조에 올바른 춤일 수 있었는데."

올바른 곡조에 올바른 춤이라! 브로이어는 그 의미에 집중하려고 애쓰다가 갑자기 몹시 낙담했다.

"프리드리히, 저도 그런 대화에 열정을 가지고 있습니다만 내 안의 목소리가 계속해서 묻고 있거든요. '우리는 목적지에 도달하고 있는가?' 우리의 논의는 감지될 수 없을 정도로 형태가 없습니다. 내 가슴에서 고동치는 맥박과 내 무거운 머릿속과는 너무나 거리가 멀다는 겁니다."

"참으세요, 요제프. 안나 O의 굴뚝청소는 얼마나 걸렸나요?"

"시간이 걸립니다. 수개월씩! 허나 당신과 나에게는 수개월의 시간이 없어요. 게다가 차이가 있지요. 그녀의 굴뚝청소는 언제나 그녀의 고통에 초점이 맞춰져 있었거든요. 인생의 목표와 목적에 관한 우리의 추상적인 대화는 내 고통과는 무관합니다!"

니체는 전혀 동요하지 않았다. 브로이어의 이의 제기에 아랑곳하지 않은 채 자기 말을 계속했다.

"요제프, 이 모든 인생의 걱정거리가 마흔 살이 되었을 때 점점 심해졌다고 말하고 있는 거죠?"

"대단한 끈기네요, 프리드리히! 덕분에 나도 좀더 인내심을 갖자는 마음이 드는군요. 내 마흔 살에 그렇게 관심이 많으시다니, 당신에게 대답해줄 말을 틀림없이 찾아야겠지요. 그래요. 마흔은 위기의 해였어요. 제2의 위기였죠. 일찍이 스물아홉 살 때 위기가 있었지요. 내 의과대학 지도교수였던 오폴처 교수가 장티푸스로 돌아가셨을 때요. 1871년 4월 16일, 아직도 그 날짜를 기억해요. 그는 내 스승이자 후원자였고 제2의 아버지였거든요."

"제2의 아버지가 관심을 끄는군요. 좀더 얘길 해보시죠."

"그분은 내 인생에서 위대한 스승이었습니다. 내가 그의 후계자라는 걸 모르는 사람이 없었지요. 나는 최고의 후보자였고, 그의 자리에 내가 후임으로 선출되었어야 했어요. 하지만 그렇게 되지 않았지요. 어쩌면 내가 그렇게 되도록 힘쓰지 않았는지도 모르지만. 정치적인 이유로 함량 미달인 지명자가 선출되었어요. 종교적인 이유도 한몫 거들었고요. 나를 위한 자리는 어디에도 없었어요. 난 연구실을 떠났죠. 연구하던 비둘기를 집으로 옮겨 오고 직업적인 개업의로 방향을 돌렸어요. 그건 무한한 가능성이 있는 학문적 출세의 종말을 뜻했지요."

"그렇게 되도록 힘쓰지 않았는지도 모른다니, 그건 뭔 뜻이죠?"

브로이어는 놀랍다는 듯이 니체를 쳐다보았다.

"철학자에서 임상의로의 변신이 놀랍군요! 당신은 점점 더 의사의 귀를 가지게 되었군요. 아무것도 놓치지 않으니 말입니다. 난 솔직해야 한다고 생각했기에 그 말을 뱉어버린 거예요. 하지만 아직도 아픈 상처라 말하고 싶지 않았는데 그것을 집어내는군요."

"자, 요제프, 지금 이 상황을 보세요. 내가 당신의 의지에 반하는 것을 말해보라고 강제하는 바로 그 순간, 당신은 오히려 내게 대단한 찬사를 퍼부으면서 권력을 손에 넣으려는 선택을 한 겁니다. 그런데도 당신은 권력 투쟁이 우리 관계에서 중요한 일부가 아니라고 계속 우길 참인가요?"

브로이어는 의자에 푹 주저앉으면서 고개를 절레절레 저었다.

"아, 또 시작이군요. 그 논쟁은 다시 하지 맙시다. 제발 그냥 넘어가지요."

그러면서 브로이어는 덧붙였다.

"잠깐만요! 마지막으로 한마디만 더 하죠. 당신이 내 감정을 적극적으로 표현하는 걸 막는다면, 당신이 피와 살을 가진 인간 육체에서 발견하리라고 예측했던 바로 그런 유형만 포착하게 될 겁니다. 그건 나쁜 과학이지요. 사실적인 자료를 마음대로 조작하는 것이니까요."

"나쁜 과학이라?"

니체는 잠시 생각에 잠겼다가 수긍했다.

"당신이 옳아요! 논쟁은 그만두죠! 그럼 당신 스스로 왜 출세에 힘쓰지 않았는가 하는 문제로 되돌아가볼까요?"

"음, 증거는 충분하지요. 난 학술 논문을 저술하고 출판하는 일에 늑장을 부렸어요. 교수직을 얻는 데 필요한 형식적인 예비 단계들도 거부했지요. 제대로 된 의학협회에 가입하지도 않았을 뿐만 아니라, 대학위원회에도 참석하지 않았고, 정치적으로 적절한 연줄을 대지도 않았어요. 이유는 모르겠어요. 아마도 그런 게 권력과 관련이 있는 것이겠지요. 아니면 경쟁적인 투쟁에 미리부터 위축되었을지도 모르고요. 다른 사람들과 경쟁하는 것보다 비둘기의 평형체계의 신비와 경쟁하는 게 훨씬 더 쉬웠으니까요. 베르타가 다른 남자와 함께 있는 걸 상상할 때 그처럼 고통스러운 것도 경쟁심 때문이 아닐까 하는 생각이 듭니다."

"요제프, 아마 당신은 무한한 가능성을 지닌 소년은 신분 상승을 위해 드러내놓고 발톱으로 할퀴는 짓을 할 필요가 없다고 느꼈을지도 모르지요."

"그래요. 그런 느낌 또한 있지요. 이유야 어찌 되었든 그게 내 학문적 경력의 마지막이었다는 겁니다. 그게 내 유한성이 드러난 최초의 상처였지요. 무한한 가능성의 신화가 처음으로 타격을 받은 거지요."

"그래서 그게 스물아홉 살 때의 일이고, 마흔에 접어들어 제2의 위기는요?"

"더 깊은 상처지요. 마흔 살이 되자 나에게 가능하리라고 여겼던 모든 것들이 산산조각 났으니까요. 갑자기 내 인생에서 가장 분명한 사실을 이해하게 되었지요. 시간은 돌이킬 수 없고, 내 인생이 마냥 흘러가버리고 있다는 걸 말입니다. 물론 마흔 전에도 그 사실은 알고 있었죠. 그런데 마흔 살에 그 사실을 안다는 건 전혀 다른 문제더군요. 이제 '무한한 가능성의 소년'은 단지 행진용 깃발에 불과하다는 걸 깨달았으니까요. '가능성'은 환상이고, '무한한'이란 말도 건 무의미한 단어일 뿐이었던 거죠. 나는 이제 다른 사람들과 마찬가지로 죽음을 향한 행진 대열에 갇혀 있다는 걸 잘 알지요."

니체는 힘주어서 고개를 내저었다.

"분명한 통찰을 상처라 부르다니요! 당신이 배웠던 걸 한 번 살펴보세요, 요제프. '시간은 파괴되지 않는다. 의지는 거꾸로 돌이킬 수 없다'는 지혜를요. 오로지 행운아들만이 그런 통찰력을 포착할 수 있는 겁니다!"

"행운이라니요? 정말 기이한 단어군요! 죽음이 다가오고 있다는 걸 알았고, 내가 무능하고 무의미한 존재이며, 인생은 진정한 가치나 목적이 없다는 걸 깨달았는데, 그걸 행운이라고 하다니요!"

"의지가 거꾸로 돌이킬 수 없다는 사실은 의지가 무능하다는 뜻이 아닙니다. 감사하게도 신은 죽었지만, 신이 죽었다는 게 실존에 아무런 목적이 없다는 뜻은 아니지요! 왜냐하면 죽음이 다가온나고 인생이 가치가 없는 것은 아니니까요. 때가 되면 당신에게 가르쳐드리지요. 허나 오늘은 이만하면 충분합니다. 오히려 진도를 너무 많이 나간 게 아닐까 싶은데. 내일까지 우리의 토론을 검토해보고, 그걸 곰곰이 숙고해보시지요!"

니체의 갑작스러운 상담 종결에 놀란 브로이어는 자기 시계를 들여다보았다. 아직도 시간이 10분 정도 더 남아 있었다. 그는 군말 없이 니체의 방을 나왔다. 일찍 수업을 마친 학생이 맛보는 것 같은 안도를 느끼면서.

1882년 12월 7일, 에카르트 뮐러에 대한 브로이어 박사의 사례 연구 노트 중에서
인내, 인내, 인내. 처음으로 그 단어의 의미와 가치를 배운다. 장기적인 목표를 명심해야 한다. 이 단계에서 지나치게 대담하고 미숙한 조치는 실패를 부른다. 체스의 시작을 생각하라. 말을 체계적이고 천천히 움직여야 한다. 탄탄한 중앙을 구축하라. 두 번 이상 말을 움직이지 마라. 퀸을 너무 일찌감치 빼내지 마라! 그러면 보답이 있으리라! 오늘 서로 이름을 부르게 된 것이야말로 커다란 진전이었다. 내 제안에 그는 거의 까무러칠 정도로 놀랐다. 웃음이 터져 나오려는 걸 간신히 참았다. 모든 자유사상에도 불구하고, 그의 가슴은 어쩔 수 없이 빈 사람들과 흡사하다. 자신의 공식 지위를 사랑한다. 비개인적인 것을 사랑하는 만큼이나 공식 지위를 사랑한다! 내가 프리드리히라고 반복해서 부르자, 그 역시 호응하기 시작했다.

이름을 부르자 상담 분위기가 달라졌다. 몇 분 안에 그는 문을 열고 작은 틈새를 만들었다. 그도 자기 몫 이상의 위기를 경험했다는 것을 암시했다. 스무 살 때 이미 마흔이었다는 것이다! 지금으로서는 이 점을 그냥 지나치겠다. 나중에 그 점을 반드시 되짚어야지! 아마 처음으로 그를 돕겠다고 시작한 내 의도를 잊어버리는 것이 최선이라는 생각이 든다. 나를 도우려는 그의 노력에 그냥 내 몸을 맡기는 것이 최선이다. 내가 진실하면 진실할수록 조종하려 들 필요가 점점 없어진다. 그것이 차라리 낫다. 그는 지그와 비슷하다. 매의 눈을 가지고 숨기는 곳을 꿰뚫어본다.

오늘 논의는 자극적이었다. 오래전 브렌타노 교수의 철학 수업 같았다. 때로 정화되는 기분이 들었다. 그게 생산적이었던가? 나이 들어가는 것, 죽음, 인생의 무목적성과 같은 근심을 그에게 다시 반복했다. 병적인 생각 모두를 털어놓았다. 그는 무한한 가능성의 소년이라는 내 오래된 후렴구에 기이하게 매료된 것처럼 보였다. 하지만 그가 말하는 핵심을 내가 완전히 이해한 것 같지는 않다. 만일 그런 핵심이 있다면 말이다!

오늘 그가 사용한 방법은 나에게 좀더 분명히 다가온다. 베르타에 대한 강박이 나를 실존적인 관심사에서 멀어지게 만들었다고 믿기 때문에, 그는 내가 실존적 문제들에 직면하도록 그것들을 휘저어서 아마도 나를 더욱 불편하게 만들려고 하고 있다. 그는 나를 날카롭게 찔러대면서도 전혀 도와주지는 않는다. 그의 성격으로 볼 때, 그런 일이 전혀 어렵지 않을 것이다.

그는 철학적인 논쟁의 방법이 내게 효과가 있다고 믿는 것 같다. 그게 나에게 전혀 와 닿지 않는다는 걸 그에게 알려주려고 애썼다. 하지만 그는 나와 마찬가지로 상담을 진행하면서 여러 방법을 실험하고 즉흥적인 방법을 사용한다. 오늘 그가 사용한 방법론적 혁신은 내가 '굴뚝청소' 기술이라고 부르는 것이다. 관찰자가 아니라 나 스스로 청소부가 된 것이 이상하게 느껴졌다. 기이했지만 기분이 나쁜 것은 아니었다.

불쾌하고 짜증스러운 것은 그의 과장된 거만함이다. 그것이 반복적으로 나타난다. 오늘 그는 인생의 가치와 의미에 관해 나에게 한 수 가르치겠다고 공언했다. 그러나 지금 당장은 때가 아니라고 한다! 내가 아직 준비가 되지 않았으므로!

1882년 12월 7일, 브로이어 박사에 대한 프리드리히 니체의 노트 중에서
마침내 내가 관심을 쏟을 만한 토론이 있었다. 이제껏 내가 생각해온 많은 것들을 입증해준 토론이었다. 여기에 한 남자가 있다. 자기가 속한 문화, 국가, 가족이라는 중력의 무게에 짓눌린 나머지 자신의 의지가 무엇인지 알지 못하게 된 남자가. 순종에 너무나 길들여져서 내가 선택에 대해 말하자 마치 외계인의 언어라도 들은 것처럼 놀란 눈치였다. 순응성은 특히 유대인들을 옥죈다. 외부의 박해가 자민족끼리의 결속을 강화시켜서 개인이 출현할 수 없도록 만든다.

스스로 자기 인생을 우연에 맡겼다는 사실을 직시하도록 했을 때, 그는 선택의 가능성을 부인했다. 한 문화 속에서 살아가는 어떤 사람도 선택할 수는 없다고 주장한다. 내가 부드럽게 완성을 추구하기 위해서는 부모나 문화와 단절해야 한다는 예수의 명령을 상기시키자, 그는 내 방법이 너무 비현실적이라 주장하면서 주제를 바꾼다.

그 어린 나이에 그런 개념을 포착했으면서도 그 개념을 발전시킬 통찰력을 전혀 계발하지 않았다는 것이 의아하다. 그는 우리 모두와 마찬가지로 '무한한 가능성을 가진 소년'이었지만 그 가능성의 본질이 무엇인지 전혀 이해하지 못했다. 그의 임무는 자기 본성을 완성하는 데 있다는 것을 전혀 이해하지 못했다. 그는 자기 자신, 자기 문화, 가족, 육욕, 야수성을 극복해 본연의 그 자신이 되는 것이 그의 과업이라는 것을 알지 못했다. 그는 전혀 성장하지 않았으며, 최초의 껍질을 벗지 못했다. 그는 가능성을 물질적인 것의 획득이자 직업적인 목표 달성이라고 착각했다. 이런 목표들을 실현했을 때도 자기 내부에서 들려오는 소리는 전혀 잠잠해지지 않았다. '너 자신이 돼라'는 목소리에 그는 좌절하고 자기에게 가해진 속임수를 저주했다. 아직까지도 그는 요점을 파악하지 못한다!

그에게 희망이 있을까? 적어도 그는 올바른 문제 제기 정도는 할 줄 알며, 종교에 위안을 구하지 않을 정도는 된다. 그런데 그는 두려움이 너무 많다. 단단해지는 법을 그에게 어떻게 가르칠 것인가? 냉수욕이 피부를 단련하는 데 효과가 있다고 그가 내게 말한 적이 있었다. 단단한 결심을 하는 데 효과적인 처방이 있을까? 그는 우리가 신의 욕망이 아니라 시간의 욕망에 지배받는다는 통찰에 이르렀다. 그는 의지가 '그리하여 이렇게 되었노라'에 저항하는 데 무력하다는 점 역시 깨달았다. '그리하여 이렇게 되었노라'를 '그리하여 내가 그것을 의지했노라'로 변형시킬 수 있도록 가르칠 능력이 내게 있는가?

이름을 부르겠다고 그는 고집한다. 내가 그걸 좋아하지 않는다는 것을 알면서도 말이다. 그건 사소한 고문에 불과하다. 그런 사소한 승리를 그에게 허용할 정도로 나는 충분히 강하다.

1882년 12월, 프리드리히 니체가 루 살로메에게 보낸 편지

루,

　내가 얼마나 고통을 겪는가 하는 문제는, 당신이 자기 자신을 다시 찾느냐 못 찾느냐의 문제와 비교해본다면 대수롭지 않은 것이오. 당신처럼 가련한 사람을 만나본 적이 결코 없었으니까. 당신은,

　아는 것은 없지만 영리한

　　아는 것을 써먹는 데는 재주가 뛰어난

　　고상하진 않지만 그런 단점들로 순진해 보이는

　　사소한 일에는 정직하고 공정하지만,

　　그것도 단지 고집 부리느라 그렇고

　　크게 보면 삶에 대한 자세는 온통 부정직하고

　　서로 주고받는 일에는 아둔하며

　　영혼도 없고 사랑할 줄도 모르는

　　사실상 언제나 병든 그래서 광기에 가까운

　　은혜를 베푼 이에게 감사도 미안함도 못 느끼는 존재요.

　특히나 당신은

　　신뢰할 수 없고

　　행실이 좋지 못하며

　　명예를 지켜야 할 때 천박하고

　　미개한 수준의 두뇌지만

　　고양이 같은 성격에 애완동물의 탈을 쓴 포식자

　　고상한 사람과의 친분을 드러내는 수준의 고상함

　　의지는 강하지만 커다란 목표는 없고

근면과 순수함도 없는

지독한 음탕함

성적인 지체와 발육부진으로 유치한 이기심에 가득 차

신만을 사랑할 뿐 인간에 대한 사랑은 없고

자기 권력을 확대하기 위해

남자들의 성적 접근에 끝까지 냉담한 교활한 여자요.

당신의 F. N.

베르타와 불타는 집 환상

로종 병원의 간호사들은 브로이어 박사의 환자인 13호 병실의 밀러 씨에 대해서 이야기하는 일이 거의 없었다. 말할 거리가 적었다. 바쁜 데다 과중한 업무에 시달리는 간호사들에게 밀러 씨는 이상적인 환자였다.

첫 한 주 동안 그는 편두통 발작 증세를 전혀 보이지 않았다. 하루에 여섯 번씩 맥박, 체온, 호흡, 혈압 등과 같은 기본 사항을 확인하는 것 이외에는 간호사들이 별로 주의를 기울일 필요가 없었다. 그의 편에서 요구하는 일도 거의 없었다. 브로이어의 간호사인 베커 부인처럼 로종 병원의 간호사들 또한 그를 진정한 신사로 여겼다.

하지만 그가 자신의 사생활을 소중히 여기고 있다는 것은 분명했다. 그의 편에서 먼저 말을 거는 경우는 전혀 없었다. 간호사나 다른 환자들이 방문했을 때, 그는 온화하고 짤막하게 응대했다. 식사도 자기 방에서 했다. 브로이어 박사와 아침 상담이 끝나면(간호사들은 마사지와 전기치료를 하는 것으로 알고 있었다), 하루 종일 혼자 방에서 저술을 하거나 날씨가 좋으면 정원을 산책하며 메모를 끄적거렸다. 자기 저술에 관해서 누가 물으면 뮐러 씨는 정중하게 언급을 사양했다. 그는 고대 페르시아 예언자인 차라투스트라에 관심이 있다는 것만 알려져 있었다.

브로이어는 병원에서 보여준 니체의 부드러운 태도와 책에서 보여준 날카롭고 때로는 전투적인 목소리 사이의 괴리에 놀랐다. 이 점에 대해 물어보았을 때 니체는 웃으면서 대답했다.

"그다지 신기할 것도 없습니다. 아무도 귀를 기울이지 않으면 소리치는 게 당연하지요!"

니체는 병원에서의 생활에 만족하는 것처럼 보였다. 브로이어에게 자기 생활이 즐겁고 고통도 없는 데다 그들이 함께 날마다 나누는 대화가 자기 철학에 생산적이라고 말했다. 니체는 칸트와 헤겔과 같은 철학자들을 경멸했다. 그의 말에 따르면 이런 철학자들은 철학 공동체를 위한 순수 학문적인 저술이나 한다는 것이었다. 반면, 자신의 철학은 인생에 관한, 인생을 위한 것이었다. 그가 노상 강조하다시피 최고의 진리는 자신의 생생한 인생 경험으로부터 우러나온 무시무시한 진리였다.

브로이어와 만나기 전에, 그는 자기 철학을 실용적인 목적으로 이용해보려는 노력을 전혀 하지 않았다. 그것은 응용의 문제라는 식으로 무심히 넘겨버리면서 그를 이해할 수 없는 사람들에게 이해시키려고 성가시게 노력할 필요가 없다고 생각했다. 반면 우월한 종족은 그의 지혜를 나름의 방식으로 이해할 것이라고 주장했다. 비록 지금 당장은 아닐지라도 100년 후에는 그럴 것으로 보았다! 하지만 브로이어와 날마다 만나면서 이 문제를 좀더 진지하게 접근하지 않을 수 없게 되었다.

근심걱정 없고 생산적인 로종의 나날들이 겉으로 보이는 것처럼 니체에게 그렇게 목가적인 것만은 아니었다. 표면과 달리 속에서는 역류하는 물줄기가 그의 힘을 약화시키고 있었다. 거의 날이면 날마다 그는 분노하고 갈망하고 좌절하는 편지를 루 살로메에게 썼다. 그녀의 이미지가 쉼 없이 그의 마음속에 침범해 브로이어와 차라투스트라로부터 멀어지게 만들었고, 고통 없는 나날이 주는 온전한 즐거움을 즐길 수조차 없었다.

니체가 입원하고 난 뒤 첫 주 동안 브로이어의 생활은 안팎 곱사등이였다. 로종에서 많은 시간을 보내다 보니 이미 과중한 스케줄에 더욱 과부하가 걸렸다. 빈 의학계의 변함없는 철칙처럼 날씨가 나빠지면 의사들은 눈코 뜰 새 없이 바빠졌다. 수 주일 동안 참담한 잿빛 하늘과 차가운 북풍과 탁하고 습한 공기가 계속되는 겨울 날씨가 이어지면, 그의 진료실은 발걸음이 무거운 환자들로 문턱이 닳았다.

12월, 브로이어의 진료기록부는 온갖 질병들로 빼곡히 채워졌다. 기관지염, 정맥두염, 편도선염, 이염, 인두염, 폐기종이 주종을 이뤘다. 여기에 신경계 질환을 가진 환자들도 있었다. 12월 첫째 주에는 다발성경화증을 앓는 두 명의 젊은 환자가 그의 병원에 들어왔다. 브로이어는 이 병에 대해 진단하는 것을 특히 싫어했다. 이 질환에 대해서는 어떤 치료법도 없을뿐더러, 젊은 환자들에게 드리워진 운명에 대해 말을 해줘야 할지 말아야 할지 판단해야 하는 끔찍한 딜레마 때문이었다. 그들에게는 진행성 장애, 쇠약, 마비, 실명이 언제라도 덮칠 수 있었다.

이뿐만이 아니었다. 신체적인 질환의 증거는 전혀 없는 것처럼 보이는 두 명의 환자가 찾아왔다. 히스테리를 앓고 있음이 확실해 보였다. 한 명은 중년 여성인데, 과거 2년 동안 혼자 남겨질 때마다 경련성

316

마비를 경험했다고 한다. 다른 환자는 열일곱 살 소녀였는데, 다리 경련성 장애를 앓아서 우산 두 개를 지팡이처럼 짚어야만 겨우 걸을 수 있었다. 더구나 소녀는 "날 내버려둬! 꺼져! 나 여기 없다니까! 이건 내가 아니야!" 등 괴상한 소리를 지르면서 까딱하면 의식을 잃었다.

두 환자 모두 안나 O와 같은 대화치료의 대상이 틀림없었다. 그런데 문제는 그와 같은 치료가 의사의 시간과 직업적인 명성, 마음의 평정, 결혼 생활에 비싼 대가를 요구한다는 거였다. 브로이어는 그런 환자를 두 번 다시 떠맡지 않겠노라고 맹세했지만, 인습적이고 비효율적인 치료법에 의존하는 것은 비윤리적이라는 생각이 들었다. 기존에 널리 사용되기도 하고 종종 정확하게 들어맞는 면도 없지 않아 있지만, 공적으로 그다지 인정받지 못하는 빌헬름 에릅의 입문서인 《전기 치료법 안내서》에 따르면, 이런 질병에는 강한 근육 마사지, 전기충격 요법을 권장했다.

두 환자를 다른 의사에게 이송할 수만 있다면 얼마나 좋을까! 하지만 누구에게 보낸단 말인가? 그런 환자를 원하는 의사는 아무도 없었다. 1882년 12월, 그를 제외하면 빈뿐만 아니라 전 유럽에서 히스테리 치료법을 아는 사람은 한 명도 없었다.

그러나 브로이어는 자신에게 부과된 직업적 요구뿐만 아니라 자기 스스로 부과한 심리적 고문으로 완전히 녹초가 되어 있었다. 네 번째, 다섯 번째, 여섯 번째 상담은 세 번째 만남에서 설정한 의제에 따라 진행되었다. 니체는 브로이어의 인생에서 실존적인 문제와 대면하라면서 압력을 가했다. 특히 그의 인생무상, 순응성, 자유의 상실, 노화와 죽음의 공포와 같은 걱정거리에 집중하도록 했다. 니체가 정말로 원하는 것이 브로이어로 하여금 점점 더 불편하게 만드는 것이라면, 그는 지금 진행 경과에 대단히 만족할 것이라는 생각이 들었다.

브로이어는 정말 비참해졌다. 마틸데에게서 점점 더 멀어지고 있었고, 불안이 그를 잠식했다. 가슴을 짓누르는 중압감에서 헤어나지 못했다. 마치 거대한 항아리가 갈비뼈를 짓뭉개는 것만 같았다. 숨결이 점점 얕아지자 그는 '심호흡을 해야지' 하며 끊임없이 스스로 되뇌었다. 그러나 아무리 열심히 노력해도 자기를 옥죄고 있는 긴장을 내쉴 수가 없었다.

당시 외과 의사들은 환자의 흉수를 뽑아내기 위해 흉곽에 튜브를 삽입하는 방법을 알아냈다. 때때로 그는 자신의 불안을 뽑아내기 위해 겨드랑이와 가슴에 튜브를 삽입하는 걸 상상하기까지 했다. 밤이면 밤마다 끔찍한 꿈과 가혹한 불면에 시달렸다. 며칠이 지나자 그가 니체보다 더 많은 양의 클로랄을 취하고 있었다. 언제까지 이 상태로 지속할 수 있을지 의문이 들었다.

인생은 살 만한 가치가 있는 것일까? 종종 베로날을 다량 복용해볼까 하는 유혹이 들기도 했다. 그의 환자들 중 몇 사람은 몇 년째 이런 상태를 견디고 있었다. '그래, 그들이야 그렇게 살라고 해! 무의미하고 비참한 인생에 매달려 살라지, 뭐! 하지만 내 인생은 그렇게 할 수 없어!'

니체는 그를 도와주기로 했지만, 위안을 주는 법이 없었다. 고뇌를 말할 때마다 니체는 그것을 사소한 것으로 치부해버리면서 훈계했다. "물론 고통을 겪어야지요. 그건 통찰의 대가를 지불하는 겁니다. 물론 두렵겠지요. 산다는 건 위험에 처한다는 뜻이니까요. 강해져야죠! 당신은 소가 아닙니다. 나 또한 되새김질하는 소의 사도가 아닙니다."

그들이 계약에 합의하고 난 지 일주일이 지난 월요일 밤에 이르러 브로이어는 니체의 계획이 심각하게 잘못되었다는 것을 깨달았다. 니체는 베르타에 대한 환상이 마음의 기만 전술이라고 했다. 말하자면 휠씬 더 고통스러운 실존적인 근심에 주목해달라는 요구를 회피하려고 마음이 뒷골목 전술을 택하고 있다는 것이었다. 중대한 실존적 문제들과 정면 대결하게 되면 베르타에 대한 강박이 저절로 사라질 것이라고 니체는 우겼다.

그러나 베르타에 대한 환상은 사라지지 않았다. 환상들은 오히려 맹렬하게 그의 저지선을 넘어 들어와 점점 더 많은 것을 요구했다. 그에게 더 많은 관심과, 더 많은 미래를 요구했다. 다시 한 번 브로이어는 자기 인생을 바꿔보는 상상을 했다. 자기가 갇힌 감옥, 결혼, 직업, 문화의 감옥을 탈출해 베르타를 팔에 끼고 빈으로부터 달아나는 것을 상상했다.

유달리 한 가지 환상이 힘을 얻기 시작했다. 어느 밤 귀가하는 중이었다. 동네 사람들이 운집해 있었고 소방대원이 출동해 있었다. 그의 집이 불타고 있었다! 그는 외투를 머리에 뒤집어쓰고 붙잡는 팔들을 뿌리치고 가족을 구하려고 불길에 휩싸인 자기 집 계단으로 뛰어 올라갔다. 불꽃과 연기 때문에 구출은 불가능했다. 그는 의식을 잃었고 소방대원에게 구출되었다. 소방대원은 그의 가족 모두가 불길 속에서 타죽었다고 말해주었다. 마틸데, 로베르트, 베르타, 도라, 마르가레테, 요하네스 모두 죽었다고 했다. 이웃 사람들은 가족을 구하려고 불 속으로 뛰어든 그의 용기를 칭찬했고 가족을 몽땅 잃어버린 그의 재앙에 기막혀했다.

그는 깊은 비탄에 빠졌다. 그의 고통은 이루 말할 수 없었다. 그러나 그는 자유로웠다! 베르타와 함께할 자유, 그녀와 함께 도망갈 자유, 이탈리아든 미국이든 어디든 가서 다시 한 번 모든 걸 자유롭게 시작할 수 있었다.

하지만 그렇게 될까? 그녀는 그에 비해 너무 어리지 않을까? 그 둘의 관심사가 같을까? 사랑이 지속될까? 그런 질문이 쏟아져 나오기가 무섭게, 그의 상상은 원을 돌듯 되풀이되었다. 그는 다시 한 번 거리에 서서 불길 속에서 몽땅 타버린 자기 집을 바라보고 서 있었다!

환상은 어떤 방해에도 격렬하게 저항하며 결코 물러서지 않으려 했다. 환상은 일단 시작되었다 하면 끝을 보아야 만족했다. 환자와 환자를 진찰하는 짬짬이 브로이어는 불타고 있는 자기 집 앞에 서 있는 자신을 보았다. 이런 찰나에 베커 부인이 들어오면, 환자의 차트에 기록을 하는 척하면서 잠시 혼자 있게 해달라는 손짓을 했다.

집에 있을 동안 그는 죄의식의 발작적인 고통에 시달리지 않고서는 마틸데의 얼굴을 쳐다볼 수 없었다. 불타는 집에 그녀를 두고 나왔다는 죄의식에 격심하게 시달렸다. 그래서 되도록이면 그녀와 마주치지 않으려고 점점 더 실험실에서 비둘기를 연구하면서 머무는 시간이 길어지거나 아니면 커피하우스에서 친구들과 일주일에 두 번씩 카드놀이를 했고, 더 많은 환자를 진료하느라 아주, 아주 녹초가 되어서야 귀가했다.

그렇다면 니체의 프로젝트는? 브로이어는 더 이상 니체를 적극적으로 도와주려고 씨름하지 않았다. 그는 새로운 생각에 도피하고 있었다. 니체가 그를 도와주는 것이야말로 니체를 돕는 것이라고 위로했다. 니체는 잘하고 있는 것처럼 보였다. 약물을 남용하지도 않았고 불과 0.5그램의 클로랄만으로도 충분한 수면을 즐겼고, 식욕도 좋았다. 위통도 없었고 편두통도 재발하지 않았다.

브로이어는 마침내 자신의 절망을 인정하고 진정으로 도움이 필요한 사람은 자신이라는 것도 인정했다. 그는 자신을 기만하는 짓을 그만두었다. 니체를 위해서 니체와 대화를 하고 있다는 가면을 벗어던졌다. 대화 상담은 니체에게 자기 절망을 토로하도록 유인하기 위한 작전이자 영리한 전략이라고 브로이어는 간주했다.

하지만 그는 대화요법의 흡인력에 놀랐다. 대화치료에 그 자신이 끌려 들어간 것이다. 치료를 받는 척 가장하다가 어느새 진짜 치료를 받는 입장이 되어버렸다. 마음의 부담을 털어내고, 가장 치욕스러운 비밀을 타인과 공유하며, 자신을 이해하고 받아들여주고 심지어 용서까지 해주는 누군가로부터 오롯한 관심을 받는 것은 진정 신 나는 일이었다.

어떤 상담의 경우는 기분이 더 나빠지기도 했지만, 뭐라고 설명하기 힘들 정도로 다음 상담을 고대하게 되었다. 니체의 능력과 지혜에 대한 그의 신뢰는 점점 확고해졌다. 니체가 그를 치유할 힘이 있다는 것을 더 이상 의심하지 않았다. 문제는 브로이어 자신이 그 힘에 이르는 길을 찾을 수 있느냐였다!

그렇다면 니체 본인은? 우리의 관계는 여전히 직업적인 것일 따름일까? 확실히 니체는 나를 꿰뚫고 있었다. 적어도 나에 관해서는 이 세상 어느 누구보다 잘 알고 있었다. 나는 그를 좋아하는가? 그는 나를 좋아할까? 우리는 친구인가? 그처럼 완강하게 거리를 유지하는 사람을 좋아할 수 있을까? 이 질문 중 어느 하나도 확신할 수는 없었다. 나는 충실한가? 나 역시 어느 날인가 그를 배신할까?

그러던 중 예기치 않은 일이 일어났다. 어느 날 아침, 브로이어가 니체의 병실을 떠나 자기 진료실로 되돌아왔을 때였다. 베커 부인이 반갑게 맞이했다. 그녀는 열두 명의 환자 명단을 건네주면서 이미 도착한 사람의 이름 옆에는 붉은색으로 체크해놓았다. 환자 명단과 함께 루 살로메의 글씨가 분명한 빳빳한 푸른색 봉투를 내밀었다. 브로이어는 봉인된 봉투를 열어 은테두리를 한 카드를 꺼냈다.

브로이어 박사님께,

내일 오후에 뵙기를 희망합니다.

1882년 12월 11일

루

루라니! 언제 서로 이름을 부르기로 약속했단 말인가! 브로이어가 그런 생각을 하는 동안 베커 부인의 목소리가 들려왔다.

"그 러시아 숙녀가 박사님을 뵙겠다고 한 시간 전에 찾아왔었어요."

베커 부인은 설명을 하면서 이마를 찡그렸다. 평소 반듯한 그녀의 이마에 주름살이 잡혔다.

"박사님 오전 스케줄이 무척 빡빡하다는 말을 주제넘게 했거든요. 그랬더니 5시에 다시 오겠다더군요. 박사님의 오후 스케줄 역시 바쁘기는 마찬가지라고 했죠. 그러자 니체 교수의 빈 주소를 묻더군요. 그에 관해 내가 아는 건 아무것도 없으니까 박사님과 얘기해보라고 했지요. 내가 잘한 건가요?"

"언제나 그랬듯이 잘했어요, 베커 부인. 좀 언짢아 보이는데?"

브로이어는 베커 부인이 루 살로메가 처음 방문했을 때부터 싫어했을 뿐만 아니라 니체와의 힘든 모험을 하게 만든 장본인이라고 하며 루를 비난한다는 것을 알게 됐다. 로종 병원을 날마다 방문하다 보니 스케줄이 더욱 빡빡해졌고, 결과적으로 간호사에게 거의 신경 쓸 겨를이 없었다.

"박사님, 솔직히 말해, 이미 환자들로 만원이 된 진료실에서 그녀가 왔다 갔다 하는 걸 보는 게 짜증스러웠어요. 마치 다른 환자들을 제치고 자기가 먼저 안내를 받아야 하는 것처럼 구는 게 못마땅했거든요. 그리고 무엇보다 교수님의 주소를 묻다니! 뭔가 꿍꿍이가 있어요. 박

322

사님과 교수님의 등 뒤에서 뭔가 일을 꾸미려나 봐요!"

브로이어는 간호사를 달렸다.

"바로 그래서 잘 처리했다는 겁니다. 정말 신중하게 잘했어요. 그녀를 내게 일임해서 환자의 사생활을 보호해줬으니까. 어느 누구도 그보다 더 잘 처리할 수 없었을 거요. 자, 그럼 비트너 씨 차례지요?"

5시 15분이 되었을 때, 베커 부인은 살로메 양이 도착했다고 알려주었다. 그 말과 동시에 아직도 환자가 다섯 명이나 대기하고 있다는 사실도 말해주었다.

"다음에 누굴 들여보낼까요? 마이어 부인이 거의 두 시간째 기다리고 있는데요."

브로이어는 옥죄는 느낌이 들었다. 루 살로메는 즉시 그를 만나고 싶어 할 것이 분명했다.

"마이어 부인을 들여보내요. 살로메 양은 그다음에요."

20분 후에 마이어 부인에 관한 것을 차트에 메모하고 있는데, 베커 부인이 루 살로메를 데리고 들어왔다. 브로이어는 자리에서 벌떡 일어나서 그녀의 손등에 키스를 했다. 마지막 만남 이후로 그녀의 이미지가 가물거렸다. 그런데 다시 보자 그녀의 미모는 여전히 감탄스러웠다. 방안이 갑자기 밝아진 느낌이었다!

"아, 멋진 아가씨가 찾아오니, 정말 반갑군요! 내가 잊고 있었네요!"

"벌써 날 잊었다고요, 박사님?"

"아니, 그게 아니라. 아가씰 보는 게 얼마나 반가웠는지를 잊었단 말이오."

"그럼 이번엔 좀더 자세히 보세요. 여기 이쪽을 보여드리죠."

살로메는 농담조로 머리를 오른쪽으로 돌렸다가 왼쪽으로 돌렸다.

"이번에는 다른 쪽도요. 이쪽이 제일 예쁘단 소릴 듣거든요. 박사님도 그렇게 생각하세요? 자, 그럼 말해주세요. 알아야 하거든요. 제 쪽지 읽으셨죠? 그것 때문에 불쾌하진 않으셨겠죠?"

"불쾌하다니요? 아니, 전혀요. 다만 아가씨에게 낼 수 있는 시간이 너무 없어서 유감천만이군요. 15분 정도밖에 시간이 없어서."

그가 의자를 가리키자 그녀는 온 세상 시간이 자기 수중에 있는 것처럼 천천히 우아하게 앉았다. 브로이어는 의자를 가져다 그녀의 곁에 앉았다.

"대기실에서 보았을 테지만, 안타깝게도 오늘은 짬을 낼 수가 없어요."

루 살로메는 전혀 개의치 않는 것처럼 보였다. 공감한다는 식으로 고개를 끄덕일 뿐 대기실과는 전혀 무관한 사람처럼 보였다.

"왕진을 해야 하는 환자들도 몇 사람 있고, 오늘 저녁에는 의학협회 모임도 있어서."

"아, 성공의 대가군요, 박사님."

브로이어는 꼭 짚고 넘어가고 싶은 말이 있었다.

"친애하는 아가씨, 왜 그처럼 위험하게 사는 건지 말해주시겠소? 미리 편지를 보냈다면 내가 시간을 조정할 수 있었을 텐데. 어떨 때는 전혀 시간이 없을 경우도 있고, 다른 때는 진찰하러 이 도시를 떠나 있는 경우도 허다하오. 빈에 왔더라도 날 못 만날 수도 있었다는 거요. 헛수고로 끝날 수도 있는 여행을 왜 감수하려는 거요?"

"저는 평생 동안 모험을 하지 말라는 경고를 무수히 들었지요. 그런데 여태까지 단 한 번도 실망한 적이 없었어요. 오늘 이 순간만 하더라도 그렇잖아요! 여기 앉아서 박사님과 얘기하고 있으니까요. 빈에 좀 더 머물게 되면 내일 다시 만날 수도 있고요. 이렇게 전혀 문제가 없는데, 오래된 제 습관을 구태여 바꿀 필요가 있을까요? 게다가 저는 정말

324

즉흥적이어서 미리 편지를 쓸 수가 없거든요. 미리 계획을 짤 수가 없어요. 잽싸게 결정하고 즉시 행동에 옮기는 편이거든요. 하여튼 사랑하는 브로이어 박사님."

루는 차분하게 말을 이었다.

"제 쪽지 때문에 불쾌했던가를 여쭤봤던 것인데, 이런 말들은 그것과는 아무런 상관이 없잖아요. 그냥 제 이름을 사용하면서 허물없이 군 것에 불쾌하지는 않으셨는지 궁금해요. 대체로 빈 사람들은 공식적인 직함을 불러주지 않으면 위협이라도 당한 것처럼 느끼지만, 저는 불필요한 거리를 싫어해요. 저를 그냥 루라고 불러주셨으면 합니다."

맙소사, 정말 도발적이고 막강한 여성이었다. 내심 혀를 내두르던 브로이어는 심기가 불편했지만 고루한 빈 사람들과 도매금으로 싸잡히지 않기 위해 싫은 내색도 할 수 없었다. 갑자기 며칠 전 니체를 곤혹스럽게 만들었던 상황이 떠올랐다. 하지만 니체는 그와 동년배였지만 루 살로메는 그의 나이의 절반이었다.

"물론 좋습니다. 우리 사이에 장애물을 세워놓는 건 찬성할 수 없으니까요."

"좋아요, 그럼 루라고 부르는 거죠? 대기실 환자들을 보면서 박사님 직업을 존경하지 않을 수 없었어요. 사실 친구인 파울 레와 저는 의과대학에 입학하는 계획을 두고 종종 토론한 적이 있었거든요. 그러니까 환자들에 대한 의무를 충분히 이해합니다. 빨리 요점을 말할게요. 짐작하셨겠지만, 우리의 환자에 대한 중대한 정보와 함께 질문거리가 있어서 왔어요. 말하자면 아직 그와 만나고 계신지 알고 싶어서요. 오버베크 교수로부터 니체가 박사님께 진찰을 받겠다면서 바젤을 떠났다는 얘기만 들었거든요. 그 외에는 아무것도 몰라서요."

"그래요, 우리는 만났어요. 그런데 아가씨, 어떤 정보를 가져왔는지 말해주시겠소?"

"니체로부터 온 편지들이죠. 너무 거칠고 분노에 가득 차서 때때로 제정신이 아닌 것처럼 보이거든요."

그녀는 편지 뭉치를 건네주었다.

"오늘 선생님을 기다리면서 발췌를 좀 했어요."

브로이어는 첫 장을 보았다. 루 살로메의 단정한 글씨로 적혀 있었다.

오, 우울이여…. 정말로 익사할 수 있는 바다는 어디에 있는가?

내가 가진 얼마 안 되는 것마저 전부 잃었다. 내 명성과 한 줌도 안 되는 사람들의 신뢰마저 잃어버렸다. 내 친구인 레를 잃었다. 지금도 나를 붙잡고 놓아주지 않는 끔찍한 고문으로 인해 한 해를 몽땅 잃어버렸다.

적을 용서하는 것보다 친구를 용서하는 것이 더 어렵다.

더 많은 내용이 적혀 있는데도 브로이어는 갑자기 읽는 것을 중단했다. 니체의 언어들이 아무리 매혹적이라 하더라도, 한 줄이라도 읽는 것이 자기 환자에 대한 배신이라는 생각 때문이었다.

"자, 브로이어 박사님, 이 편지들을 어떻게 생각하시나요?"

"이 편지를 내가 읽어야 할 이유가 뭔지 다시 말해주시겠소?"

"음, 이 편지를 한꺼번에 받았어요. 파울이 보관하고 있다가 자기에게 그럴 권리가 없다고 생각했나 봐요."

"그걸 꼭 봐야 할 정도로 절박한 사정이 있는 겁니까?"

"계속 읽어보세요! 니체가 뭐라고 말하는지 한번 보시죠! 의사라면 반드시 이런 정보를 알고 있어야 한다고 보니까요. 그는 자살을 언급해요. 많은 편지들이 뒤죽박죽이에요. 합리적인 판단 능력이 퇴화하고 있나 봐요. 게다가 저 역시 인간인지라, 저에 대한 이 모든 공격이 왜 쓰라리고 고통스럽지 않겠어요. 그냥 떨쳐버릴 수가 없어요. 솔직하게 말해서 박사님의 도움이 필요해요!"

"어떤 종류의 도움을요?"

"저는 박사님의 의견을 존중합니다. 훈련된 관찰자이니까요. 박사님도 저를 이렇게 보시는 건가요?"

그녀는 편지들을 뒤적거렸다.

"이런 비난들을 한번 들어보세요. '감수성도 없는 여자… 영혼도 없고… 사랑할 줄 모르며… 신뢰할 수 없고… 명예를 지켜야 할 때 천박하고' 여기에 이런 구절도 있어요. '애완동물의 탈을 쓴 포식자', 혹은 '당신은 고집 센 여자, 난 당신이 미덕과 존귀함의 화신이라고 늘 생각했는데….'"

브로이어는 고개를 세차게 저었다.

"아니, 아닙니다. 난 당신을 그렇게 보지 않아요. 용건이 있어서 짧게 만났을 뿐인데, 그 몇 번 만난 걸 가지고 내가 아가씨를 어떻게 생각하는지가 무슨 의미가 있겠어요? 내게 도움을 요청하려는 용건이 정말 그것이란 말이오?"

"니체가 쓴 것들이 많은 부분 충동적이고 분노한 상태에서 저에게 보복하려고 썼다는 건 알아요. 박사님은 그와 얘기하잖아요. 저에 관한 얘길 틀림없이 했을 테고요. 그가 저를 어떻게 생각하던가요? 정말로 저를 미워하나요? 그는 정말 저를 그런 괴물로 생각하느냐고요?"

브로이어는 루 살로메의 질문이 암시하는 바를 곰곰이 생각하면서 몇 분 동안 조용히 있었다.

"제가 이곳에 온 이유는 몇 가지 질문 좀 하기 위해서예요. 먼젓번 질문에 대답해주지 않으셨어요. 그를 설득해서 박사님께 자기 얘길 하도록 하셨나요? 아직도 그와 만나고 계신가요? 진전이 좀 있나요?

절망의 의사가 되는 법을 배우셨나요?"

그녀는 말을 멈추고 브로이어의 눈을 똑바로 쳐다보면서 대답을 기다렸다. 그는 사방에서 옥죄는 느낌을 받았다. 그녀, 니체, 마틸데, 대기 중인 환자들, 베커 부인. 모두로부터. 그는 비명을 지르고 싶었다. 마침내 그는 심호흡을 한 뒤 대답했다.

"멋진 아가씨, 미안하지만 내가 대답해줄 수 있는 게 아무것도 없군요."

그녀가 놀라서 소리쳤다.

"아무것도라니요? 브로이어 박사님, 이해가 안 가요."

"내 입장을 고려해봐요. 아가씨의 질문이 전적으로 타당하고 합리적이지만, 환자의 사생활을 침해하지 않고는 대답할 수 없는 것들이지요."

"그 말은 그가 박사님 환자이고, 그래서 계속 진료를 하고 있다는 건가요?"

"저런, 그 질문에도 대답할 수가 없군요."

그녀는 화를 내면서 말했다.

"제 경우는 다르잖아요. 저는 낯선 사람이거나 빚쟁이가 아니잖아요."

"질문의 동기와는 상관이 없어요. 중요한 것은 사생활에 대한 환자의 권리라는 거지요."

"이건 일반적인 형태의 치료가 아니잖아요! 이 전체 프로젝트는 제 아이디어였다고요! 니체의 자살을 막아달라고 박사님께 그를 데리고 온 것에 대한 책임감도 느끼고 있고요. 제 노력의 결과에 대해 알 권리가 충분히 있다고 보는데요."

"물론이지요. 실험을 고안하고 그 성과를 알고 싶은 것과 흡사할 테

328

니까요."

"바로 그거예요. 그런 권리를 제게서 박탈하진 않으시겠죠?"

"그렇다 하더라도 결과를 말해주는 게 실험 자체를 위험에 빠뜨린다면 어떡하겠소?"

"어떻게 그런 일이 일어날 수 있죠?"

"이 문제에 관해선 내 판단을 믿어야 합니다. 기억하고 있는지 모르겠지만, 아가씨가 날 찾았던 이유는 내가 전문가라는 것 때문이었잖소. 그러니 날 전문가로 대접해달라는 거요."

"하지만 브로이어 박사님, 저는 초연하게 관망하는 구경꾼이거나 단지 병적인 호기심으로 희생자의 운명을 들여다보는 사고 현장의 우연한 목격자가 아니라는 거예요. 니체는 제게 중요한 사람이었고, 지금도 여전히 중요해요. 또한 제가 언급했다시피 그가 겪는 괴로움에 제 책임도 있으니까요."

그녀의 목소리가 날카로워졌다.

"저 역시 괴로워요. 저에겐 알 권리가 있어요."

"그래요. 아가씨의 괴로움은 듣고 있소. 허나 의사는 환자부터 먼저 걱정하고, 환자의 편이 되어야 합니다. 아가씨가 언젠가 의사가 되려는 계획이 있다면 내 입장을 충분히 이해하리라 믿어요."

"그럼 제 괴로움은요? 그건 아무런 의미도 없다는 건가요?"

"나도 아가씨의 괴로움으로 괴롭소. 그렇더라도 내가 할 수 있는 건 아무것도 없소. 다른 데 가서 도움을 청하는 게 나을 것이오."

"니체의 주소를 가르쳐줄 수 있나요? 오버베크 교수를 통해서만 연락을 할 수 있는데, 오버베크 교수가 내 편지를 그에게 전해주지 않았을 수도 있거든요."

브로이어는 루 살로메의 고집에 짜증이 슬슬 치밀어 오르기 시작했다. 자신의 입장을 분명히 해야만 했다.

"자기 환자에 대한 의사의 의무에 힘든 질문을 제기하는군요. 내가 택할 수 없는 입장을 나에게 강요하고 있잖소. 아가씨에게 말해 줄 것이 아무것도 없어요. 그가 어디에 있는지, 상태가 어떤지, 심지어 내 환자이기는 한지도 말이오. 환자에 관한 말이 나왔으니 하는 말인데, 날 기다리고 있는 환자에게 가봐야겠소."

루 살로메는 벌떡 일어섰다. 브로이어는 그녀가 가져온 편지를 돌려주었다.

"이 편지들을 돌려줘야겠소. 가져온 이유는 충분히 알지만 아가씨 입으로 말했다시피, 아가씨 이름조차 그에게 독이 된다면 내가 이 편지들을 활용할 방법은 없소. 그런데도 그걸 읽는다는 건 잘못된 것이라 생각하오."

편지를 받아서 그녀는 한마디 말도 없이 쌩 하니 나갔다.

이마의 땀을 훔치면서 브로이어는 자리에 다시 앉았다. 이제 루 살로메와는 마지막일까? 그로서는 알 수 없었다! 베커 부인이 들어와서 기침을 심하게 하는 페퍼만 씨가 대기실에서 기다리고 있다고 전했다. 브로이어는 잠시 기다려달라고 했다.

"원하는 만큼 쉬세요, 브로이어 박사님. 그냥 제게 알려주시면 뜨거운 차라도 한 잔 가져다드릴게요."

그는 고개를 저었다. 베커 부인이 밖으로 나가자 그는 눈을 감고 휴식을 취했다. 베르타의 이미지가 기다렸다는 듯이 쳐들어왔다.

18

3일간의 심리 운동

　루 살로메의 방문을 생각하면 브로이어는 새록새록 화가 났다. 엄밀히 말하자면 그녀에게 화가 났다기보다는 두려움을 느꼈다. 그녀보다 니체에게 분노가 치밀었다. 브로이어가 베르타에게 몰두할 때면 언제나 니체는—그가 어떻게 표현했더라—육욕이 넘치는 구정물통에서 꿀꿀거린다, 마음속 쓰레기통을 뒤진다는 식으로 브로이어를 준엄하게 꾸짖었다. 그런데 정작 구정물통과 쓰레기통을 뒤지고 다닌 사람은 니체였다!

　아니, 차라리 그 편지들을 읽지 말았어야 했다. 진작 그 생각이 떠올랐다면 좋았겠지만 이미 저지른 일이니 어쩔 도리도 없었다. 손쓸 수 있는 것은 아무것도 없었다. 편지든, 루 살로메의 방문이든, 무엇 하나 니체와 공유할 수 없는 것들이었다. 니체와 그가 루 살로메와의 관계를 똑같이 서로에게 속이고 있다는 점은 기이하기까지 했다. 시치미를 뚝 떼는 것이 그에게 여파를 몰고 오듯이, 니체에게도 그럴까? 니체는 자기를 불순하다 느꼈을까? 아니면 죄책감을? 니체에게 득이 되도록 이 죄책감을 이용할 방법은 없을까?

토요일 아침, 브로이어는 아주 천천히 13호 병실로 향하는 널찍한 대리석 계단을 오르면서 중얼거렸다. 극단적인 수를 두려고 하지 말자! 뭔가 의미심장한 일이 일어나고 있다. 단 일주일 만에 얼마나 많은 걸 성취했는지 한번 생각해봐라! 브로이어는 간단히 검진을 끝내고 말했다.

"프리드리히, 지난밤 당신에 관해 이상한 꿈을 꾸었어요. 내가 식당 부엌에 있었는데 말입니다, 굼뜬 요리사가 바닥에 온통 기름을 쏟아버렸지 뭡니까? 그 통에 내가 미끄러지면서 면도칼을 마룻바닥 틈새에 빠뜨리고 말았지요. 그때 평소와 사뭇 다른 모습으로 당신이 들어오더군요. 장군의 제복 차림으로요. 그래도 당신임을 알 수 있었습니다. 당신은 면도칼을 꺼내는 걸 도와주고 싶다고 했어요. 그러나 내가 만류하는데도 면도칼을 점점 더 틈새로 밀어 넣었어요. 결국 면도칼은 점점 더 깊이 틈새에 박혀버렸지요. 그걸 도로 빼내려 할 때마다 난 손가락을 베이고 말았지요. 이 꿈을 어떻게 보십니까?"

브로이어는 뭔가 기대하는 눈길로 니체를 바라보았다.

"요제프, 당신은 그걸 어떻게 보는데요?"

"내 꿈이 대부분 그렇듯이 말도 안 되는 황당한 것이지만, 당신에 관한 부분은 뭔가 의미가 있는 게 분명해요."

"마음속에서 그 꿈이 생생하게 보입니까?"

브로이어는 고개를 끄덕였다.

"계속 지켜보면서 굴뚝청소를 해볼까요?"

브로이어는 당혹스러운 듯이 잠시 주저하다가 이내 집중하면서 말했다.

"어디 봅시다, 그러니까 뭔가 떨어뜨렸죠. 그래요, 면도칼을 떨어뜨렸고. 그때 당신이 들어오고….”

“장군의 제복 차림으로.”

“맞아요. 마치 장군 같은 차림으로 날 도우려는 것처럼 했지만, 사실 돕지는 않았어요.”

“오히려 내가 더 난처하게 만들었다고 했지요. 면도칼을 더 깊이 박아 넣으면서 말이에요.”

“글쎄, 내가 지금껏 말했던 것과 딱 들어맞는군요. 상황이 더 악화되는 것 말이에요. 베르타에 대한 나의 집착, 불타오르는 집에 대한 환상, 불면증 같은 것들. 우리에겐 뭔가 색다른 게 필요해요!”

“그런데 내가 왜 장군 같은 옷차림을 했을까요?”

“으음… 그 부분은 확실합니다. 제복은 당신의 고압적인 자세나 시적인 말투 혹은 당신이 하는 선언들과 분명 닮았죠.”

루 살로메에게 전해 들은 새로운 정보를 밑천 삼아 브로이어는 계속 말을 이어나갔다.

“세속적인 일상에 관해 나랑 동참하지 않으려는 당신의 태도와 연관된 것 같군요. 예를 들면, 베르타에 대한 내 문제일 수도 있고. 이성 간의 문제가 얼마나 흔한 일인지 환자들을 다루면서 익히 보아왔습니다. 사실 어느 누구도 사랑의 고통을 피해가지는 못하잖소. 괴테도 그런 사실을 잘 알기에 《젊은 베르테르의 슬픔》 같은 인상적인 작품을 쓴 거고요. 괴테의 상사병이 모든 남자의 진실을 자극했던 겁니다. 분명 당신에게도 이런 일이 있었을 테고.”

니체가 반응을 보이지 않자 브로이어는 좀더 밀어붙였다.

“당신이 비슷한 경험을 했을 거라는 데 판돈을 걸겠소. 둘이 서로 솔직해지려면 당신도 나에게 털어놓는 게 어때요? 대등한 자격으로.”

“더 이상 장군과 사병, 권력을 가진 자와 권력이 없는 자 사이가 아니고 말이죠! 아 참, 미안하군요, 요제프. 권력 문제에 관해서 아무리 그 생각이 머리에 떠올라도 서로 언급하지 않기로 했는데 말입니다! 사랑에 관해서라면 당신이 한 말을 부정하진 않겠소이다. 나를 포함해서 우리 모두 사랑의 쓴맛을 봤으니 말이지요."

니체가 계속 말을 이었다.

"그런데 젊은 베르테르라고 했나요. 하지만 괴테는 이런 말도 했다는 걸 잊지 마세요. '사나이가 되려면 날 따르지 마라. 너 자신을 따르라! 너 자신을!' 많은 젊은이들이 베르테르를 따라 자살하는 바람에 그가 재판을 찍어내면서 이 문장을 넣었다는 사실을 아나요? 아니, 요제프! 중요한 건 지금 내 방식에 관해 당신에게 말할 게 아니죠. 당신이 절망에서 벗어나도록 도와주는 방식이 필요한 거니까요. 자, 그 꿈속의 면도칼은 어떻게 됐죠?"

브로이어는 멈칫했다. 니체가 스스로 사랑의 쓴맛을 봤다고 인정한 것은 자신을 드러낸 중요한 사건이었기 때문이다. 그에게 계속 밀어붙이는 것이 좋을까? 아니, 지금으로선 이 정도로 충분했다. 그는 다시 자신에게로 관심을 돌렸다.

"왜 꿈속에 면도칼이 나왔는지 모르겠어요."

"우리 규칙을 생각해보시죠, 요제프. 의미를 찾아내려고 애쓰지 말고, 그냥 떠오르는 대로 굴뚝청소를 하기로 한 것 말이에요. 떠오르는 건 뭐든 다 말해요. 하나도 빠뜨리지 말고."

니체는 브로이어의 대답을 기다리면서 의자에 등을 기대고 눈을 감았다.

"면도칼, 면도칼이라. 어젯밤에 카를 콜러라는 안과 전문의 친구를 봤는데, 그가 깨끗이 면도를 했더군요. 그래서 그런지 오늘 아침엔 수염을 깎을까 하는 생각을 했어요. 수염을 면도해버릴까 하는 생각은 종종 하는 것이지만."

"계속 떠오른 대로 청소하시지요!"

"면도칼과 손목이라. 동성애를 비관해서 며칠 전 면도칼로 손목을 그은 젊은 환자가 있어요. 좀 있다가 그를 만날 겁니다. 우연히 그 친구 이름도 요제프더군요. 난 손목을 긋는다든지 하는 건 생각해본 적이 없지만, 전에 말했던 대로 자살에 대해선 생각합니다. 자살을 계획하는 건 아니고, 그냥 지나기는 생각으로 해보는 거지요. 나 자신을 죽인다는 행동은 너무 동떨어진 느낌에 불과합니다. 가족을 불태우거나 베르타를 데리고 미국으로 달아나는 것이나 마찬가지로 현실성이 없다는 겁니다. 그런데도 자살에 대해서는 점점 더 많이 생각하게 됩니다."

"모든 진지한 사상가들은 자살에 대해 명상합니다. 그건 우리에게 밤을 견뎌나게 하는 위안이지요."

니체는 눈을 뜨고 브로이어를 바라보았다.

"당신을 도우려면 우리가 뭔가 다른 방식으로 해야 한다고 했는데, 그 다른 방식이 뭡니까?"

"내 강박증을 직접 공격해주시죠! 강박적인 생각이 날 완전히 망쳐놓고 있으니까. 내 삶을 완전히 유린하고 있다고요. 난 지금 현재를 살고 있는 게 아니에요. 과거를 살고 있거나 결코 실현되지 않을 미래를 살고 있어요."

"하지만 조만간 그 강박이 사라지겠죠, 요제프. 내 모델은 절대 틀릴 수가 없거든요. 당신의 강박 뒤에는 아마도 실존에 관한 원초적 공포가 있을 거요. 또 분명 우리가 이런 공포에 관해 좀더 분명히 얘기할수록 강박적 사고는 더 심해지는 법이니까. 그런 강박으로 인해 정작 삶의 중요한 사실들을 애써 외면하게 된단 걸 모르겠습니까? 그게 당신이 공포를 없애는 유일한 방식이에요."

"하지만 프리드리히, 내 생각도 그와 다르진 않아요. 당신의 관점에 설득당하고 있고 당신 모델이 정확하다고 생각합니다만, 내 강박을 직접 공격한다고 해서 그 모델이 부정되는 건 아니잖습니까? 언젠가 당신이 내 강박을 두고 곰팡이나 잡초 같다고 한 적이 있었죠. 나 역시 그렇게 생각해요. 또 오래전부터 내 마음을 달리 수양했다면 지금과 같은 강박이 생기지조차 않았을 거라는 데 동의해요. 하지만 지금 여기 강박이 있는 이상 그걸 완전히 뿌리 뽑아야 하지 않겠습니까? 교수님 해결 방식은 너무 느린 것 같습니다."

니체는 브로이어의 비판을 듣자 불편한 심기가 되어 의자에 앉아 안절부절못하고 있었다.

"그럼 완전히 뿌리 뽑기 위한 대책이라도 있나요?"

"난 그야말로 강박의 포로가 되어 있어서 어찌하면 거기서 빠져 나올지 알 수가 없어요. 그래서 당신에게 그런 고통의 경험과 그 고통을 피할 수 있는 방법에 관해 묻는 게 아니겠습니까?"

"그래서 지난주에 당신더러 거리를 충분히 두고 자신을 잘 들여다보라고 얘기한 거예요. 우주적 관점은 늘 비극을 완화시키는 법이거든요. 충분히 높이 오르면 비극이 더 이상 비극으로 보이지 않는 높이에 도달하게 될 겁니다."

브로이어는 점점 더 화가 났다.

"그래요, 그래. 그래, 머리로는 그걸 알아요. 프리드리히, 그런데 '비극이 비극으로 보이지 않는 높이' 같은 말을 듣는 것으론 기분이 전혀 좋아지지 않아요. 내가 참을성이 부족해 보인다면 이해해주시지요. 하지만 머리로 아는 것과 가슴으로 느끼는 것 사이에는 큰 틈새가 있으니까요. 밤중에 죽음이 두려워서 정신이 말짱해 질 때면 난 종종 루크레티우스의 말을 되새기곤 합니다. '내가 있는 곳엔 죽음이 없고, 죽음이 있는 곳엔 내가 없다.' 정말로 합리적이고 옳은 말이거든요. 그러나 정말 두려울 때는 아무 소용이 없어요. 공포를 물리칠 방도가 없어요. 이것이 철학의 단점이죠. 철학을 가르치는 것과 인생에서 실제로 철학을 응용하는 건 전혀 다른 문제거든요."

"요제프, 문제는 우리가 합리성을 포기하고 인간에게 영향을 주는 저급한 능력을 사용하려 들면 결국은 싸구려 저질 인간밖에 되지 않는다는 겁니다. 뭔가 죽음의 공포를 없애줄 것을 원한다고 할 때 당신은 감정에 영향을 미치는 뭔가를 원한다는 뜻이에요. 그럼 거기에는 아주 훌륭한 해결사가 있어요. 누굴까요? 사제들입니다! 그들은 비결을 알아요! 그들은 감동적인 음악으로 감정을 조종하고, 높이 치솟은 뾰족탑과 날아오를 듯한 교회당으로 우리를 왜소하게 만들기도 하고, 신의 뜻에 절대 복종하게도 하며, 초자연적인 힘으로 안내해 죽음으로부터 보호해줄 뿐만 아니라 심지어 불멸을 약속하기도 합니다. 그러나 그들이 얻는 대가를 봐요. 종교적 노예 상태이자 약한 것에 대한 경배이며, 몸에 대한 증오이자 기쁨과 세상에 대한 증오이며 정체 상태거든요. 아니, 우리는 이 같은 신경 안정제나 반인간적인 방법을 사용할 순 없어요! 이성의 힘을 연마하는 좀더 나은 방법을 찾아봐야죠."

"나에게 베르타와 불타는 집 이미지를 보내주고 있는 내 마음의 무대 감독은 이성에 전혀 영향을 받지 않는 것처럼 보이는데도 말입니까?"

브로이어가 항변하자 니체가 주먹 쥔 손을 흔들었다.

"그러나 당신이 그토록 집착하는 것들이 사실은 전혀 실재가 아니란 걸 분명히 알아야 합니다. 베르타에 대한 환상, 그녀를 둘러싼 유혹과 매혹의 후광, 이런 것들은 존재하지 않는 것들이오. 이런 초라한 환상은 본원적인 현실과 상관없어요. 경험이 상대적이라면 모든 지식 역시 상대적인 법이지요. 우리는 우리가 경험한 것만 만들어냅니다. 우리가 만들었으니, 당연히 우리가 파괴할 수도 있다는 거지요."

브로이어가 초점을 잃은 훈계라고 막 입을 떼려는 순간, 니체가 말을 가로챘다.

"분명히 말할게요, 요제프. 내게는 파울 레라는 철학자 친구가 있소. 아니 있었다고 해야겠죠. 우리 두 사람은 모두 신이 죽었다고 믿어요. 그런데 그는 신이 없는 삶은 무의미하다고 봅니다. 그리고 신이 없는 삶이 주는 정신적 고통 때문에 자살을 자주 생각하기도 해요. 그래서 언제나 약병을 목에 걸고 다닙니다. 허나 내게는 신이 없는 삶이란 기뻐할 사건이라는 겁니다. 내 자유를 맘껏 누릴 수 있으니까요. '신이 존재한다면 대체 뭘 창조할 수 있었겠어?'라고 하면서요. 내 말뜻 아시죠? 똑같은 상황, 똑같은 감각자료를 가지고 전혀 다른 두 가지 현실을 만들어낸다는 것 말이오!"

브로이어는 실망하며 의자에 앉았다. 니체가 파울 레를 언급한 것에 그저 기뻐하기엔 너무 실망스러운 진척이었다.

"그러나 이런 논쟁은 내게 전혀 도움이 안 돼요. 철학적인 사고가 지금 무슨 도움이 되겠어요? 우리가 현실을 만든다 해도 결국 우리 스스로 이 궁리 저 궁리 하면서 우리 자신에게 현실을 감추는데 말입니다."

니체가 반박했다.

"하지만 당신 자신의 현실을 직시해보세요! 한 번만이라도 제대로 본다면 그것이 얼마나 임시변통에 불과한 어리석은 것인지 알 수 있을 겁니다! 당신이 사랑하는 대상인 불구자 베르타를 잘 보세요. 제정신인 사람이라면 어떤 남자가 그런 여자를 사랑하겠습니까? 당신 입으로 말했다시피 그녀는 듣지 못하는 일도 자주 있고, 사시인 데다 양

338

어깻죽지는 돌아가 있는데요. 아침에는 물을 마실 수도 없고 걸을 수도, 심지어는 독일어도 못해서 영어나 프랑스어로 말하기도 하고. 그녀와 대화하는 법을 어떻게 알아냈습니까? 레스토랑에서 그날의 특별 메뉴를 선전하듯이 '오늘의 언어'라는 안내판이라도 달아야 할 것 같은데."

니체는 스스로도 재밌다는 듯 크게 웃었다. 하지만 브로이어는 웃지 않았다. 오히려 그의 표정은 어둡게 변했다.

"왜 그토록 그녀를 모욕하죠? '불구자'란 말을 쓰지 않으면 얘기가 안 됩니까?"

"난 당신이 한 말을 따라 한 것뿐이오."

"아픈 것은 사실입니다만 그녀의 병이 그녀의 전부는 아니에요. 게다가 그녀는 정말 미인이라오. 함께 길을 걸으면 모두들 돌아볼 정도로. 지적인 데다 재능도 많고 매우 창조적이기도 하고, 글도 잘 쓰고 예술적인 감각도 뛰어나죠. 또 얼마나 부드럽고 예민하며 사랑스러운지."

"그리 사랑스럽고 예민한 것 같진 않은데요. 그녀가 당신을 사랑한 방식을 한번 보세요. 당신에게 간음하도록 꼬리 치지 않았나요?"

브로이어는 고개를 절레절레 흔들었다.

"아뇨. 그건 아니에요."

니체가 반박했다.

"맞아요, 맞아! 부인할 수 없을걸요? 유혹이 맞아요. 그녀는 걸을 수 없는 것처럼 하면서 당신에게 기대는 거요. 무릎 위에 얼굴을 묻고 거시기에다 입술을 대고 말입니다. 그녀가 당신 결혼 생활을 망치려는 거요. 당신 아이를 밴 것처럼 하면서 공개적으로 당신을 망신시킨 것 아닌가요. 이게 사랑이랍니까? 그런 사랑이라면 난 사절하겠습니다."

"난 환자를 심판하거나 헐뜯지 않아요. 병을 가지고 비웃는 짓은 더 말할 것도 없고요. 프리드리히, 분명히 말해두지만 당신은 그녀를 잘 몰라요."

"그것 참 대단하군요! 저 역시 그녀 같은 사람을 좀 압니다. 내 말을 믿어요, 요제프. 그녀는 당신을 사랑하지 않아요. 당신을 파멸시키고 싶어 할 뿐이란 말이오."

니체는 낱말 하나하나를 발음할 때마다 노트를 톡톡 두드리며 열을 냈다.

"다른 여자들을 기준으로 그녀를 판단하고 있나 본데, 그건 당신이 실수하는 겁니다. 그녀를 알고 지내는 사람은 모두 나와 같은 생각이에요. 그녀를 놀려서 좋을 게 뭐가 있습니까?"

"다른 문제처럼 이 문제에서도 당신의 그 고매함이 일을 그르쳐요. 조롱하는 법도 좀 배우시지요! 그래야 건강하니까."

"프리드리히, 당신은 여자 문제만 나왔다 하면 심하게 구는군요."

"그렇다면 요제프, 당신은 그 문제에 너무 나약하다는 것 압니까? 왜 자꾸 그녀를 감싸줍니까?"

브로이어는 흥분한 상태로 앉아 있을 수 없어서 일어나 창가로 다가갔다. 정원을 내다보는데, 그곳에서 안대를 한 남자가 더듬더듬 걷고 있었다. 한 팔은 간호사에게 걸치고 다른 팔은 지팡이로 더듬으며 앞을 헤쳐 나가고 있었다.

"요제프, 감정을 억누르려고만 하지 말고 좀 풀어봐요."

브로이어는 계속 창밖을 내다보며 어깨 너머로 말을 뱉었다.

"당신이 그녀를 공격하는 건 쉽겠지만요, 일단 그녀를 한번 보고 나면, 장담컨대 생각이 달라질 거요. 아마 그녀에게 무릎을 꿇게 될지도 몰라요. 그녀는 여자 중의 여자, 트로이의 헬레나처럼 눈부시도록 아름다워요. 내가 일전에 말했듯이 다른 의사도 그녀를 사랑하게 되었으니까요."

"또 한 명의 희생자구먼!"

브로이어는 니체를 향해 돌아섰다.

"프리드리히, 지금 왜 이러는 겁니까? 당신이 이러는 것 처음 보는데, 왜 이렇게 가혹하게 몰아붙이는 거요?"

"난 당신이 부탁한 걸 하고 있는 겁니다. 강박증을 해결할 다른 방법을 찾으려고 말이죠. 요제프, 당신이 겪는 고통의 일부는 꽁꽁 묶어놓은 분노 때문인 것 같습니다. 당신 마음속에 뭔가 있습니다. 두려움 아니면 소심함? 그것 때문에 분노를 터뜨리지 못하고 있는 겁니다. 오히려 당신은 유순함에 자부심마저 갖고 있어요. 당신은 자기 필요에 의한 행위를 미덕으로 위장합니다. 자기 감정을 깊숙이 감춰놓고서, 분노하지 않았다는 이유만으로 자신을 성인으로 여기고 있어요. 사실 더 이상 이해심이 많은 의사가 아니라 이해심 많은 의사 역할 그 자체가 되어버린 겁니다. 그 역할에 너무 익숙해져서 자신이 화를 내기엔 너무 품위 있는 사람이라고 믿을 정도로요. 요제프, 작은 복수는 오히려 약이 됩니다. 반면 삼킨 분노는 병을 키울 뿐이에요!"

브로이어는 고개를 저었다.

"아뇨, 프리드리히. 이해한다는 건 용서하는 겁니다. 난 베르타의 증상 하나하나의 근원지를 찾아냈어요. 그녀는 전혀 사악한 여자가 아니에요. 오히려 너무 착해서 탈이지요. 아버지의 죽음 때문에 병이 난 관대하고 희생적인 인물이니까."

"모든 아버지들은 죽게 마련이오. 당신의 아버지도, 내 아버지도. 그게 병을 설명해주진 못해요. 변명이 아니라 행동을 보고 싶군요. 베르타나 당신 자신에 대한 변명의 시간은 지나갔습니다."

니체는 노트를 덮었다. 대화가 끝난 것이다.

다음번 만남도 똑같이 격렬한 설전으로 시작됐다. 브로이어는 자신의 강박 문제를 직접적으로 다루도록 요구했다.

니체는 여전히 전사처럼 굴었다.

"좋아요, 당신이 원하는 게 진정 전쟁이라면 어디 한번 해봅시다!"

그 후 3일 동안 그는 굉장한 심리 운동을 전개했는데, 그중 하나는 빈 의학사에 남을 가장 독창적인 것이면서도 가장 기괴한 것이었다.

니체는 브로이어로부터 어떤 질문이나 저항도 하지 않고 오로지 시키는 대로 따르겠다는 다짐을 받아놓고 시작했다. 곧 니체는 베르타에게 열 가지 인신공격 목록을 작성해 쏟아붓는 걸 브로이어에게 상상하도록 했다. 그다음엔 베르타와 함께 사는 모습을 상상하도록 하고, 그 장면들을 눈으로 그려보도록 했다.

예를 들면, 아침 식사 테이블에 마주 보고 앉아서 팔다리에 경련이 이는 모습이나 사팔뜨기에 굽은 목을 한 채 말도 제대로 못하고 망상에 빠진 모습을 바라보는 장면을 상상해보라는 것이다. 그다음에는 구토를 하거나 변기에 앉아 있거나 상상임신의 통증을 호소하는 베르타 등 훨씬 더 불쾌한 장면들을 상상하도록 했다. 하지만 이런 실험은 베르타의 이미지를 전혀 손상시키지 못했다.

다음번 만남에서도 니체는 더욱더 직접적인 방식을 취했다.

"혼자서 베르타와 함께 있는 생각을 할 때면 늘 '안 돼!' 혹은 '그만' 하고 가능한 한 크게 소리를 질러요. 혼자가 아닐 때 그녀 생각이 나면 힘껏 꼬집기라도 하고요."

이틀 동안 브로이어의 방에선 '안 돼!'와 '그만!' 소리만이 울려 퍼졌으며, 브로이어의 팔뚝은 온통 꼬집어서 생긴 멍투성이였다. 한번은 마차를 타고 가면서 브로이어가 '그만' 하고 외치는 바람에 피슈만이 급히 말고삐를 붙잡고 다음 지시를 기다리기도 했다. 또, 한번은 '안 돼!' 하고 울려 퍼지는 소리에 베커 부인이 진료실로 달려오기도 했다. 그러나 이런 방법은 끈질긴 마음속 욕망에 저항하기에는 종이호랑이에 불과했다. 강박은 계속되었다.

어느 날 니체는 브로이어에게 자기 생각들을 점검해보도록 했다. 베르타 생각을 얼마나 하는지 30분마다 노트에 기록하도록 했다. 한 시간도 베르타에 빠져들지 않고 보낸 적이 없다는 걸 알고 무척 놀랐다. 니체는 대략 하루에 100분 정도, 1년이면 500시간이 넘게 강박에 시달린다는 계산을 해냈다. 그렇게 되면 다음 20년 동안 브로이어는 600일 이상의 귀중한 시간을 지루하게 반복되는 재미없는 환상에 시달리는 셈이 된다. 브로이어는 니체의 이런 계산을 듣고 신음했다. 그런데도 강박은 계속되었다.

니체는 또 다른 실험을 했다. 브로이어에게 원하든 원하지 않든 기분에 상관없이 정해진 시간 동안에는 오로지 베르타만 생각하라고 주문한 것이다.

"그처럼 집요하게 베르타 생각만 하고 싶다는 거죠? 그렇다면 오직 베르타 생각만 하도록 명하겠소. 당신이 하루에 여섯 번씩 15분 동안 그녀에 대해 생각해보기를 권합니다. 어디 당신 일정표를 봅시다. 여섯 번 정도 시간을 비워둘 수 있겠죠. 쓰거나 기록할 짬을 낼 수 있도록 당신을 방해하지 말라고 간호사에게 이야기해두시오. 다른 시간에 베르타를 생각하고 싶으면 그건 상관없습니다. 그야 당신 맘이니까. 하지만 여섯 번만큼은 반드시 베르타를 생각해야 해요. 나중에 이런 일에 익숙해질 때쯤이면 우리 둘 다 강제했던 시간과 횟수를 점차 줄여보도록 하죠."

브로이어는 니체의 시간표를 따랐지만, 그의 강박은 베르타의 시간표에 휘말려 다녔다. 다음으로 니체는 브로이어에게 베르타를 생각할 때마다 다섯 개의 은화를 넣을 수 있게 주머니를 들고 다니도록 했다. 그 돈은 자선단체에 기부하는 데 쓰도록 했다. 브로이어는 이번 계획은 거부했다. 자신이 자선단체에 기부하길 좋아하기 때문에 그 계획은 별 효력이 없을 것이라 생각했기 때문이다. 그래서 니체는 그 돈을 게오르크 폰 쇠네러의 전국 반유대 독일연합에 기부하는 게 어떨지 제안했다. 그러나 그것도 여의치 않았다.

무슨 짓을 해도 효과가 없었다.

1882년 12월 9~14일, 에카르트 뮐러에 대한 브로이어 박사의 사례 연구 노트 중에서
더 이상 나를 속이는 것은 부질없는 짓이다. 우리의 상담 시간에는 환자가 둘이 있는데, 그중에 내가 훨씬 더 위급한 환자다. 이상하게도 내가 이 사실을 인정할수록 니체와 함께하는 이 작업에 우호적이 된다. 아마 루 살로메에게 받은 정보가 우리의 작업 방식까지 바꾼 듯하다.

물론 난 니체에게 그녀에 관해 한마디도 꺼내지 않았다. 내가 진짜 환자가 되어가는 것에 대해서도 말하지 않았다. 그러나 그가 이런 점들을 의식하리라 생각한다. 굳이 말로 하지 않고, 의식적으로 드러내지 않는 방식으로 그와 대화한다. 누가 알겠는가? 내 목소리, 내 어조, 내 동작이 그걸 전달하고 있는지. 정말 신기하다. 지그는 그런 소통의 세부 사항들에 관심을 가진다. 그에게 이런 점들을 말해봐야지.

내가 니체를 돕고자 한다는 사실을 망각할수록 그는 나에게 더욱 마음을 열어놓는다. 오늘 내게 말한 것만 해도 그렇다. 파울 레가 한때 친구였다는 것, 그가 사랑의 고통을 언급한 것, 그리고 한때 베르타 같은 여자를 알고 지냈다는 것을 털어놓았다. 내가 나에게만 관심을 두고 그를 속속들이 캐내려하지 않는 것이 우리 둘 다를 위해 상책일지도.

게다가 그는 자신을 구원하려고 했던 방법들을 은근히 활용한다. 예를 들면, 좀더 초연하고 우주적인 관점으로 자신을 바라보는 '관점의 변경'이라는 것이 이에 해당한다. 그가 옳다. 만일 우리가 인생의 긴 실타래 혹은 기나긴 경주나 의식의 진화의 관점에서 지금의 사소한 상황을 바라본다면 지나친 의미 부여에서 자유로울 수 있을 것이기 때문이다.

그러나 내 관점을 어떻게 바꾸지? 관점을 변경하라는 그의 지시나 권고가 내게 별 효력을 발휘하지 못한다. 오히려 뒤로 물러서는 나 자신을 상상할 수조차 없다. 내가 처한 상황의 중심에서 감정적으로 거리를 유지할 수 없다. 감정적으로 충분히 벗어날 수가 없다. 그가 루 살로메에게 보낸 편지를 보면 그도 나와 마찬가지인 듯하다.

… 그 또한 분노를 표현하는 것에 역점을 둔다. 오늘 나에게 베르타를 열 가지로 모욕하도록 시켰다. 적어도 이 방법을 이해는 한다. 분노를 발산하는 것이 생리적인 관점에서 보면 의미가 있다. 대뇌피질의 흥분은 정기적으로 방출되어야 하기 때문이다. 루 살로메가 들려준 니체의 편지 내용으로 짐작하건대. 분노를 표출하는 것이야말로 니체가 가장 선호하는 방법인 것 같다. 그의 내부에 거대한 분노의 창고가 있는 것 같다. 궁금하다. 왜일까? 그의 병 때문일까? 아니면 직업적인 인정을 받지 못해서? 아니면 여자의 따스함을 맛본 적이 없어서?

그는 모욕을 주는 데 능하다. 그가 선택한 모욕 중에서도 최고의 모욕이 뭐였더라. 그가 루 살로메를 애완동물의 탈을 쓴 포식자라고 부른 것이 마음에 든다.

그에겐 그런 표현이 쉽게 떠오르지만 내게는 아니다. 내가 분노를 표현할 능력이 없다고 말한 점에서 그는 옳다. 그게 우리 가족의 기질이다. 아버지도 삼촌도. 유대인에게는 분노를 참는 것이 생존에 필수적인 자질이다. 난 분노가 어디서 기인한 것인지도 모른다. 니체는 내 분노가 베르타를 향한 곳에 있다고 우기지만, 그건 그가 루 살로메에 대한 자신의 분노와 혼동한 것일 뿐이다.

살로메에게 그토록 얽매여 있다니, 그가 정말 불쌍하다! 그에게 동정이라도 표시할 수 있으면 좋으련만. 그 점을 생각해보라! 이 남자는 여자 경험이 거의 없다. 그가 빠져들기로 맘먹은 사람이 누구란 말인가? 내가 본 여자 중에서 가장 막강한 여자다. 그런데 그녀의 나이 이제 겨우 스물한 살! 스물한 살인 여자가 그 정도로 막강하다면, 신이여 굽어살피소서! 그녀가 성숙한 여자가 되면 우리에게 과연 무슨 일이 일어날까? 그의 삶에 자리 잡은 또 다른 여자는 그의 누이 엘리자베트다. 난 그녀를 결코 만나고 싶지 않다. 루 살로메 만큼이나 막강한 여자인 듯싶고 어쩌면 더 비열할 수도!

… 오늘 그는 똥 싼 기저귀를 찬 어린 시절의 베르타를 상상해 보라고 나에게 시켰다. 그리고 목과 눈이 돌아간 채로 나를 바라보는 그녀를 상상하면서도 그녀가 과연 얼마나 아름다울 수 있는지 말해보라고도 했다.

… 오늘 그는 내가 상상을 할 때마다 신발에 은화를 넣고 그 상태로 하루 종일 걸어 다니도록 했다. 그는 이런 생각들을 어디에서 가져온 걸까? 생각의 보물 창고는 끝이 없는 듯하다!

… '안 돼!' 하고 외치기, 꼬집기, 상상의 횟수를 세고 노트에 기록하고 신발에 동전을 넣고 걸어가기, 쇠네러에게 기부하기… 나 자신을 고문했다는 이유로 날 처벌하기. 미친 짓이다! 곰에게 두 발로 서서 춤추게 하려고 곰 발바닥 아래 달궈놓은 벽돌을 깐다는 이야기를 들은 적이 있다. 이런 방법과 뭐가 다른가?

그는 내 정신을 이런 독창적인 처벌 방식들을 가지고 단련시키려고 한다.

그러나 나는 곰이 아니다. 내 정신은 동물 사육사들이 사용하는 기술을 적용하기엔 너무 고차원적이다. 이런 노력은 다 수포로 돌아갈 수밖에 없을 뿐 아니라 사실 품위를 손상시키기에 충분하다! 하지만 그를 비난할 순 없다. 그에게 내 증상을 직접 다루어보라고 한 것은 바로 나다. 그는 내 보조를 맞춘 것뿐이다. 그는 이런 방식에 그다지 마음을 쏟지 않는다. 그는 편안함에 익숙해지는 것보다 성장이 더 중요하다고 주장했다.

또 다른 방법이 있을 것이다.

1882년 12월 9~14일, 브로이어 박사에 대한 프리드리히 니체의 노트 중에서
'체제'의 미끼! 나는 오늘 한동안 그 체제의 제물이 되었다!

요제프의 모든 문제는 분노를 억제하는 데서 생긴 것 같다. 그래서 진종일 그에게 화를 내보도록 하다가 진이 빠졌다. 감정을 너무 오래 억압하고 있으면 변하고 약해지게 마련이다.

… 그는 좋은 사람처럼 군다. 자기 자신과 자기 본성에 대해서 말고는, 어느 누구에게도 해를 끼치지 않는 사람이다! 글쎄! 딱히 남을 할퀴는 발톱이 없다고 해서 자신을 훌륭한 사람이라고 생각하지 않도록 해야 한다. 자신의 관대함을 보기 전에 욕하는 법부터 배울 필요가 있을 것 같다. 그는 분노를 모른다! 누군가 그에게 상처를 줄까 봐 두려운 걸까? 감히 자기 자신이 되지 못하는 이유가 바로 그 때문일까? 왜 그는 그저 작은 행복에 만족하는 걸까? 그는 이런 자질을 고상한 미덕이라고 생각한다. 사실 그 진짜 정체는 비겁함일 뿐인데! 그는 교양 있고 예의 바르고 점잖다. 늑대의 야성 본능이 잘 길들여진 얌전한 애완견처럼 군다. 그는 이를 절제라고 한다. 하지만 그것의 진짜 정체는 평범이다!

… 그는 현재 나를 신뢰하고 있다. 최선을 다해 그를 치유해보겠다는 약속을 했다. 그러나 의사는 현인들과 마찬가지로 자기 자신부터 먼저 치유해야 한다. 그래야만 환자는 자기 두 눈으로 스스로를 치유한 사람을 똑똑히 볼

수 있기 때문이다. 그런데 나는 아직 자신을 치유하지 못했다. 심지어 요제프가 앓는 그런 고통을 나 역시 겪고 있다. 내가 침묵을 지키는 것은 내가 결코 하지 않겠다고 맹세한 일, 즉 친구를 배신하는 일을 하고 있는 건 아닐까?

내 고통에 대해 말해버릴까? 그러면 더 이상 날 신뢰하지 않을 텐데. 그럼 그에게 상처가 되지 않을까? 혹시 나 자신도 치유하지 못한 주제에, 어떻게 타인을 치유할 수 있겠냐고 반문할까? 아니면 그가 내 고통을 너무 염려하느라 나와 함께하는 일을 포기하지나 않을까? 침묵하는 게 그를 돕는 최선일까? 아니면 우리 둘 다 비슷한 고통을 겪고 있음을 알리고 함께 문제를 해결하도록 해야 할까?

… 오늘 나는 그가 얼마나 변했는지 보았다… 더 이상 말을 돌리지 않고… 감인이실로 내 약점을 드러내도록 함으로써 자신을 강하게 만들려는 시도를 더 이상 하지 않았다.

… 그의 요구에 따라 진행된, 그의 증상에 대한 정면 공격은 내가 지금껏 했던 일 중 가장 치졸한 것이었다. 나는 그를 고양시켜야지 비천하게 만들어서는 안 된다! 잘못을 했을 때 뺨을 맞는 아이처럼 다루는 것은 그를 비천하게 만드는 짓이다. 그것은 나 또한 비천하게 만든다! 병의 치유 과정이 치유자를 비천하게 만든다면, 과연 어떻게 환자를 고양시킬 수 있겠는가?

분명 더 나은 방법이 있을 것이다.

1882년 12월, 프리드리히 니체가 루 살로메에게 보낸 편지
사랑하는 루,

이 따위 편지는 쓰지 마시오! 이런 가증스러움을 나더러 어쩌란 말이오? 내가 당신을 경멸하는 일이 없도록 제발 당신이 내 앞에서 품격을 높이길 바라오.

그런데, 루! 어떻게 그 따위 편질 쓰고 있을 수 있소? 복수심과 욕정으로 가득 찬 여학생이나 쓸 수 있는 편지하며! 이런 가엾은 상황에서 내가 뭘 할 수 있겠소? 내가 당신에게 바라는 건 내 앞에서 초라해지는 것이 아니라 성숙해지는 것이라는 걸 이해하길 바라오, 제발. 부탁하노니, 당신이 용서받을 수 있는 존재라는 걸 당신 안에서 찾아낼 수가 없는데 내 어찌 당신을 용서할 수 있겠소?

아니, 내 사랑 루, 우리가 서로를 용서하기엔 아직 까마득하오. 넉 달 동안 그처럼 고통스러운 시간을 보냈는데, 그런 모욕을 소맷자락 떨치듯 어찌 그리 쉽게 떨쳐버릴 수 있겠소?

안녕, 내 사랑 루. 다시는 당신을 보지 않을 것이오. 그런 짓을 하지 않도록 당신 영혼을 보호하길. 다른 이들 특히 내 친구 레에게는 나에게 해주지 못한 걸 해주시오.

난 내 세상을 창조하고 싶었지만 그러지 못했소. 루, 내가 세상을 창조했다면, 우리 사이에 드러난 그 모든 죄들을 있는 그대로 견딜 수 있었으련만.

안녕, 루, 그대 편지를 끝까지 읽진 않았지만 이미 너무 많이 읽었소이다. …

F. N.

위험한 탈주

"우린 목적지에 이르지 못하고 있어요, 프리드리히. 난 점점 더 악화되고 있으니, 원."

니체는 브로이어가 들어오는 것도 모르고 책상에 앉아 글을 쓰고 있었다. 그는 브로이어의 목소리를 듣고 나서야 몸을 돌렸지만 막상 말은 하지 않았다.

"프리드리히, 내가 당신을 놀라게 했나요? 담당 의사라는 사람이 환자 방에 들어와서 자기 병이 악화되고 있다고 불평이나 하다니, 혼란스러울 수 있겠군요! 말끔한 복장에, 직업적인 확신에 찬 표정으로, 검정 의료 가방을 들고 나타나서 그 따위 소릴 하다니 말입니다. 하지만 그래요. 겉으로 드러난 내 모습은 전부 기만이니까. 속은 옷이 온통 다 젖어서 셔츠가 몸에 착 달라붙을 정도지요. 베르타에 대한 강박이 내 마음속에서 소용돌이치고 있어요. 내 모든 명료한 생각들을 다 말아먹고 있는 판입니다!"

브로이어는 책상에 기대며 말했다.

"그렇다고 자신을 비난하진 마세요! 우리가 진전을 보지 못하는 건 순전히 내 잘못이니까. 강박적 집착을 직접적으로 따져보자고 한 것도 바로 나였고요. 당신 말이 맞았어요. 깊이 파고들지 못한 거예요. 잡초를 뿌리째 뽑아내야 하는데, 잎만 다듬은 셈이 됐으니."

니체가 말했다.

"맞아요. 뿌리까지 뽑아낸 건 아무것도 없으니까! 접근 방법을 다시 생각해봐야겠는걸요. 나도 사실 실망하고 있던 참입니다. 지난번 마지막 상담 시간은 오류투성이에다 정말 피상적이었죠. 우리가 뭘 하려 했는지 생각해봐요. 사고를 단련시키고 행동을 통제하려고 했던 것 말이오. 사고 훈련과 행동 조련이라니, 이런 방식은 인간에게 적절하지 않아요. 우린 동물 사육사가 아니니까!"

"바로 그겁니다, 그거! 마지막 상담이 끝나자 난 두 다리로 서서 춤추도록 훈련받은 곰이 된 기분이었죠."

"맞아요! 스승은 인간을 고양시키는 자가 되어야 합니다. 그런데 지난번 상담을 하면서 나는 당신과 나 자신의 품격을 모두 떨어뜨렸죠. 동물에게나 써야 할 방법을 인간에게 쓰려고 하다니! 그럼 앉을까요?"

니체는 일어나면서 벽난로 쪽에 놓인 의자를 가리켰다. 브로이어는 자리에 앉는 순간 문득 생각이 떠올랐다. 머잖아 '절망을 치료하는 의사들'이 청진기, 이경, 검안경 같은 전통적인 의료 도구들을 모두 버리더라도 벽난롯가에 놓인 편안한 두 개의 안락의자와 더불어 시작해볼 수 있겠다는 생각이 스친 것이다.

"내 강박적 사고를 정면 공격하는 잘못된 처방이 내려지기 이전으로 돌아갑시다. 당신이 내게 베르타는 하나의 우회로일 뿐 원인이 아니라고 지적했어요. 내 불안의 진정한 핵심은 죽음과 신이 없음에 대한 공포라는 거죠. 아마 그럴지도, 당신 말이 옳을지도 몰라요. 분명 베르타에 대한 강박이 좀더 난해하고 심오한 생각에 빠져들지 못하게 하고 표면적인 사건에만 머물도록 하고 있는 건지도 모르지요. 하지만 프리드리히, 사실 당신 설명이 완전히 만족스러운 건 아니에요. 우선 '왜 하필 베르타일까?'라는 수수께끼가 안 풀려요. 불안에 대해 나 스스로 방어하는 여러 가지 방식들 중에서 왜 하필 이런 어리석은 강박에 빠진 걸까? 왜 다른 방법, 다른 환상은 안 될까? 다음은 베르타가 내 불안의 핵심에서 비껴가는 우회로일 뿐이라고 했는데, '우회로'란 표현은 설득력이 없어요. 내 강박이 내게 미치는 강력한 힘을 충분히 설명해주질 못하는 거죠. 베르타에 관한 생각은 내게 막무가내요. 거기엔 어떤 숨겨진 강력한 의미가 있을 겁니다."

니체는 손바닥으로 의자 팔걸이를 철썩 쳤다.

"의미라고요? 그래요! 어제 당신이 가고 난 후 난 계속 똑같은 구절을 생각했어요. 그 '의미'란 말이 열쇠가 될 수 있겠군요. 처음부터 우리의 잘못은 당신 강박의 의미를 무시한 데 있는 것 같아요. 늘 당신은 베르타의 히스테리 증상의 기원을 찾아 치료한다고 했으니까요. 이 '기원' 찾기 방식은 당신이 이미 베르타에 대한 강박의 근원을 알고 있기 때문에 당신에게는 적절하지 못하다고 했어요. 왜냐하면 그녀를 만나고 난 후부터 강박이 시작되었고, 그녀를 보지 않을 때 더 심해졌기 때문이라고 했으니까요. 그러나 당신의 단어 사용이 잘못된 거요. 문제는 근원, 즉 증상의 최초의 발생 사건이 아니라 증상의 의미인 거죠! 당신이 실수한 것 같군요. 어쩌면 당신은 근원을 찾아서가 아니라 증상의 의미를 찾아서 베르타를 치료했던 것인지 몰라요!"

여기서 니체는 어떤 중요한 의미의 비결을 전하기라도 하듯 아주 나지막이 말했다.

"아마도 증상은 의미의 메신저이며, 그래서 메시지가 해독되면 사라질지 모르죠. 만일 그렇다면 다음 단계는 정해졌어요. 증상을 해결하려면 베르타에 대한 강박이 당신에게 어떤 의미인지를 정해야죠!"

그다음은? 브로이어는 궁금했다. 강박의 의미를 캐는 일은 어떻게 진행될 것인가? 그는 니체의 흥분 상태에 전염되어 그다음 지시를 기다리게 되었다. 하지만 니체는 의자 깊숙이 몸을 파묻더니 빗을 꺼내 콧수염을 빗어 내렸다. 브로이어는 더욱더 긴장하고 애가 탔다. 그래서 가슴을 문지르며 숨을 깊이 들이마셨다.

"근데 프리드리히, 그다음은요? 여기 앉아 있는 순간, 1분 1초마다 긴장이 더해가는군요. 곧 터져버릴 것처럼 억제가 안 돼요. 어찌할지 좀 알려줘요. 나 스스로 감추어둔 의미를 어떻게 하면 알아낼 수 있을는지."

니체는 여전히 수염을 빗어 내리면서 대답했다.

"뭔가 찾으려고 하거나 해결하려고 하지 마세요! 그건 내가 할 일이니까! 당신은 그저 계속 떠오르는 대로 풀어놓으면 돼요. 당신에게 베르타는 어떤 의미인지 말해봐요."

"그녀에 관해서라면 이미 너무 많은 이야기를 하지 않았나요? 또다시 베르타에 관한 상념으로 들어가보라는 겁니까? 지금까지 다 말했는데도? 그녀를 만지고 벗기고 애무하는 일, 우리 집에 불이 난 일, 가족은 모두 죽고 미국으로 함께 도피하는 일. 이런 허접쓰레기 같은 생각들을 또다시 듣고 싶어요?"

브로이어는 서둘러 일어서더니 니체의 등 뒤에서 왔다 갔다 했다.

니체는 신중하고 침착한 투로 말을 이었다.

"내가 힘든 건 당신 강박의 그 집요함이죠. 마치 바닷가 바위에 들러붙은 따개비같이 말이오. 요제프, 우리 아주 잠깐만이라도 거기서 떨어져 나와 그 아래를 볼 순 없을까요? 날 위해서요! 이런 질문을 한번 생각해봐요. 베르타가 없는 당신 인생은 어떨지 그냥 생각나는 대로 말해봐요. 굳이 의미를 따지지 말고, 문장이 안 돼도 좋아요. 떠오르는 건 뭐든지 말해요!"

"그게 잘 안 되는군요, 완전히 감아놓은 태엽 같아서. 똘똘 말린 용수철처럼요."

"그냥 넘어가지 말고, 눈을 감고 눈꺼풀 뒤에 보이는 걸 말해봐요. 제발, 생각을 통제하려 들지 말고 그냥 자유롭게 떠돌도록 놔둬요."

브로이어는 니체 뒤에 멈춰 서서 그가 앉아 있는 의자를 꼭 붙잡았다. 어릴 적 아버지가 기도할 때 그랬듯이 눈을 감고 몸을 흔들거리다가 천천히 웅얼거리기 시작했다.

베르타가 없는 인생, 천연색이 없는 잿빛 인생, 캘리퍼스, 저울, 장례식의 차가운 대리석, 난 지금이나 앞으로나 언제든 모든 게 결정 상태로 여기 있을 거고, 당신은 언제든 여기 있는 날 보게 되겠지요. 언제나! 바로 여기. 이곳, 의료 가방을 들고, 이런 옷들을 입고, 하루가 다르게 음울하고 수척해지는 얼굴로."

브로이어는 다소 흥분을 가라앉힌 채 깊은 숨을 내쉬며 앉았다.

"베르타가 없는 삶? 다른 어떤 삶이 가능할까요? 나도 과학자이지만 과학엔 색깔이 없소. 과학자는 과학을 하면서 연구만 해야지 과학 속에서 살려고 해선 안 되죠. 내겐 마법 같은 것, 거기다 열정이 필요한데, 당신도 그것 없이 살 수 없을 겁니다. 내게 베르타의 의미는 바로 그런 것이오. 열정과 마법, 열정이 없는 인생! 누가 그런 삶을 살 수 있겠소?"

그가 돌연 눈을 뜨고 니체를 바라보았다.

"당신은 가능해요? 누가 가능할까요?"

"진정하고 열정과 삶에 대해 계속 굴뚝청소를 해봐요."

니체가 더욱 부추기자 브로이어가 계속해서 말했다.

"환자 중에 산파가 있었어요. 늙어서 쭈글쭈글한 여잔데, 혼자 살아요. 심장 기능도 망가져가고 있지만 그녀는 아직도 삶에 열정을 다 바칩니다. 한번은 도대체 그 열정이 어디서 나오는지 그녀에게 물었죠. 그랬더니 그녀에게 열정은 침묵하고 있는 갓 태어난 아이를 받아서 한 대 찰싹 때려 생을 부여하는 바로 그 순간에 생기는 거라고 하더군요. 그녀는 실존과 망각 사이에 걸쳐진 순간, 그 신비의 순간에 완전히 몰입할 때 자신이 다시 태어난다고 했어요."

"그럼 요제프, 당신은요?"

"나도 그 산파와 같아요! 신비로운 것에 가까이 있고 싶지요. 베르타에 대한 내 열정은 자연스러운 게 아니에요. 내가 보기엔 초자연적이죠. 내겐 마법이 필요하니까. 흑백 같은 삶은 싫거든요."

"요제프, 우리 모두에겐 열정이 필요합니다. 디오니소스적인 열정이야말로 삶 자체지요. 그러나 열정이라고 해서 꼭 마법적이고 저급한 것이어야 하나요? 열정의 대가가 되는 법을 찾을 수 없을까요? 작년에 엥가딘에서 만난 한 불교 승려에 대해 말해보죠. 그는 검소하게 살아요. 깨어 있는 시간의 절반은 명상하고 몇 주 동안 다른 사람과 한마디 말도 섞지 않고 지내기도 해요. 식사는 소박하게 시주받은 사과 하나로 한 끼만 먹기도 하고요. 그런데 그 사과 하나를 두고 명상을 하다 보면, 사과는 어느새 빨갛게 익어서 씹으면 바삭바삭 과즙이 듬뿍 배어날 정도가 돼요. 하루해가 저물 즈음에 그는 열정적으로 자신의 식사를 기대하게 되죠. 요제프, 당신도 열정을 포기할 필요는 없어요. 단, 열정의 조건을 바꿔야겠죠."

브로이어가 고개를 끄덕이자 니체가 또다시 채근했다.

"계속 얘기해봐요. 베르타에 대한 것은 뭐든지, 그녀가 당신에게 어떤 의미인지를 굴뚝청소를 해보시죠."

브로이어는 눈을 감았다.

"그녀와 함께 뛰고 있는 게 보여요. 멀리 도망가는 겁니다. 베르타는 탈주, 위험한 탈주를 뜻해요!"

"어떻게?"

"베르타는 내게 위험을 뜻해요. 그녀를 알기 전에는 내게 규범이란 게 있었죠. 그런데 요새 난 규범의 한계와 희롱하고 있어요. 아마도 산파가 말했던 게 이런 것인가 싶군요. 내 인생을 끝장내고 내 커리어를 망치고 간음하고 가족을 잃고 이민을 가고 베르타와 함께 새로운 인생을 시작하는 걸 상상해요."

브로이어는 살짝 머리를 쳤다.

"어리석군! 어리석어! 절대로 그런 짓을 하지 못하리라는 걸 알면서도!"

"하지만 아슬아슬한 벼랑 끝 시소 놀이에는 어떤 마력이 있지 않습니까?"

"마력이라고요? 글쎄요, 난 위험한 상황은 싫어요! 마력이 있다면 그건 위험한 것이 아니죠. 내 생각에 마력은 탈출이니까요. 마력은 위험으로부터의 탈출이 아니라 안전으로부터 도피하는 거니까요. 난 너무나 안전하게 살아왔거든요!"

"그럴지도 모르죠, 요제프. 안전하게 사는 것은 위험해요. 그건 위험하고 지루한 것이죠."

"안전하게 사는 일이 위험하다고?"

브로이어는 혼잣말로 되뇌었다.

"안전하게 사는 게 위험하다. 안전하게 사는 게 위험하다. 대단한 생각이네요, 프리드리히. 베르타에 대한 풀이도 그렇고. 대단해요. 위험할 정도로 지루한 삶에서 탈출하는 것이다? 베르타가 자유롭고 싶은 내 소망이다? 시간의 굴레에서 벗어나는 것이다?"

니체가 근엄하게 말했다.

"어쩌면 당신이 갇힌 시간의 덫, 그 역사적 순간에서 벗어나려는 것일지 모릅니다. 하지만 요제프, 그녀가 시간에서 당신을 해방시켜줄 거란 생각은 하지 마시죠! 시간이란 깨부술 수 있는 게 아니잖소. 그것은 인간의 가장 큰 짐이니까. 우리가 할 수 있는 가장 큰 도전은 시간이란 짐에도 불구하고 그냥 그 짐을 지고 살아가는 것입니다."

이번만은 브로이어도 니체의 철학적 가설에 반박하지 않았다. 이번 철학적 가설은 달랐다. 그는 니체가 하는 말에 따라 무얼 해야 할지는 몰랐지만 그 말에 자극을 받아 마음이 움직였다.

"분명히 알아둬요. 난 영원히 살고자 하는 꿈은 꾸지 않아요. 내가 피하고 싶은 삶은 1882년 빈의 부르주아 의사의 삶이니까. 다른 사람들이 내 삶을 부러워한다는 건 알지만, 난 오히려 이 삶이 진절머리가 나요. 그날이 그날인 예측 가능한 내 삶이 끔찍하다고요. 너무 끔찍해서 때로는 사형선고가 내려진 삶이라는 생각을 할 정도로요. 무슨 말인지 알겠습니까, 프리드리히?"

니체는 고개를 끄덕였다.

"우리가 처음 만났을 때였던 것 같은데, 내게 편두통으로 얻은 이익이 뭐냐고 물었던 것 기억합니까? 좋은 질문이었지요. 그건 인생을 좀 다르게 보게 해주니까. 내 대답을 기억하나요? 편두통 때문에 내가 대학교수직을 그만둘 수밖에 없었다는 것 말이에요. 그때 가족과 친구, 동료들까지 모두 내 불행에 아쉬워했죠. 나 역시 니체는 병 때문에 비극적이게도 일을 그만두었다고 역사에 기록될 거라는 생각을 했으니까요. 하지만 그렇지 않아요! 오히려 진실은 그 반대죠! 바젤 대학에서의 일은 나에게 사형선고 같은 것이었습니다. 공허한 학문 생활을 하고 평생 어머니와 누이를 경제적으로 보살피도록 하는 선고였던 거죠. 난 옴짝달싹 못하게 갇혔으니까요."

"그럼 프리드리히, 편두통이 위대한 해방자 역할을 한 거군요!"

"요제프, 당신의 강박과 그리 다르지 않아요. 어쩌면 우리 두 사람은 생각보다 더 비슷한지 모르겠습니다."

브로이어는 눈을 감았다. 니체와 이렇게 가깝게 여겨지다니, 감동적이었다. 눈물이 솟았다. 이런 모습을 보이지 않으려고 기침을 하는 척하며 고개를 돌렸다.

그때 니체가 무심하게 말했다.

"계속합시다. 우리 작업이 조금씩 진전되고 있어요. 베르타가 열정과 신비, 위험한 탈출을 의미한다는 것도 알게 됐고, 요제프, 그것 말고 다른 건 없습니까? 또 어떤 의미를 그녀에게 부여할 수 있을까요?"

"아름다움! 베르타의 아름다움은 중요한 부분이에요. 여기, 이것 좀 봐요. 당신에게 보여주려고 갖고 왔소이다."

그는 가방을 열고 사진을 꺼냈다. 니체는 두꺼운 안경을 꺼내 쓰고 좀더 밝은 곳에서 살펴보려고 창가로 갔다. 승마 복장을 한 베르타는 머리에서 발끝까지 온통 검정으로 치장하고 있다. 재킷이 꼭 끼어서 가는 허리부터 턱까지 두 줄로 박힌 단추들이 풍성한 가슴을 옥죄고 있었다. 왼손으로 우아하게 치맛자락과 긴 승마용 회초리를 쥐고, 다른 손으론 장갑을 들고 있었다. 고집스러워 보이는 코와 짧고 엄격해 보이는 머리 스타일, 그 위에 슬쩍 얹힌 검은 색 모자, 크고 까만 눈동자. 사진 속의 그녀는 카메라 쪽을 보는 것이 어렵지 않았을 테지만 먼 곳을 응시하고 있었다. 니체는 사진을 돌려주고 자리에 다시 앉으며 말했다.

"대단하군요. 그래요, 정말 미인이긴 한데, 채찍을 든 여자는 마음에 들지 않아요."

"아름다움은 베르타가 갖는 의미 중 중요한 부분입니다. 난 그런 아름다움에 쉽게 빠져들어요. 다른 남자들보다 더 쉽게 빠져드는 편이지요. 아름다움은 내게 신비로움이죠. 그 신비로움에 대해 어떻게 말해야 할지는 모르겠지만 살과 가슴, 귀, 크고 까만 눈, 코, 입술, 특히 입술이 조화롭게 어우러진 여자는 나에게 하나의 경이로운 대상이에요. 어리석게 들리겠지만 그런 여자들은 초인적인 힘을 가졌다고 봐요, 난!"

"무엇을 할 수 있는 힘이란 거죠?"

"너무 어리석은 생각이죠!"

브로이어는 얼굴을 손으로 가렸다.

"그냥 계속해요, 요제프. 판단을 하지 말고 그냥 떠오르는 대로 얘기만 해요! 당신을 심판하지 않겠다고 했으니까!"

"말로 옮길 수가 없군요."

"이 문장을 끝맺도록 해보세요. '아름다운 베르타 앞에서 나는 ___를 느낀다.'"

"'아름다운 베르타 앞에서 나는 느낀다. 나는 느낀다.' 내가 뭘 느끼더라? 대지의 중심, 존재의 중심에 있다고 느낍니다. 내가 마땅히 있어야 할 곳에 있다는 생각, 인생의 목적, 중심을 전혀 의심하지 않는 것, 안전한 자리를 따지지 않는 그런 곳. 그녀의 아름다움은 그 자체로 더 없는 안전이니까요. 보세요, 말이 안 되잖아요!"

브로이어는 머리를 들었다.

"계속하세요."

니체는 차분하게 말했다.

"내가 빠져드는 여자는 따로 있어요. 눈부신 외모를 가져야 하죠. 지금 머릿속에서 그릴 수 있죠. 크고 반짝이는 눈과 애정이 넘치듯 살짝 미소를 지으며 다문 입술. 그녀는 이렇게 말하고 있는 것 같아요. '어머, 잘 모르겠는걸요….'"

"계속해요, 요제프. 제발, 그 미소를 상상해봐요! 아직도 보이나요?"

브로이어는 눈을 감고 고개를 끄덕였다.

"그 입술로 뭐라고 말하나요?"

"그녀는 이렇게 말해요. '당신에게 반했어요. 당신이 하는 건 뭐든 다 좋아요. 어머, 사랑스러운 자기, 정말 못 말리겠네. 하지만 그 나이엔 다들 그런 법이니까.' 아, 이제 보여요. 그녀가 주변에 있는 다른 여자들에게 돌아서면서 말합니다. '저 사람, 정말 대단하지 않아? 저 인 정말 사랑스럽지? 내가 꼭 안고 다독거려줄 거야.'"

"그 미소에 대해 더 말할 수 있소?"

"내가 하고 싶은 건 뭐든 다 해도 된다고 말해요. 내가 곤란해질 수 있지만, 어떤 곤란에 빠진다 해도, 그녀는 계속 나 때문에 즐거워할 것이고 내가 사랑스러울 거라고 해요."

그 미소에 특별한 사연이 있나요, 요제프?"

"그게 무슨 의미인지?"

"다시 돌이켜봐요. 당신 기억 속에 그런 미소가 있냐고요?"

브로이어는 고개를 흔들었다.

"아니요, 아무 기억도."

니체가 따졌다.

"생각도 안 해보고 대답하는군요. 내 질문이 끝나기도 전에 고개부터 먼저 흔들고 있잖소. 기억을 더듬어봐요. 마음의 눈으로 그 미소를 계속 떠올리면 뭔가 보일 겁니다."

브로이어는 눈을 감고 기억의 흐름을 살펴보았다.

"마틸데가 아들 요하네스에게 그런 미소를 지어요. 또 내가 열 살이 나 열한 살쯤 되었을 때 마리 곰페르츠라는 소녀에게 반했었는데, 그때 그 아이가 내게 그런 미소를 지었죠! 바로 그런 미소를! 그 애 가족이 이사 갈 때 내가 얼마나 절망했는지. 30년 동안 그 애를 보지 못했는데도 가끔 그 애 꿈을 꿔요."

"또 다른 사람은요? 어머니의 미소는 기억 안 나요?"

"내가 말 안 했던가요? 세 살 때 돌아가셨죠. 어머니 나이 스물여덟이었어요. 내 동생을 낳고 바로 돌아가셨죠. 아름다우셨다는데, 어머니에 대한 기억이 없어요, 하나도."

"그럼 부인은 어때요? 마틸데는 그런 신비한 미소를 짓나요?"

"아뇨. 그에 대해서라면 내가 확신해요. 마틸데는 예쁘지만 그녀의 미소는 매력이 없어요. 열 살짜리 마리의 미소는 인상적이라고 말하면서 마틸데의 미소에 대해서는 그렇지 않다고 말하는 게 우습다는 건 나도 알아요. 하지만 솔직히 내가 그렇게 느끼는 걸 어쩌겠습니까. 결혼 생활에서 군림하는 쪽은 그녀가 아니라 나예요. 그녀는 내가 보호해주기를 원하지요. 아니, 마틸데는 전혀 신비롭지 않아요, 왜 그런지는 모르지만."

"마법은 암흑과 불가사의를 요구하는 법이지요. 아마 14년의 결혼 생활이 주는 친밀함 때문에 그녀의 신비가 완전히 소멸되어버린 탓이 겠죠. 그녀를 잘 알고 있지 않나요? 어쩌면 당신은 아름다운 여자가 주는 진실을 견딜 수 없는지도 모르겠군요."

"아름다움 말고 다른 표현이 필요하다는 생각이 듭니다. 마틸데는 아름다움의 요소는 모두 갖추고 있어요. 예쁘긴 한데 매력은 없어요. 당신 말이 맞을지도 모르죠. 너무 친숙하다는 것, 그녀의 피부 속까지

볼 것 안 볼 것 다 보니까. 또 다른 요인은 그녀를 두고 경쟁 상대가 없다는 겁니다. 마틸데의 인생에 다른 남자는 없었어요. 우린 중매결혼을 했거든요."

"경쟁을 원하다니 놀랍군요, 요제프. 며칠 전만 해도 그게 두렵다고 했잖아요."

"경쟁을 바라기도 하고 아니기도 하고. 굳이 내 말의 의미가 통하지 않아도 된다고 당신이 말했잖아요. 난 그냥 떠오르는 대로 얘기하는 겁니다. 어디 한번 생각해보죠. 맞아요. 아름다운 여자는 다른 남자들의 욕망의 대상이 될 때 더 큰 힘을 갖겠지요. 하지만 그런 여자는 너무 위험하기도 하죠. 내게 상처를 줄 테니까요. 베르타는 완벽하게도 그 중간이죠. 그녀는 아직 완전히 성숙한 여인이 아니니까요! 아름다움이 만개하지 않은, 막 피어나는 상태거든요."

"그러니까 그녀를 두고 경쟁할 남자가 없어서 더 안전하겠네요?"

"그렇지만은 않아요. 그녀가 더 안전한 것은 내가 유리한 지점에 있기 때문이죠. 누구든 그녀를 원할 순 있거든요. 하지만 내가 쉽게 물리칠 수 있다는 겁니다. 그녀는 과거에도 그랬고, 지금도 완전히 내게 의지하고 있으니까요. 몇 주 동안 그녀는 내가 먹여주지 않으면 먹지도 않았죠. 자연히 담당의로서 그녀의 퇴행 현상을 통탄하긴 했죠. 쯧쯧, 혀를 차기도 하고, 쯧쯧, 이런, 하면서요. 그녀의 가족에겐 직업상 우려를 표명하면서도 다른 한편으로는 남자로서 정복욕을 만끽했지요. 당신 말고는 누구한테도 이런 말을 하지 않았어요. 어느 날 그녀가 내 꿈을 꾸었다고 했을 때 난 희열에 몸을 떨었어요. 이 얼마나 대단한 승리인가! 그녀의 가장 내밀한 방, 다른 남자는 들어가본 적이 없는 그 방에 내가 들어가다니! 꿈의 이미지는 영원히 죽지 않으므로, 그곳에서 나는 영원히 머물 수 있으니까요!"

"그래서 요제프, 당신은 전혀 경쟁 상대가 없는 경쟁에서 이긴 거군요!"

"그래요. 그것이 베르타가 내게 갖는 또 다른 의미지요. 안전한 시합, 확실한 승리. 그러나 아름답지만 전혀 안전하지 않은 여자, 그건 또 달라요."

브로이어는 입을 다물었다.

"계속해요, 요제프. 이제 당신의 생각이 어디로 흘러가고 있습니까?"

"안전하지 않은 여자에 대해 생각해요. 아름다움이 무르익은 그녀는 베르타 또래인데 많은 남자들이 흠모하는 여자지요. 몇 주 전 내 진료실에 찾아왔어요. 그녀에게 완전히 빠져들었거든요. 꼼짝 못할 정도로! 차마 그녀의 뜻을 거스르지 못해서 기다리는 다른 환자들보다 먼저 면담을 했답니다. 내게 부적절한 의료 행위를 요구할 때도, 그녀의 소망에 따르지 않을 수가 없었어요."

"아하, 그런 딜레마를 이해해요. 가장 욕망하는 여자가 가장 두려운 여자이기도 하니까. 물론 그녀 자체가 문제라기보다는 그녀에게서 무엇을 보느냐는 문제 때문이지요. 정말 슬픈 일이지만!"

"슬프다고요?"

"누군지도 모르는 그 여자에게도 슬픈 일이고, 그 남자에게도 슬픈 일이지요. 난 그런 슬픔을 압니다."

"당신도 베르타 같은 여자를 안단 말인가요?"

"아니, 당신이 방금 묘사했던 것처럼 결코 거부할 수 없는 매력을 가진 다른 환자 말입니다."

브로이어는 루 살로메를 일컫는다고 생각했다. 루 살로메가 분명해! 드디어 그녀에 대해 말하겠군! 그는 화제를 자신이 아닌 다른 데로 옮기는 게 썩 내키지 않았지만, 그래도 질문을 던졌다.

"프리드리히, 그래서 당신이 도무지 거부할 수 없었던 그 여자는 어떻게 됐습니까?"

니체는 주춤하다가 시계를 꺼내 보았다.

"오늘은 우리가 꽤 의미심장한 부분을 건드린 것 같은데, 혹시 또 모르죠. 우리 둘 다에게 의미심장한 부분일지. 하지만 당신은 아직 할 말이 많아 보이는데, 시간이 다 되어가고 있군요. 베르타에 대한 이야기를 계속해봐요."

브로이어는 어느 때보다도 지금이 니체가 자신의 문제를 드러낼 수 있는 때임을 알았다. 아마 이 시점에서 니체에게 한 번 더 부드럽게 물어만 보았어도 니체의 말문이 터졌을 수도 있었다. 하여튼 니체가 브로이어에게 '멈추지 마세요. 생각이 흘러나오고 있으니까'라고 말했을 때 브로이어는 자기 이야기를 계속할 수 있다는 것이 오히려 기뻤다.

"난 복잡한 이중생활, 은밀한 생활을 비통해하죠. 그런데도 그걸 소중히 여겨요. 부르주아 생활의 표면은 사실 죽음과도 같아요. 너무 눈에 보이죠. 끝까지 훤히 보이는 삶이거든요. 모든 행위의 끝까지도. 이상하게 들리겠지만 이중생활이란 건 덤으로 얻은 것이잖습니까? 약속된 인생의 유효 기간을 연장한 것이라고나 할까요?"

니체는 고개를 끄덕였다.

"시간이 표면으로 드러난 인생의 가능성은 삼켜버릴지라도 은밀한 삶은 결코 소모시킬 수 없다고 보는 건가요?"

"그래요. 정확히 내가 그렇게 말했던 것은 아니었지만, 내 말뜻은 그겁니다. 또 하나 있는데, 가장 중요한 건 베르타와 함께 있을 때 혹은 지금처럼 그녀를 생각할 때 내가 느끼는 그 형용할 수 없는 감정이에요. 축복! 그게 가장 알맞은 단어 같군요."

364

"요제프, 우리는 욕망의 대상보다 욕망 그 자체를 더 사랑한다고 봐요."

"욕망의 대상보다 욕망 그 자체를 더 사랑한다!"

브로이어는 니체의 말을 받아 중얼거렸다.

"종이 좀 주시겠소? 이 말을 기억해두고 싶어서요."

니체는 노트 뒷장을 한 장 찢어주었다. 브로이어는 메모를 한 다음 종이를 접어서 재킷 주머니에 넣고 말을 이었다.

"또 다른 건, 베르타는 내 외로움을 달래줍니다. 내가 기억하는 한, 아주 오래전부터 난 내 안의 텅 빈 자리 때문에 정말 놀랐습니다. 그런 외로움은 사람이 옆에 있든 없든 상관이 없어요. 내 말뜻 알겠죠?"

"어허, 그럼 여기서 나 말고 누가 더 당신을 잘 이해하겠습니까? 때론 내가 가장 고독한 존재란 생각을 합니다. 당신과 마찬가지로 다른 사람의 존재는 그런 고독과 무관하고요. 사실 난 내게서 고독을 앗아가면서도 진정한 벗이 되지 않는 그런 사람을 증오합니다."

"그게 무슨 말이죠, 프리드리히? 진정한 벗이 되지 않다니요? 어떻게 그럴 수가?"

"내가 소중히 여기는 걸 그들은 소중히 여기지 않으니까요! 가끔 내 삶을 깊숙이 들여다보고 갑자기 내 주변을 살펴보면, 내 유일한 동반자는 시간뿐이고 나와 함께하는 사람은 아무도 없다는 걸 알게 돼요.

"내가 느끼는 외로움이 당신이 느끼는 것과 같은 건지는 모르겠군요. 난 당신만큼 감히 그 정도로 내면 깊숙이 들어가보지 못했거든요."

"어쩌면 베르타가 그렇게 만들었는지도 모르죠."

니체가 의견을 말했다.

"난 더 이상 깊숙이 들어가고 싶지 않아요. 사실 내 외로움을 없애준 것에 대해 베르타에게 고마워해요. 그게 또 그녀의 의미이기도 하군요. 지난 2년 동안은 외롭지 않았어요. 베르타가 늘 곁에 있었거든요. 그녀의 집에서든 병원에서든 언제나 그녀는 내 방문을 기다리고 있었으니까. 지금은 아예 내 안에서 날 기다리고 있지만."

"당신의 성취를 베르타의 공으로 돌리는 거군요."

"무슨 말인지?"

"예나 지금이나 당신은 외롭다는 것, 모든 사람은 자기 앞으로 할당된 몫만큼 외롭다는 것 말입니다. 당신만의 우상을 만들어서 그것과 함께 벗하면서 따스해하고 있어요. 당신은 스스로 생각하는 것보다 훨씬 더 종교적인 사람인지 몰라요!"

"하지만 어떤 의미에서 그녀는 늘 거기에 있어요. 아니, 있었지요. 1년 반 동안요. 부도덕하다고 할지 모르지만, 그때가 내 인생의 절정이었고 가장 활기찬 시간이었어요. 매일 그녀를 보면서도 늘 그녀를 생각하고 밤에는 항상 그녀의 꿈을 꾸었으니까요."

"되풀이되는 꿈속에서 그녀가 나타나지 않은 적이 한 번 있다고 하지 않았던가요? 그 꿈이 어떻다고 했더라? 꿈속에서 그녀를 찾은 일 말이에요."

"그 꿈은 끔찍한 일이 일어나면서 시작해요. 발밑의 땅이 물렁물렁해지고 난 베르타를 찾는데 찾을 순 없고."

"그래요. 그 꿈속에 뭔가 중요한 단서가 있을 겁니다. 끔찍한 일은 뭡니까? 땅이 벌어지는 것?"

브로이어는 고개를 끄덕였다.

"요제프, 왜 그 순간에 당신은 베르타를 애타게 찾았을까요? 그녀를 보호하려고? 아니면 그녀가 당신을 보호해주길 바라서?"

오랫동안 침묵이 흘렀다. 브로이어는 자기 자신에게 집중하라고 명령을 내리는 사람처럼 뒷덜미를 두 번 톡톡 쳤다.

"더 이상 진행할 수가 없군요. 정말 놀라운 일이에요. 하지만 내 머리로는 더 이상은 안 되겠어요. 지금처럼 피곤한 적이 없었거든요. 이제 겨우 늦은 아침인데도 몇날 며칠을 쉬지 않고 중노동을 한 것 같은 기분이에요."

"나 역시 그래요. 오늘은 정말 힘들었소이다."

"그러나 제대로 가고 있다는 느낌은 듭니다. 자, 이제 가야 할 시간입니다. 내일 또 봅시다, 프리드리히."

1882년 12월 15일, 에카르트 뮐러에 대한 브로이어 박사의 사례 연구 노트 중에서
불과 며칠 전까지만 해도 내가 니체에게 자신을 드러내 보여달라고 통사정하지 않았던가? 오늘 마침내 그는 자신을 기꺼이 드러낼 준비가 되었다. 대학 교수직이 덫이었으며, 어머니와 누이의 생계 부양자 역할이나 하는 것에 대한 분노, 아름다운 여인 때문에 외롭고 고통스러웠던 일을 내게 말하고 싶어 했다.

그랬다. 마침내 그가 나에게 자신의 속내를 털어놓으려 했다. 그런데 참 놀라운 일이 일어났다. 그에게 자꾸 이야기하라고 보채지 않았다! 내가 그의 이야기를 듣고 싶지 않아서가 아니었다. 그게 아니라, 그보다 더 고약한 심보였다! 그가 이야기하는 게 싫었다! 내 시간을 축내는 게 말이다!

불과 2주 전만 하더라도 그가 자신에 관해 조그만 이야기 부스러기라도 털어놓게 하려고 갖은 방법을 다 동원했다. 그러면서 그가 터놓고 얘기하지 않는다고 막스와 베커 부인에게 툴툴거렸다. "도와줘요. 도와줘"라고 하는 말에 귀를 기울이면서, "내게 기대요"라고 말했던 게 언제였더라? 불과 2주 전이었는데. 그렇다면 오늘은 내가 왜 그를 소홀히 대했을까? 내가 더 탐욕스러워진 걸까? 이 상담 과정에 대해 시간이 길어질수록 이해가 안 된다. 그

런데도 멈출 수 없다. 점점 더 니체와 나누는 내 얘기에만 신경이 쓰인다. 그래서 가끔씩 그 대화가 베르타에 대한 환상을 중단시키기도 한다. 이런 상담 시간이 내 일과의 중심이 되었다. 난 점점 내 시간에만 욕심을 부리게 되고 다음번까지 기다리는 것이 힘들어졌다. 그래서 오늘 니체가 그냥 그만두려고 했을 때 못 이기는 척 내버려둔 걸까?

언제가 될지는 모르지만 미래에, 대략 50년 정도가 지나게 되면 이런 대화 치료가 일상이 될 수도 있을 것이다. '불안을 다루는 의사들'이 새로운 전문 직종이 될 것이다. 의학대학과 철학과가 함께 그들의 교육을 담당하게 될 것이다.

'불안을 다루는 의사'가 만들 미래의 교과과정은 어떤 것이어야 할까? 현재로선 필수과정으로 '상호 관계'에 관한 것이 있어야 할 것 같은데! 거기서부터 모든 복잡한 현상들이 파생되니까. 외과 의사들이 처음에 해부학을 배워야 하듯 미래의 '불안을 다루는 의사'는 상담자와 피상담자의 상호 관계를 먼저 알아야 한다. 그리고 내가 그런 상담의 과학에 기여할 수 있다면 비둘기 뇌를 연구할 때처럼 객관적으로 상담 관계를 관찰하는 법부터 배워야 한다.

상호 관계를 관찰하는 일은 나 자신이 거기에 참여하고 있을 때는 쉽지 않다. 그래도 놀라운 변화의 추이에 주목하고 있다. 니체에게 비판적이었는데, 이제는 더 이상 그렇지 않다. 오히려 지금은 내가 그의 모든 말을 소중히 여기게 되었고, 날이 갈수록 그가 나를 도울 수 있다는 확신이 생긴다.

예전엔 내가 그를 도울 수 있을 거라 믿었지만 지금은 아니다. 그에게 내가 줄 건 없다. 오히려 그가 내게 줄 건 많다.

그와 경쟁하면서 처음에는 체스 게임처럼 덫을 고안했다. 더 이상 그러지 않는다. 그의 통찰력은 탁월하다. 그의 지성은 하늘로 치솟는다. 나는 암탉이 매를 바라보듯 그를 응시한다. 내가 그를 지나치게 숭배하는 건 아닌가! 그가 나를 능가하기를 원하고 있나? 그래서 그가 얘기하는 걸 듣고 싶지 않은지도 모르겠다. 또 어쩌면 내가 그의 고통, 그의 잘못을 알고 싶지 않기 때문일 수도 있다.

처음엔 어떻게 하면 그를 '조종해볼까' 생각했는데, 지금은 아니다. 오히려 그에게 더없는 배려를 해주고 싶은 마음이 든다. 커다란 변화가 아닐 수 없다. 예전엔 우리의 상황을 새끼 고양이를 훈련시키는 로베르트의 상황에 비유했다. "뒤로 물러나 있으렴, 우유를 마실 수 있도록. 그럼 자길 만지게 해줄 거다." 오늘 그와 이야기를 나누는 도중에 또 다른 이미지가 스쳐 지나갔다. 호랑이 무늬의 새끼 고양이 두 마리가 서로 머리를 비비면서 같은 그릇의 우유를 핥아 먹는 장면이었다.

또 이상한 것이 하나 있다. 왜 내가 '완숙한 미인'이 찾아왔다는 얘기를 했을까? 루 살로메를 만난 사실을 그에게 알려주고 싶었던 걸까? 내가 위험한 장난을 했던 걸까? 조용히 그를 약올리는 것! 우리 둘 사이에 쐐기를 박으려고? 왜 니체는 채찍을 든 여자를 싫어한다고 말했을까? 그는 분명 내가 모르고 있을 거라 생각한 살로메의 사진을 염두에 둔 것이다 그도 분명 베르타에 대한 내 감정과 그녀에 대한 그의 감정이 별반 다르지 않다는 걸 알고 있다. 그래서 그가 말없이 나를 놀리는 거였나? 아주 사적인 농담을? 서로에게 정직하려는 두 남자가 있다. 그런데 둘은 겉과 속이 다른 이중성이라는 장난꾸러기에게 시달리고 있다.

새로운 통찰이 하나 더 있다! 니체와 나의 관계는 나와 베르타의 관계와도 비슷하다. 그녀는 나의 지혜를 확대 해석하고 나의 모든 말을 숭배하며 나와의 분석 시간을 너무나 소중하게 여기는 통에 다음 시간까지 기다리는 것도 힘들게 여긴다. 그녀는 정말로 하루에 두 번씩 방문하도록 나를 설득했다! 그녀가 나를 더욱더 이상화할수록 그녀에게 더 많은 힘을 불어넣을 수 있다. 그녀는 내 모든 분노를 누그러뜨리는 진정제 역할을 했다. 그녀가 그냥 나를 바라봐주는 것만으로 내 외로움이 치유되었다. 그녀는 내게 삶의 목표와 의미를 부여해주었다. 그녀의 미소만으로도 내가 잘난 사람이 되는 것 같았고, 모든 천한 충동을 해소시켜주었다. 참 이상한 사랑이다. 서로의 마법이 내뿜는 광채에 흠뻑 젖어 있으니!

하지만 점점 희망이 솟아오른다. 니체와의 대화를 통해 힘이 생기고 이 힘이 허구가 아니란 확신이 든다.

이상한 점은 몇 시간만 지나도 내가 토론한 내용 대부분을 잊는다는 것이다. 카페에서 나누는 일상적인 대화가 증발해버리는 것과는 다른, 이상한 망각이다. 적극적인 망각, 중요하지 않아서가 아니라 너무 중요한 까닭에 잊을 수도 있을까?

충격적인 구절을 받아 적었다. "우린 욕망의 대상보다 욕망 그 자체를 더 사랑한다."

그리고 또 다른 구절. "안전한 삶은 위험하다."

니체는 나의 소시민적 삶 전체가 지금까지 위험에 처해 있었다고 말한다. 그 말뜻은 나의 진정한 자아를 잃을지도 모르는 위험, 진정한 내가 되지 않을지도 모르는 위험에 처해 있다는 뜻이다. 그렇다면 도대체 난 누구인가?

1882년 12월 15일, 브로이어 박사에 대한 프리드리히 니체의 노트 중에서
마침내 우리에게 가치 있는 외유를 했다. 깊은 물속으로 재빨리 들어갔다 나왔다. 차갑고 신선한 물이었다. 나는 살아 있는 철학이 좋다! 생생한 경험에서 우러나온 철학이 좋다. 그는 점점 더 용감해지고 있다. 그의 의지와 시련이 길을 이끌고 있다. 하지만 이제 내가 그와 함께 위험을 나눌 때가 온 것은 아닐까?

응용철학의 시대는 아직 무르익지 않았다. 언제일까? 앞으로 50년? 100년? 인간이 지식을 두려워하지 않을 때, 더 이상 나약함을 '도덕률'로 위장하지 않을 때, '그대는 …해야 한다'라는 당위의 굴레를 깰 수 있는 용기를 얻게 될 때, 비로소 응용철학의 시대가 도래할 것이다. 그때가 오면 사람들은 나의 생생한 지혜를 갈망하게 될 것이다. 그때가 오면 정직한 삶, 즉 무신앙 속의 깨달음으로 인도하는 나의 철학을 필요로 할 것이다. 그것은 극복의 삶이요, 욕망을 극복한 삶이다. 도대체 굴복하려는 욕망보다 더 큰 욕망이 어디 있겠는가?

내게는 찬양해야 할 노래들이 따로 있다. 내 마음은 선율을 잉태한다. 차라투스트라가 그 어느 때보다 큰 소리로 나를 부른다. 난 기계적인 기술자가 아니다. 여전히 난 내가 할 일을 해야 하고 흐릿한 길이든 선명한 길이든 모두 다 기록해야 한다. 오늘 우리 과제의 방향 전체가 수정되었다. 그 열쇠는? '근원'보다는 '의미'를 생각하는 것이다!

2주 전에 요제프는 베르타의 증상들에 대해 근본 원인을 발견하고 치료를 마쳤다고 했다. 예를 들면 요제프 덕분에, 언젠가 하녀가 베르타의 유리잔으로 개에게 물을 주는 장면을 보았던 것을 기억해냄으로써 그녀의 공수병이 치료됐다. 난 처음부터 회의적이었고 지금은 더욱 그렇다. 개가 유리잔의 물을 먹는 장면, 그게 불쾌한가? 어떤 사람에겐 그럴 수 있겠지! 그게 무슨 대단한 파국인가? 그럴 리가! 그게 히스테리의 원인? 무슨 어불성설! 아니다, 그건 '원인'이 아니라 더 깊은 곳에 자리 잡은 집요한 불안의 표출이다! 요제프의 치료가 커다란 효과를 보지 못한 것도 그 때문이다.

의미를 잘 봐야 한다. 증상은 불안이 정신의 깊은 심연에서 폭발하고 있다는 소식을 전하는 메신저일 따름이다. 유한함에 대한 깊은 근심, 신의 죽음, 고립, 목적, 자유. 일생 동안 가둬둔 깊은 근심이 이제 족쇄를 풀고 정신의 창과 문을 두드린다. 그들 증상은 뭔가 얘기하고 싶어 한다. 자기 이야기를 들려주고 싶어 할 뿐만 아니라 살아남고 싶어 한다!

'지하생활자'에 관해 러시아인이 쓴 그 이상한 책이 요사이 내 마음을 계속

사로잡는다. 도스토옙스키는 그 책에서 "어떤 것은 친구들에게만 얘기할 수 있다. 또 어떤 것은 친구들에게조차 얘기할 수 없다. 마지막으로 어떤 것은 자기 자신에게조차 얘기할 수 없다"라고 썼다! 지금 요제프 내부에서 폭발하고 있는 것은 분명 자신에게조차 한 번도 말해본 적이 없었던 것이다. 베르타가 요제프에게 어떤 의미인지를 생각해보라. 그녀는 탈출, 위험한 탈출, 안전한 삶이라는 위험으로부터의 탈출이다. 그리고 열정이자 신비이며 마술이다. 그녀는 브로이어의 사형선고에 집행유예를 내리는 위대한 해방자다. 그녀는 초인적인 힘을 가졌으며 삶의 요람이자 위대한 고해 사제다. 그래서 그의 내면에 있는 동물성과 야만성을 용서해준다. 그녀는 꿈속에서 영속적인 사랑, 영원한 동반자, 영구불변한 존재를 보여주며 이를 통해 그에게 경쟁자들을 물리칠 수 있는 확실한 승리를 보장해준다. 그녀는 시간의 폭력에 대한 방패이자 내면의 심연으로부터 그를 보호해주고 지하의 심연으로부터 안전을 보장한다. 베르타는 신비로움, 보호, 구원의 상징이다! 브로이어는 이것을 사랑이라 부른다. 그것의 진정한 이름은 기도다. 교구의 사제들은 아버지처럼 늘 사탄으로부터 무리를 보호한다. 그들은 사탄이 신앙의 적이라고 가르치며, 신앙심을 허물기 위해 사탄은 어떤 가면이라도 쓸 수 있다고 가르친다. 회의와 의심이라는 가면보다 더 음험하고 위험한 것은 없다고 한다.

그러나 우리 신성한 회의론자들은 누가 보호해줄 것인가? 누가 우리에게 지혜에 대한 사랑과 예속에 대한 증오를 위협하는 것에 대해 알려줄 것인가? 나의 외침인가? 우리 회의론자들에겐 적이 있다. 그것은 우리의 의혹을 없애고 가장 교묘한 곳에 신앙의 씨앗을 심어놓는 사탄이다. 그래서 우리는 신을 없애지만 신의 대용품으로서 선생, 예술가, 미인을 신성시한다. 유명한 과학자로서 요제프 브로이어는 30년 동안 마리라는 소녀의 매혹적인 미소를 미화하고 있다.

우리 회의론자는 늘 경계해야 한다. 그리고 강해져야 한다. 종교적인 충동은 맹렬하다. 무신론자 브로이어가 얼마나 관심받고 용서받고 숭배받고 보호받고 싶어 하는지를 보라. 나의 소명은 회의론자들의 사제가 되는 데 있는 걸까? 어떤 가면을 썼더라도 종교적 소망의 정체를 추적하고 파괴하는 데 일생을 바쳐야 하는가? 적은 결코 만만치 않다. 신앙의 불꽃은 죽음과 망각, 무의미에 대한 공포를 연료로 하여 끊임없이 불타오른다.

의미란 것은 우리를 어디로 데려갈까? 강박의 의미를 밝힌다면, 그런 다음에는? 요제프의 증상이 완화될까? 내 증상은? 언제쯤? '지성'의 물속으로 재빨리 들어갔다 나오는 것으로 충분할까? 아니면 그 안에 오래 잠수하고 있어야 할까?

그리고 어떤 의미를 말하는 걸까? 똑같은 증상에도 의미는 다양할 수 있다. 요제프의 베르타에 대한 강박의 의미 규명은 아직 시작도 하지 않은 셈이다.

베르타가 어떤 의미로서가 아닌 베르타 그 자신으로 여겨질 때까지 의미의 껍질을 하나씩하나씩 벗겨내야 한다. 그녀에게 덧붙여진 의미의 결들을 한 겹 한 겹 벗겨낸 후 비로소 요제프는 두려움에 떠는 헐벗은 인간, 인간적인 너무나 인간적인 그녀의 참 모습을 보게 될 것이다. 그녀, 그, 우리 모두의 진정한 모습이 그러하듯이.

20
묘지에서 풀린 수수께끼

다음 날 아침 브로이어는 평소대로 테두리에 털이 박힌 두꺼운 코트를 입고 실크햇을 쓴 채 니체의 방으로 들어섰다.

"프리드리히, 창밖을 좀 봐요! 하늘에 낮게 떠오른 수줍은 오렌지빛 친구 보여요? 빈의 태양이 마침내 모습을 드러내는군요. 오늘 모처럼 나온 태양을 축하하기 위해 산책하는 건 어떨까요? 우리 둘 다 산책할 때 가장 멋진 생각이 떠오른다고 하지 않았던가요?"

니체는 발에 용수철이 달린 것처럼 의자에서 벌떡 퉁겨 일어났다. 브로이어는 그가 그렇게 재빨리 움직이는 걸 본 적이 없었다.

"그보다 더 좋을 수야. 간호사들이 사흘 동안 바깥출입을 못 하게 했어요. 어디로 갈 겁니까? 자갈길 포장도로를 벗어날 수 있을 정도로 시간이 충분한가요?"

"이러는 건 어때요? 저는 한 달에 한 번 안식일에 부모님 묘소에 갑니다. 오늘 저랑 함께 거길 갑시다. 묘지는 마차로 한 시간 거리도 안 되는 곳에 있으니까 잠깐 들러 꽃만 올려놓고 거기서 바로 지머링거 하이데로 가서 한 시간 정도 숲 속을 산책하면 어떨까요? 그리고 나서 저녁 시간에 맞춰 돌아오는 걸로 하지요. 안식일에는 오후에만 환자를 보거든요."

브로이어는 니체가 옷을 입는 동안 기다렸다. 그는 추운 날씨를 좋아하지만, 정작 날씨는 자기를 좋아하지 않는다고 투덜거렸다. 그래서 두통이 생기지 않게 스웨터를 두 겹으로 껴입고 1미터 50센티미터나 되는 울 스카프로 목을 둘둘 말고서는 두꺼운 오버코트 안에 억지로 쑤셔 넣었다. 눈을 보호하려고 녹색 아이셰이드를 하고 거기다 녹색 바바리안 펠트 모자까지 착용했다.

가는 길에 니체는 마차 문 호주머니에 쑤셔 넣어졌거나 빈 좌석에 흩어져 있는 임상 차트 꾸러미와 의학 서적들, 그리고 잡지들에 대해 이것저것 물어보았다. 브로이어는 마차가 제2의 진료실이라고 설명했다.

"베커슈트라세 진료실보다 이 마차 안에서 보내는 시간이 더 많은 날도 있어요. 얼마 전에 지그문트 프로이트라는 젊은 의대생이 의사의 일상생활을 직접 체험하고 싶다면서 하루 종일 따라다닌 적이 있었죠. 내가 이 마차 안에서 보내는 시간을 보고서 질린 나머지 그 친구는 즉석에서 임상보다 연구로 진로를 정하겠다고 결심하더군요."

그들은 마차로 링슈트라세 남부를 돌아, 슈바르첸베르크 다리를 통해 빈 강을 건너고, 여름궁전, 렌베크, 지머링 하우프트슈트라세를 지나, 곧 빈 시립 중앙공동묘지에 도착했다. 그리고 유대인 묘지구역으로 향하는 커다란 세 번째 문으로 들어섰다. 피슈만은 10년이나 이 길로 다녔던 터라 마차가 겨우 지나갈 정도의 좁은 미로 사이를 정확하게 가로질러 로스차일드가의 큰 무덤 앞에 멈춰 섰다. 브로이어와 니체가 마차에서 내리자 피슈만은 브로이어에게 좌석 밑에서 작은 꽃다

발을 꺼내 건넸다.

둘은 말없이 묘비 사이를 지나 흙길을 걸었다. 어떤 묘비엔 이름과 사망 날짜만 적혀 있었다. 또 어떤 묘비에는 짧은 추도 글이 새겨져 있기도 했다. 다윗별로 장식된 묘비가 있는가 하면, 성스러운 코언가家를 상징하는 활짝 편 손 문양이 새겨져 있는 묘비도 있었다.

브로이어는 묘지 앞에 놓인 신선한 꽃다발들을 보며 말했다.

"이들은 죽은 자들의 땅에서 죽은 자들입니다. 그리고 저들은."

그는 오랫동안 아무도 돌보지 않아 방치된 묘지를 가리켰다.

"저들은 정말 죽은 자들입니다. 살아 있는 사람들 중 아무도 저들을 기리는 사람이 없기에, 저 묘지를 돌보지 않는 거니까. 그들이야말로 죽는다는 의미를 알고 있겠지요."

마침내 목적지에 이르렀다. 브로이어는 문양이 새겨진 가느다란 돌 울타리로 빙 둘러쳐진 큰 가족묘 앞에 섰다. 그 자리에는 묘비 두 개가 서 있었다. 하나는 '아돌프 브로이어 1844~1874'라고 적힌 작게 세워진 묘비였고, 다른 하나는 커다란 회색 대리석으로 누워 있는 묘비였다. 묘비에는 이렇게 쓰여 있었다.

레오폴트 브로이어 1791~1872

사랑받은 선생님이자 아버지

그의 아들들이 영원히 잊지 못하며

베르타 브로이어 1818~1845

사랑받은 어머니이자 아내

한창 젊고 아름다운 나이에 세상을 떠나다

브로이어는 대리석 석판 위에 놓여 있던 작은 꽃병에서 한 달이 지나 말라버린 꽃을 모두 버리고 새로 가져온 꽃을 꽂은 뒤 풍성하게 만들어놓았다. 그는 부모님 묘의 대리석 석판과 동생의 묘비에 작고 매끄러운 조약돌을 올려놓고 고개를 숙인 채 묵상에 잠겼다.

브로이어에게 혼자 있을 시간이 필요하다고 생각한 니체는 대리석 묘비와 화강암 묘비가 줄지어 있는 길을 따라 배회했다. 그러다가 살아서처럼 죽어서도 빈의 기독교 사회에 동화되려고 애쓰는 듯한 유복한 빈 유대인들―골트슈미츠, 곰페르체, 알트만, 베르트하이머―묘지 구역 근처로 들어섰다.

거대한 가족묘 입구에는 포도 넝쿨 장식이 달린 두꺼운 격자무늬 철책이 보호벽 삼아 둘러쳐져 있었고, 그 주변으로 정교한 장례지 조각들이 보초 서듯이 세워져 있었다. 그리고 길을 따라 육중한 묘비들이 쭉 늘어서 있었고, 묘비 위에는 여러 교파의 천사상도 서 있었다. 니체의 눈에 묘비들은 자기들을 봐달라고 아우성치는 것처럼 보였다.

10분쯤 지나자 브로이어가 니체에게 다가왔다.

"흥얼거리는 소리가 들려 쉽게 찾았소이다."

"거닐면서 잡스러운 시를 짓다 보니 재밌군요. 한번 들어보시겠소? 지금 막 지은 건데."

브로이어는 니체의 옆에서 나란히 걸었다.

돌도 들어주지 않고 아무도 보는 이 없지만
각각의 묘비들이 속삭이듯 흐느낀다네
"날 기억해줘. 날 기억해줘."

니체는 시를 읊은 후 브로이어의 반응을 기다리지 않고 물었다.

"아돌프는 누굽니까? 당신 부모님 옆에 있었던 세 번째 브로이어 말입니다."

"아돌프는 내 유일한 형제였지요. 8년 전에 죽었어요. 동생이 태어나면서 어머니가 돌아가셨다고 들었어요. 할머니가 우리 집으로 들어오셔서 우릴 키워주셨고요. 할머니마저 오래전에 돌아가셨습니다. 지금은 다들 돌아가셨으니, 다음 차례는 나겠지요."

브로이어가 차분히 말했다.

"그 돌멩이들은요? 여기 묘비들 위엔 돌멩이들이 많던데요."

"죽은 자들에게 경의를 표하고, 추억을 의미하는 유대인들의 오랜 관습이죠."

"누구에게 의미를 가신다는 섭니까? 감히 실례를 무릅쓰고 물어보자면."

브로이어는 목깃을 느슨하게 하려 코트 윗부분을 만지작거렸다.

"아니, 괜찮아요. 미신 타파에 관해서 내가 늘 던지곤 했던 질문이니까요. 그런 질문으로 내가 상대를 곤혹스럽게 했는데, 이제 내가 오히려 당하니 정말 기분이 묘하군요! 막상 딱히 대답할 말이 없군요. 누구를 위해서 돌을 올려놓는 건 아닙니다. 사회적 의식을 위한 것도, 다른 사람이 봐달라는 것도 아니고요. 다른 가족이 없기 때문에 부모님 묘지를 찾는 건 나밖에 없어요. 미신이나 두려움 때문도 아니고, 어떤 보상을 바란 건 더욱 아니에요. 어릴 적부터 난 인생을 두 개의 텅 빈 공간 사이에서 터지는 불꽃이라고 생각했어요. 탄생 이전의 암흑과 죽음 이후의 암흑 사이에 있는 불꽃이라고 말이죠."

"인생이 두 공간 사이의 불꽃이라? 괜찮은 은유인데요! 그런데 우리는 늘 죽음 이후에만 집착하고 탄생 이전은 생각하지 않는 게 이상하지 않습니까?"

브로이어는 니체의 말에 공감한다는 듯 고개를 끄덕이다가 잠시 후 말을 이었다.

"하지만 그 돌 있잖소? 누구를 위해 올려놓느냐고 물었던 그 돌, 아마도 파스칼의 내기에 끌렸기 때문일지도 모르죠. 무슨 손해를 보겠습니까? 그냥 작은 돌멩이, 작은 손길일 뿐인데!"

"솔직히 그건 사소한 질문일 뿐입니다. 좀더 심오한 질문을 생각해볼 시간을 벌기 위해서 던진 거죠!"

"무슨 질문인데요?"

"왜 어머니 성함이 베르타라는 말을 하지 않았지요?"

브로이어는 이런 질문을 받게 되리라고는 전혀 예상치 않았다. 그가 니체를 돌아보았다.

"그걸 구태여 언급했어야 할까요? 나도 전혀 생각지 못한 거요. 내 큰딸 이름이 베르타라는 이야기도 안 했죠. 상관없잖아요. 전에 말했듯이 어머니는 세 살 때 돌아가셨어요. 어머니에 대한 기억도 전혀 없고."

니체가 정정했다.

"의식적인 기억이 없는 것이겠죠. 우리 기억의 대부분은 잠재의식 속에 있어요. 하르트만의《무의식의 철학》을 읽었을 거 아닙니까? 어느 서점에나 있던데."

브로이어가 고개를 끄덕였다.

"잘 알고 있죠. 카페 모임에서도 그 책에 대해 장시간 토론했으니까."

"그 책에는 진짜 천재가 숨어 있는데, 그건 저자가 아니라 출판업자라고 할 수 있습니다. 하르트만이야 괴테, 쇼펜하우어, 셸링의 사상을 수용한 품팔이 철학자 정도지만, 출판업자 둥커는 정말이지 '만세!'라고 외칠 만한 친구죠."

니체는 별안간 쓰고 있던 녹색 모자를 허공으로 던졌다.

"유럽의 모든 독자들의 바로 코앞에 책을 가져다놓는 법을 아는 친구거든요. 지금이 9쇄라지요? 오버베크가 그러는데 벌써 10만 부 이상 팔렸다더군요! 상상이 됩니까? 내 책 같으면 200권만 팔려도 감지덕지할 텐데 말이에요!"

그는 한숨을 내쉬며 모자를 다시 썼다.

"하르트만 이야기로 되돌아가보지요. 그는 무의식의 스물네 가지 양상을 설명하는데, 기억과 정신과정 중 가장 큰 부분은 틀림없이 의식 바깥에 있는 것이라고 봅니다. 난 그 말에 동의해요. 그 논의를 좀더 충분히 발전시키지 않는 건 마음에 안 들지만요. 삶, 진짜 삶은 무의식의 지배를 받는다는 건 아무리 과대평가해도 결코 지나치지 않을 거예요. 의식은 존재를 덮고 있는 반투명 표피에 불과할 뿐, 훈련된 눈으로 보면 그 표피 아래 있는 원초적인 힘, 본능, 권력에의 의지라는 엔진 자체가 보일 테니까요. 당신도 어제 베르타의 꿈속으로 들어가는 상상을 하면서 무의식을 얘기했었죠. 어떤 식으로 표현했더라? 아, 그녀의 가장 은밀한 방, 부패가 전혀 없는 성소로 들어간다고 하지 않았던가요? 당신의 이미지가 영원히 그녀의 마음속에 있다면, 그렇다면 그녀가 뭔가 다른 걸 생각하는 순간에 당신 이미지는 어디에 머물러 있을까요? 거대한 무의식적 기억의 저장고가 반드시 있을 겁니다."

그때 마침 두 사람은 아직 다 시신을 묻지 않은 묘지 근처 문상객들이 있는 곳에 이르게 되었다. 네 명의 건장한 묘지 일꾼들이 두꺼운 밧줄을 이용해서 관을 내려놓았다. 문상객들은 노쇠해 보이는 사람들까지도 모두 둘러서서 묘지에 흙을 한 삽씩 떠 넣고 있었다.

브로이어와 니체는 파헤쳐진 흙의 축축하고 달콤쌉싸름한 향을 맡으며 잠시 말없이 걸었다. 두 갈래 길에 이르자 브로이어는 니체의 팔을 잡고 오른쪽으로 가야 한다는 표시를 했다.

브로이어는 흙이 나무 관 위에 떨어지는 소리가 들리지 않게 될 즈음 다시 입을 열었다.

"무의식적 기억에 관해서라면 나도 당신 말에 전적으로 동감입니다. 베르타의 최면 치료가 중요한 증거인 셈이지요. 그건 그렇고 당신이 암시하는 건 뭡니까? 베르타의 이름이 제 어머니 이름과 같아서 내가 그녀를 좋아한다는 건 설마 아닐 테죠?"

"우리가 베르타에 대해 오랜 시간 이야기를 나눴는데도 오늘 아침에야 어머니의 이름이 언급된 사실이 특이하지 않습니까?"

"일부러 감춘 게 아니라니까요. 나는 어머니와 베르타를 단순히 연결 짓지 않았을 뿐이에요. 너무 억지 같군요. 베르타는 베르타일 뿐이에요. 어머니에 대해 전혀 생각하지 않는다고요. 어머니의 이미지는 전혀 떠오르지 않아요."

"하지만 평생 어머니의 무덤에 꽃을 바치잖소."

"가족 모두의 묘지니까요!"

브로이어는 자신이 너무 완강하게 주장하고 있다는 느낌이 들었지만, 그래도 자기 마음을 진심으로 전하고자 했다. 자신의 심리학적 연구를 기죽지 않고 집요하게 주장하는 니체의 정열에 존경심마저 일었다.

"어제 함께 베르타의 모든 의미에 대해 연구했었죠. 굴뚝청소를 하면서 많은 기억들이 떠올랐을 텐데, 어떻게 어머니의 이름이 전혀 생각나지 않았을까요?"

"난들 어찌 알겠습니까? 무의식적 기억은 내 의식의 통제 너머에 있으니까요. 그런 기억들이 어디에 있는지 나도 모르고. 무의식적 기억은 그 나름의 삶이 따로 있나 봐요. 난 내가 경험한 것, 실제로 일어난 것에 대해서만 말할 수 있을 뿐이죠. 베르타 자체는 내 인생에서 진정한 무엇이고요."

"그게 바로 핵심이에요. 만약 당신이 베르타와 맺고 있는 관계가 실제가 아니라면, 그건 실제 베르타와는 아무런 상관없는 갈망과 이미지들로 짜인 환영에 불과하단 걸 어제 알았잖습니까? 어제 우리는 베르타에 대한 당신의 환상이 노쇠, 죽음, 망각의 공포라는 미래로부터 당신을 보호한다고 생각했습니다. 그런데 오늘 보니 베르타에 대한 환상은 미래뿐 아니라 과거의 망령에 지배받는 것이기도 했군요. 요제프, 이 순간만이 진짜예요. 결국 우리는 현재라는 순간에서만 우리 자신을 경험하는 겁니다. 베르타는 실재하지 않아요. 그녀는 미래와 과거에서 온 허깨비일 뿐입니다."

브로이어는 니체가 단어 하나하나에 이토록 자신만만해하는 모습을 처음 보았다.

"다르게 표현해볼까요! 당신은 베르타와 당신이 아주 친밀한 한 쌍이라고, 가장 친밀하고 개인적인 관계를 맺고 있는 사이라고 생각하고 있죠?"

브로이어는 고개를 끄덕였다.

"하지만 당신과 베르타 사이는 결코 개인적인 관계가 아닙니다. '얼마나 많은 사람들이 이런 관계에 관련되어 있는가?'라는 기본적인 질문을 생각해보면 당신의 집착이 해소될 거라고 봅니다."

니체가 힘주어 말했다.

두 사람은 어느새 마차 바로 앞에 다다라 있었다. 니체와 함께 올라탄 브로이어는 피슈만에게 지머링거 하이데 숲으로 가자고 지시했다.

마차 안으로 들어가 앉은 브로이어는 니체의 질문을 받아 넘겼다.

"무슨 뜻인지 내가 놓쳤네요."

"베르타와 당신 둘만의 개인적인 만남이라고 보는 모양인데, 절대 그렇지 않다는 겁니다. 당신의 환상 속에는 다른 사람들이 득시글거립니다. 구원과 보호의 능력을 가진 아름다운 여자들, 베르타를 두고 당신에게 승리를 안겨준 얼굴 없는 남자들, 당신 어머니인 베르타 브로이어, 매혹적인 미소의 열 살짜리 소녀 등이 더 나타나잖아요. 그렇다면 베르타에 대한 강박적 관념은 베르타 한 사람에 대한 것이 아니란 말이죠!"

브로이어는 고개를 끄덕이며 생각에 잠겼다. 니체 역시 말없이 창밖을 내다보기만 했다.

어느새 마차가 멈추고 둘은 내렸다. 브로이어는 피슈만에게 한 시간 후에 데리러 오라고 일렀다.

태양은 두껍고 거대한 잿빛 구름장 뒤로 사라지고 있었다. 어제까지 러시아 벌판을 휩쓸고 있었던 것처럼 얼음장같이 차가운 바람이 두 사람을 휩싸고 돌았다. 두 사람은 목둘레까지 단추를 꼭 잠그고 빠른 걸음으로 걷기 시작했다. 니체가 먼저 침묵을 깼다.

"요제프, 참 이상하게도 묘지에 가면 늘 마음이 평화로워집니다. 아버지가 루터교 목사였다는 말을 했었죠? 어렸을 적 내 놀이터가 교회 마당이었다는 얘기도 했던가요? 혹시 죽음에 대한 몽테뉴의 수필을 읽어봤나요? 그 글에서 몽테뉴는 묘지가 내다보이는 창문이 있는 방에서 살라고 권합니다. 묘지는 우리의 머리를 맑게 해주고 삶의 중요성을 인식하게 해준다는 거지요. 묘지가 당신에게도 그런가요?"

브로이어도 그렇다는 듯 고개를 끄덕이며 말했다.

"그 글 정말 좋아합니다! 묘지가 내게 안식을 주었던 때가 있었지요. 몇 해 전 대학 커리어가 끝장났을 때, 난 죽은 자들 가운데서 위안을 찾았거든요. 무덤은 어느 정도 내 마음을 평온하게 위로해주고 사소한 걸 사소한 것으로 보게 해주더군요. 그런데 갑자기 상황이 변해버렸어요!"

"어떻게요?"

"이유는 모르겠지만, 어쩐 일인지 어느 정도 안식과 각성을 주던 묘지의 효과가 사라져버렸다는 겁니다. 어느 순간 갑자기 신의 품 안에서 잠드는 것을 기리는 묘비문이며 장례를 관장하는 수호신이 모두 우습게 여겨지더니, 심지어 애처로운 생각마저 들더군요. 두 해 전쯤 또 다른 변화가 생겼는데, 묘비며 조각상이며 가족묘 등 묘지와 관련된 모든 것들이 두렵게 다가오기 시작했어요. 마치 아이처럼 귀신이 무서워서 부모님 묘지에 걸어갈 때도 계속해서 주위를 두리번거리게 되더군요. 그래서 묘지 참배를 자꾸만 연기하게 되고, 함께 갈 사람을 찾기 시작하더군요. 요새는 점점 가 있는 시간이 짧아집니다. 부모님 묘소를 보는 게 두렵고 때론 그 앞에 서 있을 때 땅속으로 꺼지는 게 아닐까 두렵기도 하고요."

"발밑의 땅이 물렁물렁해지는 당신의 악몽과 비슷하군요."

"오싹한데요, 프리드리히! 바로 몇 분 전만 해도 그 악몽이 머릿속으로 스쳐 지나갔거든요."

"그건 아마도 묘지 꿈일 겁니다. 꿈속에서 40피트 아래로 떨어지다가 석판 위에 발이 가닿았죠. '석판'이라는 말을 쓰지 않았던가요?"

브로이어가 대답했다.

"대리석 석판요! 묘비 말이오! 내가 알아볼 수 없는 뭔가가 쓰여 있어요! 당신에게 말하지 않은 게 있는데, 좀 전에 내가 얘기했던 젊은 학생 지그문트 프로이트 얘깁니다. 내가 왕진하던 날, 하루 종일 함께 다녔던 그 친구 말입니다…."

"그래서요?"

"그 친구는 꿈에 관심이 아주 많거든요. 자주 친구들에게 꿈에 관해

384

묻곤 합니다. 그는 꿈에 나타난 숫자나 표현들에 관심이 많아서 내가 꾼 악몽을 얘기해줬더니 40피트 아래로 떨어지는 것에 대해 새로운 가설을 내놓더군요. 내가 이 꿈을 마흔 살 생일 무렵에 처음 꾸었기 때문에 40피트는 마흔 살을 뜻한다는 겁니다!"

"기발한데요!"

니체가 걸음을 늦추며 박수를 쳤다.

"피트의 문제가 아니라 나이의 문제라? 이제 꿈의 수수께끼가 풀리는군요! 마흔이 되자 땅 밑으로 떨어져 대리석 석판에 닿는 생각을 했다 이거죠. 그런데 왜 끝이 그 석판일까요? 죽음을 뜻하나? 아니면 추락이 멈추고 구원된다는 의미일까?"

대답을 기다릴 새도 없이 니체는 계속 말을 이었다.

"또 다른 문제가 생기는군요. 땅이 무너질 때 당신이 찾던 베르타는 어떤 베르타입니까? 보호해주고 싶은 헛된 망상이 들었던 젊은 베르타인가요? 아니면 진짜 당신에게 안전을 보장해주었던 그 석판 위에 새겨진 이름의 어머니인가요? 아니면 두 베르타가 뒤섞였나요? 어찌 보면 둘 다 비슷한 나이죠. 어머니가 베르타 나이 정도에 돌아가셨으니까!"

브로이어는 고개를 절레절레 흔들었다.

"어떤 베르타냐고요? 내가 그걸 어떻게 알겠소? 몇 달 전만 해도 대화치료가 궁극적으로는 정밀한 과학으로 발전할 수 있을 거라 생각을 했었는데! 그런 질문에 대해 얼마나 정확하게 대답해줄 수 있을까요? 정확도라는 게 순전히 권력에 의해 측정될 것 같은데요. 당신의 말에 힘이 있어서 내 마음을 움직이고 그 말이 맞는다는 느낌이 든다는 거죠. 그런데 느낌이란 걸 얼마나 신뢰할 수 있을까요? 종교적 광신도들은 신의 현존을 느낀다고 하죠. 그들의 느낌이 내 느낌보다 덜 믿을 만한 것으로 간주할 수 있을까요?"

"글쎄, 꿈이란 게 이성이나 느낌보다 우리 자신에게 훨씬 더 가까이 다가가 있는지도 모르겠군요."

니체가 생각에 잠겼다.

"당신이 꿈에 관심을 갖다니, 놀랍군요. 당신이 쓴 책 두 권에선 꿈에 대한 언급이 전혀 없었거든요. 원시인의 정신적 생활은 꿈에서 이뤄진다는 정도의 추론만 있었던 걸로 아는데."

"선사시대 전체가 우리의 꿈 텍스트에서 찾을 수 있는 것이라고 생각해요. 그런데 꿈은 거리가 있을 때만 매력적이죠. 불행히도 난 꿈을 거의 기억하지 못하거든요. 그런데 최근에 꾼 꿈 하나는 아주 선명하게 기억이 납니다."

나뭇잎과 잔가지 밟히는 소리만 들릴 뿐 둘은 한참 동안 말없이 걸었다. 니체가 과연 자기 꿈을 말할까? 이때쯤 브로이어는 자신이 물어보지 않을수록 니체가 스스로 더 많은 말을 꺼낸다는 걸 알았다. 지금은 침묵할 때였다.

몇 분 후 니체가 말했다.

"아주 짧아요. 당신 꿈처럼 여자와 죽음의 문제예요. 한 여자와 함께 침대 위에 누워 있는 꿈이었어요. 다툼이 있었죠. 아마도 이불을 서로 끌어당기려 했던 것 같기도 하고. 아무튼 잠시 후 내가 이불에 꽁꽁 묶여 있더군요. 하도 단단히 묶여서 움직일 수도 없었고 질식할 것만 같았죠. 땀으로 뒤범벅이 되어 헐떡거리며 잠에서 깨고서는 '살려줘, 살려줘!' 하며 소리를 질렀어요."

브로이어는 니체가 더 많은 연상이 떠오르도록 돕고 싶었지만 소용이 없었다. 그 꿈에 관한 니체의 연상이란 고작 이불에 묶여 있는 것이 이집트의 미라 같다는 것밖엔 없었다. 그는 미라가 되어 있었다.

"놀랍군요, 우리 둘의 꿈이 정반대라니. 내 꿈에서 여인은 죽음으로부터의 구원을 뜻했는데, 당신 꿈에서 여인은 죽음을 가져다주는 존재군요!"

"맞아요. 내 꿈이 말하는 게 그겁니다. 실제로 그렇다고 생각하거든요. 여자를 사랑하는 건 삶을 증오하는 것이니까요!"

"이해하기 힘들군요. 또 선문답을 하는군요."

"여자를 사랑할 때는 깨끗한 피부 아래에 있는 피, 핏줄, 지방, 콧물, 똥오줌 등 생리적인 추함에 눈이 멀어야 한다는 뜻입니다. 사랑에 빠진 사람은 눈을 감아야 하는 것, 진리를 외면해야 한다는 것이죠. 진실하지 못한 삶은 살아 있는 죽음이거든요!"

브로이어는 한숨을 깊게 내쉬었다.

"그럼 당신 인생에 사랑이란 없겠군요? 사랑이 아무리 내 인생을 망친다 해도 그런 식의 말을 들으니, 정말 힘이 빠집니다."

"서로가 소유하려 들지 않는 그런 사랑을 꿈꿉니다. 얼마 전에 난 그런 사랑을 찾았다고 생각했었죠. 결국 착각이었지만요."

"무슨 일인데요?"

니체가 고개를 저을까 봐 브로이어는 더 이상 밀어붙이지 않았다. 그냥 계속 걷기만 했다. 니체는 다시 말을 꺼냈다.

"난 두 사람이 함께 좀더 고귀한 진리를 향해 탐색하는 열정을 가질 수 있는 사랑을 꿈꿉니다. 그걸 사랑이라고 불러서는 안 되겠지요. 그것의 진정한 이름은 우정일 테니까."

그날 두 사람의 이야기는 대단히 달라졌다! 브로이어는 니체에게 한 발짝 더 가까이 갔다고 느꼈다. 심지어는 그와 팔짱을 끼고 걷고 싶을 정도였다. 또한 실망도 느꼈다. 그날 자신에게 필요한 도움을 받을 수 없을 거라는 사실을 알았다. 산책을 하면서 대화를 나눌 때는 도중에 강도 높은 이야기를 강요할 수 없었다. 다소 예기치 않은 불편한 순간에는 침묵하기도 하고, 구름이나 바람에 흔들리는 나뭇가지 소리에 넋을 잃기도 하는 법이니까. 한번은 브로이어가 뒤처졌다. 그를 찾으려고 돌아섰을 때 니체는 모자를 손에 들고서 평범해 보이는 작은 식물을 보느라 몸을 숙이고 있는 브로이어를 보고 놀라워했다.

"디기탈리스예요. 심장질환을 앓고 있는 마흔 명 정도의 환자들의 목숨이 이 평범한 식물이 베푸는 은혜에 달려 있습니다."

두 사람에게 묘지 여행은 어릴 적 상처를 열어 보이게 했다. 둘은 산책하면서 어린 시절을 회상하고 이야기했다. 니체는 아버지가 돌아가신 이듬해인 여섯 살 때 꾼 꿈에 대해 말했다.

"마치 어젯밤 꿈처럼 생생해요. 무덤이 갑자기 열리더니 수의를 입은 아버지가 나오셔서 교회 안으로 들어가서는 어린아이를 품에 안고 나오시더군요. 아이를 안은 채 다시 무덤으로 들어가셨어요. 그 위로 흙이 덮이고 묘비가 미끄러지듯 세워지더군요. 정말 무서운 건 내가 그 꿈을 꾸고 나서 바로 동생이 경련을 일으키더니 죽고 말았다는 겁니다."

"정말 무섭군요! 그런 예지력을 갖다니, 으스스합니다. 그건 어떻게 설명하겠습니까?"

"설명을 못 하지요. 오랫동안 난 초자연적인 현상으로 인해 공포에 떨었고 열심히 기도했습니다. 하지만 지난 몇 년 동안은 그 꿈이 내 동생과 아무런 연관이 없으며, 아버지가 꿈에 나온 건 내 문제일 뿐이고, 그 꿈은 죽음에 대한 나의 공포를 나타내는 것이라는 생각에 이르게 됐지요."

두 사람은 전에 없이 서로 편하게 대하면서 회상에 젖어들었다. 브로이어는 옛날 살던 집에 큰 재난이 닥쳤던 꿈을 이야기했다. 청백색의 유대교 기도 숄을 두른 아버지가 무기력하게도 몸을 흔들면서 마냥 서서 기도를 하고 있는 꿈이었다. 그러자 니체도 자신의 꿈 얘기를 들려주었다. 침실에 들어섰는데, 침대 위에서 한 노인이 목구멍으로 꾸르륵 소리를 내면서 죽어갔다고 했다.

"우리 둘 다 일찌감치 죽음과 만났군요. 끔찍한 상실을 경험했고요. 내 경우엔 결코 그런 상실감으로부터 회복되지 못했거든요. 그러나 당신의 경우, 당신의 상실감은 어떻습니까? 당신을 보호해줄 아버지가 없다는 게 어떤 건가요?"

"날 보호해주는, 혹은 날 억압하는 아버지요? 그게 상실일까요? 그렇진 않은 것 같군요. 상실은 아이에게나 어울리는 말이지, 성인에겐 어울리지 않아요."

브로이어가 물었다.

"무슨 뜻이죠?"

"난 한 번도 아버지를 내 등에 짊어지는 부담으로 느낀 적도 없고, 아버지의 판단에 숨 막힌 적도 없고, 내 삶의 목표를 부친의 무너진 야망을 채우는 데 동원한 적도 없어요. 차라리 아버지의 죽음은 축복이나 해방이라고 해야 맞는 것 같습니다. 아버지 기분에 맞춰본 적이 없어요. 그냥 내 길을 갈 뿐이죠. 다른 사람이 가본 적 없는 길을. 생각해봐요! 예수를 믿지 않는 날 고통스럽게 바라보면서 움찔할 목사 아버지나, 망상을 하지 말자는 운동을 자신에 대한 개인적인 공격으로 여길지도 모를 그런 아버지와 함께 새로운 진리를 위해 헛된 믿음을 추방한다는 생각을 어떻게 할 수 있겠소이까?"

"그러나 필요할 때 그의 보호를 받을 수 있었다면, 그때도 당신이 반기독교인이 되었을까요?"

니체는 대답하지 않았고 브로이어도 더 이상 추궁하지 않았다, 이

제 니체의 리듬에 적응하는 법을 배우게 되었다. 진리를 추구하는 질문은 무엇이든 허용될 뿐만 아니라 환영하기까지 했다. 그러나 강요하면 저항에 부딪히게 된다는 것을 알게 되었다. 브로이어는 시계를 꺼냈다. 아버지에게서 물려받은 것이다. 마차로 돌아갈 시간이 되었다. 피슈만이 기다리고 있을 것이다. 바람을 등져서 걷기가 한층 수월해졌다.

브로이어는 생각했다.

"나보다 더 솔직한 것 같군요. 내가 생각한 이상으로 아버지를 엄청 부담스럽게 느꼈을지도 모르지요. 그런데도 나는 아버지가 상당히 그립습니다."

"어떤 점이 그리운데요?"

브로이어는 아버지를 떠올리며 눈앞에 스쳐 지나가는 기억의 조각을 이어 붙였다. 머리에 유대식 작은 모자를 쓴 노인이 저녁 식사로 나온 감자와 청어를 맛보기에 앞서 기도를 올리던 모습, 유대교 회당에 앉아 아들이 아버지의 기도복 숄의 장식술을 손가락에 빙빙 감는 걸 보고도 슬며시 웃으시던 모습, 체스를 할 때 한 수 물러달라고 조르면 "요제프, 나 스스로 네게 나쁜 본보기를 보일 순 없지"라시며 거절하시던 모습, 어린 학생들의 성인식을 준비하면서 유대교 계율을 암송하시는 굵은 바리톤 목소리가 집 안으로 울려 퍼지던 모습 등이 떠올랐다.

"특히 아버지의 관심이 그립죠. 늘 지켜봐주셨거든요. 마지막까지요. 정신이 혼미해져서 기억력이 둔해지셨을 때까지 말이죠. 아버지에게는 내가 잘한 일들, 의사로서의 성공이나 학문적인 발견, 심지어는 후하게 기부한 일까지 자세히 말씀드렸어요. 언제나 내 등 뒤에서 날 지켜보고 내 업적을 좋게 판단하신다고 생각했었죠. 그런 아버지의 모습이 점차 희미해지면서 내 성공적인 수행이 다 헛되고 무의미해진다는 느낌에 맞서야 했습니다."

"그러니까 당신의 성공이 아버지의 덧없는 마음속에 기록이 되면, 그때야 의미를 얻는다고 생각했다는 거죠?"

"어리석다는 거 알아요. 마치 허허벌판에서 혼자 쓰러지는 나무 소리 같은 것일 수도 있고요. 아무도 봐주지 않는 행동에도 무슨 의미가 있을까요?"

"물론 차이가 있지요. 나무는 귀가 없지만, 의미를 부여하는 건 당신이잖소."

"프리드리히, 당신은 나보다 더 자족적인 분 같습니다. 다른 어떤 사람보다도! 당신을 처음 봤을 때 동료들로부터 아무런 인정을 받지 못하면서도 초연할 수 있는 당신의 능력에 감탄했던 기억이 나는군요."

"난 이미 오래전에 더러운 양심보다 더러운 명성을 극복하는 게 더 쉽다는 걸 알았어요. 게다가 난 탐욕스럽지 않습니다. 군중을 위해 글을 쓰는 것도 아니고, 참는 법도 압니다. 내 학생들은 아직 태어나지도 않았거든요. 먼 훗날은 나의 것입니다. 어떤 철학자는 사후에 다시 태어나기도 하니까요!"

"하지만 프리드리히, 당신이 사후에 태어날 거란 말을 믿는다 해도 그것이 내가 아버지의 관심을 갈망하는 것과 그렇게 다른가요? 당신은 인내심을 갖고 먼 훗날까지 기다릴 수 있겠죠. 그렇지만 당신 역시 지켜봐줄 사람을 원하잖소."

잠시 침묵이 흘렀다. 마침내 니체가 고개를 끄덕이며 나지막이 말했다.

"어쩌면 그럴지도. 어쩌면 내 안에 아직도 버리지 못한 허영의 보따리가 있을지도 모르지요."

브로이어 역시 고개를 끄덕였다. 처음으로 자신의 의견이 니체에게 인정받았다는 점을 깨달았다. 이것이 둘의 관계에 전환점이 될 수 있을까? 아니, 아직은 아닌가 보다!

잠시 후 니체가 말했다.

"그래도 부모의 인정을 간절히 바라는 것과 미래에 뒤따라올 자들의 정신을 고양시키려는 노력은 엄연히 다르죠."

니체의 동기 역시 순수하고 자기 초월적인 것이 아니란 점은 분명했지만, 브로이어는 반박하지 않았다. 왜냐하면 니체도 자신이 기억되길 바라면서 취하는 자기만의 은밀한 방식을 갖고 있었기 때문이다. 니체나 그의 동기, 모든 동기가 하나의 근원, 즉 죽음의 망각에서 벗어나고자 하는 충동에서 나온 것처럼 보였다. 어쩌면 묘지 때문에 너무 음울해진 걸까? 한 달에 한 번도 너무 과한 것이었나 보다.

그러나 음울하다고 해서 이 산책의 분위기가 깨어지지는 않았다. 우정에 대한 니체의 정의를 생각했다. 두 사람이 좀더 고귀한 진리를 향해 함께 탐색하는 것, 그날 니체와 그의 모습이 바로 그것이 아니었을까? 그래, 그들은 친구였다.

브로이어는 두 사람 사이에 깊어가는 관계나 토론이 자신의 고통을 덜어주진 못한다 해도, 우정을 생각하니 위로가 되었다. 우정을 위해 그는 이런 불편한 생각을 무시하려 했다. 그러나 친구로서 니체가 그의 마음을 읽은 게 분명했다.

"함께 걷는 이 산책이 정말 좋군요. 하지만 우리가 만나는 이유인 당신의 심리 문제를 잊어선 안 되죠."

브로이어는 언덕을 내려가면서 미끄러워 균형을 잡기 위해 묘목을 붙잡았다.

"조심해요, 프리드리히. 돌이 반들거려 미끄러워요."

니체가 브로이어를 붙잡아주기도 하면서 함께 내려왔다.

"계속 생각해봤어요. 우리의 토론이 산만해 보여도 어쨌든 해결책을 향해 조금씩 꾸준히 다가가고 있는 겁니다. 베르타에 대한 집착을 직접적으로 공격했던 게 허사였다는 건 맞아요. 하지만 최근 며칠 사이에 그 이유를 알게 되었죠. 강박적 집착이 베르타와 관련된 것이 아니라는 것, 즉 단지 베르타뿐만 아니라 그녀에게 덧붙여진 여러 의미들을 포함하고 있다는 것 말입니다. 동의합니까?"

브로이어가 고개를 끄덕였다. 그러면서도 그런 지적인 작업만으로는 효과가 없다는 걸 정중히 표현하고 싶었다. 그런데 니체는 서둘러 말했다.

"우리의 처음 실수는 베르타를 목표물로 정했다는 겁니다. 제대로 적을 짚어내지 못한 거예요."

"그렇다면 진짜 적은?"

"대답은 당신이 알고 있잖소, 요제프! 왜 나더러 그걸 말하라고 합니까? 진짜 적은 당신 집착의 숨은 뜻입니다. 우리가 오늘 한 얘기를 생각해보세요. 텅 빈 공간, 망각, 죽음에 대한 당신의 공포로 계속 되돌아왔잖아요. 밤에 꾼 악몽에서도, 무너져 내리는 발밑의 땅에서도, 석판 위에 곤두박질치는 데서도 그 공포가 나타난 거라고 할 수 있어요. 묘지에서의 두려움이나 하찮은 일에 대한 염려, 혹은 주목받고 기억되고 싶은 소망은 또 어떻고요? 모순, 당신의 모순은 스스로 진리에 대한 탐색에 매진하면서도 정작 자신이 발견한 것을 차마 직면할 수 없다는 데 있어요."

"하지만 당신 역시 죽음이나 신이 없는 것에 불안해하고 있잖습니까? 처음부터 내가 물었을 텐데요? 어떻게 그걸 견디고 있으며, '어떻게 그런 끔찍한 공포를 견딜 수 있게 되었는가?'라고요."

"이제 말할 때가 된 것 같군요. 그때는 내 말을 들을 준비가 되지 않은 것 같아 하지 않았지만요."

니체는 뭔가 대단한 것을 말하려는 듯 입을 열었다. 니체가 무슨 말을 하려는지 궁금해진 브로이어는 예언자 투로 말하는 것에도 굳이 싫은 기색을 보이지 않았다.

"요제프, 나는 사람은 죽음을 '견뎌야' 한다거나 죽음과 '타협해야' 한다고 가르치지 않아요. 그건 삶에 대한 배반이니까요. 내가 말하고자 하는 것은 올바른 때에 죽으라는 것이오!"

"올바른 때에 죽어라!"

브로이어는 이 구절을 듣고 충격을 받았다. 유쾌한 오후의 산책이 갑자기 너무 심각해졌다.

"올바른 때에 죽어라! 이게 무슨 말입니까? 거듭 말하지만 대단히 중요한 걸 그렇게 선문답식으로 이야기할 땐 정말 견딜 수 없군요. 왜 그래야 합니까?"

"지금 두 가지 질문을 제기했는데, 어느 대답부터 듣고 싶소이까?"

"먼저 올바른 때에 죽는 것에 대해 말해보시지요."

"살아 있을 때 진정으로 살라! 삶을 완성했을 때 죽는다면 죽음이 두렵지 않다. 올바른 때에 살지 못하면 올바른 때 죽지도 못한다."

브로이어는 어느 때보다 더 좌절감을 느끼며 재차 물었다.

"그게 무슨 뜻인가요?"

"스스로에게 물어보시죠. 당신은 당신의 삶을 완성하였는가?"

"질문에 대한 답이 아니라 다시 질문을 하는군요."

니체가 또다시 반박했다.

"당신 역시 답을 아는 질문을 던지고 있는 겁니다."

"답을 안다면 내가 왜 묻겠습니까?"

"자신의 대답을 알고 싶지 않아서겠죠!"

브로이어는 잠시 말을 하지 못했다. 니체의 말이 옳다는 걸 알았지만 그 말에 반박하기보다 자신을 돌아보았다.

"내가 내 인생을 최대한 누렸던가요? 많은 것을 이뤘소. 다른 사람이 기대한 것 이상을요. 물질적 성공, 과학적 업적, 가족, 아이들. 그런데 전에 이런 것에 대해 다 얘기했었잖아요."

"아직도 내 질문을 회피하는군요. 당신은 당신의 인생을 살았나요? 아니면 삶에 의해 그저 살아진 겁니까? 당신이 선택했나요? 아니면 선택당했습니까? 삶을 사랑합니까? 아니면 후회하나요? 내 질문의 의미는 바로 이런 겁니다. 삶을 다 소진했습니까? 가족에게 큰일이 생기는데도 무력하게 기도하면서 서 있었던 아버지에 관한 꿈 기억납니까? 혹시 아버지를 닮은 것은 아닌가요? 결코 살아보지 못한 인생을 슬퍼하면서 힘없이 서 있는 것은 아닙니까?"

브로이어는 중압감을 느꼈다. 니체의 질문이 그의 폐부를 깊숙이 찔렀다. 변명의 여지가 전혀 없었다. 브로이어는 숨을 쉴 수조차 없었다. 가슴이 터질 것만 같았다. 잠시 걸음을 멈추고 대답하기 전에 세 번 깊이 숨을 들이마셨다.

"이런 질문들에 대한 답은 당신이 잘 알잖아요! 그래요, 내가 선택한 삶은 아닙니다! 난 내가 원하는 삶을 살지 않았어요. 내게 부여된 삶을 산 거죠. 나, 진짜 나는 내 삶 속에 그냥 구겨 넣어진 채로 말이죠."

"그게 바로 불안의 일차적인 원인입니다. 그런 압박을 느끼는 것은 살아보지 못한 삶으로 가슴이 터질 지경이기 때문인 거요. 심장이 한 번 뛸 때마다 시간도 똑딱똑딱 지나갑니다. 시간의 탐욕은 끝이 없어요. 시간은 게걸스러운 포식자거든요. 아무것도 되돌려주지 않아요. 당신에게 할당된 삶대로 살았다는 게 얼마나 끔찍합니까! 아무리 위험하다 해도 한 번도 자유를 외쳐본 적 없이 죽음을 맞이한다는 게 얼마나 끔찍하겠소이까!"

니체는 단호하게 설교하듯 말했다. 그의 목소리는 예언자의 목소리처럼 울려 퍼졌다. 브로이어는 실망감에 휩싸였다. 이 상황에서 그에게 도움이 될 만한 건 어디에도 없었다.

"프리드리히, 정말 거창한 이야기군요. 그런 표현 하나하나가 다 대단하다는 생각이 듭니다. 내 영혼을 흔들어요. 그러나 내 삶과는 너무 멀리 있어요. 자유를 주장하는 일은 내 일상에 어떤 의미일까요? 어떻게 내가 자유로워질 수 있을까요? 난 당신과 같지 않아요. 질식할 것 같은 대학 일을 그만둔 젊은 독신 남자가 아니란 말입니다. 난 너무 늦었소. 가족도 있고 직원, 환자, 학생 모두 있어요. 너무 늦었어요! 얘기는 할 수 있지만 내가 내 삶을 바꿀 수는 없어요. 다른 사람의 인생 실타래와 내 삶이 너무 촘촘히 교직되어 있으니까요."

긴 침묵이 흘렀다. 브로이어가 힘없이 말을 이었다.

"그러나 잠을 잘 수가 없어요. 이젠 가슴의 압박감을 더 이상 견딜 수가 없군요."

찬바람이 외투 속을 파고들자 그는 떨면서 목도리를 더 단단히 둘렀다. 니체는 평소답지 않게 그의 팔을 붙잡았다.

"내 친구여, 만일 내가 다르게 사는 법을 말해준다면 당신은 또다시 그것에 따라 살게 될 것이기 때문에 말해줄 수가 없어요. 하지만 요제프, 내가 할 수 있는 게 있습니다. 선물을 드리지요. 가장 강력한 생각, 생각 중의 생각이라는 선물을 드리지요. 이미 익숙한 것일지도 모르지만,《인간적인 너무나 인간적인》에서 간단히 제시한 바 있거든요. 이 생각은 다음에 나올 책의 길잡이가 될 거랍니다."

이전의 모든 것 중에서도 가장 절정에 있는 걸 뜻하기라도 한 듯이 니체가 장엄하고 엄숙한 목소리로 말했다. 두 사람은 팔짱을 끼고 걸었다. 브로이어는 니체의 말을 기다리며 묵묵히 앞만 보고 걸었다.

"요제프, 마음을 한번 비워보도록 해요. 사고실험을 상상해보세요. 어떤 악마가 당신에게 지금처럼 사는 것, 과거처럼 사는 것을 다시 한 번 되풀이해야 한다고 말한다면, 그것도 한 번이 아니라 헤아릴 수도 없이 반복해야 한다면, 새로울 게 전혀 없이 반복되는 삶, 당신 인생에서 모든 고통과 기쁨과 크고 작은 일들이 그대로 되풀이된다면, 그것도 똑같은 순서대로 되풀이된다면, 심지어 바람과 나무와 미끈한 돌, 묘지와 공포마저도, 이 평온한 순간에 팔짱을 끼고 이런 말들을 읊조리고 있는 당신과 내가 똑같이 되돌아온다면?"

브로이어가 아무 대꾸가 없자 니체가 계속 말을 이었다.

"존재의 영원한 모래시계를 계속해서 뒤집는다고 상상해보세요. 그리고 매번 뒤집을 때마다 당신과 내가 그냥 하나의 점으로 있다고 상상해보세요."

브로이어는 그의 말을 이해하려고 애썼다.

"어떻게 그런… 그런… 그런 환상을…."

"단순한 환상이 아닙니다. 사고실험 이상의 것입니다. 그냥 내 말에만 귀를 기울이세요. 다른 건 전부 떨쳐버리고! 오로지 무한에 대해서만 생각하세요. 당신 뒤쪽으로 저 멀리 과거를 뒤돌아본다고 생각해봅시다. 시간은 영원을 향해 후진합니다. 시간이 뒤로 무한히 후진한다면 일어날 수 있는 모든 일이 이미 일어났던 것이어야만 하지 않을까요? 지금 지나가는 모든 것들은 과거에 이미 그런 식으로 지나갔던 것이어야만 하지 않을까요? 무엇이 이곳을 걸어갔든 그것은 이전에도 이 길로 걸어갔어야 했던 것 아닌가요? 모든 것이 무한한 시간 이전에 지나갔다면 지금 이 순간, 나무 아래서 함께 얘기하고 있는 지금

이 순간을 어떻게 생각해야 할까요? 이 순간도 이전에 이미 있었던 건 아닐까요? 무한히 뒤로 가는 시간은 또한 무한히 앞으로 뻗어 있는 건 아닌가요? 이 순간, 아니 매순간 우리는 영원회귀하는 건 아닐까요?"

니체는 브로이어에게 이해할 시간을 주기 위해 잠시 얘기를 멈췄다. 한낮인데도 하늘은 어두웠다. 금방이라도 눈이 내릴 듯했다. 마차와 마부 피슈만이 어렴풋이 눈에 들어왔다.

병원으로 돌아가는 길에 두 사람은 다시 얘기를 시작했다. 니체는 영원회귀에 대한 가정이 일종의 사고실험이라고는 하지만, 과학적으로 증명될 수 있는 것이라고 주장했다. 브로이어는 시간이란 무한하며, (우주의 기본 원료로서) 힘은 유한하다는 두 가지 형이상학적 원리에 기초한 니체의 증명에 대해 회의적이었다.

만일 세상의 잠재태들이 유한하고 시간은 무한하다면, 모든 가능태들은 이미 일어났어야만 했다고 니체는 주장했다. 따라서 현 상태는 반복되어야 한다. 마찬가지로 현 상태로부터 생겨난 것과 그것을 생겨나게 한 것은 과거로 후진하고 미래로 전진해야 한다. 브로이어는 더욱 혼란스러웠다.

"그러니까 순전히 우연적으로 지금 이 순간이 과거에도 일어났을 거란 말인가요?"

"언제나 있었던 시간, 끊임없이 뒤로 뻗어나가는 시간을 생각해 보세요. 그런 무한한 시간 속에서 세상의 온갖 사건들이 재조합되어 스스로를 무한히 반복하지 않았겠습니까?"

"마치 한판의 주사위 게임처럼 말입니까?"

"그렇습니다. 존재의 한판 주사위 게임요!"

브로이어는 영원회귀에 대한 니체의 우주론적 증명에 대해 계속 물었다. 니체는 브로이어의 모든 물음에 답을 하다가 마침내 인내심이 바닥이 났는지 두 손을 들었다.

"요제프. 얼마나 여러 번, 당신은 구체적인 도움을 달라고 조르고 졸랐던가요? 얼마나 여러 번 당신을 변화시킬 수 있도록 직접적인 연관성을 제시해달라고 요구했던가요? 그런데 막상 요구하던 걸 주니까, 꼬치꼬치 따지면서 무시해버리는군요. 자, 자, 내 말을 잘 들어보세요. 이건 지금까지 한 말 중에서도 가장 중요한 겁니다. 이 사상에 자신을 완전히 내맡겨보세요. 그럼 그게 당신을 영원히 바꿔주리라고 약속할 수 있어요!"

브로이어는 전혀 흔들리지 않았다.

"하지만 어찌 내가 증거도 없이 믿을 수 있겠습니까? 억지로 믿을 수는 없어요. 기껏 기존의 종교를 버렸는데, 이제 새로운 종교를 받아들이라고요?"

"증거는 매우 복잡합니다. 아직 미완성인 데다 몇 년은 더 연구해야 하거든요. 토론을 하다 보니 우주론적 증거를 찾아내려고 그 많은 시간을 바쳐야 할지조차 확신이 서지 않습니다. 아마 다른 사람들도 그걸 심심풀이 정도로 이용할지 모르겠군요. 당신처럼 그들도 증거를 따지다가 정작 중요한 점은 무시하겠죠. 중요한 건 영원회귀의 심리적 결과란 말입니다."

브로이어는 아무 말도 하지 않았다. 그저 창밖을 내다보며 머리를 절레절레 흔들 뿐이었다.

"자, 이렇게 말하면 어떨까요? 영원회귀가 있음직한 것이라는 점을 인정해줄 수는 있겠지요? 아니, 잠깐, 그 정도까지 요구하지도 않습니다! 그저 그게 가능하다 혹은 그럴 수도 있겠다 정도면 충분합니다. 영원한 천벌이라는 동화 같은 얘기보다 훨씬 더 가능성이 높고 증명 가능한 것이니까요! 가능성을 받아들인다고 해서 손해 볼 게 뭐가 있겠소이까? 그걸 '니체의 내기'로 생각할 수도 있잖아요?"

브로이어는 고개를 끄덕였다.

"당신 인생에 대해 영원회귀가 함축하는 바들을 생각해봐요. 추상적이 아니라 구체적으로, 바로 오늘을 한번 생각해봐요!"

"나의 모든 행위, 모든 고통이 영원히 경험될 거란 말인가요?"

"그렇습니다. 영원회귀란 당신이 어떤 행위를 선택하는 순간마다 그 행위를 영원히 또한 기꺼이 선택해야 한다는 뜻입니다. 그것은 취하지 않은 행동, 사산된 생각, 하지 않은 선택, 그 모든 것들에 대해서도 마찬가지입니다. 살아보지 못한 삶은 당신 내면에 영원히 부풀어오른 채 남아 있어요. 억눌려 있던 본심의 목소리가 영원히 당신에게 소리칠 것입니다."

브로이어는 어지러웠다. 듣고 있기가 힘이 들었다. 말할 때마다 위아래로 흔들리는 니체의 커다란 코밑수염에 집중해보려고 애썼다. 그러나 입과 입술 전체를 가리고 있어서 도무지 무슨 말이 나올지 알 수 없었다. 가끔씩 니체의 눈길과 마주쳤지만, 그 눈빛이 너무 형형해서 살집이 있는 코 쪽으로 눈길을 내리깔거나 아니면 코밑수염처럼 텁수룩한 눈썹으로 시선을 올려야만 했다. 브로이어는 가까스로 질문을 던졌다.

"그렇다면 영원회귀는 일종의 불멸을 약속한다는 거요?"

니체가 거세게 반발했다.

"아니오! 인생은 약속된 미래의 인생 때문에 결코 변형되거나 억압될 수 없습니다. 불멸은 지금의 인생이고 지금 이 순간이죠. 다음 생이란 없어요. 지금 지향해야 할 인생의 목적지라는 것도 없고, 그렇다고 묵시록적인 심판 같은 것도 없습니다. 이 순간만이 영원히 존재할 따름입니다. 그리고 당신만이 당신의 유일한 관객입니다."

브로이어는 전율이 일었다. 니체의 주장에 담긴 섬뜩한 의미들이 점점 더 명료해질수록 그의 거부 의지는 사그라졌고 대신 그의 정신은 깊은 사색에 빠졌다.

"요제프, 다시 말하겠는데, 이 사상에 당신을 전적으로 맡겨보세요. 그리고 한 가지 질문이 있습니다. 이 생각을 좋아합니까, 아니면 싫어합니까?"

브로이어는 비명에 가까운 대답을 했다.

"당연히 싫지요! 내가 인생을 제대로 살지 못했을 뿐만 아니라 자유도 맛보지 못했다는 걸 의식하며 영원히 살라고요? 생각만 해도 소름이 끼치는군요."

"그렇다면 그 생각을 좋아할 수 있는 방식으로 살면 되잖소!"

"지금 내가 좋아하는 것이라고는 여태껏 나는 타인들에 대한 의무를 다했다는 생각이에요."

"의무라고요? 의무가 당신 자신과 무조건적인 자유의 추구보다 더 중요합니까? 당신 자신에 도달하지 못했다면 그때 의무란 자신이 거대해지기 위해 타인을 이용하는 것에 불과한 것이겠죠."

브로이어는 기운을 차리고 반박해보려고 애썼다.

"타인에 대한 의무 같은 것은 분명 존재합니다. 나는 그 의무에 늘 충실해왔소. 적어도 그걸 확신할 정도의 용기는 있습니다."

"당신의 그 확신을 바꿀 용기가 있다면 훨씬 더 좋겠지요. 의무와 성실함은 속을 숨기는 커튼이고 속임수예요. 자기 해방은 의무에 대해서 신성한 '아니오!'를 말할 수 있는 용기거든요."

브로이어는 놀란 눈빛으로 니체를 보았다.

"자기 자신이 되고 싶다, 내게 그런 말을 얼마나 자주 했습니까? 한번도 제대로 자유를 누리지 못했다고 얼마나 한탄을 했습니까? 당신의 친절과 의무, 성실성, 이 모든 것이 당신을 가두는 감옥의 창살입니다. 그런 작은 미덕에 갇혀 당신은 자신을 파멸시키고 말 겁니다. 당신의 감춰진 사악함에 대해서도 알아야 합니다. 일부만 자유로울 수는 없어요. 왜냐하면 본능 역시 자유를 갈구하기 때문이에요. 동굴 속에 있는 들개의 본성 말이죠. 그것들이 자유를 부르짖는다니까요. 잘 들어보세요. 안 들려요?"

"하지만 난 자유로울 수가 없소. 이미 신성한 결혼의 맹세를 했고, 아이들과 학생들, 환자들에 대한 의무도 있소."

"아이들을 키우려면 자신부터 먼저 커져야죠. 그렇지 않고서는 자신의 동물적 욕구 때문에 혹은 외로움에서 벗어나거나 자신의 결핍을 땜질할 요량으로 아이들을 키우게 됩니다. 부모의 의무는 자신의 분신이나 또 다른 요제프가 아니라, 좀더 고귀한 무언가를 생산하는 겁니다. 그건 창조자를 생산하는 일입니다. 그리고 당신 부인은 어떤가요? 그녀 역시 당신처럼 결혼이라는 감옥에 갇혀 지내고 있지는 않을까요? 결혼은 감옥이 아니라 좀더 고귀한 뭔가를 키우는 정원이어야 합니다. 당신의 결혼 생활을 구원하는 유일한 방법은 그것을 포기하는 일인 것 같습니다."

"이미 신성한 결혼서약을 했는데."

"결혼은 좀더 큰 것입니다. 둘이서 늘 사랑하는 상태의 무엇이죠. 그래요. 결혼은 신성합니다. 허나…."

니체의 목소리가 점점 약해졌다.

"그다음은 뭐죠?"

니체의 목소리가 다시 거세어졌다.

"결혼은 신성합니다. 하지만 결혼 생활로 망가지느니보다는 결혼 생활 자체를 깨뜨리는 게 낫습니다!"

브로이어는 눈을 감고 깊은 생각에 빠졌다. 돌아갈 때까지 둘 다 아무 말도 하지 않았다.

1882년 12월 16일, 브로이어 박사에 대한 프리드리히 니체의 노트 중에서

날이 밝을 때 시작된 산책은 어두워져서야 끝났다. 묘지 깊숙이 너무 멀리까지 간 모양이었다. 좀더 일찍 돌아왔어야 했을까? 그에게 너무 강력한 사상을 주입했나? 영원회귀는 정말 무거운 망치와도 같다. 아직 준비가 되지 않은 사람을 부술지도 모른다. 아니다! 심리학자, 영혼의 해결사는 누구보다 강해져야 한다. 그렇지 않으면 그는 연민에 빠질 것이다. 그러면 그의 학생은 얕은 물에서 허우적거릴 수밖에.

그러나 산책이 끝날 무렵, 요제프는 매우 괴로워서 말조차 하기 힘들어했다. 강하게 태어나지 않은 사람도 있다. 진정한 심리학자라면 화가가 팔레트를 소중히 여기듯이 자신의 도구를 소중히 해야 한다. 친절과 인내가 더 필요했다. 새로운 옷을 어떻게 짜는지를 가르쳐주기 전에 헌옷을 벗도록 도와줘야 하는가? '무언가를 위한 자유'를 가르치지 않고 '무엇으로부터 해방되는 자유'부터 가르쳐버린 건 아닐까?

아니다, 지도자라면 급류 옆에 있는 난간이 되어야지, 목발이 되어서는 안 된다. 지도자라면 제자 앞에 가로놓인 오솔길들을 밝혀주어야겠지만, 그 길을 자신이 선택해선 안 된다. 그가 내게 부탁한다.

"내 선생이 되어주시오. 절망을 극복할 수 있게 해주시오." 내가 알고 있는 지식들을 감춰야 할까? 그렇다면 제자의 책임은? 그는 자신을 좀더 단련시켜야 한다. 그의 손가락으로 난간을 붙잡아야 하고 제대로 된 길을 찾기 전에 잘못된 길로 여러 번 들어가는 시행착오도 겪어야 한다.

산에 혼자 있을 때, 나는 정상에서 정상으로 건너는 지름길을 간다. 그러나 내가 너무 앞서 가면 학생들은 길을 잃는다. 내 보폭을 줄이는 법을 알아야 한다. 오늘 우리는 너무 빨리 걸었던 것 같다. 꿈을 해석해주고, 두 명의 베르타를 분리시켜놓았고, 죽은 사람을 다시 묻고 올바른 때에 죽는 법을 가르쳤다. 이 모든 것은 회귀라는 큰 주제를 말하기 위한 서곡에 불과했다.

그를 너무 비참하게 한 걸까? 내 얘길 들으면서 자주 놀라는 것 같았다. 하지만 내가 무엇에 도전하고 무엇을 파괴했는가? 그저 공허한 가치와 흔들리는 믿음일 뿐! 흔들리는 것, 그것을 밀어내야 한다.

오늘 나는 최고의 선생은 제자로부터 배우는 자임을 알았다. 아버지에 관해서 말한 것은 그의 말이 맞을지 모르겠다. 아버지를 일찍 여의지 않았다면, 내 인생이 얼마나 달라졌을까! 죽음에 대한 그의 생각이 마음에 들지 않아서 내가 너무 세차게 망치질을 해댄 게 아닐까? 아직도 관객을 갈망해서 망치를 그토록 세차게 휘둘렀을까?

마지막 그의 침묵이 걱정스럽다. 눈을 뜨고는 있었지만 보지 않는 것 같았다. 숨도 제대로 쉬지 못했다. 그러나 조용한 밤에 이슬이 가장 많이 내리는 법이다.

21

가지 않은 길

비둘기들을 풀어준다는 것은 가족과 작별하는 것만큼 힘든 일이었다. 브로이어는 새장 문의 걸쇠를 벗기고 열린 창문 위까지 새장을 들어 올렸다. 그는 울고 있었다. 처음엔 비둘기들이 이해하지 못하는 것 같았다. 비둘기들은 먹이통의 황금빛 곡식알에서 눈을 떼고 이상하다는 듯이 브로이어를 쳐다보았다. 브로이어는 비둘기들에게 자유를 찾아 날아가라고 명령하는 손짓을 했다.

브로이어가 억지로 새장을 세차게 뒤흔들고 나서야 비로소 비둘기들은 감옥의 열린 출구를 빠져 날아가기 시작했다. 비둘기들은 주인이 있는 곳을 뒤돌아보지 않고 붉게 물든 하늘로 날아갔다. 브로이어는 비둘기들이 날아가는 모습을 슬프게 바라보았다. 은빛이 도는 푸른 날갯짓은 이제 그의 과학적 연구 경력의 종말을 뜻했다.

비둘기들이 모두 날아가 하늘이 텅 빈 지 한참이 지나도록 그는 창밖을 망연히 바라보았다. 그날은 그의 생애에서 가장 괴로운 날이었다. 그날 아침 일찍 마틸데와 대면하고 난 뒤 브로이어는 아직도 온몸이 굳어 있었다. 계속 그 장면을 떠올리면서, 자신이 떠난다는 것을 그녀에게 알릴 수 있는 더 정중하면서도 덜 고통스러운 방법들을 찾아보았다.

"마틸데, 간단히 이렇게 말하는 방법밖엔 없는 것 같소. 난 자유를 얻어야만 해요. 난 덫에 걸린 기분이오. 당신 때문이 아니라 운명 탓에. 내가 선택하지 않았던 운명 때문에 말이오."

마틸데는 너무 놀라서 그를 뚫어지게 쳐다보았다. 브로이어는 이야기를 계속했다.

"갑자기 나이가 들어버렸소. 삶의 한가운데에 매장된 늙은이가 바로 나라는 걸 깨달았소. 직업과 경력, 가족과 문화 등이 모든 것들이 내게 부여된 것일 뿐 내가 선택한 건 아무것도 없었소. 나 자신에게 기회를 주고 싶소. 나 자신을 찾을 수 있는 기회를 말이오."

마틸데는 대답했다.

"기회? 자신을 찾는다고요? 요제프, 지금 무슨 말을 하는 거예요? 이해할 수 없어요. 당신이 원하는 게 뭐죠?"

"내가 당신에게 원하는 건 없소. 다만 나 자신에게 원하는 것뿐이오. 내 인생을 변화시키고 싶소. 그러지 않으면 살아 있다는 걸 느끼지도 못한 채 죽음을 맞을 테니까."

"요제프, 이건 미친 짓이에요!"

마틸데의 언성이 높아지면서 두려움으로 눈이 커졌다.

"대체 무슨 일이 있었던 거죠? 언제부터 당신 인생, 내 인생을 찾았던가요? 우리는 인생을 나눠 가졌어요. 서로의 삶을 묶는다는 약속을 했잖아요."

"하지만 내 인생이 내 것이 되기도 전에 어떻게 그걸 나눠줄 수 있단 말이오?"

"당신을 이해할 수 없군요. '자유', '자신을 찾는다', '이제까지 삶을 살지 않았다'는 당신의 말은 모두 헛소리로 들려요. 요제프, 도대체 무슨 일이 일어난 거죠? 우리에게 무슨 일이?"

마틸데는 더 이상 말을 잇지 못했다. 그녀는 그에게서 벗어나 두 손으로 입을 막고 흐느껴 울기 시작했다.

요제프는 그녀의 몸이 가늘게 떨리는 것을 바라보았다. 그는 그녀에게로 좀더 가까이 다가갔다. 그녀는 소파의 팔걸이에 고개를 떨어뜨린 채 숨을 쉬려고 애썼다. 그녀의 눈물이 무릎 위로 떨어져 내리고 흐느낌으로 가슴이 흔들렸다. 그녀를 위로하기 위해 어깨 위에 손을 얹자 그녀가 슬그머니 몸을 뺐다. 그 순간 그는 인생의 갈림길에 서 있다는 것을 깨달았다. 그는 사람들로부터 벗어났다. 모든 것들과 단절되었다. 아내의 어깨와 등, 가슴은 더 이상 그의 것이 아니었다. 그는 그녀를 만질 권한을 포기한 터였다. 이제 그는 아내의 육체라는 은신처 없이 세상과 대면해야 했다.

"난 지금 떠나려 하오, 마틸데. 어디로 갈 건지는 말할 수 없소. 나 자신조차 모르는 게 더 나을 듯하오. 앞으로 어떻게 해야 할지는 막스에게 일러두었소. 당신에게 모든 걸 남겨두고 떠나리다. 단지 몸에 걸칠 옷가지와 조그만 가방, 먹는 걸 해결할 정도의 돈만 가지고 갈 테니까."

마틸데는 계속해서 울었다. 그녀는 대답조차 할 수 없는 것처럼 보였다. 그의 말을 듣기나 했을까?

"내 거처가 정해지면 연락하겠소."

여전히 그녀는 대답을 하지 않았다.

"난 떠나야 하오. 내 삶을 변화시키고 통제해야 하니까. 자기 운명을 스스로 선택할 때 우리 모두 더 나아질 것이라 생각하오. 어쩌면 똑같은 삶을 선택할지도 모르지. 하지만 내가 한 선택이어야만 하오, 나의 선택."

울고 있는 마틸데는 여전히 대답이 없었다. 브로이어는 멍하니 방을 빠져나왔다.

그는 비둘기가 있던 새장 문을 닫아 실험실 선반 위에 올려놓으면서 이 모든 대화들이 커다란 실수였다고 생각했다. 새장 하나에는 외과 실험의 결과 평형감각을 잃어버려서 날지 못하는 네 마리의 비둘기가 남아 있었다. 그는 떠나기 전에 그 새들을 포기해야만 한다는 것을 알았다. 그러나 그는 그 어떤 것에도 책임지고 싶지 않았다. 비둘기들에게 물과 먹이를 채워주고 그들을 자기 운명에 맡겼다.

자유, 선택, 덫에 걸림, 운명, 나 자신을 찾아 나선다는 말들을 그녀에게 하지 말았어야 했다. 어떻게 그녀가 나를 이해할 수 있겠는가? 나 자신도 이해하기 힘든 것을. 프리드리히가 맨 처음 그런 말을 했을 때, 나 역시 그를 이해할 수 없었다. 예컨대 '잠깐의 휴가', '직업상의 피로', '북아프리카 온천으로의 장기 여행' 등과 같은 말들을 하는 게 오히려 더 나을 뻔했다. 그녀가 이해할 수 있는 말들을 했다면 그녀가 가족과 일가친척과 주변 사람들에게 그의 부재를 설명하는 것이 그다지 힘들지 않을 것이다.

그녀는 사람들에게 도대체 뭐라고 설명할 것인가? 그녀의 사회적 위치는 어떻게 될까? 아니다, 그만하자. 그건 그녀의 책임이지 내 책임은 아니다. 다른 사람들의 책임까지 지는 것은 나와 그 사람들에게까지 덫을 놓는 일이다.

계단을 오르는 발걸음 소리에 브로이어의 생각은 멈추고 말았다. 마틸데가 문을 거칠게 열어젖혔다. 창백한 얼굴과 산발한 머리카락, 분노한 시선은 무시무시해 보였다.

"요제프, 이제 울지 않을 거예요. 그리고 당신에게 대답을 할게요. 뭔가 잘못됐어요. 당신이 방금 말한 것 중에 정말 악랄한 게 있더군요. 어리석은 건 말할 것도 없고요. 자유! 자유! 당신이 자유, 자유를 말하는데, 그게 얼마나 저를 잔인하게 조롱하는지 알기나 해요! 저는 당신이 누리는 자유나마 누려봤으면 좋겠어요. 교육과 직업을 선택할 수 있는 남자의 자유 말이에요. 여태껏 이처럼 배우고 싶은 욕망을 가진 적이 없어요. 당신이 얼마나 어리석은지 당신에게 논리적으로 증명해 보이고 싶다고요."

마틸데는 말문을 멈추고 책상에서 의자를 뒤로 뺐다. 그리고 브로이어의 도움도 마다하고 잠시 숨을 고르기 위해 조용히 앉았다.

"떠나고 싶다고요? 새로운 인생을 선택하고 싶다고요? 그럼 당신이 이미 했던 선택들은요? 그건 잊으셨나요? 당신은 저와의 결혼을 선택했어요. 진정으로 저와 우리에게 헌신하기로 선택했던 건 뭔가요? 그 선택을 존중하길 마다한다면 도대체 선택이란 뭐죠? 그게 뭔지 도무지 이해할 수가 없군요. 아마도 변덕이거나 충동이겠죠. 그러나 그건 선택이 아니에요."

이런 모습의 마틸데를 본다는 것은 두려운 일이었다. 그러나 브로이어는 자신의 입장을 번복할 수는 없었다.

"난 '우리'가 되기 전에 '나' 자신이 되었어야 했소. 난 선택을 할 적당한 시기가 되기도 전에 선택부터 했던 거요."

마틸데가 재빨리 다시 일어섰다.

"그래도 그것 역시 선택은 선택이죠. '나'라는 존재가 되지 못한 이 '나'는 도대체 누군가요? 1년 후에도 당신은 오늘의 '나'란 존재가 아직 완성되지 않았다고 말하겠죠. 그리고 오늘 당신이 한 선택들은 중요하지 않을 테고요. 이것은 단지 자기기만이고 당신의 선택으로 인한 책임을 회피하려는 핑계에 지나지 않아요. 우리가 결혼식에서 랍비에게 '예'라고 말했을 때, 이미 다른 선택들에 대해서는 '아니요'라고 말했던 거예요. 나는 다른 사람과 결혼할 수도 있었어요. 얼마든지! 나를 원했던 남자들은 많았으니까. 제가 빈에서 가장 아름다운 여자라고 말했던 사람은 바로 당신이 아니었나요?"

"그건 지금도 그렇소."

마틸데는 잠시 머뭇거렸다. 그러나 곧 그의 말을 일축해버리고 계속 말을 이었다.

"당신은 결혼 서약을 저버린 채 갑자기 '아니, 난 취소해야겠소. 난 확신할 수가 없소'라고 말하고 있다는 걸 몰라요? 그건 부도덕한 짓이에요. 아주 사악하고."

브로이어는 할 말이 없었다. 그는 숨을 죽이고 로베르트의 고양이처럼 자기 귀를 납작하게 붙이는 것을 상상해보았다. 마틸데가 옳았다. 그리고 한편으론 그녀가 틀렸다.

"당신은 선택할 수 있기를 바라면서 동시에 모든 선택에 열려 있기를 바라죠. 당신은 저에게 제 자유를 포기하라고 요구했어요. 자유라 해봤자, 고작 남편을 선택하는 정도의 자유지만요. 당신은 당신의 소중한 자유가 열려 있기를 바라죠. 스물한 살 먹은 환자와 당신의 욕정이나 채우려고요."

브로이어는 얼굴을 붉혔다.

"그래, 그것이 바로 당신이 생각한 바요? 아니오. 이건 베르타나 다른 여자와는 아무 관계가 없소."

"말은 그렇게 하면서도 당신 얼굴에는 그렇지 않았다고 쓰여 있는데도요? 난 교육받지 못했죠, 요제프. 내 것이라고는 선택해보지 못했어요. 그렇다고 제가 바보는 아니에요!"

"마틸데, 나의 몸부림을 너무 깔아뭉개지 마시오. 내 인생 전체의 의미와 씨름하고 있는 중이오. 남자는 다른 사람들에 대한 의무가 있소. 그러나 스스로에게 더 고귀한 것을 가지고 있소. 나는…."

"그러면 여자는요? 여자의 의미, 여자의 자유는 어쩌고요?"

"남자들을 의미하는 게 아니오. 나는 사람들을 의미해요. 남자와 여자 모두를. 우리들 각각은 선택을 해야 하오."

"전 당신과 달라요. 제 선택이 다른 사람들을 포로로 만들 경우엔 자유를 선택할 수 없어요. 당신과 자유가 제게 어떤 의미인지 생각해 보셨나요? 미망인이나 버림받은 아내는 어떤 종류의 선택을 할 수 있죠?"

"당신도 나처럼 자유롭소. 당신은 젊고 부자고 매력적이며 건강하오."

"자유롭다고요? 오늘 당신 머리가 어떻게 된 거 아니에요, 요제프? 생각을 해보세요! 여자의 자유가 어디 있죠? 교육도 허락받지 못했어요. 아버지의 집에서 당신의 집으로 옮겨 왔을 뿐이죠. 양탄자나 가구 하나 고르는 자유조차도 어머니나 할머니와 싸워야 했어요."

"마틸데, 그건 현실이 아니오. 그건 단지 당신을 구속했던 문화에 대한 당신의 태도에 불과하오. 2주 전에 난 젊은 러시아 여자와 상담을 했소. 러시아 여자들이 빈 여자들보다 더 큰 자유를 가진 것도 아니지만, 어쨌거나 그 젊은 여자는 자기 자유를 주장했소. 그녀는 자기 가족의 뜻과는 달리 교육을 요구했소. 그녀는 자신이 원하는 삶을 선택할 권리를 행사하고 있소. 그러니 당신도 그렇게 할 수 있을 거요! 당신은 원하는 건 뭐든 할 수 있는 자유가 있소. 당신은 부자요! 당신은 이름도 바꿀 수 있고 이탈리아로 이사할 수도 있소!"

"말, 말, 말! 서른여섯의 유대인 여성이 자유롭게 여행을 한다? 요제프, 당신, 바보 아니에요? 정신 차려요! 현실을 직시하란 말이에요. 말속에서 살지 말고! 아이들은 어쩌고요? 내 이름을 바꾸라고요? 둘 다각자 새 이름을 하나씩 골라볼까요?"

"마틸데, 당신이 결혼하자마자 아이 갖기를 무엇보다 원했다는 걸 기억하시오. 아이들, 더 많은 아이들을. 나는 당신에게 기다려달라고 간청했었소."

그녀는 입술을 지그시 깨물면서 고개를 돌렸다.

"자유롭게 되는 방법을 말할 순 없소, 마틸데. 당신이 가는 길을 내가 만들어줄 순 없단 말이오. 그렇게 되면 그건 더 이상 당신의 길이 아닐 테니까. 하지만 당신이 용기만 있다면, 그 길을 발견할 거라는 걸난 알고 있소."

그녀는 일어나 문으로 걸어갔다. 그리고 그를 향해 고개를 돌리면서 진지하게 말했다.

"요제프, 잘 들어요! 당신은 자유를 찾고 선택을 하고 싶으시죠? 그러면 이 중요한 순간 또한 선택이라는 걸 알겠네요. 당신은 자기 인생을 선택할 필요성이 있다고 말하는군요. 그러다가 때가 되면 여기서 당신 인생을 다시 시작하겠죠. 하지만 요제프, 저 역시 제 인생을 선택할 거예요. 전 당신에게 집으로의 귀환은 없다는 걸 분명히 못박아두고 싶군요. 당신은 절대 저와 함께 인생을 다시 시작하진 못할 거예요. 왜냐하면 이 집은 더 이상 당신의 집이 아닐 테니까!"

요제프는 눈을 감고 머리를 숙였다. 이어서 문이 쾅 닫히고 마틸데가 계단으로 내려가는 발걸음 소리가 들렸다. 그는 마틸데의 일격에 휘청거렸지만, 이상하게도 기분이 들떠 있었다. 마틸데의 마지막 말은 끔찍했다. 하지만 그녀가 옳았다! 이 결정은 돌이킬 수 없는 것이었다.

이제 모든 것이 해결됐다는 생각이 들었다. 마침내 어떤 것이 일어

412

나고 있었다. 진정한 것이. 단지 생각이 아니라 현실 속의 어떤 것이. 나는 얼마나 이 장면을 마음속에 그려왔던가. 이제 그것을 느낀다! 자신의 운명을 통제한다는 게 어떤 건지 알겠다. 그것은 끔찍하면서도 경이로운 것이다.

그는 짐을 다 꾸린 다음 자고 있는 아이들에게 일일이 입맞춤을 했다. 그들에게 조용히 작별인사를 속삭였다. 오직 로베르트만이 중얼거리며 몸을 뒤척였다.

"아빠, 어디 가세요?"

그러나 이내 다시 잠들어버렸다. 그런데 이상하게도 아무 고통도 느껴지지 않았다. 브로이어는 자신을 보호하기 위해 감정을 마비시키는 방식에 놀랐다. 여행 가방을 집어 들고 진료실 계단을 내려갔다. 그는 진료실에 앉아 남은 오전 시간에 베커 부인과 세 명의 의사들에게 장문의 지시 사항이 적힌 노트를 작성했다. 그 의사들에게 환자들을 인계하기로 했던 것이다.

그는 친구들에게 자세한 내막의 편지를 써야 할지 잠시 망설였다. 이전의 삶과 연결된 모든 끈을 끊어버릴 때가 아닌가? 니체는 새로운 자아란 자신의 오래된 삶의 잿더미 위에서 세워져야 한다고 말했다. 그러나 니체도 오래된 몇몇 친구들과 서신 왕래를 계속했다는 사실이 문득 떠올랐다. 니체마저 완벽한 고립에 맞서지 못했다면, 그가 감당해내기 어려운 그 일을 자신에게 요구할 필요가 있겠는가?

그래서 그는 가장 절친한 친구들인 프로이트와 에른스트 플라이슐, 프란츠 브렌타노에게 작별을 고하는 편지를 썼다. 이처럼 간략한 편지로는 불충분하고 이해가 가지 않을 수도 있다는 것을 인정하면서도 자신이 떠나는 동기를 그들에게 설명했다.

"나를 믿어주게."

브로이어는 각자에게 이렇게 간곡히 부탁했다.

"이것은 결코 경솔한 행동이 아닐세. 내 행동에는 매우 뜻 깊은 이유들이 있네. 나중에 모두 설명하겠네."

브로이어는 시체 해부 과정에서 심각하게 감염된 적이 있는 자신의 병리학자 친구 플라이슐에게 특히 죄책감이 들었다. 여러 해 동안 그에게 의학적이고 심리학적인 문제에 도움을 주었는데, 이제 그걸 못하게 되었기 때문이다. 그는 프로이트에게도 죄책감이 들었다. 프로이트는 친구이자 직업적인 조언자였지만, 무엇보다 그의 경제적인 도움을 필요로 했다. 마틸데를 흠모하는 프로이트가 세월이 지나면 자신의 결정을 이해하고 용서해주기를 바랐다. 브로이어는 프로이트의 모든 빚을 탕감해준다는 별도의 공식 각서를 덧붙였다.

마지막으로 베커슈트라세 7번가 계단을 내려가면서 그는 눈물을 흘렸다. 피슈만을 데려오려고 딘츠만 구역으로 가기 전에 정문에 걸려 있는 청동으로 만든 명패를 바라보았다.

상담의사, 요제프 브로이어: 2층

이다음에 빈을 방문할 때면, 그의 명패는 거기에 없을 것이다. 그의 진료실에도 없을 것이다. 아, 화강암으로 된 벽돌집, 이층집은 여전히 여기에 있을 테지만, 더 이상 그의 것이 아닐 것이다. 진료실은 머지않아 그의 체취가 사라지게 될 것이다. 어린 시절에 살았던 집을 방문할 때마다 맛보게 되는 강렬한 친근함과 고통스러운 무관심, '더 이상 내 자리가 없구나!'라는 느낌을 브로이어는 맛보았다. 그 집에는 열심히 살아가는 또 다른 가족이 거주할지도 모른다. 아마도 많은 세월이 흐른 후에 의사로서 장래가 촉망되는 또 다른 소년이 그곳에서 자라고 있을지도.

그러나 요제프 브로이어가 반드시 필요한 것은 아니었다. 그는 조만간 잊혀질 것이다. 그가 차지했던 자리는 시간과 다른 존재에 의해서 묻히고 말 것이다. 앞으로 10년에서 20년이 지나면 죽을 것이다. 결국 홀로 죽을 것이다. 아무리 친구가 있다고 한들 사람은 언제나 홀로 죽게 마련이었다.

인간은 원래 혼자이며, 운명이란 환상에 불과하다고 생각하니 브로이어는 자신이 자유롭다는 생각으로 기분이 좋아졌다. 하지만 사륜마차에 몸을 실으면서 그의 기분은 중압감으로 변했다. 거리에 있는 다른 아파트들을 쳐다보았다. 누군가가 그를 지켜보고 있을까? 지금 이웃들은 창문 너머로 이 광경을 지켜보고 있을까? 확실히 자기 이웃들은 이 중대한 일대 사건을 의식하고 있을 것이다. 그들이 미래를 알고 있을까? 마틸데는 장모님과 처제들을 불러와서 함께 그의 옷가지들을 길거리에 내팽개칠까? 그는 화가 난 아내들이 그렇게 한다는 것을 예전에 들은 적이 있었다.

첫 번째로 멈춘 곳은 막스의 집이었다. 막스는 그를 기다리고 있었다. 왜냐하면 전날 니체와 묘지에서의 대화 직후 브로이어는 막스에게 그가 빈을 떠날 결심을 했다는 것을 털어놓으면서 마틸데의 재정 문제를 처리해줄 것을 부탁했기 때문이다.

막스는 브로이어의 충동적이고 파괴적인 행동을 다시 한 번 강하게 만류했다. 그러나 소용이 없었다. 브로이어의 의지는 단호했다. 마침내 막스는 지쳤는지 동서의 결정을 체념하고 받아들이는 듯 보였다.

한 시간가량 두 사람은 가족의 재산 관련 서류들을 서둘러 처리했다. 브로이어가 막 떠나려는 찰나, 막스가 갑자기 벌떡 일어나 그 거구로 문간을 막았다. 막스가 팔을 뻗는 걸 본 브로이어는 순간 물리적으로 자신을 만류하나 싶어 덜컥 겁이 났다. 하지만 막스는 그냥 그와 포옹하려던 것뿐이었다. 막스는 목이 메어 울울한 목소리로 말했다.

"그래, 오늘 밤엔 체스 게임을 못한단 말이지? 내 인생도 이전과 같진 않을 걸세, 요제프. 자네가 무척 그리울 거야. 자넨 내 가장 좋은 친구였으니까."

브로이어는 이루 말할 수 없는 감정에 북받쳐 막스를 잠시 포옹했다. 그리고 재빨리 그 집을 나왔다. 마차에서 그는 피슈만에게 기차역으로 가자고 부탁했다. 도착하기 바로 직전 브로이어는 피슈만에게 자신이 아주 오랜 여행을 떠날 거라고 일러주었다. 그리고 그에게 두 달 치 급료를 주면서 빈에 돌아오면 연락하겠다고 약속했다.

브로이어는 기차를 기다리면서, 자신이 '결코 돌아오지 않을 것임을 피슈만에게 말해줬어야 했는데'라는 자책감에 사로잡혔다.

"그에게 그처럼 소홀히 대하다니, 어떻게 이럴 수가? 10년 세월을 함께 보냈는데."

그러다가 그는 얼른 자신을 용서했다. 단 하루 만에 그 모든 걸 감당하기에는 짐이 너무 무거웠다.

그는 스위스의 크로이츨링겐이라는 작은 도시로 향하고 있었다. 그곳에는 지난 몇 달 동안 베르타가 입원해 있는 벨뷰 요양소가 있었다. 그는 혼란스러운 자기 정신 상태가 당혹스러웠다. 그 사이 언제, 어떻게 베르타를 방문하기로 결정해버렸을까?

기차가 덜컹거리며 움직이는 동안 그는 머리를 의자에 기댄 채 눈을 감았다. 그리고 그날 있었던 일들을 곰곰이 되짚어보았다.

프리드리히가 옳았다. 자유는 언제나 그곳에 있으면서 자신을 붙잡아주기를 기다리고 있었다. 내 인생을 오래전에 붙잡았을 수도 있었는데. 내가 없어도 빈은 무너지지 않는다. 세상은 나 없이도 계속될 것이다. 앞으로 10년이나 20년이 지나면 나라는 존재는 아예 사라질 수도 있겠지. 무한한 우주의 관점에서 보면, 도대체 무슨 차이가 있단 말인가? 내 나이 이미 마흔이다. 동생은 죽은 지 8년 되었고, 아버지는 10년, 어머니는 36년이나 되었다. 이제 내가 볼 수 있고 걸을 수 있는 동안 나 자신을 위해 인생의 미미한 부분이나마 붙잡아야 한다. 대단한 걸 요구하는 것도 아니잖은가. 타인을 보살피고 그들에게 봉사하느라 나는 너무 지쳤다. 그래, 프리드리히가 옳았다. 내가 언제까지 의무라는 쟁기를 끌기 위해 멍에를 짊어져야 하는가? 영원토록 후회할 삶을 살아야 하는가?

그는 잠을 청해보았다. 꾸벅꾸벅 졸 때마다 아이들의 환영이 마음속에서 표류했다. 아버지 없는 아이들을 생각하니 고통으로 마음이 찢어지는 듯했다.

"스스로 창조주가 되어 창조주들을 낳을 준비가 될 때까지는 아이들을 낳지 말아야지요"라고 말한 니체가 옳았다. 필요에 의해서 아이를 낳고, 외로움을 덜어보려고 아이를 이용하고, 자신의 또 다른 복제판을 재생산해내는 걸로 삶의 목적을 삼는 것은 잘못이었다. 자신의 정액이 마치 자신의 의식을 담고 있기라도 하듯이 그 정액을 미래에 토해내어 불멸을 추구하는 것 역시 잘못이었다.

오, 아이들을 어떻게 해야 한단 말인가? 아이들은 실수였다. 내가 의식적으로 선택하기도 전에 아이들은 나한테 강제된 존재들이었다. 어쨌거나 그들은 이미 여기에 있다. 그들은 존재한다!

그 문제에 대해 니체는 침묵했다. 마틸데는 두 번 다시 아이들과 자기를 못 볼 줄 알라고 경고했다.

브로이어는 절망에 빠졌지만 재빨리 자신을 추슬렀다. 아니다! 그런 생각은 집어치우자! 프리드리히가 옳았다. 의무, 재산, 신뢰, 이타심, 친절, 이 모든 것들은 진정제일 뿐이다. 깊고 깊은 잠에 빠져들도록 한 뒤 인생이 끝나갈 때에야 깨어나게 하는 수면제일 뿐이다. 인생의 막바지에 들어서고 난 뒤에야 비로소 자기 인생을 살아본 적이 없다는 걸 깨닫게 될 뿐이다.

인생은 오직 한 번뿐이며 영원회귀할 것이다. 나는 자식들에 대한 의무를 따르다가 자신을 잃고 영원토록 후회하고 싶지는 않다.

이제 오래된 삶의 잿더미 위에 새로운 자아를 세울 절호의 기회다! 그렇게 되면 아이들을 향한 나의 길을 찾을 수 있을 것이다. 사회적 이목에 관한 마틸데의 생각에 더 이상 휘둘리지도 않을 것이다! 과연 누가 자식을 향한 아비의 길을 막을 수 있단 말인가? 난 한 자루의 도끼가 될 것이다. 지식에게로 이르는 길에 거추장스러운 장애물들은 찍어내고 베어내면서 길을 개척할 것이다! 오늘만큼은 신이 그들을 굽어살펴주시길! 나는 아무것도 할 수 없다. 나는 깊은 수렁에서 빠져나와 살아야 한다.

마틸데는? 프리드리히는 이 결혼 생활을 구원하는 유일한 방법은 그것을 포기하는 것이라고 말한다. "결혼 생활로 망가지느니보다는 결혼 생활 자체를 깨뜨리는 것이 낫다." 아마 마틸데 역시 결혼 생활에 의해 삶이 망가졌을 것이다. 어쩌면 그녀는 나 없이 더 잘 살 수 있을 것이다. 그녀도 나만큼이나 구속을 당했다. 루 살로메도 그렇게 말했을 것이다. 그녀 같으면 어떻게 말했을까? 아마 그녀는 다른 사람의 나약함으로 인해 노예가 되지는 않겠다고 말했을 것이다. 내가 없으면 마틸데는 자유로워질 것이다.

기차가 콘스탄츠에 도착한 것은 늦저녁 무렵이었다. 브로이어는 기차에서 내려 역 부근에 있는 소박한 여관에서 밤을 보냈다. 그는 이제 이류나 삼류 숙박시설에 적응해야 할 때라고 스스로 타일렀다. 아침에 그는 크로이츨링겐의 벨뷰 요양소로 가는 마차를 세냈다. 브로이어는 그곳에 도착해서 감독관인 로베르트 빈스방거 소장에게 예기치 못한 상담 의뢰로 제네바에 들렀다가 예전에 맡았던 환자 파펜하임 양을 방문하게 되었다고 말했다.

브로이어의 방문이 이상하게 보일 이유는 없었다. 그는 최근에 죽은 전임 소장인 루트비히 빈스방거 시니어의 오랜 친구로 벨뷰에서 잘 알려진 사람이었다. 빈스방거 소장은 곧 파펜하임 양을 부르러 보내겠다고 했다. 그러더니 창가 쪽으로 걸어가며 말했다.

"그녀는 지금 산책을 하며, 새 의사 두르킨 씨와 자신의 상태에 대해 이야기하고 있습니다. 저기 정원에 가면 그들을 만날 수 있을 겁니다."

"아, 아닙니다. 빈스방거 소장님. 그들을 방해하지 마십시오. 환자와 의사의 만남보다 더 중요한 건 없다는 게 제 생각입니다. 게다가 오늘은 햇살이 참 좋군요. 빈에선 최근 들어 이렇게 따사로운 햇살을 본 적이 거의 없습니다. 괜찮다면, 정원에서 그녀를 기다리겠습니다. 방해되지 않는 곳에서 파펜하임 양의 상태를, 특히 그녀의 걸음걸이를 지켜보는 것도 좋을 것 같습니다."

드넓은 벨뷰 정원의 낮은 테라스에 나온 브로이어는 베르타와 그녀의 의사가 잘 다듬어놓은 키 큰 회양목 사이로 난 길을 따라 이리저리 거닐고 있는 모습을 지켜보았다. 그는 조심스럽게 그녀를 관찰할 만한 곳을 찾았다. 테라스 위쪽에 하얀 칠이 벗겨진 벤치 하나가 놓여 있었다. 벤치는 둥그런 라일락 나뭇가지에 둘러싸여 거의 가려져 있었다. 거기에 앉자 베르타가 잘 내려다보였다. 그녀가 걸음을 옮기면서 하는 말까지 들릴 정도였다.

베르타와 두르킨은 방금 그가 앉은 벤치 밑을 지나서 아래쪽으로 내려가고 있었다. 그녀의 라벤더 향이 그에게까지 날아오자 그는 탐욕스럽게 들이마셨다. 깊고 강렬한 고통이 그의 몸을 파고들었다. 그녀는 매우 허약해 보였다! 그때 갑자기 그녀가 멈춰 섰다. 그녀의 오른쪽 다리에 경련이 시작된 것이다. 그와 함께 거닐 때에도 그런 일이 빈번하게 일어났다.

그녀는 부축을 받으면서 두르킨에게 매달렸다. 예전에 브로이어를 움켜쥐었던 것과 마찬가지로 지금 그녀는 두르킨을 힘껏 붙잡고 있었다. 그녀는 어느새 두르킨을 끌어안은 형국이 되었다. 브로이어는 그녀의 몸이 그에게 압박을 가해오던 것을 기억했다. 오, 그녀의 가슴에서 전해져오던 사랑스러운 느낌! 푹신한 매트리스 아래 완두콩 하나만 들어가 있어도 그걸 느끼는 공주처럼 그는 옷을 입고 있었어도 그녀의 벨벳처럼 부드러운 가슴을 온전히 느꼈다. 설령 그녀가 페르시아산 망토를 걸치고 있고 그가 두꺼운 외투를 걸치고 있었어도, 그의 쾌락에 그런 것들이 전혀 장애가 되지 못했다.

오른쪽 허벅지가 심하게 뒤틀리자 베르타는 허벅지를 움켜쥐었다. 브로이어는 다음에 어떤 일이 일어날지 알고 있었다. 두르킨은 재빨리 그녀를 근처에 있는 벤치로 데려가 뉘었다. 이제 마사지를 시작하겠지. 그랬다. 두르킨은 장갑을 벗더니 조심스레 그녀의 코트 밑으로 손을 넣었다. 이제 그는 그녀의 허벅지를 마사지하리라.

베르타는 고통으로 신음하고 있을까? 그렇지, 부드럽게! 브로이어는 그녀의 신음소리가 들리는 것만 같았다. 이제 그녀는 마치 꿈을 꾸듯 눈을 감고 두 손을 머리 위로 뻗으며 활처럼 등을 휜 상태로 가슴을 위로 내밀지 않을까? 그래, 그래. 지금 그렇게 하고 있군. 다음은 그녀의 코트가 열릴 것이다. 그래.

그는 그녀의 손이 조심스레 미끄러져 내려가 코트 단추를 푸는 것을 보았다. 이제 그녀의 옷이 말려 올라갈 것이다. 늘 그랬듯이. 그녀가 무릎을 구부렸다. 예전에는 그랬던 적이 없었는데. 그녀의 옷이 말려 거의 허리춤까지 올라왔다. 두르킨은 그녀의 핑크빛 실크 속옷과 거 뭇거뭇하고 희미한 삼각형의 윤곽을 바라보며 완전히 넋이 빠진 채 서 있었다.

멀리 떨어진 곳에서 브로이어도 똑같이 경직된 채 두르킨의 어깨를 바라보았다. 그녀를 덮어줘, 이 얼간아! 두르킨은 그녀의 옷을 내리고 코트 단추를 채워주려 했다. 베르타가 저지했다. 그녀의 눈은 감겨 있었다. 그녀는 꿈을 꾸는 걸까? 두르킨은 무척 당황한 것처럼 보였다.

브로이어는 자기도 그랬으리라고 생각했다. 거기엔 아무도 없었다. 다리의 경련이 그친 모양이었다. 두르킨은 베르타가 일어나는 것을 도 와주었다. 그녀는 조금씩 발걸음을 떼면서 걸어보려고 애썼다.

브로이어는 완전히 넋이 빠져나간 것처럼 아찔했다. 거대한 극장 구석에서 영화를 관람한 것처럼 눈앞에 벌어진 광경이 비현실적으로 다가왔다. 나는 지금 무엇을 느끼고 있나? 두르킨 박사에 대한 질투? 그는 젊고 미남에다 독신이었다.

베르타는 브로이어에게 했던 것보다 훨씬 더 밀착한 채 매달렸다. 질투는 아니었다! 질투심도 증오심도 아니었다. 그런 감정이 전혀 아 니었다. 오히려 그는 두르킨에게 애정과 친밀함을 느꼈다. 베르타는 두 사람을 갈라놓는 것이 아니라, 성적인 흥분을 공유한 형제애로 결속 시켜 주었다.

젊은 커플은 산책을 계속했다. 이젠 환자가 아니라 의사가 어색하 게 절룩거리며 걷는 것을 보면서 브로이어는 빙긋이 웃고 있었다. 그 는 자신의 역할을 이어받은 젊은 의사에게 감정이입이 되었다. 자신 또한 얼마나 여러 번 잔뜩 발기한 채 불편해하면서 베르타와 산책해야 했던가!

브로이어는 혼잣말을 했다.

"두르킨 박사, 지금이 겨울인 게 천만다행이라네. 가려줄 코트가 없는 여름이었다면 보통 고역이 아니었을 테니까. 허리띠 밑으로 자네 물건을 쑤셔 넣어야 할걸!"

두 사람은 길의 끝자락에 다다르자 브로이어가 있는 쪽으로 되돌아왔다. 베르타가 갑자기 얼굴을 움켜쥐었다. 그녀는 구강근육의 경련으로 고통스러워했다. 그녀의 얼굴 경련은 매일 일어나는 일이었고, 얼마나 심한지 모르핀만이 유일한 진정제였다. 베르타는 멈춰 섰다. 그는 다음에 일어날 일을 정확하게 알고 있었다. 그것은 으스스한 일이었다.

또다시 극장에 온 것처럼 느껴졌다. 그는 자신이 감독이나 배역을 지도하는 프롬프터 같다는 느낌을 받았다. 자, 그녀의 얼굴에 손을 갖다 대라고. 엄지손가락으로 그녀의 콧마루를 어루만지면서 손바닥으로 그녀의 뺨을 감싸란 말이야. 그래, 좋아! 이제 가볍게 반복해서 그녀의 눈썹 언저리를 누르고 어루만져줘야지. 좋아, 바로 그거야! 브로이어는 베르타의 긴장된 얼굴이 풀어지는 것을 보았다. 그녀는 손을 뻗어 두르킨의 손목을 잡았다. 브로이어의 가슴이 찢어졌다. 그녀가 브로이어의 손에 그런 식으로 키스를 해준 것은 딱 한 번이었다. 그때는 두 사람이 가장 가까워졌던 시기였다. 그녀는 더욱 몸을 밀착시켰다. 그녀의 목소리를 들을 수 있었다.

"아빠, 사랑하는 나의 아빠."

브로이어의 가슴이 미어졌다. 베르타는 브로이어를 그렇게 부르곤 했다.

이것이 그가 들은 전부였다. 그것으로 충분했다. 그는 일어났고, 영문도 모른 채 당황해하는 간호사들을 뒤로한 채 말없이 요양원에서 나와 마차에 올랐다. 콘스탄츠로 돌아올 때까지 그는 멍한 상태였다. 그리고 기차에 몸을 실었다. 그가 정신이 든 것은 기차의 기적 소리를 듣고 나서였다. 가슴은 고동치고 있었다. 그는 머리를 좌석 등받이에 기댄 채 여태껏 보았던 것들을 곰곰이 생각해보기 시작했다.

청동으로 만든 명패, 빈에 있는 진료실, 어린 시절의 집, 베르타, 이 모든 것들은 지금도 원래 있던 자리에서 아무 일 없이 존재하고 있어. 이것들 중 어떤 것도 꼭 나를 필요로 하는 건 아니야. 나는 얼마든 다른 사람으로 대체될 수 있는 우연적인 존재일 뿐이지. 나는 베르타의 드라마에 없어서는 안 될 존재도 아니야. 그건 우리 중 누구에게나 마찬가지다. 그건 주연배우조차도 그렇지. 나도, 두르킨도, 앞으로 그녀를 맡게 될 어떤 의사도 그녀의 무대에서 영원한 주연배우는 아니야.

이런 생각에 그는 압사당할 지경이었다. 아마 이 모든 일들을 받아들이기에는 좀더 많은 시간이 필요했을지도 모른다. 그는 지쳤다. 그는 뒤로 기댄 채 눈을 감고 베르타에 대한 환상 속에서 안식을 구해보려고 했다. 그러나 아무 일도 일어나지 않았다! 그래서 평상시 하던 수순으로 해보았다. 마음의 무대에 정신을 집중했다. 환상의 첫 장면을 무대에 올려보았다. 그다음은 전개되는 대로 맡기면 되었다. 결정은 그가 아니라 베르타에게 달려 있었으므로. 그는 뒤로 물러나 곧 시작될 연극을 기다렸다. 그런데 아무 일도 일어나지 않았다. 아무것도 움직이지 않았다. 무대는 그의 지시를 기다리며 정지 상태로 남아 있었다.

이 실험을 통해 브로이어는 이제 자신의 의지대로 베르타의 이미지를 불러오고 물러나게 할 수 있다는 것을 알았다. 그녀를 불러냈을 때 그녀는 기꺼이 그가 원하는 모습으로 나타났다. 그러나 그녀는 더 이상 자율적이지 않았다. 그가 그녀에게 움직여보라고 하기 전까지 그녀의 이미지는 얼어붙어 있었다. 둘 사이를 속박했던 주술이 풀린 것이었다. 그가 그녀에게 묶여 있고, 그녀가 그를 지배했던 연극 장치는 풀려버렸다.

브로이어는 경이로운 변화에 놀라움을 금치 못했다. 과거에는 이처럼 무심하게 베르타를 생각해본 적이 없었다. 아니야, 이건 무심함이 아니었다. 그런 고요와 평온에는 어떤 열정이나 갈망, 증오도 없었다. 그는 자신과 베르타가 모두 고통받는 사람이라는 사실을 처음으로 깨달았다. 그와 마찬가지로 그녀 또한 덫에 걸려 있었다. 그녀 역시 본연의 자신에게 충실하지 않았다. 그녀는 자신의 삶을 선택한 것이 아니리 끝없이 상연되는 연극을 지켜보는 목격자에 불과했다.

사실 브로이어는 베르타에 대해 생각해보면서 그녀의 삶 전체의 비극을 알게 되었다. 아마 그녀는 이런 것들을 알지 못했으리라. 그녀는 자기 삶을 선택하기는커녕 인식하는 것마저 포기했을지 모른다. 그녀는 종종 몽환 상태이거나 넋이 나간 상태였다. 그녀는 자신의 삶을 경험조차 하지 못하고 있었다. 이런 점에서는 니체가 틀렸다. 그는 베르타의 희생자가 아니었다. 그들은 둘 다 희생자였다.

그는 이제 얼마나 많은 것을 깨닫게 되었는가! 그가 다시 시작해서 그녀의 의사만 될 수 있다면. 벨뷰 요양원에서의 하루는 그녀에게 자신이 했던 치료가 얼마나 덧없었는지를 잘 보여주었다. 증상들을 없애려고 몇 달씩 씨름했던 것이 얼마나 어리석은 일이었던가. 진정으로 중요한 싸움, 이면에 숨겨진 진정한 투쟁은 외면한 채 어리석고 피상적인 접전만 벌였던 셈이다.

기차가 굉음을 내면서 기다란 터널을 빠져나왔다. 밝은 햇살이 쏟아져 내리면서 갑자기 그는 현재 자신이 처한 곤경으로 되돌아왔다.

그는 에바 베르거를 만나기 위해 빈으로 되돌아오는 중이었다. 그는 객실 주변을 멍하니 바라보았다. 또다시 그 짓을 저질렀군! 에바에게 모든 것을 걸고 기차에 앉아 있다니. 그것도 언제, 어떻게 그녀를 만나보겠다는 결심을 했는지도 모른 채 말이다.

빈에 도착한 그는 마차를 잡아타고 에바의 집 문 앞에 이르렀다.

오후 4시였다. 직장에 있을 것 같아 그냥 돌아설까 하며 망설였다. 직장에서 일하고 있기를 바라면서도 혹시나 했다. 뜻밖에도 그녀는 집에 있었다. 그를 보고 놀랐는지 그녀는 할 말을 잃은 채 뚫어지게 쳐다보았다. 그가 들어가도 되느냐고 묻자 그녀는 불안한 듯 이웃집을 힐끔거리며 쳐다보더니 들어오라고 했다. 그는 그녀가 있다는 사실에 금세 편안함을 느꼈다.

그녀를 본 지 여섯 달이 지났다. 그런데도 그녀에게는 자신의 이야기를 털어놓는 것이 여느 때처럼 편했다. 그는 그녀를 해고한 뒤 일어났던 모든 일들, 즉 니체를 만났던 일과 자신의 생각이 점차 변한 것, 마틸데와 아이들을 떠나 자유를 찾기로 한 결정, 베르타와의 마지막 조용한 만남을 전부 말했다.

"에바, 이제 난 자유롭소. 내 인생에서 처음으로 뭐든 할 수 있게 됐소. 가고 싶은 곳도 어디든 갈 수 있고, 당신과 얘기가 끝나면 기차역으로 가서 목적지를 선택할 거요. 지금까지도 어디로 가야 할지 행선지를 모르겠구려. 아마도 태양을 찾아 남쪽으로 갈 수도 있겠지. 이탈리아쯤으로 말이오."

예전 같으면 그가 하는 말마다 몇 마디씩 덧붙일 만큼 솔직하던 에바가 지금은 이상하리만큼 조용했다. 브로이어는 계속 말을 이었다.

"물론 외로울 거요. 내가 어떤지 당신은 알잖소. 그래도 내가 선택한 모든 사람들을 자유롭게 만날 것이오."

여전히 에바는 반응이 없었다.

"아니면 옛 친구를 초대해 함께 이탈리아로 가자고 하든가."

브로이어는 자신이 내뱉은 말을 믿을 수 없었다. 그는 갑자기 실험실 창문을 무리 지어 빠져나갔다가 철제 새장으로 되돌아오는 비둘기들을 상상해보았다.

다행히도 에바는 그의 암시에 아무런 대꾸가 없었다. 대신 그녀는 믿을 수 없다는 듯 고개를 저으며 물었다.

"무슨 뜻이죠? 요제프. 이런 것들이 다 무슨 헛소리예요. 저는 늘 당신이 가진 자유를 가져봤으면 했어요. 저한테 이제까지 무슨 자유가 있었겠어요? 집세와 정육점에 줄 계산서 걱정이나 하고 살다 보면 자유 같은 건 꿈도 꿀 수가 없지요. 직업에서 자유롭고 싶다고요? 저의 직업 좀 보세요! 당신이 저를 해고했을 때, 저는 어떤 직업이든 받아들여야 했어요. 그야말로 제가 바라는 유일한 자유는 빈 종합병원에서 야간근무를 하지 않아도 되는 거죠."

야간근무라고! 그녀가 이 시간에 집에 있는 것도 바로 그 때문이었군, 하고 브로이어는 생각했다.

"난 당신이 다른 자리를 찾을 수 있도록 도와주려고 했소. 나의 메시지에 당신은 아무 응답이 없었고."

"저는 충격에 빠졌죠. 뼈저린 교훈을 얻었던 거죠. 자기 자신 말고는 누구에게도 의지할 수 없다는 걸 말이에요."

이때 그녀는 처음으로 시선을 위로 향해 브로이어와 눈을 맞추었다. 그녀를 보호하지 못했다는 부끄러움에 그는 얼굴을 붉혔다. 그리고 이내 그녀에게 용서를 구하기 시작했다. 하지만 에바는 새 직업과 여동생의 결혼, 어머니의 건강과 병원에서 환자로 처음 만났던 젊은 변호사 게르하르트와의 관계에 대해서만 쉴 새 없이 쏟아냈다.

브로이어는 자신의 방문이 그녀를 불편하게 만들고 있다는 것을 깨닫고는 떠나려고 일어섰다. 문에 이르렀을 때 그는 그녀에게 어색하게 손을 내밀며 무언가를 묻기 위해 주저주저했다. 아직도 그녀에게 스스럼없이 어떤 것을 말할 자격이 있는가? 일단 그는 그렇게 해보기로 마음먹었다. 그들 사이의 친근한 유대는 닳아 없어진 것이 분명하지만 15년간의 우정은 쉽게 사라지지 않았다.

"에바, 이제 가보겠소. 그런데 마지막으로 한 가지만 물어볼 게 있어요."

"물어보세요, 요제프."

"우리가 가까웠던 시절을 잊을 수 없소. 어느 날 늦은 저녁 진료실에 앉아서 우리가 한 시간 동안 이야기를 나눴던 일 기억나오? 내가 얼마나 지독하고도 못 견딜 정도로 베르타에게 끌렸는지 당신에게 말했잖소. 당신은 내가 걱정된다고 했소. 당신은 내 친구이므로 내가 파멸로 끌려드는 걸 원치 않는다고 하며 내 손을 잡아주었소. 내가 지금 당신의 손을 잡고 있듯이. 내가 원하고 그것이 나를 구할 수 있는 일이라면 무엇이든 해주겠다고 말했지. 에바! 아마 골백번도 그때의 대화를 마음속에 떠올리며, 내가 베르타에게 빠져 있느라 당신에게 좀더 직설적으로 대답하지 못한 걸 얼마나 후회했는지 모른다오. 지금 내가 묻고 싶은 건, 간단히 말해, 그때 진심이었소? 그때 내가 반응을 보였어야 했소?"

에바는 손을 빼내 그의 어깨에 가만히 얹고 주저하듯 말했다.

"요제프, 무슨 말을 해야 할지 모르겠네요. 솔직해져야겠죠. 이런 식으로 대답하는 게 미안하지만, 우리의 오랜 우정을 위해 솔직히 말할게요. 요제프, 전 그런 대화를 한 기억이 없어요."

두 시간 후, 브로이어는 이탈리아로 향하는 기차의 이등석에서 웅크리고 앉아 있는 자신을 발견했다.

그는 작년 이맘 때 에바라는 보호막이 자신에게 얼마나 소중했는지 깨달았다. 그는 그녀에게 의존했다. 자신이 필요로 할 때마다 그녀가 언제나 거기에 있을 거라고 확신했다. 그녀가 어떻게 날 잊을 수 있단 말인가?

그는 스스로 반문했다.

'하지만 요제프, 네가 기대한 게 뭔데? 그녀가 벽장 속에 얼어붙어 있다가 네가 벽장문을 열고 숨결을 불어넣어 소생시켜주기를 바라기라도 했단 말이냐? 넌 마흔이다. 네가 만난 여자들이 너와 별개로 존재한다는 걸 깨달을 나이지. 그들은 나름대로의 삶이 있다. 그들도 살아가면서 변화하고 나이 들고 새로운 관계들을 만들어 나가지. 오직 죽은 사람만 변화하지 않는 거야. 오직 너의 어머니 베르타만이 널 기다리면서 시간 속에 정지해 있을 뿐이지.'

그가 없더라도 베르타뿐만 아니라 에바의 삶도 계속될 터였다. 그들뿐만 아니라 마틸데의 삶 역시 계속될 것이고, 언젠가 다른 사람을 사랑하게 될 것이라는 끔찍한 생각이 떠올랐다. 마틸데, 그의 마틸데가 다른 남자와 함께한다는 생각을 하자 견디기 힘든 고통이 엄습했다. 그의 눈에서 눈물이 흘러내렸다. 그는 짐을 싣는 선반을 쳐다보았다. 손을 뻗으면 닿을 거리에 놋쇠 손잡이가 그를 향해 있었다.

그렇다. 그는 해야 할 일을 정확히 알고 있었다. 손잡이를 잡고 선반 위의 가방을 내려 다음 역에서 내리는 거였다. 그런 다음 빈으로 가는 첫 기차를 잡아타고 마틸데의 자비에 자신을 맡겨야 했다. 너무 늦은 건 아니었다. 분명 그녀는 그를 받아들일 것이다.

그러나 니체의 강력한 존재가 그를 가로막고 있었다.

"프리드리히. 내가 어떻게 모든 걸 포기할 수 있겠소? 당신의 충고대로 따른 내가 얼마나 어리석은지!"

"요제프, 당신은 날 만나기 전부터 이미 중요한 모든 것을 포기한 사람이오. 당신이 절망에 빠진 게 바로 그 때문이잖소. 무한한 가능성의 소년을 잃은 것에 대해 당신이 얼마나 탄식했는지 기억하오?"

"그러나 이제 난 가진 거라곤 아무것도 없소."

"아무것도 없는 게 모든 걸 가지는 것이 아닌가요? 강해지려면 우선 허무의 심연까지 내려가 가장 고독한 고독과 직면하는 걸 배워야 합니다."

"아내와 가족! 난 그들을 무척 사랑하오. 내가 어떻게 그들을 떠날 수 있겠소? 난 다음 역에서 내릴 거요."

"자신으로부터 도망치지 마세요. 매 순간은 영원회귀한다는 걸 기억하시오. 영원히 당신의 자유로부터 달아나고 있다는 걸 생각해봐야지요."

"난 의무가 있소."

"오로지 당신 자신이 되어야 할 의무만 있지요. 강해져야 해요. 그렇지 않으면 자신을 확장시키기 위해 오로지 타인들을 이용할 겁니다."

"하지만 마틸데와 나의 맹세들, 나의 의무는!"

"의무, 의무! 그런 사소한 덕목 때문에 당신은 파멸할 겁니다.

"사악해지는 법을 배우세요. 오래된 삶의 잿더미 위에다 새로운 자아를 세우란 말입니다."

이탈리아로 가는 길 내내 니체의 말이 머릿속에서 맴돌았다.

"영원회귀!"

"존재의 영원한 모래시계가 뒤집어지고 또다시 뒤집어진다."

"이 생각에 몸을 맡겨봐요. 그러면 당신은 영원히 변화할 거라고 내가 보장하지요."

"그 생각을 좋아합니까, 싫어합니까?"

"그 생각을 좋아할 수 있도록 살아보시오."

"니체의 내기."

"당신의 삶을 완성시키시오."

"올바른 때 죽어야지요."

"당신의 믿음을 변화시킬 수 있는 용기를!"

"현재의 삶이 곧 영원한 삶이지요."

모든 것은 두 달 전 베네치아에서 비롯되었다. 이제 그가 향할 곳은 곤돌라의 도시였다. 기차가 스위스와 이탈리아의 국경을 지나면서 이탈리아 사람들의 대화가 귀에 들어왔다. 이제 그의 생각들은 영원한 가능성에서 내일의 현실로 바뀌었다.

베네치아에 도착해 기차에서 내린 다음 어디로 가야 하지? 오늘 밤은 어디에서 자야 하나? 내일은 무얼 해야 하나? 그리고 모레는? 시간을 어떻게 보내야 할까? 니체는 무엇을 했다고 했지? 아프지 않을 때 그는 산책하고 사색하고 글을 썼다고 했어. 하지만 그건 니체의 방식일 따름이지, 그렇다면 나는 무얼 해야 하나?

우선 생활비를 벌어야 한다는 것을 알았다. 지갑 안에 있는 현금은 몇 주만 지나면 바닥날 것이다. 그 이후부터는 막스가 그의 앞으로 매달 얼마 안 되는 돈을 보내줄 것이다. 물론 그는 의사를 계속할 수도 있었다. 과거 제자들 중에서 적어도 세 명이 베네치아에서 개업의로 일하고 있었다. 의사 생활을 하는 데 어려움은 없을 것이다.

언어 또한 장애가 되지 않았다. 그는 영어와 프랑스어, 스페인어를 곧잘 했다. 이탈리아어 또한 빨리 습득할 수 있었다. 하지만 빈에서의

430

삶을 베네치아에서 되풀이하려고 그 많은 것들을 희생해야 한단 말인가? 아니다. 그런 삶은 과거에 이미 경험한 것이었다!

아마도 레스토랑에서 일해볼 수도 있을 것이다. 어머니가 돌아가신 후 자신을 돌보아주었던 할머니가 연로해지자 브로이어는 직접 요리하는 것을 배웠고, 종종 가족 식사 준비를 돕곤 했다. 결혼 후에는 마틸데가 그를 놀리면서 주방에서 내쫓긴 했지만, 그녀가 없을 때면 부엌 주변을 맴돌면서 요리 훈수도 하고 요리하는 걸 지켜보기도 했다. 그렇다. 그런 것들을 생각하면 할수록 레스토랑 일이 안성맞춤이라는 생각이 확실해졌다. 단순히 음식점을 관리하고 현금 출납을 담당하는 것 말고 직접 음식을 준비하고 서비스하면서 음식도 장만하고 싶었다.

느지막이 베네치아에 도착한 그는 기차역 근처의 여관에서 하룻밤을 묵었다. 아침에 도심지로 나가는 곤돌라를 탔다. 몇 시간 동안 걸어다니면서 이 궁리 저 궁리를 했다. 많은 베네치아 시민들이 그를 힐끔힐끔 쳐다보았다. 그는 상점 유리에 비친 자신의 모습을 보고서야 그 이유를 알았다. 긴 턱수염과 모자, 코트, 정장, 넥타이. 접근을 불허하는 검은색 일색이었다. 이국에서 온 부유한 유대인 의사처럼 보였다. 지난밤 기차역에서 손님을 유혹하는 이탈리아 매춘부 무리를 보았다. 아무도 그에게 접근하지 않았다. 놀랄 일이 아니었다! 긴 턱수염에다 상복 같은 옷차림새였으니.

앞으로의 계획이 서서히 윤곽을 드러냈다. 일단 이발소와 노동 계급의 옷을 파는 가게를 찾아가는 것이다. 그런 후 집중적인 이탈리아어 교습을 받는다. 아마도 2~3주 후면 레스토랑에서 일자리를 찾을 수 있을 것이다.

베네치아는 훌륭한 오스트리아 레스토랑이나 아니면 오스트리아-유대인 레스토랑을 필요로 할 것이다. 걷는 동안 서너 개의 유대교 예배당을 목격했던 것이다.

이발사의 무딘 면도날이 21년간 기른 그의 턱수염을 사정없이 공략했다. 면도날은 턱수염을 깨끗하게 밀어내는 것보다는 더 빈번하게 빳빳한 고동색 머리털을 뽑아냈다. 이발사는 무뚝뚝하고 참을성이 없었다. 이발사가 퉁명스러운 것도 무리는 아니었다. 60리라의 요금은 이 정도의 턱수염을 깎는 데 턱없이 적은 돈이었던 것이다. 브로이어는 이발사에게 잠시 손짓을 한 뒤 호주머니에서 200리라를 꺼내 건네주면서 좀 부드럽게 면도해달라고 부탁했다.

20분 후 그는 이발소의 금이 간 거울을 통해 얼굴을 들여다보았다. 순간 연민의 물결이 휩쓸고 지나갔다. 지난 수십 년간 턱수염을 기른 이후로 얼굴이 검은 턱수염 밑에서 시간과 싸워왔다는 것을 잊고 있었다.

이제 깨끗한 턱이 드러나자 지치고 세월에 시달린 얼굴이 한눈에 드러났다. 오직 앞이마와 눈썹만이 탄탄하게 고정되어 있으면서 늘어지고 처진 얼굴 살을 지탱해주는 듯했다. 깊게 골이 파인 주름이 콧구멍에서부터 뻗어 나와 입술과 뺨을 가르고 있었다. 잔주름들이 눈 주변에 자글거렸고, 턱살은 칠면조처럼 몇 겹의 주름을 만들었다. 볼품없는 아래턱도 턱수염 덕분에 잊고 지냈다. 이제 턱 선은 축축하고 늘어진 아랫입술 아래서 아무리 좋게 보려 해도 더욱 왜소해 보일 따름이었다.

옷가게로 향하는 길에 브로이어는 행인들의 옷차림새를 쳐다보았다. 그는 무겁고 짧은 감색 코트와 단단한 부츠, 그리고 굵은 줄무늬의 스웨터를 사기로 마음먹었다. 하지만 행인들은 모두 그보다 젊어 보였다.

좀더 나이 든 사람들은 무엇을 입지? 그들은 도대체 어디에 있는 거야? 모든 사람들이 자기보다 젊어 보였다. 어떻게 친구를 사귈 수 있을까? 어떻게 하면 여자들을 만날 수 있을까? 아마도 레스토랑의 여종업원이나 아탈리아어 교사 정도는 만날 수도 있을 것이다.

하지만 나는 다른 여자는 원하질 않아. 마틸데 같은 여자는 어디에서도 찾을 수 없을 테니까. 나는 그녀를 사랑해. 이건 미친 짓이야. 내가 왜 그녀를 떠났을까? 새로 시작하기엔 너무 나이가 든 거야. 이 거리에서 내가 제일 나이가 많은 사람 같아. 아마 지팡이를 짚고 가는 노파나 야채를 팔고 있는 허리 굽은 노인만이 유일하게 나보다 나이가 많아 보이는군. 갑자기 머리가 어지러웠다. 그대로 서 있기가 힘들었다. 등 뒤에서 그를 부르는 소리가 들려왔다.

"요제프, 요제프!"

누구의 목소리던가? 친숙했다.

"브로이어 박사님! 요제프 브로이어!"

내가 여기에 있는 걸 누가 안단 말인가?

"요제프, 내 말 잘 들어요! 열부터 하나까지 거꾸로 셀 테니까. 다섯에서 당신 눈이 뜨일 겁니다. 내가 하나까지 세면 당신은 완전히 정신이 돌아올 거예요. 열, 아홉, 여덟….."

나는 그 목소리를 안다!

"일곱, 여섯, 다섯….."

그의 눈이 떠졌다. 프로이트의 웃는 얼굴이 보였다.

"넷, 셋, 둘, 하나! 당신은 이제 완전히 깨어납니다! 지금!"

브로이어는 놀랐다.

"무슨 일인가? 내가 어디에 있었나, 지그?"

"모든 게 괜찮습니다, 요제프. 깨어나세요!"

프로이트의 목소리는 단호했지만 부드러웠다.

"무슨 일이 있었지?"

"잠시 쉬세요, 요제프. 곧 정신이 돌아올 겁니다."

그는 서재의 소파에 누워 있는 자신을 보았다. 그는 자리에서 일어나며 재차 물었다.

"대체 무슨 일인가?"

"박사님이 제게 무슨 일이 있었는지 말씀해주셔야지요, 요제프. 저는 박사님의 지시대로 따랐을 뿐이거든요."

브로이어가 어리둥절해하자 프로이트는 설명했다.

"기억나지 않으세요? 지난밤에 제게 오셔서 오늘 아침 11시에 여기서 심리 실험을 하는데, 좀 도와달라고 부탁했었죠. 제가 도착했을 때. 지보고 최면을 걸어달라고 부탁했습니다. 박사님 시계를 추로 삼아서."

브로이어는 조끼 주머니에 손을 가져갔다.

"요제프, 시계는 커피 테이블 위에 있어요. 제가 박사님을 깊이 잠들게 해서 일련의 경험들을 가시화해볼 수 있도록 부탁했던 것 기억하세요? 박사님은 제게 경험의 첫 번째 부분은 박사님의 가족과 친구들, 환자들에게까지 작별을 고하는 것에 집중될 것이라고 말했습니다. 그리고 필요하다면 제가 당신에게 '안녕이라 말하세요' 혹은 '당신은 또다시 집으로 돌아갈 수 없습니다' 등의 암시를 해달라고 부탁했어요. 다음 부분은 새로운 삶을 가꾸는 것에 집중될 것이라 했습니다. 그리고 저는 '계속하세요' 혹은 '다음엔 무얼 하길 원하시나요?' 등의 암시를 하기로 했었죠."

"아, 맞아, 지그. 이제야 정신이 드는군. 모든 게 돌아왔어. 지금 몇 시인가?"

"일요일 오후 1시입니다. 박사님은 우리가 계획한 대로 두 시간 가량 최면에 빠져 있었죠. 모든 사람들이 정찬을 하려고 곧 돌아올 겁니다."

"무슨 일이 일어났는지 소상하게 말해주게. 뭘 관찰했나?"

"박사님은 곧장 최면 상태로 들어갔습니다. 대부분 최면 상태에 있었죠. 몇 개의 생생한 드라마가 펼쳐졌다고 말할 수 있어요. 물론 박사님 내부의 극장에서 아주 조용하게 말이죠. 최면 상태에서 깨어나려 했던 때가 두세 번 정도 있었죠. 저는 당신이 여행 중이고 기차의 흔들림을 느끼고 있다고 암시해줬어요. 당신은 머리를 좌석에 기댄 채 더 깊은 잠에 빠진다고 암시했지요. 매번 효과가 있는 것 같았어요. 더 이상은 자세히 말할 수 없군요. 박사님은 매우 불행해 보였어요. 두 번 정도는 눈물을 흘렸고, 한두 번 정도는 놀란 것 같았어요. 그만두길 원하는지 물었더니 고개를 젓더군요. 그래서 계속할 수 있도록 도와주었죠."

"내가 큰 소리로 말했나?"

브로이어는 눈을 비비며 여전히 정신을 차리려고 노력했다.

"드물게요. 입은 많이 움직였죠. 그래서 박사님이 대화 장면을 상상하는 것이라 추측했습니다. 몇 마디의 말은 이해할 수 있었어요. 서너 번 마틸데를 불렀어요. 베르타라는 이름도 들었습니다. 따님에 대해 이야기하고 있었나요?"

브로이어는 주저했다. 뭐라고 대답해야 하나? 그는 지그에게 모든 것을 털어놓고 싶었다. 그러나 그의 직관이 이를 말렸다. 지그는 이제 스물여섯 살밖에 되지 않았다. 그는 브로이어를 아버지나 큰형처럼 여기고 있었다. 둘 다 그런 관계에 익숙해 있었다. 브로이어는 갑자기 그런 관계를 변화시키는 불편을 감수할 준비가 되어 있지 않았다.

더욱이 브로이어는 이 젊은 친구가 사랑이나 성욕과 관련된 문제에 얼마나 경험이 없고 소견이 좁은지 알고 있었다. 브로이어는 최근에 모든 신경증은 부부의 침상에서 시작된다고 말한 것 때문에 자신이 지그를 얼마나 당황케 하고 놀라게 했는지 기억했다.

며칠 전만 해도 지그는 젊은 슈니츨러의 성적인 문제들 때문에 분개해서 그를 비난한 적이 있었다. 스물한 살의 환자에게 빠져 있는 마흔 살의 남자에 대해 지그가 얼마나 이해하길 기대하겠는가? 특히 지그는 마틸데를 절대적으로 존경하고 있었다! 아니다. 그에게 털어놓는 것은 실수일 것이다. 차라리 막스나 프리드리히에게 이야기하는 편이 낫지!

"내 딸? 글쎄, 지그. 기억할 수 없네. 그런데 내 어머니 이름도 베르타였으니까. 기억하나, 자네?"

"아, 예. 제가 잊었군요! 그런데 어머님은 박사님이 아주 어릴 때 돌아가셨잖아요, 요제프. 왜 이제야 어머니에게 작별을 고하는 겁니까?"

"아마도 이전엔 내가 어머니를 진정으로 떠나보낼 수 없었던가 보네. 어떤 어른의 형상은 아이의 마음속에 들어와 있다가 떠나길 거부하거든. 아마 자신이 사고의 주인이 되려면 그들을 떠나보내야 하겠지!"

"음, 흥미롭군요. 아, 또 무어라 말했더라? '더 이상 의사 일은 하지 않겠어'라고 말하시는 것도 들었습니다. 제가 다시 깨우기 전에 박사님은 '다시 시작하기엔 너무 늦었어'라고 했지요. 요제프, 정말 궁금합니다. 그게 다 무슨 뜻이죠?"

브로이어는 자신의 말을 조심스럽게 골랐다.

"지그, 이건 모두 그 뮐러 교수와 관련된 것이라네. 그가 내 삶을 생각해보라고 했거든. 내 선택의 대부분이 이제 다 지나버린 과거가 되었단 걸 알았다네. 하지만 다르게 선택했다면 내 삶이 어땠을까? 의술과 가족, 빈의 문화 없이 또 다른 삶을 살았다면 어땠을까 궁금했다네. 그래서 이런 임의적인 문화적 구성물들로부터 자유를 경험하기 위해 사고실험을 했다네. 말하자면 무정형적인 삶과 대면해보고 대안적인 삶을 살아보려는 실험을 한 셈이었네."

"그래서 무엇을 배우셨나요?"

"지금도 정신이 몽롱하네. 모든 걸 정리할 시간이 필요하겠지. 한 가지 분명하게 느낀 건 자기 인생이 자신을 삼키도록 해서는 안 된다는 것일세. 그렇지 않으면 마흔 살에 이르러 자기가 진정한 삶을 살지 못했다고 느끼게 될 테니까. 내가 무얼 배웠냐고? 아마 현재를 진실로 사는 것이겠지! 그래서 쉰 살이 되어 후회하며 마흔 살의 시절을 회상하지 않도록 말일세. 이건 자네에게도 중요할 걸세. 지그, 자넬 아는 모든 사람들은 자네가 비범한 재능을 가졌다는 걸 알고 있다네. 그게 자네에게 부담이 될 수도 있거든. 토양이 비옥할수록 그것을 경작하는 데 실패하면 더욱 용서받지 못하는 법이니까."

"선생님, 달라진 것 같군요. 아마 최면 상태가 선생님을 변화시킨 모양이에요. 예전에는 제게 이런 이야기를 한 적이 없잖습니까. 좌우간 고맙습니다. 선생님의 신뢰가 제게 격려가 되는군요. 물론 그게 부담도 되지만요."

"나 또한 배웠다네. 어쩌면 같은 얘기일 수도 있지만, 우리는 자유로운 존재인 것처럼 살아야 한다는 것이야. 운명을 회피할 순 없더라도, 우리는 머리를 찧는 한이 있어도 운명의 벽에 맞서야 해. 우리는 자신들의 운명을 만들어가도록 의지해야 한다는 거야. 우리의 운명을 사랑해야 하고. 그것은 마치…."

문을 노크하는 소리가 들렸다.

마틸데가 물었다.

"아직 두 분 거기 계신가요? 들어가도 되나요?"

브로이어는 재빨리 문을 열어주러 갔다. 마틸데는 김이 모락모락 나는 얇게 한 겹 입힌 소시지 조각을 접시에 담아 내왔다.

"요제프, 당신이 좋아하는 거예요. 오늘 아침에 생각해보니 오랫 동안 이걸 당신한테 만들어주지 않았더라고요. 정찬이 준비되어 있어요. 막스와 라헬은 벌써 와 있고, 다른 사람들도 오는 중이에요. 그리고 지기, 있다가 가요. 식사할 자리도 이미 준비해놓았으니까. 지기 환자들은 한 시간쯤 기다려야 할 테지만."

브로이어가 프로이트에게 고갯짓으로 자리를 잠시 비켜달라는 신호를 보냈다. 프로이트가 방을 나가자 브로이어는 마틸데를 팔로 감싸 안았다.

"그런데, 여보. 우리가 이 방에 있냐고 당신이 묻는 게 이상하구려. 우리가 했던 얘길 나중에 말해주리다. 어쨌거나 마치 먼 여행을 한 것 같은 기분이오. 오랫동안 떠나 있었던 것처럼. 하여튼 지금은 되돌아왔으니까."

"좋아요, 요제프."

그녀는 그의 뺨에 난 턱수염을 사랑스럽게 어루만졌다.

"당신이 돌아와서 정말 기뻐요."

브로이어 가족의 기준에 따르면, 이번 정찬은 작은 규모였다. 마틸데의 부모와 마틸데의 여동생 부부 루트와 마이어, 라헬과 막스, 그리고 프로이트까지 어른 아홉 명만 식탁에 앉았다. 여덟 명의 아이들은 현관에 있는 별도의 테이블에 앉았다.

"왜 그렇게 저를 쳐다보세요?"

마틸데는 감자와 당근 수프가 담긴 커다란 접시를 나르면서 브로이어에게 중얼거렸다.

438

"요제프, 당황스럽게 왜 그래요?"

그녀는 송아지 혓바닥 요리와 건포도 접시를 내려놓으면서 속삭였다.

"그만해요. 요제프. 그만 좀 쳐다봐요!"

그녀는 디저트를 가져오기 전에 식탁을 치우는 것을 도우면서 또다시 주의를 주었다.

그러나 요제프는 멈추지 않았다. 마치 처음으로 아내의 얼굴을 살펴보는 것처럼. 아내 역시 시간에 맞서 싸우고 있는 것을 보자 그는 마음이 아팠다. 그녀의 얼굴에는 주름이 없었다. 주름살을 허락하지 않을 만큼 정성껏 가꿨다. 하지만 시간과 전방위로 맞설 수는 없었다. 그녀의 눈과 입가에 미세한 주름들이 드러났다. 뒤로 묶은 올림머리 사이사이에 희끗희끗한 머리카락도 생겨나기 시작했다. 언제부터 생겼을까? 브로이어 자신에게도 얼마간 책임이 있었겠지? 두 사람이 힘을 합쳤다면, 피해를 훨씬 줄일 수도 있었으련만.

"왜 그만해야 하는데?"

요제프는 아내가 그의 접시를 집으려 할 때 가볍게 그녀의 허리를 껴안았다. 그녀를 따라 주방으로 가기도 했다.

"왜 내가 당신을 보면 안 되오? 그런데, 마틸데, 내가 당신을 소리치게 만들었군!"

"이런 소리는 쳐도 좋아요. 하긴 슬프기도 하네요. 우리가 이러는 게 얼마만인지 생각하면요. 오늘 하루는 이상해요. 당신과 지기는 무슨 얘길 한 거죠? 그가 오늘 정찬 때 뭐라고 한 줄 아세요? 딸을 낳으면 제 이름을 따서 짓겠대요! 자기 삶에서 두 명의 마틸데를 보고 싶다나요."

"지그가 똑똑한지 아닌지 긴가민가했는데, 이제 보니 정말 똑똑하구먼. 오늘은 이상한 날이었소. 하지만 중요한 날이기도 해요. 난 당신과 결혼하기로 결심했소."

마틸데는 커피 잔이 놓인 쟁반을 내려놓고 손으로 그의 이마를 짚었다. 그리고 그를 끌어안고 그의 이마에 입을 맞춘 뒤 쟁반을 집어 들고 말했다.

"당신, 진을 많이 드셨나 봐요? 헛소리를 다 하시게. 하지만 기분이 나쁘진 않네요."

주방으로 향하는 문을 열기 전에 그녀가 돌아서며 말했다.

"저는 당신이 14년 전에 저와 결혼하기로 마음먹은 줄 알았는데."

"중요한 건 내가 오늘에야 드디어 그렇게 하기로 선택했다는 거요, 마틸데. 그리고 앞으로 매일 그럴 거요."

마틸데가 만든 린처토르테와 커피를 마신 프로이트는 급히 병원으로 향했다. 브로이어와 막스는 슬리보비츠 한 잔씩 들고 서재로 가서 체스판 앞에 앉았다. 다행히도 첫 게임은 간단히 끝났다. 막스가 막강한 퀸의 측면 공격으로 프랑스식 방어를 간단히 쳐부쉈기 때문이다. 첫 게임을 끝낸 브로이어는 다음 게임을 시작하려는 막스의 손을 저지했다.

"할 이야기가 있다네."

막스는 아쉬워하며 체스의 말들을 치웠다. 그리고 담배에 불을 붙인 뒤 기다란 연기를 뿜어냈다. 막스는 이미 끈기 있게 들어주는 친구가 되어 있었다. 그는 브로이어가 지난 2주 동안 에카르트 뮐러와 만난 일에 깊은 관심을 보였다. 더욱이 어제 묘지에서의 대화와 오늘 아침 이상한 최면 시간에 대한 브로이어의 설명에 귀를 기울였다.

"그래서, 최면 상태에서 내가 자네를 떠나지 못하도록 문을 가로 막은 것으로 생각한 거야? 아마 그랬을 수도 있겠지. 그럼 체스에서 자네

외에 내가 누굴 이기겠어? 이 말은 진담인데, 요제프, 자네 오늘 달라 보이는데? 정말 베르타를 잊었다고 생각하나?"

"그건 아주 놀라운 일이라네, 막스. 이제 난 그녀를 마치 다른 사람 생각하듯 할 수 있다니까. 베르타의 이미지에 들러붙어 있던 내 모든 감정을 분리시키는 수술을 받은 듯하다네! 그리고 난 이 수술이 그녀가 신임 의사와 정원에 함께 거닐고 있는 걸 목격한 순간부터라는 확신이 들어!"

막스는 고개를 저었다.

"이해가 안 돼. 아니면 이해를 안 하고 싶은 건지도 몰라."

"이해하도록 노력해야 한다니까. 아마 베르타에게 넋이 빠진 상태가 사라진 게 그녀가 두르킨 박사와 함께 있는 걸 지켜보는 순간이라고 말하는 건 틀렸을지 몰라. 너무도 생생해서 현실의 사건이라고 생각했던 나의 환상, 그녀가 두르킨 박사와 함께 있는 환상을 말하는 것이라네. 뮐러 씨와 상담을 하면서 그녀에게 몰입하는 게 상당 부분 약화되었는지도 모르지. 특히 뮐러 씨는 내가 어떻게 그렇게 거창한 힘을 그녀에게 부여했는지 이해할 수 있게 해주었거든. 최면 상태에서 베르타와 두르킨 박사에 대한 환상은 그런 망상에서 완전히 벗어나기에 딱 알맞을 때 일어났던 거지. 그녀가 두르킨 박사와 함께 있는 장면을 보았을 때, 그녀가 나를 향해 휘두르던 모든 힘들이 스르르 사라졌다네. 갑자기 난 그녀가 무력하단 걸 깨달았지. 자기 자신의 행동마저 통제할 수 없는, 사실 나만큼이나 무력한 존재라는 걸 말일세. 우리는 둘 다 강박적인 상대방의 드라마에서 대역을 한 것에 불과했던 거야."

브로이어는 씩 웃었다.

"하지만 자넨 알 거야. 그보다 더 중요한 일이 내게 일어나고 있거든. 마틸데에 대한 내 감정이 바뀌고 있다네. 최면 속에서도 어느 정도 느꼈지만 이젠 훨씬 더 강하게 느껴져. 저녁 내내 그녀를 쳐다보았는데, 따스한 감정이 치솟더군."

막스가 웃었다.

"그래, 자네가 그녀를 쳐다보는 걸 나도 봤지. 마틸데가 무척 당황해하는 걸 보니 재밌던데. 처형 부부가 그러는 걸 보니 오랜만에 옛날로 돌아간 느낌이 들더라고. 아마 이건 분명할 거야. 처형을 잃으면 어떻게 될지 최면을 통해 경험했을 테니까. 이제야 그녀의 가치를 알아보는 것이겠지."

"그렇다네. 그 말도 맞긴 해. 그런데 또 다른 이유도 있네. 자네도 알다시피, 수년간 마틸데가 내 입에 재갈을 채우고 구속한다고 생각했거든. 그녀 때문에 감옥에 갇힌 느낌이었고, 그래서 늘 자유를 꿈꿨다네. 다른 여자들, 다른 삶을 경험할 자유를 말일세. 그런데 뮐러 씨가 해보라는 대로 해봤지. 자유를 얻었을 때 엄청 충격이었다네. 최면 속에서 난 자유에서 벗어나려고 안간힘을 썼어. 처음엔 베르타에게, 나중엔 에바에게 재갈을 물려달라고 사정했지. 난 입을 열고 말했어. '제발, 제발, 날 구속해줘. 이 재갈을 내 입안에 채워달라니까. 난 자유롭고 싶지 않아. 자유롭고 싶지 않다니까.' 하고 말일세. 진실을 말하자면 내가 자유를 끔찍이 두려워했다는 걸세."

막스는 진지하게 고개를 끄덕였다. 브로이어가 계속 말을 이었다.

"자네에게 최면 상태에서 베네치아를 방문했단 걸 말해줬는데, 기억나나? 이발소에서 나이 든 얼굴을 발견했다는 얘기, 옷가게가 늘어선 거리에서 내가 가장 나이 많은 사람이었다는 걸 알게 된 얘기 말야. 뮐러 씨가 말했던 게 방금 떠올랐어. '올바른 적을 선택하라.' 내가 보기엔 그게 바로 열쇠인 것 같네! 오랫동안 난 잘못된 적과 싸웠던 거지. 진짜 적은 마틸데가 아니라 바로 운명이야. 진짜 적은 노화와 죽음,

자유에 대한 나의 공포였고. 내가 진정으로 대면할 수 없었던 걸 마틸데가 대면하지 못하도록 막는다고 비난했던 것이네! 얼마나 많은 세상 남편들이 아내들에게 그 짓을 할까. 나도 그중 한 사람이야.”

막스가 말했다.

“자네도 알다시피, 난 어린 시절이나 대학 시절에 대한 백일몽에 빠져들거든. ‘아, 다 잃어버렸잖아!’ 가끔 이렇게 말하기도 하지. ‘어쩌다 이렇게 허송세월을?’ 그러면서 통탄한 뒤 은밀하게 라헬을 비난하거든. 젊은 시절이 끝나고 내가 늙어가는 게 마치 그녀의 잘못인 것처럼 말일세!”

“맞아. 진짜 적은 모든 걸 ‘게걸스럽게 삼켜버리는 시간의 주둥아리’라고 뮐러가 말했지. 그러나 이제 난 시간의 주둥아리 앞에서 그다지 무력하게 느껴지지는 않네. 아마 오늘 처음으로 내 삶을 원한다는 걸 느끼니까. 내가 선택한 삶을 받아들인다네. 막스, 지금 이 순간을 다르게 살았다면 하고 바라지 않아.”

“요제프, 그 교수도 자네만큼 똑똑해 보이지만, 이런 최면 실험을 고안해냈다는 점에서 자네가 더 나은 것 같구먼. 자넨 회복불능 상태로 몰고 가지 않으면서도 회복불능 상태를 경험할 방법을 찾았으니까. 그래도 여전히 이해가 안 되는 게 있어. 최면 상태에 빠져 있는 동안 그 최면 실험을 고안한 자네 일부는 어디에 있었을까? 자네가 최면에 빠져 있을 때에도 자네 일부는 분명히 사태가 어떻게 돌아가고 있는지 알고 있었을 텐데.”

“맞는 말이네, 막스. ‘내’ 나머지 부분을 속이고 있던 ‘나’라는 또 다른 목격자는 어디에 있었을까? 그걸 생각하면 머리가 어지러워. 그런데 내가 뮐러 씨를 앞질렀다고는 생각지 않네. 사실 난 좀 생각이 달라. 내가 그 사람을 실망시켰거든. 그의 처방에 따르지 않았으니까. 아니면 단순히 내 한계를 인정했다고나 할까. 그는 종종 이렇게 말하기도 해. '모든 사람은 자신이 견딜 수 있는 만큼의 진실을 선택해야 한다.' 나는 선택을 했다고 생각한다네. 난 의사로서도 그를 실망시켰다네. 그에게 준 게 전혀 없으니까. 사실상 그를 돕겠다는 생각도 더 이상 하지 않거든."

"요제프. 자책하지 말게! 자넨 늘 자신에게 가혹해. 자넨 그 사람과 달라. 우리가 함께 들었던 종교사상가 수업 기억나나? 요들 교수던가, 아마 그랬던 것 같은데? 요들 교수가 그런 사람들을 뭐라고 불렀더라? 그래 종교사상가란 '몽상가들'이라고 했어. 뮐러가 바로 그 몽상가일세! 자네와 그 사람을 보면 누가 의사고 누가 환자인지 한동안 구별하기도 힘들었거든. 이쨌거나 자네가 그 사람 의사이고, 만일 그를 변화시킬 수 있다면, 그 사람을 정말 바꾸고 싶어? 물론 바꿀 수도 없을 테지만. 결혼한 몽상가, 순치된 몽상가라는 말 들어본 적 있나? 아닐 걸. 오히려 그건 그 사람을 망치는 길이야. 난 그의 운명이 고독한 예언자라고 생각하거든. 내가 무슨 생각하고 있는지 알아?" 막스는 체스 말들이 담긴 상자를 열었다.

"치료는 그만하면 충분히 됐어. 이미 치료는 끝난 거야. 더 이상 치료를 했다간 환자든 의사든 둘 다 죽이게 될 걸세!"

22

초인의 눈물

막스가 옳았다. 이제 멈춰야 할 때였다. 요제프는 월요일 아침 13호 병실로 걸어 들어가 완전히 회복되었다고 선언하는 자신에 대해 스스로도 놀랐다.

침대에서 콧수염을 다듬고 있던 니체는 더 놀란 눈치였다.

"회복되었다고요?"

그는 거북이 등껍질로 만든 콧수염 빗을 침대에 떨어뜨리면서 소리쳤다.

"그럴 리가, 정말이오? 그게 어떻게 가능해요? 토요일에 우리가 헤어질 때만 해도 당신은 심한 고뇌에 빠져 있었는데! 난 당신을 걱정했죠. 내가 너무 심한 것은 아니었나, 아니 너무 무리한 걸 요구하지 않았나 싶어서요. 당신이 우리 치료 프로젝트를 중단하려는 것은 아닐까 걱정했거든요. 그런데 당신이 완전히 회복되었다니? 꿈에도 예상하지 못했습니다!"

"그래요, 프리드리히. 나 역시 놀라워요. 갑자기 그렇게 되었어요.

어제 우리가 했던 상담의 직접적인 결과인 것 같아요."

"어제라니요? 어제는 일요일이었고, 우린 만난 적이 없는데."

"프리드리히. 우린 만났어요. 다만 당신이 그 자리에 없었다 뿐이지요. 얘기하자면 길어요."

니체가 침대에서 일어나며 말했다.

"그 얘기 좀 해주시지요. 모든 걸 다요! 회복에 관해 전부 알고 싶거든요."

브로이어는 자신에게 익숙한 자리에 앉으며 말을 꺼냈다.

"여기, 우리가 이야기를 나누는 의자에 좀… 이야기할 게 참 많아요."

니체는 말 그대로 자신의 의자 끝자락에 걸터앉으면서 앞으로 몸을 기울였다. 그러고는 재빨리 말했다.

"토요일 오후부터 시작해보시지요. 지머링거 하이데 숲에서 우리가 함께 걸었던 때 이후부터요."

"예, 엄청난 바람 속에서 거닐었던 굉장한 산책이었죠! 하지만 멋진 산책이었어요. 동시에 감당하기 힘든 끔찍한 산책이기도 했지요! 당신이 옳았어요. 우리가 마차로 돌아왔을 때, 난 정말 힘들었죠. 나는 마치 모루와 같았지요. 당신의 말은 위에서 내리치는 쇠망치 같았고요. 한참 후에도 당신의 말이 귓가에 울려 퍼졌어요, 특히 한 구절이."

"어떤 구절이?"

"나의 결혼 생활을 구원할 수 있는 유일한 길은 결혼 생활을 포기하는 것이다. 이 말은 당신의 혼란스러운 말 가운데서도 더욱 혼란스러운 말이었죠. 그 말을 생각하면 할수록 머리가 지끈거려서 견딜 수가 없었어요!"

"그렇다면 내가 좀더 명백하게 할 걸 그랬군요, 요제프. 난 이상적인 결혼 관계는 오로지 그것이 각자의 생존에 필요한 것이 아닌 경우에만 존재한다고 말하고 싶었던 겁니다."

브로이어가 깨닫지 못하는 듯하자 니체가 덧붙였다.

"난 단지 서로 충분히 관계를 맺으려면, 먼저 자기 자신과 관계 맺어야 한다고 말하고 싶었던 거예요. 만일 우리가 자신의 고독을 감쌀 수 없다면, 다른 사람을 그저 자기 고독을 막아줄 방패막이 정도로만 이용할 거라는 거죠. 독수리처럼 살 수 있을 때 우리는 서로 사랑할 수 있거든요. 오로지 그런 경우에만 다른 사람의 존재가 확장되도록 관심을 기울일 수 있으니까요. 따라서 만일 우리가 결혼을 포기할 수 없다면, 결혼은 파멸할 운명이라는 거죠."

"그래서 프리드리히, 당신은 결혼을 구하는 유일한 방법이 그 결혼을 포기하는 거라고 말했던 거요? 이제 좀더 명확해지는구려."

브로이어는 잠시 생각에 잠겼다.

"그런 진술은 참으로 독신자들에게는 교훈적이지만, 기혼 남성들에게는 엄청난 궁지로 몰아넣는 것이지요. 내게 그 말이 어떤 도움이 될까요? 그건 마치 바다 한가운데에서 배를 다시 만들려고 시도하는 것이나 다를 바가 없지요. 일요일 하루 동안 나는 그 문제로 고민했죠. 결혼을 구하기 위해 그것을 완전히 포기해야 한다는 당신의 역설 때문에요. 그러다가 별안간 영감이 떠올랐어요."

니체는 호기심에 불타 안경을 벗고 몸을 앞으로 숙이며 다가왔다. 조금만 더 앞으로 나오면 의자에서 미끄러져 넘어질 정도로 바짝 얼굴을 들이밀었다.

"최면에 대해 좀 아십니까?"

"동물적인 자력 말인가요? 메스머가 만든 기술? 아는 게 별로 없습니다만, 최면술의 창시자였던 메스머가 사기꾼이었던 건 알아요. 그런데 얼마 전 몇 명의 저명한 프랑스 의사들이 여러 병들을 치료하는

데 이 최면술을 이용하고 있다는 걸 읽은 적이 있지요. 물론 당신도 베르타를 치료하는 데 그걸 이용했다는 것도 알고 있고요. 최면술에 대한 지식이라 해 봤자, 그게 수면 상태이며, 그때 사람들이 암시에 가장 걸리기 쉽다는 정도지요."

"그 이상이에요, 프리드리히. 이것은 사람들이 생생한 환각 현상을 강렬하게 경험할 수 있는 상태죠. 내 영감이란 게 바로 이 최면의 몽환 속에서 결혼 생활을 포기하는 경험을 거의 그대로 할 수 있었다는 거예요. 물론 현실 세계에서 그 결혼은 유지되지만요."

브로이어는 자신에게 일어났던 일을 니체에게 전부 이야기했다. 거의 모든 것을! 그런데 벨뷰 요양원에서 베르타와 두르킨 박사를 지켜봤던 일은 갑자기 마음을 바꿔 비밀에 부쳤다. 대신 그는 벨뷰로 향한 여행과 충동적으로 그곳을 떠난 이야기만을 들려주었다.

너무 집중해서 듣느라 니체의 눈은 튀어나올 것만 같았다. 고개를 끄덕이는 속도도 점점 빨라졌다. 브로이어의 이야기가 끝나자 니체는 실망한 듯 조용히 앉아 있었다.

"프리드리히, 내 말에 당황했나요? 이런 경험은 처음이라 나 역시 혼란스러웠죠. 그러나 나는 오늘 기분이 좋아졌다는 걸 알아요. 살아 있다는 느낌, 수년 동안 내가 느꼈던 것보다 훨씬 더 나아졌다는 느낌 말이에요. 나는 은밀히 베르타를 생각하면서 여기에 있는 척하는 것보다 당신과 함께 여기 내가 존재한다는 걸 느낍니다."

니체는 집중해서 듣고 있었지만, 여전히 말은 없었다. 브로이어는 계속 이야기했다.

"프리드리히, 나 역시 슬픔을 느낍니다. 우리의 이야기가 끝나게 된다는 걸 생각하기조차 싫어요. 당신은 이 세상 어느 누구보다 나에 대해 많이 알고 있죠. 나도 우리의 유대 관계를 소중히 생각하고요. 한편

448

으로는 수치스럽다는 감정도 느낍니다! 회복되었는데도 부끄럽군요. 최면을 이용해서 내가 당신을 속인 것 같은 느낌이 들고요. 난 위험이 제거된 위험을 택해서 여기에 온 겁니다. 당신은 분명 나에게 실망할 거요."

니체는 강력하게 고개를 저었다.

"아니, 그건 절대로 아닙니다."

브로이어는 그 말을 곧이곧대로 받아들이지 않았다.

"난 당신 기준을 알아요. 당신은 내가 부족하다는 걸 분명 느꼈겠죠. 당신이 내게 '얼마만큼의 진실을 감당할 수 있소?'라고 묻는 걸 여러 번 들었으니까. 난 그게 바로 당신이 사람을 판단하는 방식이라는 걸 알아요. 그래서 진실을 감당할 여력이 '별로 없습니다!'라고 대답하는 게 두려웠죠. 최면 상태에서마저 난 부족한 것 투성이였어요. 당신을 따라 이탈리아로 가보려고도 했고, 당신이 간 만큼, 당신이 원한 만큼 가려고도 상상해봤지만, 나의 용기는 시들해졌죠."

니체는 계속 고개를 저으며 앞으로 몸을 기울여, 브로이어의 의자 팔걸이에 손을 얹었다. 그러고는 말했다.

"아뇨, 요제프. 당신은 할 수 있는 것보다 훨씬 더 멀리 나아갔습니다."

그 말에 브로이어가 대꾸했다.

"아마도 나의 한정된 능력의 테두리 안에서 가장 멀리 나아간 정도겠지요. 당신은 내가 다른 사람의 길이 아닌 나 자신만의 길을 찾아야 한다고 늘 말했어요. 하지만 여전히 난 부족하다는 생각이 들어요. 난 편안함을 찾는 데 안주해왔죠. 그래서 당신처럼 진리의 태양을 쳐다볼 수가 없어요."

"나도 때로는 그늘을 바랄 때가 있습니다."

니체의 목소리는 슬프고도 생각에 잠긴 듯했다. 그의 깊은 한숨 소리에 브로이어는 문득 치료를 받은 두 명의 환자 중 한 명만이 나았다는 생각을 했다. 하지만 아직도 너무 늦지는 않았다는 생각이 들었다.

"프리드리히, 내 비록 완치되었다고 선언했어도 당신과의 만남을 그만두고 싶지는 않아요."

니체는 단호하면서도 천천히 고개를 저었다.

"아뇨, 이젠 치료가 끝난 것 같군요. 시간이 다 됐습니다."

"지금 그만둔다면 내가 너무 이기적인 사람이 될 거요. 난 너무 많이 받았고 당신에게 되돌려준 게 거의 없으니까. 하지만 도움을 줄 기회가 거의 없었다는 것 아시죠? 당신은 심지어 편두통까지 재발하지 않을 정도로 비협조적이었으니까요."

"나에게 최고의 선물은 회복 과정을 이해할 수 있도록 해주는 겁니다."

"가장 강력한 요인은 적을 제대로 밝혀냈다는 겁니다. 일단 내가 진정한 적인 시간과 노화, 죽음과 싸워야 한다고 이해했을 때, 마틸데는 적도 아니고 그렇다고 구원자도 아니었지요. 그녀 또한 인생의 순례길을 터벅터벅 걸어가는 동반자에 불과하다는 걸 깨닫게 되었죠. 그 단순한 깨달음이 그녀에 대한 나의 속박된 사랑을 해방시킨 거죠. 프리드리히, 나는 오늘 삶이 영원히 반복된다는 생각을 사랑하게 됐어요. 마침내 '그래, 난 내 삶을 선택했어. 그리고 아주 잘 선택했어'라고 스스로에게 말할 수 있게 되었죠."

니체는 브로이어의 말이 끝나기가 무섭게 맞장구쳤다.

"그래요, 맞아요. 당신이 변화했다는 것을 이해합니다. 하지만 어떻게 그렇게 되었는지 그 메커니즘을 알고 싶군요!"

"당신이 말했던 '시간의 욕망 때문에 지난 2년간 나 자신이 나이 들어가는 것에 상당히 놀랐죠. 난 맹목적으로 싸우려고만 했어요. 실제의 적이 아니라 내 아내를 공격했고, 급기야는 전혀 구원을 베풀 수 없는 사람들의 팔에 매달려 절망적인 도움을 청했던 거지요."

브로이어는 머리를 움켜쥐며 잠시 말을 멈췄다.

"당신 덕분에 제대로 된 삶을 영위하는 열쇠는 우선 필연적인 것을 욕망하고 그런 욕망의 대상을 내 의지로 사랑하는 것임을 깨달았어요. 이것 외엔 더 이상 말할 게 없군요."

니체는 브로이어의 말에 놀랐다.

"아모르 파티 — 운명을 사랑하라. 요제프, 쌍둥이처럼 우리가 똑같은 생각을 하다니, 참으로 놀랍구려! 난 이 운명을 사랑하라는 말을 맨 마지막에 당신에게 가르쳐주려 했는데. '이렇게 절망에 빠져 있습니다'를 '이렇게 내가 절망을 주체적으로 의지했습니다'라는 말로 바꿈으로써 절망을 극복하는 방법을 당신에게 가르치려 했지요. 그런데 당신은 이미 나를 앞질렀구려. 당신은 강해졌고 원숙해지기까지 했어요. 하지만."

그는 갑자기 흥분한 기색으로 말을 멈췄다.

"당신은 어떻게 베르타를 떨쳐버릴 수 있었는지를 말하지 않았소이다. 당신의 마음속을 파고들어 사로잡은 여자, 당신에게 잠시의 평안도 허락지 않았던 그 여자 말입니다."

"그건 중요하지 않아요, 프리드리히. 지난 과거를 슬퍼하는 데서 벗어나는 게 내겐 더 중요합니다. 그리고…"

"당신은 내게 무언가를 주고 싶다고 하지 않았던가요?"

깜짝 놀랄 정도로 다급한 목소리로 니체가 외쳤다.

"그렇다면 뭔가 구체적인 걸 주시오. 당신이 어떻게 그녀를 떨쳐 버릴 수 있었는지 말이오. 아주 상세하게!"

2주 전만 해도 다음에 어떻게 해야 하는지 자세히 알려달라고 졸랐던 쪽은 바로 브로이어였다. 그러자 니체는 고유한 방법이란 없으며, 각자 자신의 진리를 찾아야만 한다고 주장했다. 그런 니체가 자기 가르침을 스스로 부정하면서까지 나의 치료 방법 속에서 자신의 치료 가능성을 찾다니, 그의 고통이 얼마나 끔찍하면 저럴까.

브로이어는 그런 요청을 들어주어서는 안 된다고 다짐했다.

"프리드리히, 나도 당신에게 진정으로 무엇인가를 주고 싶소. 하지만 그 선물은 진정한 실체가 있어야 하겠지요. 당신의 목소리엔 절박함이 묻어 있지만 진정한 소망은 감추고 있소. 나를 한 번만 믿어 보시오! 당신이 원하는 걸 정확히 말해주시오. 내가 줄 수 있는 거라면, 뭐든 당신에게 줄 테니까."

니체는 의자에서 벌떡 일어나 잠시 동안 방 안을 서성거렸다. 그리고 창가로 가더니 브로이어를 등지고 밖을 쳐다보았다.

"속이 깊은 사람은 친구를 필요로 합니다."

그는 브로이어가 아니라 자기 자신에게 말했듯 했다.

"모든 게 실패해도, 그는 여전히 자기만의 신을 가지고 있죠. 허나 난 친구도 없고 신도 없어요. 나도 당신처럼 욕망이 있습니다. 하지만 내겐 완벽한 우정에 대한 욕망이 가장 큰 거요. 대등한 자들 사이의 우정 말이오. 대등한 자들이라는 말은 참으로 마음을 사로잡는 말입니다. 늘 외롭고 자신에게 적합한 사람을 원하지만 결코 만나본 적은 없는 바로 나 같은 사람에겐 위안과 희망을 주는 말이지요. 참으로 기분 좋은 말입니다. 때때로 나는 편지 속에서 나의 누이나 친구들에게 나 자신을 털어놓습니다. 하지만 직접 대면하면 수줍어하면서 외면해요."

브로이어가 말을 가로막았다.

"지금 나를 외면하듯이 말이오?"

니체가 조용히 긍정했다.

"그렇소."

"프리드리히, 지금 털어놓을 게 있나요?"

니체는 창문을 응시하다가 고개를 저었다.

"정말 드문 경우이기는 하지만, 외로움을 견디다 못해 아픔을 공개적으로 털어놓은 적도 있어요. 그런데 한 시간이 지나면 나는 여지없이 그런 자신을 혐오했어요. 마치 친구들로부터 내가 떨어져 나온 것처럼 스스로에게도 낯설고 부끄러웠죠. 그리고 다른 사람들이 자기 이야기를 나에게 털어놓는 것도 허락하지 않았어요. 보답이라는 빚을 지는 게 싫었거든요. 이 모든 걸 피했지요. 적어도 그날 이전까지는요."

그는 브로이어에게 얼굴을 돌렸다.

"내가 당신과 악수하고 이상한 계약에 동조하던 날 이전까지 말이오. 내가 어떤 과정을 끝까지 지속시키는 데 함께했던 사람은 당신이 유일해요. 당신한테서마저 난 처음에 배신을 예상했죠."

"그런데요?"

니체가 대꾸했다.

"처음에 당신 때문에 당황했어요. 그런 솔직한 관계를 들어본 적이 없었거든요. 다음엔 초조해지고 비판적이 되었죠. 하지만 나중에 생각을 바꾸었어요. 당신의 용기와 솔직함에 감탄하게 된 겁니다. 점점 더 당신이 날 신뢰해준 것에 감동했어요. 그리고 오늘 난 당신을 떠나야 한다는 생각에 몹시 우울합니다. 지난밤에 당신 꿈을 꾸었어요. 아주 슬픈 꿈을."

"무슨 꿈이었나요, 프리드리히?"

니체는 창가에서 돌아와 앉으며 브로이어를 쳐다보았다.

"꿈속에서도 이 병원에 있다가 잠에서 깨어났지요. 어둡고 추웠습니다. 모든 사람들이 가고 없는데 나는 당신을 찾았어요. 램프를 켜고 텅 빈 방들을 이곳저곳 둘러봤지만 허사였죠. 그러다가 휴게실 계단으로 내려갔어요. 거기서 이상한 광경을 보았어요. 벽난로는 아니지만 방 한가운데 아담한 장작불이 타고 있었고, 그 주변으로 여덟 개의 돌덩어리가 놓여 있었지요. 마치 돌들이 몸을 녹이는 것처럼요. 갑자기 난 커다란 슬픔에 휩싸여 울기 시작했어요. 바로 그때 잠에서 깨어났죠."

브로이어가 말했다.

"이상한 꿈이군요. 꿈에 대해 뭔가 떠오르는 생각은 없나요?"

"커다란 슬픔과 깊은 열망의 감정을 느꼈죠. 전엔 꿈에서 그렇게 울어본 적이 없어요. 날 도와줄 수 있나요?"

브로이어는 조용히 니체가 했던 말 '날 도와줄 수 있나요?'를 따라 되뇌었다. 그 말은 브로이어가 하고 싶은 말이었다. 3주 전만 해도 니체가 그런 말을 하리라고 상상이나 했겠는가? 그는 이 기회를 놓쳐선 안 되었다.

"여덟 개의 돌덩이가 불에 몸을 녹인다? 이상한 이미지군요. 내 머릿속에 떠오르는 것을 말해보리다. 물론 당신도 기억하죠? 슐레겔 씨 집에서 심한 편두통이 있었던 일 말이에요."

니체는 고개를 끄덕였다.

"거의 다요. 그중 일부는 혼수상태에 있어서 기억나진 않지만!"

"당신에게 말하지 않은 게 있어요. 당신이 혼수상태에 있을 때 슬프게 몇 마디를 했지요. '틈이 없어, 틈이'라고 말했던 게 그중 하나예요."

니체는 어안이 벙벙한 듯했다.

"틈이 없다니, 내가 무슨 뜻으로 그렇게 말했을까?"

"내 생각에 틈이 없다는 건 당신이 친구관계나 공동체 속에서 당신이 들어갈 자리를 찾지 못했다는 의미 같아요, 프리드리히. 당신은 따뜻한 화롯가를 원하지만, 그러한 바람을 두려워하는 거지요!"

브로이어는 부드러운 목소리로 말했다.

"지금은 당신에게 외로운 시간일 거예요. 다른 환자들은 성탄절 휴일을 보내기 위해 가족들이 있는 곳으로 떠났잖아요. 꿈에서 방들이 텅 빈 것은 그 때문이겠지요. 당신이 나를 찾았을 때 불이 여덟 개의 돌덩이를 따뜻하게 데우는 것을 발견했다지 않았나요? 그 의미가 무언지 알 것 같아요. 화로 주변에 내 가족이 일곱이에요. 아이들 다섯과 아내, 그리고 나. 여덟 번째 돌은 아마 당신이 아닐까요? 어쩌면 이 꿈은 나의 우정과 나의 화로를 향한 소망인 듯하군요. 그렇다면 난 당신을 언제든지 환영한답니다."

브로이어는 니체의 팔을 잡으려고 몸을 앞으로 기울였다.

"나와 함께 우리 집에 머뭅시다, 프리드리히. 내 절망이 완화되었다고 우리가 헤어질 필요는 없어요. 휴가 기간 동안 우리 집에 머무세요. 아니면 겨울 내내 여기에 있든지. 그럼 정말 좋겠군요."

니체는 브로이어의 손을 잠시 잡았다가 놓으며 일어났다. 그러고는 다시 창 쪽으로 걸어갔다. 북동풍을 타고 온 빗줄기가 창문을 때렸다. 그가 돌아서며 말했다.

"고맙군요, 친구여. 나를 당신의 집에 초대해줘서. 하지만 난 받아들일 수 없소."

"아니, 왜요? 프리드리히 당신이나 내게 둘 다 좋을 거라는 확신이 드는데. 이 방만 한 크기의 빈 방이 있어요. 당신이 글을 쓸 수 있는 서재도 있고."

니체는 천천히 그러나 단호하게 고개를 저었다.

"몇 분 전에 당신이 한정된 능력의 극한까지 갔다고 말했을 때, 그것은 고독과 대면한 걸 말하지요. 나 역시 관계의 한계에 직면해 있고요. 여기에서 당신과 함께 얼굴을 마주 보고 영혼 대 영혼으로 대화를 나누는 지금도 난 이런 한계에 직면해 있답니다."

"한계는 넓힐 수 있는 거요, 프리드리히. 노력해봅시다!"

니체는 서성거렸다.

"'더 이상 고독을 견딜 수 없어'라고 말하는 순간, 난 말할 수 없는 심연으로 추락하게 됩니다. 내 안에 있는 가장 드높은 어떤 것을 버렸기 때문에요. 나에게 예정된 길이 나를 유혹하는 이런 위험에 저항하라고 요구하고 있지요."

"그러나 프리드리히, 다른 사람과 함께 있는 게 당신을 버리는 건 아니잖습니까! 언젠가 관계에 대해 내게 배울 게 많다고 말한 적이 있어요. 그렇다면 내가 그걸 가르칠 수 있게 해주구려! 때로는 의심하는 게 잘하는 일이에요. 하지만 때로는 경계심을 늦추고 다른 사람한테서 영향을 받을 여지도 열어놓아야 하는 법이지요."

그는 니체에게 팔을 뻗었다.

"자, 프리드리히, 이리 앉아요."

니체는 순순히 의자에 앉아 눈을 감고 깊은 숨을 들이쉬었다. 그러고 나서 눈을 뜨더니 갑자기 입을 열었다.

"요제프. 문제는 당신이 나를 속일 수 있다는 게 아니에요. 내가 그동안 당신을 속였다는 게 문제지요. 난 당신에게 정직하지 못했어요. 이제 당신이 날 초대했으니, 우리는 더 가까워졌고 내 기만이 날 괴롭히는군요. 그런 태도를 변화시켜야 할 때군요! 우리 사이에 더 이상 기만이 있어선 안 돼요! 당신에게 속 시원히 털어놓을 테니, 내 고백을 들어주구려, 친구여."

456

니체는 고개를 돌리고 카샨 양탄자의 작은 꽃무늬에 시선을 고정시키고 떨리는 목소리로 말을 꺼냈다.

"몇 달 전에 루 살로메라는 아주 젊고 아름다운 러시아 여성과 깊이 사귀었소이다. 그 전까지 난 여자를 사랑하는 걸 스스로에게 허락하지 않았어요. 아마 어릴 적부터 여자들에 둘러싸여 있어서 그랬나 봅니다. 아버지가 돌아가신 후, 어머니와 누이, 할머니, 고모 들처럼 냉담하고 초연한 여자들에 둘러싸여 살았으니까요. 그 이후로 여자들과의 접촉을 끔찍한 것으로 여겨 속으로 좋지 않게 생각했어요. 관능이나 여자의 육체 같은 건 나와 내 삶의 임무 사이를 가로막는 장벽이나 궁극적으로 정신을 혼란시키는 것으로 치부했죠. 그러나 루 살로메는 달랐어요. 아니, 다르다고 생각했지요. 그녀는 아름답기도 했지만 진정한 영혼의 동반자, 나의 쌍둥이 두뇌와 같았어요. 그녀는 날 이해해주었고 내가 이전엔 탐구해볼 용기조차 갖지 못했던 드높은 것을 향해 나의 방향을 바로잡아주었죠. 난 그녀가 나의 학생, 제자가 될 것이라 생각했어요. 그러나 곧 파국을 맞았지요! 성적인 욕망이 고개를 들었거든요. 그녀는 그걸 이용해 나와 파울 레 사이에서 어부지리를 챙겼어요. 우리를 처음 소개해주었던 내 친한 친구 말이에요. 그녀는 내가 자기 운명의 남자라고 믿게 만들었어요. 그러나 내가 청혼을 하자 날 거절했죠. 난 모든 사람들에게 배신당했던 거요. 그녀와 레, 우리의 관계를 깨뜨리려 했던 나의 누이 모두로부터요. 이제 모든 것은 재가 되고 말았지요. 한때 내가 소중히 여겼던 모든 사람들로부터 추방당한 채 살고 있으니까."

브로이어가 중간에 말을 가로챘다.

"우리가 처음 이야기를 나누었을 때, 당신은 세 번의 배신을 당했다고 했는데?."

"첫 번째는 오래전 나를 배신했던 리하르트 바그너요. 이제 그 고통은 사라졌지만, 다른 사람들은 루 살로메와 파울 레요. 그래요. 그들에 관한 얘길 넌지시 내비치기는 했지요. 그러면서도 위기를 해결한 척한 거요. 그건 기만이죠. 진실은 지금 이 순간조차도 그 문제를 전혀 해결하지 못했다는 겁니다. 루 살로메라는 여자가 나의 마음속에 쳐들어와 아예 살림을 차린 거예요. 아직도 그녀를 내치지 못한 상태고요. 단 하루도, 아니, 단 한 시간도 그녀를 생각하지 않고는 견딜 수가 없어요. 그녀를 증오하지요. 그녀를 때리고 공개적으로 모욕을 주는 걸 상상해요. 그녀가 설설 기어와서 나에게 애걸하는 걸 보고 싶기도 하고, 때로는 그 반대로 그녀를 몹시도 그리워하죠. 그녀의 손을 잡고 오르타 호수에서 배를 탔던 일, 아드리아 해의 일출을 함께 보았던 일을 생각해요."

"그녀는 당신의 베르타인 셈이군요!"

"그렇죠. 그녀는 나의 베르타지요. 당신이 강박적인 집착을 말할 때마다 그것을 마음속에서 뿌리 뽑으려 했고, 그 의미를 이해하려고 노력할 때마다, 당신은 또한 나를 대변해서 말을 해주었던 셈이에요. 당신은 이중 작업을 수행했던 거예요. 당신 몫과 내 몫까지, 둘 다! 나는 자신을 숨겼어요, 여자처럼. 당신이 떠나고 나면 숨었던 곳에서 기어나와 당신의 발자국에 내 발자국을 맞췄지요. 그러곤 당신이 갔던 길을 그대로 따라가려 했어요. 비겁하게도 당신 뒤에 웅크리고 숨어서 당신 혼자 위험과 굴욕에 직면하도록 내버려 둔 거죠."

니체의 뺨에서 눈물이 흘러내렸다. 니체는 손수건으로 눈물을 닦고는 고개를 쳐들고 브로이어를 똑바로 바라보았다.

"이게 바로 나의 고백이고 내가 부끄러워하는 부분이에요. 이제 내가 왜 당신의 해방에 그토록 관심을 갖는지 이해가 됩니까? 당신의 해방은 곧 나의 해방이 될 수 있었으니까. 그러니 당신이 어떻게 베르타를 떨쳐냈는지 아는 게 나로선 얼마나 중요한지 이해가 될 거요! 이제 나에게 얘기해줄 수 있소?"

그러나 브로이어는 고개를 저었다.

"내 최면 상태의 경험은 이제 희미해요. 그러나 내가 정확히 기억해 낸다 한들 그게 당신에게 무슨 의미가 있을까요, 프리드리히? 당신 스스로 내게 말하지 않았던가요? 분명하게 정해진 유일한 길이란 없으며, 오로지 스스로 발견한 진리가 유일하게 위대한 진리라고요."

니체는 고개를 숙이고 낮은 목소리로 동의했다.

"맞아요, 맞아. 당신이 옳아요."

브로이어는 목청을 가다듬고 깊은 숨을 내쉬었다.

"당신이 듣고 싶어 하는 얘길 해줄 순 없지만, 프리드리히."

그는 심장이 뛰어 말을 멈췄다. 이제 자신을 내던질 차례가 되었다.

"나도 당신에게 고백할 게 있어요. 나 역시 솔직하지 못했으니까요. 이제 내가 고백할 시간인 것 같군요."

브로이어는 자신이 무엇을 말하고 행동했건 상관없이 니체가 그것을 자기생애의 네 번째 배신이라고 여길지 모른다는 두려운 예감이 갑작스럽게 들었다. 그러나 돌이키기엔 너무 늦었다.

"프리드리히, 난 이 고백의 대가로 당신의 우정을 잃지 않을까 두렵군요. 다만 그러지 않길 바랄 뿐이지요. 제발 내가 진심으로 털어놓는 걸 믿어주길. 내가 지금 말하려는 걸 다른 사람의 입을 통해 듣고, 당신이 그걸 네 번째 배신이라고 느낀다는 건 상상하기 싫으니까요."

니체의 얼굴이 죽은 사람처럼 굳어졌다. 브로이어가 다시 말을 시작하자 그는 숨을 들이켰다.

"10월에, 당신과 내가 처음으로 만나기 몇 주 전, 마틸데와 베네치아에서 휴가를 보낸 적이 있어요. 그때 호텔로 나를 기다리는 이상한 메모가 왔지요."

브로이어는 양복저고리 호주머니에서 루 살로메의 메모를 꺼내 니체에게 건넸다. 글을 읽어나가면서 믿을 수 없다는 듯 니체의 눈이 휘둥그레지는 것을 그는 보았다.

브로이어 박사님!
긴급한 용건으로 박사님을 만났으면 합니다. 독일철학의 미래가 위태로운 상태거든요. 카페 소렌토에서 내일 아침 9시에 만나 뵙지요.
1882년 10월 21일
루 살로메

니체는 떨리는 손으로 메모를 쥐고서 중얼거렸다.
"이해할 수가 없군요. 뭐… 뭐가 어찌 됐다는 건지…."
"자, 프리드리히, 진정하고 의자에 앉아요. 얘기하자면 깁니다. 처음부터 얘기해야겠군요."

한 20분가량을 브로이어는 루 살로메와의 만남, 그녀가 오빠 예니 아로부터 안나 O양의 치료에 대해 알게 된 일, 그녀가 니체를 대신해서 부탁했던 일, 그리고 도움을 구하는 그녀의 요청을 그가 수락한 것 등 모든 것들에 관해 말했다.

"프리드리히, 의사가 이런 이상한 자문에 응한 것에 대해 분명 의아해하시겠죠. 루 살로메와 대회를 나누었던 일을 돌이켜보면, 내가 그녀의 부탁을 받아들였다는 것이 참으로 이해가 안 갑니다. 생각해보세요! 그녀는 나에게 비의학적인 병에 대한 치료책을 찾아내라고 요구했으니까요. 그것도 전혀 내켜하지 않는 환자에게 은밀히 시도해보

460

라고 얼렀지요. 그런데도 그녀는 날 설득했습니다. 사실 그녀는 이 치료 과정에 자신을 완벽한 파트너라고 생각했어요. 우리가 마지막으로 만났을 때 그녀는 '우리' 환자의 진척 사항에 대한 보고를 요구했을 정도니까요."

니체가 놀라 소리쳤다.

"뭐라고요! 그녀를 최근에 보았다고요?"

"예기치 않게도 며칠 전 내 진료실에 나타났더군요. 그러고는 치료의 진척 사항에 대한 정보를 줄 것을 요구했지요. 물론 나는 그녀에게 아무것도 주지 않았죠. 그러자 화를 내면서 떠났습니다."

브로이어는 자신이 보고 느꼈던 모든 일들, 말하자면 니체를 도우려 했지만 좌절되었던 시도들, 루 살로메와 헤어진 것에 대한 절망을 니체가 숨겼던 것을 이미 알고 있었다는 이야기 등을 밝히며 말을 이었다. 니체가 빈에 체류하도록 꾸미기 위해 어떻게 자신의 절망에 대한 치료책을 찾는 척했는지의 전체 계획을 털어놓았다. 그의 폭로에 니체는 갑자기 벌떡 일어났다.

"그래서 이 모든 게 가면이었나요?"

브로이어는 순순히 인정했다.

"처음에는 그랬지요. 내 계획은 당신을 '조종하는' 거였으니까요. 내가 협조적인 환자인 척해서 은근슬쩍 역할을 바꿔보려 했죠. 당신을 안심시킨 다음 환자의 위치로 되돌려놓으려고요. 그런데 진짜 아이러니는 내가 맡은 역을 할 때 일어난 거예요. 내가 환자인 척하다 보니 정말로 환자가 된 것입니다."

또 이야기할 것이 있던가? 다른 것들을 찾아보았지만 브로이어는 더 이상 찾지 못했다. 브로이어가 걱정하며 물었다.

"프리드리히, 괜찮아요?"

"아, 머리가, 눈에서 번쩍이는 섬광이 보여요. 두 눈에서! 내 눈에 섬광이….”

브로이어는 의사라는 직업의식을 발휘했다.

"편두통이에요. 이 단계에서 멈추게 할 수 있으니 가만히 있어요. 가장 좋은 건 카페인과 에르고타민입니다. 움직이지 마세요! 금방 돌아올 테니까.”

그는 방에서 뛰쳐나와 간호사 데스크가 있는 아래층으로 급히 내려가 주방으로 들어갔다. 몇 분 후에 컵과 진한 커피, 주전자, 물, 몇 알의 약을 가지고 되돌아왔다.

"우선, 이 알약을 삼켜요. 에르고타민과 염분인데, 먹어두면 진한 커피로부디 당신의 위장을 보호해줄 거예요. 그런 다음 이 주전자에 든 커피를 전부 다 마셔요.”

일단 니체는 알약을 삼켰고, 브로이어는 그에게 물었다.

"눕고 싶나요?”

"아, 아니오. 얘길 마저 해야지요.”

"머리를 의자 뒤로 기대요. 방을 좀 어둡게 할게요. 눈을 자극하지 않는 게 좋을 테니까.”

브로이어는 창문 세 개의 블라인드를 내리고 물수건을 준비해 니체의 눈 위에 올려놓았다. 그들은 어둑어둑한 방 안에 말없이 앉아 있었다. 니체가 입을 열었다. 그의 목소리는 진정되어 있었다.

"요제프, 이건 정말 비잔틴식이군요. 우리 사이의 모든 것이 비잔틴식 음모술수와 부정직이었다니! 이중으로 부정직한 거였군요!”

브로이어는 니체가 편두통을 일으키지 않도록 부드럽고도 천천히 말을 했다.

"달리 내가 어떻게 할 수 있었을까요? 무엇보다 그녀의 제안에 동의하지 말았어야 했고, 두 번째는 내가 좀더 일찍 당신에게 말했어야 했나요? 그러면 아마 당신은 홱 돌아서서 영원히 떠나버렸을 거요!"

니체는 대답이 없었다.

"그게 사실 아닌가요?"

"그랬겠지요. 곧바로 다음 기차를 잡아타고 빈을 떠났겠죠. 그러나 당신은 나에게 거짓말을 했어요. 나에게 약속하라고까지 해놓고선…."

"프리드리히, 난 모든 약속을 지켰어요. 당신의 이름을 발설하지 않기로 했고, 그 약속도 지켰어요. 루 살로메가 당신에 대해 물었을 때, 사실은 물은 게 아니라, 알 권리를 주장했다고 말하는 게 더 정확하지만, 난 거부했죠. 우리가 만난다는 사실조차 그녀에게 알려주지 않았어요. 그리고 다른 약속도 지켰죠, 프리드리히. 당신이 혼수상태에 있었을 때 몇 마디 말을 했었다고 내가 얘기해준 것 기억납니까?"

니체는 끄덕였다.

"그 다른 몇 마디란 '도와줘!'였어요. 당신은 그 말을 몇 번이고 되풀이했죠."

"'도와줘!' 내가 그렇게 말했나요?"

"계속해서 그랬죠! 더 마셔요, 프리드리히."

니체는 컵을 비웠고, 브로이어는 진한 블랙커피를 다시 채워주었다.

"아무것도 기억이 안 나는군요. '도와줘'라는 말도. 그리고 '틈이 없다'는 말도. 그렇게 말한 건 내가 아닐 거예요."

"그러나 그건 당신 목소리였어요, 프리드리히. 당신 일부가 나에게 말한 거죠. 그리고 '당신의 그 일부에게 내가 도와주겠다고 약속했죠. 나는 그 약속을 배신해본 적이 없어요. 커피를 더 마셔요. 자, 잔 가득 마시는 게 내 처방이니까."

니체가 쓴 커피를 마시자 브로이어는 물수건의 위치를 다시 바꿔 놓아주었다.

"머리는 어떻소? 번쩍이는 섬광은? 잠시 얘기는 그만하고 쉬고 싶소?"

니체가 힘없이 대답했다.

"훨씬 나아졌어요. 멈추고 싶지 않소. 그러면 오히려 더 흥분할 것 같으니까요. 이런 기분을 느끼면서 일하는 데 난 익숙해요. 관자놀이와 머리 근육의 긴장을 풀어야겠군요."

3, 4분 동안 그는 숫자를 세면서 천천히 그리고 깊이 숨을 내쉬었다.

"이제는 한결 좋아졌소. 종종 숨을 쉴 때 숫자를 세면서 근육의 긴장이 풀리는 걸 상상하죠. 당신은 들이쉬는 공기가 내뱉는 공기보다 더 차갑다는 걸 생각해본 적 있나요?"

브로이어는 지켜보며 기다렸다. 휴, 편두통에게 감사를! 잠시 동안이나마 편두통은 니체가 자기 자리에 머물도록 해주었다. 물수건에 가려서 그의 입만 보였다. 니체가 무언가를 말하려는 것처럼 콧수염이 떨렸다.

마침내 니체가 웃었다.

"당신은 날 조종했다고 생각했고, 당신이 그러는 내내 난 내가 당신을 조종했다고 생각했군요."

"그러나 프리드리히, 서로 조종하는 가운데 잉태한 것이 이제 정직으로 탄생했잖소?"

"아! 이 모든 것 뒤에 루 살로메가 있었소. 그녀는 유리한 위치에서 한 손에는 고삐를 쥐고 다른 한 손으로는 채찍을 휘두르면서 우리 둘 다를 조종했소. 당신은 나에게 많은 것을 얘기했지만 한 가지 빠뜨린 게 있어요."

브로이어는 이제 자신은 결백하다는 듯이 손을 뻗어 손바닥을 위로 한 채 어깨를 들썩 올렸다.

"더 이상은 숨긴 것 없소이다."

"바로 당신의 동기! 이 모든 것, 말하자면 일을 꾸미고 헌신하고 시간을 들이게 만들었던 그 동기 말이오. 당신은 바쁜 의사요. 왜 당신이 이런 일을 합니까? 당신은 왜 이런 일에 끌려 들어온 겁니까?"

"나도 그게 궁금하오. 나 스스로도 여러 번 물어봤지요. 단지 루 살로메를 기쁘게 해주려 했던 것뿐이라는 대답 이외엔 모르겠더군요. 그녀는 나를 매혹시켰어요. 그녀의 부탁을 도저히 거절할 수 없을 만큼."

"그런데 지난번 그녀가 당신의 진료실에 나타났을 땐 그녀를 거절했다고 했잖소."

"그래요. 그 무렵에는 이미 당신을 만났고, 당신에게 약속한 상태였소. 프리드리히, 그녀는 마음이 몹시 상했을 거요."

"당신이 그녀를 이겨냈다는 데 경의를 표하오. 당신은 내가 하지 못한 것을 해냈소. 그런데 처음에 베네치아에서 그녀가 당신을 어떻게 매료시켰는지 말해보시지요."

"제대로 대답이 될 수 있을지 모르겠지만, 하여튼 그녀와 단지 30분 같이 있었을 거요. 그런데 그 이후로 그녀의 어떤 요구도 거부하기 힘들었지요."

"맞아요. 그녀는 나에게도 똑같은 영향력을 행사했소."

"카페에서 내가 앉아 있던 테이블로 당당하게 걸어오는 그녀의 걸음걸이를 당신이 보았어야 했소."

"그 걸음걸이는 나도 익히 알고 있소. 로마제국군이 행진하는 듯한 걸음걸이를 어떻게 모를 수 있겠소. 그녀는 장애물 따위에 전혀 개의

치 않습니다. 감히 무엄하게도 누가 내 앞길을 가로막느냐는 식이지요."

"그렇더군요. 그 대단한 자신감하며! 그녀의 옷이나 머리 스타일에서 자유분방함이 느껴졌소. 그녀는 인습의 굴레에서 완전히 벗어나 있더군요."

니체가 고개를 끄덕였다.

"그렇소. 그녀의 자유는 경탄할 만하오! 그 점에 대해선 우리 모두 그녀에게 배울 게 있소."

니체는 천천히 고개를 돌렸고 고통이 없어진 것에 기뻐하는 듯 보였다.

"난 때때로 루 살로메가 돌연변이가 아닌가 생각해요. 특히 그녀의 자유가 빽빽한 부르주아 관목 숲 한가운데서 피어났다는 걸 생각하면 더욱 그렇소. 그녀의 부친이 러시아 장군이었다는 걸 당신도 알 거요."

그는 날카로운 눈빛으로 브로이어를 바라보았다.

"난 그녀가 곧바로 당신과 친해지는 것을 상상할 수 있소. 그녀가 당신에게 친근하게 그냥 이름으로 불러달라고 하지 않던가요."

"아, 맞아요. 그녀는 똑바로 내 눈을 쳐다보면서 대화할 때내 손을 만졌죠. 예, 맞아요. 우리가 처음으로 만났을 때 호텔까지 함께 동행해주겠다면서 내 팔짱을 끼더군요. 그때 난 완전히 무장해제 되어버렸던 겁니다."

"내게도 그와 똑같이 했는데!"

니체의 얼굴이 순간 굳어졌다.

"그녀는 내가 그렇게 빨리 떠나는 걸 원치 않는다, 나와 함께 더 많은 시간을 보내고 싶다고 했지요."

"프리드리히, 그녀는 나에게도 그와 똑같은 말을 했소. 젊은 여성과 함께 걷는 걸 보면, 아내의 심기가 불편할 거라고 내가 넌지시 암시를 하자 그녀는 화를 냈죠."

니체가 낄낄 웃었다.

"그런 것에 그녀가 어떻게 반응하는지 나도 알고 있소. 그녀는 전통적인 결혼에 그리 호의적이진 않지요. 그녀에게 결혼이란 여성의 노예 계약에 대한 미사여구일 뿐이거든요."

"정말 나한테도 그렇게 말했소!"

니체는 의자에 털썩 주저앉았다.

"그녀는 모든 관습을 조롱합니다. 오직 한 가지만 빼고. 남자와 섹스에 대해서는 카르멜회 수녀처럼 순결하죠!"

브로이어는 고개를 끄덕였다.

"맞아요. 하지만 우리는 그녀가 보내는 메시지를 아마 잘못 해석하고 있는 것 같군요. 그녀는 자신의 아름다움이 남자들에게 미치는 영향력을 아직 인식하지 못한 것 같은데."

"요제프, 그 점에서 우린 생각이 다르군요. 그녀는 자신의 아름다움을 너무 잘 알고 있어요. 남자를 정복해서 바싹 마를 때까지 빨아먹는데 그걸 이용하죠. 그런 다음 또 다른 남자로 대상을 옮긴답니다."

브로이어는 물수건을 눌러주었다.

"또 다른 한 가지는 그녀가 인습을 그처럼 조롱하기에 누구나 그녀의 공모자가 되지 않을 수 없다는 점이오. 바그너가 당신에게 보낸 편지를 읽어보라고 했을 때 선뜻 그러고 있는 나 자신에게 너무 놀랐소. 비록 그녀가 그 편지를 가지고 있을 권한이 있을까 의아해하면서도 요!"

"뭐라고요! 바그너한테서 온 편지를? 편지 한 통이 빠진 걸 전혀 눈치채지 못했소. 그녀가 타우텐베르크를 방문하는 동안 그걸 가져갔나

보군요. 경멸할 가치조차 없는 여자군!"

"그녀는 당신의 편지 몇 통을 나에게 보여주기까지 했소, 프리드리히. 그러다 보니 난 그녀의 가장 은밀한 공모자로 끌려들게 되었군요."

이 시점에서 브로이어는 치명적인 위험을 감수하고 있는 게 아닌가 생각했다. 니체가 벌떡 일어나는 바람에 물수건이 그의 두 눈에서 떨어졌다.

"당신에게 내 편지들을 보여줬다고요? 여우 같은 년!"

"저런, 프리드리히. 다시 편두통이 일어날까 두렵군요. 여기 이 마지막 잔을 들어요. 그리고 뒤로 기대요. 내 다시 물수건을 얹어줄 테니."

"괜찮소, 의사양반. 내 당신의 조언을 따르긴 하지만, 위험은 가신 것 같소. 번쩍거리는 섬광들이 사라졌소. 당신의 약이 분명 효험이 있는 것 같군요."

니체는 남아 있는 미지근한 커피를 단번에 들이켰다.

"다 마셨소. 이만하면 충분하오. 여섯 달 동안 마실 커피 양보다 더 많이 마셨소!"

니체는 머리를 좌우로 돌려본 후 물수건을 브로이어에게 건네주었다.

"이제 이건 필요 없소. 발작이 가신 것 같으니, 놀랍군요! 당신의 도움이 없었다면 난 며칠 동안 고통으로 신음했을 텐데."

그는 브로이어를 한 번 쳐다보고는 말했다.

"당신과 더 이상 함께할 수 없다니 유감이군요. 그나저나 요제프, 어떻게 감히 그녀가 당신에게 내 편지를 보여줄 수 있답니까? 그리고 당신은 어떻게 남의 편지를 읽을 수 있었습니까?"

브로이어는 입을 열었다. 그러나 니체는 그의 입을 막으려고 손을 잡았다.

"대답할 필요는 없소. 나도 당신 입장을 이해하니까요. 그녀가 자신의 공모자로 속내를 털어놓는 친구로 당신을 찍었을 때 느끼는 그 우쭐한 기분을 잘 아니까요. 그녀가 나에게 레와 길로트로부터 받은 연애편지를 보여주었을 때 나도 똑같은 반응을 보였거든요. 길로트는 루 살로메와 사랑에 빠진 러시아인 선생입니다."

브로이어가 입을 열었다.

"진정하세요. 분명 마음이 아플 거라는 건 나도 압니다. 베르타가 나와 가까웠던 순간들을 다른 사람에게 이야기하고, 내가 그것을 알았다면 나도 무척 고통스러웠을 테니까요."

"고통 자체입니다만, 어쨌거나 좋은 약이오. 루와 만났던 일에 대해 말하지 않은 게 있다면 전부 다 얘기해봐요, 하나도 남김없이 전부 다요."

베르타가 두르킨 박사와 함께 걷는 장면에 대한 최면술적인 환시에 관해 브로이어가 니체에게 말하지 않은 이유가 여기 있었다. 그 강력한 정서적 경험은 브로이어를 그녀로부터 해방시켜주었다. 그게 바로 니체에게도 필요했다. 다른 사람의 경험을 열심히 듣고 머리로 이해한다는 것은 아무 소용이 없었다. 문제는 정작 스물한 살짜리 러시아 여자에게 니체 자신이 켜켜이 쌓아올린 환상적인 의미들을 제거할 수 있을 만큼 충분히 강렬하게 니체 자신이 감정적 체험을 해야 했다.

루 살로메가 한때 니체에게 했던 것과 똑같은 책략으로 다른 남자를 매혹시켰을 때 니체가 그런 그녀를 '엿듣는' 것보다 더 강력한 감정적 경험은 없을 것이다. 따라서 브로이어는 그녀와 만났던 모든 일들을 상세하게 말하기 위해 기억을 더듬었다. 브로이어는 그녀가 했던 말들, 말하자면 그녀가 니체의 애제자가 되고 싶어 한다는 것, 그녀의 감언, 위대한 지성들과 교제하는 데 그중 한 사람으로 브로이어를 포함시키고 싶은 욕망 등을 니체에게 소상히 말해주었다. 그는 또 그녀의 행동거지, 예컨대 우쭐대는 태도, 처음에는 이쪽으로 그러곤 다른 쪽으로 머리를 돌리는 습관, 그녀의 미소, 올림머리, 흠모하는 듯한 눈빛, 입술을 적실 때 혀의 움직임, 그녀의 손을 자기 손에 올려놓으면서 보여준 방식을 남김없이 말했다.

니체는 머리를 뒤로 젖히고 두 눈을 감은 채 듣고 있었다. 그런 데도 감정을 가누지 못하는 것처럼 보였다.

"프리드리히, 내가 말할 때 무엇을 느끼나요?"

"참으로 많은 걸요, 요제프."

"나에게 얘기해보세요."

"도저히 이치에 닿지도 않거니와 너무 복잡해서."

"그 의미를 억지로 이해하려 들지 말고 그저 떠오르는 대로 말해 봐요."

니체는 더 이상 표리부동한 것이 없다는 것을 확신시키기라도 하듯 눈을 뜨고 브로이어를 쳐다보았다. 브로이어가 재촉했다.

"해봐요. 의사가 주문하는 거라고 생각하세요. 이런 식으로 말하는 게 도움이 되었던 환자를 잘 알고 있지요."

니체는 주저하면서 말을 꺼냈다.

"루에 대한 당신의 이야기를 듣다 보니 그녀와 함께했던 추억들이 생각났어요. 기괴하게도 똑같이 느꼈던 인상들이 생각납니다. 그녀는 당신한테나 나한테나 똑같은 모습을 보였군요. 그래서 고통스럽고도 성스러웠던 기억들이 내게서 벗겨져 나가는 걸 느껴요."

그는 눈을 떴다.

"생각나는 대로 말하기가 너무 어려워요, 당혹스러워서!"

"날 믿어요. 당혹스러움이 치명적인 건 아니란 걸 내 개인적으로 증명해줄 테니까, 어서 계속해보시오. 부드러움을 통해 단단해져야지요."

"당신을 믿소. 내가 느끼기에는….."

니체는 얼굴을 붉히고 말을 멈췄다. 브로이어는 그에게 계속하라고 재촉했다.

"다시 눈을 감아요. 아마 나를 보지 않는 것이 말할 때 더 편할 거예요. 아니면 침대에 눕든지."

"아뇨, 여기가 편해요. 당신이 루를 만났다는 게 기쁩니다. 이제 당신은 날 알고 있어요. 당신한테서 가족 같은 친밀함을 느껴요. 그런데도 화가 납니다."

니체는 그가 브로이어의 감정을 상하게 하지 않았나 확인해보려는 듯이 눈을 떴다. 그러다가 부드러운 목소리로 말을 이었다.

"당신의 신성모독에 화가 나요. 당신은 우리의 사랑을 한낱 흙먼지가 되도록 마구 짓밟은 거죠. 지금 정말 고통스럽군요."

"프리드리히, 나도 그 점을 잘 알아요. 나 역시 그런 고통을 느꼈으니까. 당신이 베르타를 장애자라고 불렀을 때, 내가 얼마나 기분이 상했는지 기억나요?"

니체가 말을 가로챘다.

"오늘 난 모르요. 내 사랑의 요새를 무너뜨리면서 위에서 내리치는 망치가 바로 당신의 말이고요."

"계속하세요, 프리드리히."

"그게 내가 느낀 감정의 전부요. 슬픔만 빼고. 그리고 상실감, 깊은 상실감 말이오."

"오늘 당신은 무엇을 잃었습니까?"

"루와 함께했던 달콤하고 소중하며 은밀했던 모든 순간들이 사라져

버렸소. 우리가 나누었던 사랑은 지금 어디 있겠소? 잃어버렸소! 모든 것이 먼지가 되어버렸어. 이제 난 그녀를 영원히 잃어버렸다는 걸 알아요!"

"그러나 프리드리히, 상실에 앞서 분명 집착이 있었을 겁니다."

니체는 섬세한 감정들을 다치지 않게 하려는 듯 부드러운 목소리로 말했다.

"오르타의 호수 근처에서 그녀와 난 한때 사크로몬테의 꼭대기에 올라가 황금빛 저녁노을을 보았죠. 마치 다가가서 포옹하려는 두 얼굴처럼 산호빛 구름 두 조각이 지나가고 있었고요. 그때 우리는 부드럽게 어루만지며 키스했어요. 성스러운 순간, 내게는 유일하고 가장 성스러운 순간을 그녀와 함께한 거예요."

"그 순간에 대해 당신과 그녀가 다시 말한 적이 있나요?"

"그녀는 당연히 그 순간을 알고 있소! 난 오르타의 일몰, 오르타의 미풍, 오르타의 구름에 대해 언급하는 카드를 그녀에게 여러 번 보냈지요."

브로이어가 끈질기게 물었다.

"그런데 그녀가 오르타에 대해 언급한 적이 있었나요? 그것이 그녀에게도 똑같이 성스러운 순간이었나요?"

"오르타가 어땠는지 그녀도 알고 있소!"

"루 살로메는 당신과 그녀의 관계에 대해 내가 전부 다 알아야 한다고 믿었어요. 그래서 아주 상세하게 당신들이 만났던 일들을 말해줬죠. 그녀는 아무것도 빠뜨린 게 없다고 했어요. 루체른과 라이프치히, 로마, 타우텐베르크에서 있었던 일을 자세히 말해줬죠. 하지만 오르타는, 맹세코, 단지 지나치는 김에 한 번 언급한 적은 있었지만 그녀에게 어떤 특별한 인상을 준 것 같진 않더군요. 프리드리히, 하나 더 덧붙인다면, 그녀는 기억해보려 했지만 당신과 키스한 게 기억나지 않는다고 했어요!"

니체는 말이 없었다. 고개를 떨어뜨린 채 눈물이 가득 고였다. 브로이어는 자신이 니체에게 너무 가혹하게 구는 건 아닌가 하고 생각했다. 하지만 지금 가혹해지지 않으면 나중에 더 안 좋을 터였다. 지금이 유일한 기회였다. 다시 오지 않을 기회.

"심한 말을 용서해주시오. 그러나 난 지금 훌륭한 스승의 충고를 따르는 거요. 그분이 말씀하셨지요. '고통받는 친구에게 안식처를 제공하려거든, 침대는 딱딱한 침대나 야전침대여야 한다.'"

"정말 잘 배웠군요. 정말 딱딱합니다. 얼마나 딱딱한지 말할까요? 내가 얼마나 많은 걸 잃었는지 과연 이해시킬 수 있을지 모르겠지만요. 15년 동안 당신은 마틸데와 한 침대를 썼겠죠? 당신은 그녀의 인생에서 가장 소중한 사람일 테지요. 당신을 보살펴주고 어루만져주고 먹고 싶은 것도 알아서 척척 해주고 혹시 늦게 일어날까 염려해주기도 하면서요. 내 마음속에서 루를 밀어내고 나면, 뭐가 남는지 당신이 그걸 어떻게 알겠어요? 그런데 바로 이 순간 루를 밀어내는 그 일이 일어나고 있습니다."

니체의 눈은 브로이어를 향한 것이 아니라 마치 내면을 투시하는 것처럼 보였다.

"다른 여자는 지금까지 나를 어루만져준 적이 없어요. 여태까지, 어느 누구도. 그거 알아요? 지금까지 아무도 나를 사랑하거나 만져주지 않았다고요. 누구에게도 관심을 받아본 적이 없는 삶, 그게 어떤 건지 압니까? 하숙집 주인에게 아침저녁으로 '안녕하세요'라고 인사하는 걸 제외하면 한마디도 하지 않고 며칠을 보내곤 합니다. '틈이 없다'에 대해서는 당신 해석이 맞아요. 난 어디에도 소속되어 있지 않습니다.

집도 없고 매일같이 얘기할 친구도 없고 소지품이 넘쳐나는 서랍장도 없고 가족들이 모여드는 벽난로도 없어요. 심지어 소속된 국가도 없죠. 독일 시민권을 포기한 데다 스위스 여권을 발급받을 만큼 한 군데 오래 머무르지도 않으니까요."

니체는 브로이어가 제지해주기를 기다리는 것처럼 그를 빤히 쳐다보았다. 그러나 브로이어는 아무 말이 없었다.

"요제프, 외로움을 견디는, 아니 심지어 찬양하는 나만의 은밀한 방식은 속임수입니다. 나만의 사고를 하려면 무리들과 떨어져야 한다고 말하죠. 위대한 과거 지성들이 내 동료들이며, 그들이 은둔처에서 기어 나와 내가 머무는 양지로 찾아온다고도 말합니다. 고독의 두려움을 조롱해버리는 겁니다. 위대한 인물은 지독한 고통을 겪어야 한다, 내가 너무 멀리 나갔기 때문에 아무도 나와 동행할 수 없다고 공공연히 말하고 다닙니다. 누군가 날 오해하고, 두려워하거나 거부한다면, 그러면 그럴수록 더욱 좋은 일이라고 허풍을 떱니다. 그게 내가 의도한 바라고 하면서요. 내 주변에 따르는 사람 하나 없이 고독과 대면하는 것은 용기라고, 종교적인 수호신에 대한 환상을 만들지 않는 것이야말로 내 위대함의 증거라고 말합니다. 그런데 난 한 가지 두려움에 계속 사로잡히곤 합니다."

잠시 머뭇거리는가 싶더니 계속 말을 이었다.

"내가 아무리 죽은 뒤에나 유명해질 철학자라고 허세를 부리더라도, 언젠가 날 인정해줄 날이 올 거라고 확신을 해도, 심지어는 영원회귀를 생각하고 있으면서도, 난 홀로 죽는다는 생각으로 두려움에 떨고 있습니다. 시신이 방치되어 시체 썩는 냄새가 이웃에 퍼질 때까지 며칠 혹은 몇 주 동안 아무에게도 발견되지 않을 수 있다는 공포감, 그 기분이 어떤 것인지 아세요? 나 자신을 위로해보려고 애씁니다. 철저히 고독한 상태에 있을 때 난 중얼거리죠. 그렇다고 너무 크게 중얼거리진 않습니다. 왜냐하면 나 자신의 공허한 메아리가 두렵기 때문이죠. 루 살로메만이 이런 공허함을 메워줄 수 있었지만요."

브로이어는 니체의 슬픔에 대해서 위로해줄 말을 찾지 못했다. 더욱이 니체에 대한 고마움, 이 엄청난 비밀을 자기에게 털어놓는 것에 대한 고마움에 대해서도 할 말이 없어 그저 묵묵히 앉아 있었다. 이제야말로 자신이 니체의 절망을 보살필 의사가 될 수 있을 거라는 희망이 솟구쳤다.

니체가 머리를 가로저으며 창밖을 내다보았다.

"당신 덕분에 루가 그저 허상에 불과했다는 사실을 알게 됐군요. 쓰디쓴 약이군요, 의사 선생님."

"그러나 진리 탐색을 위해서는 우리 과학자들이 허상을 버려야 하는 것 아닌가요?"

니체가 크게 말했다.

"대문자로 쓴 진리! 요제프, 깜빡했네요. 과학자의 진리 역시 허상이라는 걸 알았어야 했는데. 우리는 허상 없이는 살아갈 수 없지만요. 그래서 루 살로메를 단념하고 또 다른 허상, 아직 알려지지 않은 환상을 추구할 겁니다. 이제 그녀는 떠나버렸고, 아무것도 남은 게 없음을 인정한다는 건 정말 힘든 일입니다."

"루 살로메가 아무것도 남기지 않았다고요?"

불쾌한 듯 니체의 얼굴이 일그러졌다.

"좋은 것이라고는 남긴 게 없군요."

"그녀를 생각해봐요. 그녀의 이미지를 떠올리면, 뭐가 보입니까?"

"피 묻은 발톱을 가진 독수리요. 루와 여동생, 어머니가 몰고 오는 이리 떼도 보이는군요."

"피 묻은 발톱? 하지만 그녀는 당신을 도와주려고 했잖소. 베네치아나 빈으로의 여행 같은 그 모든 노력은 어떻고요?"

"그 여행들은 나를 위한 게 아닙니다! 그녀 자신을 위해서 속죄하고픈 마음과 죄책감 때문에 한 일이죠."

"내가 보기엔 죄책감으로 힘들어하는 모습이 아니었는데."

"그럼 예술을 위한 거겠죠. 예술을 소중히 여기거든요. 내 작품을 아꼈지요. 이미 완성된 것이나 아직 완성되지 않은 것 모두를요. 그녀는 안목이 있지요. 내가 보기에 그녀는 분명 안목이 있어요. 그런데 이상해요."

니체가 생각에 잠겼다.

"난 그녀를 4월에 만났소. 기의 아홉 달 전에. 그리고 이제 난 위대한 작품이 태동하는 것을 느껴요. 내 아들, 차라투스트라의 탄생이 얼마 남지 않았소. 아홉 달 전에 루는 내 머리에 차라투스트라의 씨앗을 심어주었죠. 위대한 책에 풍부한 정신을 잉태시키는 것, 그게 그녀의 운명인가 봅니다."

"그러니 루 살로메는 적이 될 수 없잖소?"

니체는 의자 팔걸이를 쿵쿵 쳤다.

"아뇨! 내가 말했죠. 당신이 틀렸습니다! 그녀가 나를 걱정한다는 말에 전혀 동의할 수가 없어요. 당신에게 그렇게 보였다면 그녀가 자신의 운명을 완성하려고 했던 거겠죠. 그녀는 나를 진정으로 이해하지 않았고 그저 이용했을 뿐이에요. 오늘 당신이 그걸 입증했잖소."

브로이어는 알면서도 물었다.

"어떻게요?"

"어떻게냐고요? 너무나 분명하잖소. 당신이 스스로 말했잖아요. 루는 베르타 같다고. 그녀는 나와 당신에게 번갈아가며 똑같은 역할을 하는 자동인형 같아요. 어떤 남자가 걸려드는가는 우연일 뿐이죠. 그녀는 똑같은 방식으로, 똑같은 여성적 교활함, 똑같은 술책, 똑같은 몸짓, 똑같은 맹세로 우리를 유혹했어요!"

"그런데 그 자동인형이 당신을 조종하는군요. 그녀가 당신의 정신을 지배하고 있고요. 그녀가 당신을 어떻게 생각할까 봐 당신은 걱정을 해요. 그녀의 손길을 애타게 갈망하면서요."

"아닙니다. 애타게 갈망하지 않아요, 더 이상은. 지금은 분노만 남아있을 뿐이에요."

"루 살로메에게?"

"아뇨! 그녀는 내가 화를 낼 가치도 없어요. 나 자신이 혐오스러울 뿐입니다. 그런 여자를 원했던 내 욕정에 화가 나죠."

이런 쓰라림이 과연 강박이나 고독보다 낫다고 할 수 있을까? 브로이어는 의심이 들었다. 니체의 마음속에서 루 살로메를 몰아내는 것만이 전부가 아니었다. 그녀가 떠난 자리에 남아 있는 그의 상처를 치유해줄 필요가 있었다.

"왜 그렇게 자신에게 화를 내죠? 우리 모두의 내부에는 울부짖는 들개가 있다고 언젠가 당신이 말했었죠. 그러니 당신 자신에게도 좀더 관대하고 너그러워지세요!"

"내가 말했던 화강암 구절 기억납니까? 여러 번 말했었죠. '너 자신이 돼라'는 말. 그건 자신을 완성시킬 뿐 아니라 다른 사람의 술책에 휘말려들어 희생 제물이 되지 않는 것도 중요합니다. 그래서 다른 사람의 권력을 차지하려고 전쟁터에서 싸우다 죽는 게 당신을 결코 쳐다보지도 않는 자동인형 같은 여자의 희생제물이 되는 것보다는 낫지요! 자동인형 같은 여자의 제물이 되는 건 용서할 수 없는 일이오!"

"프리드리히, 당신은 정말 루 살로메를 제대로 본 건가요?"

니체는 갑자기 고개를 치켜들었다.

"그게 무슨 말이오?"

"그녀는 그녀의 역할을 했을 테지만, 당신은 어떤 역할을 했던가요? 그녀가 과연 나나 당신과 얼마나 다를까요? 그녀를 제대로 보기나 했나요? 아니면 그녀를 제자나, 사고를 계발시킬 경작지, 후계자 등 오로지 당신 사상의 제물로만 보지는 않았을까요? 아니면 나처럼 아름다움이나 젊음, 그리고 매끄러운 공단 베개나 당신의 욕정을 분출해서 쏟아부을 그릇으로 보지는 않았나요? 그녀를 파울 레와의 으르렁거리는 경쟁 끝에 얻을 수 있는 전리품 정도로 보지는 않았는가 말이에요. 그녀를 처음 보고서, 친구인 파울 레를 통해 그녀에게 청혼했을 때, 그녀든 혹은 파울 레든 그들을 정말 제대로 보긴 했습니까? 당신이 원했던 건 루 살로메가 아니라 그녀를 닮은 다른 누구겠지요."

니체는 말이 없었다. 브로이어가 계속 말을 이었다.

"지머링거 하이데에서의 산책을 결코 잊을 수 없을 겁니다. 그 산책이 여러 면에서 내 인생을 바꿔놓았으니까요. 그날 내가 배운 것 중 가장 중요한 통찰은 베르타와의 문제에서 핵심은 그녀 자체가 아니라 그녀에게 내가 갖다 붙인 모든 개인적인 의미들, 그녀와 전혀 상관없는 의미들이라는 점입니다. 당신은 내가 그녀를 있는 그대로 보지 않았음을 깨닫게 해주었죠. 베르타와 나, 우리 두 사람 모두 서로를 진정으로 보지 않았다는 점도. 프리드리히, 당신에게도 그건 사실 아닌가요? 어쩌면 그 누구의 잘못도 아니죠. 살로메 역시 당신만큼이나 이용당했소. 우리 모두 서로의 진실을 볼 수 없는 고통받는 자들이오."

니체의 목소리는 차갑고 날카로웠다.

"내가 원하는 건 여자들이 뭘 바라는지 이해하는 일이 아닙니다. 내 소망은 그들을 피하는 거니까요. 여자들은 남자를 타락시키고 망칩니다. 내가 여자들과 잘 안 맞는다고 말한다면, 문제는 간단하죠. 그 쯤 해둡시다. 머잖아 시간이 지나면 그런 태도가 내게 손해가 될 수도 있겠지만요. 남자에겐 집에서 해주는 음식이 필요하고 그리운 만큼 여자가 필요할 때도 가끔 있으니까요."

니체의 뒤틀리고 무자비한 대답 때문에 브로이어는 상념에 빠졌다. 그는 마틸데와 그의 가족에게서 생기는 기쁨, 심지어 베르타에 대한 새로운 인식에서 생기는 만족에 대해 생각했다. 그의 친구에게 그런 경험이 영원히 박탈된다면, 이 얼마나 슬픈 일인가!

하지만 그는 여자에 대한 니체의 왜곡된 견해를 바꿀 길이 없었다. 그건 기대하기 힘든 일이었다. 어쩌면 여자에 대한 니체의 태도는 생후 몇 년 동안에 형성된 것이라는 그의 말이 옳은지도 모른다. 이런 태도가 너무 뿌리박혀 있어서 영원히 대화치료의 한계를 넘어설지도 모른다. 이런 생각을 하자 브로이어는 이제 더 이상 생각할 게 없다는 걸 알았다. 게다가 남아 있는 시간도 없었다. 니체도 더 이상 가까이 다가가는 것을 허락하지 않을 듯싶었다.

그때 갑자기 니체가 그의 옆 의자에 안경을 벗어놓고는 손수건에 얼굴을 파묻으며 흐느꼈다. 브로이어는 아득해졌다. 뭔가 말해야 한다.

"나도 베르타를 포기해야 한다는 걸 알았을 때 울었죠. 그런 환상, 그런 마술을 포기한다는 게 엄청나게 힘들었기 때문에요. 당신은 살로메를 위해 울고 있소?"

여전히 손수건에 얼굴을 파묻은 채 니체는 코를 풀고는 고개를 세차게 저었다.

"그럼 당신의 고독을 위해?"

또다시 니체는 고개를 저었다.

"프리드리히, 당신은 왜 우는지 아나요?"

"확실치는 않아요."

니체가 작은 목소리로 대답했다. 브로이어는 한 가지 기발한 생각이 떠올랐다.

"프리드리히, 나와 함께 한 가지 실험을 해봅시다. 당신의 눈물이 어떤 목소리를 가졌다고 상상해볼 수 있소?"

니체는 손수건을 내려놓으며, 충혈된 눈으로 곤혹스럽게 그를 쳐다보았다. 브로이어는 부드럽게 권고했다.

"1, 2분만 그저 잠깐만 해보지요. 당신의 눈물에 목소리를 부여해보시죠. 뭐랍니까?"

"너무 바보처럼 보이잖소."

"당신이 제안했던 온갖 괴상한 실험을 따라 하면서 나 역시도 바보같다고 느꼈었소. 나에게 한번 빠져보세요, 어서."

니체는 브로이어를 바라보지 않은 채 크지만 속삭이는 어투로 말했다.

"내 눈물 가운데 하나가 의식이 있다면 이렇게 말했을 거요. '마침내 자유다! 40년 동안 마개로 막아놓더니만! 이 사람, 지독히도 삭막한 이 남자는 내가 흘러내릴 수 있도록 해준 적이 한 번도 없었으니까.' 이렇게 하라는 겁니까?"

니체는 다시 본래의 목소리로 브로이어에게 물었다.

"그래요. 아주 좋아요. 아주 좋아. 계속해요. 또 그 밖에?"

"그 밖에라? 그 눈물이 말할걸요."

여기서 니체는 다시 큰 소리로 속삭이는 어투가 되었다.

"해방되니 너무 좋구나! 웅덩이에 40년이나 고여 있었는데. 드디어, 드디어 이 늙은이가 집 안 청소를 다 하다니! 아, 얼마나 벗어나고 싶었던가! 하지만 출구가 없었지, 이 빈 의사가 녹슨 대문을 열어주기

480

전까진."

니체는 말을 멈추고 손수건으로 두 눈을 문질렀다. 이윽고 브로이어가 말했다.

"고맙소. 녹슨 대문을 열어주는 자! 참으로 더할 나위 없는 찬사요. 이제 당신 자신의 목소리로 이런 눈물 뒤에 감춰진 슬픔에 대해 말해보세요."

"아니오. 슬픔이 아니오! 반대로 내가 좀 전에 홀로 죽어가는 것에 대해 당신에게 이야기했을 때 안도감이 강하게 밀려오는 걸 느꼈죠. 내가 말한 내용 때문이 아니라, 내가 그걸 말했다는 것 때문에요. 말하자면 내가 느꼈던 걸 마침내 당신과 함께 나누었다는 사실 때문에요."

"그 감정에 대해 좀더 말해봐요."

"강렬하고 감동적이고 신성한 순간이에요! 내가 운 이유가 바로 그거예요. 그게 바로 내가 지금 울고 있는 이유란 말이에요. 예전엔 이렇게 해본 적이 없어요. 나를 보세요! 눈물을 멈출 수 없어요."

"좋아요, 프리드리히. 강렬한 눈물은 마음을 정화시키죠."

니체는 얼굴을 두 손에 파묻고 고개를 끄덕였다.

"이상하군요. 하지만 내 생애 처음으로 가장 깊은 내면에서 나의 고독을 드러냈을 때, 바로 그 순간 그 고독이 눈 녹듯 사라지다니! 내가 다른 사람과 접촉해본 적이 결코 없었다고 당신에게 말했던 그 순간이야말로 다른 사람이 나에게 접촉하도록 허용해준 최초의 순간이죠. 엄청난 순간이군요. 마치 아주 커다란, 내 속의 얼음덩어리가 갑자기 쩍 갈라지면서 산산조각 난 것 같아요."

브로이어가 말했다.

"역설이군요! 고독은 오직 고독 속에서만 존재하죠. 일단 같이 공유되면 그것은 소멸합니다."

니체는 머리를 들어 볼을 따라 흘러내린 눈물을 천천히 닦아냈다. 그는 다섯 번인가 여섯 번을 빗으로 콧수염을 빗어 내리고 또다시 두꺼운 안경을 썼다. 잠시 후 그가 말했다.

"고백할 게 또 있어요." 그는 시계를 쳐다보았다.

"아마도 이게 마지막일 거요. 당신이 오늘 내 방에 들어와서 이젠 회복되었다고 말했을 때, 난 무너지는 것 같았어요! 난 비열하게도 내 생각만 했고, 당신과 함께 있기 위한 존재 이유를 상실한 것에 실망했거든요. 그래서 당신의 희소식에 기뻐해줄 수가 없었어요. 그런 종류의 이기심은 용서받을 수 없는 것이지요."

브로이어가 대답했다.

"용서받을 수 없는 게 아닙니다. 당신 스스로 내게 가르치지 않았던가요? 우리 모두는 여러 충동으로 이뤄져 있으며, 그 각각의 충동들은 서로를 드러내려고 아우성친다고요. 우리는 각각의 충동이 드러내는 변덕에 대해서가 아니라 최종적인 결과에 대해서만 책임이 있을 뿐이죠. 당신이 말한 소위 이기심은 용서받을 수 있는 거죠. 다름 아닌 그 이기심을 언급함으로써 그걸 나랑 함께 나눌 수 있을 정도로 나를 배려해주었기 때문에요. 나의 소중한 친구인 당신에게 부탁하고 싶은 건 '용서받을 수 없는'이란 말을 당신의 사전에서 제발 지우라는 거요."

니체의 두 눈에는 또다시 눈물이 가득 고였다. 그는 다시 손수건을 꺼냈다.

"이번 눈물은 또 어떤 것이오, 프리드리히?"

"당신이 '나의 소중한 친구'라고 한 말 때문이오. '친구'란 말을 나도 몇 번 써본 적이 있어요. 그러나 이 순간까지 그 말이 진정으로 내 것이었던 적은 한 번도 없었지요. 난 두 사람이 드높은 이상에 이르기 위해 함께 결합하는 우정을 늘 꿈꿔왔는데, 지금 여기서 마침내 그런 우정에 도달한 겁니다. 우리는 상대방이 자아를 극복해가는 과정에 서로 참여했어요. 난 당신의 친구이고, 당신은 나의 친구예요. 우리는 친구, 바로 친구란 말입니다!"

순간 니체는 감개무량 표정을 지었다.

"난 이 말이 너무 듣기 좋소, 요제프. 몇 번이고 이 말을 해보고 싶어요."

"그렇다면 프리드리히, 나와 함께 이곳에서 머물자는 초대에 응해주시겠습니까? 꿈을 기억해요. 당신의 자리는 나의 화롯가에 있어요."

브로이어가 권유하자 니체의 얼굴이 다시 굳어졌다. 그는 대답하기에 앞서 가만히 고개를 저었다.

"그 꿈은 매혹적이기도 하고 동시에 고통스럽기도 합니다. 나도 당신처럼 가족의 화로 옆에서 몸을 녹이고 싶어요. 그러나 안락함에 굴복하는 게 두려워요. 그건 나 자신과 임무를 저버리는 것이며, 일종의 죽음이에요. 그런 삶이야말로 불가에서 자기 몸을 데우고 있는 무기력한 돌이 상징하는 게 아닐까요?"

니체는 일어나 잠시 걸음을 옮기더니 의자 뒤에서 멈춰 섰다.

"아니오, 내 친구. 나의 운명은 고독의 저편에 있는 진리를 찾아 나서는 거요. 나의 아들, 차라투스트라는 지혜로 무르익겠지요. 하지만 그의 유일한 동반자는 한 마리의 독수리일 겁니다. 그는 세상에서 가장 고독한 사람이 되겠지요."

니체는 다시 시계를 쳐다보았다.

"요제프, 이 시간 무렵이면 당신의 환자들이 줄지어 기다리고 있을 거라는 걸 압니다. 나와 함께하는 시간은 이 정도로 족한 것 같소이다. 당신을 더 오래 붙잡고 있을 수 없군요. 우리 각자는 자신에게 주어진 길을 가야만 합니다."

브로이어는 고개를 저었다.

"우리가 헤어져야 한다니, 억장이 무너지는군요. 당신은 날 위해 많은 일을 베풀어줬는데, 난 당신에게 되돌려 준 게 거의 없으니 이건 불공평해요. 아마 당신을 누르고 있었던 루의 이미지는 힘을 상실한 모양이군요. 어쩌면 아닐 수도 있겠지만. 그건 시간이 말해줄 테지요. 하지만 우리가 함께할 수 있는 일들이 훨씬 더 많을 것 같은데."

"요제프, 당신이 나에게 해준 것들과 우리의 우정을 과소평가하지 마세요. 내가 기인이 아니라는 것, 나도 남과 따스함을 주고받을 수 있다는 걸 깨닫게 해주었으니까요. 예전에는 '운명을 사랑하라'는 개념을 절반만 받아들였죠. 말하자면 나의 운명을 사랑하도록 나 자신을 훈련시킨 거죠. 아니지요, 사실은 사랑하도록 훈련한 것이 아니라 체념한 것이라는 표현이 더 정확하겠지만요. 하여튼 지금은 당신 덕분에, 당신의 그 따스함 덕분에, 나 스스로 선택했다는 것을 깨달았어요. 난 언제나 홀로 살아갈 터이지만, 내가 좋아서 선택했다는 것을 안다는 건 정말 멋진 일이지요. 운명을 사랑하라. 당신의 운명을 선택하라. 당신의 운명을 사랑하라."

브로이어는 일어서서 의자를 사이에 두고 니체를 바라보았다. 그는 둘 사이에 놓인 의자를 돌아 니체 쪽으로 다가갔다. 잠시 동안 니체는 놀라고 궁지에 몰린 것처럼 보였다. 그러나 브로이어가 다가가 두 팔을 벌리자 니체 역시 자신의 팔을 활짝 벌렸다.

1882년 12월 18일 정오, 요제프 브로이어는 진료실과 베커 부인, 그를 기다리는 환자들이 있는 곳으로 돌아왔다. 나중에 그는 아내와 아이들, 장인, 장모, 젊은 프로이트, 막스, 그의 가족들과 함께 저녁 식사를 했다. 식사 후, 그는 잠시 선잠이 들었다. 폰을 퀸으로 만드는 체스 꿈을 꾸었다. 그는 약 30년 이상 의술을 실천했으나 다시는 대화치료를 이용하지 않았다.

같은 날 오후, 로종 병원 13호 병실에 있던 환자 에카르트 뮐러는 기차역으로 가는 마차에 몸을 실었다. 그 길로 따뜻한 태양과 고요한 대기로 뒤덮인 남쪽 이탈리아로 향했다. 차라투스트라라고 불리는 페르시아 예언자와의 진정한 만남을 위해.

프리드리히 니체와 요제프 브로이어는 한 번도 만난 적이 없다. 정신분석 치료법이 두 사람이 조우했던 결과로 고안된 것도 물론 아니다. 그러나 주요 등장인물들의 삶의 정황은 사실에 근거한 것이며, 이 소설의 핵심적 구성요소들인 브로이어의 정신적인 고뇌, 니체의 절망, 안나 O, 루 살로메, 브로이어와 프로이트의 관계, 정신분석 치료법의 맹아 등은 1882년이라는 역사적 상황 속에서 실제로 있었던 일들이다.

니체는 1882년 봄에 파울 레로부터 루 살로메라는 젊은 여성을 소개받았고, 그 후 몇 달 동안 그녀와 짧지만 강렬한 정신적 사랑을 나누었다. 탁월한 문필가이자 정신분석가로서 명성을 누린 살로메는 프로이트의 절친한 친구로도 알려져 있다. 또한 그녀의 낭만적인 연애사건은 사람들의 입에 회자될 정도로 유명한데, 그중에서 독일 시인인 라이너 마리아 릴케와의 사랑은 세기말의 사랑으로 널리 알려져 있다.

니체와 루 살로메의 관계는 파울 레의 존재로 인해 복잡하게 꼬이게 되었으며, 니체의 여동생인 엘리자베트의 방해로 참담하게 끝났다.

수년 동안 니체는 잃어버린 사랑으로 괴로워했고, 배신당했다는 생각 때문에 고통받았다. 이 소설의 배경이 된 1882년 후반 몇 달 동안 니체는 심한 우울증에 시달렸으며, 심지어 자살을 생각하기에 이르렀다. 이 책에서 일부 인용된 루 살로메에게 보내는 그의 절망적인 편지들은 원본과 같다. 다만, 이 편지들 가운데 어느 것이 단지 초안이고, 어느 것이 실제로 발송되었는지는 불확실하다. 1장에 인용된 바그너가 니체에게 보낸 편지 또한 원본 그대로이다.

브로이어는 1882년 안나 O로 알려진 베르타 파펜하임을 치료하는 데 많은 관심을 쏟았다. 그해 11월부터 그는 제자이자 친구인 프로이트와 이 사례에 관해 논의하기 시작했다. 소설에서 묘사했다시피 프로이트는 브로이어의 집에 자주 드나들었다. 12년 후에 안나 O는 프로이트와 브로이어의 공저인《히스테리 연구》에 처음으로 등장한다. 이 책은 정신분석학의 혁명을 촉발시킨 바로 그 책이다.

베르타 파펜하임은 루 살로메와 마찬가지로 특출한 여성이었다. 브로이어의 치료가 끝나고 세월이 흐른 뒤, 그녀는 선구적인 사회사업가로서의 생애를 보냈다. 1954년 그녀가 죽은 뒤, 서독 정부가 그녀를 기념하기 위해 기념우표를 발행할 정도로 유명한 여성이 되었다. 그녀가 안나 O였다는 사실은 1953년 어니스트 존스가 전기인《지그문트 프로이트의 생애와 작품》에서 밝히면서 비로소 알려졌다.

실존인물인 요제프 브로이어가 베르타 파펜하임에게 실제로 에로틱한 욕망을 느꼈을까? 브로이어의 내면생활은 알려진 바가 거의 없지만, 그와 관련된 연구에 따르면 그럴 가능성을 완전히 배제할 수는 없다. 상반된 의견이 분분하지만 브로이어가 베르타 파펜하임을 치료하면서 양편 모두 복잡하고 강렬한 감정을 느꼈다는 점만큼은 연구자들 모두 동의하고 있다. 브로이어가 이 젊은 환자에게 너무나 사로잡혀 그녀를 방문하는 데 온통 시간을 쏟는 바람에 아내인 마틸데는 점점 질투하고 분노하게 되었다. 프로이트는 자신의 전기 작가인 어니스트 존스에게 브로이어가 젊은 환자에게 지나치게 사로잡혔다는 점을 분명히 밝혔고, 약혼녀인 마르타 베르나이스에게 보낸 편지에서 자신에게는 그런 일이 결코 일어나지 않을 것임을 다짐했다. 정신분석가인 조지 폴록은 베르타에 대한 브로이어의 강렬한 감정은 어린 시절 잃어버린 어머니에 그 뿌리를 두고 있다고 주장했다. 브로이어의 어머니 이름 또한 베르타였다.

안나 O의 극적인 상상임신, 브로이어의 공포, 그로 인한 치료의 갑작스러운 중단 등에 대한 설명은 정신분석학 분야에서는 오랫동안 내려온 이야기다. 프로이트가 이 이야기를 처음으로 언급한 것은 오스트리아 소설가인 슈테판 츠바이크에게 1932년에 보낸 편지에서였다. 그것을 어니스트 존스가 프로이트의 전기에서 다시 되풀이했다. 최근에 와서야 이 이야기에 관해 의문이 제기되었다. 알브레히트 히르슈뮐러는 1990년에 내놓은 브로이어의 전기에서 이 사건 전체를 프로이트가 날조한 신화라고 주장한다. 브로이어 자신이 이 문제를 분명히 밝힌 적은 한 번도 없었으며, 1895년에 출판되었던 사례 연구에서 그는 자기 치료의 효력을 조잡하고도 이상할 정도로 지나치게 과장하면서 안나 O의 사례를 둘러싼 구구한 의견들을 진화시키려 했다는 것이다.

심리치료법의 발전에 미친 브로이어의 지대한 영향력을 감안해 본다면, 그가 자기 생애 중 극히 짧은 기간 동안 심리학에 관심을 기울였다는 사실은 의외다. 의학계에서 요제프 브로이어는 호흡기와 평형기능의 생리학적인 연구 업적으로 잘 알려졌을 뿐만 아니라, 세기말 빈의 모든 위대한 인물들을 치료한 탁월한 진단의로서도 널리 알려져 있었다.

니체는 평생 건강이 나빠 무척 고생했다. 1889년 이후에는 매독으로 인한 심각한 진행성 치매(일종의 3기 매독으로, 이로 인해 1900년에 죽는다)를 앓았고 더 이상 회복 불가능한 상태로 접어들었다. 어쨌든 그가 젊은 시절부터 각종 질병으로 고통을 받았다는 사실에 대해서는 대체로 합의하고 있다. 니체는 심각한 편두통에 시달렸던 모양이다. 니체의 질병에 관한 임상적인 소견은 츠바이크가 1939년에 쓴 전기에 생생하게 묘사되어 있는 모습을 빌려온 것이다. 이런 상황에서 니체는 유럽 전역의 많은 의사들에게 진찰을 받았으며, 저명한 의사였던 요제프 브로이어에게 진찰을 받아보라는 설득에 쉽게 마음이 움직였을 수도 있다.

니체에 대한 미안한 마음 때문에 루 살로메가 브로이어에게 니체를 도와달라고 했을 것 같지는 않다. 전기 작가에 따르면, 그녀는 죄의식으로 인해 심각하게 시달리는 성격의 여성이 아니었다. 외관상으로 볼 때 그녀는 무수한 연애 사건을 아무런 가책 없이 끝장냈던 것처럼 보인다. 대부분의 경우 그녀는 사생활을 잘 지켰기 때문에, 공적으로 니체와의 관계를 언급한 적은 없다. 니체에게 보낸 그녀의 편지는 남아 있지 않다. 니체의 여동생인 엘리자베트가 아마도 없애버렸을 것이다. 그녀와 루 살로메와의 불화는 평생 동안 지속되었다. 루 살로메에게는 예니아라는 오빠가 실제로 있었다. 그는 1882년 빈에서 의학을 공부하고 있었다. 그렇다고 바로 그해에 브로이어가 의대생 발표회에서 안나 O의 사례를 발표했을 확률은 거의 없다고 봐야 한다. 따라서 친구이자 편집장인 페터 가스트에게 보낸 니체의 편지(12장 뒤에 첨부된 편지)와 니체에게 보낸 엘리자베트 니체의 편지(7장 뒤에 첨부된 편지)는 로종 병원의 존재나, 피슈만과 브로이어의 동서인 막스와 같은 등장인물처럼 지어낸 허구다. 하지만 브로이어가 체스광이었다는 것은 사실이다. 묘사된 모든 꿈들은 허구다. 니체가 꾼 두 가지 꿈, 즉 아버지가 무덤에서 벌떡 일어나는 꿈과 목구멍으로 숨넘어가는 소리를 내면서 죽어가던 노인의 꿈만은 사실이다.

1882년에는 심리치료법이 탄생하지 않았다. 공식적으로 볼 때 니체가 이 분야로 관심을 돌린 적도 물론 없다. 그럼에도 니체를 읽어본 결과, 그는 자기 성찰과 개인적인 변화에 깊고도 심대한 관심을 갖고 있다는 걸 알았다. 연대기적인 일관성을 위해서 니체의 저서 중에서 1882년 이전에 나온 책들인《인간적인 너무나 인간적인》,《반시대적 고찰》,《아침놀》,《즐거운 학문》에 주로 국한했다. 하지만《차라투스트라는 이렇게 말했다》에서 전개된 위대한 사상의 많은 부분들이 이미 니체의 마음속에 싹트고 있었다고 가정했다. 이 소설의 이야기가 끝나는 시점에서 몇 개월 뒤에 이 저서가 쓰였기 때문이다.

스탠퍼드 대학의 종교학과 교수인 밴 하비에게 신세진 바 있다. 탁월한 니체 강의에 참석하는 것을 허락해주었을 뿐만 아니라, 여러 시간 동안 대학생들과의 토론을 허락해주었고, 내 원고를 비판적으로 읽어주었다. 철학과의 동료들, 특히 에카르트 푀르스터와 다그핀 펠레스달에게 고마움을 전한다. 두 사람은 관련된 강의, 즉 독일철학과 현상학 강의에 참석하는 것을 허락해주었다.

아울러 많은 사람들이 이 원고에 관한 의견을 제시해주었다. 모튼 로즈, 헤르베르트 코츠, 다비드 슈피겔, 게르트루드, 조지 블라우, 쿠르트 슈타이너, 이사벨 데이비스, 벤 얄롬, 조지프 프랭크, 바버라 배브콕과 다이앤 미들브룩의 지도 아래 진행된 스탠퍼드 전기傳記 세미나의 구성원 모두에게 감사드린다. 스탠퍼드 대학 의학사 도서관 사서인 베티 베이드본쾨르는 내 조사에 귀중한 도움을 주었다. 티모시 K. 도너휴 봄보슈는 루 살로메에게 보내는 니체 편지의 인용 부분을 번역해주었다.

또한 많은 사람들이 내내 편집상의 조언과 도움을 주었다. 앨런 린즐러, 사라 블랙번, 리처드 엘먼, 레슬리 베커 등이 그런 도움을 주었다. 베이직북스 직원들, 그중에서도 특히 조 앤 밀러는 커다란 도움을 주었다. 포브 호스는 이전의 책에서뿐만 아니라, 이 책을 만드는 과정에서도 유능한 편집장이었다. 나의 아내 메릴린은 언제나 최초의 독자이자 가장 철저하고 가장 가차 없는 비평가인데, 자신의 일보다 이 책에 더 매달려주었다. 아내는 초교에서부터 마지막 탈고에 이르기까지 지속적인 비판을 아끼지 않았을 뿐만 아니라, 이 책의 제목을 제안하기도 했다.

그들 모두에게 감사의 마음을 전한다.

몇 년 진《니체가 눈물을 흘릴 때》에 관한 글을 쓰면서 나는 앙드레 지드의 한 구절을 인용했다. "역사는 일어났던 허구다. 반면 허구는 일어났을지도 모르는 역사다."

적절한 표현이라고 생각한 나는 이렇게 적었다.

허구는 일어났을지도 모르는 역사다. 그렇다! 내가 쓰고자 하는 것이 바로 그런 허구다. 내 소설《니체가 눈물을 흘릴 때》는 실제로 일어날 수도 있었다. 심리치료 분야에서 일어나는 있을 법하지 않은 내력들을 참조해 보건대, 이 책에 나온 모든 사건들은 역사가 역사의 축으로부터 약간만 회전했다면 현실이 되었을 수도 있었다. (《얄롬 리더》, BasicBooks, NY, 1998)

2003년 2월, 이 말이 기괴한 선명지명이었음을 보여주는 사건이 발생했다. 레나트 뮐러 부크는 몬티나리와 조르조 콜리의 노력에 근거해 출판되었던 니체의 저술과 편지에 관한 역사적인 비평집 안에서 니체의 서신을 따로 모아 주석서를 만들려는 작업을 하고 있었다. 그러던 중 그녀는 놀랄 만한 편지 한 통을 찾아냈고, 그것을 나에게 보내왔다. 바이마르에 있는 니체 아카이브에서, 그녀는 지그프리트 리피너가 하인리히 쾨젤리츠에게 니체를 설득해 브로이어의 치료를 받을 수 있도록 빈으로 보내라면서 1878년에 쓴 편지를 우연히 손에 넣게 된 것이다!

지그프리트 리피너는 빈의 시인이자 철학자이며, 니체, 프로이트, 말러, 브로이어의 친구였다. 한때 그들 모두 프로이트와 더불어 페르네르스토르퍼 서클의 회원들이었는데, 이 서클은 철학과 사민주의 문학에 관심을 가진 학생들과 지식인 집단으로 구성되어 있었다. 하인리히 쾨젤리츠(페터 가스트라는 예명으로 활동한 음악가)는 니체의 절친한 친구이자 제자이며, 니체의 글을 해독하고 정리한 필경사였다.

달리 말하자면, 내 소설의 뼈대로 이용했고 내가 상상했던 바로 그 허구적인 사건이 하마터면 역사가 될 뻔했다는 것이다. 아래의 편지가 가리키다시피, 확실히 지그프리트 리피너는 니체의 친구를 어떻든 설득해 니체가 빈을 방문해 자기 친구인 요제프 브로이어에게 진찰을 받게 하려 했다.

그는 니체가 빈에 머무는 몇 달 동안의 비용을 마련하고 브로이어 박사와의 만남을 주선하기 위해, 그 계획을 니체의 몇몇 친구와 상의하기까지 했다. 심지어 니체가 와서 머물 근교의 집까지 염두에 두었다.

하지만 그 계획은 결코 역사가 되지 못했다. 쾨젤리츠는 그 계획이 대단히 좋고 심지어 니체를 납치해 빈으로 데려가볼까 하는 공상도 한다는 답장을 보냈다. 하지만 니체의 여동생인 엘리자베트와 니체의 친구인 프란츠 오버베크가 상의한 결과 그 제안을 사양하는 것이 최선이라는 결론을 내렸던 것이다.

니체는 먼 길을 여행하기에는 건강상태가 매우 나빴다. 게다가 니체는 바덴바덴으로 냉수욕 치료를 하기 위해 막 떠나려던 참이었다. 한 걸음 더 나아가 의사를 너무 자주 교체함으로써 오히려 괴로움을 겪고 있었다. 니체는 탁월한 의사 두 명에게 이제 막 치료를 받기 시작했으므로 또다시 의사를 바꾸지 말아야 한다고 생각했다. 이런 제안을 받기 이전에 쓰인 니체의 편지 중에는 지그프리트 리피너가 이렇게 해라, 저렇게 해라는 식으로 지시하는 경향을 대단히 싫어했던 것으로 드러나 있다. 따라서 니체 자신이 이 제안을 거절했을 가능성도 있다. 아래의 서신들은 리피너가 보낸 것과 그에 대한 쾨젤리츠의 답장이다.

친애하는 친구 쾨젤리츠에게!
당신 편지가 절 얼마나 기쁘게 해주었는지 진정으로 감사의 말을 하지 않을 수 없군요. P. 비데만 씨에게 존경의 말을 대신 전해주시겠습니까? 그분의 작품을 검토할 수 있게 된다면 정말 좋을 테지요. 당신이 주관하는 문화 활동은 발전적으로 진행되고 있습니까? 제가 도울 일이 있을까요? 도움을 청한다고 부끄럽게 여기지 마십시오. 저는 어디서나 친구들에게 모든 도움을 청할 겁니다.
당신이 오버베크에 관해 쓴 바를 읽고, 저는 불화와 조화에 관한 논문을 읽고 난 뒤 그에 대해 받았던 인상을 확신하게 되었습니다. 파울 드 라가르드를 알고 있습니까? 만약 아직 그를 모른다면 가능한 한 빨리 그를 알아두셔야 합니다. 그의 논문 〈독일 제국의 현상태〉(Göttingen, Dieterich, 1876)는 탁월합니다. 저는 그분을 매우 존경하고 좋아합니다. 어쨌든 본론으로 들어가야지요. 폰 마이젠부르크 양이 니체에 관한 경악할 만한 편지를 보냈더군요. 당신도 아시다시피, 그 당시 저는 폰 자이들리츠 경의 초대를 받아서 잘

츠부르크에 있었습니다. 그녀의 전보 내용에는 어떤 위안도 찾을 수가 없더군요. 하지만 한 가지는 확실합니다. 앞으로 몇 개월 동안 니체는 오로지 자기 치료에만 관심을 쏟아야 한다는 겁니다. 그래서 다음과 같은 계획을 세웠습니다. 니체는 빈으로 와야 합니다. 필요하다면 제가 마중을 나가겠습니다. 교통 사정으로 여행에 지장이 생길 수도 있을 테니까요. 그런 다음 빈에 있는 유능한 의사에게 진찰을 받는 것이 좋을 것 같습니다. 유능한 의사들의 감독과 간호 아래 철저하고 지속적인 치료 과정을 고수해야 할 겁니다. 대단히 탁월한 신경병리학자인 브로이어 박사라는 분이 있는데, 제 친구이기도 합니다. 브로이어 박사가 니체를 가장 잘 돌봐줄 수 있을 것으로 봅니다. 밤베르거 교수가 치료 과정 전반을 총괄할 겁니다. 그는 대단히 경험이 많은 젊은 의사(종합병원의 전문의입니다)인데. 브로이어 박사를 돕게 될 겁니다. 니체가 오로지 건강 말고는 다른 것에 전혀 신경 쓰지 않으면서 몇 달 동안 여기 머물러 있도록 필요한 재정적인 도움을 제공받았습니다. 이로 인해 니체가 힘들어할 일은 전혀 없으며, 어떤 의구심도 들지 않도록 할 것입니다. 만약 그가 원한다면 여기서 생활하지 않고 빈 근교에 있는 온화한 기후와 공기가 무척 맑고 전망이 좋은 환경 속에서 생활할 수도 있습니다. 시내에서 산다고 하더라도 조용한 주택단지에서 생활할 수도 있습니다. 물론 제가 그 땅 전체를 구입할 것입니다. 니체는 조금도 신경 쓸 필요가 없으며, 모든 것은 제가 준비해놓겠습니다. 그를 불편하게 하거나 자극하는 말은 단 한 마디도 없을 겁니다.

니체는 정말로 보호받으면서 가장 친절하고 편안하게 치료받을 수 있을 겁니다. 회복기 동안 이곳에 있으면서 기분전환을 할 수도 있습니다. 간단히 말해 니체가 여기로 오는 데 방해가 될 만한 것은 전혀 없다는 말입니다. 모든 건 분명합니다. 자이들리츠 남작은 이 계획을 매우 기뻐하고 있습니다. 한스 리히터에게 말했더니, 그 역시 대단히 권유할 만한 계획이라고 하더군요. 또한 그 문제에 관해서 의학적인 조언을 구했습니다. 그 결과는 아무런 의심도 할 필요가 없다는 겁니다. 친애하는 벗이여, 이 문제에 관해 어떻게 생각하는지 즉시 답장을 주십시오. 니체 양과 상의해서 모든 의심을 없애고 우호적인 분위기가 되도록 노력해주십시오. 구체적으로 말하자면 방해 요인들을 극복해주십사 하는 것입니다.

니체가 어느 누구에게도 부담이 될 것이라는 생각을 하지 않도록 해야 합니다. 그가 양심의 가책을 느끼지 않도록 해야지요. 우리 모두 그를 너무도 사랑하기 때문에 만약 양심의 부담으로 인해 우리의 제안을 거절한다면 그게 도리어 우리에게 상처가 될 것이라는 사실을 그가 알아주었으면 합니다. 감사하는 마음 또한 지극히 개인적인 것일 테지만요.

제가 말했던 모든 것은 말 그대로입니다. 니체 또한 그를 흠모하는 어떤 사람도 그를 괴롭히지 않을 것임을 믿어주길 바랍니다. 그의 건강이 좋아지지 않는 한 어떤 사람도 그에게 접근해 귀찮게 구는 일은 없을 것입니다. 저 스스로 니체를 어떻게 대접해야 하는지 잘 알고 있으니까요. 그 점에 관해서는 저를 믿으십시오. 평상심이 니체에게 가장 중요하다는 걸 잘 알고 있으니까요. 루체른에 머물고 있는 니체에게 제 주소를 주었으면 합니다. 여의치 않을 경우, 안부를 전해주시고, 당신이 원하신다면 이 편지를 읽어드리고 저의 계획이 오로지 니체 자신을 위한 것임을 말씀드려주었으면 합니다. 또한 대단히 존경하는 니체 양에게도 안부를 전해주시기 바랍니다. 당신의 답장을 받는 즉시 니체에게 편지를 보내겠습니다.

1878년 2월 22일
빈, 프라터슈트라세
진정한 마음을 담아 리피너가

존경하는 선생님께!

여러 전문가들과 상의하느라고 선생님의 친절한 편지에 지금까지 답장을 드릴 수가 없었습니다. 이렇게 답장이 지체됨으로써 제 딴에는 부지런히 노력했음에도 불구하고 선생님의 인내심을 시험하게 되었군요.

우리 모두 그 멋진 계획을 설명하면서 선생님이 보여준 우정에 지극한 존경을 보내는 바입니다. 처음 선생님의 편지를 읽었을 때, 저는 니체가 이런 초대를 마다할 이유가 전혀 없다는 인상을 받았습니다. 하지만 저 개인적으로 이 편지를 니체에게 보여주기 전에 자문을 구하려고 여러 친구들에게 물어볼 필요가 있다고 생각했습니다.

오버베크 교수와 니체의 여동생은 선생님의 지극한 관심에 정말 감동을 받았지만 니체의 현재 건강 상태 때문에 선생님의 계획에 관해 니체에게 일체 언급하지 않기로 결정했답니다. 무엇보다도 이 계획이 니체를 너무 흥분시키지 않을까 우려해서입니다. 또다시 한 달 동안 그의 병이 재발하지 않도록 하려면 그를 자극하는 일은 피해야 합니다.

불행하게도 선생님이 이런 제안을 했을 무렵에는 이미 때가 늦었습니다. 4개월 전이었다면 니체는 선생님의 초대를 수락했을 것입니다. 하지만 지금 그에게는 이머만 교수(이머만 뮌히하우젠 1세의 아들)와 마시니 교수, 두 분의 훌륭한 주치의가 있습니다. 이들의 치료를 중단하는 것은 위험을 감수하는 일입니다. 니체의 병은 의사를 너무 자주 바꾸는 바람에 초래된 탓도 어느정도 있습니다. 교체된 의사들마다 니체가 무엇 때문에 고통받는지 사실상 알지 못한 상태에서 제각기 그에게 실험을 한 셈이었으니까요.

하지만 이제 전문성을 갖춘 탁월한 의사들이 적절한 연구를 통해 그의 병인을 규명하고 있습니다. 따라서 우리는 니체가 그들 의사의 치료를 받으며 여기 머물러 있는 것이 낫겠다는 확신이 들었습니다. 물론 대단히 유명한 의사가 있는 빈에서 멀리 떨어진 이곳에 있다 보니 일을 너무 쉽게 생각하는 것인지도 모르겠군요. 건강 상태가 정말로, 정말로 좋지 않은 우리 친구의 건강을 회복시킬 수 있는 모든 생각과 노력을 다한 선생님이 우리의 결정에 만족하지 못할까 봐 걱정입니다.

하지만 우리 모두 니체의 절친한 친구로서 무엇보다 걱정하는 것은 그의 조속한 건강회복이라는 점을 선생님께 다시 한 번 확신시켜드리고 싶군요. 우리 모두 도움의 손길을 보내고 싶어 하며, 가혹한 병세와 접근 불가능한 그의 성격이 드러날 때마다 얼마나 놀라고 가슴 아파하는지 알아주었으면 합니다. 우리는 니체의 병세가 회복될 수 있는 모든 제안과 방법을 강구하고 있습니다. 오죽하면 니체를 납치할 생각까지 했을까요. 마지막으로 이 점을 당신께 말씀드리고 싶군요. 다행스럽게도 앞서 언급했던 모든 수단을 강구한 결과 현재 의사들이 하고 있는 치료가 특히 결과가 좋을 것으로 기대하고 있습니다. 니체의 건강 상태에 가장 적절한 치료법처럼 보입니다. 루체른으로 여행하는 것은 결국 불발로 끝났습니다. 하지만 다음 주 월요일(3월 4일) 니체는 냉수욕 치료를 위해 바덴바덴으로 여행할 계획입니다. 화요일쯤 그가 머무는 곳의 주소를 알게 되면 선생님께 바로 알려드리겠습니다. …

쾨젤리츠

당신은 정신과 교수와 작가라는 두 개의 직업을 가졌습니다. 어떻게 이 두 활동이 서로 간에 영향을 미치나요?

두 작업이 공생한다고 말할 수 있을 것 같군요. 나는 항상 글쓰기를 즐겼어요. 내가 의대에 있다가 나중에 정신과로 옮겼을 때, 나는 작문 실력을 학술 출판에 응용했지요. 처음엔 심리치료 연구에서 내 연구 결과를 학술지에 설명하면서 그랬고, 다음엔 전공 분야의 교재를 쓰면서 그랬지요. 내 교재는 이야기식 글쓰기를 통해서 훨씬 좋아졌어요. 예를 들어, 내가 쓴 집단 치료 교재에는 치료에 관한 십여 개의 짧은 이야기들이 중간중간에 포함되어 있어요. 어떤 것은 몇 줄이나 한 문단밖에 안 되는 것도 있고, 어떤 것은 세 페이지나 되는 것도 있었지요. 학생들은 종종 내게 건조한 이론 부분을 견디며 읽을 수 있었던 건, 몇 페이지만 더 읽으면 재미있는 이야기가 나올 거라는 걸 알고 있었기 때문이라고 말하더군요. 거꾸로, 환자들의 내면세계를 탐구하는 내 일상적인 심리치료 작업은 책을 집필할 때 캐릭터를 창조하는 데 크게 도움이 되었어요.

어떻게 해서 학술적 글쓰기에서 소설로 전향을 하게 되었나요?

그건 참 오랜 시간이 걸렸지요. 십대 때 저는 문학에 빠져서 게걸스럽게 소설을 읽어치우면서(지금도 마찬가지지만요), 이런 생각을 마음속에 새겼죠. 사람이 인생에서 할 수 있는 최고의 일은 아주 훌륭한 소설을 쓰는 거라고요.

스탠퍼드 대학교에서 안식년 휴가를 받아서 열 개의 이야기가 담긴《나는 사랑의 처형자가 되기 싫다》를 썼을 때 큰 도박을 한 셈이죠. 그 책은 열 명의 환자들을 치유하는 과정을 아주 윤색을 많이 해서 썼어요. 나는 그때 내가 여전히 학술적 임무를 수행하고 있다고 믿었지요. 왜냐하면 이 이야기들은 교육용 목적으로 쓴 것이니까요. 사실 제가 쓴 모든 책들의 숨은 타깃 독자들은 젊은 심리치료사들이었어요.《나는 사랑의 처형자가 되기 싫다》가 나오자마자 뉴욕타임스 베스트셀러가 돼서 성공을 거둔 게 제가 필생의 목적으로 삼았던 소설을 쓸 수 있는 용기를 갖게 만들었지요. 그래서 곧 니체가 어쩌면 심리치료의 창안에 참여했을지도 모른다는 내용을 다룬 소설을 쓸 생각을 하게 되었지요. 그것은 아주 좋은 경험이었고, 그 후로 수십 년간 소설과 넌픽션을 번갈아서 쓰게 되었죠.

당신은 어디서 성장했나요?
저는 워싱턴 D.C.에서 자랐어요. 부모님은 작은 잡화점과 주류판매점을 하셨죠.

가장 어린 시절의 기억은 무엇인가요?
여름날 뜨거운 포장도로에서 올라오던 열기가 기억납니다. 이른 아침인데도 집을 나서니 뜨거운 열이 얼굴을 때리는 느낌이었죠. 얼마나 더웠던지 부모님과 가족들이 포토맥 강변의 '스피드웨이' 공원에서 밤을 보냈어요. 아버지가 새벽 다섯 시에 나를 데리고 야외 시장에 갔던 일도 기억나요. 가게에서 팔 농산물들을 사러 갔었죠. 실번Sylvan이라는 소형 극장도 기억납니다. 부모님이 저를 위험한 거리에서 보호하려고 일주일에 서너 번은 실번 극장에 맡겨 두었죠. 같은 이유로 부모님은 여름마다 저를 8주씩 캠프로 보냈죠. 이게 어린 시절 기억 가운데 가장 즐거웠던 추억입니다.

　일요일은 항상 가족 모임이 있었던 기억이 나요. 부모님의 고향 친척과 친구들이 계속 연락이 돼서 일요일마다 소풍을 가거나 저녁 식사를 함께했어요. 마지막엔 항상 카드놀이를 했는데, 여자들은 카나스타나 포커 게임을 했고, 남자들은 피너클을 했지요. 일요일 아침은 아늑했던 느낌이 뚜렷이 기억나요. 보통 아버지와 체스를 두었어요. 종종 축음기에서 나오는 이디시어 노래를 함께 따라 불렀지요.

부모님과 조상들은 어디 출신인가요? 그분들은 어떤 재밌는 이야기를 남겨주셨나요?
부모님은 러시아-폴란드 국경 부근의 작은 유대인 마을 출신이셨죠. 때로는 러시아 출신이라고 하셨고, 때로는 폴란드 출신이라고 하셨죠. 아버지는 혹독한 러시아 겨울을 견딜 수 없을 때면 조국을 바꾼다고 농담을 하곤 하셨죠. 아버지는 젤츠 태생이고, 어머니는 15킬로미터 떨어진 프러시나에서 나셨어요. 그 지역의 유대인 마을은 전부 나치에 의해 파괴되었고, 아버지의 누이와 제수, 조카들을 포함한 친척 몇 분이 집단수용소에서 돌아가셨지요. 친할아버지는 제화공이셨고, 가끔 외할아버지의 양곡물 가게에 들러서 물건을 사가셨다고 해요. 부모님은 십대 시절에 만나서 1921년 미국으로 이민 와서 결혼하셨어요. 부모님은 무일푼으로 뉴욕에 와서 평생을 먹고사는 일에 분투하셨지요. 삼촌은 워싱턴 D.C.에 코딱지만 한 가게를 열고는 부모님한테 그리로 이사 오라고 하셨어요. 그분들은 잡화점을 하다가 나중에는 주류 판매점을 하셨는데 점점 장사가 잘돼서 조금씩 규모가 커졌지요.

부모님 모두 잡화점과 주류판매점에서 일하셨나요? 가게에 관해 어떤 기억이 있나요?
부모님 모두 일주일에 6일, 아침 8시에서 밤 10시까지, 금요일과 토요일에는 자정까지 힘들게 일하셨지요. 《카우치에 누워서》에서 쓴 사건은 아버지에 관한 실화였어요.

그는 워싱턴 D.C.의 5번가 R 거리에 한 평짜리 작은 잡화점을 운영했다. 우리는 가게의 위층에 살았다. 어느 날 손님이 들어와서 작업용 장갑을 달라고 했다. 아버지는 뒷문을 가리키며 뒷방에 가서 가져와야 되니 몇 분 걸릴 거라고 말했다. 하지만 뒷방은 없었다. 뒷문은 복도로 이어졌고, 아버지는 뒷문을 나와서 두 블록 떨어진 야외 시장으로 달려가서 12센트를 주고 장갑 한 짝을 사 와서는 손님에게 15센트를 받고 팔았던 것이다.

어디서 교육을 받았나요? 대학 시절의 재미있는 일화는?
전액 장학금 300달러를 제공한 조지 워싱턴 대학교에서 수학했어요. 저는 집에 살면서 버스를 타거나 자동차를 운전해서 통학했지요. 대학 시절은 좋은 기억이 별로 없는 잃어버린 기간이에요. 나는 공부벌레였죠. 의예과 과목만 수강해서 3년 만에 졸업했지요. 영화나 소설에서 종종 묘사되는 멋진 학창 시절을 경험하지 못한 게 인생에서 크게 후회하는 부분이죠. 왜 그렇게 급하게 공부만 했냐고요? 그 당시에 유대인에게 의대 본과 입학은 아주 힘든 일이었어요. 모든 의과대학이 5퍼센트의 정원만 할당했으니까요. 20개 대학교에 지원했는데, 19개 대학교에서 떨어졌어요. 예과에서 전 과목 A학점을 받았는데 말이죠. 나와 친구 넷이 조지 워싱턴 대학교 의대 본과에 입학해서 그중 셋은 지금도 친하게 지내고 있어요. 우연히도 우리 셋 모두는 안정적인 결혼 생활을 유지하고 있지요. 내가 절박함을 느낀 이유는 메릴린과의 관계 때문이었어요. 그녀와는 내가 열다섯 살 때 만났는데, 그녀의 마음이 바뀌기 전에 가능한 한 빨리 결혼을 해야겠다고 생각했거든요.

당신은 의과와 정신과 수련을 받았는데, 작품을 보면 상당한 철학적 내용을 담고 있습니다. 어떻게 철학 공부를 했는지, 좋아하는 철학자들은 누군지 말씀해주실 수 있나요?
존스 홉킨스 대학교에서 정신과 레지던트 1년 차 때, 내가 접하는 생물학적 정신의학과 정신분석이론의 주요한 준거틀이 불만족스러웠습니다. 둘 모두 우리를 진정한 인간으로 만드는 많은 부분을 빠뜨리고 있는 걸로 보였거든요. 그때 롤로 메이의 신간인《존재의 발견Existence》을 읽고서 인간 절망의 원천을 이해하고 치료하는 제3의 길이 있다는 사실에 매혹되었습니다. 저는 당시 정규 철학 교육을 받은 적이 없고, 독학으로 철학을 공부했습니다. 버트런드 러셀의《서양철학사》를 교재로 하는 1년짜리 철학 강좌를 수강하였습니다. 그때 이후로 철학 공부를 멈추지 않았어요. 스탠퍼드 대학교 철학과에서 청강을 했고 나중에는 강의도 하게 되었지요. 철학책들도 광범위하게 읽었고요. 제가 좋아하는 사상가들은 명시적으로 인간의 문제를 다루는 생철학자들입니다. 니체, 쇼펜하우어, 소크라테스, 플라톤, 에피쿠로스, 사르트르, 카뮈, 그리고 하이데거 등이죠.

부인께서는 어떤 일을 하십니까?
메릴린은 프랑스어 교수를 하다가, 스탠퍼드 여성연구센터 소장으로 일했습니다. 그녀는 또한 문화사가이기도 합니다. 작품으로는《아내의 역사》,《유방의 역사》,《체스 여왕의 탄생》, 그리고 신작《미국의 묘지: 묘지와 장지의 400년사》가 있습니다.

의사직을 갖게 되기 전에는 어떤 일들을 하셨나요?

어린 시절 부모님 가게에서 여러 가지 일을 했고,《리버티Liberty》잡지 배달도 했었고, 세이프웨이 할인점에서 쇼핑백을 차에 싣는 일도 했지요. 현미경 살 돈을 마련하려고 편의점에서 음료수 판매원을 하면서 여름을 보내기도 했고요. 낙농장에서 일했던 적도 있습니다. 모집 광고에 '농장일farm work'이 '좋은 일fine work'이라고 오타가 났던 건데 아무튼 그 일을 하긴 했었죠. 3년 동안 토요일마다 의류점에서 옷과 구두 판매원으로도 일했습니다. 매년 독립기념일마다 폭죽 판매대를 임대해서 장사도 했었고, 몇 년 동안은 여름 캠프 지도자도 해봤고 테니스 강사도 했었죠. 대학에서는 유기화학 개인교습도 했어요. 의대 본과에 들어간 다음에는 가욋돈을 벌려면 실험실 일밖에 할 수 없었죠. 혈액이나 정액을 팔고, 교수를 도와 자료 조사를 하는 일들을 했어요. 그리고 박사 후 기간 중에는 감옥과 정신병원에서 수많은 상담 일을 했습니다.

최근의 소설 작품 가운데 추천하고 싶은 책이 있습니까?

최근 수년간 읽은 신간 소설 가운데는 데이비드 미첼의《클라우드 아틀라스》가 최곱니다. 정말 천재의 작품이지요. 무라카미 하루키의 책과 필립 로스, 그리고 폴 오스터의 책들도 좋더군요. 찰스 디킨스의《우리 서로의 친구》와 지크프리트 렌츠의《독일어 시간》을 다시 읽었는데, 역시 걸작이더군요.

글 쓰실 때 어떤 기벽 같은 게 있나요?

나는 아침 7시부터 시작해서 이른 오후 환자를 보기 전까지 글쓰기를 합니다. 나는 꿈에서 상당히 많은 자료를 얻습니다. 글 쓸 때는 매우 집중해서 쓰고 항상 글쓰기를 우선으로 둡니다. 자전거를 타면서 또는 매일 밤 뜨거운 욕조에서 다음 날 작업에 대해 계획을 세우는 경우가 많습니다.

자극을 얻기 위해 도움을 얻는 부분이 있다면?

작가로서 자극은 철학책이나 소설을 읽고, 치료 작업에서 얻는 심리적인 것들입니다. 환자를 치료할 때면 매 시간마다 어떤 아이디어가 생겨날 수밖에 없고, 이런 것들이 작품 속에 반영됩니다. 환자로부터 얻은 콘텐츠를 사용한다는 뜻이 아니라, 상담 주제들이 우리 마음이 작동하는 방식에 관한 사유를 자극한다는 의미입니다.

취미 또는 야외 활동을 하십니까?

자전거, 체스, 샌프란시스코 산책, 그리고 독서입니다. 항상 책을 읽지요. 아내와 나는 팰로앨토와 샌프란시스코 산책을 즐기죠. 극장에 가거나 친구를 만나고 네 자녀들과 가깝게 지냅니다. 우리는 종종 아이들 직업에 관심을 가집니다. 이브는 산부인과 의사이고, 리드는 재능 있는 사진작가입니다. 빅터는 심리학자이자 기업가이고, 벤은 극장 감독입니다. 우리는 모든 자녀들과 손주들과 함께 하와이에서 휴가를 즐기기도 합니다.

현재 집필하고 계시는 작품은 무엇인가요?

최근 작품은 《보다 냉정하게 보다 용기있게》이고, 그에 앞서 교재인 《집단정신치료의 이론과 실제》의 개정 5판 작업을 했습니다. 과거 3년간 나는 스피노자에 관한 소설을 쓰는 데 흠뻑 빠져 있었습니다. 대부분의 삶을 정신 속에서 살았고 외적인 삶에 인간관계와 극적인 사건이 별로 없는 인물에 관한 소설을 쓰는 건 매우 힘든 작업이었습니다. 하지만 점차로 형태를 갖춰갔고, 17세기 암스테르담과 20세기 나치 독일이 번갈아 나오는 구성이 될 것입니다. 스피노자의 인생에서의 사건들은 나치 이론가인 알프레트 로젠베르크의 삶의 사건들과 교차됩니다. 그리하여 소설은 역사상 가장 고귀한 한 인물과 가장 비열한 다른 인물의 삶이 교차하는 부분을 그려냅니다.

옮긴이 후기

태초에 유혹이 있었다. 이브가 뱀의 유혹을 받지 않았다면 에덴동산은 영원했겠지만 인류 역사는 발생하지 않았을 것이다. 시간과 역사가 멈춘 곳이 천국이기 때문이다. 영원의 반복 속에서 아담과 이브, 두 사람은 신이 보시기에 즐겁도록 재롱떨다가 그나마도 지쳤다. 호기심으로 반짝거리던 이브의 눈은 어느 새 빛이 바랬다. 하염없이 수평선을 바라보는 시간이 늘어났다. 이런 상황에서 이브에게 아담은 얼마나 지겨웠을까? 아담에게 이브는 얼마나 권태로웠을까?

그런데 이브가 뱀과 만남으로써 사태는 한순간에 뒤집혔다. 에덴동산에서 추방된 그들은 시간의 소용돌이 속에 끌려 들어가게 되었다. 아담은 힘들여 땅을 갈고, 이브는 목숨을 걸고 아이를 낳았다. 남자의 몸은 땀방울로 반짝거렸고, 여자의 눈은 생기로 떨렸다. 아이의 눈동자 속에 자신들의 기억을 남겨 둔 채 그들은 죽을 수 있었다. 시간은 더 이상 고여 있지 않았다. 시간은 흐르고 세대가 형성되고 인류의 역사가 시작되었다. 신이 보시기에 지옥 같은 삶이 두 사람에게는 권태로운 천국보다 나았다. 고통스럽다 할지라도 어쨌거나 자신들이 일궈낸 시간이었으므로.

이처럼 세계의 기원에 유혹이 있었다. 이브의 유혹으로 세계가 가능했던 것처럼 루 살로메의 유혹으로 니체의 철학이 가능했던 것은 아닐까? 만약 브로이어와 니체 두 사람 사이에 루 살로메라는 유혹이 없었다면 정신분석학과 독일철학은 어땠을까? 브로이어와 니체의 만남은 물론 없었을 터였다. 니체의 철학적 출산은 불가능했을 것이다. 무의식은 발명될 수조차 없었다. 무의식 없는 정신분석학이 어디 가당키나 했겠는가. 독일철학의 지형도 또한 달라졌을 것이다. 이 모든 사태의 동인動因에 유혹이 있었다는 전제로 이 소설은 시작된다.

앙드레 지드의 말처럼 "역사는 일어났던 허구고, 허구는 일어날 수도 있었던 역사다." 얄롬은 유혹 이론에 입각해 역사일 수도 있었던 허구를 만들어내고자 한다. 그런데 그의 상상력이 만들어낸 허구가 한 치의 오차에 불과한 실제였다면? 어슐러 러귄의 말을 약간 비틀어보자면 얄롬의 소설에서 상상력은 현실이 된다.

브로이어와 안나 O, 프로이트, 니체, 루 살로메의 관계는 정신 분석학계에서는 잘 알려진 신화적 이야기들이다. 특히 브로이어와 안나 O의 관계는 관점에 따라 설들이 구구하다. 두 사람에 대한 판단도 천태만상이다. 심지어 두 사람의 관계가 완전히 프로이트의 창작물이라고 보는 사람들조차 있다. 페미니즘 분야에서는 안나 O, 루 살로메에게 목소리를 부여함으로써 기존의 해석과는 전혀 다른 목소리를 내고 있다. 이들의 관계를 얄롬은 자신의 관점에서 소설로 극화시킨다. 이처럼 정신분석학은 그 기원 서사에서부터 문학적 상상력의 원천이 되고 있다.

허접한 마음의 앙금들을 털어내는 안나 O의 '굴뚝청소' 기법으로 인해 브로이어가 대화치료talking cure를 고안하게 되었다는 데 이의를 제기하는 사람은 거의 없다. 그녀의 사례로 인해 후일 브로이어는 프로이트와 더불어 무의식을 발견하게 된다. 니체의 철학 이면에는 루 살로메와의 애증의 권력관계가 자리하고 있다. 니체에게 고양이, 위대한 범죄자, 초연한 여자는 동격이다. 유연하고 초월적이면서 결코 야성을 포기하지 않는 고양이 같은 여성이야말로 니체가 주장한 팽팽한 권력에의 의지를 구현한 존재다. 루 살로메로 인해 프로이트에게는 어떻게 여자가 남자의 사랑에 초연할 수 있는가, 라는 수수께끼가 평생의 화두가 되었다. 남근 선망을 조롱하는 여성들을 보고서 느낀 프로이트의 좌절이 여성적 나르시시즘을 이론화하는 계기가 되었다.

정신분석학, 철학과 같은 거창한 담론들이 이처럼 절실한 사적인 욕망에서 비롯되었다고 한다면 또 다른 음모설을 유포하는 것일까? 거창한 이론이

나 세계의 몰락 이면에는 어김없이 유혹적인 여성이 있었다는 생각은 조잡하고 통속적이다. 그야말로 채찍을 휘두르는 짧은 생각, 긴 머리의 여성들에게 고문당하면서도 겉으로는 근엄한 남성 철학자, 정신분석학자들이 있었다고 한다면 너무 외설스럽지 않은가.

얄롬의 소설은 포르노적인 호기심을 자극하는 것이 아니라 독자로 하여금 '인간적인 너무나 인간적인' 맥락과 조우하도록 만든다. 브로이어는 헤링 브로이어 반사(미주신경을 통과하는 자극에 의해 폐의 호흡 운동이 지배되는 신경기전)법칙을 발견한 과학자이자 의학자로서 심리치료법을 정립한 인물이다. 그는 부유한 빈 출신의 유대인으로, 19세기 말 유럽의 저명한 지성과 예술계 인사의 주치의였으며, 박애주의자이자 고매한 인격자로 잘 알려진 사람이다.

일견 완벽해 보이는 그였지만 니체를 만날 즈음 브로이어는 절망의 늪에서 익사하고 있었다. 무슨 절망이 그리 심해 죽음에 이르는 병이 되었냐고? 자기 환자인 안나 O에 대한 절망적인 사랑 때문이었다. 안나 O로 알려진 베르타 파펜하임은 후일 페미니즘의 대모가 되는 인물이며, 서독 정부가 그녀의 사회사업을 기려 기념우표를 발행할 정도로 대단한 여성이었다. 안나 O로 인해 불면과 악몽에 시달리던 중 브로이어는 스물한 살짜리 루 살로메와 만나게 된다. 루 살로메는 어처구니없는 아이디어를 그에게 제안한다. 니체의 절망을 니체 본인도 모르게 치료해달라고 주문한 것이다. 유혹의 힘은 위대한지라 브로이어는 살로메를 만난 지 불과 30분 만에 그 불가능성에 도전하도록 설득당한다. 마가복음에서 헤로디아의 딸 살로메에게 유혹당해 세례요한의 목을 베도록 허락한 헤롯왕처럼. 이리하여 상징적으로 말하자면, 머리가 없는, 혹은 사랑에 빠져 이성을 상실한 남자들의 무대가 이 소설에서 펼쳐진다.

1882년 빈의 12월은 음울하기 짝이 없었다. 날씨만큼이나 절망에 빠진 브로이어와 니체 두 사람은 겉으로는 아무렇지도 않은 얼굴을 하고 만난다. 니체를 치유해야 할 의사인 브로이어는 자신의 절망을 철학적으로 치유해달라는 조건으로 니체와 전도된 의사-환자 역할극을 하게 된다. 그는 니체의 육체를 치료하고, 니체는 그의 정신을 치유해달라는 브로이어의 요청에 니체는 1882년 12월 한 달을 빈의 로종 병원에 머물게 된다. 브로이어로서는 그 방법 외에 자존심이 강한 니체를 붙잡아둘 수가 없었기 때문이다.

처음에 브로이어는 체스의 졸로 퀸을 잡을 것처럼 이 게임을 만만하게 생각했다. 체스의 광팬인 그는 니체를 가볍게 제압할 수 있을 것으로 보았다. 그런 가증스러운 생각을 꿰뚫고 있다는 듯이 니체는 고백하라는 그의 함정에 빠져드는 법도, 자신의 내면 풍경을 드러내는 법도 없다.

그러자 브로이어는 계속 작전을 바꾸게 된다. 그는 니체의 무의식을 자신이 연기하리라 마음먹는다. 브로이어라는 배우를 통해 자신의 내면이 무대화되고 있는 것을 지켜보는 관객으로서의 니체가 자기 치유에 이르도록 하려는 것이 브로이어의 전략이었다. 처음에 브로이어는 가짜 환자 노릇을 성실히 수행한다.

그런데 여기서 흥미로운 반전이 일어난다. 자기 고백에 의지한 대화치료를 시작하면서 브로이어는 정말로 환자가 되고, 환자인 니체는 치료사가 되는 전이 과정이 발생한다. 시간이 지나면서 브로이어는 가식을 벗고 자신의 고통을 진정으로 드러낸다. 심지어 자신의 증상을 즐길 지경에 이른다. 그러면서도 '나, 이렇게 고통스럽거든. 그런데도 나에게 네 사랑의 선물을 보내주지 않을 거야?'라는 자해 수법을 니체에게 사용한다.

하지만 니체는 브로이어의 저주이자 축복인 사랑과 고통을 아주 사소한 것으로 가볍게 무시해버린다. 다른 한편으로 니체는 브로이어를 철저하게 철학적으로 구원하고자 한다. 니체가 너무 진지해서 코믹하다면, 브로이어는 너무 처절해서 희극적이다. 이렇게 하여 브로이어는 니체로 상징되는 철학을 정신분석하고, 니체는 브로이어로 상징되는 정신분석학을 철학화하는 과정이 전개된다.

21세기를 살아가는 사람들에게 정신분석학의 발명품인 무의식은 더 이상 증명을 필요로 하지 않는다. 무의식은 그냥 존재할 따름이다. 그런 의미에서 정신분석학은 이미 종교의 자리를 차지한 셈이다. 무의식의 존재론적 위상에 토를 다는 사람은 없기 때문이다. 하지만 19세기에는 달랐다. 무의식은 과학적으로 입증될 필요가 있었다. 이 소설은 정신분석학이 탄생하는 과정에 대한 우화로도 읽힐 수 있다.

정신분석학은 신이 죽어버린 시대의 가난한 영혼들에게 신을 대신하고자 했다. 그런 맥락에서 정신분석학은 우리 시대의 종교가 되려는 엄청난 야심을 가진 담론이다. 니체의 경구처럼 신은 죽었다지만 죽은 신의 자리를 대체할 수 있는 것들은 무수히 많다. 모든 우상을 파괴했다 할지라도 파괴되는 즉시 또 다른 우상이 우후죽순으로 솟아난다면? 신들은 결코 황혼을 맞이하지 않을 것이다.

브로이어는 다윈을 추종하는 무신론자였다. 하지만 그는 신이 남겨둔 빈자리를 끊임없이 다른 것으로 채우려 했다. 신이 떠나고 나면 무엇이든지 가능하다. 그 끔찍한 자유의 횡포와 대면할 수 없어서 우리는 끊임없이 새로운 신들을 만든다. 그래서 신들은 신 난다. 신의 빈자리는 물신으로, 사랑으로, 가족으로, 이념으로… 한없이 채워져나가기 때문이다.

안나 O에게 완전히 빠져들어서 어떻게 할 수 없는 자신의 절망 앞에서, 브로이어는 속수무책이다. 안나 O를 가슴에 품는 격렬한 욕망을 밤마다 되풀이하면서 악몽에 시달린다. 눈을 뜨고서도 보지 못하고 눈을 감고서도 잠들지 못한다. 그는 살아 있는 유령과 같다.

반면 로종 병원에 머물고 있는 환자인 니체는 표면적으로는 편두통 한 번 앓지 않고 잘 먹고 잘 잔다. 니체는 이성적인 철학자로서의 니체, 루 살로메에게 미친 듯이 편지를 보내는 광기의 니체, 이 양자로 자신을 철저히 분리한다. 적어도 브로이어 앞에서는.

이에 비해 브로이어는 소박할 정도로 일관성을 믿고 있는 윤리적인 인물이다. 브로이어의 소박한 윤리의 양면성을 뒤집어놓으면서 더더욱 고문하는 존재가 니체다. 브로이어는 마음의 위안과 평정은커녕 니체와의 대면에서 자신의 전 존재가 전도되는 고문을 당한다. 니체는 브로이어가 원하는 위로와 안식과 같은 선물을 결코 주지 않는다.

브로이어와 니체 사이에서 의사와 환자의 역할이 바뀌는 전이 현상이 초래되었다면, 역전이는 발생하지 않는가? 말하자면 니체로 상징되는 철학의 정신분석화는 어떻게 이뤄지는가? 그것을 말하면 이 작품의 스포일러가 될 것이다.

번역을 하면서 '진리가 너희를 자유롭게 하리라'는 식의 진지함에 처음에는 다소 냉소를 보냈다. 진리, 자유, 영혼불멸, 영원회귀와 같은 니체의 철학적인 설교가 브로이어의 참담한 사랑에 무슨 도움이 되겠는가. 그것 자체가 작가가 의도한 반응인 것을 어쩌랴. 소설이 전개되면서 두 사람은 체스 게임처럼 엎치락뒤치락을 반복한다. 반전의 반전과 전이의 전이가 반복된다. 그런 과정을 거쳐 마지막에 이르면 두 사람의 관계가 가슴 먹먹하게 다가오게 된다. 그러면서도 먹먹한 가슴 한편에 약간의 아쉬움이 남는다. '그처럼 유혹적인 여자들의 목소리는 어디로 사라졌을까?'라는 아쉬움이.

니체가 눈물을 흘릴 때

초판 1쇄 발행 | 2014년 2월 12일
초판 3쇄 발행 | 2020년 8월 28일

지은이 | 어빈 D. 얄롬
옮긴이 | 임옥희
펴낸이 | 이은성
편 집 | 구윤희, 이상복
디자인 | 백지선
펴낸곳 | 필로소픽

주 소 | 서울시 동작구 상도동 206 가동 1층
전 화 | (02) 883-3495
팩 스 | (02) 883-3496
이메일 | philosophik@hanmail.net
등록번호 | 제 379-2006-000010호

ISBN 978-89-98045-40-1 03840

필로소픽은 푸른커뮤니케이션의 출판브랜드입니다.

이 도서의 국립중앙도서관 출판시도서목록(CIP)은 서지정보유통지원시스템 홈페이지(seoji.nl.go.kr)와
국가자료공동목록시스템(www.nl.go.kr/kolisnet)에서 이용하실 수 있습니다. (CIP제어번호: CIP2014002033)